U0660022

未来 救赎

SALVATION

上

[英]彼得·F.汉密尔顿（Peter F.Hamilton） 著
王小亮 译

CNS PUBLISHING & MEDIA
湖南文艺出版社 HUNAN LITERATURE AND ART PUBLISHING HOUSE
博集天卷 CS-BOOKY

Saying Hello To All My Chinese Readers,

Enjoy Salvation

所有中国的读者朋友，你们好！

希望你们喜欢《未来救赎》！

——彼得·F. 汉密尔顿

影视剧作曲家史蒂夫·布伊克（Steve Buick）创作了阅读《未来救赎》的背景音乐。他那悠长而充满回味的音乐作品完美契合本书各个部分的氛围。在亚马逊、iTunes 或 Google Play 上搜索“Peter F. Hamilton’s Salvation：Atmospheres and Soundscapes”。您也可以在 www.stevebuick.com 上了解更多。

主要人物列表

太阳系与人类地球化过的世界

阿卡尔 环保斗士

尤里·阿尔斯特 联协公司安保部长

贾维德·李·波什堡 纽约黑帮老大

毒瘤 秘密行动佣兵

萨维·乔杜里 联协公司安保部卧底特工

埃德伦 卡勒姆的助理

雷纳·格罗根 纽约黑帮老大

格温德琳 安斯利（未正式承认）的孙女

卡勒姆·赫伯恩 应急排毒组组长

雷娜·亚采克 排毒组数据专家（前黑客行动主义者）

埃米利娅·朱里奇 乌托邦运动创始人

费里顿·凯恩 联协公司太阳系外安防处副总监

阿兰娜·基茨 排毒组组员

克鲁泽 阿基沙国土安全局成员

波伊·李 联协公司安保总监

洛伊 尤里的行政助理兼技术顾问

克拉维斯·洛伦佐 纽约律师

罗丝·洛伦佐 纽约名媛

莫希·莱恩 应急排毒组副组长

坎达拉·马丁内斯 秘密行动佣兵

阿利克·蒙代 FBI 高级侦探

杰西卡·麦　卡勒姆的助理

纳韦尔　佛教僧侣，2199 宗教联合代表团成员

亚鲁·尼荣　乌托邦运动创始人

奥伊斯塔　阿基沙国土安全局成员

亨利·奥姆　排毒组放射性物质专家

萨洛维茨　纽约警察局探员

霍拉肖·塞莫尔　格温德琳的男友

卢修斯·索科　联协公司安保部门小队负责人

多卡尔·“多克”·托里斯　联协公司律师

泰尔　阿基沙国土安全局成员

柯林·沃尔特斯　排毒组组员

安斯利·巴尔杜尼奥·赞加里　联协公司共同创始人，CEO

朱洛斯

伊默勒庄园的少年

柯利安

德利安

奥雷特

法拉尔

哈布莱

扬茨

马洛特

雷洛

乌雷特

赞特

伊默勒庄园的少女

伊蕾拉

蒂利安娜

埃莉奇

伊默勒庄园的成年人

亚历山大　年级导师

詹纳　校长

乌兰蒂　矮人技师

凯内尔姆　摩根号舰长

《未来救赎》时间线见小说结尾。

地球召唤

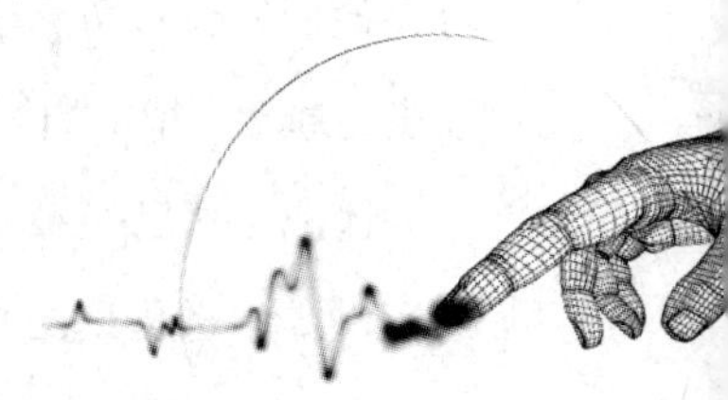

穿越广袤的星际空间，在距离天鹰座31号星三光年远的地方，尼亚纳居留群收到了一系列短暂而微弱的电磁脉冲，间歇性地持续了十八年。尼亚纳很熟悉那种早期脉冲的特征，这也引起了他们隐约的担忧：那是核裂变爆炸。七年后又是核聚变爆炸。不管进行核爆的是什么种族，以新兴文明惯常的标准来衡量，他们的技术进步得真是异常地迅速。

元病毒卵体吞噬庞大集群上所锁定的彗星团块，编织出一张足有二十公里宽的单薄的接收器网，对准五十光年外的那颗G型恒星，那里就是那些野蛮武器被使用的地方。

确定无疑的是，微弱的电磁信号流正在持续不断地从这颗恒星的第三颗行星上涌出。那里的智慧生物正在进入科学工业化的早期。

尼亚纳关心的是：这个新物种使用了这么多的核武器，显然，他们具有令人不安的侵略性。对此，集群内的一些人持欢迎态度。

无线电信号（如今已经变成了模拟信号的视听广播）分析表明——那是一种两足生物，他们依照地理－族群因素组织在一起，并持续性地处于冲突之中。从尼亚纳的角度来看，他们的生化成分让他们寿命短暂，这十分不幸，但也被认为是他们的技术进步速度比通常更快的原因。

远征考察已经板上钉钉。尼亚纳认为这是他们的责任，无论遥远世界中进化出的物种是什么样子，唯一需要考虑的问题就是他们要向新物种提供什么级别的援助。欢迎新物种侵略性特质的那方愿意提供尼亚纳的全部技术，他们差点就占了上风。

离开集群的球形插入舰直径一百米，包含有大量活性分子团块。飞船并不知道，被派出执行任务的只有它一个，还是说自己只是众多飞船中的一艘。它在飞往天鹰座 α 的航线上花了三个月的时间加速到光速的百分之三十，整个航程花费了一百多年的时间。在孤独的航程中，飞船的控制意识始终监控着那个作为它终极目标的年轻文明所发射出的电磁信号，它建立起了内容丰富的人类生物学知识库，对他们不断发展的聚落政治与经济结构有了全面而深入的了解。

到达天鹰座 α 后，飞船执行了一套复杂的飞掠动作，精准地瞄准太阳。之后，飞船意识处理了所有包含从集群到天鹰座 α 航线记忆的物理分区，并禁用了相关模块。模块的原子结构被削弱，分解成不断膨胀的尘埃云，被天鹰座 α 的太阳风迅速吹散。这样，就算被截获，插入舰也永远不可能泄露尼亚纳居留群所在的位置——因为它自己也不再保有相关的记忆。

航程的最后五十年都花费在了制订安置策略上。到这个时候，人类也依靠自己的创造力造出了飞船，他们跃过插入舰，飞向与其相反的方向，寻找群星中的新世界。从地球和太阳系小行星带栖息地发出的信息变得越来越复杂，但是数量反而在显著减少。自互联网开始成为人类数据流量的主渠道以来，无线电信号一直在下降。在接近地球的最后二十年，除了娱乐节目广播外，插入舰几乎没有收到过什么别的信号，而就连这点娱乐节目的信号也在逐年递减。不过它收集的信息已经足够了。

它飞到黄道以南，不时地爆发出冰冷的团块——就像一颗黑色的彗星，这套减速动作耗时三年。这通常是航程中最危险的部分。人类在太阳系内散布着众多天文传感器，它们扫描整个宇宙，寻找异常。经过柯伊伯带时，插入舰的直径已经缩减到了二十五米，插入舰完全没有任何磁场或引力场，它的外壳能够吸收所有辐射，因此没有反照率，任何望远镜都看不到它，热辐射也是零。

没有人察觉到它的到来。

飞船内，按照飞船意识根据长途航行中获得的信息所设计的物理形态，四个生物体开始在分子生物创生箱内生长。

不论是从大小还是外形上看，他们都是人类，他们的骨骼和器官都拟态到了生化层级，DNA 也同样。你得深入到细胞内部才能发现其异常之处——只有对细胞器进行详细检查才能发现其中异域的分子结构。

最让插入舰为难的还是这几个生物体的意识。人类的心理活动很复杂，有时甚至自相矛盾。更麻烦的是，飞船意识怀疑，它所接收到的那些虚构戏剧中的表演都过分强调情感反应了。于是，它构建了一个稳定的思维程序的基本架构，里面包括一套快速学习和自适应整合程序。

到达距离地球不到一百万公里的地方后，插入舰丢弃了最后一点反应物质，进行了最后的减速操作。现在，它基本只是在向着南美洲最南端下落。微小的航向校正喷射器修正了降落的航线，将它引向火地岛，那里距离黎明还有三十分钟的时间。即使现在被发现，它看上去也就是一小块天然的太空垃圾而已。

飞船撞击上层大气层，开始分裂成四块梨形组件。剩下的物质在噝噝作响的火花中破裂，在中间层留下了短暂而美丽的星爆尾迹。在它们下方厚厚的冬季云层覆盖下，地球最南端的城市乌斯怀亚的居民仍然对他们的星际访客一无所知。

四块组件继续下降，随着周围的大气越来越厚，它们的空气制动的效果越来越强。它们在距离地表三公里处速度减慢到亚音速，跌入云层，仍未被星球上的任何人发现。

组件的目标是城西几公里外的一个小港湾，即使是在公元2162年，这片崎岖的山地也仍未被开发商占据。距离海岸两百米处，四道羽状的水花如同间歇泉般高高溅起，又如王冠般跌落在比格尔海峡水面漂浮着的被融雪覆盖的浮冰上。

尼亚纳元人漂上水面。插入舰着陆组件唯一所剩的部分就是一层厚厚的活性分子物质，如同半透明凝胶一样覆盖在他们的皮肤上，将他们与危险的冰水隔离。他们向岸边游去。

所谓的海滩就是一条长长的灰色石滩，上面布满了枯枝，上方的坡地上是一片茂密的林地。当淡淡的曙光开始透过朦胧的云层时，外星人刚在石滩上蹒跚了一小段，他们的保护层已经液化，流进了石滩，在下次涨潮时就会被冲走。有史以来第一次，他们将空气吸进了自己的肺里。

“哦，可真冷！”其中一个惊叫道。

“很精确。”另一个牙齿打战地附和道，“我也同意。”

他们在灰暗的光线下注视着彼此。有两个在因为抵达带来的情感冲击而哭泣，一个满脸好奇地笑着，最后一个则对眼前萧瑟的风景无动于衷。他们每个人都背着一小包户外服装，那些都是从十八个月前播放的冬装广告上拷贝下来的。几个人急忙穿上衣服。

穿着整齐后，他们沿着一条古代遗留下来的小路穿过树林，找到了三号国道的遗迹，去往乌斯怀亚。

评估小组

费里顿·凯恩
纽约
2204年6月23日

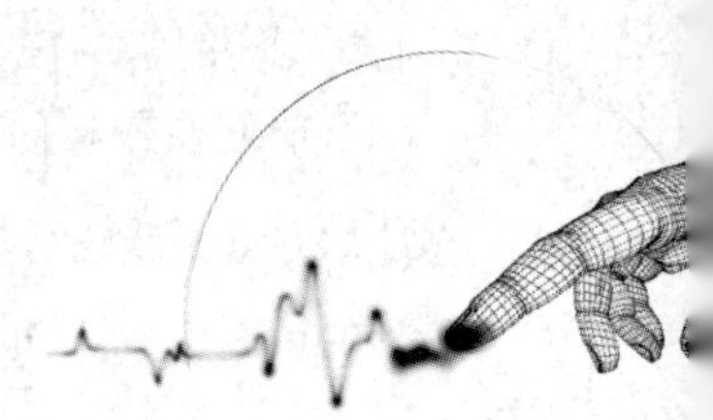

我从来都没有觉得纽约这地方有什么了不起，尽管本地人总是爱吹嘘，说这座城市的夜晚是多么繁华，又炫耀这座城市是如何将自己提升到了人类宇宙中心的位置，并以此来辩解自己为什么会选择住进这座城市的面积狭小而价格高昂的公寓里。如今这个时代，他们可以居住在这颗行星上的任何角落，通过十来个联协公司的中转站就能来回往返，但他们坚称纽约仍然有它的魅力，有它的气场，有它的魔咒。不羁的艺术家来这里获取所谓的体验，帮助他们进行艺术创作；公司员工们则在担任初级经理人的几年里挥汗如雨，好证明自己对事业的投入。不过对服务业从业者来说，住得近只是因为方便，而真正的穷人只是负担不起离开的成本罢了。是的，我也未能幸免：我就住在苏豪区[1]。倒不是说我是个初级经理人，我的办公桌上就放着铭牌，上面写得清清楚楚：费

1. 纽约市曼哈顿内的一个区域。20世纪六七十年代，低廉的租金吸引了艺术家不断进驻迁空的工厂遗址，他们建造办公室、影楼等设施。随后艺术家又逐渐搬走，留下艺术馆、精品店、特色餐厅与年轻的专业人士，这一区域成了一个文化艺术商业区。——本书脚注均为译者注

里顿·凯恩，联协公司太阳系外安防处副总监。你要能从这上面看出我具体是干什么的，那你就算是比绝大多数人都聪明了。

我的办公室在联协公司大厦的七十七楼。安斯利·赞加里想要把他公司的全球总部设在曼哈顿，还想让所有人都知道这一点。能在西五十九街靠近哥伦布圆环的地方置办房产的人可不算多，他在这里建造了一座一百二十层高的玻璃碳纤维巨型建筑，保留了老旅馆作为其基础部分——至于其中的原因我就不太清楚了。至少在我看来，那玩意一点建筑艺术价值都没有，不过市政厅把它列在了地标建筑名录上。所以就是现在这样，连安斯利·赞加里——这个有史以来最富有的人，也没能说服市政厅把它从遗产名录上拿下来。

我可不是在抱怨，从我的办公室可以俯瞰整座城市和中央公园最美的风景——这一点就连公园大道一带的超级富豪都负担不起。因此，我不得不把写字台摆到背对那扇落地大窗的位置，不然就太容易分心了，不过注意，我的椅子是把旋转椅。

我站在窗边看着窗外，6 月晴朗无云的风景一如既往地让人沉迷。那景色近似于一幅 17 世纪的油画，里面的一切都散发着天堂般的光芒。

坎达拉·马丁内斯是由前台带进来的。她穿了一件纯黑色的运动背心，外面套着一件在中档时装店买的夹克。作为一名佣兵，她的举止让这一身看起来就像是军装一样。看来，人生中的那一部分从来都没有离她远去。

我的分我应用桑杰把数据文件甩给了我，在我戴在眼球上的睑板镜片上呈现为绿色的网格和紫色的文字。文件里并没有什么我之前不知道的内容。坎达拉十九岁进入墨西哥城的英雄军事学院学习，毕业后在城市快速镇压部队中出过几次任务，后来，她的父母死于一场由反帝国主义的无政府主义神经病发动的无人机炸弹袭击。他们轰炸了他们口中所谓的“邪恶的外国经济压迫者在国内具有嘲讽意味的象征物”——换句话说，就是她父亲工作的那家意大利遥控无人机工厂。再后来，她在行动中不断攀升的杀伤率引起了她上司的“关注”。她在 2187 年光荣退役，从那之后就一直是一个自由的企业安保专家——干的都是真正的脏活。

她本人身高一米七，一头栗色的短发，眼睛是灰色的。我不太确定这是纯天然的还是基因增强的产物——这几样跟她的墨西哥血统似乎不太搭。很明显她的身体有动过，她的外形很干练——从线条上看应该是生存 101 型，但这解释不了她健壮的四肢。她的双腿和双臂肌肉都很发达，不是用了基因增强技术就是用了 K 细胞，文件里没有提到。马丁内斯女士在太阳网上留下的数据相当有限。

“谢谢你愿意接受这份合约。”我说，“更高兴的是知道你会跟我们一起去。”这话只有一半是真的。有她在我会不太自在，不过我也知道在她的职业生涯中她都干掉过些什么人。

“我之前还很好奇。”她说，“因为我们都知道，联协自己的安保事务部可不是没人。”

“啊，说到这个，那是因为我们这次可能需要一些超出我们能力范围的服务。”

“听起来很有意思，费里顿。”

“我老板希望能受到保护，非常严密的防护。我们这次要面对的一切都是未知。这次远征……很不一样。我们发现的东西属于外星文明。”

“按你说的，那是奥利克斯人的吗？”

“我看不出来为什么会是。”

她的嘴角闪过一丝笑意。“那我就直说了，我很感兴趣，也很荣幸。为什么选中我？”

“你名声在外。”我撒了个谎，“你是最棒的。”

“说人话。”

“真的，这次的事得低调。与我们同行的另外三人都是几大政治利益相关方的代表。所以我需要有货真价实的执业记录的人。”

“你担心竞争对手发现我们的目的地？你们发现的到底是什么样的东西？”

“上路之后才能告诉你。”

“你们打算复原其中的技术吗？所以才担心会有竞争对手？”

“这跟新科技、市场冲击什么的一点关系都没有，我们面临着更严峻的问题。”

“哦？”她抬了下眉毛，一副疑问的表情。

“出发后会给你完整简报的，所有人都有。”

“好吧。作为预防措施还算合理。不过有一点我必须先知道：那个文明怀有敌意吗？”

“没有，至少目前还没有。这就是需要你发挥作用的地方了。我们得做好万全准备，确保万无一失。”

“真是让人受宠若惊。”

“最后还有一件事，这也是在把你介绍给团队其他人之前我先

跟你单独见这一面的原因。”

“听起来不太妙啊。”

“这里牵扯到一些第一次接触的相关预案，非常严重的那种，阿尔法防御部坚持要这样。整个任务期间，我们都将处于极端孤立无援的状态——这对我们所有人来说都将是全新的体验。如今，不论遇到什么麻烦，每个人都可以随时随地大声呼救，每个人行动时都以救援队两分钟内就能赶到为前提。我们都熟悉了这种方式，然而这是一个弱点，尤其是在我们将要面对的情境之下。一旦任务出现问题——十分严重的问题，那就是阿尔法防御部第一次接触预案发挥作用的时候了。”

她立刻就明白了过来。我能看出她微微改变了体态，幽默感消退，肌肉也紧绷了起来。

“要是他们有敌意，那就不能让他们了解我们的任何情况。”她说。

“不能被俘，也不能让他们下载到任何数据。”

“是吗？”她的幽默感又回来了，“你是在担心外星人入侵吗？这种想法也太古早了吧。安斯利·赞加里觉得他们会看上我们什么呢，我们的金子还是我们的女人？”

“我们还不知道他们的性质，所以在弄清楚之前……”

“事实证明奥利克斯人就还不错。而且在他们的生命救赎号上装载了大量的反物质，再没有哪种传统动力源能强大到足以将那么大尺寸的飞船加速到光速几分之一的程度。”

“遇到他们是我们运气好。”我谨慎地说，“他们的宗教信仰让他们的关注点与我们完全不同，他们一心只想着乘坐飞船穿越太空直到时间尽头，因为他们相信他们的神就在那里等着他们。他们不想扩张到其他行星，也不想把其他行星改造得适宜居住，他们自认的使命与我们完全不同。我想，在外星人真正到达太阳系之前，我们其实并不明白他们意味着什么。不过，坎达拉，你真的愿意拿我们人类的生存作为赌注，将希望押在每个外星种族都会像奥利克斯人一样人畜无害上吗？距离奥利克斯人的到来已经过去六十年了，我们双方都从贸易中获益良多。这很好，不过我们有责任为有朝一日遭遇一个不那么善良的种族做好准备。”

“星际战争只是痴人说梦，完全不可能。从经济上考虑，不论是为了资源还是为了领土……都毫无意义。连游戏都不出这种剧情了。”

“不管怎样，我们都得考虑到这种可能性，不论它有多小。我的部门模拟过一些场景，我们从未向公众披露过。”我透露道，“其中一些……相当令人不安。”

“不安就对了，说到底，都是人类的妄想症作祟。”

“也许吧。不过，要是接触的外星种族确有敌意，那就必须执行非暴露预案。你愿意承担这个责任吗？我需要确定，要是我丧失了行动能力，你能否靠得住。”

“丧失行动能力?!”她顿了顿，深吸了一口气，终于明白了我想说的是什么。

让她同意在这个前提下接受任务是我向尤里推荐的一个理由——这都多亏了她的怪癖，她足够敬业，又无所畏惧，足够启动自毁程序。尤里从未质疑过我的选择。

“好吧。”她说，“真要到那一步，我会做好准备按下那个红色大按钮的。”

“谢谢。哦，对了，另外那三个人，他们可能不知道这点——”

“嗯，这一部分我俩知道就好。”

“很好，那我们去和他们会合吧。”

太阳系外安防处在大厦内占据了连续的七层，其中部门会议室位于第七十六层。我带着坎达拉沿着大厦中间的螺旋形大楼梯走了下去。

会议室占据着大厦的一角，因此它有两面是通体玻璃幕墙。一张椭圆形柚木大桌摆在会议室正中央，它的价值十有八九超过了我的薪水，桌旁围着放了十五把椅子，还有不少椅子摆放在不是玻璃幕墙的那两面墙边，供下级职员使用。这纯粹是心理学上的伎俩，刻意强调那些被邀请与大人物一道坐在桌旁的人的重要性。

会议室里已经有六个人在等，所有人都围着桌子坐着。据我所知，其中只有三个人是所谓的相关方，代表着各自的势力，他们是尤里·阿尔斯特、卡勒姆·赫伯恩和阿利克·蒙代。

尤里坐在桌子的另一头，旁边坐着他的行政助理兼技术顾问洛伊。尤里是那种货真价实的老古董，他出生于2030年的圣彼得堡，整天一副闷闷不乐的样子，只有从祖国移民出来的俄国人才会像他那样。再加上他的年龄，我怀疑他的嘴应该已经失去笑的功能了。大概一个世纪前他接受了第一次端粒延长疗法，之后就一直在使用基因增强技术来让自己活着，如果这样还能称得上活着的话。大多数人都管那些形形色色的生命延长疗法叫作不死疗法，也就是不惜一切代价延长存活的时间。我见过一些八十岁之后发家致富才进行治疗的人，效果并不十分如意。

所有这些疗法合力将尤里的外表定型在了五十七八岁，只不过他那圆圆的脸蛋看起来稍微有点肿，稀疏的沙色头发夹杂着因基因疗法的抗性而出现的灰色发丝，颜色日浅。他有着灰绿色的眼睛，眼皮耷拉着，让他那副对整个宇宙都充满了怀疑的形象显得越发完整。

不过对尤里来说，永远五十多岁也不赖。延缓面部衰老的同时，他也需要替换器官。首先，没有哪个原装肝脏泡在那么多的伏特加里能受得了，他的替换零件应该都是高端生物打印的克隆细胞。他这人太恐外（可能也很自负），绝不用 K 细胞。这种外星生物技术就是奥利克斯人拿来与人类贸易的主要产品，具有与人体相容的生物化学特性，可以组合成器官和肌肉，费用却远低于基因增强疗法和干细胞打印。据说，这种技术稍逊于人类的医疗技术（在我看来，这种说法毫无根据）。不过，因为让数百万以前太穷负担不起的人享受到了这种先进的医疗服务，奥利克斯生物技术成了自联协公司开始通过其中转网络为人类提供普适平等的运载服务以来促进社会进步的最大福音。

我向他点头致意，毕竟他是我的老板，也是这次远征的负责人。而我呢，这次行动对我来说是一次绝佳的机会。

洛伊跟往常一样，还是一身贵得离谱的西装，好像是刚从华尔街过来的一样。这离事实也不太远，考虑到他是安斯利的（众多）曾孙（之一）。这小子二十八岁，总是想告诉你他刚从哈佛大学获得了量子物理学学位——获得，不是买来的，他肯定会跟你这么解释。如今呢，他正和芸芸众生一样拼命地想要在联协公司

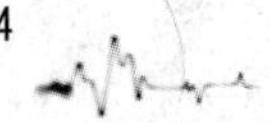

里往上爬，并以此来证明自己。毕竟，芸芸众生也是二十八岁刚一进入公司就给部门负责人当助理嘛。他就是个普通人，平日里满脸堆笑，下班后和同事们喝点小酒，说老板的是非。

有趣的是，卡勒姆·赫伯恩选择坐在尤里的旁边。他十分钟前刚从孔雀六行星系过来，那里是乌托邦主义的大本营。作为他们现今的资深麻烦终结者之一，卡勒姆拥有一张布满皱纹的脸，就连基因增强技术也没能修正，他有一头浓密灿烂的银发，所有红头发最终都会变成这种颜色，而不像大多数人的头发那样最后变成平淡的灰色。

我能感觉到掩藏在他那蓝灰色眼睛背后的许多不快。根据我从安斯利那里得到的情报，我推测卡勒姆参加这次远征并非完全出于自愿。据称，乌托邦主义者拥有完美的民主，谁也不能命令他们做任何事，不论你获得的是几级公民权（他是二级）。所以安斯利·赞加里一定是欠下了埃米利娅·朱里奇一个天大的人情——埃米利娅是所有乌托邦主义者中最接近于领袖的角色，因而也是唯一一个能向卡勒姆施压让他回地球的人。

而且我猜，与尤里一同远征也不利于他保持良好的情绪。自从卡勒姆被官方宣告死亡并离开联协后，尤里就再没和他说过话，当时的情况我只能用耐人寻味来形容，而那都是一个世纪前的事了。

确切地说，是一百一十二年前。无论如何，过了这么长时间还耿耿于怀也确实让人印象深刻。不过话说回来，卡勒姆是个苏格兰人，而根据我的经验，苏格兰人固执倔强的程度跟俄国人不相上下。据说，因为我们发现的那个外星物件，这两个人抛下个人恩怨准备携手合作——哪怕这种合作只是名义上的，能让这两个人坐到一起，这也可以算是一趟趣味十足的旅程了。

卡勒姆从孔雀六带了两名助理过来。埃德伦很明显是从阿基沙来的——那是乌托邦世界的主星，围绕孔雀六旋转。Ta和所有现今出生于乌托邦运动期间的人一样，是个性转人，他们通过基因调控而变得既可以是男人又可以是女人，整个人生以一千天为周期在不同性别间循环。对出生在乌托邦文化中的人来说，这是最基本的基因组改变——可以在根本层面上实现和增强其平等的核心理念。不过在运动刚开始的2199年，这一点却是极具争议的，被某些宗教和守旧派道德家谴责为极端主义。一开始，因为惯常的无知、偏见和恐惧，针对性转人有很多歧视，甚至是暴力攻击。不过，一时的激进终将随着时间的流逝而变得平淡无奇。如今，埃德伦应该能在地球上绝大多数地方畅行无阻。提醒你一句，Ta可能还是会被人注意到，不过那是因为Ta的身高——所有性转人都很高。埃德伦比这间屋子里的其他任何一个人都高出至少十五厘米，而且Ta还像个马拉松运动员一样精瘦。通常，我会用“杨柳腰肢”这个词来形容，但实际上，虽然Ta有一张俊俏精致的脸，精心修饰过的胡子还巧妙地突出了Ta那锐利的颧骨，不过Ta看上去可一点都不脆弱。

我能看得出Ta那僵硬的姿态里隐藏了不小的抗拒。阿基沙那边的乌托邦主义者属于对他们的生活方式最为狂热的那一类，但愿这不会成为隐患。桑杰甩给我的数据清单上对他的标注是“图灵机专家”。

卡勒姆的另一位随从是杰西卡·麦，我们所有人当中最大的政治投机者。她是个中国香港人，在二十岁时激进地倒向乌托邦伦理，并因此获得了在阿基沙受训成为外星生物学家的机会，后来在政治上再次倒戈，这让她能够更方便地赚取普世文化中那些肮脏的资本家的巨款。我知道她今年七十四岁，不过看起来一点都不像。视线扫过她时，我的分我应用也把她的数据甩了过来。其中有些有趣的地方：她以前也在联协安保部工作过，刚过三十岁时做端粒治疗的钱就是在那时候挣的。之后，经过一个复杂动荡的案子，她搬回了阿基沙，之前的工作经历让她直接进入了那边的奥利克斯人观察局。五年前，她被提升为卡勒姆的高级助理——这项任命显然让她拥有了大把去健身房的时间。我要是个爱冷嘲热讽的人，肯定会说卡勒姆对这一点乐见其成。

最后讲到的是阿利克·蒙代。在辞典里输入“腐败”，弹出来的十有八九就是他的名字——一个真正的美制浑球。他的职业是FBI高级侦探，在华盛顿特区执业。说出来你可别不信，我曾经做过一次数据挖掘，他的年龄居然是保密级数据。他就是一部行走的联邦密件，所有的个人资料都限制访问。其实联协的密保G8图灵机很容易就能黑到他的个人资料，不过破解FBI核心网络可不是件小事，招惹到的也绝不仅是联邦调查局。到时候我身边会布满模式嗅探器，尤里也会问我一堆我本不用回答的问题。我得让他觉得这是他自己的任务，所以有时候人得学会放手。

总之，我猜阿利克应该有一百一十岁，做了不死疗法的他看起来与其说是不死，不如说更像一具复活的尸体。这很容易分辨，那种塑料般光滑的肌肤可是多种疗法合力作用的产物，估计你得用电击才能让他的面部肌肉做出表情。而且我怀疑他的肤色也是基因增强过的，绝大多数非洲裔美国人都是浅棕色的肤色，阿利克则黑得跟在赤道上晒了十年日光浴似的，想要变得比他还黑根本没可能。而且改造还是全身性的，脱掉他的衬衫，你将看到他那二十岁奥运选手般的体格，每块替换肌肉都在旧金山一家顶级诊所设计并生物打印。我敢打赌，所有那些完美的肌腱和肌肉中肯定还潜藏着一些相当激进的外设。

不过……那么多的时间和金钱，全都白费了。任何人只要一看到他就会知道他老了，而且还非常能算计。

他跟华盛顿特区的全球政治行动委员会联系紧密，委员会里都是些又富又老的家伙，真正统治地球的就是他们，而他们的目标就是确保普世主义（即现存的民主资本主义社会）原汁原味，不被乌托邦主义之类的新概念诱惑得偏离它那“神圣”的指导原则。与其他所有人一样，政治行动委员会也想从那个外星物件上分一杯羹。而阿利克就是他们在这里的忠实眼线，他的忠诚是建立在大笔金钱的基础上的。

我坐了下来，背对着中央公园，一脸亲切地微笑：“谢谢各位能够前来，也很高兴你们各方都同意这次会晤。”

阿利克对着我皱了皱眉，说：“这里你负责？我以为叫我来是因为阿尔法防御部在负责这件事。”

“技术上而言，的确是他们。”我说，“我们是在他们的授权下组织这次调查的。不过这次远征的实际负责人是阿尔斯特先生。我只是个管理人员。”

“把大家都管教好吗，哈，尤里？”阿利克笑道。

尤里那冷漠的目光从某种不可企及的高度扫过阿利克，他说：

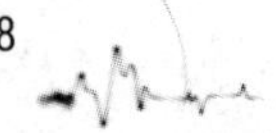

“时时刻刻。”

我看到阿利克做了个口型，说的是“自作聪明”。

“时间是怎么安排的？”卡勒姆问。

“我们从这里出发，直接前往玉井三行星系的尼基雅。交通工具已经准备好了。从我们这边到那个外星物件所在的地方大概需要四十八小时，可能还会更久。”

“×。”阿利克哼了一声，“为什么要这么久？”

“隔离。”尤里淡淡地说，“我们得把它完全隔绝起来，不管是在物理层面还是数据层面。所以没有面向它开放的中转站，我们得用老式的法子过去——乘坐地面交通工具。”

“数据隔离？”阿利克僵硬的脸上毫无表情，也不需要有，他的语气已经表明了一切，“别告诉我那里连不上太阳网。”

“连不上。”尤里说，“这是阿尔法防御部接触预案的规定，我们不能冒这个险，我想华盛顿那边也会理解的。”

卡勒姆咧了咧嘴。

“那边已经有一个科研小组就位了。”说完，我又向三位助理致意，“同时也欢迎各位带来的随员。”

“随员。”杰西卡说，“说得好像我们是一个组合似的。”她和埃德伦相视一笑。洛伊没有理他们，只是直勾勾地看着我。

“你们将会获得科研小组全部数据的接入权限。”我继续说道，“如果你们对那个物件有什么想要深入检视的地方，我们也会优先考虑。事实上，这次调查的方向将由你们来决定。”

“我们要在那里待多久？”卡勒姆问。我还能从他说话的声音中听出阿伯丁[1]口音，尽管他已经有一个多世纪没有回去过了。

“我们这次的调查有两个重点。”尤里宣布道，“首先，是评估它的潜在威胁，看它是否有害，如果是，就看它有害到什么程度。其次，在第一条的基础上，我们需要制订出应对方案。整个过程需要多久就待多久。清楚了吗？”

阿利克不满意，但还是点了点头。

“没有其他问题了吗？”我询问道，看来没有人想再提问了，“好极了，请跟我来。”

七十六楼有一扇传送门直通位于休斯敦的联协太阳系外安防处。阿利克·蒙代身高一米八八，挺着腰板就跟着我走了进去，不过埃德伦得稍微缩一下身子。联协公司的传送门都是两米一五的标高。也许Ta其实并不需要缩身就能通过，不过不可否认，Ta确实很高。

从传送门出来后，我们来到了一个由十四扇传送门组成的环形中转站。清晨明媚的阳光从玻璃穹顶上照射进来。空调正在与得克萨斯州的湿热天气较量，发出阵阵轰鸣。我们的行李车停在中转站的一角等着，每辆行李车都是一米高的珍珠白色圆柱体，搭配万向轮，用来搬运我们所有的个人物品。桑杰呼叫了我的行李车，让行李车进入自动跟随模式。自然，洛伊需要两辆，他那些名牌衬衫可得小心包装。

我沿顺时针方向靠着墙走了过去，一路上尽量不去窥探其他传送门，其中有几扇门通向干净整洁的部门大厅，还有几扇直接

1. 英国苏格兰东海岸港市和渔业中心。

通向看起来空荡荡的大礼堂。

通往联协公司外星科学探索部的传送门是我经过的第五扇。我停在门前，等所有行李车都赶上我们后才走了进去。

考虑到星际旅行是人类有史以来所进行的最迷人的活动，与其相比，外星科学探索部所在的建筑真是出人意料地普通。混凝土、碳纤维、玻璃，与分散在休斯敦技术区的其他数千座公司大楼别无二致。入口大厅里有四扇传送门，全都带有安全警卫系统——一道道细长的金属杆，它们之间的间距足以防止任何人进入。这只是可见的屏障，还有其他一些更谨慎、更致命的安全措施（自从一百二十年前那次事件导致卡勒姆从一名出色忠诚的联协员工变成一个全心全意的乌托邦主义者之后，公司就一直提心吊胆的）。负责大楼安全的 G8 图灵机访问了桑杰，并扫描了我们所有人，然后金属杆才缩回地面。

玉井三任务的总监杰奥瓦尼就在前面等着我们。即将要接待这么多顶级访客，他坐立难安。介绍过自己，并与所有人象征性地握过手后，他终于开口说："这边请。"

他带领我们走进一条长廊，墙上贴满各种星空和无趣的系外行星景观图片。行李车静静地跟在我们身后。路上遇到的几个联协员工都是一副好奇的表情，他们中的绝大多数都认识尤里。居然有这么多人在与这种级别的领导面对面时会突然感到不安，真是神奇。

"那颗行星是什么样的？"坎达拉问。

"尼基雅？挺典型的，如果可以这么形容系外行星的话。"杰奥瓦尼说，"我们看看啊：它直径一万零三百公里，重力是地球的零点九倍；一天有三十七小时，所以对我们的昼夜节律没什么好处；气压两千帕斯卡，相当于地球标准大气压的约百分之二；主要成分是二氧化碳，含有微量的氩气、氮气和二氧化硫；环绕玉井三运行的轨道半径为五点五个天文单位，所以上面非常非常非常冷；构造活动轻微，也就是说没有火山，也没有卫星。没人会愿意把这个宝贝给地球化的。”

“所以没有本地生物？”

杰奥瓦尼转身笑着对她说：“一丁点都没有。”

“玉井三还有其他行星吗，除了尼基雅之外？”

“还有三颗。其中两颗是类地行星，都在近玉井三的轨道上，热得跟水星一样，而且已经被潮汐锁定到玉井三了，所以对着光的那一面简直可以熔化砖块。还有一颗是气态迷你行星，轨道半径为十五个天文单位。相比之下尼基雅简直就是热带了。”

走廊尽头，一扇坚固的大门在我们面前打开，穿过大门，我们进入了一间不起眼的前厅。随后，杰奥瓦尼几乎是用百米冲刺的速度冲进了对面墙上的一扇相同的门。尼基雅的出舱室看起来就像一间工业仓库，有着做过抛光的光滑的混凝土地板、亮蓝灰色的复合墙面板以及被过道悬挂的明亮灯条照得模模糊糊的黑色复合屋顶。金属货架几乎从房间的一头一直延伸到另一头，足有三个埃德伦那么高，上面堆满了白色的分离舱和笨重的金属箱。商用货车在里面来来回回，不是从那几扇通往配送中心的传送门里运来补给，放到架子上正确的位置，就是从架子上挑取正确的装备，从另一头的传送门运出去。

其中一面长长的墙上镶有一扇扇窗户，可以看出是做样品分析的实验室。技术人员身着白色的双层密封环保套装，头戴球形透明头盔，在装有昂贵设备的工作台前踱着步，观察实验的进展。

“确定没有本地生物吗？”坎达拉问，她看向实验室里，“在我看来，你们可是很拿防污染预案当回事的。”

“标准程序而已。”杰奥瓦尼回答，“通常获得太阳系参议院地外生命局的初步许可，确认没有本地微生物，需要七到十二年的时间。要我说，这个时间得增加到五十年才行，样本范围也要扩大四倍，然后才能正式官宣没有任何问题。不过这只是我个人的看法。过去这些年我们在一些原本认为不适宜居住的行星上发现过一些有趣的微生物。”

坎达拉环顾四周，仿佛是要把这里的布局记在心里。“你们在尼基雅有没有可能漏掉了什么？”

“不会的。玉井三这边的登陆程序可是完全按照标准要求来的。卡夫利号花了几个月时间才从零点八倍光速减速下来，进入这个行星系是在今年二月。我们通过飞船上的传送门发射出了一个中队的天文卫星。截至目前，一切都按照标准程序进行，而且进展良好，我的人都知道自己在干什么。”他朝那排实验室末端的一个半圆形房间招了招手，它是最靠近通往尼基雅的传送门的，是控制中心，房间的曲面墙壁上有两排大型高分辨率全息窗口，几张桌子上摆放着一些尺寸稍小的屏幕，高级研究人员和他们手下的天文学研究生沉浸在一些奇怪的、黑漆漆的新月形行星影像、轨道图、波形数据图、星图和彩色图片的研究中，然而这些在我看来就像是品位不佳的抽象艺术。“我们很快就接收到了它的信号。很难否认，那是种多光谱信号，虽然功率低但是很稳定。”

“信号？”阿利克吃惊地问，“没人说过这东西是活的。你他妈到底是要送我们去面对什么？”

杰奥瓦尼飞快地扫了尤里一眼，眼神中的不满一目了然。“我不知道，我没那个权限。”

“请继续。”我告诉他，“监测到信号后又发生了什么？”

“那只是一个信标信号，源自第四颗行星——尼基雅。所以我们就按照预案开展行动，并上报了阿尔法防御部。我们从轨道上放了一个登陆器下去，让它与信号源保持最小指定隔离距离，当登陆器在地面上放置好传送门后，我们就开始运送设备。”他指了指出舱室末端巨大的环形传送门，“我第一次这么快建好一个营地。完工后我们所做的第一件事就是派了一辆十二座的科学漫游者汽车过来，由联协的安保人员驾驶，两名阿尔法防御部的军官去了物件那里，然后径直返回。那是十天前的事了。后面我知道的，就是阿尔法防御部接手了远征，并将其设定为绝密级，我收到的命令是要传送二级基地过去那边。这真是个笑话，因为那个二级基地比大本营都高级，它甚至还有自己的医院，真是见鬼了。最后我们用几辆运输车把它拉了过去，然后一个工程组把它建了起来，他们昨天刚走。先行的科考队七天前离开了，还用一个车队带走了他们的研究设备。现在你们来了，我接到的命令是给你们最高优先权。”

“很抱歉。”洛伊说。

“抱什么歉？”我问，“大家各尽其职而已。”

那孩子脸红了，不过还好他足够聪明，知道这时候该闭嘴。

杰奥瓦尼带我们走向那扇直径五米的传送门，比这更大的传送门也很难找了。传送门是圆形的，底部边缘有金属坡道连接着，行李车可以直接开过去。成捆的电缆和软管从坡道下方蜿蜒穿过，直通尼基雅。传送门两侧各立有三个哨兵柱，空白的灰白色表面掩盖了其中所隐藏的强大武器。愿上帝保佑那些未经安斯利批准就试图通过的外星人。

并不是说事情就会走到那一步，但一旦有任何长着复眼跟触手的怪物企图从另一侧靠近传送门，G8 图灵机就会在毫秒间切断电源。

我凝视着整个圆环，它通向的是一座三十米宽的坚固的穹状建筑，里面也堆满了货架，两侧各摆放着一个齐胸高的球形多重传感器，帮助 G8 图灵机侦测是否有物体靠近。

“就是这个了。”杰奥瓦尼骄傲地说，他抬起手臂指了指传送门，“这就是我们的成果，欢迎来到另一个世界。”

“谢谢。”我跟随他走上平缓的坡道，当走到与传送门边缘齐平的地方时，我突然有一丝不安。尼基雅大本营现在距离我只有不到一米的距离——一步可及，这是联协那著名的第一部广告片中的原话，只要一步就能跨过八十九光年。

使用联协公司寻常的那种传送门，在公司遍布全球的中转站间穿梭，从来没有让我感觉到困扰。那些传送门覆盖的最远距离也就是跨越大洋，大概六千公里吧。而这个……八十九光年？为了跨越这道鸿沟所付出的时间跟努力你没可能注意不到。

早在 2062 年，凯兰·林德斯特伦在欧洲核子研究中心展示量子空间纠缠之前，人类梦想家就一直对建造宇宙飞船有着许多构想。曾经有人提议开采木星大气层中的氦 -3，为城镇规模的脉冲聚变飞船提供动力，去侦察附近的恒星；使用村镇大小的单分子厚度太阳帆乘着太阳风飞向群星；使用摩天大楼大小的激光大炮加速较小的太阳帆；以及反物质火箭、曲速引擎、量子真空等离子推进器……

凯兰·林德斯特伦的发现将它们全部扫进了一个历史文件夹，这个文件夹的名字应该叫“只停留在概念研究上的古怪发明”。一旦可以通过量子纠缠门户将两个单独的物理位置连接在一起，很多问题就都不复存在了。

即便如此，宇宙飞船仍然需要巨大的推力，速度才能达到光速的适当百分比，联协公司的现代设计目前能达到光速的百分之八十以上。在林德斯特伦的发现以前，这需要在飞船上携带大量的能量和反应物质。现在呢，你只需要将一个完美的球形传送门扔进太阳里，亚高温等离子体会以接近光速的速度冲入孔洞中，与此同时，传送门的出口被固定在一个磁锥的顶点，将等离子体作为火箭的尾焰喷射出来。从太阳中提取的等离子体的量没有限制，这样星舰的质量就能做到很小——只需要包含传送门及其喷嘴、制导单元以及一个小小的连接任务控制中心的通信链接就行，很快就能把速度加起来。

当到达一颗恒星，它就减速进入其轨道，发射到连接地球所在的行星系系统上的传送门，然后这边就能把预先准备好的小行星工业复合体直接送过去了。不出一天时间，我们就可以开始利用矿物进行工业生产。先遣队会在这里建造居住地，为员工提供住所，员工会建造下一代飞船，飞船则会飞向新的恒星，这几乎是一个指数级发展的过程。随之而来的，就是对新发现的系外行星进行地球化改造了。

从地球派出飞船开始，联协公司建造宇宙飞船并飞行已经超过一百年的时间——它一直是这类活动的主要参与方之一。每个新开发的普世主义者定居星系都是公司新的巨大的收入来源。玉井三是人类目前所到达的距离最远的恒星，距离地球八十九光年。

只需一小步。

刚一跨过传送门，我就感受到了重力的轻微下降，倒没有明显到能破坏我的平衡感，但我在下坡时还是特别小心，以防万一。

这座穹顶是地球那边出舱室的缩小版，里面也堆满了分离舱和装备箱。房间的四分之一空间都给了生命维持系统：巨大的球罐、空气过滤器、泵、管道、量子电池、热交换机。这些都是帮助人类在恶劣环境中生存下去的必需品。要是主传送门或备用紧急传送门因为某种原因而关闭，这些装备也可以在必要情况下维持基地人员数年的生活。

桑杰连接上大本营的网络，将当地示意图投到了我的睑板镜片上。联协公司在尼基雅的据点简单地排列成一个三角形，从主穹顶放射出的三条通道分别通往三座稍小的穹顶。

“平常，这里应该到处都是地质学家和生物学家。”杰奥瓦尼边说边朝穹顶边缘的三个大气闸之中的一个走去，“不过现阶段我们将基地人员的数量降到了最低。我们之前采过一些样本，不过更进一步的田野调查已经暂停了。今天待在这里的只有工程支援组和你们的安保队。”

他带领我们穿过气闸，气闸舱很大，足够我们所有人外加行李车一起通过。另一侧的通道是一条普通的金属管道，顶上铺设有光带和电缆导管。即使大本营的建筑结构中内置了这么多层的隔热层，通道表面上仍然凝结着一层微薄的雾气——看来尼基雅真的很冷。

车库穹顶中的空气有种刺鼻的硫黄味，而且也很冷。不过我并不在意，全部的注意力都放在停在一边的那辆车上了。那辆趴在地面上的游侠开拓者就像一条在巢穴中守卫着财宝的龙。跟当今这个时代的所有人一样，我对这种地面运输车完全不了解。这个野蛮的家伙太夺人眼球了，整辆车由三个部分组成。它有着光滑的荧光绿蛋形车体，前面是驾驶室和工程区。在曲面挡风玻璃下方，昆虫眼睛般的车灯簇拥在它钝形的头部周围，底部的小型传感器杆像浓密的黑色胡楂一样伸了出来。散热器是四个细长的镜面银条，从两侧垂下，好像设计者仅仅是为了好玩就为它加上了导弹尾翼一样。

驾驶室后方通过铰接压力联轴器连接着两节圆柱形的乘客区，两节车厢完全一样，都由相同的光滑金属陶瓷制成，两侧均带有狭缝窗。

每节车厢都有六只宽体轮胎，每只轮胎都由独立供电的电动轴马达驱动，轮胎跟我差不多高，胎面上的花纹深得足以让我把手伸进去。

每个人都露出了赞赏的微笑，就连阿利克也扬了一下嘴角以示兴趣，我也不例外。我想要驾驶这只巨兽，我猜整个团队中绝大多数人都有这种想法，不过都没有那个运气。杰奥瓦尼向我们介绍了萨顿·卡斯特罗和比·贾因——游侠开拓者的两位驾驶员。

车辆内饰让我确信，这辆游侠开拓者是尤里为我们专门定制的，我可不相信联协的外太空科学团队平时在新行星上也能乘坐这么舒适的车辆。车辆的尾区有睡眠舱和为每个人的行李车准备的带锁储物柜。在这些设施的前面，我窥视了一下四个小洗手间之中的一个，发现里面的可转换单元和紧凑型储物柜奇迹般地可以满足从厕所到浴室的各种需求。车上还带有一个小厨房，服务机器人正在往各个冰箱里放预先包装好的美味佳肴。

我们的休息室就在中区，配备豪华的躺椅。驾驶员朝驾驶室走去，我们所有人也都在休息室安顿了下来。几个服务员走了进来，问我们需不需要食物跟饮品。这一切真有点超现实，我看过一些老视频，里面有乘飞机或者坐东方快车旅行的画面。有那么一瞬间，我甚至觉得通往尼基雅的传送门其实是把我们送回到了20世纪，这简直是在历史中旅行。

不得不承认，这散发着一种优雅的气息。要不是因为这玩意耗时得不像话，我可能也会慢慢习惯的。

“两分钟后封舱。”萨顿·卡斯特罗通过广播系统说。

桑杰将车库气闸示意图发给了我，上面显示闸门正在关闭，进行预启动压力测试。我没让它这么做，不过桑杰是自适性分我应用，智能水平相当于老款的G6图灵机，差不多能够猜到我想要知道什么，需要知道什么。我的医学外设正在读取的生物学特征数据会显示出我的心跳在加速，肾上腺素水平微微升高，皮表温度也在升高。而其内核算法会将之解释为一件事：焦虑感上升。所以桑杰做了它力所能及的事来安慰我，让我知道各个系统都在正常运行。

车库穹顶排空了空气。“连接车载网络。”我默念道。与我声带神经并列的外设纤维捕捉到了那个神经冲动，桑杰连接上了游侠开拓者的车载网络。“给我外部摄像头的信号源。”

我闭上眼睛，看着桑杰给我的图像。在游侠开拓者前方，巨大的车库门缓缓打开，慢慢卷起。

外面很黑，灰色的天空覆盖着锈棕色的岩石平原，悬浮在稀薄大气中的细腻粉尘给一切都戴上了朦胧的滤镜。不过我还是可以看到微风旋转着扫过变质台地，吸卷起螺旋状的沙子，雄伟而陡峭的山脉刺破了东部的地平线，这景象令人着迷。这片处女地荒凉而异质。

游侠开拓者向前驶去，我能感觉到它在运动，那种悬架活塞发动机的轻微震动，就好像我们是乘坐着一艘游艇，在微波起伏的水面上航行。轮胎吃进松软的浮土，在车尾溅起一大片扇形的碎屑。

我睁开眼睛，桑杰断开了摄像头信号源。尤里、卡勒姆和阿利克都跟我一样，在看游侠开拓者车载网络里的图像，而坎达拉和那三位助理则选择站着，扒在狭缝窗上，看外面真实的景象。我想这也是一种代沟。

没过多久，大本营的穹顶就变成了地平线上的几个白点。游侠开拓者在以每小时五十公里的速度飞驰，只有在翻越山脊时才会偶尔倾斜一下。萨顿和比一直在跟着一列路标前进，先前的科学探测车每隔四公里就放下一个标记，猩红色的闪光在暗沉的岩石映照下很是醒目。

服务员又来了一轮，询问我们要点些什么饮品。我要了一杯热巧克力，其他人大部分都点了含有酒精的饮料。

“好吧。”阿利克说，“我们已经超出了大本营的辐射范围，我连不上太阳网了。这里都有什么？”

我看了一眼尤里，经过他点头同意后，我说：“我可以给你们初始团队的报告。”说完，我命令桑杰将报告发给了他们。

每个人都坐了下来，闭上眼睛阅读数据。

“一艘宇宙飞船？”卡勒姆惊讶地叫出了声，“你们开什么玩笑。”

“我也希望是玩笑。”尤里说，“不过千真万确是艘宇宙飞船。”

“在这里多久了？”阿利克问。

“初步预估是三十二年。”

“而且还很完整？”

“相当完整。飞船并没有坠毁，只是有一点硬着陆的损伤。”

“这体积可真出人意料。”埃德伦说，“我以为它会更大的。”

“它的驱动器——如果那是驱动器的话——并不需要反应物质。我们认为它含有异常物质成分。”

“虫洞生成器吗？”卡勒姆立刻问。

“目前未知。但愿我们到达时科学团队能有一些成果，他们比我们早到一周。”

“也没有迹象能显示建造者的身份？”坎达拉若有所思地问。

尤里和我对视了一眼。

“没有。”我说，“不过，有些……货物，还是完整的。呃，或者说，维持原状吧。”

“货物？”她皱了皱眉，“在文件的第几页？”

“文件里没提货物。”尤里说，“阿尔法防御部明确指示，我们绝不能在那方面产生安全漏洞。”

“还有比外星飞船更需要保密的东西吗？”卡勒姆说，“最好是个好东西。”

“所以呢？”坎达拉眯起眼睛。

我深吸了一口气，说：“飞船上搭载着几个生物力学单元，只能被归类为休眠舱，那些模组……唉，去他的，反正你们会看到的，不管了，里面装着人类。”

“你这也太扯了吧。”阿利克吼道。

“再重申一次，这是事实。”尤里说，“有人在三十二年前带着地球上的人类飞到了这里，这其中的意味可不太妙。”

我对坎达拉笑了笑。“还觉得我们都有妄想症吗？”

她回瞪了我一眼。

“几个人？”埃德伦问，听起来 Ta 抖得很厉害。

“十七个。”我告诉 Ta。

“还活着吗？”杰西卡忙问。

“看起来休眠舱还在正常工作。”我委婉地回答，“我们派出的科学团队中有一半都是医务人员，到达后我们会获得更确切的答案的。”

“见了鬼了。”说着，阿利克从他那水晶切割的平底杯里喝了一大口波本威士忌，“我们距离地球八十九光年，而他们早在三十二年前就到这儿了？那艘飞船有超光速能力吗？”

“暂时未知，但有可能。”

我看着他们，卡勒姆、尤里、坎达拉和阿利克，所有人面面相觑，想要读懂彼此的表情，看对方的震惊是不是伪装的。每个人都滴水不漏，而我还是不知道他们中的谁才是我要找的那个外星人。

朱洛斯

AA（抵达后）[1]
538 年

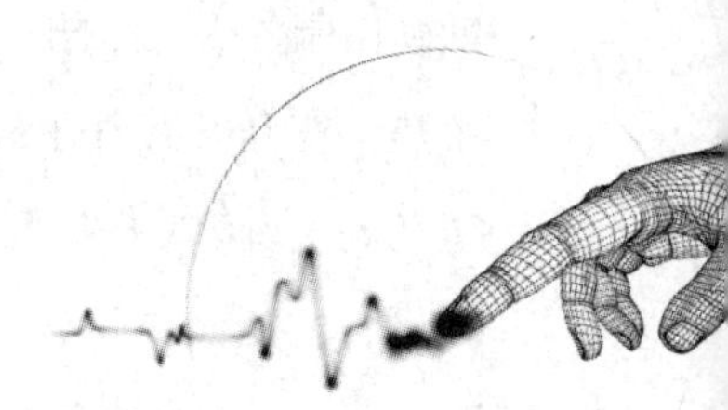

“他们走了。”德利安跑出更衣亭，进入游戏场的矮草坪，他的声音中夹杂着兴奋与不满。他仰起头，凝视着明亮的蓝天。在他全部的十二年人生里，一直有很多明亮的银色光点在高处的轨道上环绕朱洛斯运行，就像在白天也可以看到星星一样。此刻，那些熟悉的光点中的几个（较大的光点）已经消失了，只留下一些空中要塞孤独地值守，持续警惕出现敌舰接近他们家乡的任何迹象。

“嗯，最后一艘旅行者世代飞船昨晚也传送出去了。”伊蕾拉边说边把头发绑了起来，她的声音里充满了渴望。

德利安爱慕伊蕾拉，因为她一点都不像伊默勒家族的其他姑娘那么严肃。那些姑娘只会安安静静地坐在一旁，偶尔露出一丝微笑，不像伊蕾拉那样会在男孩们在运动场或竞技场上组织团队比赛时加入进来。不过，伊蕾拉也一直不满足于自己在竞技场上指挥、观察，担当顾问的角色。

---

1. After Arrival 的缩写。

抬头看天时，德利安能感觉到他的皮肤上正在形成汗珠。伊默勒庄园位于行星的亚热带地区，而且靠近海岸，空气一直很湿、很热。德利安有着一头红发，皮肤苍白，以前孩子们还在庄园的运动场上玩游戏时，每周有五个下午，他都得厚厚地涂上防晒霜。不过，自从他和同龄人都过了十岁生日，他们就转移到轨道上的竞技场里进行更具战斗性的比赛了。

“不知道他们去哪儿了？”他问。

伊蕾拉将乱蓬蓬的乌发拨到一边，低头笑着看他。德利安喜欢那微笑，她那黝黑的肌肤总能让洁白的牙齿显得闪闪发亮——尤其是在面向他的时候。

“我们永远都不会知道的。”伊蕾拉说，“离散的意义就在这里啊，小德。终有一天敌人会找到朱洛斯，到那时候，他们肯定会将整片大陆都熔为岩浆。不过等到那天来临的时候，各艘世代飞船都已经在几百光年之外了，确保安全。”

德利安也微笑回应，表现得就好像这一切对他来说都无所谓一样。他环顾四周，查看了一下自己的矮人们有没有注意到。家族里所有的孩子都会在第三次生日时分配到一组共六个侏儒族作为他们永久的伴当。亚历山大告诉了兴奋不已的孩子们这些人形的造物是“侏儒族”——德利安和他家族的伙伴们不到一分钟的时间就将这个词简化成了矮人，此后这个称呼就固定了下来。

矮人没有性别，他们一般身高一米四，四肢壮硕，微微弓着身子，这暗示着他们的DNA里有地球猿类的痕迹。他们的皮肤上有一层泛着光泽的灰栗色毛皮，头皮上的毛色还要更深一些。他们也非常黏人，总是渴望取悦于人。他们的创造者并没有给予他们多少语言能力，但给他们灌输了强烈的忠诚感和同理心。

大约在第九次生日的时候，德利安的身高终于超过了他的伴当们，意识到自己取得了身高优势的那个时刻真是激动人心。之后，他们之间的玩耍就变得有些不同了，尽管还是在宿舍的地板上翻滚、大笑、大叫，但感觉更加严肃了。他仍然很喜爱他们。如今，他们能在比赛中领会他的意图，成为他身体的延伸，每当这个时候，他的心中就会升起一股骄傲之情。他们从孩童时代起就与他一同成长，这让他们可以完美地领会他的情绪，辨别他的肢体语言，而他则会在今后的兵役生活中享受到由此带来的福利。他们是这个年龄组中融合得最好的一组，这是亚历山大老师亲口认证过的，Ta 的认可对德利安来说具有非同一般的意义。

洛卡克捕猎的声音从庄园围栏外传来，它们那来势汹汹的鸣叫悠长而独特，仿佛要断了气一般。听到叫声的德利安和伊蕾拉不约而同地打了个寒战。值得庆幸的是，他们现在很少能看到这种敏捷的蛇形野兽从外面那茂密的丛林中滑过。那些动物已经学会了不靠庄园太近，不过外围的围栏和不停巡逻着的遥控哨兵，总是在提醒着那些放松了警惕的人或兽，朱洛斯的敌意有多么强烈。

竞技场的传送门位于运动场边缘处一个小小的希腊式屋顶下。德利安穿过传送门，抖落身上的寒意，和伊蕾拉径直进入竞技场。那是一个圆柱体空间，长七十米，直径一百米，表面附有填充物。他愉快地呼吸着，感受着自己加速的心跳，他感觉自己就是为此而生的——在竞技比赛中充分展现出他的实力，只有这样才有击败敌队获得胜利的可能。而在朱洛斯，没有什么比胜利更重要。

竞技场正处于中性模式，也就是说，它沿中轴旋转，在周围的曲面上产生百分之二十的科里奥利力[1]。德利安一直希望竞技场能有扇窗户——整个竞技场是固定在一座空中要塞的组件格栅上的，在朱洛斯上空十五万公里高的轨道上运行，那景象一定绝美。

不过，他还是像往常一样，在走进竞技场时又四下打量了一番竞技场的内景，看管理员们是否又做出了什么改进。飘浮在他头顶上方的是三十个明亮的橙色障碍物——各种尺寸的多面体，也是填充过的。

“他们给放大了，看。”德利安热切地说。与此同时，他注视着那些障碍物，默默地将它们的位置记在了心里。亚历山大已经答应高年级的学生，他们将在未来几个月内收到他们的数伴。用数伴可以将他们自身与个人处理器和内存核心直接连接，任何日常琐事动一下念头就能直接解决，根本不需要像现在的德利安这样必须亲自动手。他一直觉得这极其不公平，因为家族内的所有成年人都有数伴。

“你的意思是，他们把障碍物加大了。”伊蕾拉正色道。

“圣徒啊。你也加入语法警察的行列了嘛。”德利安咕哝道。同时，他看到伊蕾拉专注地研究着新布局的样子，暗自笑了笑。两个人顺着地面走了过去，边走边仰着脖子，他的伴当们也仰着脖子研究着障碍物的分布，神情跟他一样专注。

德利安的同学们陆续到场。他看到那些男孩也在咧着嘴笑，看着那些悬在头顶上的变得更大了的障碍物，他们渴望着更宽阔

1. 科里奥利力：在转动参考系中出现的惯性力之一。

的五边形和六边形表面所带来的额外弹跳力——当然，前提是他们能够精确降落到上面。

“圣徒啊，我们要像闪电一样飞向轴心。”扬茨说。

“完全没问题。”乌雷特附和道。

“是夺标大战吗，你们觉得呢？”奥雷特问。

“我想玩速摔。”雷洛一脸渴望地说，“直接命中，把他们都摔出竞技场去。”

“族际比赛都是夺标。”蒂利安娜高傲地说，“在这种比赛中，战略的选择范围更大，需要大家协调合作，毕竟，这才是我们训练的目的。”

德利安和法拉尔在蒂利安娜背后默契地对视了一眼，两个人都一脸苦笑，这姑娘总是对男孩们扩大竞争规模的热情表现出一副不屑一顾的样子。尽管如此，她和她的两个矮人还是在认真查看新的布局。

“他们人呢？”赞特不耐烦地叫道。

他们并没有等多久。安萨鲁家族的庄园在翻过东边山脉后的那边，来自安萨鲁家族的客队排成一列，整齐划一地跑进了竞技场，他们的伴当们则在队列两侧排成了纵队。眼前的景象让德利安皱起了眉头。安萨鲁家族的男孩们总是纪律严明；而他的同学们则三五成群地分散在曲形地面上，嬉笑打闹，矮人们也分散其间闹成一团。这首先就让安萨鲁队在气势上胜了一筹。*我们也应该像那样组织起来*，德利安想。

亚历山大和安萨鲁队的裁判走了进来，两个人聊得兴高采烈。德利安很庆幸亚历山大是他的年级导师，家族里其他一些负责照顾家族子弟的成年人都没有Ta那种同理心。他还能想起六年前的那一天，亚历山大和蔼地向他和他的同学们解释他们的身份，说他们并不是跟成年人一样的性转人，他们的性别是二元的，是固定的——与几千年前地球上的人类一样。

“为什么呢？”所有人都在问。

“因为你们要成为你们本来的样子。”亚历山大和颜悦色地解释道，“你们要到外面去，要在战场上面对敌人，而你们的本性将给予你们在战场上最大的优势。”

德利安一直都不太相信这点，毕竟，亚历山大和其他大多数成年人一样，有将近两米高。士兵当然需要那种块头和力量了，何况Ta还告诉过男孩们，他们十有八九是长不到那么高的。

“但你们会很强壮。”Ta曾向他们承诺。只不过对德利安来说，这起不到什么安慰作用。

如今，每当德利安太过仔细地研究他的导师，在脑海里进行比较时，他总会感到一丝内疚。尽管亚历山大十分高大，但德利安从来不觉得Ta的身材已经达到了Ta那种身高能够（或应该）达到的程度。当然，年龄在这当中肯定也是影响因素之一。

站在赛场中间地面上的亚历山大看起来还是相当结实的，不过德利安确实有些怀疑，Ta穿的那件黑色V领裁判服所露出的乳沟对Ta这个年龄段来说是不是有点太多了（宿舍间的传言说Ta有一百八十岁）。不过亚历山大那肉桂色的皮肤上几乎没有什么皱纹，肤色也与Ta那总是修剪到齐肩长度的浓密的蜜金色头发形成鲜明的对比。Ta那灰色的大眼睛总是能传达出极大的同情，每次德利安行为不端被发现时都会遇到这样的目光。而有时候，Ta的目光又会变得非常严厉。而且今年，亚历山大又留起了小胡子。“这样比较有型啊。”当孩子们窃笑着提问时Ta是这么回答的，语气中略有点防备的意思。至于是不是真的有型，德利安一直不太确定。

亚历山大注意到了他的目光，并做了个手势：*该就位了*。

两支队伍在场地中央排好队形，他们各占一半场地，中间由两位裁判隔开。德利安和他的矮人站在了惯常所在的位置——伊默勒队半圆形队伍的中间。伊蕾拉在他的旁边，两个矮人分立她的两侧。女孩每人只有两个矮人——多了也用不上。德利安昂起头，迅速评估了一下客队的情况，看谁和矮人的关系最紧密，谁的矮人反应最敏捷。

“他们的八号。”伊蕾拉说，“去年的时候我就注意到他了，他很强。注意点。”

“嗯。”德利安心不在焉地应道，他也记得八号——他记起了那时的情景，一记旋转铲球让他从障碍物那里四仰八叉地翻滚到一边，他一边咒骂一边看着对手夺走了标球。

八号是他们中最健壮的一个，有着一头向脑后卷曲着的棕发。他从竞技场四分之一处的地方向德利安扫了一眼，眼神中充满了不屑，明显是在故意羞辱，他的矮人也完美地复刻了这一表情。

德利安条件反射地握紧了拳头。

“别犯错。”伊蕾拉责备道，“他是在故意激怒你呢。”

德利安的脸一下子红了，伊蕾拉说得对，而且他也知道这点。再想回应这份挑衅也已经晚了，八号的注意力已经不在他这里了。

德利安看着安萨鲁队的三个姑娘走到了场地边缘处指挥栏中属于她们的位置，那份优雅让他羡慕，他自己的步态就像是即将导致雪崩的巨石——虽然一点都不有型，但也让他到达了该到的位置。不过，身穿防护服的伊蕾拉比客队最高的男孩还要高出四十五厘米，每次他们看到伊蕾拉上场时所露出的那种明显不悦的表情都让德利安很享受。每支参赛队伍的人数被严格限制在十三人，包括战术师，不过没有一条规则规定战术师不能实际参与对战，伊蕾拉在很久之前就赢得了这场争论。

亚历山大和安萨鲁队的裁判用戏剧性的夸张动作展示了每队的两个标球，并将标球高高举起。伊默勒队的两个标球闪起红光，安萨鲁队的是黄色的。

看到标球，两队人马都咧嘴笑了起来。

“两个。”德利安兴奋地叫道。这才更像样嘛，迄今为止，他们每次比赛都只有一个标球。这将是对个人技能和团队协作能力的更大考验。他和团队中的其他成员都戴上了头盔，看起来都有一丝紧张。

作为在朱洛斯出生的第一代二元性别的人类既有痛苦又有喜悦。痛苦的是没有学长传授经验，比如提前告诉他们竞技场的游戏规则会变，德利安与他的同学们就总是为低年级的学生留下在游戏和竞赛中如何行动的提示。喜悦的是他们自己就是先驱，他们在庄园训练计划中所经历的一切都是全新的。有时候，这感觉就像是一种不公平的负担——不过他从没有向亚历山大这样承认过。

“两个标球都投进目标，得一分。”亚历山大说道，“先获得十五分的一队获胜。”

“扬茨，还有乌雷特，你们俩保护一个标球。”埃莉奇的声音从德利安的头盔通信器里传了出来，“雷洛，你保护另一个。”

“明白。”雷洛虎视眈眈。

“哈布莱和柯利安，你俩负责雷洛那个标球的中场。”蒂利安娜说，“咱们把他们给引过来。等到他们进入最后冲刺的时候再阻截。”

德利安长出了一口气，他刚才还在担心这姑娘又要派他去防守。他知道自己更善于阻截。

“一队准备。”亚历山大高声说道。

所有人都紧绷了起来，德利安的矮人簇拥在他周围，手挽手组成一个圆圈。

“二队准备。”安萨鲁队的裁判下令。

安萨鲁的男孩们齐声高叫：“好！”德利安和他的队友也喊出了他们的口号——那是他们在过去几年中逐渐发展出的一套呼喊声，在他们自己听来是相当野蛮的。

亚历山大对他们报以宽容的微笑。竞技场墙壁上的光带变成了金色。德利安感觉到重力正随着竞技场转速的降低而下降，所有选手都像海水中的海藻一样摇晃了起来。与往常一样，重力降低让他产生了一种奇异的头晕目眩的感觉。两位裁判同时将标球扔了起来，四个闪亮的圆球朝轴心处飞去。

重力达到了百分之五的水平，这时亚历山大吹响了哨子。

德利安的矮人们迅速蹲下，将紧握的双手伸入之前形成的圆圈中央，德利安跳上由粗壮的双臂组成的平台，矮下身子，矮人

们完美地领会了他的每一个肌肉运动。他跳了起来，那劲头好像要一路跳向下方的行星一样，矮人们同步举起手臂，仿佛纤细的花瓣突然绽开。

他向上猛冲，身体翻转半圈朝第一个多面体飞去——那个六边形表面倾斜的角度正合适，他蜷起双腿，膝盖几乎够到下巴，使劲一蹬那个平面，靠着反弹力朝第二个多面体飞过去。周围的空中到处都是飞翔的男孩，不是在追踪他们就是在追踪标球，或者在预测他们的动向。然后矮人们也飞了起来，从上面看就像一个沉重到不行的鸟群忽然被惊飞了起来。

德利安看清了是哪个安萨鲁男孩在防守他们的其中一个标球。“阻截后卫。”他叫道。

他跳到下一个多面体，调整角度，弹射出一条非常妙的阻截路线。

“马洛特，搞定德利安的后卫 -2。”蒂利安娜呼叫道，“小伊，抢攻。”

安萨鲁的后卫已经注意到了他，并蜷起了身子。德利安依重心转身，蜷起双腿，作势要踢。

两个人狠狠地撞到了一起，那个后卫试图抓住德利安的双脚（技术上而言，这是违规的，你只能碰对手，不能抓），但德利安只用了一只脚，把身体倾斜到了一边，那个后卫的双手扑了个空，接着德利安撞上他的屁股，让他旋转着摔进了一个多面体里，然后沿水平方向弹了出去。

伊蕾拉从德利安身边飞驰而过，与此同时马洛特也击中了另一名后卫。伊蕾拉以精确的角度从一个多面体上弹起，向黄色的标球径直飞去。德利安的矮人赶上了他，用紧扣在一起的肢体组成一个球体，将他保护在中间，他们一起从一个障碍物上弹射起来，四个矮人的腿力给予了德利安额外的加速度，他飞向伊蕾拉，为她提供掩护。

竞技场的光带闪动了三秒紫光。德利安惊愕地咕哝了一声，矮人们注意到他微屈身体，伸直双腿，伸展手臂，于是他们缓慢地旋转了起来——准备。

容纳竞技场的陀螺形船体变换方向并加快了旋转速度，离心重力也立刻改变了方向。障碍物随即在空中移动了起来，就像风暴前端的固体云朵。几个矮人撞在了一起，又被胡乱地甩开。蒂利安娜和埃莉奇都在高声吼叫着下指示，给队伍重新导向。德利安看到一个障碍物飞速接近，他的矮人们随之微微改变了动势，击中了障碍物并沿大致正确的方向弹跳了出去。倒不是说他真的去过海上，不过德利安觉得，竞技场这种毫无规律的变化应该很像海面上被风暴抛起的船的感觉。

伊蕾拉还在正确的路线上，她已经抓住了安萨鲁的标球，并沿轴线扔了过去。她的矮人抱住她的臀部，组成了一个X形，他们像体操运动员一样扭动着身体，在飞过轴线的同时帮助她调整方向——这一连串操作的流畅度连德利安都惊叹不已。伊蕾拉从一块障碍物上弹起，头朝下飞向地面，地面的倾角很明显，足有四十五度。

“小伊，三点钟方向有Z进入。”埃莉奇叫道，“现在！就现在！”

德利安想把自己说过的话吞回去，他感觉这姑娘每次比赛都会过度兴奋，她们本该是负责冷静分析的才对啊。他看到安萨鲁的后卫（八号队服）处于矮人组成的星形阵列正中，旋转着朝伊蕾拉的方向飞去。

“搞定他。”德利安叫道。他的右侧有个障碍物，两个矮人伸出手臂使劲一摆，整个队伍快速旋转了起来，他们朝下一个障碍物飞去。弹射——德利安的队伍赶在八号球员的阵列击中伊蕾拉的前几秒撞上了他们，撞击的力道非常猛，两个阵列都被撞散了，矮人们和两个男孩像爆炸后的残片一样四散开来。

伊蕾拉又弹跳了一次，重重地落在倾斜的地面上，并优雅地翻滚了一圈以卸掉冲击力，她冲向伊默勒的球框，将球扔了进去。

德利安狠狠地砸在了一个障碍物上，很疼，他挥动四肢，试图稳住自己。他的两个矮人抓住一块障碍物，朝他的方向跳了过去。光带又闪起了紫光。

“哦，圣徒啊。”德利安呻吟了一声，竞技场又开始变化了。一个障碍物从空中向他扫来，他的矮人抓住他的脚踝，他们转动了起来，他的时间刚够蜷起身子再弹射出去。

“雷洛被盯上了。”蒂利安娜命令道，“快去支援！”

德利安赶紧环顾四周，发现雷洛正在他们的闪光标球旁旋转着，安萨鲁的三个阵列正冲他赶去。德利安本能地弹上另一个障碍物飞了起来，伸展手臂做出召唤的姿势，不出五秒钟，他的矮人们就又在他周围集合了起来，他们一同飞过竞技场去帮雷洛。

安萨鲁队也成功捕获了一个伊默勒标球并投进了他们的球框。五十秒后，赞特抢到并投中了安萨鲁队的第二个标球。整个竞技场稳定了下来，两队人都轻轻地弹落在地。

“休息两分钟。”亚历山大宣布。

德利安和他的队友们发出一阵兴奋的喧哗声。先拿到分总是个好兆头，而且还能打击对方的士气。蒂利安娜和埃莉奇开始给大家分析他们做错的每一件事，他们都还没来得及喝口果汁，裁判就叫大家回去继续比赛了。

四个标球高高地飞到竞技场上空，这时亚历山大吹响了哨子。

伊默勒队十一比七领先，这一局比赛开始时，情况又发生了变化，竞技场产生了与轴线成直角的离心引力——德利安最讨厌的就是这种情况，障碍物自己也会旋转起来。

“什么鬼啊？”赞特惊叫道，他刚刚在一个障碍物表面上从一个完全没有预料到的角度弹了出去。

德利安只是兴奋地笑了笑。光带又闪烁起了紫光，竞技场又要变化了，距离上次转换还不到三十秒。

“集中注意力，看在圣徒的分上！”蒂利安娜怒吼道，转得四仰八叉的扬茨刚刚错过了他准备夺取的安萨鲁标球，他撞在了一个障碍物上，转动的障碍物将他甩向了竞技场中心点的方向。

德利安滑向一个障碍物，小心地调整着四肢，他的矮人阵列相应地做出了反应，他能分辨出他们将落在哪一面上，以及是怎样的角度。他稍稍调整四肢，矮人们也相应地屈起双腿，弹力将他径直推向安萨鲁标球的方向，矮人的四只手高高举起，仿佛是在举起胜利的奖杯。

伊蕾拉从他眼前飞过，一把抓住了标球，并蜷起身子正正地落在一个障碍物上。

“你太慢了。”她笑骂道，随后又弹了起来。

德利安一边羡慕她的敏捷，一边因为标球被抢而有些懊恼。他研究了一下自己航线上那个转动的障碍物，基本看清楚了它的运动轨迹，于是弹射起来，跟着伊蕾拉朝着地面飞去，准备在她应付安萨鲁队的阻截时提供帮助。

两个安萨鲁队员试图阻击，但转动的障碍物对他们来说也是个意外因素。两个人都失了手，错过了朝着下方飞去的伊蕾拉。

紫光又闪了起来。

“哦，别了吧。”德利安呻吟道。要是竞技场一直这样，他们得花几个小时的时间才能拿到最后一分。而他已经感觉很累了。

他能从伊蕾拉的航向上看出，伊蕾拉计划再弹跳一次就着陆。随后他注意到安萨鲁队的八号正准备在最后时刻进行阻击，那男孩的矮人阵列撞进一个障碍物，他们组成了一条弹弓似的射线，将大量动能传递给了男孩。看到这一切的他不得不承认，那个男孩很强。八号独自一人从瓦解了的矮人阵列中飞了出来，那速度吓了德利安一跳。

德利安一边观察着八号的行进轨迹，一边在心里迅速把细节都组合了起来。那男孩应该减速，因为以这种速度行进，撞上任何东西他都会受伤，甚至可能撞断骨头，但他减不了速，因为附近没有可供他弹跳卸掉动能的障碍物了。他的飞行姿态——双臂举过头顶，双手握拳——那也是故意的，他打算弄伤伊蕾拉，还有之前每当伊蕾拉在比赛中得分时他那忧郁怨恨的表情，而伊蕾拉已经为伊默勒队获得了六分，他这是要报仇。

他的目标不是标球，德利安明白了过来。他猛挥双臂，双手做出抓握的动作，他的矮人们立刻做出反应，拉长队形。其中一个矮人击中一块障碍物的侧面，短暂地抓住了障碍物的边缘，这就足够了。障碍物的转速通过矮人们传递了过来，德利安被甩了出去。

现在，速度过快的是他了。

“怎么……”蒂利安娜倒吸了一口凉气，“不！小伊！小伊！小心！”

德利安的手肘撞上了八号的身体一侧，两个人猛地弹开，远离了伊蕾拉。那冲击力让他头晕眼花，好像有一把火吞噬了他的手臂。他听到刚才瞄准的目标在不远处发出了痛苦与愤怒的吼叫，两个人围绕彼此旋转着，就像共用一条轨道的双星。这时警笛声响起，竞技场的灯光也变成了红色。

德利安狠狠地撞在了一个平面上，感到肺里的空气都要被挤出去了。他想自己肯定是撞在了墙上，因为随后他立刻砰的一声摔到了地上。八号则落在了他的身上。

八号的拳头打在了德利安的腿上，他立刻还击，两个人都嘶吼了起来，互相撕打着。随后德利安握起拳头，成功地击中了八号的肚子。那男孩发出一声痛苦的怒吼，然后立刻用脑袋撞向德利安。两个人都戴着头盔，所以这种攻击并没有什么效果，不过他们的肾上腺素都飙升了起来，德利安挥手就要砍向对方的脖子。

“住手！”蒂利安娜和埃莉奇的尖叫声同时在他的耳边响起。

两人的矮人也赶了过来，跳到了摔在一起的两个男孩身上。伊蕾拉在大叫。两队矮人小小的手指抓在男孩们的身上，同时发出越来越高的尖叫声，尖利的牙齿互相狠狠地咬来咬去。德利安在翻滚中又打了对方两拳，对方只有一拳打在了他的头盔上，然后又砸在了他的鼻子上。鲜血从鼻孔里流了出来，不疼，只是更激起了他的愤怒。他用尽全力猛提膝盖，感觉到膝盖狠狠地击中了对方的腹部。

这时，亚历山大和另一个裁判赶了过来，两双手抱住了又叫又踢的两个男孩，将他们分开。两队矮人还在混战，他们仍旧互相撕咬着，又过了几分钟，两队矮人才一脸忧虑地各自聚集到了他们敬爱的主人身旁。此时，德利安正重重地坐在竞技场的地面上，整个场地已经加速旋转到了完整重力的状态，他正捏着鼻子，试图阻止那量大到令人不安的鼻血流出。八号蜷缩成一团，捂着肚子，气息有些颤抖，黝黑的面容上也显出了一丝病态的苍白。两支队伍分别聚集在竞技场的两端，充满敌意地注视着彼此，就连女孩们也加入了进来。

“看来，今天的比赛正式结束了。”亚历山大语气坚决，“孩子们，请回更衣亭里去。”

安萨鲁队的裁判也命令Ta的男孩们退出竞技场。亚历山大和Ta商量了一会儿，两个人声音压得很低，不时点点头，成年人面对严重违规行为时总是这样。“团队茶点时间也取消。”他们俩同时宣布。

德利安步履缓慢地经过传送门，眨眼间就进入了下午时分阳光明媚的庄园运动场。低年级的男孩们正在踢足球，对刚刚在竞技场里发生的戏剧性事件一无所知。不知为何，突然回归到日常场景让德利安感觉有点不好意思。

安萨鲁队的裁判带领着Ta的队伍，让他们排成一列，向客队更衣亭进发。其中的几个男孩恶狠狠地瞪着德利安，德利安感觉浑身僵硬，不知道自己还要忍多久……

一只手臂绕上了他的肩膀。“他们死得跟扎格列欧斯一样啦！”说着，奥雷特又提高声音，“我们赢了！十二比七。”

安萨鲁队的视线转而都聚焦在了奥雷特身上。

“够了。”亚历山大在他们身后厉声说。

奥雷特毫无悔意地咧嘴一笑。“圣徒啊，你可把他给搞定了。”他对德利安说。

德利安虚弱地笑了笑，说：“是搞定了，对吧？”

“才没有搞定呢。”埃莉奇说。

两个男孩同时回过头，仰脸望着朝他们走来的埃莉奇，脸上露出了一丝羞愧的表情。“你就没好好想过。”埃莉奇继续道，“那个策略简直蠢极了，你应该提前计划好要怎样进攻。那一下万一残疾了可怎么办，你应该想清楚会给自己带来多大的损伤。”

“我没时间了，事情发生得太快了。”德利安反驳道，“他就是故意要伤害伊蕾拉。”

“我觉得吧，你想要保护她，这很好。不过连圣徒都知道你这法子太蠢了。”埃莉奇说，“下次，你要么直接大叫警告她，要么就在进攻时更狠一点。”

“更狠一点。”奥雷特若有所思地轻声重复道，而埃莉奇已经回身继续跟蒂利安娜讨论起来了。

“这主意不错。”德利安承认道。

“我觉得你对他已经够狠了。亚历山大十有八九会把你扔进世界上最深的洞里，而詹纳校长会把洞给填上——很可能是用屉屉。”

“也许吧。”德利安耸耸肩。他转身看了看他的矮人，他们身上几乎都是青一块紫一块的，还有擦伤，其中两个还一瘸一拐的。“我为你们骄傲。”

矮人们纷纷抬起鼻尖在他身上拱着，每个都想让他摸一摸，以获得安慰。德利安抚摸着他们头上光滑的皮毛，深情地微笑着。他环顾四周，寻找伊蕾拉——那个从头到尾都没有谢过他，甚至连一个字都没说过的人。伊蕾拉走在蒂利安娜和埃莉奇的身后，脸上没有一丝表情。

就好像什么事都没发生过一样，德利安想道，或者是发生太多事了。

主队更衣亭内，男孩们先带他们的矮人们去清理。男孩们将运动装备扔进洗衣篓，然后给矮人们洗澡，给他们打上香皂，冲洗擦拭，让他们在烘干机前用热风吹干。最后，给他们穿上了日常的外衣——简单的一整张布制成的无袖上衣，直接从头上套进去。德利安为矮人们的上衣统一选用了橙绿色条纹布料，从同学们平淡无奇的选择中脱颖而出。

给矮人们洗完后，他自己也去洗了个澡。站在热水喷头下，他忽然感觉到了深深的疲倦。他的鼻子肿得厉害，而且很疼，他的手臂感觉很僵硬，还有点麻，撞击的淤青也慢慢显露了出来。那短暂的一幕开始在他的脑海里回放，奇怪的是，他开始赞同埃莉奇的评论了。那的确是愚蠢的本能，完全没过脑子，没有什么策略，只是硬碰硬。“太蠢了。”他告诉自己。

他们的矮人技师乌兰蒂一直在Ta的诊所里等待着。那些矮人在竞技场里的比赛中免不了受各种各样的伤，外伤或淤伤都有，这就需要 Ta 的治疗。而这一次，看到德利安带着他的矮人们走进诊所，Ta 难以置信地摇了摇头。

“我的妈呀，我们来看看这次有什么收获？” Ta 的语气里有一种尖锐的讽刺，“我是先治你的矮人们呢，还是先治你？”

德利安低着头。乌兰蒂正处于周期的女性阶段，德利安一直都觉得 Ta 在女性阶段比在男性阶段更具威慑力。他不知道为什么，但就是有这种感觉。当成年人处在女性阶段时，不知为何，她们总能成功地加深你的内疚感。德利安呻吟了一声，他想起詹纳校长目前也正处在女性阶段。

* * *

家族的圆顶宿舍都集中在伊默勒庄园的中心——宏伟的白色大理石建筑，底部有着高大的拱门，建筑上镶嵌着狭长的深色窗户。从诊所出来后，德利安穿过郁郁葱葱的花园朝人群走去，距离还有一百多米，他就看见了在高大的石柱间奔跑的身影，听到了家族同伴嬉笑打闹的声音——一切都无比正常。他连忙绕过小径，进入了高大的古树丛（这些树十分适合攀爬），最后他来到了一片被点缀着粉色芬芳花朵的高高的树篱包围着的下沉式草坪，草坪中央有一个块石衬砌的池塘，池塘中心有两个喷泉，他坐在池边，看着细长的金色和白色的锦鲤在水面下游动。看到那些探头探脑的矮人，锦鲤迅速躲到了大大的莲叶下。

此刻的德利安并不想有人陪伴。他知道他的同学们肯定都聚集在休息室内，八卦着这场比赛。此时，竞技场上那场激斗的消息肯定已经传遍了各个年级。人们得谈论上好几天，那些低年级

的孩子们也肯定有几千个问题要问他。

可我做得没错，他告诉自己，那家伙要伤害伊蕾拉。

没过多长时间，他就听到了身后石阶上传来的脚步声，他的矮人们都转过身去，只有他还在盯着那些游鱼，心里很确信来的应该是谁。家族里所有的孩子都认为，那些照顾他们的成年人应该能连接上庄园的管事机器人，所以他们才能时刻了解到每个人都在什么地方。因此，他就像扎格列欧斯一样确信，这可不是什么偶遇。

“有心事？”亚历山大问。

德利安及时压抑住因为猜测正确差点扬起的嘴角，说：“对不起。”

“为什么要说对不起？”

“啊？”德利安转过身，发觉Ta笑得出奇地灿烂，“可……我们打架了啊。”

“是啊，不过是为什么打的呢？”

“他要是以那种速度撞上伊蕾拉，伊蕾拉会受伤的。他是故意的，我确定。”

“很好，这个理由对我来说足够了。”

“真的？”

亚历山大挥手一指，问：“为什么我们的庄园周围要有围栏？”

“为了阻挡野兽进入。”德利安下意识地回答。

“正确。如果到现在你还不清楚朱洛斯有多不安全，那你就永远也不会清楚了。敌人就在外面，德利安，他们一直在到处搜寻人类。而且因为必须保持静默，我们无法知道他们取得了怎样的成效。我们生活在一个危险的星系，而且很有可能，朱洛斯就是自由人类最后的家园。为了生存，你们必须得互相照顾，这才是你们在这里真正要学习到的。而你今天就实践了这一点，我很高兴。”

“所以……意思是说我不用留堂了？”

“很会算计嘛，德利安。是的，不用留堂，但也不会给你发奖，还没到时候。”

“还没到时候？”

Ta 笑得更开心了，说：“等你进入更高年级的实战课程时再说吧。目前，你需要学习的是战略与团队协作，竞技场对战的目的就在于此。所以，我们先集中精力把它搞定，怎么样？”

“好！”德利安也笑了起来。他的矮人们都被他那如释重负的心情所感染，知足地笑着拍起了手。“好，好。”他们叽叽喳喳道。

“好了，回宿舍去吧，下午上课前你得吃点东西。再说，越晚去和你的同学们聊，他们就越想跟你聊。”

* * *

德利安他们年级下午的课程在五圣厅进行，它位于庄园的最西头，从圆顶宿舍走过去只需要五分钟。他一直很喜欢在五圣厅听到的那些故事，因为它们都是关于那五位圣徒的，他们终有一天将战胜敌人。

“你的鼻子怎么样了？”扬茨问。他们正沿着棕榈小径朝五圣厅走去，高大的棕榈叶在他们头顶上摇曳着，看来微风又要从海上开始沿着大峡谷进行它的日常旅行了。

德利安差点条件反射地摸了下鼻子。“还好吧，我觉得。”

“圣徒啊，我到现在都不敢相信居然没让你留堂！”

“是啊，我也不敢相信。”他看到那三个女孩正走在前面，她们总是在一起，“一会儿再聊。”

听到他的喊声，女孩们整齐划一地回过头。蒂利安娜和埃莉奇看了一眼伊蕾拉，一副“我就知道”的表情。一时间，德利安觉得她十有八九是不会停下来了——或者更糟，其他人也会跟她一起停下来。谢天谢地，另外两个人转身先走了。

“抱歉。”德利安追上来说。

“有什么好道歉的？”

德利安抬起头，专注地看着伊蕾拉那张心形的脸，不知道她为什么要这样对待他，明明他们俩平时相处得很好。女孩注定都是聪明的——比男孩要聪明得多，亚历山大曾和他们解释过，他们的基因序列就是如此。但德利安忽然意识到，伊蕾拉将会是他们当中最聪明的那一个，他不想失去这个特别的朋友。“你在生我的气吗？”

伊蕾拉叹了口气，说：“没有。我知道你为什么要那么做，对此我也很感激，真的。只是……这太暴力了。圣徒啊，德利安，你们俩相撞的时候速度一个比一个快！然后还打架，你的鼻子都流血了。我真的不……那太可怕了。”

“埃莉奇说我下次应该更用力。”

“埃莉奇说得对。你可以一招制敌，你懂的吧，这样就能速战速决了。”

相撞那瞬间那个男孩头盔里那张脸上的表情在他的脑海里闪过。“我懂。也许我应该学学具体的方法。”

“三年之内会学到的，之后我们会有战斗比赛的实战课程。”

“我猜你现在就能黑到那些数据。”

伊蕾拉的嘴角抽搐了一下，说：“我当然可以。”

“谈论这些还蛮好笑的，关于如何去伤害别人。”

“外面的宇宙很危险。”伊蕾拉指了指他们正在靠近的那道四十米高的围栏。郁郁葱葱的山谷中一片寂静，不知为何，这感觉比外面有动物的声音时还要可怕。

“每个人都这么跟我们说。”德利安看着围栏外。二十五公里之外，跨过平坦宽阔的谷底，阿弗拉塔的塔楼从山坡低处拔地而起，有些是水晶打造的，有些是银制的。即使以现在的眼光来看，那古老的城市也依旧恢宏壮丽，这让德利安产生了一种悲哀的感觉。那里已经有四十多年无人居住了，似乎每一天，青翠的藤蔓和攀缘植物都会缠绕着摩天大楼再爬高几米，街道也早已被野生的绿色植物所吞没。所有那些高档的公寓如今都成了那些在阿弗拉塔的大道上互相追逐的朱洛斯的掠食动物的家。

“但那并不意味着这就是对的。”德利安说，“圣徒啊，我知道我们在庄园里生活得还行，也很安全。可就是……我想到外面去！”

“我们会到外面去。”伊蕾拉柔声附和道，“总有一天会的。”

“呃，你这话听起来就像詹纳校长说的那样：所有好事总有一天都会发生。”

伊蕾拉笑了笑，说：“确实如此。”

“我想要走到围栏外面去；我想要爬上那些塔楼中的某一座；我想要去海边，到海里游泳；我想要去他们建造的战舰上去，去打败敌人。”

“这些事我们都会做的，你、我，我们所有人。各大家族是我们星球上仅剩的人类了，我们就是朱洛斯之巅，是最优秀与最伟大的一切。”

德利安叹了口气，说：“我以为五圣徒才是最伟大的？”

“他们的牺牲是最伟大的，我们得向他们看齐。”

“我永远都不可能做到的。”

伊蕾拉笑了起来，说：“你能的，我们所有人当中只有你最有可能。至于我？我只希望圣殿之星是真的。”

“你真这么想吗？马罗克总是说庇护圣殿就是个传说，是世代飞船在各个世界之间传播的寓言。”

“所有神话的起点都是真实的。”伊蕾拉说，“现在银河系里肯定还散居着不少人类，如果说其中有人找到了一颗不被敌人发觉的安全星球，应该也不是什么不可能的事。”

“如果庇护圣殿是真的，那我们就一起去找到它。”德利安庄严承诺。

“谢谢你，小德。走吧，我还想听听马罗克关于圣徒们还有什么要讲的呢。”

* * *

五圣厅是庄园里最富丽堂皇的建筑——长长的门厅嵌着有光泽的黑金色墙壁，通向五座大厅。炽热的阳光透过金色的水晶屋顶，散射出万丈光芒。

德利安年级的十五名男孩和三名女孩一起进入了三号厅。大厅里的人造革椅子十分宽大，坐上去感觉整个人都能陷进去，靠垫会根据承受的重量而改变形状，就像黏稠的液体一样。他们头顶的水晶屋顶上蚀刻有圣徒们的黑白画像，墙上的软木板上还钉着几十张圣徒的图片，磷光羊皮纸微微发着光，都是家族里小一些的孩子们画的。这里并不是通常意义上的教室，他们在这里不做笔记，也从不考试。导师们想让他们在这里得到放松，想让他们主动了解五圣徒的故事，导师们想让这些成为孩子们想要了解、想要学习的东西。

庄园的太阳系史学家马罗克笑着走了进来。Ta 正处于女性阶段，于是将 Ta 那栗色的头发留到了齐腰长，Ta 的面骨狭长，给人一种略显精致而又富有吸引力的感觉。德利安经常想，要是他足够幸运，能像那些乘坐世代飞船离开的人一样有一对亲族，那他一定愿意让马罗克作为其中的一个。

“都坐下吧。”马罗克对孩子们说，“好啦。大家都从竞技中恢复过来了吗？”

下面传来一阵窃笑，不少人的目光都投向了德利安的方向。德利安坦然以对，就好像什么都没发生过一样。

“这么问是因为，我们之前在谈论圣徒时还从没有提过暴力的问题。”Ta 继续道，“截至目前，我们只讲述了概要。从今天起，我们开始讲述大事件，将五位圣徒放在历史背景中，正确地评价他们所做的一切，更详细地分析他们的行为。是什么在激励他们，他们是如何走到一起的，他们真的如你们听到的故事中那样亲密无间吗？而且，最重要的是，他们到底经历了什么。所有的这一切都需要我们正确看待。”

赞特举起手，问道：“这么说，他们不是朋友？”

“也不尽然。一开始肯定不是，还记得卡勒姆和尤里在那之前就已经分道扬镳了吗？当时的情况并不算好，是不是？那么谁能告诉我是哪两个原因让他们重新走到了一起呢？”

“政治和背叛。”所有人齐声答道。

“很好。”马罗克微笑道，“那是在哪里发生的呢？”

“纽约！”

“对极了。好，2204 年的纽约与我们所知的一切是非常不同的，甚至与阿弗拉塔也非常不同，至于尼基雅，就更不一样了……”

评估小组

费里顿·凯恩
尼基雅
2204 年 6 月 23 日

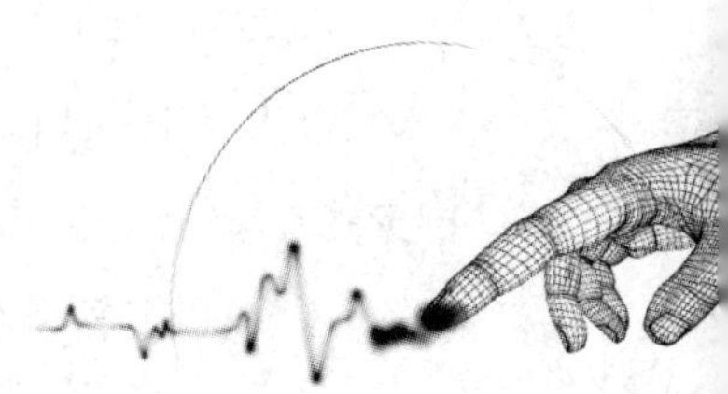

距离游侠开拓者驶出尼基雅大本营已经过去了一个小时，服务员开始提供晚餐服务。美味的预包装食物经过微波加热，在我尝来依然味美。我选择了烤扇贝配薄荷豌豆烩饭作为开胃菜，然后是牛排和薯条配红酒酱汁，选的红酒是三年份的夏布利，还不赖，最后以淋了覆盆子酱的柠檬焦糖布丁收尾。整个用餐过程中我一句话都没说，其他人也都在看资料，消化我们提供的关于那艘外星飞船的每一点数据。我知道单纯依靠这点数据还不足以得出什么确定性的结论，我已经花了十天的时间在这上面，想要弄明白到底都发生了什么。

“你们确认飞船上那些人类的身份了吗？”卡勒姆吃完腌杏仁松露挞后，终于开口问道。

“没有。”尤里的回答言简意赅，“我们做不了。”

“做不了，还是不愿意做？身份核实对太阳网来说可是再简单不过的操作了。在我们如今这个社会，每个人都无处可藏，是不是，阿利克？”

FBI 高级侦探微微一笑。“是很难躲藏。”他承认道，“政府盯

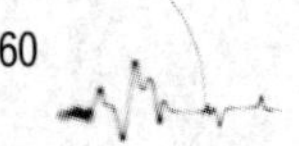

着每一个人呢。”

“都是为了他们自己的利益。”卡勒姆冷笑道。

“过去五十年里发生过多少起恐怖袭击？过去七十五年里又有多少呢？”

“不多。”卡勒姆不情不愿地承认道。

“都是因为你们那套臭名昭著的预先流放制度。”埃德伦语调尖刻，“以人的行为和兴趣为依据，G8 图灵机分析认为某些人会做出点什么，于是你们就动手抓人。这有什么公正可言？”

阿利克耸耸肩，说：“我又能说什么呢？模式分析管用啊。另外，任何一份国家安全清除令都需要三名独立法官签字才能生效，任何人都不会不经过公正的听证会就被流放。”

“这一定会让你们的公民感觉更加安全。那些专制政府都怎么说的来着？不做亏心事，不怕鬼敲门。”

“嘿，所以你希望他们都能自由移民到阿基沙或者孔雀六的某个定居点去吗，伙计？”

“这可不是你的辩护理由，这是威胁。”

阿利克僵硬地挤出一个自以为是的笑，然后给自己倒了一杯随行李带来的波本威士忌。

“为什么你们没有去确定他们的身份？”卡勒姆问。他的目光一直都没有从尤里身上移开。

“和这里没有连接太阳网的理由一样，和阿尔法防御部明令要求我们将传送门与飞船保持安全距离的理由也一样。安全问题。”

“天哪！你们还是在搞那一套，对不对？还是觉得你们所做的一切都是对的，你们用的才是唯一正确的方法。谁说的不一样想的不一样就是错的，甚至是邪恶的。”

“因为这正好就是对的方式。你自己好好想想吧——这实际上就是你们在这里的原因：公正地提出你们的见解。×，谁知道埃米利娅和亚鲁派了你过来。”

“因为我正好有能力进行理性思考，而不是当个偏执狂。”

“像你那样会走漏风声的。”坎达拉有些厌倦地说。她已经脱掉了外套，坐在躺椅上，在折叠式托盘里挑拣着素食，手臂上强健的肌肉展露无遗。

尤里和卡勒姆的目光同时投向了她。

“什么？”卡勒姆问。

“抱歉，不过尤里说得对。”坎达拉说，“那些外星人，不管是什么人，他们肯定知道飞船上的那些人都是什么人。所以只要我们把那些人类的图片或者DNA序列上传到太阳网，他们肯定立刻就知道我们已经发现了飞船。不过既然对这次发现的保密是我们的一个优势……”她耸耸肩。

“谢谢。”尤里咧嘴一笑，“她说的，就是我想要解释的。”

卡勒姆怒吼一声，举起了他的空玻璃杯。一个服务员过来给他倒了一杯麦芽威士忌。

阿利克坐了回去，晃动着玻璃杯里的波本威士忌，他看了看尤里，又看了看卡勒姆，最后做出了决定。“好吧，这话我一定得问问。你们两个之间是有什么问题？就连局里也没有相关的资料，不过我听到过一些谣传。现在呢，你们俩都在这儿，都想要表现得友善——还都搞砸了。”

“这次任务比我们两个要重要得多。”尤里的语调酸溜溜的，让其他人都像撞上了石崖一样停下来。

“这会儿又要显示人性了，嗯？”卡勒姆说。

“去你的。”尤里反唇相讥。

杰西卡、洛伊和埃德伦看着眼前的情景，有些好奇，又有点紧张。有这种反应很正常——这种大佬正面碰撞的场面可不多见。

“你就是个冰冷的公司机器。”卡勒姆说，“那时候就是，现在也没变。你可不光是联协的雇员，你还是它的大祭司，领导着其他人对它的崇拜。”

“你还活着，不是吗？”

“需要我为此感恩戴德吗？”

“那又不会让你掉几两肉！”

“是吗？”卡勒姆冷笑道，“你要我告诉他们吗，让大家来评判一下？这可不光是我的故事，你说是不是？”

“说呀。”尤里挑衅道，说完就伸手去够他的冰伏特加了。

卡勒姆挨个看了一遍我们剩下的所有人，还下不了决心。

“来吧。”坎达拉微微一笑，怂恿道。

“那是很久以前的事了。”

“哈！”尤里将他的伏特加全都倒进了酒杯，不屑一顾地说道，“还是个月黑风高的夜晚吧？”

“你根本就不知道一开始的事，问题很大程度就出在这里。而且你之所以不知道就是因为你根本不关心别人！”

“去你的！我关心——关心她，不是你。没人会理会你，浑球。”

“故事真正开始的地方是加勒比。”卡勒姆说，所唤起的那久远的记忆让他的表情也柔和了起来，“萨维和我就是在那里结合的。”

“非法结合。”尤里反驳道，“要是你按规矩告诉我们，这一切根本就不会发生。”

“那并不是非法。尽管规模庞大，但联协也只是个公司，不是政府，我们根本不需要你们的许可！安斯利给我们发工资并不意味着他就拥有我们。所以去你的公司政策！而且那一切已经发生了。”

“我们制定那些政策是有原因的。要是当初你告诉我们你们在恋爱，要是你诚实相告，那一切都将不同。是你制造了问题，所以别想把我弄成坏人。”

就算是我也不可能策划得比这更妙了。我一直想知道他们的故事，尤其是尤里的。我可是花了不少功夫才说服尤里亲自参与这次任务，而不只是听取我的汇报。

现在呢，他们俩都在这儿，充满愤怒地直面彼此，双方都有想要证明的东西。现在他们可以用来对付彼此的东西就只有真相了，因为只有真相才能造成比智能导弹打击更加精准的破坏。而他们之间的仇恨，甚至经过了一百一十二年也还没有消除。人类的仇恨可以持续这么久，真是让我惊叹不已。

我尽量装作随意的样子环顾四周。坎达拉和阿利克正憋着笑，享受着这场被他们激起的好戏。尤里和卡勒姆则在旧账重提，随时准备着说点什么，吐出点什么秘密。

“事实上那并不是个月黑风高的夜晚。”卡勒姆讲了起来，“正好相反。”

卡勒姆和尤里

面对面
公元 2092 年

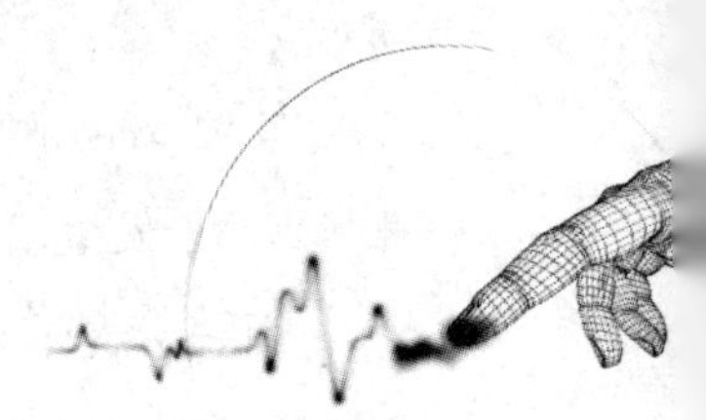

这片海滩堪称完美，巴布达岛的吸引力有一大半都来自它。这座小小的加勒比海岛上只有一扇联协的传送门，将它与它那更大也更繁华的邻居安提瓜岛相连接。2092 年，一套为全人类服务的单一传送门系统几乎垄断了全球，凭借量子纠缠，任何地方都一步可及——正如联协的广告语所言。

巴布达岛南部海岸线上的那些度假村全部依靠它，在这里隐居一周的费用堪称天价。而卡勒姆·赫伯恩觉得这一切都完全值得。位于科科角北部的戴安娜俱乐部由三十个精品屋组成，距离那未被开发的白沙滩只有数米之遥。那里白天的景色就很美，热带的阳光从万里无云的蔚蓝天空中倾泻而下，那些分布于海滩边缘沿线的棕榈树显得越发青翠，整个沙滩都变得炫目，刚到中午，就烫得没法赤脚踩上去。碧绿的海水荡漾着清波，五颜六色的鱼群嬉戏于浅滩之间，在清透的海水中清晰可见。

午夜的景象同样迷人。新月的银光映衬在地平线上，给温暖的沙滩罩上了一层朦胧的滤镜，同时也给浅浅的水湾加上了一层黑暗而神秘的色彩。沙滩边缘，葱郁的树木在灿烂的星空下投射出参差的剪影。

两个穿着白色浴袍的人手牵着手，咯咯地笑着，他们沿着小路，从小屋走到沙滩上。

赤脚踩上热乎乎的沙子，卡勒姆倒吸了一口凉气。

“怎么了？”萨维关切地问。

“比我以为的要烫。”卡勒姆回答。

“就这？”萨维把脚伸进沙子里，铲了一些出来，“这算什么，你可真弱。”

“我可是从阿伯丁来的。”卡勒姆抗议道，“你去把脚放到那边的海滩上试试，不把脚冻成石头才怪呢。那还是夏天的时候。”

“真弱！”萨维松开手跑了起来，“太弱了，太弱了。”

卡勒姆笑着追了上去，他抱起萨维快乐地叫着转起了圈。

“嘘！卡勒姆。他们会听见的。”

卡勒姆回过头，看了看那些高大的棕榈树。柔和的夜风中，细长的棕榈叶随风摇曳，光滑的树干之间的阴影浓重得仿佛难以穿透，宛如恒星之间的深空。那里可以隐藏一切，没有人会知道。“谁会听呢。”

“他们啊。”萨维窃笑道，“我们的游客同胞们，度假村员工们，各种偷窥狂。”

卡勒姆用双臂揽住萨维，两个人靠在一起亲吻着。“你觉得有情趣吗？”他边问边用鼻尖摩挲着她的脖颈，“被人看着？”

“不觉得。”

不过语气中那种熟悉的热切让卡勒姆不由得咧嘴一笑。在性的方面，萨维并没有什么禁忌。“不用担心他们告诉别人。”卡勒

姆说，“我们还没完事他们就都羡慕死了。”

萨维舔着嘴唇。“你保证，保证。”她热切地喃喃道，“脱掉你的浴袍吧。”

“听你的，老婆。”

萨维咧开了嘴，说：“是你想要在沙滩上做爱的。所以来吧，老公。”

卡勒姆耸了下肩，他的浴袍掉落在沙滩上。下午的时候，他们就站在这片沙滩上，他穿着T恤和泳裤（加上鞋底足够厚的运动鞋，可以不让他烫着脚），她穿着白色比基尼配猩红色纱笼[1]。整个仪式只持续了不到五分钟。在场的除了他俩之外另有四个人：当地镇上的教士，负责主持仪式；度假村的经理助理；两位在此度假的游客，他们还没反应过来就被拉来做见证人。

萨维又咯咯地笑了起来，她挑衅似的看了看那排棕榈树的剪影。“躺下。”她对卡勒姆说，“我要在上面。”

卡勒姆躺了下来，他听得出她声音中那渐渐上升的兴奋。萨维站在他上方，脚踩在他臀部两侧，缓缓地解开衣带，敞开浴袍。

卡勒姆仿佛见证奇迹一般看着他的妻子，她那轻盈的身体在柔和的月光下发着光。*我的妻子！*“你可真是个女神。”他声音嘶哑地说。

萨维让浴袍从肩头滑下，“哪个女神？”她甩了甩乌黑的长发，逗弄道。

“帕尔瓦蒂[2]，爱与女性力量之神。”

---

1. 东南亚一带人穿的用长布裹住身体的服装。
2. 即雪山神女，梵文Parvati的音译。印度教的女神。

“聪明的小子。”她咧嘴一笑，看着下方的卡勒姆，一脸饥渴。

感谢互联网，我再也不会咒骂你了，卡勒姆在心里默念道。

“你知道她将女人的技能和力量赋予了整个宇宙吗？”萨维一边喃喃低语，一边俯下身子。

卡勒姆发出一阵无助的呻吟。

“而且很英勇。”她的眼中闪烁着狡黠的光。

萨维头顶的天空上，一颗流星滑过，留下一道无声的尾迹。卡勒姆许了个愿。

它实现了。

* * *

清晨强烈的阳光透过木制百叶窗留下点点光斑，卡勒姆在小屋的卧室中醒来。空调柔和地嗡鸣着，但室内的温度已经比仲夏的苏格兰还要高了。他把头扭向另一侧，看到萨维正躺在他的身旁，一丝不挂。

“早啊，老公。”萨维迷迷糊糊地说道。

卡勒姆轻轻地拨开遮在她脸上的蓬乱黑发。他微笑着，能想到的只有自己的妻子有多可爱。

“怎么了？”萨维问。

“我本来以为自己刚刚做了这辈子做过的最美的一个梦。”卡勒姆轻声说，“结果发现实际上它是一段真实的记忆。”

“哦，卡尔[1]。”萨维靠了上去，两个人热吻了起来。

---

1. 卡勒姆的昵称。

“我是个已婚男人了。”卡勒姆说，那种难以置信的语调根本无法隐藏，“真不敢相信你竟然答应了！”

“我都不敢相信你竟然求婚了！”

“我一直有这个打算。”

“是吗？”

“是啊。从我见到你的那一刻起就有了。但我知道我必须得等。你懂的——先问个好啊什么的，然后想办法知道你的名字。”

“蠢男人。”

“昨天我还以为我要搞砸了呢。”

萨维抚摸着他的脸，说：“你没有。”

“我们结婚啦！”卡勒姆笑了起来。

“是啊，现在只要想清楚要怎样把这个消息通知所有人就行了。”

“哦，见鬼的。好吧。”卡勒姆皱起眉，光是想一想都觉得败兴。

萨维饶有兴致地看着他：“你不是在担心这个吧，嗯？”

“不，我不担心，没事。”

“你不敢告诉我爸。”萨维故作精明地说。

“才没有。”

“你就是！我还指望你做个好老公呢，你应该要为我扫除一切障碍才对。”

“我才不怕你爸呢。至于你妈，呃……”

“老妈喜欢你。”

“那她确实很善于隐藏自己的感情。”

“你知道老话都怎么说的：有其母必有其女。”

一道短暂，可能还有些令人恐惧的记忆闪过卡勒姆的脑海：

他的父亲站在皮托德里球场，一手拿着一罐啤酒，为米尔顿凯恩斯足球俱乐部高声欢呼。“你要是能长成你妈那样，我会很开心的。”

萨维的嘴张成了一个大大的O形，她用手遮住嘴笑了起来，“哦，天哪，我嫁给了骗人精！”

“呃，你得承认他们是有点保守。而我又是个白人。”

萨维的手穿过卡勒姆的红色短发，说：“白皮红毛，纯正的苏格兰人。你那雪白的肌肤都能把我给闪瞎了。”

“嘿，你之前还说我的雀斑很可爱呢。”

“雀斑长在十岁的脸上才可爱，卡尔。对三十一岁的男人来说就只剩有趣了。”

“哦，谢谢。”卡勒姆亲了她，这是结束这个话题的最佳方式。“总之呢——”他耸了耸肩，“我们最应该担心的不是家人。”

“啊，那就是我们联协公司那帮该死的老爷们了。我恨他们！”

“都是因为公司政策。人力资源部要对私人关系进行严格评估，他们对性骚扰诉讼都有被害妄想症。”

“我跟你做爱可从不靠骚扰。”

“那倒是。”

“其实——”她说，“问题也不在人力资源部。”

“嗯？”

“只要是安保部雇员，亲友就必须经过审查。”

“审查？你是说，你跟谁约会要他们说了算？这也太荒唐了！他们没那个权力。”

她做了个鬼脸。“啊，你要知道，其实呢，关于我在工作之外可以与什么人联系，我的合同里有一个条款写得很清楚。”

“等一下……你没签吧，对不对？”

“那可是安保部，卡尔，他们的行事方式就是如此。只要在安保部工作，就得清楚你在和谁约会，明明确确地知道。要是别的公司想要渗透进来，我们可不能暴露弱点。”

“见鬼的，这也太令人郁闷了。”

“我知道，但这是现实。这可是个充满烂人的烂地方。”

“好吧，那么……关于我的报告是怎么写的？”

“呃。”她忽然迟疑了一下，“其实我还没有告诉他们。”

“听起来不妙啊。”

“我……呃……卡尔，我们遇见的那天，真是太欢乐了，你还记得吗？我当时以为……你都懂的吧。”

“懂什么？”

她咬住下嘴唇，露出了一丝悔意。“我以为跟你就是一夜情而已。”

“狗屁！”卡勒姆又躺了下来。他望着天花板，感觉有点不爽，“明明不止一夜的。”说完还摆出了一副殉道者的样子。

“噢——男人的自尊啊！是的，是一周情。后来发现你想要的不只是这些之后，我都快乐疯了。不过重点是，我一开始没有报告，是因为我觉得以后也不会再跟你碰面了，而且你也是联协的人，所以应该不是什么特别大的安全威胁。再说，姑娘家也不想要自己的档案里有一大串这种事。别人还是会对我们有些意见的，你懂的。这不公平，男人就没有这方面的问题。”

“我懂。”他说。

“结果呢，后来我们开始正常约会了，这时我的处境就尴尬了。”

“这会影响你的工作吗？”他忽然紧张了起来。

“不会的。你看，这也才六周嘛，报告得晚一点尤里也能理解的。他这人还行。”

“尤里？”

“尤里·阿尔斯特。我的老板。”

“好吧。那么，我们一回去就去坦白。这主意还挺好的其实。你去跟尤里坦白，我去告知人力资源部的布里克斯顿。我们就说这是自然而然发生的。对，就是这样，你觉得呢？我们俩在巴布达岛偶遇，然后坠入爱河，就结了婚。这也不算是谎话，如果说人们会这么鲁莽地坠入爱河，那么肯定是在这样的岛上。”

萨维又做了个鬼脸，说：“嗯——我们可能还得再等等。”

“啊？为什么？”

“因为我目前的任务。”

“任务怎么了？呃，是什么任务？”

“喂，这不公平。你保证过不问我的卧底工作的。”

“抱歉。”

“我的工作总会有些内容是不能告诉你的，这你知道，对不对？”

“是，是，我懂。”

“你不知道一个印第安女孩想要在这种公司里有个体面的工作有多不容易，我可是费了九牛二虎之力才进了秘密行动组，我热爱我的工作，我不能这么冒险。”

就算这样也很让人兴奋，是你真正喜欢的。不过他是不会这

么跟她说的。“抱歉，抱歉。你知道我刚才也只是担心你。”

“我知道，你这样也很贴心。不过你的工作也有身体上的危险，稍微一滑，手就毁了。我知道你对你的工作有多上心，所以你就想，要是我让你不要接那些危险的工作，你会有什么感觉？”

“应急排毒并没有媒体上说得那么吓人，我也不会让你放弃安保工作的。我只是在对我妻子的工作表示兴趣，就像个好丈夫该做的那样。”

“圆得好。”她嘲笑道。

“呃，实际上并没有那么不安全吧？”

“你自己来判断：有个邪恶的亿万富翁，他有个要统治世界的邪恶计划——不，是统治太阳系，而我的任务就是发挥我全部的女性优势来诱惑他，从他卧室的保险箱里窃取这个计划。”

卡勒姆色眯眯地笑着说：“应该会管用的，那可都是优质资源。”

萨维大笑起来，又亲吻了一下卡勒姆。“其实呢，现在这次任务还挺无聊的。我要在宇宙各地的大学校园里转悠，假装自己是个学生，在那些反对公司的集会上露面——特别要注意那些反对联协的集会，看看都有些什么人，哪些人火气最大，哪些人是闷声干大事的那一型，哪些人只会满嘴跑火车……我们要监控潜在的麻烦制造者。”

“听起来可太罪恶了，联协公司给一帮二十多岁的半大小子都建了档。这合法吗？”

“他们就是些孩子而已，卡尔。他们中百分之九十九的人只是觉得自己终于离开了家，于是趁此机会反抗他们的父母。总得有人防止他们被那些真正的狂热分子利用，大学校长才不会管这些破事呢。”

“也是。”

“这工作很重要，我很自豪，这是数十年来城市暴力第一次减少，卡尔。”

“我不是抬杠啊。不过，这和你不跟尤里提我又有什么关系？”

“我目前正在一次任务中，能挪出这四天假期就已经是个奇迹了。如果我周二回去时告诉尤里我们的事，他肯定会先把我从任务中调出来好审查你。如果我离开太久，之前一起混的那帮人会起疑的，那整个任务就完了。”

卡勒姆疑惑地皱起了眉头，说：“说实话，他们不能花几个小时看看我的档案就好了吗？”

“审查可不是这么做的，卡尔。内部评估组会派几个案件负责人对你进行审查。现在呢，既然我们已经结婚了，那你肯定还得接受面谈。要是你没问题，那一周就能搞定，不过要是存疑太多，你就等着几个月的查验时间吧。”

“见鬼的！要是我真有那么多问题，他们怎么可能让我干现在的工作？看看我的工作会有多少潜在的威胁，我能比任何街头暴民都让联协难过。只要我有一丝犹豫或者一个错误动作，成吨的有毒废料就会排放出去，进入水域，流入城市……”

“你还是不明白。情报收集不仅仅要收集信息，还要分析信息。我们在做的，是尽力找出那些企图策反你的人。事实是，如果你被敌人诱降，在安保部发现之前，你就可能制造两三起严重泄漏事件。我们的职责就是在那之前制止这类叛变行为。”

“你的意思是，要是我哪次清污行动失败了，安保部就会来调查我与极端分子的关系？”

“这取决于你造成的损害有多大，不过基本上而言，是的。而且要是你的行为和数据足迹中有可疑模式，我们的 G5 图灵机就会发现。”

“这也太扯了。我都不知道还有那些，这比从办公室谣言里捕风捉影还要扯。”

“而你现在已经让一个卧底特工对你们俩的关系撒了谎，要是他们再对你进行数据模式分析那可就真的不妙了。所以我们俩可都岌岌可危。下次执行任务的时候你可别搞砸了。”

“见鬼的！我会尽力的。”

萨维亲吻了他，两个人的脸紧靠在一起。“我爱你，老公。”

“没有我爱你多，老婆。所以我们还要等多久才能宣布我们的好消息，让他们大吃一惊？”

“再过几周吧。不会更久了，我保证。”

“这段时间你不会一直都不在吧，对不？”卡勒姆有些沮丧地问。

“我会尽量提前结束任务的。不过你也得做好心理准备，在我执行任务期间，保持联系应该会很困难。”

“不要啊，为我挤出一分钟打个电话还是可以的嘛，一封电邮也行啊。让我知道你没事。”

“条件容许的话，我会的，不过我可不能冒险暴露了，卡尔。”

这让卡勒姆感觉有些沮丧，好像她根本就没有要努把力的意愿。这不公平。但正如她所言，她在二十六岁时就取得现在的成就一定付出了很多。而她的决心，那种毫不犹豫地追求所想的决断，正是她的魅力所在。

“我理解。”卡勒姆对她说。

“谢谢。”萨维翻过身背对着他，舒舒服服地伸了个懒腰，“这是我们蜜月的第一天，对吧？”

“对。”

“也就是说，我有权跟我的老公做爱一整天。”

“那是当然。”

“所以你还在等什么？”

* * *

卡勒姆被闹铃声吵醒。尖锐而持续的蜂鸣声从古董级的数字时钟中传来，时钟表面的数字在幽暗的卧室里散发着猩红色的光。他伸手去够时钟。不过很显然，那时钟放在一摞整齐堆放的塑料储物盒上，距离他手指尖能够到的地方还有半米。“×！”他得爬到床垫边缘，将双腿从厚重的羽绒被里伸出来，才能够到那个黑色的方块。

一切都安静了下来。他摇摇头，想要让自己清醒过来。这是他的一个前任曾经设计的“够不到起床法”。萨维觉得这主意很不错，于是他就宣称这是他想到的。老婆嘛——对前任都是很敏感的。

他回过头，看了看空荡荡的床铺，叹了口气。萨维已经走了五天了。没有电话，也没有电邮。一个两分钟的电话又能让那帮没脑子的学生起什么疑呢？难道他们都像邪教徒那样混居在一起，还是怎么着？这个念头他可不愿意深挖。

闹钟又响了起来。他之前只是按下了“再睡一会儿”键。卡勒姆咒骂着彻底关掉了闹钟，朝浴室走去。

他的公寓位于莫里广场，在一座宏伟的乔治亚风格排屋的顶层。莫里广场位于爱丁堡的黄金地段，起码房地产经纪人是这么发誓的，有一个古树成荫的美丽小公园，周围还环绕着这座城市赖以闻名的新城风格石材建筑。这就是为什么尽管他的公寓只有四个房间，但以他的薪水仍然有些紧巴。不过作为单身寓所，这里确实够典型。

也许有点太典型了，他心想，他从浴室里走了出来，腰上裹着毛巾，头发还湿漉漉的。这张特大号床花了他不少钱，不过铺张也就到此为止。本来呢，他的衣服应该都放在墙边的那三摞塑料盒里，不过事实上，它们大部分都堆在墙角等待洗涤，巴布达岛之旅打乱了他的常规洗衣安排。同样被打乱的似乎还有他的购物计划。

“豪斯[1]。”他叫道。

屏幕墙亮了起来，显示出 G3 图灵机房屋设施菜单——整套系统他已经安装了两年，但还是没有抽出时间来给这廉价的、过时的玩意做个性化设置。“早上好，卡勒姆。”机器用尖细的女声说。他还没有改动出厂默认的语音设置。

“为什么没有洗发水了？我只好在头发上倒了点浴室玻璃清洁

1. 原词为“house”，指代卡勒姆的 G3 图灵机房屋系统。

剂，闻起来怪怪的。”

“你的家居用品更换指令已设置为暂停。”

“什么？为什么？”

“相比预先批准的每月信用额度，你已经超支了三千五百英镑。在这一问题解决之前，信贷公司暂停了你所有的账单支付。”

“该死！怎么会这样？”

“上一笔大额账单是付给德雷克森国际休闲集团的五千八百九十英镑，就是这笔款项让你超过了限额。你的信贷公司在午夜暂停了账户，超额的部分要加收双倍利息。”

“见鬼的。”他都没想到一次巴布达岛之旅竟然会那么贵。不过是值得的，她跟我结婚了！他看了一眼空荡荡的床垫，一脸惆怅。这才五天，没有她的日子就已经让他难以忍受了。

他在应该是装内衣的那个盒子里翻找了起来，里面只剩下一条干净的四角裤。“豪斯，为什么不告知我已经超支了？”

“过去的四天里，我向你提出过六次查看你当前财务状况的请求，而你都叫我闭嘴。”

“哦，对，那你应该告诉我是关于财务状况的事。”

“我说了。信贷公司已经提出了五次法定警告。”

“好吧，呃，下次直接把债务警示用红色显示在屏幕墙上。我肯定会在适当的时候看到的。”

“很好。”

卡勒姆敢发誓，那G3图灵机的语调里透着不信任。

他找到一件干净的衬衫穿上，问：“厨房里还有什么早餐吗？”

“还有一些打印的培根。冰箱里的八罐天然食物已经过了保质期，需要拿出来回收。新的食品和啤酒供应已被暂停，待信用恢复后继续。”

“知道了，‘妈咪’。”他低声抱怨道，“那就恢复信用啊。”

“首先，你需要同意支付信贷公司额外的滞纳金。”

“好吧，你看，你就负责把这事搞定，OK？反正再过几天我就发工资了。”

“你的下个发薪日在六天后。”

“随便了。快点恢复我的信用。”

“他们提出的新条款可不怎么好。”

“嘿，别跟个该死的律师似的！你是个自适应软件不是吗？那就好好学学当个自适应软件。我可不想在工作的时候被这种破事分心，所以我才买了你们这种程序，你就不能……让我的生活过得轻松点吗，嗯？”

“很好，卡勒姆。”

他忍住没有发脾气。那种轻松的生活本来是有希望成真的，如果他当初买的是一台五代图灵机的话。那种机器可要智能多了，只要一台，就能理解他所有的微妙情绪，明白他想要的是什么，省去他的麻烦，不用什么都得明说出来。不过G5图灵机明显超出了他目前的负担能力。

等到下次我升职的时候……

卡勒姆穿上裤子，发现没有干净的袜子了。“去他的！”他从待洗衣物堆里翻出一双看上去还行的穿上，一脸爱意地看了看运动鞋里残留的沙粒，系上鞋带。时钟旁边的管子里放着他的电子隐形眼镜，再旁边是一副基本款的显像眼镜。他选了显像眼镜。不管怎样，他今早都没有戴隐形眼镜的心情。×，我可真想她。

最后，他戴上了智能手环，那是一条三厘米宽的带子，如果不是那么灵活，它看起来就像黑玻璃一样。滑过指关节后，手环就围绕他的手腕缩到了合适的尺寸。手环用生物识别技术检测了他的身份，并立刻通过人机网连接上他的真皮层微粒，一列简洁的蓝宝石色的数据出现在他左手边的镜片上。

他并没有费心去读数据的内容。只要有数据，并且处于激活的状态，就能让人安心。人机网让他又成了整个世界的一部分。

“喂，阿波罗，我们的情况还好吧？”

“早安，卡尔。”人机网的电子人格通过埋在他耳部的音频微粒回答道。每个人都会给他的人机网起一个代号，而卡勒姆在十几岁的时候非常痴迷于阿波罗登月计划，他甚至还搭建了土星五号火箭发射的模型。

“你的人机网已与你的外周设备完全连接。”阿波罗说，“你的血糖水平不太好。”

“是啊，伙计。今早别提了。帮我盯着点豪斯，我要知道我的信用账户什么时候恢复。”

“已经恢复偿付能力了。”

他本可以跟豪斯说声“谢谢”的，不过内心深处反机械主义的部分让他拒绝承认 G3 图灵机真的具有个性。

和现今所有的肉类一样，培根也是打印的，保质期还有十八个月，他朝平底锅里扔了几片培根。面包就不用看保质期了，都长毛了，所以没法做培根三明治。只剩一个鸡蛋，天然产品，也

不能炒着吃了，因为炒蛋用的乳酪已经刺鼻到闻一下就流眼泪的地步。这样的搭配还是他祖母的真传，是炒蛋的唯一正宗做法。再就黑咖啡吧。他将一个胶囊塞进特大号的镀铬意大利咖啡机，等待机器发出往常那种窒息似的蒸汽声。

“把昨夜事项发给我。”他一边命令阿波罗，一边将鸡蛋打在平底锅的另一侧，谢天谢地蛋黄还没破。

一体式厨房屏幕墙上播放出了由自适应偏好筛选程序选定的新闻数据流。卡勒姆一边啜着咖啡一边看新闻，十个新闻频道里有五个都在关注欧洲各地的灾难，这让他的满足感渐渐提升了起来。他迅速浏览过那些新闻，查看其中是否有会对周边地区产生污染威胁的，这些可能需要他轮班时处理。在他睡觉期间发生的最大的一起事故是法兰克福剧院大火，现场投入了七辆消防车，持续不断地将白色泡沫喷向火焰。“不是吧。”阿波罗跟踪到他的视线滑向了第二栏，于是将那条消息调到了头条——意大利暴雨造成大规模滑坡，一个山村中的三座房子被埋。他的视线再次扫向下一条，游艇在马耳他海岸附近海域沉没，周围全是海岸警卫队的船只和新闻无人机。“抱歉，伙计，帮不上什么忙。”他给培根翻了个面。第四条，瑞典于尔根郊外一处放射性废物处置设施在夜间进行了疏散。有消息显示是废料储藏罐发生了破裂。“胡扯。”直播信号源上，该公司的发言人正站在大门外，向记者保证疏散只是“预防措施”，绝对没有一丁点泄漏发生。

卡勒姆盯着那个一脸不安的发言人，对他嘴里冒出的那些陈词滥调一个字都不信。“打给莫希。”他说。

副手的通信图标出现在眼镜屏幕上。“你在关注于尔根的情况吗？”

“比你早多啦，老板。”莫希·莱恩兴高采烈地回答，“G5图灵机当时就注意到了。环境执法局那帮行政都快吵翻了。”

“泄漏了？”

“卫星上暂时还什么都看不出来。不过储藏罐都在地下呢，要是泄漏了，也不会有蒸汽。”

“多克怎么说？”

“她正在跟博伊纳克的高管联系。而且我们跟环保执法局也有公开的联系渠道，以防他们下令干预。”

卡勒姆的眼镜屏幕上放出了博伊纳克的资料，博伊纳克是于尔根那处设施的所有者，而博伊纳克的所有者又是一连串的控股公司，都注册在一片分散的独立小行星上。他轻蔑地咕哝了一声：“太他妈典型了。”

“老板？”

“他们的内部团队能搞定吗？”

“最可能的推测是：不能。他们‘不要惊慌’的叫声可一点都不小。而且我们也没看到有什么清理设备从中转站里出来。”

“好吧。我十分钟内就到。”

“期待哦。”

卡勒姆咧嘴一笑，又低头看了看平底锅。培根已经煳了，蛋黄也成了硬块。“啊，该死。”

* * *

莫里广场高大的古树今年发芽得很早，多亏了2月份以来大部分时间都在刮的反季节西南风。晨曦照耀在树梢，仿佛翡翠色的霜在一夜之间物质化，覆盖了整个环形公园。曾经环绕这座翠绿色城中小岛的鹅卵石路，现在被两列圆槽分开来，每个圆槽中心都种着一棵樱桃树。卡勒姆看着在明媚阳光下散发出粉红色光芒的樱花，露出了笑容。上次萨维来这儿时就很喜欢这些花。他绕过一个个圆槽，提防着骑自行车的人。自从联协公司开始在全球各地部署它的中转站系统，市政当局就一直在推进城镇的步行化，先是在市中心，然后随着中转站网络覆盖面积的增加而逐步扩散。莫里广场以及周围的街道还是为出租车、货车和急救车辆留出了空间，不过近来就连出租车也少多了。卡勒姆唯一一次真正看到出租车，是在爱丁堡一场并不罕见的暴雨中。不过呢，骑自行车的人非常在乎他们的通行权，而这通行权似乎包括现存的所有的平面。

卡勒姆转向福里斯街。“昨晚有萨维的电邮吗？”他不知道自己为什么要问。收件箱就在他的眼镜屏幕上，标记的未读邮件有二十多封，其中绝大多数都是工作上的，还有一封来自他老妈。

“没有。”阿波罗回答。

“被你归到垃圾邮件的那些里有没有？她可能用了一次性邮件地址。从那里面找找看有没有私人信息。”

“没有。”

“电话呢？普通的电话或者视频通话？”

“没有。”

“接通后没有声音的语音信息？”

“没有。”

“她的社交媒体有更新吗？”

“除了你走之前那晚她发的巴布达岛的视频之外就没有了。过去的三十个小时里，她的父母和妹妹都在‘生活’网上给她发了私信，让她回电话。”

“那……有人查看过我的位置吗？”

“自从你去年11月丢了智能手环那次之后就没有了。当时你参加完菲茨的派对，把手环落在了他的公寓里。”

“好吧，好吧。你能‘戳’一下萨维的人机网吗？”

“可以。”

“‘戳’吧。”

“她的人机网没有回应。”

“再‘戳’。”

“没有回应。”

“×。”她那么聪明，为什么就不能做点什么，好让我知道她没事呢？随便做点什么都行。

* * *

和其他城市一样，爱丁堡的联协中转站系统也采用了蛛网式结构。在地图上，这表现为一系列同心圆和从圆心发散出的射线。通勤人员可以沿圆环顺时针或逆时针行走，也可以沿射线向圆心或向外周行走。一个名叫“中转导航”的人机网应用可以告诉每个人到达他们要去的地方的最短路线。卡勒姆从不在早上上班时使用这个应用，因为对他来说上班路线已经熟得不能再熟，几乎变成了肌肉记忆。

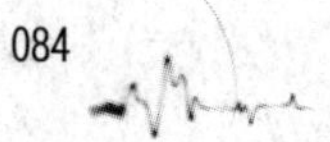

他走进青年街路口处的地下中转站。这是一个环形中转站，入口处有五个收费闸，里面是一个昏暗的大厅，铺设着灰绿相间的瓷砖。阿波罗将他的联协码输入闸口，他径直走了进去。跟每个中转站大厅一样，两扇通往相反方向的传送门在大厅里彼此相对。站在两扇门之间感觉就好像站在两面镜子之间注视着无限循环的图像一样，只不过在那些无限延伸的相同的大厅中看不到自己而已。通过那些传送门，你只能看到其他通勤者在几个大厅之间行走，然后转弯消失在另一个方向。

他下意识地右转，沿顺时针方向穿过通往地士道街中转站的传送门，那里的传送门继而通往圣安德鲁广场中转站。圣安德鲁广场中转站是一个换乘站，右转沿射线穿过指向圆心方向的传送门，就可以到达韦弗利中转站。

韦弗利中转站是联协公司爱丁堡地下中转网络的中心站，坐落于老火车站原址。十二条射线汇聚在一座覆盖着玻璃圆顶的圆形建筑中，旁边悬崖上高耸的古堡将它映衬得平淡无奇。中转站的中心是两扇宽敞的传送门，通向国家城市交通网——一扇进，一扇出。即使是现在这么早的时间，这两扇门也已经异常繁忙。卡勒姆沿那扇向外的传送门走了出去。

英国国家城市中转站就是韦弗利中转站的工业化规模放大版，二十五年前建造于莱斯特一个廉价的废弃工业区，这是因为它的物理位置完全无关紧要，会计师只关心哪里的地方税率全国最低。那是个宽一百米的环形大厅，墙壁是抛光的黑色花岗岩，地板是黑白相间的大理石。拱形的天花板上悬挂着巨大的吊灯，给密集的全天候的通勤者带来如午后阳光般强烈的照明。

这里的空间是为同时运作一百三十扇传送门而设计的。六十五扇在内侧墙上，负责将各个城市来的人送入大厅，相应地，另外六十五扇在外侧墙上，朝向圆周外的方向，每扇门上方都有明亮的绿松石色霓虹灯点亮着对应城市的名字。大厅里没有规划好的路线让人们在传送门之间穿行，没有方便的移动地板，也没有微笑的工作人员可以提供帮助，一切都是纯粹的达尔文式的混战。旅行者使用他们的中转导航应用找到要去的城市传送门在哪里，然后直接扭头奔过去就是。结果就是，这里总是一副早高峰时拥挤急躁的样子：火急火燎的人和慢慢悠悠的人经常发生冲突，时不时就会传来咒骂声；父母总是要注意孩子们有没有跟上来；行李车和购物手推车奋力穿过人流，努力跟上主人。由此产生的熙攘之声足以与一场坐满观众的足球比赛相抗衡。

卡勒姆就像涂了特氟龙不粘涂层一样顺畅地穿过人群，通往伦敦的入口与爱丁堡出口相隔六扇门，他走过去用了不到四十秒的时间。穿过那扇门，就进入了特拉法尔加广场中转站，再穿过射线上的二十五扇门，经过巨大的首都，他来到了一扇隐秘的、由安全栅栏保护的传送门前。传送门在卡勒姆面前打开，他进入联协公司的内部中转网。

又穿过了三扇传送门，他来到了应急排毒组。这是一个大型专门机构，位于布里克斯顿，一度不计代价地配备了八个专用车库，里面装满了专用设备，周围环绕着办公室和维修站。

排毒组配备了七个应急响应班组，并且随时都有两个班组待命，可覆盖欧洲大部分地区。这个机构的任务是防止泄漏发生点附近出现任何新的污染情况。也就是说，第一反应小队要尽快介

入，利用只有像联协这样的公司才能提供的资源，直接处理问题。这就需要给予现场团队极大的后备支持，从布里克斯顿办事处的全面技术支援到快速公民疏散程序不一而足，在最坏的情况下，还可以从全球各地调集医疗急救团队。

所有的一切都取决于第一反应小队的应对是否专业，能否在最短的时间内解决问题（且开销最低）。团队负责人需要面临巨大的现实上、政治上和财务上的预期压力。

卡勒姆的第一应急响应班组成员使用的是一间有落地玻璃大窗的办公室，可以俯瞰整个监控协调中心。很明显，建筑师就是仿照联协的星空任务控制中心建造的这里。卡勒姆跟他的团队人员打过招呼后，就站到了高高的玻璃窗前，查看起中心的情况，他可以看到下方长长的控制台，并注意到有一个完整的支援班组已经就位，为一般监控人员提供支持。这是情势正在升级的明显标志。他们正在五个相互独立的执行总监的监督下研究着快速变化的数据，前方的那面墙上有十几块屏幕。大部分辅屏上显示的那些小灾难的新闻数据源，他在公寓里都已经看过。两块主屏中的一块正在显示格但斯克郊外维斯瓦河畔一家老化工厂的清理情况。在他还没去巴布达岛之前，排毒班组在那边的工作就已经开始了。那座工厂周围的土地之前数十年一直被用来埋放化工原料桶，而且埋放物的内容跟位置都没有记录保存。环境执法局一直到内容物泄漏流入维斯瓦河才发现。排毒组不得不将整片区域都下挖五十米来做清理。

第二块大屏幕上显示的是于尔根处理厂的大门，那里正在下雪，似乎让形势显得不那么严峻。双层铁丝网后，长长的黑色建筑外好像并没有什么动静。就是在这时候，卡勒姆从心底里确信，布里克斯顿肯定得派队人马过去。

他看着自己公司的联络顾问多卡尔·托里斯和站在多卡尔旁边的菲茨·阿达莫瓦——在卡勒姆看来，菲茨是排毒组最好的执行总监之一。眼下这两位正在进行着激烈的争执。

“看起来挺严肃的。”他断言道。

“干这事得花钱呀。”莫希·莱恩嬉皮笑脸地说，“只要谈到钱，公司向来都很严肃。”莫希今年二十八岁，正是热衷于证明自己的时候，他这个人混合了幼稚的渴望与极致的智慧。卡勒姆坚信，如果回到火箭时代，他的副手一定会是个合格的 NASA 宇航员。不过如今呢，联协已经改变了世界，莫希也走到了冒险的新前沿，帮助这个世界变得更加美好。做这种事会上瘾，所有班组成员都有这种瘾。“最新情况如何？”他问。

“我们会收到召唤的。”莫希说，“博伊纳克至今都没有从他们的中转站中运出任何能用得上的东西。”

“什么都没有？”卡勒姆吃惊地问，“我们确定那里确实有紧急情况吗？”

“他们确实可能没有动用装备。”阿兰娜·基茨说，“不过多克刚刚确认，他们的四个顶尖工程师一小时前到达了现场。”她透过窗户看着顾问。

“现场评估。”卡勒姆说，“肯定是了。”

“多克也觉得是。”阿兰娜附和道，“顺便问一句，你的头发怎么了？”

“我头发好着呢。”卡勒姆抓了抓头发，手感似乎比平时更硬

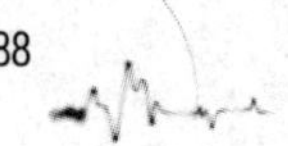

一些，他甚至还能闻到玻璃清洁剂的味道。“好了。关于这处设施我们有什么计划吗？”

“早就想到了。”雷娜·亚采克说。她是排毒组的数据专家。私底下说，卡勒姆觉得她一个顶俩。她比任何一个拥有大学本科学历的人都更了解网络系统。主要是出于政治和环境上的原因，青少年时期的她曾是个黑客行动主义者。她曾多次被捕，还在挪威的一家少年犯管教所蹲了三个月。通常情况下，这种经历足够联协给她发张红牌了，不过她的档案上写着，她在出来后就洗心革面了。

一天晚上在一个派对上，他们两个都有点兴奋了，雷娜告诉卡勒姆，她曾有过一次濒死体验。因为朋友们买到一批伪劣 N 粉，导致她的男友死了，但医护人员很尽心，把她救了回来。这让她认识到地下世界可以有多阴暗。所以确切地说，她并不是洗心革面，而是应急排毒组的工作确实对这个世界存在有利的影响，尽管她并不喜欢他们以营利为目的……

他们几个人坐在办公桌旁，雷娜将于尔根处理厂的示意图投在了墙面屏幕上。

“标准的废弃物处置设置。”亨利·奥姆说。亨利是他们的放射性物质专家。“博伊纳克和一大堆欧洲公司都签了协助处理核废料的合同。”

“我们说的具体是哪种废料？”卡勒姆问。

“很普通的那些：医学示踪剂、研究所废料。没有什么特别糟糕的东西，前提是你不把它们都搅在一起。”

“博伊纳克那么做了？”柯林·沃尔特斯了然于心。

“那可不。于尔根处理厂与我们在妊神星站的一个排放舱有传送门相连。博伊纳克会将废料在于尔根处理厂集中打包，然后送到妊神星，与所有地球迫切需要处理的其他垃圾一起排放到深空。四十个天文单位，这是大家公认的安全距离。整套系统简单高效。”

“又能出什么问题呢？”雷娜嬉皮笑脸地说。

卡勒姆没有理会她的嘲讽，说：“给我看一下。”

柯林用指示笔圈出了示意图的一部分。主楼的中心有五个大圆柱体，直径四米，高十五米，垂直排列成一列。每个圆柱体的底部都是漏斗形的，连接着一根一米宽的管道，并且通过一系列阀门连接到下方一米处的传送门。“这些储罐都是加压的。”柯林说，“从客户那里收集到的废料都密封在小储罐中，然后通过顶部的气闸投入大储罐。大储罐装满后，内部加压到五个大气压。”指示笔的圆点指向了储罐底部。“然后打开阀门。重力和气压会合力将废料直接排进传送门，一起出力的还有妊神星的真空负压。呜的一下，就都排出去了。”

卡勒姆点点头。这种系统的不同变体他见过不下几十个。系统故意被设计得很简单，以保证整个过程安全可靠。每年都有数以万吨计的有毒废料被这么安全无害地从妊神星投向外太空。这颗小行星的功能定位就是如此。

“不幸的是，这次没那么顺利。”多卡尔说。这位顾问从监控协调中心走了进来。与其他班组成员不同，她穿了一件浅灰色西装，内搭暗紫红色衬衫——这是她的一种方式，用来展现她的与众不同，并强调她在管理层级中已经升到了多高的地方。尽管她总是坚持遵循规章制度和惯例，但卡勒姆还是喜欢她。她很聪明，知道什么时候该给他处理问题的余地。他们保持着良好的工作关系。偶尔，她甚至还会与其他同事一起在下班后去喝点啤酒。

“怎么了？”莫希问。

“储罐底部堵塞。因为加了压，博伊纳克担心有些密封可能坚持不了多久。我们需要谨慎处理这种设计规范之外的情况。”

卡勒姆先隐藏住声音中的兴奋，问：“我们要介入了吗？”

多卡尔深吸了一口气，说：“对。”

所有班组成员发出热烈的欢呼声，击掌相庆。

“博伊纳克和他们的保险公司已经全权授权我们打开缺口进行排放。不惜一切代价。”

“是什么东西把它堵住了？”卡勒姆问。

“阀门打不开。”多卡尔说。

“嗯。”卡勒姆轻轻点头，直觉告诉他，情况有些不对。多卡尔那种律师式的回答更让他确信了自己的想法，他说：“我们可以在储罐底部粘上起泡器，洞穿罐壁。”

“决定权在你。”多卡尔说。

“好。”卡勒姆拍了拍手，“大家都行动起来，莫希、阿兰娜、柯林，跟我走。给我们的运载车装上几个起泡器，以及一包五十厘米成形炸药。雷娜，你去处理厂控制室——我要知道那个储罐和密封的真实状况。同时，我也要了解那个储罐的所有设计细节，尤其是它的材质。”

“这就去办，老板。”雷娜欢快地回答。

“亨利，你去妊神星站，负责连线接应。”

“哦，别呀……”亨利抱怨道。

“你去妊神星。”卡勒姆又重复了一遍，语气平缓。亨利的伴侣怀孕七个半月了，这让卡勒姆产生了一种奇怪的保护欲，尤其是现在他自己也新婚宴尔。让亨利远离于尔根的危险物质能使他感觉好很多。

亨利举起双手，说：“你是老板。”

“大家在十分钟内穿过中转站。各位，这可是顶级危险品，我们要处理的可是核辐射。”

所有人都忙碌了起来。卡勒姆正要转身走进车库门，多卡尔说：“借一步说话，卡尔。”

直觉让他起了一身鸡皮疙瘩，不过他只是说：“好。”就好像例行公事，要先去把什么无聊的案头工作处理掉一样。

“今天早上你的头发怎么了？”快步走上楼梯时，多卡尔问。

“呃……没怎么。”

多卡尔抬了抬眉毛，不过没再追问。

她的办公室在排毒组中心的二楼，这让她有了一扇少有的面向外部的窗户。百叶窗都是合上的，不让办公室里的任何人看到外面的情况——或者更确切地说，是不让外面的人看到里面的情况，卡勒姆是这么认为的。屋里有两个人正在等着他们。卡勒姆认识其中的一个：波伊·李，她是联协公司的安保总监，从很早的时候起就在为安斯利·赞加里工作。公司内部有传言说，当年安斯利在曼哈顿租下第一间办公室开始创业时，波伊就为他提供了盗版防火墙软件，因为他付不起买正版的钱。光是看到这个老女人

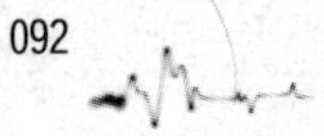

就让卡勒姆感到有些心虚。她该不是为萨维的事来的吧，不会吧？

波伊·李迅速对他进行了评估："你看起来很紧张啊，赫伯恩先生。"她那看似平淡的声音听起来就像是在挑衅。

狗娘养的！"我所有的开销都是合法的。"他说得很轻松，就像是在开办公室玩笑。

第二名访客站了起来。

"这位是戴维·约翰斯顿少校。"多卡尔介绍道，"来自国防部的核能司。"

少校很壮实，五十出头的样子，他走动时似乎有点困难，每次弯曲膝盖都会龇牙咧嘴。卡勒姆猜测他应该是在某次秘密行动中受的伤。他的发型仿佛修道士一样，头上只有一层薄薄的白发。他还戴着一副金属边框的眼镜，给人一种典型的教授的感觉。他的出现让卡勒姆担忧了起来，那种担忧比波伊·李所能带来的要大得多。"是吗？"

"很高兴见到你，卡勒姆。这位托里斯顾问一直在为你唱赞歌呢。"

卡勒姆看了一眼多卡尔，眼神中满是嘲讽。"很高兴知道这一点。"

"我们所面临的问题很微妙。"少校说，"我说的'我们'，指的是英国政府。所以呢，我们需要你们的帮助，需要你们谨慎处理。"

"联协已经对此做出了保证。"波伊·李说，"是吧，卡勒姆？"

卡勒姆张开双臂，尽量隐藏自己的沮丧。"当然了。所以是什么问题呢？"

"六十八号全球裁军条约。"约翰斯顿少校说，"这对全球政治来说是重大的突破性事件，各方的选民都很满意。”

“我听说过。”卡勒姆小心翼翼地说，这方面的细节他早就想不起来了，政治和历史向来都不是他的强项。

“考虑到原子键合发生器的研发，这是历史的必然。世界上所有的主要城市现在都有空气护盾了，导弹和无人机根本无法穿透。而且只要你键合起足够多的空气，就连核爆都能撑得住。整个国家的军火库一夜之间都过时了——嗯，至少五年了。我们需要面对的就只剩下那些低层次的威胁：自造核弹的恐怖分子、流氓国家、极端政治团体之类的。每个人都明白，防止这种威胁变成现实的唯一方法，就是处理掉世界上所有的武器级可裂变材料库存。”

“六十八号条约后，大家都放弃了自己的弹头和物资储备。”多卡尔说，“这也是联协的妊神星项目一开始就有这么高利润的原因——人人都在做一场销毁赃物的大秀。”

卡勒姆仔细打量着多卡尔。他很不喜欢这一切的走向。波伊·李看他的眼神就像要解剖他一样，这对他并没有什么帮助。

“所以我们都这么做了。”约翰斯顿少校说，“所有人都将规模缩减到最小。英国仅保留了五个可以发挥威慑作用的弹头，而且舍弃了生产更多弹头的能力。不过呢，我恐怕我们遇到了……呃，库存问题。”

“哦，×。”卡勒姆咕哝道。

“问题是，在过去20世纪和21世纪相当长的时间里，政府在某种程度上都是有些偏执的，其对外宣称的钚储量与实际拥有的储量并不相同。”

“耶稣基督！你是要告诉我出问题的储罐里有钚吗？”

“我们本打算悄悄处理掉的。”约翰斯顿少校说，“为了避免与跨国监察局发生冲突。”

“你们没告诉他们？”卡勒姆骇然道，“你们没告诉博伊纳克他们扔进处理系统的都是些什么？”

“我们的高级管理层知道。”波伊·李说。

卡勒姆转向她，皱起了眉头，说：“我们的管理层？”

“联协在博伊纳克也有股份。不过，于尔根那边的人员并不知晓。没那个必要。”

“所以说，我们在帮英国政府处置他们非法持有的钚？”

“那些钚只不过是上一代犯下的一个错误。”少校强调道，“我们是在尝试纠正错误，这是件可敬的事。”

“你管这叫可敬的事？”

“事实上，是的。”

“作为班组的负责人，我们需要你知晓在于尔根你要面对的究竟是什么。”多卡尔说。

“真是太感谢了，伙计。”卡勒姆用指尖抠着脑门，想要弄清楚，“我不明白。这次故障是恐怖组织蓄意破坏的吗？”

“我不觉得是。”约翰斯顿少校说，“我们之前也传送过几批，都没有任何问题。我们罐装的钚在清单上的标注是来自伦敦各家医院的医疗废弃物。所有钚都被打成了碎粒，外面包裹了陶瓷以防止氧化，然后又密封在了标准罐中。我认为，这一切只是单纯地运气不好而已。我们的钚罐从储罐顶部掉落时摔得不轻，陶瓷可能发生了破裂，甚至完全粉碎。”

“你们没测试过陶瓷的抗冲击能力。”卡勒姆明白了过来。

“这是个需要低调处理的项目。”波伊·李说，“没有特别进行测试只是个小疏忽。”

卡勒姆闭上眼睛，努力回忆着他的物理学知识：“将钚暴露在潮湿空气中，会产生氧化物和氢化物，体积会膨胀……”

“差不多百分之七十。”约翰斯顿少校接过话头，“标准罐可能也在那种扩张压下破裂了，毕竟只是一层普通商用塑料而已，是于尔根处理厂自己打印后发给客户的。”

“设计标准罐时就没有考虑到会盛放意外膨胀的钚。”卡勒姆疲惫地说，“我猜是残留物积在了罐底，堵塞了阀门。虽然不大可能，不过……”

“真实情况要严重得多。”

“真他妈见鬼了！”

“你应该知道，钚的氧化物和氢化物会从本体上剥离，并发生自燃。”

“自燃？”

“是的。如果最初碎裂的地方着了火，就很有可能会烧裂更多的标准罐。每增加一个碎裂的标准罐都会让问题变得更加复杂。”

“这个储罐里一共有多少个标准罐的钚？”

“二十五个，总计一公斤的钚。”

“×！呃，但愿我们能在这些玩意烧起来之前把它们排掉。”

“卡尔。”多卡尔静静地说，“于尔根处理厂的工程师并没有给储罐加压。”

“可你之前说……哦。”

“嗯，储罐内已经烧起来了。”约翰斯顿少校说，“这才是内压上升的原因。罐内氧气有限，应该已经烧完了。不过我们怀疑在燃烧的过程中可能熔化了不少别的标准罐，释放出了更多的钚和其他残留物。这大概才是阀门阻塞的原因。里面已经没有可用的传感器了，都被烧坏了，我们也不清楚废料现在的状况。标准罐的塑料外壳可能已经被烧化了，或者又重新凝结在了一起。就算你在罐底炸个洞，废料可能也排不出来。”

“我们不能冒险让火再烧起来，卡尔。”多卡尔说，“有些标准罐里装的是具有放射性的水。如果再让钚发生氧化，可能会发生爆燃。时间越来越紧了，你得把整个储罐都排出去。”

“那玩意可有十五米长，六十吨重呢！”

“不过它只有四米宽。不论你需要什么我们都可以满足，卡尔，今天的任务没有预算上限。你可以连线我们最大的传送门，它有六米宽。我查过了，目前还有一对可用。”

“好吧，我愿意承担这个任务的风险。”卡勒姆平静地说，“但必须告知我的全组成员。”

“雷娜·亚采克不行。”波伊·李立刻回答，“她那种政治背景，不可以。”

就差一点，他争取过了，但就差一点。不过，对安全审查的担忧忽然在他脑中闪过。要是能早点获得波伊·李的信任，这些问题压根就不会存在。

“好吧，雷娜待在于尔根的控制室。我要告诉阿兰娜、柯林和莫希，他们几个和我一起去处理储罐。”

“告诉他们可以。”波伊·李同意。

“那就走吧。”

* * *

卡勒姆来到五号专用车库，队员们基本已经做好了出发的准备。莫希、柯林和阿兰娜穿着黄绿相间的危险品防护服，正在测试维生背包。雷娜坐在长凳上，脸边围着密集的高解析环绕屏幕，一边跟她的人机网低声咕哝着，一边在空中挥动着双手，灵巧地移动着虚拟图标。亨利与两名辅助人员在一起，他已经穿好了他的温度调节套装，看起来就像在身上裹了一层编织好的细管一样。辅助人员搀着他走向格沃奈克斯马克六型航天服，航天服的刚性躯干后部带有铰链罩，并且已经向他敞开，他得扭着身子从那个矩形的小开口钻进去。先伸腿，然后身子弯下去一半，把双臂伸进袖子，脑袋从领圈钻出来。卡勒姆同情地咧了咧嘴，开始穿自己的危险品防护服。

“我们要进行完全排放。”他告诉大家，“我需要把整个储罐都通过妊神星排出去。”

“什么？为什么啊？”

“开玩笑的吧，老大？”

“真是疯了！”

“我没有疯。”卡勒姆语气平静，“储罐中有东西泄漏了，造成了阀门堵塞。我们不知道那是什么，也不知道有多少，不能冒险只进行部分清除，那样会让情况变得比现在更糟。所以整个过程要迅速且彻底。多克已经与公司沟通过了。”

雷娜摘下环绕屏，给了他一个怀疑的眼神。其他人都面面相觑。

“这家伙直径四米呢，老大。”柯林反对道。

卡勒姆咧嘴一笑，说：“所以我们要连线到六米宽的传送门，妊神星上有一对正等着我们呢。”

“开玩笑的吧！”亨利兴奋地叫了起来，“还没人用过六米的门呢。”

“我们用。”

“那就好。”阿兰娜抿起嘴唇，“这才像话嘛！”

“好。亨利，我们要开两扇传送门。一扇用来给储罐降压，我们在储罐一侧打洞，把它放进门内，门的另一侧通向真空，这样就不会有密封过载和失效的问题了。而且没有氧气，火也就不会再燃起来——能为我们争取点时间。第二扇传送门用来连线进行完全排放。这就需要我们好好切割一番了。莫希，给所有人准备电子束切割机。柯林，我们大概需要两箱成形炸药。雷娜，你的计时怎么样？这次我们需要做到非常精准。”

“你这么问让我受到了伤害。”她笑着说。和其他人一样，这次的大活也让她两眼放光。这在他们的个人简历上绝对会成为一大亮点，而且跟其他班组相比，他们也将拥有不可限量的吹牛资本，并且还有获得巨额奖金的可能，奖金总是与他们处置的危害规模指数相关。

他们使用联协内部的欧洲中转网络抵达斯德哥尔摩，然后又穿过一扇私人中转门进入了博伊纳克的办公室，距离于尔根处理厂只有一步之遥。刚一到达，雷娜就直奔控制室。一个身着危险品防护服的技术人员带领卡勒姆和他的团队去了处理厂大楼。

那是一座钢梁结构的标准工业建筑，内部布满三维立体结构的管道，装载机导轨、楼梯和悬空步道交织在一起。建筑远处是卸货港区，那里的货运传送门与遍布整个大陆的各个收集站相连。在那中央，悬在一个深坑上的，就是那五个储罐。

卡勒姆看了一眼那气势磅礴的金属网络，其间闪烁的红色应急灯让整座建筑显得更加冷酷。警报器几个小时前就关闭了。阿波罗投射出了一系列层叠的示意图，开始识别各个组件。“运载车留下。”卡勒姆说，“要等他们扫描清楚这里的地形，那就耗时太久了。从这里开始我们要自己来。”

所有人都没说话，只是按照他的指示从运载车上拿下了他们的装备箱。卡勒姆猜他们应该还没从震惊中恢复过来。他在路上向他们解释了钚的事，其间切断了雷娜的通信线路。

他们先上了两层楼梯，然后走上通往储罐顶部的悬空步道，等到抵达罐顶时，卡勒姆已经浑身湿透。箱子很沉，而且他还背了一把电子束切割机。

装载机导轨与悬空步道是平行的，自从压力警报响起后就没有再运作。他瞥了一眼那些一直延伸到卸货区的蓝色塑料罐。每个罐子上都有明显的辐射警告标志。通常，那些东西都会让他感觉有些不舒服，今天呢，他就是不在乎了而已。*要是这次他们搞砸了，有没有那些玩意也没什么分别。*

多卡尔之前给他看过约翰斯顿提供的绝密文件，里面预估了储罐破裂可能造成的损害。钚颗粒泄漏的可能数量、风型与地面散布情况……适用于方圆两百公里范围内任何人员的紧急疏散程序，以及对当地野生动植物和农作物的污染影响，还有清理成本，不论在财务还是在环境上都令人震惊。

“迷你切尔诺贝利。”多卡尔冷冷地说。

阿波罗之前给他看过切尔诺贝利的资料，这严重削弱了他的自信心，而他费了好大的劲才在他的队员面前隐藏了这一点。

他们来到储罐这里。每个储罐顶端都有一对气闸，大小与油桶相当。气闸上方有一个进料器，可将标准罐从装载机导轨上引下来。

“阿兰娜，你负责清除储罐顶部的绝缘材料，够一个起泡器的位置就行。莫希，给我温度度数，然后准备穿刺爆破。柯林，请准备起泡器。伙计们——”

所有人都注意到了他声音中那不常有的严肃，扭过头来看着他。

“小心、谨慎，OK？我们可不能搞砸了。”

“明白，老大。”

其他人开始了手头的工作，卡勒姆则花了一点时间研究储罐和负责支撑的钢梁网络结构，想要找到适合切割的地方。他的人机网投射在危险品防护头盔目镜上的示意图也帮助他确认了那些负载点。*该死的，足有二十个。*

阿兰娜用动力刨将绝缘泡沫从储罐上切了下来，开出了一个直径一米的圆洞。

“三十八摄氏度。”莫希说，“都在公差之内。”

“很好。”卡勒姆说，“就这样。放置炸药。”

柯林将穿刺炸药放在开出的区域中间。那炸药是个黑色的塑料圈，直径三厘米，就像一枚大号的硬币。

卡勒姆打开他带来的第一个箱子。里面的传送门是个直径三十厘米的圆盘。其中一侧的洞口连接在妊神星站的一个金属舱内，另一侧是二十厘米厚的分子电路层，以稳定量子纠缠。卡勒姆朝里面看了看，传送门正对着一扇宽阔的气闸舱门，周围闪烁着琥珀色的警示灯。和往常一样，他抵抗住把手伸进去的冲动，轻轻握住传送门两侧。

“亨利，情况怎么样？”

“我在排放舱。传送门已锁定位置。准备打开外侧门。”亨利穿着航天服的手出现在传送门前，做了个竖起拇指的手势。

“待命。”

柯林拿出起泡器——那是一个具有令人难以置信的韧性的金属陶瓷半球，带有一个熔接合轮辋。卡勒姆将传送门圆盘拧进起泡器顶端的锁定插槽，两个人共同将起泡器放在了阿兰娜清理出来的地方。

“密封。”卡勒姆说，“亨利，请打开排放舱门。”

“收到，老大，正在打开。”

卡勒姆看着阿波罗投射到他目镜上的数据，起泡器内的压力逐步降到了零。“菲茨，请报告情况。”

“妊神星各系统稳定。”执行总监说，“传送门能量供应确认，充能完毕。一切运行正常，卡尔。”

“雷娜，情况如何？”

“起泡器密封圈已经固定在罐体上了。很安全，卡尔。可以开工。”

“谢谢。莫希，引爆穿刺炸药。”

起泡器里传来一声闷响，然后是一声尖厉的哨音。阿波罗告

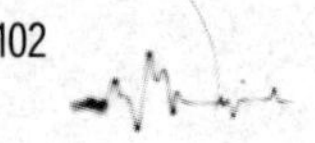

诉他，起泡器内的压力正在急剧上升。

“开始排放了，老大。”亨利报告说，“疏通很成功，主要是气体，也有些颗粒。”

储罐排空花了三分钟的时间。卡勒姆、莫希、阿兰娜和柯林还在盯着外罩，尽管它在气体排出时有些颤动，但没有发生其他状况。几分钟后，啸声也停止了。“好吧，我们做好准备把它整个扔掉。”卡勒姆说，“亨利，我打算在一小时内建立好连线。”

“我这边会按时完成的，老大。”

莫希的工作是炸掉将罐体固定在周围的网格结构上的水平支撑杆。他沿着金属大梁攀爬，在每根支柱上都装上一个双倍分量的炸药。阿兰娜和柯林用他们的电子束切割机切断了储罐底部位于堵塞的阀门下方的排放管，然后开始在周围切割，准备清出一片两米见方的空间。完工时，阀门下方的整片区域都被清理了出来。

队员们处理储罐时，卡勒姆在与阿兰娜和柯林齐平的位置，也开始清理他的工作区域。他切开网格，制造出一个洞穴，好让传送门能够不受阻碍地运进去。将长条金属杆切断了扔进下面的坑里可不是个好干的活，金属杆会弹起来，又撞上从其他储罐引入的粗管，最后才跌入坑底。有几根还撞上了他下方五米处的传送门。

为了支起六米宽的传送门，他们带了三条支撑轨，都是些伸缩复合管，卡勒姆和阿兰娜要把它们安装在储罐被切断的管道下方。支撑轨两端的焊盘能将其固定到其余的钢梁上。

整个过程他们花费了差不多七十分钟。完工时，卡勒姆已经汗如雨下，雷娜确认了支撑轨已经正确黏合到了网格大梁的分子上。站在悬空步道上，卡勒姆打开了他带来的第二个箱子，里面装着第二扇直径三十厘米的传送门。他取出传送门，底部向下放在网格上。

“亨利，我们准备好了。开始连线。”

* * *

储罐排气结束后，亨利就关闭了排放舱的气闸，回到了排毒组一号准备室。妊神星站宽阔的走廊通道就是一根简洁的金属管，外部喷涂了将近一米厚的绝缘泡沫，以帮助抵御这颗小行星孤独运行在海王星外轨道上的寒冷。妊神星站的各个工业组件并不是靠投资支持在本地生产建造的，它的所有部件都直接来自地球。各个组件组装完成后就安置在妊神星结冰的岩石表面上的一系列球罩中，每个球罩都有数条呈放射状的辐条，通向尺寸不一的圆柱形排放舱。妊神星上目前已有八十多个排放舱，其中大多数的外侧门都是永久打开的。有毒化学物质或放射性气体从遥远的地球被排放到这里时，就会呈烟雾状从传送门中冒出。其余的那些排放舱则会间歇性地排出一连串标准罐，就像巨大的子弹一样横扫整个行星际空间。随着地球有条不紊地处置其历史遗留的污染物，新的球罩和排放舱仍在不断建设中。

亨利抵达排毒组一号准备室时，技术人员已经在组装连线器了。圆顶的内部与无重力空间站的三层布局相同。妊神星的重力很小，这让操纵大型机械变得容易了很多。组装连线器的区域位于中心甲板。看到他们正在准备的直径六米的传送门，戴着头盔

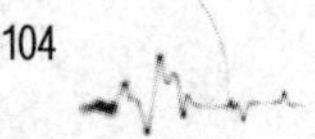

的亨利露出了微笑。大型机器总是能让他心情愉悦。

这次任务的核心就是这对直径六米的传送门。两扇门目前正被紧紧地压在一起，组成了一个一米半厚的分子电路单盘。九支机械臂正在小心地将一个由一系列拉丝铝制椭圆体构成的精致的蛋形框架整合在单盘周围，里面包含大量机械部件和传动装置，并缠绕着电源电缆和数据纤维。

亨利将他的航天服靴子卡到地板网格中，固定住自己的位置。技术人员穿行在连线器周围，就像好奇的鱼在研究闪闪发光的礁石一样。他留意着整个过程的进展，耳边还不时响起于尔根那边同事们的声音。

连线器的第一部分组装完毕。然后，一个跟它样子差不多但更小一些的版本连接在了它的前端。最后，一个更小的相似版本又被连接在了这一个的前端。三个部件就像三个长相奇特的俄罗斯套娃刚刚被分离到一半的样子。

“亨利，我们弄好了。”负责的技术人员说。

亨利拿起从布里克斯顿带来的两个工具箱中的第二个，他双脚一蹬地，很容易就浮了起来，朝连线器飘去。他抓住天花板上的一个扶手停了下来，将自己转到相对垂直于甲板的角度。在零重力状态下工作，不断地用一只手臂来操纵整个身体的重量，这比任何一种体育锻炼都更能增加肌肉体积。所有太空工人的上身肌肉都跟专业游泳选手似的那般发达。而传送门的出现则意味着每个人都能在下班后回到地球上的家里休息，也就是说，没有人会像早年间执行长期任务的宇航员一样，出现钙流失和肌肉萎缩。

他打开工具箱，取出直径三十厘米的传送门，锁定在连线器的最前端。“整合完毕。”他报告道。

“正在读数。”菲茨说，“连线器流程检测进行中。准备到排放舱出舱门待命。”

连线器底部的磁性单轨钳通上了电，推动连线器沿甲板上的一条导轨移动。等到连线器从身旁经过，亨利抓住后面的一根铝制弯曲支撑肋，跟着连接器一起前进。这条导轨沿轨道通向妊神星最大的一个排放舱。

连线器进入圆柱形的金属舱后，内侧门滑动关闭，伴随着一连串密集的金属撞击声完成了密封。连线器伸出十条腿，与舱室地板上的加载插销扣在了一起。

“就位。”亨利说。他抬起头，查看了一下连线器上方的外侧门。重型液压制动器的周围，一圈琥珀色的警示灯正在闪烁。

“卡勒姆也快准备好了。”菲茨告诉他，“原地待命。”

亨利飘到气闸旁，旁边就是他之前穿过的那扇巨大的出舱门。他打开气闸，提前做好准备。一旦一切准备就绪，他就得快速离开排放舱。他的人机网在他的航天服目镜上投射了几个数据框，实时显示连线器当前的状态。

他一直在听朋友们在于尔根那边的对话。几分钟后，卡勒姆说：“亨利，我们准备好了，开始连线。”

亨利给他的人机网下达了命令。连线器上三个装置中最小的那个启动了。它的中心是一扇配好对的传送门，看上去就像一块特别厚的深灰色铺路石，有二十五厘米宽，一米五长。

“阿尔法单元启动空间纠缠。”菲茨说，他的屏幕上正在显示系统的实时状况，“OK……我们现在是零间隙。两侧能量稳定。

解耦。”

连线器机械结构内部的制动器将那个厚块分解为两个相同的矩形，它们之间的量子空间纠缠使它们成为相互连接的门。不论“孪生”部分之间的物理距离有多远，量子空间纠缠都会在它们之间形成一条零间隙的通路：传送门。

看到固定这对传送门的连线器支架将两个相同的矩形相互分离，亨利高兴地笑了起来。制动器的移动如金属肌肉般流畅，“孪生”部分中的一个短边向外，被推入了早前准备好的三十厘米的传送门，然后直接从于尔根处理厂那边又冒了出来。

“好了。”卡勒姆说。

亨利面前，连线器的机械装置将剩下的这个传送门板转动了九十度，准备在下一阶段用长开口来迎接那块较短的一侧。

“贝塔单元启动空间纠缠。”菲茨说。

二号单元又是两个矩形传送门，这次的更大，尺寸是一米五乘六米五。支撑臂将两个“孪生”部分分开，并立刻将上边那块的短边推入了之前准备的阿尔法传送门，两侧的间距不足一厘米。连线器内，剩下的那个贝塔传送门旋转九十度，准备用长开口来迎接伽马单元——那个直径六米的传送门。

“好啦。”亨利低声说，“伽马单元这就给你，老大。”

* * *

卡勒姆抓住刚从妊神星送过来的阿尔法单元，放置在地板上他标记好的地方。贝塔单元很快从里面冒了出来，单元背面的支撑腿迅速伸出，将它抬了起来，并把开放面旋转九十度，调整到水平方向。他检查了一下单元是否与连接储罐下方空间的导轨对齐，又让阿波罗调整了一下单元的高度，直到他满意为止。阿兰娜将支撑腿固定在了步道的网格上。

“送过来吧。”他对亨利说。

直径六米的传送门送了过来，滑过导轨。卡勒姆看了一眼开放面，正前方就是排放舱的外侧门。数据图上显示出了导轨的情况与各个铆接点，一切都在公差容许范围内。“从这上面看一切正常。咱们开始吧。”

卡勒姆与莫希、阿兰娜、柯林一起，沿金属梯爬上网格顶部。莫希为他们所有人都准备了安全绳和保护带，并固定在了最粗的大梁上。卡勒姆一边装备保护带，一边看向储罐顶部。

“安全措施都准备好了吗？”

“一切就绪，老大。”

“雷娜，我需要你持续关注建筑上的传感器。”

“交给我了，老大。”

“亨利，打开排放舱门。”卡勒姆说，“莫希，准备好。”

先是一声微弱的咝咝声，接着一阵风吹来，吹动了他危险品防护服厚重的衣料。咝咝声低沉了下来，他心跳加速。他用余光看到有东西在格子交错的步道上移动。废弃的旧塑料杯、纸张、电线废料、塑料条，都摇晃了起来。

“外门开启百分之五十。”亨利报告道。

咝咝声变成了暴风雨般的轰鸣。那股吸力比他预期的要大，他下意识地检查了一下保护带扣。柯林和阿兰娜已经跪了下来，用双手抓住步道上的把手以获得更大的安全感。

“百分之七十五开启。”亨利说。

卡勒姆能听到整栋建筑都在发出抗议的声音，头顶上的金属也在吱吱作响。他抬起头，看到头顶上的灯在疯狂摆动。再往上，天花板已经弯曲，板面纷纷从固定框架中脱离出来。

“百分之百！”

空气排入行星际空间时发出的咆哮声变成了飓风般的号叫。蒸汽以令人难以置信的速度划过网格。两块天花板飞了起来砸在了储罐上，又疯狂颤动着，从储罐两侧被吸了出去。

“引爆。”卡勒姆大喊道。

固定在储罐支架上的炸药同时爆炸。狂风的呼啸声太大，甚至盖过了炸药爆炸的声音。小雪花变成了危险的冰弹，从屋顶不断扩大的裂缝中涌入。罐顶从他眼前消失了，掉落的速度太快以至于他很难看清那个过程。更多致命的嵌板在空中飞舞了起来，随即又跌入储罐掉落空隙中所形成的漏斗状旋风。

“都出去了。”雷娜在他们的通信器中喊道。

“关闭，亨利！”卡勒姆叫道。

因为排放舱的外门承受了巨大的压力，花了很长时间大风才沉寂下来，比它形成的时间要长出一倍，卡勒姆对此非常确信。

寂静袭来，仿佛一股有形的力量击中了他。卡勒姆颤颤巍巍地长出了一口气，他站了起来，在那诡异的静止的空气中紧绷着全身的肌肉。“大家都没事吧？”

大家在通信器中报着平安，声音颤抖，但他们都如释重负。卡勒姆慢慢解开保护带。雪花从破碎的屋顶中飘了进来，室内的景象就像爆炸后的现场。他查看了一下辐射传感器，上面显示周围只有背景辐射存在。

“我的妈呀，我们成功了！”卡勒姆说，声音里的那份惊奇让他自己都笑了起来。

* * *

闹钟的响声吵醒了卡勒姆。有人把闹钟的音量调到了“体育馆摇滚”的级别，而且还开启了“地动山摇”级别的振动功能。他虚弱地呻吟一声，睁开了眼睛——这几个动作带来了强烈的疼痛。他伸手摸索着，寻找闹钟，同时在疼痛的大脑里还有个地方在咒骂那个要小聪明的“够不到起床法”。

直到此时他才意识到，自己甚至都不在卧室，更别提在床上了。此刻他正趴在客厅沙发上，扭着脖子，一只胳膊压在身子底下。闹钟声还在很远的地方响着。他的视线模糊，不过他还是能够穿过敞开的卧室门看到那正闪着红光嘲笑他的数字。

“豪斯。”他声音嘶哑。

“早上好，卡勒姆。”

“把闹钟关掉。”

“这不可能。你的闹钟没有交互界面，是非常老的产品。我觉得它应该是在20世纪90年代制造的。”

“×。”他摇摇晃晃地站了起来，每个动作在他的大脑深处所引发的阵阵痛楚让他又呻吟了起来。客厅在他的四周摇摆，让他恶心。不过他还是设法协调四肢，蹒跚着进了卧室。他根本没去管“再睡一会儿”或者“取消”键，而是直接一把拔了那破玩意的电源。

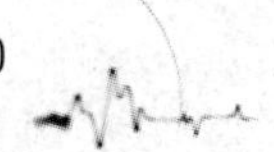

如释重负的感觉只持续了五秒钟。“啊，×。”他倒吸一口凉气，直奔洗手间。

卡勒姆不知道自己昨天都吃了些什么，但还是成功地将大部分都吐到了马桶里。他按下冲水键，然后背靠盥洗台跌坐在地上。他呼吸沉重，就好像身体突然变成了冰块，而那明显的该死的头痛仿佛正在颅骨内侧猛砸他的脑袋，试图挣脱出来。

前一天，他们在排出储罐后又在于尔根处理厂待了一个小时。他们先是帮助员工进行检查，确保没有其他废料标准罐在混乱中破裂或者发生泄漏，然后又用连线器将传送门送回妊神星站。媒体机构的无人机拍到了屋顶扭曲，嵌板被吸入大型排放舱，雪花尖啸着涌入屋顶裂缝的情景。人人都以为是储罐发生了爆炸。联协的公关团队花费了一番功夫才平息恐惧，让大家相信是应急排毒组又完成了一件日常奇迹，防止了辐射泄漏污染周围区域。在多卡尔的有力指导下，公关团队淡化了这场事故可能造成的损害程度，强调那些废料只是具有轻度放射性的医疗废弃物。

各个新闻数据源完全忽略了这种轻描淡写，直接播放起了切尔诺贝利的老视频。等到那时，卡勒姆和他的队员们已经都回到了他们位于布里克斯顿的办公室，他们大声欢呼着，嘲讽那些铺天盖地、危言耸听的新闻报道。可惜你们不知道，他自鸣得意地想。之后呢，他们就低调地出去喝酒庆祝了。

淋浴有点效果。不过他一出来就先吃了四片布洛芬，一起吞下去的还有他从冰箱里找出来的半盒鲜橙汁。冰箱里食物充足。“哦，谢天谢地。”他将培根扔进平底锅。今天的面包也很多，那就来两个培根三明治吧，再配上两杯特浓咖啡。

他找到了几件干净的衣服，然后将所有待洗的脏衣物全都扔进家政服务的袋子——让他们去弄吧，去他的额外费用——他把袋子都放在了门外，方便他们取走。

之后，他坐回到早餐台前，吃了两片对乙酰氨基酚，因为一个学医的前任曾告诉过他，对乙酰氨基酚和布洛芬一起吃没问题。他现在还不太想出门去办公室，也不愿意去看这一夜的新闻信息源。要是有什么大事，排毒组可以直接给他打电话。

他戴上显像太阳镜。“喂，阿波罗，有萨维的电话或者电邮吗？”

“没有。”

“帮我‘戳’一下她的人机网，伙计。”

“没有回应。”

“×。”

卡勒姆搞不懂了。已经六天了，见鬼的，她难道就抽不出一分钟时间，从那帮愚蠢的学生激进分子眼皮子底下溜出来吗？也许这一切就是个什么骗局。她嫁给他就是为了钱，整个戴安娜俱乐部的人都参与了这个骗局。他们每个月都会吸引几个被浪漫所迷惑的游客，一边嘲笑一边兑现他的……他的什么呢？除了光明的前途外他什么都没有。那玩意银行又不认。

他疲惫地摇了摇头。“长大点吧，你这个蠢货。”他气哼哼地说。

很显然，他的大脑在否认——试图否认最明显的结论。出事了，大事不妙。

“阿波罗。”

“在，卡尔。”

“新建新闻过滤器。寻找任何符合萨维特征的女学生，但是名字不是萨维，寻找过去六天内大学校园内失踪人口的报道。”

“哪所大学，卡尔？”

他耸耸肩，说：“所有大学。”

“地球上所有的？”

我真是个妄想狂，不过我想的够多吗？“对。”他叹了口气，“地球上所有的。”

“可能得花点时间。需要我购买处理器加时包吗？”

“买吧。”

* * *

走到团队办公室时，卡勒姆本想笑话一下阿兰娜和柯林的状态——只可惜他自己也强不到哪儿去。而且，他觉得自己的状态看起来很可能还不如他们，他们的墨镜颜色就没他的这么深。雷娜甚至看起来就跟平时一样生龙活虎，而卡勒姆确信自己还记得他们俩昨晚才比赛过喝伏特加，他的脑中甚至还有闪动着蓝色火焰的鸡尾酒杯的模糊记忆。

雷娜神色和善地笑着说：“感觉怎么样，老大？”

“还没死，你怎么就没有宿醉的样子呢？”

“当然是因为我更年轻，更聪明，知道哪儿能搞到更好用的药。”

“小浑蛋。”卡勒姆咕哝道。

莫希正在角落里的小餐吧，用一大杯茶把药片往嘴里送。他的胡子没刮，而且卡勒姆确信他的衬衣还是昨天那件。“早啊。”说完，莫希就倒在了一张长沙发上，闭上了眼睛。

对亨利来说，这只是又一个普通的早上，整个世界和谐又美好。昨天晚上，他做了个负责任的成年人，在午夜前就回了家，去陪他那待产的伴侣。

卡勒姆透过玻璃幕墙看向监控协调中心。菲茨咧嘴一笑，用两根手指嘲讽似的敬了个礼。卡勒姆用一根手指回了个礼。

“好了。”他努力将注意力集中到墙壁屏幕上滚动着的新闻数据源上。中间的两个屏幕上还在显示于尔根处理厂的情况：昨天夜里下了场大雪，遮蔽了建筑物的一些明显的破损。“有什么情况吗？”

“用我们管有什么情况吗？”莫希问，他的眼睛还没有睁开。

“一点意思都没有。”雷娜说，“尤其没有恐怖的钚。”

卡勒姆有些恼火地瞪了她一眼。他知道雷娜早晚会发觉的，不过至少应该表现得聪明点，尤其是在办公室。*安保部有在窃听我们吗？*

多卡尔走了进来，一脸不赞同地看了看眼前的这些人形废物。“天哪，伙计们。你们可都是专业人士，连周末都等不到吗？”

“等到周末我们可能就又拯救世界两次了。”莫希说。

“这种样子可拯救不了。你们这样子真能出任务吗？”

“或者——”雷娜说，“昨天干得不错，各位。联协很满意，我来是要告诉大家，公司会给你们发巨额酬金。”

“今天还有其他两班人马当班。”卡勒姆说，“如果他们出动后还需要我们，那时候我们早准备好了。”

多卡尔本想出言反驳，话到嘴边又咽了下去，最后只是宽厚地说："其实呢，公司对你们的赞赏会体现在你们下个月的薪水里。"

办公室传出一丝微弱的欢呼。看起来只有亨利是真心地欢喜，也许是因为他不久前跟卡勒姆讲过的，有关婴儿的开销有多恐怖的事情吧。

"卡尔，借一步说话。"

"是，夫人。"卡勒姆跟着多卡尔走出了办公室。

多卡尔又仔细打量了他一番。"天哪，瞧你这德行。"

"嘿，轻度宿醉而已好吗，我好着呢。"

"是好着呢，可你已经没那么年轻了。"

"见鬼的，可别提这茬。"

"至少你的头发今天挺正常的。"检查完他的衣服后，多卡尔失望地叹了口气，"来吧，有人要见你。"

"谁？"卡勒姆问。

"你会知道的。不过先跟你说一声，你即将获得的奖金将如实反映公司对你昨天处理方式的真诚感谢。当时一些高层人士通过监控协调中心的视频源实时了解了全程。"

"你之前怎么不说？"

"说了会帮你干得更好吗？"

"不会。"他勉强承认。

通过四扇联协内部中转网的传送门，卡勒姆发现自己来到了一片规模巨大的建筑工地。阿波罗还没将中转导航数据投射在他的眼镜屏幕上，他就认出了这里是伦敦的格林尼治半岛。两年前旧竞技场的穹顶被拆除，当时新闻数据流曾广泛报道过。此刻，他正站在大概地下十米处一个带有金属挡土墙的圆形大坑中，地面是一层冻住的泥浆。大型工程车在他的周围轰鸣，有些是由人工驾驶的，驾驶员坐在高高的驾驶舱中，使用小小的操纵杆控制着他们的机器。清冷的晨光中，这里仿佛一个末日世界的断面，一切都由蒸汽朋克恐龙统治。

“他在那边。”说着，多卡尔穿过泥泞向前走去。

卡勒姆跟了上去，并且忽然意识到这可能是他第一次看到多卡尔外出穿高跟鞋。多卡尔带他朝一群西装革履的人走去，与他相比，那些人看上去与这个地方更格格不入。之后他才注意到站在人群中央的是谁。

“你该提前告诉我一声的。”他抱怨道。

“怎么？每天午饭前都要拯救世界的人居然怕了？”

“去你的。”

“记住，在镜头前不要笑得太过了，看起来会不够诚恳。但一定得笑，哦，还要表现出敬意。”

“我可一直都——”

律师、会计师、建筑师和公关组成的“禁卫军”让开一条路，安斯利·巴尔杜尼奥·赞加里饶有兴致地环顾四周。他嘴角微微一抬，露出一丝笑意，并伸出手做欢迎状。“卡勒姆！”他的声音听起来就像是一声号叫。

就跟新闻数据源上一模一样。

“很高兴见到你，孩子。”安斯利边说边热情地跟他握了握手。“各位，这位是卡勒姆，昨天就是他帮我们收拾了烂摊子。”

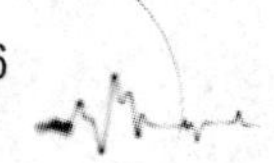

随行人员终于都露出了认可的笑容。

“让他跟我合个影，这可具有历史意义。”

随行人员四散开来，仿佛是被赶牛棒给驱赶到了一边。卡勒姆看到其中的一个人穿的西装比其他人要廉价一些，那人正站在他面前，调整着自己的眼镜屏幕。那人旁边，多卡尔摆出了一个“笑”的口型，配着一张非常愤怒的脸。

卡勒姆慢慢摆出一张笑脸，说：“很高兴见到你，先生。”

“好小伙。”安斯利用一只手拍了拍卡勒姆的肩膀，笑得更明显了。

卡勒姆感觉很荒谬。安斯利六十一岁了，一头银狐似的头发，一身精心剪裁用以消减身体笨重感的西装，让他的身形显得不那么宽大。卡勒姆看不出他那是肥肉还是肌肉，也可能两者都有。此刻，卡勒姆正与他的老板——这个有史以来最富有的人面对面，处在媒体巨头们所谓的死角，或者说更糟。

“给我们点时间。”安斯利说。随行人员迅速消失，速度比冰块掉在岩浆上蒸发得还要快。“昨天你干得不错。我很感激。”

卡勒姆的肩膀和手臂松弛了下来。“这是我的本职工作，长官。”

“瞎扯。”他那副友好的大家长形象不见了，“你不是那种马屁精吧，小子？”

卡勒姆没说话，只是看了一眼距离最近的那些随行人员，多卡尔也在其中。所有人都聚成一团，小心翼翼地不看他所在的方向。“不是。这堆破事就是我的命。我他妈刚从核灾变中拯救了瑞典——呃，是我和我的队员们。你不会知道那是什么样的。不过我的生活就是这样，而且我很喜欢。”

安斯利咧开了嘴。“你，你这小子，根本不知道我有多羡慕。那帮二货只会说‘是’——”他挥手指了指周围，“这是我的生活。别紧张，我并不打算去体验一把你的生活。保险是一方面的原因，另外董事会也会抓狂的。”

“每个人都有自己的位置。”

“确实，不过说真的，昨天的事真得好好谢谢你。去他的英国佬。你能相信吗？他们不知道钚已经下市一个世纪了吗？”

“他们也在想办法处理这些东西。”

“哈！去他的约翰斯顿！你要是跟他握了手，小子，事后一定得数数手指头有没有少。国家正在消亡，联协正在让这一点成为现实。如今，人人都是邻居，再也不是之前那个互相残杀的年代了。相反，我们要到星星上去。想想吧，等星际飞船抵达某个原始地球型的外星世界后，你有兴趣移民吗？”

“不知道。这得取决于地球化那个世界需要多长时间。”

“嗯。我昨天刚从澳洲回来，你看。冰瀑项目还是挺让人印象深刻的，即使是以我的标准来看。”

卡勒姆希望他此刻的表情不是那么呆滞，像个白痴一样。他隐约记得昨天深夜在酒馆的新闻数据源上看到过某个关于冰瀑项目的新闻，那时候喜新厌旧的媒体刚刚把注意力从于尔根移开。

阿波罗将细节内容投射给了他，那是联协的新闻发布会，介绍安斯利所钟爱的一个项目——灌溉澳洲中部的沙漠。“听说头开得不错。”卡勒姆有些犹疑地说。

“确实不错，除了有些蠢货想要通过抗议示威搅了整个工程，他们总是这样。”

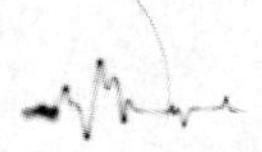

“是啊。”

“妙的是，我们可以将冰瀑项目当作一项伟大的人道主义工程来宣传，但事实上，它就是初级版的行星工程项目。所以我才这么支持，先赚点经验值再说。这样，等到时机成熟，我们才能做好准备做出那些真正重大的决定。那个时刻总会到来的。”

“还有人在为真正的‘长期’做准备，我估计知道这一点确实挺让人安心的。”

“所以我才绝没有成为政治家的可能，我想在现实中有所成就。”

卡勒姆双手扶在臀部，看了看那一堆正在向坑底深处打桩的笨拙机械。“我觉得这就是种成就了。”

“胡扯。孩子，这只是座建筑而已。埃及人和印加人三千年前就在建造这种东西了。当然，这确实会让人印象深刻——联协欧洲中转总站与欧洲总部，但也仅此而已。而且已经落后预定日程三年了，我们甚至都还没有正式开始。去他的官僚主义……老天，我还以为只有美国的官僚很差劲呢。你去过纽约吗，孩子？我正在中央公园旁边打造的那座大厦就是一份货真价实的证据，跟这个一样。不过归根结底，他们都只是一堆玻璃跟混凝土而已。”

“你会把应急排毒组迁到这儿吗？”

“鬼知道。这种小事都是交给在我办公室下面十层的那帮蠢货处理的。让他们去担心吧。我只负责提理念，拿主意。”

卡勒姆笑了起来，说：“我开始羡慕你了。”

“嗯，从新泽西到这儿的过程可不短，倒不是说我曾是那种新泽西垃圾。这你知道吧？”

“你父亲是个对冲基金经理。”

“而我跟随他的脚步到华尔街做出了正确的投资，哈。”

“并不是，你在哈佛取得了机器智能学位。后来你清算了你的财产，建立了联协。”

安斯利满意地点点头，好像是觉得卡勒姆刚刚通过了一项测试。“不是个只会花我的钱做牛仔竞技表演的大学运动员。”

“长官？”

“你很聪明，孩子。我说的可不是你的学位。你的团队里有多少人能不靠人机网投射的数据就认出大老板来？”

“还是有一些的。”

“你就认出来了，而这就是一方面。我们正在扩张，卡勒姆，整个人类族群都是。联协要让这一切都变为现实，小行星定居点只是个开始。当猎户座飞船抵达半人马座星系时，你有什么感觉？”

“既开心又失望，我本希望能找到一颗合适的地外行星的。”

“正是如此，扎格列欧斯这个名字起得很合适，这家伙就是个地外行星界的弱小失败者。但这次失败并不能阻止我们，不，起码这次不会。我们深入那个该死的没用的行星系，为我们自己建造了又一拨星舰。这才是我们今日的社会。我们有放眼前方的胆识，能像当年的肯尼迪总统一样怀揣梦想。×，我都要为自己是个人类而感到骄傲了。那些新造的星舰里总有一艘能为我们找到适合地球化的地方，就算找不到，再下一拨也能，或者再下二十拨。这都无所谓。我们会在外边建立起一个个新世界的，孩子。联协会带领你们登上群星——带领你，还有十多亿跟你一样渴望在新的行星上重新开始的人一起。再过二十年，你就能站在现在这个地方，走进星际中转站，前往数十颗被我们驯服的行星。联协会成长成一个庞然大物。总有一天，它会扩展到整个星系。”

“联协现在就已经很庞大了，长官。”

“是啊。但整个太阳系只是个开始。如果公司能够按照我理想中的路径成长，那我就真的需要几个特别聪明能干的人，来帮我把它调教好。你觉得怎么样？”

也许是因为宿醉抑制了他的情绪，不过卡勒姆很高兴自己并没有过度反应。他还是一副冷静的样子，说：“你这是在向我提供新的工作机会吗，赞加里先生？”

安斯利咯咯地笑了起来。“哦，我喜欢你，小子，确实喜欢。不过，不是的。没有什么特别好的工作机会，至少目前没有。我想说的是，好好享受你未来几年在应急排毒组的英雄主义时光吧，小心那些随时可能把你拍死在沙滩上的后浪。之后呢，等到你厌倦了时刻紧绷着的状态，想要申请高级管理课程，或者去读个MBA，到那个时候，你就会发现联协是在背后支持你的。你就是我在找的那种人，小子。现在先别脑袋发热，这种谈话我每周会有一百来次。不过，你已经成功引起了我的注意，并在昨天证明了你的能力。在这种规模的组织里，这可不是件小事。”

“我明白你的意思了，长官。谢谢。”

安斯利再次伸出手，说：“好啦，现在我又需要那帮只会对我说‘是’的家伙们了。”

卡勒姆穿过四扇传送门，走回应急排毒组的办公室，一路上都保持着微笑，他的队员们还在办公室里等着他。

“那个安斯利·赞加里？”阿兰娜叫道，“本人？”

“嗯。”

“你都说什么了？等一下！他都说什么了？”莫希叫道。

“他说：干得好。还让我向你们转达谢意。天知道是为什么。”

“他什么样？”雷娜问。

“跟新闻数据源上的一样。聒噪得很。”

“我的妈呀。他也知道我们的名字吗？”

“我不知道，也许吧。你们的名字肯定都在报告文件里——就在我的后面。”

“去你的吧！”

卡勒姆笑着走到一边为自己泡了杯茶。药片已经消除了他的宿醉，而他也已经喝了太多的咖啡。他的队员们在他身后兴奋地谈论着。有史以来最富有的人——他们的老板，知道他们的存在，并且很满意他们的工作。所以说那奖金该有多么丰厚啊，你们觉得呢？

他坐回到沙发上，对着监控协调中心的那面玻璃幕墙，这次还好好地查看了新闻数据源，并让阿波罗总结了一些潜在的麻烦。看来，今天全世界的毒性问题并不算太严重。

再次回忆起那次会面，他还是感觉有些超现实。我本来可以提起萨维的，告诉安斯利我们结婚了。他应该会恭喜我。这样的话，安保部就没有可能再叽叽歪歪了，有安斯利的首肯就不会。除非……他把我也看成个麻烦制造者。有可能我走快车道登上巅峰的机会也就此告吹。

×，她为什么就不能打个电话？

多卡尔在他身旁坐了下来，说："恭喜。"

"同喜。"

"我没开玩笑。能让安斯利这么做的人一年不超过三个。"

"啊？他说他一周能见一百多个跟我差不多的人。"

"谁又能想到呢？"多卡尔微微一笑，"那种地位的人说的当然不都是实话。"

"哇哦！"

"嗯，二十年后，等你领导联协整个北半球的业务时，可别忘了我们。"

卡勒姆扭头看着她，有些好奇她对公司的忠诚度到底有多高。他们一直相处得不错，不过……她很有野心。如今，知道了卡勒姆是老板的新宠，她也许会同意大家有更多的互利活动。*我需要点建议*。"这周末我们会去多宁顿。如果你能抽出一小时空余时间的话，就跟我们一起去吧。大家会很高兴在那里见到你的。"

她的笑容十分可人，这种笑卡勒姆不可能经常见到。"谢谢你，卡尔。萨维也去吗？我挺喜欢她的。"

"可别打她的主意。她是我女朋友。"

"嗯，这次你可得好好花点心思。她可是块宝。"

卡勒姆知道自己脸红了，但他不在乎。"是啊，我也是这么想的。"

* * *

卡勒姆穿过克雷纳弯道，一拧油门又回到旧发夹弯道，他将杜卡迪 999 摩托倾向一侧，紧贴着弯道，就像行驶在轨道上一样。

多美的机器啊，宝贝。穿过星钥匙桥，他再次拧动油门。双缸发动机发出小型火箭般的轰鸣，摩托猛地加速，仪表盘也模糊了起来。他没有戴显像眼镜，真实感才是一切的关键，并不需要精确的读数。他能感受到它。

他减速通过那该死的麦克莱恩急转角，滑过破碎的柏油碎石路面，再减速一小段，然后大角度迂回。一台川崎 ZX-17B 从他身旁飞驰而过，后面还跟着一台阿普利亚 RSV4-1000。“×！”他一边在头盔麦克风中叫道，一边使劲拧动油门——对这次转弯来说他拧得太多了，又得刹车。这让他落后得更多。

“×！”

“怎么了，卡尔？”阿兰娜的声音在他的头盔中响起。

“被人超了。”他恼火地叫道。

他再次拧动油门，穿过科皮斯弯道，又拐到长长的邓洛普直道。杜卡迪摩托马力全开，他陶醉于纯粹的力量之中，两侧的风景也模糊成了一道道彩条。他的关注点都在赛道与前方轰鸣的摩托上。不过那几台摩托加足了油门，速度飞快。他追不上了。

还剩四圈。他干得还不错，没有在赛场上继续拉大落后的距离。但他很清楚，他的热情已经消退了。

九天了，什么消息都没有。她肯定是出事了。不是开玩笑。如今的学生激进主义分子会坏到什么程度？会暴力到什么程度？

方格旗在前方的龙门架上挥动。他是第九名，参赛的摩托只有十五台。他沿慢速道驶向出口，然后穿过围场。停在柏油路上排成长队的后勤车辆甚至比这台杜卡迪还要古董。观众们对这些车辆的热爱程度不亚于对那些摩托。人们徘徊其间，徜徉在 2 月

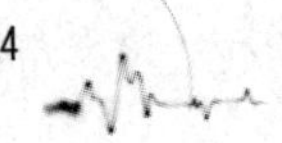

寒冷的空气中，凝视着那些旧房车和工程车，父母们给不太感兴趣的孩子们比画着车辆的外形和公司标志。

卡勒姆的车队有一辆旧奔驰凌特面包车改装成的杜卡迪移动工坊。面包车停在围场的另一头，雷德盖特弯道的对面。柯林和亨利在车旁搭了个帐篷，给他们要坐的折叠椅遮阳。帐篷外还摆着一副烧烤架，亨利正在那边烤着香肠。

卡勒姆尽量不对亨利那套准父亲的日常露出坏笑。毕竟，正是兴奋的亨利在十八个月前从一个专业拍卖网站上发现的这台摩托，那时候卡勒姆刚被任命为班组负责人。他们组成了一个小团体，人人参与，换取在集会和俱乐部活动中骑上这台出色的旧机器的特权。这笔钱他们都还出得起。不过没多久他们就发现，初始资金不是问题，后期的维护保养费才是。至于特殊合成汽油的价格……

卡勒姆停好杜卡迪，摘下头盔。

“所以成绩好吗？”多卡尔一副天真纯洁的表情。她和女朋友艾米丽一起坐在帐篷下，两个人一人拿着一罐啤酒。

“我们得为今后的俱乐部活动想个让步赛的方案。”卡勒姆粗声粗气地说，“这里面好多摩托都比这辆杜卡迪性能好，而且也新得多。”

“要的就是这股劲，老大。”雷娜说。她从面包车后面走了过来，边走边拉机车服的拉链。“我要在轮到我比赛前先练几圈，可以吗？”

“归你了。”卡勒姆下了车，尽管腿很难受，但还忍着没像个老年人一样叫出声。“注意麦克莱恩转角和雷德盖特弯道的碎石，克雷纳那边也有一块路面破损。”

“谢啦。”雷娜跨上车座，发动引擎。

“你们本来就是要在破损的路面上比赛的吗？”艾米丽的问话带着轻微的法国口音。

卡勒姆从停在围场车道另一侧的那辆黑红相间帅气逼人的雅马哈 YZF-10R 摩托上移开视线。“嗯？哦，竞赛主办方已经尽力了，他们收的钱只够租用多宁顿的场地一天时间。我们都只是些爱好者而已。今天的比赛还是三家俱乐部联合出资的。”

“主办方是要承担法律责任的。他们会因为疏忽大意而惹上各种麻烦，最糟糕的情况可能是过失致人死亡。”

“赛前选手们都签了免责声明。”

“我觉得那应该还不够。”

“请原谅我的朋友。”多卡尔说，“风险评估部门的职业病……”

“我就是说说。”艾米丽撇了撇嘴。

“也是检验下技巧嘛。”卡勒姆对她说。“我要把这身机车防护服脱掉了。亨利，我们情况怎么样？”

“还有十五分钟。我们先开吃了。”

“收到。卡佳呢？”

“她太累了。”亨利说，“不过她送了三文鱼蛋饼来。”说着还指了指野餐桌上用锡纸包裹的面点。

“现在才说啊。”卡勒姆钻到黑漆漆的面包车里，费劲地脱掉机车服，尽量不碰到另一侧的工具架。

“第九名。”多卡尔说，“不像你啊？”

卡勒姆扭头看了一眼，多卡尔正站在面包车门口。“我分神了。”他承认道。

“看得出来。你跟萨维分手了吗？”

“没有。”卡勒姆摇摇头，“正相反。”他开始解释他们结婚的事。

多卡尔一把捂住了自己大张着的嘴。“你们结婚了？”她惊叫道。听卡勒姆讲完后，多卡尔又问：“认真的吗？”

“不能再认真了。”

“棒极了。”多卡尔走过来，灿烂地微笑着拥抱了卡勒姆，“你这个老派的浪漫分子。你们约会多久了？两个月？”

“感觉到了，自然就知道。”

“卡勒姆·赫伯恩，已婚男士。谁能想得到呢？”

“谢谢。”

“你们准备正式办一下吗？拜托，一定要给我肯定的答复！我可喜欢婚礼了！她父母也是那种老派人，是吧？他们怎么说？”

“还有一些……正式手续需要先履行一下。我想先跟你过一遍。”

“没问题。”

“首先，是人力资源部。”

多卡尔闭上了眼睛，等过了好一会儿再次睁开时，已经切换到了她的公司律师状态。“他们会叽叽歪歪的，不过别担心他们。这是他们的例行程序，以防受到伤害的一方变得太过敏感，以致发起工作场所性骚扰的诉讼。你们俩不会——正相反，你们会白头到老的。”

“嗯。”卡勒姆挠了挠后颈，一脸的尴尬，“不过她是安保部的。

他们对这种事要严肃得多。”

多卡尔一脸的坏笑。“哦，天哪。他们要审查你了。他们会发现什么吗？”

“审查的事我倒不担心，麻烦的是这件事没有提前告知他们。我可不想在她的档案里留下污点。”

“这个简单。公司现在已经不能这么做了。”

“你说什么？”

“这个算歧视。作为雇员，你有权查看自己的完整档案，包括纪律处分的部分——如果你觉得里面的评述会对自己的职业前景产生不应有的负面影响，你可以在法庭上提出质疑。如果法庭也同意，认为处分比例不当，那些记录就会被清除，也不会转交给后续的雇主。”

“真的吗？”

“当然是真的。所以人力资源主管们才要那么努力地同招聘机构的客户经理打好关系，所以公司在招待费的问题上才会雷声大，雨点小。很多黑名单都是在酒吧里私下交换的。”

“妈呀！这些我都不知道。”

“距离坐在大办公桌前，你还有很长的路要走，不是吗？”

“看起来确实是。”

“我认识几个在人力资源部门负责处理安保人员事务的家伙，可以跟他们悄悄打听打听。这种麻烦事，最好是直接消弭于无形。”

“你会去？”

多卡尔笑了起来。“酒水单你买。”

“成交。多谢啦。”

“我只是在拍老大的马屁而已。安斯利眼里都是你的优点，还记得吗？”她眨了眨眼，“交给我吧。”

* * *

萨维穿过国际中转站，径直走进罗马市政 III 号地下中转网。穿过五扇门后，她走上蒙特马西科大道，那是一条位于图费尔地区的坡道，两侧高树成荫，连路边一栋栋的五层公寓楼也被遮住了一部分。阳光刚刚开始透过人行道上方交错的树枝，形成一条翠绿的隧道。

她喜欢罗马，不过在一年中的这个时节，还是这么早的时间，这里简直跟爱丁堡一样阴冷潮湿。唯一的区别就是这里的树木都是四季常绿的，不过那些长在她公寓楼前遮住了院子的树木似乎显得单调乏味，在等待着温暖的春天使它们活跃起来。

她的公寓在二楼，所以她没有去管那破旧的老电梯，而是直接去爬楼梯，她的行李车也摇摇晃晃地跟着她一起爬了上去。她挑了间一居室，因为它的结构很紧凑，自己一个人住很爽，尤其是她跟一大家子人在孟买的大宅里挤了二十三年后。这里安静，适合独处，随时欢迎家人来访，又不会让家人久待。

她在加勒比度假期间，房子的 G4 图灵机用它的家政机器人组清理了地毯，打扫了房间，甚至还给房间中央的花梨木桌做了打蜡保养。她来到厨房，冰箱里已经填满了存货。她取出一罐有机酸奶和鲜奶，做了一壶咖啡，所用的天然咖啡豆是她从两条街外的熟食店里买来的。

快速洗了个澡，冲去巴布达岛那阴魂不散的最后一点沙粒后，她穿上一件长袍，回到了小小的厨房。酸奶已经没那么凉了，正是她喜欢的温度，咖啡也泡得正好。她把格兰诺拉麦片撒到一个碗里，将酸奶倒在上面。

放纵地享用了四天被送到戴安娜俱乐部别墅阳台上种类丰富、高度西化的早餐，回到家享受这些真是件让人感到轻松惬意的事。涌起的记忆让她抬起手，欣赏起了此刻戴在手指上的金戒指。

我结婚了！

吃早餐时，她让纳尔逊——她的人机网——播放冰瀑的新闻数据源。秋季第一天的准备工作进展顺利。联协的巨型飞艇停留在澳大利亚吉布森沙漠上方一公里处谨慎地等待。更南方的南极海域，收割船正围绕着三个月前从罗斯冰架上脱离下来的 V-71 冰山。那是一个庞然大物，占地面积超过三千平方公里，比卢森堡整个国家都要大。纳尔逊调整了过滤器，重点关注提及反对团体的内容，不论是政治团体还是活动组织。有几个全球性的和澳洲本地的环保组织在社交媒体上发布了一些异议，不过没有什么内容被主流媒体传播。《瓦伦古鲁人民评论》的新闻评论更尖锐，不过没有什么新内容。

与往常一样，*此刻*，对涌入内陆地区的新工作机会与新资金的企盼还占据着上风。沙漠可没有多少忠诚的拥趸。

萨维看了下时间，回到了卧室。行李车正乖乖地停在床尾。她打开行李箱，仔细将脏的亚麻衣物放进洗衣筐，好让家政服务收走。她的嘴角微微一抬——*其实也没怎么穿*。

她又盯着金戒指看了一会儿，然后极不情愿地将它摘了下来。戒指被她放进床头柜的首饰盒里。卡尔之前许诺说，等她的任务一结束就送她一枚订婚戒指。“我知道我们程序反了，但我觉得还是应该送给你。”

我已经开始想他了。这一切本来不该发生的，但我很高兴它发生了。看来这确实是个真理：异性相吸。只不过我们并没有那么的不同。他聪明、有趣，远胜其他绝大多数男人，为人细致周到，又敏感多情——以那种西方男士特有的方式。她叹了口气。而且有一半时间他表现得都跟个十六岁的少年似的，还挺有趣的。

她的目光飘向那张床，卡尔曾来留宿过几次，给她留下了几段美好的回忆……

停！

她穿上中性风的衣服，蓝色牛仔裤，厚实的紫色翻领毛衣，搭配平底浅口鞋，外加一个样式简单的皮包，她还把长发编成辫子，技巧十分娴熟。最后，她戴上了一副金属边框的显像眼镜，对着镜子查看了一番自己的形象，满意地点了点头。没什么特别的，也没什么会在人群中引起注意的地方。她看起来只是万千个穿行于罗马地下中转网的年轻女性中的一员，正在前往公司办公室的路上，准备抵御各位男性经理人又一天的过分热情。

外面，太阳正在慢慢爬上天空，刺目的阳光穿过层层树冠照射了下来，她朝蒙特埃波内奥大道口的中转站走去，经过五扇传送门，就到了中转网的中心，然后切换到全国网，那不勒斯的中转站有一扇通往联协公司内部网络的传送门。经过八扇门后，她就来到了位于悉尼中央商务区的一栋摩天大楼的一楼。

一楼大厅的玻璃幕墙外是夜色中的城市，人行道上早就没有了去俱乐部玩乐的行人。即使室内空调一直在运转，她也仍然可以感觉到外面混凝土路面所散发出的热量。一个夜班门卫从桌前抬起头看了她一眼，象征性地挥了挥手让她通过。

她走上电梯，传感器对她进行了深度扫描，然后才载着她上了十五楼的安保部。

这里并不适用澳洲的时区。整个十五楼都用单向玻璃包裹，防止外人偷窥，不论白天黑夜——这样就没人能看到这个全天候运营的部门内部的情况了。这里的走廊和办公室布局与大楼中的其他业务部门类似，但没有通常会有的会议室，只有军械库和特殊设备中心。在楼层的中央，还要再经过两轮安全检查，才能进入行动指挥中心。

澳洲站负责人的办公室就在旁边。大门从一侧滑开，允许萨维进入。

尤里·阿尔斯特从办公桌前的半圆形环幕前抬起头。“你来晚了。”他说。

“没有啊。”萨维不太喜欢尤里。还好这不是做这份工作的先决条件，不过她确实很尊重尤里的强硬手段。在他指挥下的渗透行动都取得了令人瞩目的成果。截至目前，萨维已经参与了两次行动，亲眼见识过他如何指挥一线探员发挥最大作用。新特工的档案文件上写了什么，他们在训练和模拟中的表现如何，这些都无关紧要，尤里只关心他们的实战表现。如果有人显露出一丝情绪上的弱点，那就出局。而他也会确保在你出第一次任务时就让你直面道德困境。

至于尤里派给萨维的第一次任务，那个案子是两兄弟试图敲诈联协的一名经理，以支付他们母亲的医药费用。那是个患有脑瘤的女人，需要几种很贵的药。萨维一直怀疑尤里知道她的母亲也在进行癌症治疗，尽管这些内容并不在她的档案里。她并没有动摇，最后那两兄弟因勒索未遂被判七年监禁，他们的母亲也在八个月后过世。

“希望你能享受到这个过程。”尤里说，“塑性炸药已经给你准备好了。技术支持组在配方上做了手脚，所以那玩意的威力只有真货的十分之一。不过，还是要小心对待。”

“这样很好，不会造成太大的破坏。替我谢谢技术支持组。”

“你这个人物的背景故事想好了吗？”

“想好了，长官。”萨维有点希望尤里会问到这个问题。不过这可不是高中，她也不是在进行考试。做这个任务需要编造人物背景，所以为了配合她的假身份，她精心准备了她这段时间短暂缺席的背景故事。这并没有花费她多少时间。

“好。”尤里靠回到椅背上。萨维知道自己正在被他审视。尤里对谁都充满怀疑。安保部内部的流言说他之前是俄罗斯联邦安全局的，后来进入了俄罗斯国家传送运输公司的边境安全部，再后来这家俄国公司与联协合并了，他的很多同事都被裁掉了，但他在重组中幸存了下来，并且占据了一个强有力的位置。联协安保部认可了他的手段和他有效利用情报人员搜集信息的方式——将他们渗透进反对联协的团体。“你打算什么时候回去？”他问萨维。

“马上就走。阿卡尔想要在明天前拿到炸药，所以我猜他们应该是把袭击的时间定在了初落的时候，最大化宣传效力。”

“好。你应该也知道，安斯利本人也会去金托尔参加启动仪式。”

“见鬼。”

“也就是说，波伊·李也会在那儿。”他用手指了指他与行动指挥中心中间的那面墙，“一定要确保没人接近安斯利，尤其是带着塑性炸药乱晃的家伙。所以，一定不能出岔子，不然我们俩就都得重新找工作了。”

“明白。”

“如果炸药要被用到自杀式炸弹背心上，一定要尽快告知我们。”

“我觉得阿卡尔的计划应该不是这样。不过我会通过微脉冲向你更新进展的。技术支持组已经将金托尔接入了中继，所以我在镇上的任何地方都能联络到这边。阿卡尔的人没有相关的侦测技术。”

“但愿吧。”

“我了解这帮人，他们醉心于政治与环保，有几个头脑发热的激进分子，甚至也有几个不错的技术人员跟黑客，但还没好到那种程度。”

“嗯，我看过你的报告。”

你当然看过了，萨维想。在某种程度上而言，这还挺让人安心的。她差点就要脱口而出，告诉尤里她结婚了——*赶紧完事*。但她怕尤里把她从这个案子里撤出来，直到完成对卡尔的审查，她不敢冒这个险。工作程序就是尤里的圣经。

“长官。”她起身准备离开。

“你都干什么了？”

“什么？”

“你的周末长假。都干什么了？”

“我去了加勒比，和一个女性朋友，她以为我是个在企业上班的经济分析师。我们住在一个水疗中心，做了好几个疗程，还在海滩酒吧喝了不少鸡尾酒。整个过程都很放松，正是我需要的。”

“嗯，好。”尤里转回到半圆形环幕的方向，“还有，回到金托尔的时候可别太好闻了。致力于贫困线成因研究的政治学学生可不会去享受中产阶级的水疗假期。记住，毁掉一次行动的都是那些最最简单的细节。”

“明白，长官。谢谢。”萨维都没敢在心里发出一丝冷笑，他说得太对了。

萨维来到准备区，在更衣室里关闭了纳尔逊，把她那金色的智能手环（那是被联协录用后父亲送给她的礼物）和显像眼镜一起锁进了个人储物柜的最顶层。收不到她的信息，可怜的卡尔肯定会慢慢抓狂的，但她可以事后再补偿他。接下来，她脱光了全身的衣服，把它们一件件挂好，平底鞋放进储物柜底层。最后她关上柜门，用指纹锁锁好，将萨维·乔杜里与那些衣物一道留在了遗忘之境。

然后就是奥沙·库尔卡尼的登场时间了——一个心怀不满的政治学学生，回到了打击资本帝国主义的事业中来，而她所用的将是那些富得流油的企业唯一可能认真对待的工具。奥沙的衣物都在旁边的柜子里，她的衣服都直接原样扔在那儿，洗都没洗。穿得非常旧的橄榄绿色牛仔裤，棕色无袖T恤，鞋底快要穿破了的运动鞋，一顶袋鼠皮的澳洲内陆宽边帽——不过帽檐上并没有挂软木饰品，那种老掉牙的玩意已经超越了她的容忍限度。便宜的显像太阳镜，还带音响设备。一块几十年前的手表，里面似乎在运行着一个“三岁”的叫米斯拉的人机网应用，对这块表的前代主人来说，它可是非常值得显摆的。最后，是一个背包，经过三大洲上的阳光洗礼，背包的色号至少减了好几度。

有时候萨维也会担心奥沙有点太符合愤怒年轻女性的形象了。

技术支持组在更衣室之后的那个房间，塔利正在里面等她，一个哈欠接着一个哈欠。塔利取出两个可重复密封的塑料食品盒。

“你要的炸药。这些东西要小心对待。”

萨维微微一笑，她从盒子里取出炸药，装进了自己的背包，埋在替换的衣物下面。“我以为只有 TNT 炸药会在掉落时爆炸呢。”

“的确。不过在我旁边的时候你不要突然做什么大动作。”

“你把我照顾得可真好，塔利。”

“我是照顾得挺好的，不是吗？好了，咱们运行一下你的超级间谍装备。”

萨维伸出一只手臂，塔利用扫描仪在她的手上扫了扫，然后用梦游式的眼神阅读起显像隐形眼镜上的读数。

“好了，你的追踪器微粒都没问题。我们可以在需要的时候发起追踪，随时都能找到你，萨维。所以你很安全。”

“很好，奥沙的人机网呢？”

“又老又破又烂，要是真有人有兴趣了解的话。不过底层有并行运行的二级应用，你可以用它来编辑信息，然后通过微脉冲发射出去。你的古董表很原始，不过要是他们比较偏执的话，你会被告知在任务中不能戴表，那时候追踪器就会接手。请给任务指挥中心一个测试呼叫。”

“米斯拉，”萨维对她的音频微粒轻声说，“给指挥中心一个位置信号。”

“确认。”米斯拉回答道。

“收到，萨维。”指挥中心平淡的回答传了回来，“信号满格。”

她向塔利点点头，想要控制住自己的神经。“谢谢。”每次任务即将出发前她的感觉都是最差的，心脏狂跳不止，焦虑让她忐忑不安。等到进入现场开始任务之后，她才会慢慢消除这种负面状态，顺利地完成任务。

“嘿，到时候我本人也会在行动指挥中心。”塔利说，“别担心，我会在后方支持你的。”

“谢啦。”

“走吧，我带你去布里斯班。”

他们经过了四扇传送门，来到了联协公司位于布里斯班的附属建筑。外面，太阳刚刚升起。布里斯班的安保部办公室是一个上锁的房间，里面只有一扇传送门。

“祝你好运。”塔利说，“你去坐 8–5–1 号卡车。皮特开车。”

“明白。”

“去吧，搞定他们。”

传送门的出口在一个洗手间的隔间。萨维打开门锁，环顾四周，洗手间位于一个金属集装箱里，有六个一模一样的隔间。周围没人。她关上门，门锁自动滑回上锁。隔间的门上钉着“设备损坏”的标志。

萨维走了出去，外面气候温暖，尘土飞扬。老旧的移动集装箱洗手间就放在一道高高的铁丝网栅栏旁，栅栏围起来的那片区域差不多有八公里长，是北布里斯班商业和政府服务运输中转站（C&GST）。她觉得这里就像是一片保存濒临灭绝的交通工具的保留地。周围几乎没有一点绿色植物，只有一条条已经露出了铁锈红色泥土的道路，这是数十年如一日被大型轮胎不断碾轧，直到达到混凝土的密实度的结果。各个土木工程公司在这一地区都有自己的围场，用来停放大型推土机和土木工程机械。集装箱堆放成一个个网格，宛如一座小镇，由 G4 图灵机管理的起重龙门架会将集装箱吊运装卸到平板卡车上。

中转站的正中央是一圈宽阔的柏油路，就好像是一支土地开垦队在拆毁旧高速公路时漏掉了一部分。圆圈外围向下倾斜的坡道上满是混凝土碎块，通向一条条蜿蜒穿过中转站的尘土飞扬的道路。不过，圆圈内侧树立着一圈六米高的传送门，看起来就像是新石器时代巨石阵的现代致敬版一样。即使是这么早的时间，卡车也已经在柏油环线上轰鸣了起来，驶入和驶出中转门时，动力强劲的电动机在清晨静谧的空气中发出巨大的啸叫声。只有少数卡车由人类驾驶员驾驶，其他都是自动型卡车。

萨维将集装箱洗手间抛在身后，一路穿过被轧出一道道车辙的坚硬地面，走向距离最近的集装箱区。周围只能看到少数几个人，他们都穿着沾满红尘的荧光安全夹克，就算看到了她，他们也不会在意。

米斯拉将导航信息投射到了她的太阳镜屏幕上，她来到一列集装箱的末尾，一辆卡车正停在那边的装货台上。卡车驾驶舱侧面喷着“8–5–1”的字样，舱内还坐着个人（应该就是皮特），他并没有低头看她。她站在集装箱的阴影中，看着龙门架沿集装箱列缓缓滑过，小心地将一个陈旧的蓝色集装箱放在卡车上。龙门架滑走后，萨维爬上卡车联轴，为自己在驾驶舱和拖车之间的车壁板空隙处找了个藏身处。她把双脚插在几根缆线之间，支撑住自己。轴电机嗡鸣了起来，8–5–1 号出发了。

卡车沿着其中一条路开了出去，驶向那个柏油大圆环。萨维呼吸着肮脏的空气，品味着自己沉浸其中的这个角色。

要是卡勒姆能看到现在的我就好了。

他肯定会心烦意乱的，萨维知道。也许有一天，她会告诉他一切。等到两个人都在家，享受闲适生活的时候，那至少得二十年以后吧，在他喝了不少啤酒之后。

萨维做着白日梦，想象着他们接下来会做什么。让她离开绝美的罗马是不可能的，更别提去冷得要死的爱丁堡了。苏格兰的这座首都是很漂亮，但即使是在夏天也冷得不行。而且她也绝不可能搬进卡尔那邋遢的单身公寓，等到有一天两个人搬到一起，可得让他好好接受一下家政教育。

萨维差点让米斯拉帮她找图费尔那栋公寓的地产中介，还好她立刻意识到米斯拉并不是保有这份数据的人机网应用，而奥沙也当然没有任何正当理由去访问这份数据。这个失误让她冷静了下来。尤里说得对，让你暴露的都是最简单的细节。

路上的自动型卡车纷纷调整速度，让 8–5–1 号插入到柏油环路上的车流。一分钟后，他们就驶入了通往金托尔的传送门。这座城镇与布里斯班隔着半块大陆，所以目前正是半夜。黑暗将城镇笼罩了起来，气温与之前相比也是直线上升。从小在印度生活的经历，并没有让萨维习惯沙漠炎热的空气。第一次来到金托尔时她就意识到，由于湿度太低，沙漠的空气总是死气沉沉的。

金托尔本来是宾土比人不满于西方白人文化对他们的逐步压制，于20世纪80年代在北领地建立的一座城镇。之后，金托尔按照自己的节奏低调发展了将近一个世纪，直到最近新组建的沙漠之水财团与渴望外国投资的澳洲政府达成了协议。

宾土比人再次遭受毁灭性入侵。在过去的五年中，联协的C&GST枢纽传送门将其连接到了布里斯班，金托尔镇的规模呈指数级增长，原先废弃的机场也被改造成了停放大型货物和土木工程设施的场所。与重型土方设备一道穿行于C&GST传送门之间的，还有运送预制板房的自动型卡车，这些板房都是给吃苦耐劳的工人们准备的，他们并不打算每天在这里与沿海地区之间通勤。酒吧、俱乐部和商店随着现金流蜂拥而至，一道而来的还有其他一些服务项目——有些合法，有些则不然。他们都是自带预制板房进驻。随着这么大规模的人口增长，政府部门开始推进基础设施建设。如果冰瀑项目能够成功改造沙漠地区，金托尔的规模将在不到两年的时间内再翻一番。

8-5-1号在靠近老机场边缘的地方减慢了速度，萨维趁机跳了下来。通往镇子的路程并不太远，这点让她很是庆幸。金托尔甚至还有一个本地的小型传送网络，但她并不想使用。人人都知道联协公司在每个中转站周围都布置了各色传感器，扫描包括毒品与武器在内的各种非法物资。塑性炸药肯定会帮她招来至少一个

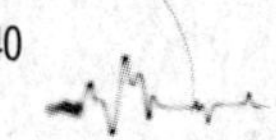

排的城镇镇压部队，搞不好他们还有无人机支援。金托尔绝大多数的非法毒品都是由卡车司机通过 C&GST 的渠道带进来的。如果她改用其他方式，阿卡尔肯定会起疑的。

她来到了自己的住所——一间新建的镀银复合板房屋，位于镇子的西侧，与大街上的其他建筑物没什么不同。距离黎明还有几个小时，于是她躺到床上，打开空调，五分钟后就睡着了。

* * *

今天的早餐是花岗岩阁的牛角包，这是一家新开的咖啡馆，坐落在长长的主街上。松软的长方形糕点似乎在微波炉里加热了太长时间，搭配的一小块黄油又冷得像冰一样，不过橙汁还不赖。放下橙汁时，女服务员脸上带着一丝抱歉的表情，然后就急匆匆地去给一群刚刚下班的挖掘机司机点单了。

萨维看着窗外。金托尔四周的沙土是锈红色的，只有几簇没有什么活力的干草点缀其中，而在无情的阳光照射下，干草也被漂成了乳白色。今天与过去两年中的任何一天没有什么不同，空气中依旧飘荡着尘土。沙漠外的某处，大量灌溉渠正在挖掘之中，这些长达数百公里的水渠将被用于引水滋润这片干燥的土地，让沙漠重新焕发生机。如果冰瀑计划有效，这里最终会变成一片方圆一千多公里的绿洲。理论上而言，本地将会诞生新的小气候，风场会发生改变，沿海地区的积雨云也会被吸引过来。

不过与此同时，动力强劲的挖掘机全天候地施工，空中有着大量的扬尘，在这静止无风的天气中，尘土得飘浮好几天才会落下，这导致很多人在外面的时候不得不戴上口罩。又因为这些空荡荡的灌溉渠，当地人开始管这个企业叫巴尔苏姆[1]，其中暗藏的讽刺意味可不怎么让人舒心。

吃完后，萨维戴上自己的口罩沿主街走了差不多一公里，然后转向玫瑰大道。阿卡尔在金托尔有家小店，专修空调组件——这可能是金托尔目前最繁荣的一个产业。尘土无时无刻不飘扬在空中，阻塞着电动机和过滤器，这让阿卡尔手头的活多到接都接不完。

萨维敲了敲屋后的运载车库门，略带恼火地瞅了一眼门框上的摄像头。门开了，她走进一间阴暗而又杂乱的屋子。首先映入眼帘的是一间典型的打印店，金属架子上放满纸箱，里面装着液体原油、塑料和金属原料，随时准备送入打印机。远处的一个柜子里放着几小瓶更贵的原油，用于生产电子产品或药品。中型体积的打印机沿后墙一字排开，中央的透明玻璃仓让这些机器怎么看都像是一排洗衣机。随着机器的颤动，刺眼的紫色光芒透过玻璃罩射了出来，各种组件也在这个过程中一个分子一个分子地从挤压型核心中构建出来。几个长椅上放着损坏的空调和一堆数量可观的电子产品。

阿卡尔正坐在一把破旧的办公椅上，使用小型真空喷嘴清理过滤网。他是个身材高大的北非人，年龄不到四十岁，剃了个光头，大量的文身从他那肌肉发达的躯干一直延伸到脖子和手臂。他总是穿着非常复古的T恤，印在T恤上的那些Logo（标志）所代表的那

1. 巴尔苏姆（Barsoom）是由美国纸浆小说作家埃德加·赖斯·巴勒斯（Edgar Rice Burroughs）虚构的火星名字，出现于他的《火星公主》系列小说中。

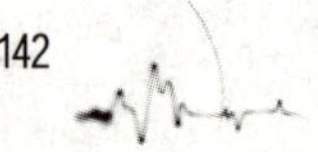

些游戏公司很多都已经不存在了。文身的尾巴从他的袖子里蜿蜒而出，环绕在他的手臂上。当他说话时，镶在他牙齿上的红宝石闪闪发光。这个世界上只有少数几个人的目光注视会让萨维感到紧张，他就是其中之一。和尤里一样，他也总是在审视周围的人。

“欢迎回来。”他说，“听说你今天一大早就来了。”

萨维看了看车库里的另外两个人。戴蒙的体型更加强壮，看起来也比阿卡尔更具威胁性，在这里担当小队长和执行者的角色。这人话不多，即使说话也是低声强调一下要说的内容，效果却比任何高声喊叫都要好。与其他金托尔的住户不同，他总是穿着一身时髦的西装，这让他看起来就像是个退役的体育明星一样。

朱丽萨坐在阿卡尔旁边的椅子上，这位二十二岁的女性来自凯恩斯，家人从前在镇外经营着一个鳄鱼农场，农场破产后被银行出售给了那些渴望获得这样优质的土地的开发商，这将她的环保主义逐渐催化成了一种接近于宗教信仰的东西，驱使她全身心地投入到运动之中，最终成了阿卡尔手下的网络技术达人。她这人瘦得可怕，根据萨维的了解，咖啡因和各种“粉”就是她的粮食。她那一头漂白的金发都剪成了一厘米的寸头，让她给人一种怒气冲冲、神经质的小精灵的感觉。

“这我可没告诉过任何人。”萨维说。阿卡尔的情报能力总是能让她刮目相看。考虑到他拒绝使用互联网以及任何形式的移动网络去和他那些激进的朋友们交流，他应该是派了几个真人盯着金托尔那鸟都不拉屎的街道。*早上四点就有人了吗？*

“我就是知道。”阿卡尔笑道，紫色的打印光在他牙齿的红宝石上闪动，“明白了吗？”

萨维点点头，细细品味着那种满足感，向他们展示她有多忠诚，对自己有多满意。“当然。”她解下背包，取出那两个塑料餐盒。“可别掉了。”看到朱丽萨急切地拿起了一个，她警告道。

“你有些很有趣的朋友。”戴蒙说。

“谁说他们是朋友？”她反驳道。

阿卡尔抬起一只手，说：“你干得不错，奥沙。谢谢你为我们带来了这些。”

“这样可以让我参加行动了吗？”她问。

“你想要参加行动？”

“我想要做点什么，让大家都注意到这里正在发生的真实情况。在‘我的生活’网上发帖子抱怨屁用都没有。”

阿卡尔看了一眼正在小心打开盒子的朱丽萨。她将一个小型传感器贴在上面，看了看屏幕上的读数。

“是真货。”她说。

“很好。”阿卡尔缓缓地说，“还有三天时间。”

“初落的时候。”她同意道。

“没错。”

“需要我做什么？”萨维说。

“八点钟过来。我们会给你找点事做的。”

“好。”

“你就不好奇吗？”

她坚定地迎上阿卡尔的目光。“好奇，不过我懂保密工作的重要性。不知道就不会泄密。”

“聪明的姑娘。不过，要是我让你去安放一些你为我们带来的

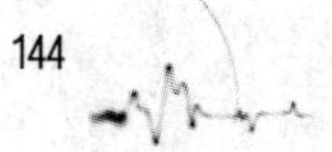

这种好用的炸药，你会有什么想法吗？”

“我只想知道，需要我放到靠近人群的地方吗？”

“不用。人不是目标，生命宝贵。”

“那就行。”她背上背包，“到时候见。”

萨维不紧不慢地走回家，路上用米斯拉给行动指挥中心发了信息。

我被告知行动将在初落时进行，真实度百分之九十。他们很小心。我也会参与其中，了解到他们的具体动向后再发送细节。

米斯拉用一道微秒级的脉冲将信息发送了出去，那时候萨维还走在主街上。她觉得朱丽萨一定在她的住所周围安装了电子监控。

回信在三十秒后到达。

注意安全。

尤里。

* * *

初落前的那天午夜，负责挖掘横贯沙漠的灌溉渠的重型土方设备全部停工。沙漠之水的公关公司希望这样能减少一点空气中那可恶的红尘的数量，等到早上大事开始时，摄影效果会好一点。所有的大型装备都穿过沙漠开到了金托尔的机场跑道，承包商已经在那里安排好了，要对设备进行维护。

随着黎明的到来，越来越多的人通过金托尔的传送门到达了这里，他们不仅仅来自澳洲的各个城市，还来自世界各地。人人都觉得冰瀑一定会是壮观的盛景。

从金托尔新架设的传送门进入，他们就来到了设置在距离城镇九十公里处的观景区。长长的帐篷内，冰镇饮料和小食已经准备就绪，还有带空调的医疗帐篷，随时准备接待这种天气下一定会有的中暑者。旁边不远处就有一条渠沟穿过，三百米宽的沟道可以让所有人直观地了解到这个工程的规模。

安保措施严密的栅栏内临时搭建了一个 VIP 观景区，其高悬的屋顶可以保护贵宾们免受强烈阳光的洗礼，不过没有什么东西能够抵御沙漠的酷热。天气预报说，中午之前气温就会上升到三十三摄氏度。

萨维从没见这座沙漠城镇中有过这么多人。一个月前，卡尔曾带她去曼彻斯特看了场足球赛。相比较而言，跟随喧闹的球迷们拥入体育场大门都比这要容易得多。所有人都在沿着主街朝那扇通往观景区的传送门走去。

她好不容易挤到阿卡尔的商店，进入运载车库。里面有十几个人，其中大多数她都在阿卡尔招募他们的那些反冰瀑集会上见过。根据她目前所了解到的情况，这些都是他的高级小组长，每个人领导差不多十五名活动人士。所以为了今天的活动，他们动员了差不多一百五十人。

看到她，朱丽萨走过来说："你准备好了吗？"

"当然。"

她被带进了车库深处，两个年轻人正候在安静的打印机旁。朱丽萨介绍说，他们是凯切尔和拉里克。"我们就靠你们仨了。"朱丽萨低声说，"你们今天的角色是这里第二重要的。"

这话萨维一点都不相信。她知道自己还没有获得对方的完全

信任，还需要参加几次像今天这样的行动才能被他们接纳。再也不会有今天这样的行动了，多亏了我的工作。

朱丽萨递给萨维一个双肩皮包，递给两位男士两个小背包。

“你们的目标是喷泉街尽头的变电站。”朱丽萨继续道，“整座城镇的电力都是通过那里的传送门从国家电网接过来的。它有着巨大的能量，足以供应整个沙漠之水工程的所有设备使用。所以，接下来你们要这样做。变压器和转换装置周围有一圈三米高的栅栏，顶部还有刺网。入口大门的安保措施非常完备，有各种扫描仪跟编码器，闯进去或者翻进去都不可能，你们得在栅栏上炸出一个洞。你们背包里的炸药上都安装了双控开关。看。”

萨维看了看包里，塑性炸药是一个外观简洁的立方体，末端有个矩形电子装置。上面唯一醒目的特征就是一个红色的六边形开关，看起来有点大到不成比例。

“先顺时针方向旋转一百八十度，再按下去就行了。”朱丽萨说，“明白了吗？很简单。旋转，按下。”

“明白。”

“一旦启动就不能解除了。计时器设置在当地时间十点五十七分整。所以你们要在差不多十点五十五的时候赶到栅栏旁边，启动炸弹，把包放在立柱旁，然后就赶紧离开。”

“好的。”

“等栅栏被炸开后，凯切尔和拉里克，你们两个就立刻进去，你们的目标是那两个主变压器。在这边。”她拿出一张变电站的草图，图上的变压器做了记号。“很简单。启动你们的背包，放下背包。炸弹将在十一点零三分准时爆炸。记住，这两颗炸弹比奥沙的那颗威力大，不过我们给你们留出了足够的出入时间。还有其他问题吗？”

“就这样？”萨维问。

“就这样。你看，这一切的行动都是为了声东击西。冰瀑将在十点半开始落下，我们中的一些人已经成功进入了观景区，他们将在十点四十五分开始VIP包厢外的示威活动。烟幕弹、网络干扰器，朝安保人员扔石头——×，地上的石头管够。沙漠之水肯定会注意保护他们的贵宾——名人、公司里的大佬、公众寄生虫。而你们就在这个时候进去，切断整座城镇的电力供应。”

“这能有什么好处？”

“这你就不用知道了。”

“都是些屁话！我从来都不问任务细节，可我们这次要承担巨大的风险。为了什么？就为了让所有人的空调断电几个小时？”

“有问题吗？”阿卡尔问。他就站在萨维的身后，萨维都没注意到他是什么时候过来的。

“没有。”萨维说，“我很乐意帮忙。这是我主动要求的，忘了吗？我只需要你们跟我保证这不是什么随便的儿戏。”

“这不是。”阿卡尔柔声说，“相信我，奥沙。今天很特别，并不只是冰瀑的缘故。今天，沙漠之水将他们最昂贵的大部分鸡蛋都放在了一个篮子里。多亏了朱丽萨的本事，我们能将这些蛋一把都打了。而你将为我们创造那个恰当的时机。”

萨维目光坚定地看了他一眼。“很好。”她说，“这听上去还比较像回事。”

“祝你好运。”阿卡尔说，“你们所有人都是。三十六小时后，

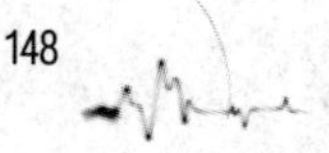

大家在这里再见。”

萨维走出车库，看到戴蒙将三把自制半自动步枪交给了另外三个人。戴蒙看到萨维在看，而萨维迎上他的目光，向他点头示意。戴蒙咧嘴一笑作为回应。

萨维、凯切尔和拉里克走出车库，穿过城镇，一路上避开主街和争相目睹冰瀑盛景的人群。

“我的人都在等候指示。”拉里克说，“你觉得我们应该把他们部署到哪里？”

“部署？”萨维说，“哪儿也不部署。你听到朱丽萨的话了，就我们三个人。”

“嗯，我们承担着最要紧的任务，确实。”拉里克说，“可万一要是在我们炸开栅栏前五分钟正好有巡逻队过来呢？我们需要掩护。所以，不管你以为自己是谁，都给我闭嘴，让我把这活干好，你也知道是怎么回事。明白？”

“去你的吧，猪头。”萨维硬憋着没笑出来，她很享受这个制造必要冲突的过程。拉里克并没有意识到自己已经把萨维当作了团队的一员。如今，他唯一担心的就是萨维会把事情给搞砸。不过，安置望风哨可能会带来点麻烦。

萨维编好了要米斯拉发送的消息。

大队行动开始。诱饵抗议计划于观景区十点四十五进行。我被分配到炸毁喷泉街变电站的小队，设定十点五十七炸毁栅栏，十一点零三分炸毁变压器。主目标位置不明。看到向队员分发自制半自动步枪。

干得不错。回信从微脉冲中传来。**是否知晓主目标性质？**

萨维想了想。**具体目标不明，但应该是软件攻击，由朱丽萨发起，断电会方便他们接入。阿卡尔说沙漠之水将所有鸡蛋放进了一个篮子。牵扯到的人数可能超过四十。**

谢谢。正在分析。时刻关注着你。塔利。

萨维目不斜视，跟他们一起走过金托尔的小巷。但抬头看天的诱惑真是太大了，她真想抬起头对行动指挥中心用来监控她的不知道哪个卫星或无人机挥挥手。

他们在绕路前往变电站的路上与拉里克的几个手下会合。拉里克和凯切尔研究着显像太阳镜上的金托尔街道地图，分配人员到喷泉街周围的各个路口。萨维立刻将这些人的位置发送给了行动指挥中心。

等到十点二十分，金托尔差不多成了一座空城。每个准备去见证初落的人都已经到达观景区，一同在场的还有那些不用当班的本地人。一条新闻数据源在萨维的太阳镜屏幕上显示出来，是贵宾们——包括安斯利·赞加里本人——在VIP区各自的位置分布。

南极洲，五艘联协收割船靠近了V-71。五艘都是退役海军护卫舰，舰艏部分的轮廓在改装过程中发生了大幅度的变化，不再是光滑的楔形，而是一个个十米宽的隆起的半球，里面就是传送门那面向冰冻海洋的血盆大口，就像巨鲸的嘴巴一样。船体下方，两组新安装的螺旋桨缓慢旋转，它们的巨大电机由环球电网通过传送门供电。这两组螺旋桨的作用不是为收割船加速，更准确地说，它们有着的惊人扭矩，能够为船只提供巨大的推力。

十点三十分刚过，第一艘收割船就到达了蓝色冰山的断崖边，船长驾船绕出一道弧线，让传送门边框以小角度掠过冰山表面，然后迅速插入深处。螺旋桨转了起来，让收割船保持稳定的速度和动量，破碎的冰块不断落入传送门。有那么一小会儿，沙漠的阳光从张开的半球中射了出来，接着收割船的舰艏就几乎完全埋进了冰崖内。不过舰艏还在沿水平方向向冰山内部推进，挖出了一道九米宽的口子。紧接着，第二艘收割船也以同样的角度切入冰崖，将传送门送入深处。

沙漠观景区中，人们眯缝着眼睛，看着湛蓝的天空。在沙漠那白色干草点缀的火星红色地面上空一公里处，长椭圆形的飞艇维持着队形，它们距离 VIP 观景区只有五公里的距离，足够让贵宾们看清所发生的一切。

一条闪闪发光的由白色碎片组成的飞瀑，从一艘飞艇的腹部洒落下来，人群中爆发出一声声惊叹。细流迅速变宽，等到最初的几块南极巨冰砸到沙漠上时，从飞艇下方悬挂着的传送门中涌出的瀑布已经变成了九米宽。这时，又一道冰流也从旁边飞艇的底部冒了出来。

干燥的空气中顿时响起了喝彩声和雷鸣般的掌声。十点四十分，五艘飞艇都有了稳定的白色冰涌，掉落的冰块在阳光中折射出耀眼的光芒。下方的地面上，五座大冰锥正在以惊人的速度变高变大，冰锥表面持续上演着冰崩的景象。低于零度的水汽从中蒸腾出来，流动中有种油脂般的黏稠感。气浪的外沿遮蔽了大地，受到太阳热量的影响，越向上翻腾就变得越稀薄。

热切的人群等待着应许的最后奇迹：在炙热的沙漠中被冰雾包围。随着明亮的冰雾向他们翻滚而来，嬉笑的背景音中愤怒的叫喊声逐渐升高，标语牌被举了起来，烟花火箭以低到令人紧张的高度飞过头顶，烟幕弹也被扔了出来。嬉笑声变成惊叫。一排排装备防暴盾牌的警察和公司安保人员穿过人群。被投掷的石块在人群中划过一道道短弧线，叫声变得更大了。观景区前面设置的几块大屏幕，本来是用来给各位观众观看收割船和飞艇那极具戏剧性的特写镜头的，此刻上面只剩下一片静电噪点。

人们争相躲避着抗议示威者，朝着各个方向挤作一团，连警察也要左推右搡才能勉强穿过。就在地面上的混乱即将达到顶点时，巨大的雾墙滚滚穿过观景区，遮蔽住了阳光，阵阵寒意袭来，仿佛将空气中的氧气都抽空了。紧接着恐慌的狂潮才真正袭来。

* * *

给这个地方起名为喷泉街的人显然是有一种倒错的幽默感。萨维的视线扫过从眼前的十字路口延伸出去的萧条的街道，那景色十分压抑，两旁的单层预制板房也单调无聊得可以。这片坚实的土地，可能自地球的最后一个冰河时代起，就没有过自由流动的水。双重讽刺，萨维想道。尤其考虑到今天降临在沙漠的那些东西。

一眼看去，这里就是镇上比较贫困的地区，是那些终日在沙漠之水肮脏的低薪岗位上挥汗如雨的劳工们的家。他们的孩子都被留在家里，只能在他们所居住的破旧的房屋四周寻找可以获得的乐趣。一帮人正在被当作公园的一片空地上打篮球，试图将球扣进已经歪斜得非常厉害的杆子上的篮筐里。

萨维又把白色外科口罩拿出来戴上，与同行的凯切尔和拉里克保持一致。没人看得到他们的脸。但这其实无所谓，那些孩子和少数几个坐在家门外的成年人都知道他们不是本地人，只不过没人在乎这一点而已。

需要我做什么？萨维问行动指挥中心。**你们打算什么时候介入？**

我们正在努力确认主目标群体。继续你的任务。

收到。萨维发送回信。她的忧虑感在上升，同样上升的还有兴奋感。她一直在努力做的就是尽可能地帮这样的人逃出生天，对她来说真正重要的就只有这个。特利什会为她感到骄傲的。八年前，一个名为“光之路”的激进组织冲击了诺伊达的一幢政府大楼，她的这个表弟就是在那帮激进分子与警察的交火中被误伤的。如今，表弟已经安上了一双生化腿，还有一个人造肾。不过当时，整整三个月的时间，整个家族都守候在他病床旁，沉浸在等待和祈祷的痛苦中。此刻，萨维要做的就是扮演好自己的角色，确保那些认为自己有绝对权力使用武力来实现自身目标的精神病思想家，不会再伤害到任何无辜者。

拘捕队正进入你所在的区域。行动指挥中心发送信息说。

他们得加快速度了，还有六分钟时间。

这是我们自己货真价实的特别行动队，你享受的可是红毯待遇。我说过我会在后方支持你的。

萨维在口罩下笑了笑。

他们来到了喷泉街的尽头，变电站就在前方二十米处。那是一座方形的小院，周围围着高高的灰色金属围栏，地上满是一团团的快餐包装纸和脱落的沙漠干草团。她都能听到变压器发出的嗡嗡声，正是这些变压器将电能传送到镇上，再到飞机场，维持着空调和民用工程机械的运转。金托尔的耗电量非常惊人。

距离中国国家太阳能电力公司将第一个太阳能井投入太阳，已经过去了二十三年。这种装置就是一个简单的传送门，等离子体从这里注入，其配对的另一扇门位于一颗跨海王星的小行星上一间巨大的 MHD[1] 舱底部。太阳的等离子流就像火箭尾流一样从舱内喷出，其强大的磁场在舱内的感应线圈中产生了巨大的电流。通过这一别出心裁的创举，中国人一举解决了地球的能源短缺问题。如今，整个地球上的能源都来自数量众多的太阳能井，能源的生产成本极其低廉，环境成本也为零。

十点五十二。还有五分钟，他们绕过最后几栋房屋。另外还有三条路的尽头也在这一区域。变电站的另一端除了沙漠就什么都没有了。他们的身后不时传来孩子们的笑声和叫声。

萨维转向凯切尔，问："你们的人看到什么了吗？"凯切尔转身时，萨维瞥到了他穿在棉质夹克下的肩带式枪套，底下还挂着一把大号的自动手枪。*糟糕。*

"没什么，我们很安全。开始吧。"

我这里有人带有武器。警告拘捕队。

会的。

他们沿石头路向前走去，萨维把手伸进包里，摸到了六边形开关。她只犹豫了一下就拧动了开关。*老天保佑朱丽萨没设错。*咔的一声，她按下了开关。

---

1. 磁流体动力学（Magneto-Hydro-Dynamics）的缩写。

萨维长出了一口气，凯切尔和拉里克同时扭头看向她。“启动了。”她说。

十点五十三。

他们来到栅栏旁。萨维走上前，脚步没有停，但是已经取下了背包，把它扔在了一根立柱的底部。

三个人什么都没说，不约而同地加快了步伐。三十秒后，他们就来到了伦尼森路的路口。他们蹲在一个预制板房院落脆弱的篱笆后面。萨维担心这种薄薄的复合材料会在爆炸中破裂，产生暴风雪般的碎片。“有人看到我们了吗？”她急切地问。

“都别说话。”拉里克说。他取出一副泡沫耳塞。

“×。”萨维咕哝道，“你还有多的吗？”

拉里克轻蔑地瞪了她一眼，然后递给了她一副。她捏扁耳塞，开始朝耳朵眼里塞。身后的石路上有什么东西滑过，萨维一脸不可置信地看了过去。一个足球从喷泉街径直向变电站滚了过去。“不。”她轻声说。

凯切尔看了看萨维，紧接着他也看到了那个球，他一脸震惊地睁大了眼睛。“见鬼。”

足球距离栅栏只有几米的距离，一个男孩紧追在足球后面，他看起来只有八九岁大。

“不。”萨维站了起来，“快回来。”

“蹲下。”凯切尔对她吼道。

“不要过去！”萨维叫道，“快走开！”

男孩扭过头，看到一个戴着白色塑料口罩的女人正在疯狂地挥手。他转回头，继续去追他的球。

“×！”萨维叫道。她的眼前只剩下特利什躺在病床上，身上插满管子和生命维持系统的模样，这些让他看起来都不那么像个纯粹的人类了。萨维跑了起来。

“别去！”拉里克在她身后吼道。

足球滚到了距离栅栏只有几米的地方，与那个被扔下的双肩包齐平。男孩就快追上球了，他再次转过身，看到向他冲来的萨维，表情变得动摇了起来。“走开，快走开！”萨维疯狂地叫道。

男孩不知道该怎么办，犹豫着后退了一步，想要躲开那个疯女人狂野的目光。意识到疯女人不会停步，而是要一直追上他后，男孩也转身狂奔了起来。

萨维用双臂揽住男孩，一把抱起他那因为惊恐而战栗不止的身体，然后继续向前跑去，竭尽全力地拉大自己与那个包之间的距离。

她看到一道闪光，紧接着就什么都不知道了——

＊＊＊

手术等候室的每个角落都装饰得十分简单。灰白色的窗帘，白色的墙和两扇落地大窗，窗外就是布里斯班的夜景。两排长沙发背靠背，摆放在房间正中央，靠垫厚实而舒适，方便焦急的家属蜷缩在上面度过漫漫长夜。房间里还有高质量的自动售卖机，大型墙面屏在无声地播放着新闻数据源。

尤里·阿尔斯特在这里已经等候了超过一个小时，但他一直没有坐下。也就是说，他的副手山田耕平也不能坐，这显然让耕平觉得很不爽。他们俩是等候室里仅有的两个人。

终于，在午夜已经过去了很久之后，里尔登家的人从二号手术室走了出来。本·里尔登是一个矮胖的中年男人，四十出头，秃顶，一张圆脸仿佛是被碾轧过一样。他看起来很愤怒，尤里怀疑这种表情已经永久固定在了他的脸上。公司雇本来操作挖掘冰瀑沟渠的机器——这份工作很辛苦，也很适合他。丹妮，他的现任女友，也就刚二十岁。这是那种非常老掉牙的恋爱关系，尤里觉得。她的牛仔短裙下露出晒黑了的大腿，廉价绿色运动衫的两个袖子上有着阿尔喀德斯咖啡厅标志。

病房护士用轮椅推着托比·里尔登，本和丹妮两个人一左一右护送着，沿走廊走了过来。看到站在前面的尤里，本皱起了眉头。

“你想干吗？”他问，因为疲惫和恐惧，他的声音变得有些刺耳。

“只想问托比几个问题。”尤里用尽量欢快的语调说。他朝男孩做了个鬼脸，男孩的脸颊和右臂都还包裹在医用皮肤中，一条腿上也还打着石膏。

“没门儿。”本叫道，“这些问题我们都回答过十几遍了。”

“我不是警察。”尤里说，“我来自联协安保部。”

“一边去，伙计。过一周再来。我家小子刚被炸，你懂吗？他才九岁，那帮浑蛋居然把他给炸了！”

“我理解。联协的医保计划也覆盖到了你家，即使是这种情况。这应该值得你花一分钟的时间了吧？”

本上前一步，握紧了拳头。“你是在威胁我吗？”

“我只是希望你能做出正确的决定。”

“我没事的，爸爸。”托比说。

“我们回家！”

“只问几个问题，之后你就再也不会看到我了，OK？我再帮你安排一周的带薪假，你们可以留在城里，或者去黄金海岸度假区——就在海边。那是个非常美的地方，跟金托尔完全不一样。你可以陪着托比让他早日康复。在这一点上我们应该是一致的，对吧？”

本犹豫了，显然他对自己产生了动摇这件事很是恼火。

“这样挺好的。”丹妮试探道。

本没有理会。“你觉得呢，小家伙？”他问托比，“只要你愿意。”

“来吧，爸爸。”

本盯着尤里。“别耽误时间。”

“好的。”尤里蹲下来，平视着托比的眼睛。“今天大夫们把你治好了吧？”

“是的吧，我猜。”

“所以当时你是在踢球？”

“嗯，和我的几个朋友。球是我的，你看，爸爸给我买的。应该是坏了吧，我再没看到它。”

“我会给你买个新的。”本说。

“事情是在喷泉街尽头那边发生的？”尤里继续问道。

“嗯。”

“具体发生了什么？”

“亚泽踢到了球，劲很大的那种。我去追球了。”

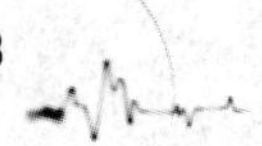

“去变电站那边？”

“嗯，球没进去，真的。爸爸告诉过我那里很危险。”

“你爸说得很对。所以你拿到了球？”

“没有，一个女的好像在对着我喊‘不’‘走开’之类的话。她追上了我。”

尤里拿出一面小平板，上面显示着萨维的照片，问：“是她吗？”

“对。”托比坚定地点了点头，“是她。”

“她追上了你，然后呢？”

“她把我抱了起来。她很强壮。然后就出事了，那个炸弹爆炸了。”

尤里看到男孩眼中闪烁着泪光，他想要退缩了。那场景太鲜明，太可怕。“下面的问题很重要，我需要知道接下来发生了什么。那个女的怎么样了？”

“他们把她带走了。”托比说，“她伤得很重。到处都是……血，她全身都是。”

“警察把她带走了？”

托比点点头，静静地重温他的记忆。

“他们是怎么把她带走的？”

“一辆大车，比普通警车要大，不过颜色一样。他们把她抬到了后座，跟另一个人一起。”

“另一个男的？他也受伤了吗？”

“我觉得是。”

“他们跟你说什么了吗？”

“只说我会没事的。他说他们叫了救护车。”

“那个跟你说话的警察，他长什么样？”

“我不知道。”

“好吧。他是白人？黑人？印度人？中国人？高还是矮？”

“我不知道。他一直戴着面罩。”

“什么样的面罩，托比？”

“他们都全身装甲，都是黑的。暗黑的那种黑，你知道的吧？”

“我知道，托比。谢谢。”尤里站了起来。

“问完了吗？”本问。

“问完了。嘿，托比，你干得不错。能有这样的爸爸你很幸运。”他目送里尔登一家走进电梯。

“把他们抬到汽车后座？”耕平疑惑地问。

“萨维告诉我们她和凯切尔、拉里克在一起，但周围还有不少活动人士在给他们放哨。”

“所以很可能是凯切尔或者拉里克跟她一起在爆炸中受了伤，其他人应该很快就都逃走了吧。”

“他们俩都伤得很重。我们先从各个医院的急诊部入手吧。”尤里呼出一口气，“还有停尸房。”

* * *

尤里的办公室有全澳洲十几个初级医疗网络的完整信息接入权。这些机构过去一周的诊疗记录都被打开，铺满了他的一对办公桌屏幕。安保部的G5图灵机正在实时监控医院急诊部的文件，寻找符合萨维外形的无名氏女性。截至目前还没有什么收获。从炸弹爆炸的那一刻起，萨维就从数据世界里完全消失了。

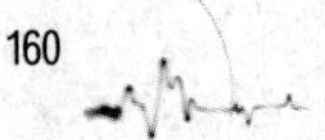

尤里更关注的是联协安保部自己的日志记录。金托尔初落那天的数据文件已经从悉尼办公室的服务器删除，在波伊·李的监督下传送到了纽约。尤里不断发送的要求调阅喷泉街无人机视频的请求，被一个不落地拦截。这次少不了要跟波伊·李摊牌，而且是尽快。为了保护托比·里尔登，萨维在爆炸中一定伤得不轻，她需要治疗——如果人还没有死的话。

而悉尼分部此刻还有八项行动正在进行中，每个都需要他全神贯注，每个都跟渗透进阿卡尔的组织同等重要。那些特工也都需要他。他把脑袋埋在双手中，又揉了揉太阳穴。然而不论他多么努力地去看，都看不清屏幕上的那些字。

桌面屏幕下方排成一排的三个空咖啡杯让他不由得叹了口气。按照鲍里斯——他的人机网的说法，他已经在办公室连续待了十八个小时。尤里从不放弃他的特工，这件事对他来说异常沉重。他的手下信任他，他们知道有他在为他们提供掩护。联协的每个人都认为他是个真正的强硬派，他也努力让自己表现得像个强硬派，但要求别人去执行危险的任务，这是要承担责任的，而尤里也是以极其严肃的态度看待这个问题。

一阵敲门声传来，没等他回应，山田耕平就走了进来。“打扰了，部长。我们外面出了点事，很奇怪。”

尤里皱起眉头，看了一眼窗户，清晨的阳光倾泻在悉尼中央商务区摩天大楼森林中，让他微微吃了一惊。“出什么事了？”鲍里斯并没有警告他外面的街道上有人群聚集之类的事。

“卡勒姆·赫伯恩正在接待处。他说见不到你就不离开。”

“这个名字怎么这么耳熟？他是我们的目标人物吗？”

耕平咧嘴一笑。“不是，部长。”他的人机网将卡勒姆的照片投射到了墙壁屏幕上。

尤里看了看照片上那个年轻人——正在跟安斯利·赞加里握手，一头红发，似笑非笑。鲍里斯适时将他的个人简历也投射了出来。“好吧……是那个清理了于尔根的人。我记得。”在于尔根的潜在危险被排除后，联协的应急排毒组占据了各大新闻数据源的头条许久……直到媒体将注意力转移到冰瀑上。“他来这里干什么？”

“不清楚。不过我们的人请他离开的时候，他叫得挺大声的——很不礼貌。”耕平指了指屏幕，“考虑到他的人脉，我觉得我们还是不要直接把他赶到大街上的好。他很生气，因为某些事。”

“不过——”

“公共关系，部长。我们不能把事情闹大了。”

“×，带他进来。”

“是，部长。”

“还有，耕平，在我门外安排两个制服人员。”

“已经安排好了，部长。”

尤里抓住间隙时间查看了一遍卡勒姆·赫伯恩的档案，很普通。除了有关于尔根的那条，那条信息的保密登记权限比尤里的还要高。看到这儿，他不由得抬了抬眉毛。

卡勒姆走进办公室，他苍白的面孔上因为愤怒而产生的红晕十分明显。

“赫伯恩先生，请进，来坐——”

卡勒姆大步走近办公桌，双手猛地按在桌面上，整张脸越过

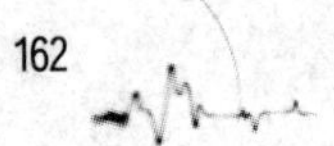

桌面屏幕，盯着尤里。“她在哪儿？”

尤里看了看站在门口一脸好奇与好笑的耕平。“对于别人的吼叫，我向来不太能反应过来，赫伯恩。所以请你后退，冷静下来，告诉我到底是怎么一回事。”

卡勒姆顿了顿，收起双手，站直身子。“萨维·乔杜里失踪了。她在哪儿？”

常年的训练让尤里控制住了面部的表情，但也只是勉强控制。

“抱歉，我从没听说过这个人。”

“胡扯。她是你的一名卧底特工，她为你工作。但她没有回来。”

“你怎么会这么想？”

卡勒姆深吸了一口气，鼻孔仿佛都在喷火。“她是我未婚妻，跟我度假之后就去出卧底任务了。本来应该只要五天，但现在已经十天了。没有哪个人会随便失联这么长时间。”

“你未婚妻？”

“是的。对，我知道她应该先告知你们，好让你们审查我，但事情进展得太快了。所以……到底出了什么事，她在哪儿？只要你告诉我她很安全，我这就滚蛋，不再打扰你。”

尤里看得出他那愤怒外表下正在燃烧着的焦虑。“好吧，是这样的。如果我们的特工正在参加卧底行动，他们就要遵守特别的联络程序，其中也包括几套警报系统。如果我们收到其中的某一条警报，那我们就会立刻将他们撤出。”他摊开双手，一副很讲道理的样子，“这里最近很安静。”

“别跟我扯这些没用的。冰瀑启动时金托尔发生了暴动。她的那帮学生是不是在那儿？那帮浑蛋就是靠做这种蠢事过活的。”

尤里再一次因为眼前这个人有多接近事实而感到惊讶。同时，对于萨维泄露了如此之多的事情他感到非常愤怒。这一切又是为了什么呢？一场鱼水之欢？等找到萨维，他一定会终结她的安保职业生涯。“什么学生？”

“她在……为你监视一群学生，为此伪装成激进主义分子。在冰瀑现场抗议的是他们吗？”

“不。这里没有什么监视学生团体的项目。我向你保证。”

“那她在哪儿？”

“你看，我理解你的担忧。她是你的未婚妻，你完全有理由担心。不过我的手下都是有力之士，我确信她一旦露面就会立刻联络你。”

卡勒姆呆立了许久，消化着刚才所听到的话。“好吧。”他点了点头，仿佛是宽宏大量地放弃了对尤里的重罪指控，“我会再等几天。”

尤里目送卡勒姆走出办公室。“不客气。”他对着空荡荡的门口说。

耕平走了进来。“我没听错吧？他们订婚了？”

“看起来是这样。而且赫伯恩这种人是不会在这种事上撒谎的。他是个蠢货，看什么都是非黑即白。”

“我们怎么办？”

“只剩一个选择了。”

尤里知道，自己绝对应该先去睡一觉。他那皱巴巴的衬衫、一脸的胡楂跟疲倦的眼神，都表明眼前这个人做不出最好的决定。但情势已经不容再等了。

* * *

波伊·李在曼哈顿的办公室位于联协下城区的一座建筑里，这是一处临时办公场所，等俯瞰中央公园的联协美国总部建好后就会搬过去。跟尤里一样，波伊也并没有在昂贵装饰上花费太多的心思，没把这点作为她地位的象征。

看到波伊在东海岸的午夜时分还在办公室工作，尤里并没有觉得有多奇怪，很少有资深高管会按照办公室所在地的标准时间上班。

“你看上去糟透了。”看到尤里进来，波伊说。

“谢谢。”

“茶？”

“不用了。我今天已经摄取了足够多的咖啡因。”

“那我推荐甘菊茶，非常柔和。”

尤里摇摇头，尽量不去理会那种恼火的感觉。“我们遇到了一个麻烦。”

“要是这个世界上没有了麻烦，你我就都要失业了。”

“很有禅意。关于萨维·乔杜里。”

“你的卧底特工？”

“是的，她在你手里，不是吗？”

“不在，你为什么会这么问？”

“我又过了一遍我们的拘留记录。”尤里说，“很让我惊讶。”

“在哪方面呢？”

“阿卡尔的主意很棒。他们利用电力中断时正在充电的自动型卡车重启的空隙，插入朱丽萨的流氓控制程序，接管古董级G3图灵机驾驶员的控制权，这样他们手中就掌握了世界上最强有力的拆迁机器，让这些野蛮的机器互相碰撞，并摧毁那里的所有其他设备。这些机器里有的重量超过五十吨，所有的一切都会被毁掉。”

“我知道。”波伊·李说，“塔利弄清楚他们的诡计时，我就在行动指挥中心。”

“对。也就是这时我们才明白他们朝老机场派了多少活动人士。也就是在这时你撤下了原先的拘捕队，换上了亚利桑那搜索交战组。你的决定，你的授权。”

“你之前派来参加拘捕的是澳洲内卫队。我认为对一百二十多名狂热分子来说他们规模太小，不够格。事实证明我是正确的，搜索交战组很好地完成了控制与拘留的任务。”

“有点太好了，他们也抓走了萨维。他们不知道她是我们的人。请把她还回来。”

“她不在我们手里。”

“你检查过？”

“事实上，确实检查过。亚利桑那搜索交战组手里有萨维的追踪码。她不在我们这儿。”

尤里坐到椅子上，仔细观察着波伊。“这是一次秘密引渡行动吗？是吗？我们是要把他们藏在某个关塔那摩监狱还是怎么着？”

“那只会让问题复杂化，不是吗？那么多人，要想就这么藏起来，还没有人质疑他们在哪儿，简直不可能。我们只能放了他们，或者最终让他们上法庭。”

“我亲自访问了变电站爆炸时唯一的目击者，他告诉我你派去的亚利桑那准军事部队把她扔到了他们那辆车的后座上。她就在你手里。”

“一个刚刚在爆炸中幸存下来的九岁男孩可不算是特别可靠的证人。”

“你知道我见过托比·里尔登了？你在监视我？”

“根据我们的文件记录，喷泉街的那场袭击中只有一名幸存者，他们搞错了吗？”

“没有。”尤里回答，这种又被换到防守一方的感觉让他很不爽，“你看，我也知道，行动有时候会搞砸，尤其在上周那种紧张又混乱的情况下。直接让我看一下亚利桑那搜索交战组的记录就好，我想看看他们都抓住了些什么人。”

“你没有访问亚利桑那搜索交战组文件的权限，他们是我们在极端安全事件中才会派出的内部部队。”

“去他的，我也是个部门负责人！”

“而这种级别还不够让你获得查阅亚利桑那搜索交战组文件的权限。抱歉。”

“哦，别这样，波伊。你总得给我点什么吧？让我去拘留所悄悄把她带走吧。她是安保部的人，是我们的一员，她又不会转头就去找什么狗屎民权律师。”

“做不到。”

“那你去把她带出来。”

“再说一遍，她不在我们手里。”

“她死了，是吗？你们在掩盖的是这个。”

“我就当你没有说过这句话。”

“这件事不会就这么过去的，你知道。”

“文件已经归档，尤里。放弃吧。这是直接命令。”

“问题不在我。”他轻声说，“你听说过卡勒姆·赫伯恩吧？”

“他又有什么问题？”

“等一下，你认识他？”

“我知道这个人。不能告诉你为什么，不过我可以向你保证他是联协的忠诚雇员。”

“忠诚不了太久了，他会是个麻烦的。”

“是吗？他也加入了激进组织吗？”

“我们才知道他是乔杜里的未婚夫。”

波伊·李坐了下来，精致的外表下所散发出的幽默感一时间烟消云散。“他是什么？”

“我只知道他们一起在加勒比过了个狂欢派对似的假期，结果就是一枚漂亮的钻戒。他们都没费心通知公司。”

“这可真是不幸。”波伊说，“他现在可是媒体上的红人。”

“确实如此。所以把萨维交给我，我来让这对时运不济的白痴情侣团圆，一切都会没事的。”

“她不在我们手里。”

“你为什么非要这样呢？”尤里调高了声调，在波伊·李面前这么做可从来都不是个好主意。不过不知为何，这次尤里不在乎了。

“尤里，别这样。她真的不在我们手里，我向你保证，我确实查看过了。也请别当着我的面叫我骗子，这对我们俩都不好。这

件事到此为止，接受现实向前看吧。”

尤里顿了顿，最后只是点了点头，说：“好吧。”他确实承担不起挑战波伊·李的代价。至少不能直接挑战。

* * *

“怎么样？”尤里回到悉尼的办公室后，耕平问。

尤里整个人都陷进了办公桌后的椅子里，鲍里斯打开了所有已经熄灭的屏幕，上面一如往常地滚动着各种数据——同样没有任何结果。

“问你个问题。”尤里对他的副手说，“你是个罪犯，正在进行严重的犯罪活动，这时候有人攻击了你。你要向谁去投诉？又打算说什么？‘我正在破坏价值一亿的设备的时候，有人把我给打了个半死，然后还狠狠地恐吓我，我觉得这严重威胁到了我的人身安全。’”

“做笔交易。”耕平立刻回答，“以提供证词为交换加入证人保护计划。”

“不错的想法。实际上，证人保护计划都是为有组织犯罪中那种能扳倒整个团体的线人准备的，我觉得那些破坏我们设备的头脑发热的激进分子应该得不到同样的待遇。”

“你指的是阿卡尔那帮想把我们的超级卡车炸飞的环保激进分子吗？”

“正是如此。他们被联协安保部一个叫作亚利桑那搜索交战组的分支机构给一锅端了。那是一个准军事组织，是我们用来在严重的城市骚乱中控制人群的。”

“他们有在澳洲开展行动的权限吗？”

“有。他们在这栋大楼内注册了一间办公室，事实上，他们还有政府颁发的私人警察执照，容许他们拘留他们发现的有犯罪行为的人。之后他们会将这些人与重罪相关的罪证一同交给地方司法部。”

“漂亮。”耕平赞赏道，“如果嫌疑人被隔离关押？”

“又有谁会注意到他们失踪了呢？”尤里总结道。他按了按太阳穴，但并没有什么作用，疲劳已经耗尽了他身体和大脑中的能量。“超过一百二十人。”

“包括萨维？”

“考虑到我收到的警告，是的。不过……那一百二十人，可能更多，总会有谁的家人或朋友能闹出点动静吧。波伊不可能让他们都凭空消失吧，不是吗？”

“有没有什么可靠的人证？”耕平问，“事发地在老机场那边，都是我们的人。”

“数据都被纽约那边给弄走了。”

“×，波伊还真是老奸巨猾。”

“阿卡尔的人都是些经过精心挑选的激进分子，全心全意，发动这种程度的袭击，出发前他们肯定谁都不会告诉。这样的话，等到有人想要弄清楚他们在哪儿，应该还会花上一段时间，至少还得几周才会有点关注度。而且就算你能找到某个比较上心的官员为你展开调查，那也不会有任何证据指向他们。除了我们之外没人知道他们到底是什么规模。这简直就是自我掩盖的典范，真令人印象深刻。”

“在如今这个时代不可能一下子引渡那么多人的。”耕平说，“拘押地点会泄露，也许会被某个自作聪明的家伙用无人机拍到。”

“真不敢相信波伊·李会无缘无故将我们排除在外。”尤里回答，“我们知道亚利桑那搜索交战组在爆炸发生后就截获了萨维。波伊·李又发誓说那帮亚利桑那的家伙没有搞砸，她坚称自己亲自检查过。”

“所以，她是担心被媒体抓住把柄吗？见鬼的，部长，他们要把这些人怎么样？我们是在为变态狂工作吗？”

“我不知道——不管怎么看，现在的情况都很糟糕。如果萨维因为他们没有尽快给她治疗而死亡，那为什么不把尸体还给我们？为什么要这样？这一点都说不通！”

“那我们要就此放弃吗？”

“萨维是我的人。”尤里闭上眼睛，尽力抵抗着那股要阻止他正常思考的倦意，“我要回去睡一觉。我得清醒一下头脑，想明白接下来该怎么办。”

* * *

卡勒姆走出金托尔中转站的传送门，来到主街。时间正是下午三四点钟，整座城镇已经被沙漠的骄阳炙烤了超过十个小时。他没有料到这里会这么热，也没想到每次呼吸都会吸入这么多干燥刺痒的尘埃。他只穿了一条短裤和一件紫色T恤，还抹了SPF50的防晒霜，全身都是汗。他从挎包里摸出自己的新型医用外科口罩戴在了脸上。

阿波罗将导航图投射到了他的显像太阳镜上，他跟随指示沿着街道走了过去。这里的被飞扬的尘土搞得脏兮兮的建筑很少有超过两层的。为什么要那么麻烦呢？相比较而言，单层预制板房更便宜，而且这里的地也便宜，如果你想要一座大房子，直接往外扩建就好了。至少，直到一周前，在冰块掉落在沙漠中之前，这里的地价都还是便宜的。

此刻，他看向西侧，能够看到一条浓厚的、出奇稳定的云层铺在红色沙漠上的冰层上方。冰层已经覆盖到了方圆两公里的区域，而这只是五艘大型飞艇就位后的成果。还有三艘飞艇按计划要到月底前才会加入到队列中来，而在年内，飞艇总数将会增加到十五艘。融化的冰水沿着早已准备好的沟渠渗入干旱的沙地，每天都会向外扩展一点。与此同时，冰冷的蒸汽也在上方的天空中，创造出了一种与这片沙漠亘古以来那种死气沉沉的模式很不相同的微气候。随着下沉的冷空气将沿海的气流带到北部，金托尔的街道上也开始有了持续的微风。目前，风所带来的只有更多的沙子，不过沙漠之水的气候专家预测，不出六个月，云层就会被吸引到内陆深处，加速气候变化。不出几年，金托尔就会变成这颗行星上最新、最激动人心的绿洲。金钱会随着新的降雨一起涌入，现在已经开始有人投资运河沿岸的土地了。

不过就目前而言，金托尔还保有那种前沿阵地的氛围——一个为辛勤的劳工提供方便的家园，各种商业机构分散其中，为他们提供所需的一切。这里的小店铺发展蓬勃，数量也极为可观。卡勒姆看着那些店家上方的霓虹灯牌和全息影像标识，最后停在了花岗岩阁的门外。那也是一座预制板房，安装着长长的窗户，墙外还挂着三个巨大的空调外机，闪耀着蓝色光芒的标识看起来比它所指示的板房要年轻得多。

当然，这是雷娜帮他找到的。在尤里·阿尔斯特那里碰过壁之后，他向他的队员坦白，说他其实之前度假时对一个女人做了一个承诺。那个女人是安保部员工，做卧底工作。现在她失踪了，而他则怀疑公司正忙着掩盖这件事情。

“太他妈典型了。”雷娜咕哝道。

所有人都想要加入，都想要帮忙。“不惜一切代价，老大。就说你需要什么吧。”

他因此大为感动。不过目前，他只需要雷娜的专业能力。

根据雷娜的解释，萨维的人机网纳尔逊应该已经被下线了，但就算这样，她也不会是完全与世隔绝的。如果是在卧底，那她肯定在用另一个完全不同的人机网 ID。他们没有这个人机网的通用地址码，不过，她的真皮层微粒肯定是与这个人机网 ID 联网的。双方都有各自的交互码，而这些都储存在人机网的元数据中。雷娜花了不到一个小时就追踪到了，然后从萨维五年前植入微粒的那间孟买诊所中提取了出来。这就是那种既让卡勒姆刮目相看又让他头疼的顶尖网络技能，因为一个人的人生居然这么容易就被别人获取。

雷娜告诉他，如果萨维使用人机网连接呼叫某人或者接入互联网，那人机网就会登录本地服务器。所以，只要给她一个可能的位置，她就能黑进当地的服务器，使用搜索引擎就能找到相关的数据。

卡勒姆能想到的位置就是金托尔。与萨维的老板尤里对质时，他就觉得这个猜测很合理。自冰瀑成为反联协抗议示威的最大中心，已经有超过一年的时间了，而这种抗议示威正是那些激进派学生会掺和（或被诱使掺和）的那种。而这正是萨维在调查的内容。

也许是雪山神女决定要对他的探求回以微笑吧。无论如何，金托尔这个位置他猜对了。雷娜只花了九十七分钟就追踪到了萨维的微粒，微粒和一个名为米斯拉的人机网应用交互过，而米斯拉多次授权支付了花岗岩阁的餐费。最后一次发生在冰瀑开始那天的早晨，抗议示威活动开始的几个小时前，点的是牛角包和橙汁。之后，就什么都没有了。

卡勒姆走进咖啡馆坐了下来，点了一杯咖啡和一个牛角包。餐食被端上来时，他给女侍应生看了萨维的照片，并问她认不认识照片上的人。

不认识。

这一班还有三名女侍应生，他每个都问了一遍。其中两人回答不认识，另一个犹豫了一下，说可能见过。花岗岩阁的生意很好，她说，每天能接待几百人。这位姑娘好像来过几次，穿着没有照片上那么时尚，不过应该也有段时间没来了。

那种松了一口气的感觉如此强烈，他不得不先坐下来歇一会儿。阿波罗帮他呼叫了雷娜。

“有个女侍应生说好像见过她。”卡勒姆说。

“确实。”雷娜回答，“我黑进了咖啡馆的主服务器，里面有内部监控录像。我调取了她最后一次支付时的录像。现在就传给你。”

卡勒姆看着显像太阳镜上播放的画面，简直不敢相信眼前看到的那个人就是萨维。那个人一身破旧的衣服，戴着太阳帽，还拿着背包。*她对乔装可真是在行*，卡勒姆在心里赞赏道。那身衣服和那个发型给她减龄了好几岁，她看起来完全一副学生样，好像正在间隔年[1]。

那天早上她离开花岗岩阁后，左转走上了主街。

“我来看看还能不能找到其他视频。”雷娜说，“不过金托尔相当一部分监控摄像头都是云储存的，尤其是覆盖街道的民用摄像机。黑进去可能会稍微难一点。”

“你尽力吧。”卡勒姆说。

他走出花岗岩阁后左转，就跟萨维一样。路上的下一家咖啡馆是阿尔喀德斯，供应葡萄牙菜，他坐在桌边，给侍者看了萨维的照片。旁边是一家服装打印店，再接下来分别是一家食品打印店、一个运载车市场、一家酒吧，再旁边的金融公司他没进去，接下来又是一家咖啡馆。

从咖啡馆出来时，天空已经带上了玫瑰色的霞光。街灯亮了起来，在尘土飞扬的空气中形成一个个蓝绿色的光锥，街上的行人也变多了。不过气温并没有降低，卡勒姆依然能够感觉到地面正散发着白天接收到的热量。

“我好像看到她转向玫瑰大道了。”雷娜说，“距离你所在的地方大概再向前一公里。画面质量不太好。”

“你干得比我好多了。”卡勒姆说，“食品打印店老板说她可能

---

1. 西方青年的一种生活方式。在升学或者毕业之后、工作之前，先停下来，做一次长期（通常是一年）的远距离旅行，在这段时间放下脚步去做自己想做的事情。

是店里的顾客，但想不起来是什么时候见过了。”

“玫瑰大道上没有多少摄像头覆盖，那里基本都是居民区。”

“我去看看。”阿波罗投射出导航图，卡勒姆按照指示走了过去。

前方的酒吧里走出来三个人，卡勒姆侧身想要绕过他们。

“网络连接中断。”阿波罗说。

“什么？”

“连接中断，无法重连。我这边显示访问量过载。”

“怎么会——”

那三个人挡在了他的前面。

“哦，见鬼。”卡勒姆咕哝道。他迅速转身，身后也有两个人。其中一个穿着一身合体的西装，手握电警棍，咧着嘴笑着，脸上一副“早就料到了”的表情。

“想突围一下试试吗？”西装男嘲讽道。

卡勒姆只参与过几次酒吧斗殴，还是在大学的时候，其他参与斗殴的人也和他差不多年纪——喝多了互相推搡起来再加上脏话，那里的保镖很快就介入进来制止了他们。而这五个人看上去似乎能把干掉那帮保镖当成热身节目。

“我身上没钱。”卡勒姆一边说，一边暗自希望他的声音没有抖得那么厉害。*这里可是主街，就没人叫警察吗？*

“这边请，伙计。”他们当中的一个在酒吧那边说。

卡勒姆看了看他所指的那条窄巷，恐慌了起来。“你们看，我有个智能手环。我可以抹掉通用码，删掉跟踪应用。这个是最高档的，很值钱。”

“可惜我们图的不是你的钱。”

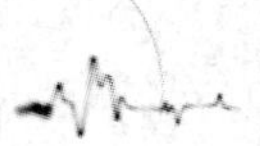

“也不是你的身子。”另一个人冷笑道。

“走吧。”

这是他逃跑的最后机会了。但他非常害怕他们可能会狠揍他一顿。住进医院里可帮不了萨维。不过话说回来，被迫进入一条黑巷也不是什么特别值得期待的选项……

一只手在他的肩胛骨上推了一把。他全身一僵。如果朝右跑就能直接跑上主街。*他们不会追到那儿去吧……会吗？*

有人用电警棍戳了戳他的膝盖窝，电量肯定是调小过的。那股突如其来的痛感让他惊叫了起来，但并没有让他抽搐摔倒在地。

“别想跑哦。”一个声音警告道。

又羞又怕的卡勒姆只得跟着他们走了。

雷娜一定能发现连接被人为切断了。她会黑进摄像头，看到他们抓走了我。她会帮我报警，或者呼叫本地的安保人员。她能帮上忙，她能帮我脱险。快啊，雷娜，快！

他们拐上了另一条街，之后又经过了几次转弯，阿波罗的导航系统追踪着每一个弯道，在地图上绘出他们的前进路线，卡勒姆事后能根据这些追踪到此时他走过的每一条街道。

七分三十八秒后，他们来到了一道卷帘门前，这是一家正在翻新的睡眠胶囊酒店。卷帘门升起，卡勒姆被推进了黑漆漆的室内。卷帘门再次咯吱咯吱地降下，灯亮了起来。

这是一间储藏室，墙边是空空的金属货架，粗糙的水泥地面上布满了灰尘。室内空气炎热，充满着陈腐的气息。房间正中央摆着一把坚固的木头椅子，椅子上有四副手铐，两副挂在扶手上，两副在前腿上。

卡勒姆看了一眼——

电警棍又击中了他，这次用的是最大电量。他唯一还能控制的肌肉就是自己的声带，于是他在跌倒在地时大声尖叫了起来。电警棍再次袭来，整个宇宙仿佛都消失在了这难以忍受的痛苦之中。他号叫着，身体扭曲着，所有感官仿佛都离他而去。

他感觉自己的四肢好像都着了火，这种感觉渐渐消退，让他痛苦地抽搐成一团。视力开始恢复——至少能够在黑暗中看到一道道光线了，他眨着眼睛，想要聚焦，但还抖得很厉害，双手也动不了。

他的手腕和脚腕都被铐在了椅子上。

“哦，见鬼，见鬼见鬼。”

他的显像太阳镜也掉了，或者是被拿走了吧。不知道。反正是不在他手里了。他看了看自己的手腕，智能手环也被拿走了。

“阿波罗。”他轻声说。

一只手在他的脑袋一侧拍了一下，很用力。“别想了，你的人机网已经完了。现在就你一个。”

眼前闪动的金星消失了。有个人正站在他的面前，是个黑人，个子很高，光头在汗水之下闪闪发亮，文身沿着他的双臂曲折蜿蜒。他穿着一件黑 T 恤，上面的图案是一个三棱镜将一道光分成了彩虹。

卡勒姆咯咯地笑了起来，近乎歇斯底里地说：“那张专辑我也有。”

“什么？”

“平克·弗洛伊德的‘Dark Side of the Moon’（月之暗面）。经典，但不如‘Wish You Were Here’（希望你在这里）那张好。”

“耍小聪明。”那人咕哝着，又伸手拍了卡勒姆的另一边脑袋。

他的耳朵一阵剧痛，嘴里也有了血腥味。“该死，这是要干什么？”

“他们都在哪儿？你们把他们弄哪儿去了？”

“什么？谁？”

“我的人。”

“说什么哪？”卡勒姆看到那只手又威胁着抬了起来，“什么人？等一下，你们以为我是什么人？”

“我完全清楚你是什么人，卡勒姆·赫伯恩。”那个人拿起一张纸，上面正是他跟安斯利在格林尼治半岛站的合影。“联协的最新宠儿，从核污染中拯救了整个北欧，全世界都在感谢你。”

“为什么抓我？你他妈又是谁？”

那人又抬起手，卡勒姆畏缩了。

“他们在哪儿？”

“谁？”卡勒姆吼了回去，他从没有这么害怕过，不光是为他自己，更是为了萨维。如果这就是她盯梢的激进学生……

“你要么就是很蠢，要么就是个好演员。”

“我他妈没演。我不知道你们是谁，也不知道你们说的是谁！”

那个人绕着椅子走，卡勒姆努力扭过头看着他，生怕从背后挨打。不过那人又从另一侧走了过来，手里还多了一个装满水的细长玻璃杯。

“告诉我你们想知道什么。”卡勒姆急切地说，“说清楚。要是知道我一定会告诉你。我发誓。”他不得不把头向后仰了起来，那人又站到了椅子正前方。

“我的名字是阿卡尔。不过我想你应该早就知道了。”

“不知道。我他妈也不在乎。”

阿卡尔缓缓地倾斜玻璃杯，将水倒在了他的裆部。

“干吗？”卡勒姆低头看了看自己湿透了的短裤，然后又抬头看了看抓他的人，“你们要干什么？”

“鼓励你说出实话。”阿卡尔说。“花费了我们多年的时间研究，不过我们发现，还是水的表皮导电性最好。”他嘲讽地笑了笑，“谁想得到呢？”

西装男走到椅子旁，低头咧嘴笑着，看着卡勒姆，他的手里还拿着电警棍。

阿卡尔笑得更加无情了。“戴蒙，烤焦一个男人的蛋蛋需要多大的电流？”

戴蒙拍了拍电警棍。“没关系，老板，我们的肯定远超需求了。”

“不要！”卡勒姆惊叫了起来，“千万不要！你们想知道什么我都告诉你们，但我不知道你们想知道什么啊！告诉我！解释一下啊！这到底是怎么回事？”

“初落——”阿卡尔说，“我的人去了沙漠之水的维修站。对你来说够清楚了吗？”

“我知道那天观景区发生了暴动。”卡勒姆急切地说，“是同一件事吗？”

“不，不是同一件事，卡勒姆·赫伯恩。一百二十七名活动人士去了那个维修站，他们要去对肆意破坏沙漠的那些沙漠之水公司的犯罪分子造成最大的打击。我花了一年的时间策划这件事。”

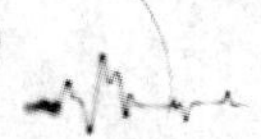

他伸出手，一把捏住卡勒姆的下巴，“一百二十七人，小子，没有一个人回来，他们都在哪儿？”

“我不知道。”卡勒姆说，“我不在那儿。天啊！我他妈是在应急排毒组工作的，你们的狗屁沙漠我一点都不在乎。没人在乎，除了你们这种变态。”

“一开始，他们为太空中的石头而来，他们从我们手中夺走了石头，说那都归他们所有。”阿卡尔用一种缓慢而危险的语气说，“而我们什么都没做，因为那只是石头而已。然后他们又为沙漠而来……你懂了吗？你知道接下来会怎么样吗？不过这次，小子，我们是不会让他们毁了自然给予每个人类的这一切的，这片属于我们所有人的美丽土地。很多人都跟我有相同的信念，我们队伍的人数也在增加，他们都接受了我们的事业所代表的真理。”

卡勒姆尽力摆出一副轻蔑的表情。“我只看到了六个人。这可不是追逐真理的被压迫少数群体，而是有精神疾病的。”

电警棍戳进了卡勒姆的短裤。他尖叫了起来，随后才意识到他并没有被电击。

那两个人都笑了起来。

“去你的！”他叫道，“我希望你们被联协淹死在融化的冰水里，你们看到的最后一件事情就是绿色植物征服了这毫无价值的土地上每一块屁用都没有的石头，你们的尸体都被水给腐化掉变成肥料滋养更多植物。你们这种臭狗屎对生态环境只有这么点好处。”

“我觉得他说的是真话。”

“我觉得你说得没错。”

卡勒姆抬起头盯着他们。“你们都是神经病！一百二十七个人怎么可能消失。那真是……真是……疯了。你是被你自己的阴谋论给搞疯了。”

“你说得对，卡勒姆·赫伯恩。人是不能凭空消失的。那真是疯了。”阿卡尔拿出萨维的照片扔在卡勒姆的脸上，“那她在哪儿？”

“我……我……”卡勒姆知道愧疚感会像太阳耀斑一样将他点燃，“她不是……”

“不是什么？”

“不是你们的一员。”他知道自己搞砸了，但他不在乎。他们认识萨维，而萨维跟他们那帮疯狂的同伴一起消失了。卡勒姆想象不出比这更糟的情况了，但至少这是真实的。他距离她又近了一步。

“她是什么人？”阿卡尔用十分低沉的声音问。

“她是我老婆，你这臭狗屎！你他妈要敢动她一根头发，我他妈就杀了你！”

阿卡尔一把从戴蒙手中夺过电警棍，戳到卡勒姆的胸口。剧烈的疼痛袭来，卡勒姆无助地扭动着，他没有办法思考，只剩下一具痛苦尖叫的躯体。

戴蒙推开阿卡尔的手，挪开了电警棍。“这可不像你啊，伙计。我们需要他说话，不需要他乱叫。”

阿卡尔勉强点了点头，还是满腔怒火，但看着卡勒姆的眼神中多了一丝疑惑。“告诉我，她是你老婆？”

卡勒姆痛苦地咳嗽着，身体颤抖不止。“对，她是我老婆。不然你以为我为什么要到这座狗屎城镇的镇中心到处打听她在哪儿。我想要她回来。”

阿卡尔和戴蒙交换了一下眼神，那其中的意味让卡勒姆感觉很不妙。

“她叫什么？”

“萨维·乔杜里。”他知道自己不该告诉他们，但那只是个名字而已。而他表现得愿意帮助、愿意合作，也许能让他们放松警惕。她在哪儿呢……

“联协的卧底特工。”阿卡尔压抑着怒火，“是她把我们引入了陷阱。都是你那个婊子干的！”

卡勒姆盯着他。“是啊，所以呢？她比你们聪明。这又不难。你们最后一次见到她是在哪儿？”

阿卡尔盯着他。“她背叛了我们。我应该在她面前割开你的喉咙。”

“那你得先找到她才行。你们上次见到她是什么时候？说吧！什么时候？”

“该由我问问题，小子。”

“好吧，你问。那你试试这样问一下。你们——一群隐藏在金托尔肮脏的预制板房中的家伙——要如何进入联协找到你们的宝贵伙伴？你们要怎样才能招募到内部人员？一个他们永远都不会怀疑到的人如何？一个比你们更绝望的人，更急于找出到底发生了什么的人如何？对此有什么想法吗，伙计，嗯？有什么人选吗？”

阿卡尔怀疑地哼了一声。“你想跟我们合作？”

“我他妈宁愿把我的腿吃掉。但我们又有什么选择呢？”

“没门儿。”戴蒙叫道。

“是吗？那你们继续吧。”卡勒姆不顾一切地挑衅道，“说明一下你们当前的处境吧。萨维是安保部的人。她在监视你们，记录你们，收集你们这可怜的生态事业的一切信息。联协安保部都知道。一家价值数万亿美元的大公司，它的安保部门的预算要比该死的 CIA（美国中央情报局）还要多。唯一一点——唯一一点——就是他们还不知道你们目前的位置。但你们是逃不出金托尔的，不是吗？用传送门肯定不行，更别提无人机跟卫星，它们会监控每一辆离开的运载工具。你们跟你们失踪的同伴一样，都在一座安全无比的监狱里。可能食物会更好些，还有狱墙是隐形的。但你们的余生只能在此度过了。再加上无人监控和互联网上的 G5 图灵机搜索，你们也就还能再坚持个一周吧。所以继续，告诉我你们那超级聪明的破局大计划，你们要如何拯救所有人，不管他们在哪儿。你们有地址了吧，有吗？”

“奥沙为什么也会失踪？”阿卡尔问。

“谁？”

“你老婆。我们知道的是这个名字。如果她是联协安保部的人，为什么她也失踪了？”

“我也不知道。我甚至都没办法让那帮狗娘养的承认她是他们的人。”卡勒姆用手腕拽了拽手铐，“把我解开吧，来吧。我们得想清楚下一步该怎么办。”

“一百二十七人失踪了，卡勒姆。还包括一个他们那边的自己人，如果我们相信你的话。如果说我们现在能找到什么，那就是他们的坟墓了。”

“不可能。”卡勒姆叫道。他使劲一拽，仿佛那样就能拽断手铐一样。“她还活着。我知道你们这些偏执狂都以为联协能杀掉那么多人，但这都是你们人云亦云的阴谋论的屁话。他们不会的。

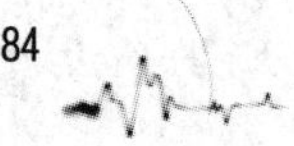

而且我还见过安斯利。的确，他是个冷酷精明的商人，但他又不是希特勒。”

“不会有什么坟墓等待我们发现的。”戴蒙说，“妊神星站能解决联协的所有问题，消灭所有证据。”

“嘁！胡扯！你去过妊神星站吗？我去过。我每周都要去，每个排放舱我都很熟。我曾看着你们祖辈的有毒废料密封后被排放到太空，并没有尸体被一起送过去。”

“不是妊神星，那就是别的我们看不到的海王星外小行星什么的。这是家大公司，正如你所言。它的资源无限。”

“她还活着！”卡勒姆叫道，“你快放了我。我要去找到她，不管有没有你们的帮助我都要去找。你们到底想不想知道你们的朋友在哪里？我可是你们找出答案的唯一机会。”

过了好长一段时间，阿卡尔终于点了点头。戴蒙不赞同地叹了口气，不过还是弯下腰帮卡勒姆解开了手铐。

“好了，小子。”阿卡尔说，“我们现在该怎么办？”

卡勒姆揉了揉手腕上的红印，说：“秘密引渡行动。之前发生的情况肯定是这样，对不对？他们肯定都在某个秘密地点里：废弃的矿坑、中空的火山。这一点我们都同意，对不对？”

“对。”

“那我们能做的就只有一件事。他们消失在兔子洞[1]里，我们得

1.“消失在兔子洞”原词为“down the rabbit hole”，因出现在英国作家刘易斯·卡罗尔的文学作品《爱丽丝梦游仙境》中而被人广泛使用。用来描述陷入一个越发奇怪、令人摸不着头脑或出人意料的状况，而且一件事情促使另一件事情的发生，接连不断，因此越陷越深、无从脱身。

跟着他们潜进去。”

＊ ＊ ＊

太阳已经在两个小时前落山，悉尼的整个天际线都在霓虹灯与办公室灯光的光芒中熠熠生辉。尤里一如既往对此毫无察觉。

“有动静了，部长。”山田耕平上气不接下气地说。

尤里从办公桌上的屏幕前抬起头，看到他的副手正站在门口，兴奋地咧着嘴笑着。

“动静？”

“戴蒙刚刚出动了。行动指挥中心正在跟踪他。”

“现在？”

“对。实时的。”

“×。”

两个人快步穿过走廊进入行动指挥中心。当值的行动指挥是奥马里·托特。他朝尤里竖了下大拇指。“面部识别程序五分钟前在金托尔中转站发现了他。”

“他去哪儿了？”尤里问。

“哪儿也没去。”

“让我看看。”

奥马里示意坐在其中一张桌子前的塔利。尤里盯着房间最前端的主屏幕，上面显示的是金托尔中转站的监控影像：镶嵌着绿色和白色瓷砖的六边形大厅，四扇传送门，两扇通往镇上那小小的换乘线，两扇连接北领地中央中转站。

“七分钟前。”塔利说。

尤里看到戴蒙一直在入口屏障周围徘徊，东张西望，动作缓慢。那个大个子花了几分钟的时间观察行人往来，然后就走了。

“目前他就在二十米开外的地方晃悠。”奥马里的语调中透着困惑。

镜头切换到了中转站建筑外的摄像头上。确实，戴蒙正站在主街上稍远一点的地方。

“耕平，帮我联通北领地中央中转站的值班队长。”尤里说，“让我们的战术反应部队做好准备，进入警戒状态。”

“是，部长！”

“还有，不能惊动警察。这次行动要控制在我们自己人手里。”

他看着仍然站在主街上的戴蒙。那家伙穿着他的炭灰色西装，在金托尔傍晚的热度下，他应该会感觉非常热。

“他的人机网联网了吗？”尤里问。

“难说。”塔利说，“我会把我们的 G5 图灵机接入当地网络，看看能不能识别出他的数字标志。”

鲍里斯将一个通信图标投射在了尤里的显像镜片上。

“达拉格队长，北领地中转网络安保负责人。”

“好的，达拉格队长。”尤里说，“我们要在金托尔采取一些行动。一个我们通缉名单上的嫌犯可能会试图穿过中央中转站。我需要你做好关站准备。”

“长官？”

“你没听错。你可以让现在还在站里的人继续通过，但是要关闭屏障，也关闭除金托尔方向外的所有传送门。由我授权执行。”

“可这会制造混乱的！”

“我不在乎。一旦中转站清空，就将战术反应部队派进去抓住他。我要让他自投罗网。”

“是，长官。”

奥马里扑哧一声笑了出来。“哦，伙计，区域控制部门的高层得把你骂惨了。关闭中央中转站，你就相当于把整个北领地封锁了。”

“中转导航应用会给所有人都规划出次级路径的。所以我们的网络才设计成了多线路重合的形式。这只让他们多花三十秒而已。”

“只要我不被公司拉去解释这个问题就行。”

“你不会的。好了，把我们在金托尔的所有间谍无人机都派出去，别跟丢了戴蒙。我不在乎隐形不隐形的，一定要把他完全包围。”

“已经派出去了。”

“塔利。”尤里暗中吩咐他，“做一个次级缓存，把本次行动的所有文件都拷进去。只有我能接入，不要开放给纽约那边。”

“明白，部长。”

“鲍里斯，通知波伊·李我们这边有新情况——”

“是他。”塔利叫道。

“谁？”尤里盯着屏幕。

“阿卡尔。那身制服可骗不了任何人。”

看着那个高个子环保斗士沿主街走向戴蒙，尤里感觉自己也在变得越来越兴奋。“他可真敢。”尤里喘息道。阿卡尔穿着智步速递快递员的棕绿色夹克和配套的短裤，公司标配的帆布背包被

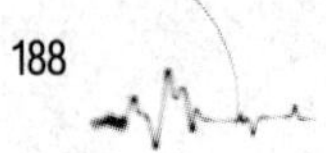

他搭在肩上。他的帽子有着长长的帽檐，他将帽檐拉得很低，几乎都要碰到他那宽边的环绕式太阳镜。这些装扮，再加上他留了几天的胡楂，足以骗过低等级的面部识别程序了，但对行动指挥中心里的人来说是远远不够的。

“赌十块钱他会试图闯关。”耕平说。

“见鬼的。”奥马里说，“戴蒙亲自出来帮他侦查情况。这帮家伙从来都不用互联网，真是老派到一定程度了。”

“盯住他们。”尤里叫道，“耕平，跟我来。达拉格，清空中转站，立刻！我们的嫌犯要过去了。”

尤里跑出指挥中心，二十米外的地方就有一扇传送门。鲍里斯在他的显像镜片上投射出了前往北领地中央中转站的路径。通过这扇门进入联协的内部网络，左转，再经过两扇门，在有十扇门的枢纽中转站右转。直走三扇——

波伊·李的图标弹了出来。“什么情况？”她质问道。

“阿卡尔露头了。我们要把他拿下。”

“知道了，我也接入了信号源。我看到他了。他的快递包里装了什么？”

“我们不知道。有危险品的话传送门的传感器会报警的。”

“我不想让他进入中央中转站。”

“如果我现在派战术反应部队去金托尔，他会跑的。”

“他们抓得住他。”波伊说。

“没时间了。让他进去，然后我们就能瓮中捉鳖了。”

“我需要明确的指令。”奥马里说，“阿卡尔距离金托尔中转站只有十米的距离了。”

“如果包里装的是炸弹，那他就是要搞自杀式袭击，我们不能让他在金托尔主街上这么干。”尤里叫道，“人太多了。”

“中央中转站里的行人就快清空了。”达拉格确认道，“战术反应部队已经在拦截位置就位。”

“很好。”波伊·李说，“让他通过。”

“戴蒙要离开了。”奥马里说。

“让无人机盯住他。”尤里说。

“对。”波伊·李说，“把他们的信号源也给我。我派一队人马去 C&GST 传送门，赶在他再次消失前把他拦截住。”

这个似曾相识的画面差点让尤里笑了出来。这简直就跟初落的时候一样，波伊·李中途介入，用她自己的人接管了行动——不过这次，她可不能独占行动的数据了。“让他们小心。”尤里说，“如果说阿卡尔是他们的头脑，那么戴蒙就是肌肉。他很可能还带了武器。”

“我接入文件了，谢谢，尤里。”波伊·李说。

尤里冲过最后一扇门，来到了一条没有窗户的走廊。走廊尽头是一扇锁着的双开门，里面就是中转站。鲍里斯发送了他的接入码，门打开了。

“他在金托尔中转站。”奥马里说，“现金码支付。他正在穿过屏障。”

“扫描显示包里有长颈瓶之类的东西。”塔利叫道。

“是武器吗？”

“瓶子是金属的，扫描不到内部，也没有残留的分子痕迹。他正在前往中央中转站——”

“达拉格，拦截！”尤里叫道。他冲过双开门，耕平紧跟其后。他们沿大圆环朝金托尔传送门刚跑出去了四分之一的距离，这时呼喊声四起，空荡荡的大厅里回声不断。

“趴下！”

“跪倒！”

“双手放到我们能看到的地方！”

“卧倒！”

“不许动！”

前方，尤里看到了金托尔传送门。阿卡尔就在门前，双膝跪地，双手举起。五个身着轻甲的人正端着卡宾枪向他逼近，红色的瞄准激光穿过空气在阿卡尔的心脏部位点出一组排列整齐的小点。

尤里在他们身后停了下来。“包里装的是什么，阿卡尔？”

阿卡尔咧嘴一笑。“打开你就知道了。”

“慢慢放到地上。”战术反应部队的负责人指示道，“这里到处都是武器，不要冒险挑动到谁的神经。”

阿卡尔从肩上拿下智步的背包，抓着背带，一丝笑意从他的脸上闪过。尤里一点都不喜欢他笑着的样子，不过他们已经完成了无死角包围。除非他想自杀。不过按照萨维的说法，他不是那种人。

“你是说这个包吗？”

“都结束了，阿卡尔。”尤里说，“把包放下。”

阿卡尔盯着他看了很久，然后放弃抵抗。他把包放在锃亮的瓷砖地面上，举起了双手。

不一会儿，战术反应部队就铐上他的双手把他拉走了。尤里和耕平看着那个包，一脸的不安。

“排爆队正在路上。”奥马里说，“九十秒后到达。”

“我觉得我们没必要站这么近。”耕平说，“反正这会儿我们也帮不上忙。”

“是啊。”尤里低声应了，两个人沿着大厅的环路往回走了几步。

排爆队的三名队员从尤里刚才使用的那扇双开门里小跑了出来，他们那笨拙的防护装甲看起来有点像相扑服。一个安全机器人跟在他们后面飞速移动过来，蜘蛛腿状的机械臂阵列在粗短的圆柱体核心周围锁定成一圈。

“奥马里。”尤里问，“戴蒙那边的情况怎么样？”

鲍里斯立刻将无人机摄像头的画面投射到了他的显像镜片上。画面显示的是黑绿两色的光路放大图，俯瞰着金托尔工业区的一条街道。戴蒙刚跑进一间大仓库，墙壁顶端有沃比原油金属公司的标志。

“该死！”塔利叫道。

“怎么了？”尤里问，无人机画面闪动了一下。

“他那儿有电子对抗设备，几乎是军用级的。无人机不能再靠近了，不然会失控的。”

“那就用无人机包围仓库，不要让他离开。”

“这差不多是基本要求了吧，部长？”

他那受伤了的语气差点让尤里笑了出来。

“我的人两分钟内到。”波伊·李说，“他们已经清空了金托尔C&GST。”

尤里的心跳平稳。他和耕平心照不宣地又沿中央中转站的环路向前走了几步。

“哦，看。”耕平挖苦地说。无人机显示的画面上，两辆4×4大型机动车停在了沃比原油金属公司仓库的两端。“有点像警用勤务车，不过更大。”

尤里面无表情地看着每辆车上下来的七八个人，他们都穿着包裹全身的盔甲。“全包圆了。”

鲍里斯帮他接通了波伊·李的私密线路，尤里道：“我想亲自审问阿卡尔。”

“会有专业人士进行问讯的。”波伊回答。

“至少让我也参加审讯。”

“尤里，交给我们就好了。你管理的部门很优秀。相信我，这一点我很清楚。信任我们的规程就好。各种规程的存在都有它的意义，明白？”

“明白，夫人。”尤里愤愤地回答。

五分钟后，排爆队队长的声音传来：“确认安全。”

尤里和耕平回到智步背包前。此时，背包正被安全机器人用一条手臂高举在空中。排爆队队长已经收起了头盔上的护目镜，手里拿着长颈瓶和几张图纸。

“两公斤塑性炸药。”他兴高采烈地说，“还有示意图。”

“什么示意图？”尤里问。

队长将那几张纸递给尤里。“联协悉尼分部的。看来他是想去拜访一下各位。”

“妈呀。”耕平咕哝了一声。

尤里看着队长将图纸和长颈瓶密封进证物袋，并记录了条形码。

“我们抓到戴蒙了。”波伊·李宣布道，“干得漂亮，各位。尤里，看来阿卡尔的文件可以归档了。”

* * *

尤里桌面上的屏幕显示着三张照片：萨维、阿卡尔和戴蒙。他正坐在自己那张黑色皮革的大班椅上，盯着那三个人的照片，一动不动。

耕平走了进来，他拿着两个空酒杯，笑得非常开心。“部长！如果你愿意分享一下你那糟糕的伏特加的话，我想我们可以庆祝一下胜利吧？大家正准备去俱乐部呢，人人有份。”

尤里抬起头，耕平脸上的笑容消失了。

“太简单了。”尤里断言道。

“哪部分？我们差点被炸飞的那部分？得了吧，老大，我们赢了。”

“不包括萨维。”

“部长，波伊·李会炒掉你的。”

“阿卡尔为什么要走进我们的中转站？他知道我们的面部识别系统会发出红色警报的。”

“他做了伪装。”

“是伪装了，表面上看确实是这样。但他可是个对我们的数字安保系统多疑到不容许自己身边一百米范围内有任何网络连接的人。所以他都做了什么？派他的副手——穿着他平常那身衣服——

在中转站外侦查。这就是个诱饵。他想让我们知道他要来了。”

“这也太扯了吧。要是他知道我们会抓他，怎么还会背着一整包炸药？”

“对，别忘了还有几张上面画了个大红叉的地图，想想这会让他怎么样？”

“我不明白。”

尤里的笑容里没有一丝喜悦的感觉。“这会让他被判有罪。没有一丝疑问，没有丝毫含糊。他要去炸联协的分部，炸我们！他是冲着我们来的，一定是这样。”

“这我没有意见。”

“对有罪的精神变态的环保恐怖分子，我们会怎么做？”

“流放吧，应该是。”

“对。他要去跟他的伙伴们会合了，这才是他的目的。他根本没打算去炸任何东西。”

“好吧，他要去加入他们。或者他就死定了，如果事实证明我们真的站在了法西斯主义变态这一边的话。”

“不过他是怎么知道他们都失踪了的呢？”

“新闻数据源里没有任何关于他的人突袭了金托尔维修站的消息，没有联协的负责人吹嘘逮捕了多少人，也没有检察官哗众取宠地宣称正在准备公诉。他肯定知道我们让这些人都消失了。”

“确实，不过你首先得确定，百分百*确定*，如果你真打算要搞这么一出的话。阿卡尔又不傻，他可不会拿他的生命去赌一个传言。他一定得完全确信才行。”

“怎么确信的？没人知道。”

“我们知道——因为她。”尤里看着萨维的照片，在他的心里，这个谜题也渐渐解开了，所有要素各归其位。

鲍里斯根据他的命令换掉了萨维的照片。

“还有他。”尤里指了指卡勒姆·赫伯恩，“他知道他的未婚妻失踪了。把这两个因素结合到一起会怎样？一个联协卧底特工队的成员，还有联协的狂热反对者，在同一次事件中消失。你肯定会知道，一场大规模的秘密行动正在进行中。”

“可阿卡尔怎么会知道萨维是我们的人？”

“鲍里斯。”尤里冷静地说，“接入卡勒姆·赫伯恩的联协旅行账户。”

“已接入。”鲍里斯回答。

“赫伯恩去过几次金托尔？”

“过去三天内，五次。”

“哦，见鬼。”耕平轻声说。

“他最后一次抵达金托尔是什么时候？”尤里问。

“七小时前。”

“离开了吗？”

“没有。”

* * *

“为什么是这里？”耕平问，两个人正朝沃比原油金属公司仓库的方向走去。

“这又是个完全说不通的地方。”尤里说，“既然戴蒙知道我们会识别出他，那他为什么要往这儿跑呢？”

“他们就藏在这儿。”

“很可能，不过他把无人机也引到了这儿，还用电子战防护设施做了屏蔽。没人能看到里面的情况，所有通信方式都中断了。”

“那也没能阻止亚利桑那搜索交战组。”

“没有吗？”在去金托尔的路上，尤里又重看了一遍无人机文件的副本。视频显示，有十六个全副武装的人进入了仓库。几分钟过去，无人机在仓库上方小心地保持着稳定位置，直到电子屏蔽解除。无人机的辅助数据表显示，团队里的所有人都通过安全加密链接连到了联协安保部，提供了个人视频数据源和基本遥测数据。

“确认目标被控制。”亚利桑那搜索交战组报告道，“无人员伤亡。”

胜利之师凯旋。其中两个人押着戴蒙。还有三个人抬着电子对抗系统组件。剩下的十一人将仓库完整地搜索了一遍，确认没有其他敌对因素。

戴蒙被押上一辆大型机动车，之后队伍就离开了。

“我敢打赌那种车的车尾肯定都安装了传送门。这样就可以直接把犯人扔到朝鲜或者其他方便藏匿的地方去了。尤其是在遇到的麻烦比预计的要多的时候，它会更有用，队员们可以直接从基地过来增援。”

“我觉得你说得对。”尤里说。

两个人来到仓库门口，亚利桑那搜索交战组在进去抓捕戴蒙时冲破了大门，离开时又用挂锁和铁链重新封上了。尤里从口袋里拿出一把电匕首断开了链条中的一环。两人拿出手枪悄悄潜入。

仓库里面没有窗户。除了检查维修人员外没有人在仓库工作，一切都由一台老式 G2 图灵机自动化操作。一层层货架从地板一直延伸到屋顶，从仓库这头延伸到那头。架子上的大桶里装满了各种液态金属原油。这一切都是为机场维修站的大型打印机准备的，沙漠里地狱般的尘土特别容易磨损土木工程机械，这种打印机可以制造各种活动部件用来替换。仓库一头是一扇直径一米的传送门，一条传送带从中穿过，连接到沃比原油金属公司在日本的主炼油厂。几辆自动叉车机静静地穿过过道，将新运达的油桶放到架子上，车身上明亮的琥珀色频闪警示灯是仓库内唯一的光源。

尤里环顾四周，警示灯留下的锐利阴影不断跃过仓库内每一个物体的表面，令人感觉毛骨悚然。他的显像隐形眼镜想要通过图像增强来补偿光线的不足，但频闪干扰了程序的运作。“鲍里斯，你能跟仓库的图灵机交互一下，把灯打开吗？”

“仓库照明系统的电路被物理切断了。”他的人机网应用回答，“公司维修部已经收到了故障报告，维修组预计在十小时内到达。”

“×。”尤里骂了一声——不过这更进一步肯定了他的推测。

两个人开始向前摸索，手枪随时准备就位。枪管上的照明光束在前方扫出了一面细长的白色光域。

“为什么选这里？”耕平问，“这些货架会限制人的行动，又没地方可藏。”

“是啊，但戴蒙安装了干扰器。他知道这里会是他最后的战场。”

“你有什么想法，部长？”

“我觉得他是故意把我们的人引诱到这里的。”

“可我们抓住他了。”

尤里环顾四周高耸的油桶。“亚利桑那搜索交战组的人相互之间都联络不到。他们只有安装在头盔上的红外光束和光放大护目镜。”

“他能预见到他们的到来？”

“不只是他。”尤里上下打量着走道，然后放下枪。“喂！”他叫道，“有人吗？我们是联协安保部的，能听到我们说话吗？”

耕平一脸疑惑地看了看他。“你觉得会有谁在？还是阿卡尔团队的人吗？”

“不。”尤里摇摇头，“喂，你在里面吗？如果你叫不出声，就弄点响动出来。”

“你——”

尤里在嘴唇前竖起一根手指。“嘘。听。”

声音很微弱，但确实有——很轻微的响动。

“怎么回事？”耕平轻声说。

“好。”尤里叫道，“我们听到了。继续发出声音，我们会找到你的。”

他们沿着走道向前走去，然后又进入下一条走道。声音就是从第三条走道中的某个地方传来的。两个人蹲了下来，用手枪上的光束沿油桶之间的缝隙照了过去。

“那边有个空隙。”耕平叫道，“里面有东西在动。我看不清是什么。”

他们挪了三个油桶才空出一块可以让尤里爬过去的空隙，货架后方盖着一张薄薄的金属网，被人用胶带固定在支柱上。法拉第笼，尤里很不情愿，但也不得不表示钦佩。它能阻挡任何微粒信号，而且完全不会主动发射任何信号，不会显示在扫描传感器上。他用电匕首划开了金属网，朝货架间的狭窄空隙看了过去。一个身穿T恤和短裤的人正躺在水泥地上，被宽胶带紧紧捆着，除了四肢被绑，宽胶带还封住了他的嘴，有更多的胶带将他的肩膀固定在货架的支柱上。他身上唯一能动的地方就是腿了，之前他一直在用脚踝拍地。

尤里爬了进去。“会很疼哦。”警告完后，他一把撕下了那人嘴上的胶带。

“×！”

“你是谁？”尤里问。

“菲尔，菲尔·默里。”

“你是我们派来抓捕戴蒙的团队中的人，对不对？”

“对。”菲尔怒气冲冲地说，“亚利桑那搜索交战组七队。我们的通信信号断了。那帮浑蛋偷袭了我，我想我应该是被电击了。发生了什么事？”

“你的盔甲呢？”

“我不知道。我醒过来之后就这样了。我都躺了几个小时了，伙计。感觉……一点都不好。快把我弄出去。”

尤里查看了一下显像镜片上的显示。没有信号。“等一下。”他又从货架间原路退了回去。

“嘿，你他妈别走！浑蛋，给我回来。”

刚一回到走道，网络连接的图标就又出现了。他把电匕首递给耕平。“把他放出来。”

“明白，部长。”

“鲍里斯，呼叫波伊·李，紧急优先级。”

“收到。”

“什么事？”波伊·李开口就问道。

“我们被耍了。”

“什么？”

“卡勒姆·赫伯恩和阿卡尔。不是我们抓住了阿卡尔和戴蒙，是他们搞定了我们。仓库是个陷阱。他们在亚利桑那搜索交战组通信中断的时候偷袭了菲尔·默里。我们刚找到他，他的盔甲没了。我猜正穿在卡勒姆身上，他正在护送戴蒙，前往你们埋葬我们对手的引渡地，不论那个地方在哪儿。”

“去他的！”

这是尤里第一次听到他的冰山女王老板骂脏话，给了他一种奇怪的满足感。“现在愿意告诉我你们究竟在搞什么了吗？”

* * *

不论这机构在什么地方，看起来似乎都是在地下深处。走廊的地面、墙壁、天花板都是混凝土制的，每隔十米就有一道混凝土承重梁。功能管道沿着天花板排布，里面是大捆大捆的电缆。空气格栅不断地喷出干燥的空气，有股陈腐的味道。

阿卡尔和戴蒙穿着黑绿色带衬芯的连体服和高到小腿的筒靴，他们的手腕上都铐着高安全性的钢制束带。他们被押送着穿过一扇扇相同的金属门。六名身着全套头盔铠甲、手持卡宾枪的亚利桑那搜索交战组队员全程押送他们。

队伍停在了一扇看上去和之前那几扇没有什么不同的门前，

门上也没有任何标识。门滑开了，护卫们把他们推了进去。

房间大概有二十米长，七米宽。其中一面墙上有一扇宽阔的大窗，对面是一间小控制室，里面有三个控制台，台前都坐了技术人员。一条厚厚的传送带沿着房间的中心向下延伸，直通位于房间里侧墙壁上的传送门。传送门是黑色的，上面闪动着紫色的光点，说明门是激活着的，但此时并没有打开。传送带上放着四根黄色的塑料圆柱体，每根差不多有一米五高。

控制室内，领头的技术人员透过玻璃窗看了一眼。“做好准备。”他的声音从扬声器中传出来，“给他们穿好救生衣。”

“穿什么？”阿卡尔一脸警惕。

两把卡宾枪转过来直冲着他的胸口。其中一个护卫从传送带末端拿起一件救生衣。

“打开传送门。”技术人员说道。

“我不会游泳。”阿卡尔说。

“穿不穿你自己选，门必须进。”一个护卫说，“这事我们干过一百多次了。”

传送门里闪烁的光点消失了。黑色变成了迷雾般的灰色，依然什么都看不到。房间里的空气开始从门里涌了出去。天花板上的格栅发出巨大的嗞嗞声，因为有更多的空气被泵入房间作为补偿。

其中一名护卫走到传送门入口，看了看里面。

“小心哦，菲尔。”另一名护卫说，“别靠太近，进去可就回不来了。”

“降下出口。”技术人员说。

“这是什么意思？”阿卡尔叫道，看到手铐打开了，他的声音音量也提高了起来，“你们要把我们送到哪儿去？”

“闭嘴，把救生衣穿上，硬汉。”

“注意传送带。”技术人员说，“我要启动了。那几个救生舱先过去。”

这时金属门打开了。波伊·李走了进来，五名荷枪实弹的安保人员环绕着她，手握手枪随时待命。“这次的行动取消。”她厉声说，“关闭传送门。马上。”

控制室的三名技术人员全都一脸惊讶地盯着她。传送带载着上面的四个圆柱体开始移动。

“护卫队后撤。”她命令道，“把你们的头盔都拿下来。你，传送门边的那个，回来。”

那个护卫站在传送门前，看着门内那片虚空，一动不动。

“摘下你的头盔。”波伊·李命令道。

那人缓缓抬起手，抓住头盔下沿，缓缓脱掉了头盔，卡勒姆笑着看向波伊·李。他向后一倒，穿过了传送门。

“不！”波伊·李叫道。

传送门另一侧的迷雾立刻将他吞没，什么痕迹都没有留下。

* * *

在莫希·莱恩开始他的这次轮班七十分钟后，一个电话打到了布里克斯顿。“我们需要对培拉特工厂进行实地评估。”菲茨说，“火势蔓延得很快。”

“卡勒姆到底去哪儿了？”多卡尔问，“他一小时前就该到了。”

所有队员在办公室内面面相觑，什么都没说。

“我们搞得定。”莫希说，“就是场评估而已。”

多卡尔透过玻璃看了看监控协调中心。菲茨正站在他的控制台前，双手放在屁股上，一脸不耐烦地看着她。

“公司已经授权我们介入了。”她说，“好吧，莫希，你来。”

莫希咧嘴一笑，向她保证道：“我们搞得定。”

“谁能告诉我培拉特在哪儿？”柯林抱怨道。

“阿尔巴尼亚。”雷娜在他肩膀上拍了一下，两个人朝门口走去。

“需要告诉你阿尔巴尼亚在哪儿吗？”亨利问。

柯林竖了两根中指作为回应。

他们迅速穿上危险品防护服，大步穿过联协传送门网络。老化工厂的示意图被投射到了莫希的显像镜片上。画面上火焰的标识已经接近了一个储藏罐，旁边显示了罐内储藏的化学物质的成分。

“排空这些得费点事。”阿兰娜说，“那些都是残渣，黏着在管壁上呢。”

“我们去看看。”说着，莫希上前几步穿过最后一扇门。“我们现在进去，菲茨。”

他发觉自己来到了一处由高大破旧的建筑物所围成的狭长院落中，那些建筑物早已被废弃。十名全身盔甲的准军事部队人员将传送门包围了起来，每个人手里都端着一把卡宾枪，正对着迈出传送门的各位队员。莫希的人机网报告说与布里克斯顿监控协调中心的信号连接被切断了。“哦，真见鬼。”

柯林、阿兰娜、亨利和雷娜紧紧地挤在他的身旁。

一辆灰色的大型 4×4 机动车停在这些准军事部队人员身后不远处的阴影中，尤里·阿尔斯特站在车旁。“你们可以把头盔都摘掉了。”他说，“这里没有起火。”

莫希扳起护目镜。“怎么回事？”

尤里径直朝他走来。“请不要挑衅，你们自己清楚你们为什么会在这儿。”

“去你的。”雷娜骂道。

“亚采克女士。”尤里说，“你这是将叛逆进行到底啊。”

雷娜朝地上吐了一口唾沫。

“六小时前，你们都在金托尔。”尤里语调平淡地继续说道，“得知你们的计划成功了，你们应该会很高兴吧。卡勒姆现在跟他的未婚妻在一起了。”

“是妻子。”莫希说。

“你说什么？”

“萨维是他的妻子。”

“啊，这样的话很多事情就能说得通了。嗯，不过这都无所谓了。我知道你们都给他帮了忙。你们的旅行日志表明十小时前你们都在金托尔。”

“这证明不了什么。”阿兰娜说。

“我们也不是在法庭上。”尤里说，“而且遗憾的是，你们已经在这场可怕的火灾中丧生了。”他挥手指了指这片沐浴在阳光下的空荡荡的院落。

“狗娘养的！”雷娜叫道，“我可不是那种你可以随便蒸发掉的环保斗士。我有家人和朋友。”

“是啊，这可真是个悲剧。”尤里说，“化工厂里的大火烧到了几个化工原料桶，引起了爆炸。你们所有人都牺牲了。你们的密封棺会被送回去，告慰你们的家人。”

“你们不能这么干。”

“已经结束了。在你们选择帮助卡勒姆的时候，一切就已经决定了。”

“你们要把我们怎么样？把我们都杀掉吗？我们又没做什么错事！是你们夺走了他的妻子。”

“谁都不会被杀掉的。”

“那要怎样？”

“你们会被送去和卡勒姆跟萨维会合的。”尤里转向那些准军事部队人员。“把他们带走。”

* * *

尤里已经太久没睡了，他已经忘记了时区的差异，所以看到清晨的阳光照进波伊·李纽约办公室的窗户时他并没有感到惊讶。没等波伊示意，他就一屁股坐在了办公桌前的椅子上。

“这么说，都结束了？”波伊·李问。

“嗯。你的亚利桑那搜索交战组把他们从阿尔巴尼亚带走了。官方已经宣布了他们的死讯。我们把卡勒姆也算在了里面。”

“干得不错。很敏锐，尤里。联协对此很欣赏。”

“所以我有机会跟安斯利握手吗？”

“看上我的位置了？”波伊·李玩笑似的问道。

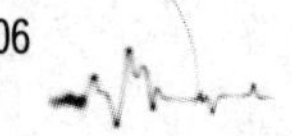

“没有。”

“不，你有。不用掩饰，我们都是现实主义者。总有一天你会坐上这个位置的。这次行动让我看到了你有这方面的能力。”

“好吧。不过我需要确定亚利桑那搜索交战组不是联协的秘密行刑队。”

“不是。我是绝不会同意为安斯利·赞加里和他的同伙们做这样的事的。”

“同伙？你是说这么做的不光是联协？”

“全球的几个政治行动委员会之间有盟约。”波伊说，“自然，安斯利也会与其中一些结盟。他们拥有巨大的影响力，其中有些甚至可以称得上是地球上真正的超政府组织。而作为一个现实主义者，环顾我们所生活的这个世界，我也同意他们的主张。”

“具体是？”

“长期以来，这个社会一直受到恶意分子的围攻。法律和秩序对任何称得上繁荣昌盛的文明都至关重要，尤其现在我们都是邻居，距离彼此一步可及。那些不接受正当程序，拒绝承认民主授权的家伙就是社会的毒瘤。讽刺的是，正是我们的自由主义助长了这种危险的盛行。必须有人站出来说：不能再这样了。多亏了联协，这个时刻到来了。正如埃德蒙·伯克所言——”

“邪恶之所以能取得胜利，是因为善良的人无所作为。”尤里引用道。

“正是如此。”波伊·李点点头，“全球的那些政治行动委员会知道他们必须采取行动，好让我们的子孙后代生活在一个免于恐惧的社会中，不需要整日担惊受怕。因为狂热分子总是以实现他们的事业的名义，肆无忌惮地炸毁东西和杀人，而他们有太多的名义用来掩饰自己的暴行了。但我们不能像他们那样，对阻止达到目标的任何事物都用暴力和死亡来解决。我们不杀人，不用残忍的手段，甚至不囚禁谁。这就是我们与他们的区别。而这个我们即将前往的外星系新社会，为我们提供了人道处理这些毫无理性的狂热分子的机会。我们只是简单地把他们这种人隔离开，让他们能按照自己的理想去生活。”

“所以他们会怎么样？”

“被流放。”

* * *

卡勒姆掉了下去。刚一跌入传送门他就知道会这样，但没想到会掉这么久。

不管他跌进的这迷雾是什么，那感觉都好像肺里的空气要被吸干了一样。等到他终于能吸上一口气时，他感觉自己好像正在吸北极冰冷的空气。

就这样？极地集中营？

他掉进水中，激起了大片水花。水花在他的头顶闭合，卡勒姆整个人都沉进了水里。他本以为水会很冰，但感觉非常热，甚至有些烫。这股热量像刀子一样冲击着他的身体，他忍不住叫了起来——这是个大错，令人作呕的咸水瞬间涌进了他的口鼻。他挥动着手脚，周围没有光亮，他也分不清楚哪个方向是上。

别恐慌。恐慌就会死。

他摸到腰带上的手电。几秒钟内，他的肺就因为身体急需呼

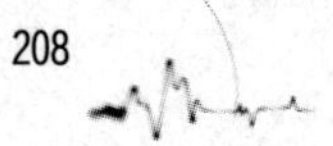

吸而从冰凉刺骨变成了灼烧的感觉。水在一点一点地沿着他的鼻孔向内侵入。

手电点亮了。咸水刺痛着他的眼睛，但他好歹能透过浑水看到东西了。气泡在他的周围打转，终于，他看清了气泡移动的方向——上。

他急速蹬腿，双臂也疯狂地挥动了起来。吸饱了水的衣服和他所携带的所有东西都在拖着他往下沉。进展非常缓慢。肺里的疼痛渐渐变得不可忍受。本能在催促着他张开嘴巴，好吸进宝贵的空气。

他蹬得更起劲了，双臂也剧烈地拍打。

终于，他的脑袋穿过一层薄薄的黄色浮渣冒了出来，卡勒姆赶紧猛吸了一口空气，紧接着就剧烈咳嗽，干呕了起来。这里的空气稀薄得可怕，而且一股硫黄的味道。他集中精力让自己漂浮在水面上，控制住呼吸。

呼吸了几下后他才意识到，那热量会在短时间内要了他的命。他的皮肤已经感觉要烧起来了。阿波罗也在他的显像眼镜上投射出了各种医疗警报图标。他现在感觉想要移动一下都很难。

他用手电照了照四周，想要看清周围有没有可以让他游上去的地方。

“嘿，这边！”一个声音叫道。

“这儿！我在这儿！”卡勒姆叫道。

“这边，伙计。”

一道白色的强光扫过水面污秽的泡沫。卡勒姆也用他的手电照向光柱的源头。强光照到了他，耀眼刺目。

“看到你了。”一个声音叫道，“朝我们这边游，快点。这水会把你煮熟的。”

每动一下都很难。热量像刀子一样刺入他的身体，攥紧他的骨头，渐渐让他瘫痪。他感觉自己就要被活煮了，但还是继续挥动着手臂，竭力蹬动着双腿。一道道泡沫滑过他的脸侧。手电的光点移到了他的前方，成了一个移动的目标。

“加油啊，你能做到的。”那个声音鼓励道，“就差几米了。”

他感到很奇怪，既然已经距离岸边这么近了，为什么脚下没有一点触到固体物的感觉呢。

“好啦，我们抓住你了。”

光柱晃到了一边，在后面阴影中，有几个人影在动。

“抓住这个。”

一根绳子从漆黑的空中落到了泡沫上。他伸出手，不知道自己那感觉火辣辣的手指还能不能抓住。

“把它绕到胳膊上。”

他尽力了，但手臂越来越没有力气。绳子忽然拉着他快速移动了起来。紧接着几只手抓住了他，把他拽到了一块结了层白霜的岩石上。他被拖出水面，身后荡起一片污迹，缕缕雾气穿过周遭静止的空气。

“热烈祝贺，你成功了。欢迎来到地狱。”

卡勒姆甩动四肢，把热气腾腾的水和浮渣甩到岩石上。深入骨髓的高温让他做每一个动作都痛苦不堪，而每一次吸入的冰冷空气又是另一种折磨。他迫不及待地想摆脱那身卫队的盔甲。这时手电的光柱定在了他的身上。

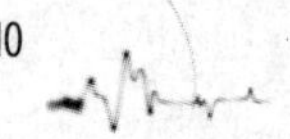

“嘿，什么鬼？”那个救了他的男声叫道。

“怎么了？”另一个声音问。是个女性的声音。

“那是卫队的制服。这个狗娘养的是联协安保部的。”

“啥？”

“不是。”卡勒姆说，或者说是试图说。那冰冷的空气从他的嘴里喷出，听起来就像是一声响一点的喘息。

一只手抓住了他脑后的头发，强迫他抬起头。“你是警卫，浑球。不小心掉进来了？”

“不是。”

“我会让你更希望这里只是地狱的！”

那人一脚踢在卡勒姆身上，让他撞在了岩石上。他后背着地，手电筒的光柱还直照着他，让他看不清后面的人。他听到靠近的脚步声，紧接着肋部就被踢中，疼得他两眼冒金星。他想要怒吼，却没有那个力气。

“把他扔回去。”那个女声说。

“嗯——最后肯定会的。”

卡勒姆把手伸向腰带，希望自己的记忆没有出错，手不会摸错位置。每下神经冲动都会让他的手指发出抗议，但最终，他还是慢慢摸到了把手。

“我会让你流点血的。”那人吼道，“会让你尖叫。在我把你切成碎片之前，你会祈求我杀了你。我知道该怎么做。哦，伙计，我从没有忘记。”黑暗中闪过一道光，是被手电照亮的刀刃。

这给了卡勒姆目标的位置。他扣下了手枪的扳机。

先是一阵愤怒的尖叫，然后是痛苦的呻吟声。那人倒在了地上。卡勒姆能听到电流从飞镖注入他的身体时那人四肢抽搐的声音。

“×！”女人叫道。

卡勒姆在地上翻了个身。手电光清楚表明了女人所在的位置。让手指做出反应是件非常费力的事，但他还是成功地又开了一枪。没打中。手电光甩向一边，这让他明白了女人是用哪只手握着手电，掌握了她身体所在的位置。之后，手电光就剧烈颤动了起来，是那个女人开始逃跑了。

卡勒姆再次开枪。被飞镖击中时女人哭了出来，然后跌倒在地。手电顺着岩石滚到了一边，光束最后定格在了翻滚的水面上。

卡勒姆翻了个身背靠在地上，紧闭双眼缓了好久。“×。”

感觉好像没那么热了——只有一点。他知道他得赶紧脱掉这身湿透了的装束。盔甲最容易脱掉。他的衣服和裤子上都冒着热气，在手电光中散发出亮白色的荧光。他迅速脱掉衣裤，但细长的背包还是留在了原位。他的皮肤呈现出一片鲑鱼般的恶心的粉色，让他不由得撇了撇嘴。不过此时寒气已经向他袭来，几乎跟一分钟前的高热一样糟糕。他能感觉到自己就快要冻僵了。

“这他妈是个什么地方？”他一边咕哝，一边弯腰查看那个被他打中的人。那个人应该还不到四十，一脸大胡子，穿着厚厚的加衬芯的衣服，还有同样厚的裤子，就跟他们给阿卡尔和戴蒙穿的那种一样。

卡勒姆扒下那件外套穿到了自己身上，但没有动那人的毛衣。接下来，他又脱了那人的靴子和裤子。

穿好了合适的衣服，他坐在地上歇了几分钟，又花时间整理了从菲尔·默里那儿偷来的制服上附带的装备。他那饱受折磨的皮肤奇痒难忍，肾上腺素的影响逐渐消退，他感觉到血液又流回了他的身体里。随着心跳的平复，他开始思考这里到底发生了什么。这里的气温在零下，空气又稀薄，显然是个海拔非常高的地方，而他掉进去的这个湖又是个地热喷口。冰岛？但他的智能手环连不上任何一颗导航卫星，这实在是让人困扰。

他起身过去拿起大手电，照向女人的方向。眼前是一位年迈的女士，她有着深色的皮肤，一头卷曲的灰白头发从黑色羊毛帽子下露了出来，身上也穿着和那个男人类似的夹层外套，裤子跟靴子也一样。

他又用手电照向那个男人。他没脱男人的毛衣，但那人光着的腿已经冻紫了，并且开始结霜。“哦，见鬼的。”

卡勒姆缓缓转身，打着手电查看四周。如果刚才接应他的人是在这里等着帮助被联协扔进水里的人，或者做类似的工作，那他们肯定准备了干衣服。果不其然，就在距离岸边不到十米的地方有三个黄色塑料桶。他走到桶边，翻找发现了毯子和大衣。桶里还有一瓶茶水，尝起来很苦，不过他已经不在乎了。

偷来的制服上的一个口袋里有链锁捆绑带。卡勒姆花了几分钟时间将那两个人绑在一起，并给那个男人的光腿裹上了毯子，以防他被冻伤或体温过低。

之后，他拉起衣服上的兜帽，坐下来等待。

女人首先苏醒了过来，她龇牙咧嘴地呻吟了半天，想要动一动。

“×。”发现自己和同伴被捆得有多牢后，她咕哝了一声。

“嘿。”卡勒姆说。

女人对他怒吼道：“你开枪打我，你这臭狗屎！”

“为了不被你们俩切成肉末嘛，只是这样而已。对了，我叫卡勒姆。”

“准备逃命吧，你这个联协的法西斯。等顿布尔醒过来你就知道他真正生起气来是什么样子了。狩猎会很好玩的。”

“我不是联协的……呃，我是为他们工作，但不是在安保部。”

“骗子。”

他耸耸肩，又啜了一口那味道古怪的茶。果然，那女人安静不了一分钟。

“你在干什么？”她问，一副很困惑的样子。

“等我的朋友们。他们帮了我，联协一定气疯了，所以用不了一两天，他们肯定也会被送来这里。顺便问一句，这是哪儿？一开始我觉得应该是冰岛，不过现在不那么确定了。这里是南极吗？”

“说得好像你不知道似的。”

“我真不知道。”

她轻蔑地哼了一声，把头扭向了一边，等到再扭回来时，一副怒火中烧的表情。“我们要杀了你！”

卡勒姆咧嘴一笑，故意要惹恼她：“不，你们不会的。”

“你刚说什么朋友？”

“你的名字是？”

“我才不告诉你我叫什么。”

“既然你打算把我折磨死，那说不说又有什么区别？”

女人盯着卡勒姆看了一会儿。“福露瓦克米。”

“你是哪里人啊，福露瓦克米。尼日利亚，对吗？”

“你是怎么知道的，你是间谍吗？我的资料都在你的档案里，是不是？”

“啊，我升职了，五分钟之内就从蠢货守卫升到了间谍。真是荣幸。不过我不是间谍，是我的人机网说可能是尼日利亚。”他抬起手臂，让她看了一眼手腕上乌黑的智能手环。

“天哪，你有还能工作的电子产品。”

“对。”

“那你就是个间谍。”

“胡扯，你可真是偏执。”他挥手指了指漆黑的周围，“小心，我猜在这一点上你是对的。被扔在这种地方，不知道是哪儿。顺便说下，我的人机网锁定不到任何卫星导航信号。所以这个地方应该是极其偏远的。我猜，是南极洲的埃尔斯沃思山脉？那些山很高，空气也跟这里差不多稀薄。”

女人的笑容让他不安了起来。那笑容透露出一个事实：她认为自己还掌握着某种优势。“错了。你是什么人？”

“我说了，我叫卡勒姆。”

顿布尔呻吟了一声，抬起头，眼睛紧盯着卡勒姆。

“放开我。”他叫道。

“好让你再来打我？”卡勒姆讽刺道，“我可不想那样。”

“你会死得很惨的。”

“真是个硬汉，啊？你得放低点姿态，伙计。”

“你觉得你能胜过我们？”

“我看上去是要逃走的样子吗？”

这话让顿布尔皱起了眉头。“你他妈什么意思？你是什么人？”

卡勒姆叹了口气。“我叫卡勒姆，是联协应急排毒部门一个小队的负责人。”

“我只知道你要大祸临头了。”

“你应该对我态度好点。”卡勒姆说，“真的。”

“滚开，见鬼去吧，死人。”

“怎么？你还认识其他能带你离开这儿的人吗？”

两个人都张了张嘴，说不出话来。卡勒姆咧嘴一笑。“哦，这才吸引到你们的注意力啊？”

“没人能带我们离开这儿。”福露瓦克米说。

“咱们走着瞧。”

“你为什么在这儿？”

“我来找我老婆。我觉得联协应该是把她扔到这儿了。”

“他们为什么要那么做？”

“她在一场反对在澳大利亚沙漠中种冰的抗议示威活动中被抓了。那些人被送过来了吗？”

“送过来了。”福露瓦克米点了点头，“一百多个呢。”

“谢天谢地！这里有多少人？”

“几千人。”

“几千？”

“对。”

“可……这是个集中营吗？”

“不是，只有我们。联协把我们扔在这儿，让我们自生自灭。”

卡勒姆不由自主地打了个哆嗦。“真狠啊，嗯？”

“比你想象中的还要糟糕。他们提供的粮食种子不怎么样，我们中的生物学家认为这里的土壤含铁量太高了。”

“粮食？在南极吗？那不可能。”

福露瓦克米怜悯地笑了笑。“抬头看看吧，排毒组的家伙。”

卡勒姆按她说的抬起了头。手电的光芒让他没有注意到黎明的来临。这也难怪，因为最初的光亮并不是来自地平线，而是头顶上方，一片宽阔的天空上泛着平淡的灰光。眼前的异象让他皱起了眉头，他环顾四周。随着光线变得越来越亮，他才意识到他是在一条峡谷的谷底，不过光线还是太暗，无法判断两侧石壁的规模。而且在内心他拒绝承认眼前所看到的，不停地尝试调整视角。

在微弱的光线下，他终于意识到了目前的状况，不由得张开了嘴。陡峭的悬崖至少有七公里高，或者更高，谷底大概五公里宽。几年前他曾去过亚利桑那州大峡谷，玩了全套项目——漂流、攀岩，诸如此类。而这里要比那里大上一个数量级，真是太荒谬了。

“这到底是什么鬼地方？”他叫道。

“你自己已经说过了，浑球。”顿布尔嘲笑道，“这就是个鬼地方，也叫扎格列欧斯。”

“不。”卡勒姆说，“不不。这不可能。”这都不用去问阿波罗。扎格列欧斯是一颗系外行星，略大于地球，但大气层与火星差不多稀薄，也没有地表水。它在距离半人马座阿尔法 A 星三个天文单位的轨道上运行。猎户座号宇宙飞船减速进入半人马座星系时，曾有不少人提议要对它进行地球化改造。不过再建一批星舰，把它们派到更远的地方去寻找更适合的系外行星，显然更划算。

“你还觉得能救我们出去吗？”福露瓦克米冷笑了一声。

* * *

尤里环顾四周，皱起鼻子，卡勒姆的公寓简直就是个家政重灾区，不光是眼前的景象，还有一股怪味从厨房里飘了过来。

“我们付给他的工资不够他买家政服务吗？”耕平问。

尤里咕哝了一声：“显然是买不起。”

两个技术人员进了屋，径直走向房间一角的白色小模块，那是房屋的 G3 图灵机管家。

“给我下载它的完整内存。”尤里告诉他们，“解码全部文件，在两小时内放到我桌上。”

“是，长官。”

穿过起居区，地上扔的到处都是比萨餐盒，他不悦地皱起了眉头。“这里曾有不少人待过。”他说，“他知道自己的计划是张单程票，所以完全没必要打扫？”

“你觉得他们是在这里计划的？”耕平问。

“很有可能，不过这些现在都无所谓了。”

“那我们来干什么？”

尤里拉下脸，不知道该怎么解释，他总有一种自己漏掉了什么而正被卡勒姆嘲笑的感觉。在这一行干了这么多年，你会形成一种直觉，会对别人的疯狂行径有所感知。他在俄国时受过的旧式训练专注于个人，每个人都被认为是可疑的、不诚实的、腐败的。如今，他的公司员工都是严格以程序为中心，使用数据网和分析矩阵。如果想要了解某人，他们不是走出办公室去把那人抓来，而是就这么等着，等面部识别算法在大街上的公共摄像头里把那人识别出来。没有什么真正意义上的街头追逐，只有无人机自动跟踪目标。尤里对运营管理卧底行动部门有种超乎寻常的热情——情报收集是他如今所能做的最接近于旧式方式的工作了。直到卡勒姆·赫伯恩的出现。

卡勒姆与他们以前遇到过的那些类型都不同。他不受贪婪、意识形态或宗教驱动，没有心理疾病，也不吸毒成瘾，更不想统治全世界。卡勒姆只是个陷入爱河的绝望的人，更重要的是，他足够聪明，足够坚强，还不惧风险。

“你不觉得这一切有什么不对吗？”尤里问。

耕平小声咕哝道：“我们把他们都包圆了，还有什么问题？”

“是啊，我们总能抓住他们。”

“也不尽然。就是因为你足够聪明，弄明白了他们的阴谋，我们才能找到菲尔·默里。”

“他们用胶带贴住了他的嘴。最多再花点时间，他自己也能弄掉胶带。”

“那可是间废弃的仓库。”

“维修队马上就要来修照明系统。而且，只要卡勒姆跳进流放用的传送门，我们就肯定知道默里已经被顶替了。”

“他们都已经被流放了，部长。你可以结案了。”

尤里看着墙上那张底部标着“2091 年 8 月”的巨幅照片。那是卡勒姆和他的队员们围着杜卡迪 999 的合影，他们环抱着彼此的肩膀，放肆地笑着。这是个团结的集体。

“你会帮我那种忙吗？”尤里问他的副手。

“部长？”

“要是哪天我的未婚妻被流放了，而我计划去追随她，你会帮我吗？前提条件是你知道会被发现，后果是被流放，你会被永久流放到联协所能找到的距离最远的鬼地方。”

“呃……我不知道。”

“不用奉承我了，你不会的。”尤里用食指敲了敲那幅照片，“天哪，亨利·奥姆的伴侣就要生了！卡勒姆甚至都不让他进于尔根处理厂，他派亨利去监督妊神星那边的行动，因为那边安全。其他人呢，他们彼此关心。他们是伙伴，每周都要共同面对危险，他们一起聚会，分享一辆摩托。可这……”他看着那一张张沐浴在阳光下的笑脸，想要理解这种深厚的情谊。“愿意一起被流放到一个未知地。全体一致做出这种牺牲，放弃自己的整个人生。我不相信。”

“可……他们就是这么做了啊。他们知道我们会把他们送到卡勒姆那边，只有这样，整个引渡的事才不会泄露到媒体上去。”

尤里的手指移动到了卡勒姆的头像上。“是这样。可他们为了什么呢？”

“会不会是他们欠他的？”

“不，不是欠。是信任，他们信任他。每次面对灾难，他们都会把自己的生命托付给他，由他策划每次行动。我们以为他们是在冒险，但其实不是。卡勒姆太聪明了。他早就在心里做好了备用方案，想好了所有的条件与取舍，然后才让他们踏进危险区。

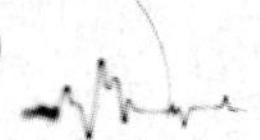

我们在这里面对的也是这种情况。”

“抱歉。”耕平说，“我不明白。”

尤里对着照片笑了起来。“就是这个！我们之前都没有注意到。”

“部长？”

他用指节敲着相框。“少了什么？他们都在这儿。卡勒姆、莫希、亨利、阿兰娜、雷娜，整个团队都在。”

“是啊，所以呢？”

“所以是谁照的相？”

* * *

花费了半个多小时的时间，无数的吼叫辱骂，不过到最后，顿布尔也只是例行公事地骂一骂了。卡勒姆看得出来，疑虑在困扰着那个家伙，就因为他来时穿着护卫的制服并不意味着他就是个护卫。再加上还有希望——逃走的希望。

卡勒姆将护卫制服的腰带系在衣服外面，检查了一下上面的武器，然后拿掉了两个。他站起来，一只手放在手枪旁。“这样我们就理解彼此了，我不信任你们，所以保持距离，不要有太快的动作。为了到这儿我可是牺牲了一切，给你们来一枪根本都不算什么。”

福露瓦克米舒展了一下身体，揉着她的手腕。顿布尔只是瞪了他一眼，然后就到大桶那边去找新裤子跟靴子去了。

这时，光线已经变强了不少，卡勒姆看到那个湖的直径其实只有几百米，大致呈圆形。露出水面的岩石上放着一个用那些黄色大桶捆在一起做成的筏子。

“这是一个火山口。”福露瓦克米看着他说，“这片峡谷里还有好几个。没有它们，我们就死定了。我们所有的热量和水都来自这里。”

卡勒姆抬头看了看那高耸入云的岩壁。“空气呢？是不是也是从火山口里排出来的？”

“只有硫黄气。我们处在这颗星球平均地平面高度七公里下的位置，所以才有空气，只有很少一部分，是扎格列欧斯上最后的一点空气了。这颗星球肯定有过像地球那样的大气层，也许在一百万年前吧，不过现在只有跟火星一样稀薄的一点了。所以才没有人愿意费心进行地球化。你得引入一套全新的大气才行。太贵了，尤其现在系外行星天文学者又在周围发现了那么多具有氮基大气的星球。”

“这片峡谷有多长？”

“三百公里，我们是这么认为的。我们当中的有些人还记得猎户座号探测器发回的图片和当时的新闻报道。不过其中只有不到百分之二十的地方可以居住，而这里是唯一的一组地热喷口。”

卡勒姆眯起眼睛看着天空。天已经亮成了迷人的深宝石蓝色。“传送门在哪儿？”

“应该是在某种无人飞艇上吧，我们是这么觉得的。”顿布尔说，“每次送一批人过来的时候会把它降下来——每次都是晚上，我们都看不到。这样我们就不能跳上飞艇通过传送门回去了。其他时间飞艇应该都在上面的某个地方，远离我们这些坏家伙。”

“有道理。”卡勒姆咕哝道，“所以晚上之前它不会下来？”

“从没有过。”福露瓦克米说，“不过之前也没有你这种人下来过。”

“安保部得花点时间才能弄明白到底发生了什么。等他们弄明白之后，就会抓住我的队员，把他们跟戴蒙和阿卡尔一起送过来。”

“阿卡尔？”福露瓦克米厉声问道，她在自己胸前画着十字，“他们抓了阿卡尔？哦，×。”

“他们没抓住阿卡尔。他露面是为了让我能够潜入进来。要我说的话，真是够高调的。”

“你开玩笑的吧，排毒组的家伙。”

“没开玩笑。”

“阿卡尔要来？”

“对。等他来了，我们就一起离开这里，所有人都能回家了。”

“我带你去长屋。”福露瓦克米说，“你可以去看看你的妻子在不在那边。”

“谢谢。”

“要是不在……”

卡勒姆勉强咧嘴笑了笑。“别担心，那我也会带你们出去的。”

* * *

流放者们为自己盖的房子距离这里不远。卡勒姆让阿波罗记录下了他的显像镜片观察到的一切。回到地球后，他们就要拿这些画面作为筹码了。一开始他也不知道该看什么，所以先花了点时间辩认自己正在走向什么。他心里想象的是一个中世纪风格的村庄，有着圆形的小屋，用茅草做屋顶。真蠢啊，扎格列欧斯又没有草，也没有可以砍伐的木材和棕榈叶。实际上，流放者们为自己建造的是三米高的石墙，围成一个个长方形，上面盖着的房顶都是透明的聚乙烯板。

“送过来的时候是很大一卷。”福露瓦克米解释道，“他们用那种救生桶送来的，跟其他东西一起。它很薄，幸亏很结实。”

“他们还送了什么？”

“衣服。”她拍了拍身上的衣服，“种子、蛋，一些工具，餐具，基本的医疗用品。当然还有食物，在一开始的时候。头几个月的东西都够，后面就该靠自己了。”她耸耸肩。“至少，那帮专家们想出来的理论是这样。事实上呢，太他妈难了。营养不良引起了大量健康问题，稀薄的空气也对我们不利，然后还有……纠纷。”

外面有不少人正在做工。五座新的长屋正在建造中。卡勒姆盯着他们运石头的独轮车看了半天，惊叹于他们的独创性。每个独轮车都由纵向剖开的桶制成，并用一个桶框作为车轮，用桶条制成手柄。

“确实非常有用。”注意到他目光的福露瓦克米勉强承认道。

她走向一群正在砌墙的人。卡勒姆把手放在手枪柄旁，注意着他们的谈话。一群人聚集了起来，隔着一段距离上下打量着他，他们的声音低沉，听着有些阴沉和危险。他腰带上的武器引人注目，卡勒姆对此很清楚。这些人应该都近距离地了解过这些武器组合与携带它们的人。他保持镇定，冷静地迎接着他们的注视，就仿佛他们无足轻重一样。

接着，就像他所担心的那样，他们其中的一个人大步向他走

了过来。那人身材壮硕，二十多厘米长的浓密的黑胡子垂在胸前。他握着一把斧头，手柄是用几层黄色的塑料桶条捆在一起制成的，上面绑着石头斧刃。在观望的人群中，他的支持者也跟着他走了过来。

福露瓦克米环顾四周。“哦，×。”她咕哝道。

“你。”大个子叫道，“臭狗屎，你他妈是什么人？”

卡勒姆知道跟这种人讲道理从来都不是个好选择。他取出短卡宾枪，调到单发档，一枪打在了那人面前的地上——都没费心瞄准，只是为了表明自己的不以为意，展示自己的力量。枪声在稀薄的空气中异常响亮。所有人都退缩了。

“我这儿有七十发子弹。”卡勒姆声音洪亮，“所以在你们近身之前干掉你们五十多个人应该不成问题。不过呢——”他举起卡宾枪，打开瞄准激光，小红点直指那个人的脸。“我也可以带你们回地球。你们自己选。”

那人不断地摆着头，想要躲开激光，卡勒姆则一直瞄在他的脸上，考虑到现场的情况，算是瞄得非常准了。

“听他的，纳福。”福露瓦克米说，“他是一个人过来的，他们也没跟他一起扔下救生桶，这种事从没发生过。他不是被流放的。他来这里是他自己的选择，他在找人。”

“不可能。”纳福叫道。他很清楚自己在追随者面前丢了多大的脸。

“我的背包里就有个传送门。”卡勒姆抬高了声音好让所有人都听到。

这句话引发了所有人的惊叹。

“嗯，对。”卡勒姆心满意足地说，“你们没听错。”他顿了顿，尽量减少语调中傲慢的成分。“只有我有接入码。所以都听好了：我们要等到联协把我的朋友们也流放过来，然后——只有到那个时候——我才会启动连线程序。之后，如果谁想跟我一起走，欢迎。”他看到纳福深吸了一口气，张嘴想要说话。

“闭嘴！”卡勒姆叫道。他轻抬枪口又开了一枪，这次打到了空中。“不许打断我，不许争论！这是我的规矩。要么接受，要么滚蛋。”

纳福小心翼翼地举起双手。“都听你的，伙计。谁能带我离开这儿谁就是我永远的朋友。”

卡勒姆绷着脸，努力掩盖自己心里的惊恐。

福露瓦克米清了清喉咙。

“怎么了？”卡勒姆厉声说。

“我觉得我知道你的妻子在哪间长屋。如果你能冷静下来，别开枪打我，我就带你去。”

她带着卡勒姆走过长屋中间的步道，绝大多数步道旁边都有沟渠，里面流淌着冒着蒸汽的水。沟渠不断分叉，穿过低矮的拱门将流水带入各个长屋。刚走了几步卡勒姆就发觉纳福跟了上来，其他人也紧随其后，所有人都跟他保持着一定距离。“我又不是救世主。”卡勒姆低声抱怨道。

福露瓦克米打开一扇门（也是用黄桶壁做的），走进一间长屋。屋里的空气比外面要沉闷，气味也很重，而且很热。湿度几乎达到了热带的水平。热水沿一条浅浅的石渠流过整间长屋。

卡勒姆确认了一下，阿波罗还在录制他所看到的一切。水渠

和墙壁之间堆积着沙质的土壤，上面密集地种植着农作物。主要是玉米，他还认出了番茄、鳄梨、茄子、面包果和矮香蕉的植株，还有几种他没认出来。这些蔬菜没有一样看起来长得特别茂盛，好像它们都正在遭受同一种疫病一样。他抬起头，看到冷凝水都凝聚在聚乙烯涂层上，不断沿墙壁流下。

“这里一天多长？”他看着那些病恹恹的叶子问。

“十九小时三十二分钟。”福露瓦克米说，“这个时差搅得我们和这些植物都不得安宁，再加上水里的矿物质也过滤不掉。当然，被纳福用石斧劈穿脑壳也会降低你的预期寿命。”

“他是这里的头儿？”

“他会告诉你他是。不过这个月，他确实是。用不了多久就会来个跟他一样又装又蠢的家伙取代他的，如果到时候我们还在这儿的话。这儿简直就是那种最糟糕的原始社会。说实话，我很惊讶我们居然还坚持了这么久。每次有新人来，他们都会带来他们的意见——还都是大写加粗的。”

植被的尽头是一排紧密间隔的黄色塑料杆做成的围栏。塑料杆围栏里面，瘦骨嶙峋的小鸡正在粗糙的土地上啄食。难闻的气味让卡勒姆屏住了呼吸。围栏尽头挂着一面聚乙烯帘子。福露瓦克米掀开帘子走了进去。

里面是一间病房，并排放着十张病床，每张床上都有人。呕吐物、粪便和病人呼吸产生的气味比小鸡的味道要恶心得多。卡勒姆挨个查看那些裹在毯子里的人，感觉差点要窒息。阿波罗向萨维的微粒发出呼叫，但没有收到任何回应。

在那儿。在那排病床的当中。浓密肮脏的黑发从病床一侧软

塌塌地垂了下来。卡勒姆发出一声哀号，跪在了她的床前。

萨维的脸上缠满了纱布绷带，上面满是干涸的血渍和黄色的脓液。她的胳膊上也缠着绷带，一条腿用夹板固定着，整个人的呼吸很浅。

眼前所见的这番景象让卡勒姆惊恐万分。“老婆？”他轻声叫道。

萨维吸了一口气，咳嗽了起来。“卡尔？”

“是我。”满脸泪水的卡勒姆笑了笑，“就是我。”

萨维转过头。透过绷带间的缝隙，卡勒姆看到她睁开了双眼。其中一只眼球就是个奶白色的球体。“你怎么在这儿？”她问。

“无论生死，还记得吗？我说过要跟随你到天涯海角的——还不止。我绝不会打破这个承诺。对你绝不。”

* * *

耕平站在布里克斯顿的监控协调中心里，环顾四周的墙面屏幕，那些高分辨率的屏幕上满是潜在生态灾难的画面。他从未关注过那些人类公司遗弃在全球各地的远古工业遗迹。中等级别的生态灾难威胁一直都只是他生活中的背景噪声，就如同税收和网络犯罪一样，你只能受着，并与它们共存。而此刻，他实际观察到了那些残破不堪的容器、管道和存储仓，这些画面在屏幕上不断滚动展示，伴有相关的符号强调即将出现的问题。

“外面到底有多少麻烦啊？”他惊讶地问道。

菲茨·阿达莫瓦对他会心一笑。“妊神星站每周的排放量差不多是二十五万吨。其中绝大多数是低级污染物和它们的储存容器。”他指了指一个核物质储存点，“剩下的就是核物质本身，还

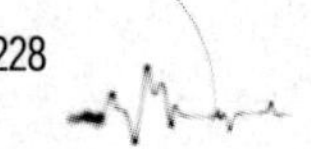

有建筑物及周边土壤了。差不多就是这样。”

“天哪，我们干吗要造这些啊？”

“主要是打仗，还有赚钱。”

耕平摇摇头，将注意力转移到了眼前的工作上。“好吧。我需要你帮我做一次设备审计。”

菲茨的眉毛都抬了起来。“你开玩笑吗？我们的几个团队消耗耗材的速度比太阳耀斑还要快。一次行动能交回来一半就很不错了。”

“我对工程上的东西没有多大兴趣，主要是想看看你们的传送门都还在不在。”

“哦，这个简单。都在。”

“不。”耕平语气坚定，“没有这么简单。我们怀疑某个有内部接入权限的人修改了线上记录。我需要你查看一下，如果有必要，还请你到货仓去当面确认一下。”

菲茨抿了抿嘴，问：“没开玩笑？”

“没开玩笑。而且我需要尽快知道答案，这是优先级最高的事情。我们认为有人正在使用这个部门的传送门，他们真的不该这么做。”

“好吧。呃，其实，要查还挺简单的。”他来到自己的位置上，一脸疑惑地回头看了看耕平，“你确定是正在使用中？”

“相当肯定，是的。”

菲茨开始将数据调取到面前的几块屏幕上。“你知道传送门是如何供能的吗？”

“完全不知道。”耕平说，那种技术人员总想建立某种程度的优越感的方式让他感觉很有趣。我所掌握的知识层次可比你的高多了。

“是用传送门。”

“什么？”

“传送门由传送门来供能。”菲茨笑着敲了敲中央屏幕上一张极其复杂的图表，“太阳能井的电力通过传送门传回到地球中心电网，而联协是这种能量最大的单一市场。为了维持量子纠缠，传送门需要消耗大量能量。连接的距离越远，消耗的能量就越大。谢天谢地二者之间不是平方的关系，不过这个部门消耗的能量可一点都不小。”

“好的，我明白了。你可以监控传送门的能量消耗。”

“是的。联协的每个传送门都内置了一个直径一厘米的传送门，直接由中心电网提供能量。而我们……哦，等一下，这不对啊。”他探出身子，仔细研究起屏幕上的内容。

“怎么了？”

“我们的能量使用监控下线了，而实时显示的是一段循环的内容。怎么会发生这种事？”

“你能让它恢复吗？”

“当然能。等一下。”菲茨一边快速输入一边对他的人机网咕哝着。屏幕上的图示变了，几个红色的图标跳了出来。“见鬼了。”他叫道，“这是怎么回事？我们直径六米的传送门都费不了这么多能量。”

* * *

卡勒姆整天坐在萨维的病床边。萨维在他身旁时而清醒，时

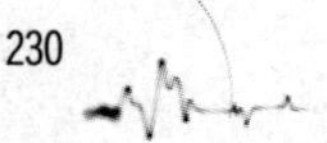

而迷糊。有时候她醒来时，似乎还很困惑他为什么会在。

这里的医生——一个中年南非人向卡勒姆详细介绍了萨维的伤势。医生说，萨维的衣服帮她阻挡了爆炸对皮肤的大部分直接伤害，但她的头、双臂和双手是暴露在外的，而且她在爆炸时距离那个包非常近。卡勒姆怀疑她的微粒在爆炸中被摧毁了，也可能是在冲击波将她的身体击飞的时候掉了出来，所以联协安保部将她从传送门投进来时并不知道她是谁。她身体表面的烧伤在慢慢感染化脓，如果不及时诊治会造成严重的坏血症。联协送到扎格列欧斯的医疗用品中并没有对症的东西。就算她最终挺了过来，那她也需要现代化的医用皮肤来提供让自身肌肤修复的可控环境。她的眼睛所受到的损伤已经无法修复，不过医生认为视觉神经应该还完好，所以人工视网膜移植应该能帮她恢复视力。医生目前最担心的就是她的脑损伤。她的反应力退化远超其他伤处所能造成的程度。

“再等几个小时。”一次萨维比较清醒时，卡勒姆对她说，“我得等我的队员。为了送我来这儿他们都暴露了自己。”不过在心底里他开始担心，不知道自己还敢不敢再等下去。眼前的萨维如此虚弱，伤得如此之重，看一眼都让他痛苦万分。耽搁送她去医院接受治疗的每一分钟，都是对他们之间种种感情的冒犯。而且时间本身也变得让人无法忍受。

从早到晚他都能听到外面的人声，逐渐变得越来越大。不是愤怒的声音，而是一大群人聚集在长屋外所发出的声音。福露瓦克米会时不时地进来告诉他最新的情况。扎格列欧斯上的所有人都来到了这里，在外面等候。截至目前大家都还表现得比较有耐心，但他们的期待值在上升，这样一来，脾气也在慢慢增长。

“你就不能出来跟他们说两句吗？”福露瓦克米乞求道。

“他们可以等。”卡勒姆的回答很强硬，他紧紧地握着萨维的手，萨维不由得发出呻吟声，“既然萨维可以等，那他们就也可以。等我的朋友们一到达，这一切就结束了。我向你们保证。”

距离天黑还有一个小时，充当庇护所的峡谷已经光线迷蒙，两百多人一起去了湖边。福露瓦克米说，他们会确保他的朋友们被联协扔到地热池里后不出任何意外。

黑暗终于降临，人们打开了病房里的太阳能电灯，这让眼前的景象显得更加残酷。卡勒姆不记得自己上顿饭是什么时候吃的，上次睡觉似乎也已经距离很遥远，甚至感觉是上辈子的事。阿波罗不断地向他的音频微粒发送警报，在他的显像镜片上投下红色的频闪图标，每次他都直接关掉。

他的时间显示告诉他现在已经是天黑两个半小时后，外面响起一阵欢呼声。那声音让他疑惑地皱起了眉头。紧接着福露瓦克米就跑了进来。“他们到了。”她兴奋地大叫道，眼中充满了泪光，“你说的是真的，排毒组的家伙。你能带我们回家？”

“我能带你们回家。”他保证道。不知为何，他的声音都嘶哑了。

接着，他们几个就都进来了：莫希、阿兰娜、柯林、雷娜，还有亨利。他们全都穿着厚厚的扎格列欧斯救生衣，皮肤因为浸泡在烫水中而泛着粉红色。他们大笑着，高声问候着。阿卡尔和戴蒙也跟了进来，脸上一副茫然的表情。

卡勒姆被一把拉了起来，所有队员都在和他热烈地拥抱。

“我们成功了，我们成功了。”雷娜大叫道。

“这里真的是扎格列欧斯啊，没错吧？”莫希说，他的脸上挂着惊讶的笑容，“我们在外星系了？”

“是啊，没错。”

“我之前还笃定这里是南极。”

纳福走了过来，重聚的气氛迅速就消散了。

“是时候了。”他说，视线一直在卡勒姆身上没有离开。

“我们去外面安装。”卡勒姆告诉他。

柯林和戴蒙把病床当作担架，抬着萨维出了长屋。室外靠近石头长屋一端的地方清出了一片空地，旁边的沟渠中还有一股热水在流淌。人们在他们周围围成了一个大圈，还有更多的人靠在长屋的墙上。超过两百束的手电筒灯光照射着这一区域。

卡勒姆脱掉外套，取下背包，从包里拿出直径半米的传送门，交织的光柱后响起一片惊呼声。

阿兰娜将传送门稳稳地立在地上，莫希站在门前，做好了准备。

卡勒姆看了看显像镜片上的读数。为了保持与地球上配对的那扇门之间的量子纠缠，这扇传送门从电网中抽取的能量已经接近其内部电路的安全极限。不过传送门的功能完好，连接也还在。“启动。”卡勒姆指示阿波罗。

* * *

尤里沿着多宁顿围场的柏油路走着。眼前的景象让他惊叹不已。所有那些停放在这里的老式车辆，还有那些充满干劲的工作人员正围着一辆辆流线型的摩托做比赛准备，引擎的轰鸣声中透着一股原始感，让周围闲逛的人群中那些年长一些的面孔露出了微笑，他们静静地欣赏着眼前所展现出的机械史。

他仔细地查看着眼前那些大型货车和卡车，确保他的显像眼镜获得了清晰的图像。鲍里斯运行模式识别程序，标出了每辆车的型号和制造商。

不过那辆奔驰凌特停在那里本来就很显眼。面包车后面竖起了一个小帆布帐篷，它的侧边也是拉着的。面包车旁停着一辆杜卡迪摩托，周围没有工作人员，也没有骑手，仿佛这片区域都被人抛弃了一样。没有哪个真正要参加比赛的团队会将他们宝贵的机器扔在那里无人看管。

粗心啊，他想，决定成败的总是这种小细节。

他走进帐篷，使劲敲了下面包车的后门，没有回应。

“哦，得了吧。”他已经厌倦了这场猫鼠游戏，“我又没带战术小组，就我一个人。”

面包车门把手咔地转动了一下，后门打开了。

“尤里。”多卡尔一脸紧张地问，“有什么需要吗？”

“我需要你今天一天别做律师。”

“真的？你今天也不做安保部长了吗？”

“这么说吧，我现在在午休。我能进去吗？”

多卡尔长叹了一口气。“好吧，里面有点挤。”

“死不了。”他爬进凌特，多卡尔把帐篷的帘子拉紧，然后关上了身后的车门。

连线装置几乎填满了整个面包车内部。

“我真没想到会是你。”尤里承认道。

多卡尔抿起嘴忍着没笑。“我觉得这就是关键点所在。”

“卡勒姆很棒。我应该让他加入我的队伍。”

“那现在呢？”

他饶有兴趣地打量着结构复杂的连线器。“我以前从来没有这么近距离地看过这东西，虽然我已经进入公司这么久了。我想我应该会享受实地观察一次操作过程的。所以我们就先等着吧，如果你没有意见的话。”

“为什么呢？”多卡尔问。

“职业骄傲吧。萨维是我的特工，我从不丢下自己人。”

“波伊·李会怎么想？”

“我想我们很快就会知道的。他们打算什么时候开始？”

“我也不知道。卡勒姆要等他的队员都到了那个流放地之后再开始。”

“啊。他们预定的传输时间是十分钟前。显然那是那边的夜晚。”

他们又尴尬地等了五十分钟，多卡尔一下子跳了起来。“×。核心传送门激活了。他成功了！”她迅速打开两扇后车门。尤里看着连线器中央直径半米的传送门变成了午夜般的黑色，然后表层内陷下去，形成一道裂缝，空气在门间流动了起来。“开始连线了。”她告诉尤里。连线器第一部分中的矩形固态平板沿其狭窄的长边整齐地分裂，形成了一对配对的传送门。

制动器将成对的传送门分开，然后将其中一个推过卡勒姆打开的核心传送门。另一副制动器将这一边剩下的那扇门翻转到垂直角度。穿门而过的气流显著增强，帐篷的四面都甩动了起来。

“帮我一下。”多卡尔边说边跳出面包车。

尤里也跟着一起跳了出去，紧接着连线器上最大的那扇一米宽的传送门就分裂成了两份，其中一份被送入了扎格列欧斯。尤里帮助多卡尔站稳，连线器将那扇门翻转到垂直状态。气流变得十分猛烈，尤里费了好大劲才没让自己被吸进去。他朝里瞥了一眼，看到一面粗糙的岩地，周围是一圈奇怪的手电光组成的光墙。里面的欢呼声此起彼伏。

一种意料之外的冲动抓住了他的心。要是我就这么穿过去，*那我就站在一颗系外行星上了。咫尺之遥，仅此而已。一颗全新的星球。*那诱惑简直无法阻挡。不过机会转瞬即逝。

卡勒姆四肢着地爬了出来。看到尤里时他明显畏缩了一下，然后又看了看多卡尔。多卡尔只是耸了耸肩。

“你们继续。”尤里冷冷地说。

卡勒姆转过身，开始拽一个很沉的东西。尤里咬紧了牙关——他看到了萨维的情况究竟有多糟。

“叫救护车。”看到他那失踪的特工被人从传送门送过来，尤里告诉鲍里斯，“我需要急救队立刻过来。”

莫希跟着萨维，接着是雷娜，看到站在面前居高临下的尤里，她狠狠地瞪了他一眼。

“呼叫耕平。”尤里告诉鲍里斯。

接着从圆形传送门里出来的是亨利。阿兰娜挡住了后面手电的光芒。最后是柯林殿后。

尤里蹲下来，看向扎格列欧斯那边。阿卡尔正四肢着地往这边来，距离传送门只有几厘米的距离。

“耕平，关掉传送门。”尤里命令道，“马上。”

阿卡尔怒吼着，向前猛地扑来，一只手伸向地球。

地球与扎格列欧斯之间的量子纠缠结束了。阿卡尔的拳头跌落在围场的碎石路上，又向前滚了一段才停下来，血洒了一地。

“你这个浑蛋！”雷娜叫道。她看着那只断手，一脸憎恶的表情。

“怎么？”尤里的语气波澜不惊，“你想让那两千名恐怖分子回来吗？而且还比之前更疯狂？也许可以让他们当中的几个搬到你家隔壁去，我看过你的档案，那边正好有房出租。你会欢迎他们吗？”

“我答应过他们的。”卡勒姆一脸惊骇，“我向他们保证过会让他们回来。”

“我没保证过。”尤里说。

“如果你把我们送回去，他们会把我们活剥了的。”阿兰娜颤抖着说。

“所以你们要好好表现了，明白吗？因为波伊·李对你们的愤怒程度连我看了都觉得可怕。”

“你不能这样。”卡勒姆说。他仍然跪在地上，握着萨维的手。他抬起头，恳求着尤里：“他们也是人。你不能这么对待他们，这不人道！”

“对。”尤里忽然发起了火，“他们所做的——他们所造成的一切后果——远超普通的犯罪。凡是他们不喜欢的，他们就要毁灭，不论是否合法，也不管有多少人要依靠那些东西过活。他们摧毁起别人来毫无顾忌。不能再这样下去了。至少在这一点上，我同意安斯利和他那些超级富有的政治合作者。你的朋友阿卡尔和他的盟友们已经接受了审判，被判有罪。只不过没有收费百万的律师为他们在公共法庭上辩护，没有花费纳税人的钱耗费数十年去上诉而已，而且，我们也不用每年花费上千万的费用来把他们关进监狱。但他们已经被判有罪了，而且比他们对你我的审判要宽大得多，我们给了他们第二次机会。”

阿兰娜伸出手，指着已经关闭了的连线器。“那颗星球可不是什么第二次机会。那就是死刑。”

“因为他们就是那种人。”尤里嗤之以鼻，“我们给了他们一个完全属于他们自己的新世界，给了他们生存的必需品。如果他们肯学习一下社会合作，而不是像野蛮人一样相互争斗，他们甚至还有繁荣昌盛的可能。所以我真的很抱歉，扎格列欧斯不是一家提供客房服务的五星级酒店。不过我们再也不能容忍他们了。这是最人道的解决方式。”

“扎格列欧斯只有一条峡谷里有可供人呼吸的空气，地热坑一直在排放毒气毒害他们。”阿兰娜叫道，“那可不是个新世界，那就是个恐怖屋。如果你要送我们回去，我们就公开记录着他们生活状况的录像，揭露这一切的污秽。一切都已经传输到缓存空间了。是吧，卡勒姆？”

“这就是你们的威胁？”尤里轻蔑地说，“好啊，发送吧。把它发送给太阳系每一家新闻机构，每一位政治评论员，每一个司法部门。你觉得接下来会怎么样？”

阿兰娜瞪着他，脸上的肌肉都扭曲了。

“民主国家进行公民投票，要求我们把他们带回来？”尤里的声音里充满怜悯，“是这样吗？你认为这会引发跨国的政治运动，数百万人抗议游行？你们就指望这些吗？这，都，不，可，能。你打算把它提交到哪个法庭？你以为只有一个国家在流放罪犯吗？只有一家公司，一块大陆？这帮神经病中的某些人应该庆幸他们被送了过去，放在十年前，他们国家的政府会直接把他们处决。”

“这不是理由。”阿兰娜叫道，“替代国家政权的杀戮并不能让它正当化。”

“那是你的标准。遗憾的是，我们其他人承受不起，再也无法忍受了。”

阿兰娜低头看着卡勒姆。“头儿，我们得把这公开，求你了。”

“这只是个开始。”尤里对卡勒姆说，“你很聪明，明白得过来，对吧？这个定居点只是个实验，验证人类当中那些有史以来最好战、最愚蠢、最意识形态化的浑蛋是否可以在外星世界上生存。哈利路亚——这居然行得通。最终这一切都会公开的，总会有某个不知名的人，某个不负责任的人这么做，不管是主动还是被动。到那时候，真正的政治压力就会介入。一颗不归星，四光年外的完美保险箱，恶劣的罪犯的完美归宿，在那边的每个罪犯都要终日劳作才能获得他们赖以生存的口粮。而我们则一劳永逸地摆脱了他们：公众的良心不会受损，犯罪率也会下降。你觉得大家会怎么投票，啊？”

“你这个浑蛋。”雷娜说。

“为什么不把我们再送回去？”卡勒姆问，“这到底是怎么一回事？”

“基茨女士说得对。对你们来说，扎格列欧斯确实是死刑。他们可不会好好听你们解释说我才是那个从中作梗的人。只要一把你们扔回去，你们就会被撕成碎片——说不定还会被吃掉，考虑到他们当中的某些人，我看过他们的档案。”

“所以条件是什么？”

“很简单。你们都滚得远远的，滚到联协眼不见心不烦的地方——总之呢，你们在官方眼里已经都是死人了。所以你们都闭上嘴，滚得远远的，过自己的小日子去。我已经获得了授权，我可以向你们保证，只要你们不招惹我们，我们就不会主动搭理。我们搞砸了，把萨维扔到了扎格列欧斯，肯定是那场爆炸把她的微粒给炸坏了，所以我们才没能在数码设备上追踪到她。不过就因为这，我才给你们争取到这个优惠，还经过了安斯利·赞加里的首肯，因为你们俩之间的关系。现在，你的信用算是都用光了。这是个一次性的提案，过时不候。”

“喂。”帐篷外传来一声叫声，“医护人员来了，有人打急救电话了吗？”

尤里转过头，仔细打量着卡勒姆。“所以呢？”

卡勒姆深情地注视着自己的妻子，眼中充满了绝望。“接受。”他悲愤地说。

“×！”雷娜一脚踢在关闭了的传送门上。

“这边。”莫希叫道。他拉开帐篷上的拉链。“这边有人需要帮助，很急。”

三个医护人员跑了进来。

朱洛斯

AA
587 年

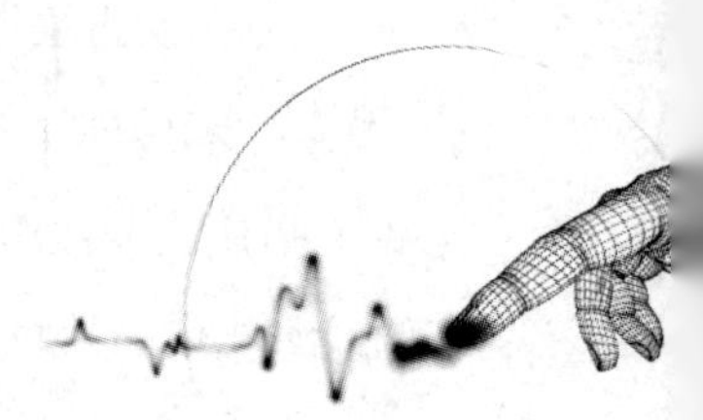

德利安躺在温暖的沙子上，等待着飞行器降落。虽然很累，但他很开心，也很享受。虽然已经在这里过了十天，但海滩仍让他惊叹不已——确切地说，整座岛都是。自居住在朱洛斯上的人类飞向银河之后，绝大多数的度假村都被荒废了，只有极少数仍维持原状。度假村的管事机器人被赋予了对所有服务的完整控制权，还负责维护遥控机，为那些临水别墅和公共建筑提供两个世纪以来一如既往的高标准维护。

正是这种高标准迅速得到了在伊默勒庄园及其公共宿舍中生活了十六年的德利安的赞赏。不出意外的话，只要他愿意，他就能享受到独处的时光。他们年级的每个人都分配到了一座临水别墅——一栋整洁小巧的建筑，有着用古老的硬木梁框做框架的曲面玻璃幕墙，屋顶上盖着茅草。别墅在海面上延伸出去了几米，矗立在活珊瑚柱上。透过玻璃地板，他可以看到下面一米处清澈湛蓝的海水，以及在浅水中游动的各种各样的色彩斑斓的鱼类。

当然，独处可能是每个人最不想做的事了，尤其是在晚上。詹纳校长说这十天的假是庆祝他们通过高年级评估的惊喜奖品。没有成年人和矮人的陪同，这是他们人生中第一次独处，没有任何外部权威施加命令，除了自己之外，他们不需要对其他任何人负责。

“所以，只要放松享受就好了。”詹纳校长说，“不过不要放纵自己。与其他时间一样，这也算是一次对你们成熟度的考验。我们信任你们，所以请不要让我们或让你自己失望。”

岛屿的一侧有一个宽阔的圆形潟湖，水深不到两米，温暖得如同浴池一样，是个学习风帆冲浪的好地方。另一侧就是面向海洋的阳光沙滩，长长的码头上停靠着度假村的汽艇和电动滑水板，随时恭候那些想要体验更快、更刺激的活动的人。开放式的中央凉亭全天候供应餐食，全部由管事机器人的遥控机精心烹制。

德利安游了泳，玩了滑水板，学习了风帆冲浪的基本知识，划了独木舟，打了网球和沙滩排球，之后他要么懒洋洋地躺在泳池边喝饮料，要么坐在露天剧场里看那些老剧目。夜幕降临，男孩们都成双成对，或者更多人聚到一起，回到临水别墅享受长达几个小时的激情。海边的空气、自由的氛围，加上他们旺盛的荷尔蒙，让他们的性欲上升到了前所未有的高度。在这十天时间里，德利安与超过半数的男孩都上了床，这其中当然也包括赞特。想要跟赞特睡的人都排起了长队，人人都想知道他到底有多厉害，睡起来有多爽。

有几个男孩甚至和蒂利安娜与埃莉奇上了床。而对德利安而言，因为某些缘故，这方面他尤为失望。他极其渴望知晓与女孩的性爱是怎样的感觉，但伊蕾拉并没有同样的热情。他安慰自己，要等到伊蕾拉也准备好接受同等程度的亲密，他们之间的友谊更重要。尽管如此，当他每夜迷失在与同伴的激情之中，浮现在他眼前的却是伊蕾拉的脸。

他躺在沙滩上，赤裸的肌肤在阳光下开始感到一丝刺痛。每天早上，他都会抹上最高度数的防晒霜，临水别墅的分液仪保证效果能持续一整天，不过他每天中午都补涂一次——或者更常见的情况是，由别人帮他涂遍全身。他坐起来，穿上T恤。与此同时，伊蕾拉也走上了通往这排水边别墅的木栈道。德利安满怀希望地招了招手，伊蕾拉笑了笑，走了过来。

她和其他几个女孩都已经过了脱毛期，德利安觉得她的光头非常性感。他曾幻想过为她的脑袋涂防晒霜，毕竟，谁会不喜欢颅骨按摩呢？

“管事机器人说我们的飞行器十分钟后就到。”他以这个话题作为开场。

“你不觉得很奇怪吗？”

德利安皱皱眉，不太确定她到底是什么意思。“怎么奇怪了？”

伊蕾拉蹲在旁边的沙地上，低头看着德利安那敦实的身躯，脸上有一丝迷惑的表情。过去三年来，德利安长大了不少，不论肩宽还是体重都有了不小的增长，主要还是因为肌肉量的增加。伊蕾拉的个子还在长，这让她和另外两名女孩的身形变得越发修长，尤其是与男孩们相比。他俩站在一起时，德利安的眼睛刚到伊蕾拉的胸部。德利安觉得这正是最佳身高差。

“为什么不能用传送门直接传送回庄园？”她淡淡地问。

“呃……因为没有传送门？我只能这样猜了。”德利安回答。

“可为什么没有传送门呢，小德？”

德利安皱起眉，像往常一样，想知道她的大脑到底是如何运作的。伊蕾拉的脑袋大小与她的身体成正比，也就是说德利安怀疑，比起自己，也比起其他男孩，她的脑袋应该要大出百分之二十。为家族设计单性别子代的遗传学家给了她一个可爱的扁平鼻子，宽度足以容纳更多的血管进入她颅骨底部的颈动脉网，基本上而言，那个颈动脉网就是动脉和静脉进行自然热交换的场所。伊蕾拉和其他女孩需要这种结构来帮助冷却她们那更大的大脑，再加上没有了充当颅部隔热层的头发，更方便大脑散热。

所有那些多出来的脑灰质能够产生更多更聪明的想法，德利安是永远都做不到的，而这也正是遗传学家的目的所在。不过这也意味着，有时候你会很难跟上她和其他女孩的思路。“因为现在大家都已经走了，大部分传送门也都关了，尤其是通往这种遥远地方的传送门。”他一脸期待地看着伊蕾拉，很开心自己想到了这样一个合乎逻辑的答案。

“这里还在运营就是为了给人们一个可以去度假的地方。这样的话，日常交通就是个明显的需求。所以为什么关闭呢？”

“这里的那种与世隔绝的感觉正是我喜欢的，会让我感觉……说不好，有些不同吧，就好像能够体验到作为一个成年人是什么感觉一样。”

伊蕾拉咧嘴一笑。“我也有这种感觉。就好像是我们人生中第一次被人信任一样，这种感觉很好。”

德利安的视线停留在伊蕾拉那令人赞叹的修长双腿上，他不禁想象起这双腿盘绕在他腰上会是什么感觉。简直完美，他想。“不能再好了。”他回答道，语气中的渴望显而易见。

伊蕾拉笑了起来，她把沙子踢到德利安身上。“哦，小德，你

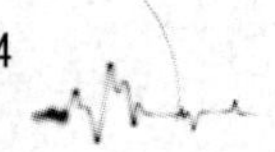

还在为我们没有做爱而耿耿于怀吗？”

“圣徒啊，当然没有了。我没在生气，只是有一点失望，仅此而已。”

“我就是觉得这不是适合我们做爱的时间跟地点，仅此而已。这座岛就是个大家狂欢聚会、寻欢作乐的地方。经过过去那么多年的战争游戏，这是我们应得的奖赏，那些战斗确实很难。此刻是我们有生以来最放松、最快乐的时候。”

“是啊，可是……呃，抱歉，我还是不明白你的意思。”

伊蕾拉又笑了笑，看起来是真的很在意德利安。“你看，我们都知道我们会做爱，并且是一场非常棒的性爱。不过我们对彼此都有感情，强烈的感情——这你也知道。所以在一起对我们而言意味着更多。我不能就这么冒险把它与假日的寻欢作乐混同到一起。这就是我的理由。”

“好吧。”德利安忽然感觉喉头很干。*我们会做爱*。她真的这么说了。*非常棒的性爱*！他简直都要狂叫出来：圣徒啊，告诉我什么时候？“真遗憾你没有享受到假日里任何寻欢作乐的性爱。”

伊蕾拉的笑容忽然变得放荡了起来。“哦，可别担心我。我享受了不少性爱呢，特别是和赞特。”

听到这话，德利安感觉就好像从自己在二年级就一直玩的战术游戏里被早早踢出局了一样。身体上没受什么伤，但真的很伤心。“很高兴听你这么说。”他撒谎道。

飞行器来了——那是一个亚光灰色的圆柱体，尾部带有短翼。飞行器滑过水面，在接近海滩的途中逐步减速，并从机身上伸出了着陆用的支架。

伊蕾拉看着正在着陆的飞行器摇了摇头。“说不通啊。”她抱怨道。

德利安笑了起来。“你是真打算要解决宇宙中的所有问题啊，嗯？”

“只要给我足够的时间，我会的。”那迷人的微笑又回到了她的脸上，这让德利安觉得这个世界变得更加美好了。

两个人同时站了起来，伊蕾拉迅速俯身吻了德利安一下。“你对我来说是不一样的。”她特别严肃地说，“跟其他男孩不一样，我不希望我们的友谊就此结束。”

“不会的。”德利安庄严承诺。

德利安加入了准备登上飞行器的队列，他环顾四周，打量着周围的男孩们，每个人脸上都是一副幸福的表情，到处都是欢声笑语。看到赞特时，他用尽全力才没有露出怨恨的表情。赞特正左拥右抱，一只胳膊搂着埃莉奇的腰，一只胳膊搭着扬茨的肩膀，三个人笑作一团。

岛上阳光明媚，德利安登机后花了点时间才让眼睛适应舱内的黑暗。他看到中间还有空位就坐了过去，伊蕾拉坐到了他旁边。

他把脑袋深深地陷在靠垫里，半闭着眼睛。“高级研修年。”德利安说，仿佛已经被回到庄园后所要面对的东西给吓到了似的，“我都没想到它真的会到来。”

“你觉得他们会把我们怎么样？”伊蕾拉沉思道。

“亚历山大让我们不用担心。Ta说植入物会帮我们提升，我们会与设计团队生产出的各种武器技术相融合。手术很常规，不会有任何损伤。”

“我看不出在面对敌人时我能有什么用。”伊蕾拉说，“你们男孩不一样。你们很壮实。我又不行。”

“你来指挥啊。”德利安说，“你有战术有智慧。你怎么说我们就怎么做。”

“要是我说错了呢？”

“你不会的。我相信你。”

“哦，伟大的圣徒啊。”伊蕾拉打了个冷战，“我可不要听这些。”

飞行器从海滩升起，掉头驶向大海的方向。

“航程预计耗时一百零七分钟。”管事机器人驾驶员说，“伊默勒庄园已经获知你们的抵达时间。你们的年级导师亚历山大说 Ta 希望你们都玩得开心，并且很期待再次见到你们。”

这段话带来的嘘声和欢呼声一半对一半。德利安看着窗外，飞行器逐步加速到了超音速，转瞬间就飞过了二十公里，下方的海面看起来出奇地均匀。他只看到了几座岛屿，但算不出它们的大小。不一会儿，他们就又飞到了陆地上空。

古老的城市与定居点的废墟清晰可见，就像葱郁植被上的灰色伤疤。其间他还看到了两三处丛林火场升起的烟雾。飞行器微微倾斜，眼前的景致改变了。

“为什么要改变航线呢？”伊蕾拉问。

“改了吗？”

“当然改了啊！”她环顾四周，似乎是在进一步确认，“驾驶员，出什么事了？”

旁边的几个男孩都向她投来了好奇的目光。

“待命，等待系统指示。”管事机器人说。

“什么？”

德利安把脸贴在窗户上。他们这时正经过一些低矮的山麓丘陵，下面的地面变得崎岖不平，绿色逐渐消失，慢慢地被更为粗犷的棕色和赭石色取代，周围还散布着微小的深色斑点。

“系统发生异常。”管事机器人说，“请大家不要离开座位。安全带将在十秒钟内启动，这只是预防措施，请不要惊慌。”

“哦，圣徒啊。”德利安咕哝道。飞行器下行的角度非常陡。他不太确定，但感觉飞行器的速度还在加快，看来他们已经在飞速下降了。

他没敢乱动，坐垫开始膨胀起来，伸出一系列肋骨似的束带固定住他的身体和四肢。

“具体是什么问题？”伊蕾拉问。

“推进器异常，启用补偿功能。”

“小德，我的数伴连不上网。”

“什么？”德利安问道。

“我掉线了。你呢？”

“检查网络连接。”德利安向数伴命令道。

“全球通信网不在线。”数伴的声音在他的耳朵里响起。

“圣徒啊！不行，我也掉线了。”他告诉伊蕾拉。

“驾驶员，为什么我们掉线了？”伊蕾拉的声音尖厉了起来。

“正在尝试重建与全球通信网的连接。”管事机器人说。

“什么意思？尝试？”

“连接暂时中断。”

“这怎么可能？中继器在轨道上，整颗星球都在覆盖范围内。”

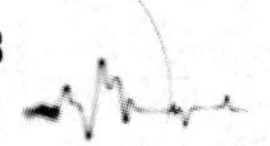

“正在尝试重新连接。启用备用能源运行。”

“哦，圣徒啊！”

“我们的高度是多少？”德利安问。

“十四公里。还在下降。”

“圣徒啊！我们要坠毁了吗？”

“不会。备用能源足够支持我们实现零速着陆。”

德利安为自己没有惊慌失措而自豪。事实上他更自豪的是，他的同伴们都表现得很镇静，尽管所有人脸上都是一副吓出了魂儿的表情。

慢慢地，飞行器下降的角度变得越来越明显，直到成为惊人的俯冲状。山麓在眼前迅速变大，德利安努力想要记住自己所看到的一切。了解你的地形——战术训练中的黄金戒律之一。

管事机器人将飞行器姿态调整到水平状态，然后猛然减速。惯性将德利安猛地按进座椅。他的视野开始变得模糊，暗红色的旋涡仿佛给他的虹膜蒙上了一层迷雾。他努力要看清地面的情况，下方陡峭的山石变得非常崎岖险峻。

“着陆倒计时，四、三、二——”

撞击力立刻扭转了飞行器的加速惯性，将德利安他们猛地甩起，他们浑身剧烈震颤了起来。机身一路向前滑行，震耳欲聋的撕裂声响彻整个机舱。他看到飞行器的翼尖在空中飞转着向他们而来。整个舱室都扭曲了起来，机舱前端也撕裂了一个大口子，尘土一下子都飞溅进来。所有人都惊叫了起来。最后又是一下猛击，所有动作一下子都停止了。

德利安努力控制住自己的呼吸。他的心在狂跳，仿佛刚刚跑完一场马拉松一般。他的嘴里、鼻孔里都是尘土，散发着硫黄的气味。机舱扭成了一个令人不安的角度停在这儿，地板倾斜了二十多度，机头向下。参差不齐的阳光从前方的裂缝中照射进来，照亮了弥漫在空气中的赭石色沙土。

“你没事吧？”德利安赶紧问伊蕾拉。

“没事，我觉得没事。”

“大家都还好吗？有没有人受伤？”

雷洛和蒂利安娜就坐在距离裂缝很近的地方。飞溅进来的沙土擦破了他们裸露的皮肤，蒂利安娜满脸是血，埃莉奇已经跑到了她的身旁，焦急地查看着她眼部的伤势。

“这种伤势家族的医生马上就能治好。”赞特安慰道。

“家族医生在哪儿？”埃莉奇反问道。

“咱们赶紧出去吧。”德利安用尽量平稳的语气说。

所有人都清楚这一点，飞行器现在就代表着混乱与危险。但舱门没有打开，尽管扬茨不断敲打紧急开启键也无济于事。所以大家都从破裂处挤了出去，来到了沙地上。

德利安环顾四周，四面八方都是小山，山坡直接遮挡了东部的天际线。脚下的土壤很薄、很干，上面只散长着几丛枝枯叶萎的灌木，其间还点缀着一些横卧着的黑色树木，看着十分怪异。巨石散落在各处，考虑到斜坡的坡度，大多数石头随时都有滚落的危险。阳光这么明媚，又没有云，外面不该这么冷的。

“现在怎么办？”赞特问。

“救援很快就会到的。”奥雷特很乐观。

“实际上并不会。”伊蕾拉钻出裂缝，“飞行器没有能源了，管

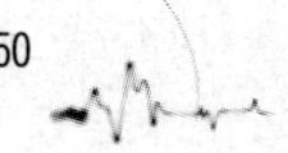

事机器人也没有反应，它跟其他系统一起关机了。”

“紧急信标会传递我们的位置信息的。”埃莉奇断言。

伊蕾拉耸耸肩。“也许吧，但愿如此。”

“信标系统是独立的！”

“飞行器还有故障保护模块呢，我们还不是到了这儿。”

“现在该怎么办？”赞特问。

“保持冷静，别乱跑。”德利安说，“有人连上全球网了吗？”

这个问题让所有人都带上了焦虑紧张的表情，每个人都在询问自己的数伴，没有一个人能连接上。

德利安想不出为什么会这样。但他知道，不能让大家被这种情况给吓住。“一发现飞行器不见，他们就会马上展开搜索的。”他自信地说。

“我们偏离航线很远了。”扬茨紧张地说。

“所有空中要塞都会搜索我们的。”德利安努力打消自己的顾虑，回答道，“这不会花费太长时间。”

“我们得去找点树枝树叶。”伊蕾拉说，“用来生篝火。”

“篝火？”奥雷特疑惑地说，“那有什么用？”

“首先，那会是一个很强的红外线信号，尤其是在夜晚。”

“夜晚？现在才刚过中午。我们不会在这儿待那么久的。”

“那是你想的。面对现实吧，我们这辈子还没见过有人去搜索坠毁的飞行器呢。我们得做好应对各种可能的准备，包括应对危险。”

“什么危险？”

“伊蕾拉说得对。”德利安说，“我们不知道这山里都有什么猛兽。”

“日落后，我们最好的战略就是撤回到机舱内，在裂缝处生一堆火。”伊蕾拉说。

“哦，看在圣徒的分上。”奥雷特抗议道，“我们可不会待到日落！救援队一小时内就能到。”

“我不介意你把自己的生命赌在那个愿望上。”伊蕾拉反驳道，“不过你可别想拿我的命去赌。我们需要篝火。”

“我们来。”埃莉奇赞同道，“这是个意料之外的情况。我们得适应它。”

“应急工具箱里应该有斧子。”德利安赶紧接上，他看得出奥雷特正准备出言反驳。“扬茨、乌雷特、赞特，我们几个一起。我们去砍几棵睡树。其他人，你们去收集大一点的树枝。我去看看我们还剩什么物资，尤其是水。”

所有人都动了起来——虽然大家很不情愿，没人愿意认真思考长时间待在这里的可能性——不过他们还是行动了。

德利安在舱尾找到两个应急工具箱。其中一个是急救箱，他交给了埃莉奇，好让她去处理蒂利安娜眼部的伤势。另一个里面有一些基本的救生装备，主要是保温毯、绳索、几把刀、火把和十个水壶，每个壶里都装有一升蒸馏水，还有一个手压式过滤器。看到箱子里只有这些东西，他有些失望，不过里面确实有一把小斧头。

“水太少了。”他从飞行器那边走过来，轻声对伊蕾拉说。

“这里应该也不下雨——你看地面。”伊蕾拉也用同样的语气回答，“而且飞行器完全宕机了。真不知道怎么会这样，每个系统应该都有多重备份才对。”

德利安抬头看了看深蓝色的天空。遥远的上方，各个空中要塞那熟悉的亮点散发着让人安心的光芒。代表行星系中气态巨行星卡塔尔的那个亮点刚刚升上地平线。“你觉得会不会……”

“是敌人吗？不。如果朱洛斯受到了攻击，那我们一定会看到空中要塞的武器开火的，那样的话他们至少会像太阳一样明亮。所以应该不是。我们正处在这个世界人类文明的末世，出问题才是正常的。我只是没想到一下子就遇上这种大问题。看来我们之前真是被保护得太好了。”

德利安查看了下四周睡树的分布，荒凉的山坡上也没长几棵，不过还好它们都很显眼。

“大家就在附近几百米范围内活动。”几个人走向最近的睡树时，德利安对他的朋友们说，“把树砍倒后，我们还得把它砍碎了好带回来。”

睡树的树枝浓密，在五根如辐条一般的主树枝上纠结成一团，形成一个半球状，睡树的高度很少能超过四米。德利安在无聊透顶的植物学课上学到过，睡树是距他们几百光年外一颗行星上的本土沙生植物，大型块根中储存的水分可供树木在一定情况下使用多年。而在雨季之间漫长炎热的季节，睡树的树枝和厚厚的树叶也会陷入休眠。由于极端缺水，睡树的树干都非常坚硬。男孩们花了半个多小时才砍穿，而且还是几个人轮着来，在这寒冷稀薄的空气中干这种活可不容易。

听到声音时他们刚砍倒第一棵树，那是一种高亢的叫声，来自群山深处。

“圣徒啊！那是什么？”扬茨一下子紧张了起来，不住地看着上方高矮不一的山坡。

西方也传来一声吼叫，是对之前那一声的回应。

“你说那些声音？”被吓坏了的赞特说，“圣徒啊，那玩意有多少？”

德利安在心中暗暗记下了赞特有多容易被吓到。这种满足感不该有，不过圣徒应该会理解和原谅的。

“整颗星球上都有。”乌雷特冷冷地回答，“所以庄园才用栅栏围了起来。”

“听起来像莫罗克斯的声音。我以为它们只有晚上才出来。”

“是我们在这里太暴露了。”德利安说，“我们把树枝搬回飞行器那边吧。来吧，大家一起用力应该可以做到。”

几个人抓住树干，拉动了起来。周围，家族里的其他男孩也正在巨石间拖着灌木丛移动。

“我们需要清点一下武器。”所有人都集中在机身旁边后，伊蕾拉说。

“一把斧子。”德利安举起手中的斧头。

“两把匕首。”法拉尔说，“这不是最称手的投掷武器。”

“把它们绑到棍子末端。”埃莉奇说，“这样要是有野兽过来的话，你就有射程优势了。”

“圣徒啊，救援队呢？”扬茨叫道。

德利安拍了拍他以示安慰。“别这样，恐慌只会让情况变得更糟，来帮忙生火吧。”

“我又没恐慌。”扬茨低下了头，轻声咕哝道。

男孩们开始准备生火，他们把最干燥的灌木枝叶堆在中间，然后用小一些的睡树枝围在外面用来制作火种。剩下的树枝都被劈成了碎块，堆在一旁，等火升起来后好投进去继续燃烧。

雷洛和蒂利安娜被抬回到机舱里，埃莉奇和奥雷特在用那个小急救箱里的东西尽力医治他们。

德利安看着伊蕾拉爬上那块最大的石头顶部，查看四周的情况。砍好手头的睡树枝后，他把斧头递给哈布莱，自己也跑到了伊蕾拉身旁。“负责警戒啊？”他问。

“嗯，我没看到什么会动的东西。”

“莫罗克斯天黑后才会出来，不过就算是天黑了，篝火也能让它们无法靠近。”

“我们已经听到好几只的叫声了。”

“嗯，不过别紧张，它们不会进到机舱里的。就连我钻进那个缝隙都有困难。”

“它们吃什么？”

“呃，反正今晚它们吃不了我们的同伴，这我敢保证。”德利安笑着说，希望这样可以安慰到她。

“我说的不是今晚，而是每晚。”

“它们都是掠食者，不管抓住什么都吃，兔子、野狗、鸟……我不知道。只要是活物吧。”

“对，我就是这个意思。”

“什么意思？”

“我们听到的已经有四只了吧？而你看到周围还有其他会动的活物了吗？灌木都干死了，也没有草。它们吃什么呢？”

“呃……”德利安挠了挠头，环顾四周孤寂的山坡。

“整座山丘都支持不了一只莫罗克斯的生存，更别提四只了。”

“也许它们是路过的？可能是季节性迁移，它们在前往新猎场的路上。”

“季节性？”伊蕾拉嗤之以鼻，“这里可是热带地区。”

“好！好！我不知道，满意了？”

“一点都没有。”伊蕾拉对德利安笑了笑，表情有些紧张，“我不是在针对你。我只是觉得这一切都好奇怪。今天发生在我们身上的每件事出现的概率都是很低的，但它们都发生了，这简直不可能。”

“你想说什么？”

“我也不清楚，但这感觉一点也不好。”

“嗯，这我感觉得到。走吧，我们到飞行器那边去。”他伸出手，伊蕾拉犹豫了一下，握了上来，两个人一起下了巨石。

“也没有水，”她说，“对我们来说，这比遇上莫罗克斯还要糟。”

“先熬过今夜再去担心其他事吧。哦，要是水的情况还是这样，我们可以直接从睡树的树根取水。我记得以前在课本还是视频或者其他地方看到过。”

“不行的，那只是个传说而已。睡树的块根埋得太深了，挖出来要花费的力气太多了，不划算。”

“那就没办法了。”

“我知道。所以明天一早我们就得离开这里，到山下去。那里肯定有水，实在不行挖一挖也会有的。”

“好的。刚才有一瞬间，我以为你要说去弄个什么东西过滤我们的尿液呢。”

“事实上，那倒不是个坏主意。通常在这种天气情况下，野外生存者会去收集空气里的冷凝水。不过我们应该没那个必要。过滤器应该能搞得定尿液。我们可以把尿收集到一个容器里，以防万一。”

德利安沮丧地呻吟了一声。

“我可没开玩笑，德利安。脱水可是很危险的。”

“好吧。不过我觉得其他人是不会同意做那事的。”

“要是我们俩继续像现在这样的话，他们会的。”

“哪样？”

“联合我们的权威。”

“啥？”

“我的知识和你的领导力，合在一起就能如我们所愿。”

德利安张了张嘴想要反驳，然后又意识到伊蕾拉说得一点也没错。

“怎么？”伊蕾拉露出一丝坏笑，“你都没注意到吗？”

“呃，没有，其实。”

“非常典型。好的领导者有这种能力，他们发出的命令一般不会引起其他人的争辩。我不清楚一个没有意识到自己在发布命令的领导者应该属于哪种类型，不过肯定不是失败的那种。”

“我又不是唯一的领导者。扬茨和奥雷特也是不错的队长。”

伊蕾拉放低了声音，他们已经接近了飞行器。“在今年一年的战术游戏里，你担任队长的次数占总次数的百分之三十二。扬茨排名第二，占百分之十六。很明显，你就是我们年级的头儿，德利安。所以，做个合格的圣徒吧，别让我们失望。我们需要你来带领我们度过这场灾难。”

“伟大的圣徒啊。”德利安咕哝了一声。

他故意大张旗鼓地查看了一遍急救箱里的过滤器，然后又询问埃莉奇的意见，埃莉奇也同意伊蕾拉的看法，认为可以拿过滤器来过滤尿液。

“以防万一。”说完，德利安就在一个可折叠塑料盒里撒了一泡尿，这让每个人都乐了起来。他故意玩闹了一会儿，然后把塑料盒递给扬茨，用冷静的目光看着扬茨。扬茨顿了顿，然后解开了自己的腰带。

太阳落下地平线时，他们点燃了篝火。整体的气氛有些阴郁，所有人都以为救援能够在头几个小时里到来。

“我们得让篝火尽可能长时间地燃烧下去。”伊蕾拉说，“这样空中要塞才能更好地捕捉到我们的热信号。”

“我们三个人一组，每小时换一次班值守篝火。”德利安马上说，“每人一样武器，这样好为彼此打掩护。其他人都不要离开飞行器。我拿斧子值第一班。法拉尔和奥雷特，你们俩跟我一组。”

两个男孩点了点头，没有一丝犹豫。没有了太阳，山上的气温一下子降低了不少。即使那不大的篝火就在机舱外三米远的地方，几个男孩还是都裹上了保温毯。

莫罗克斯的叫声彼此应和，德利安敢打赌，篝火外的黑暗中至少有六只。*伊蕾拉说得对，它们吃什么呢？*

德利安又朝火堆上放了几块木头。火星飘向空中，旋转成一片橘色的银河。火光映照下，周围的巨石散发着淡黄色光芒，就仿佛暗淡的卫星一般，静悬在环绕着他们的轨道上。莫罗克斯的距离更近了，叫声也变得更加低沉，更加令人紧张。巨石间的阴影中有什么东西在移动，一个更加阴暗的阴影穿梭其中。

“都进来吧。”伊蕾拉透过机舱的裂缝说，“多放几块木头。进来里面更安全。”

德利安想要答应，他看了看法拉尔和奥雷特，他们也没有发表不同意见，于是他弯腰捡了几块木头。

“小心！”法拉尔叫道。

莫罗克斯从黑暗中一跃而出，跳上巨石又是一跃。那野兽一身灰白色的皮肤，就像潮湿的皮革一般，上面还有斑驳的绿色纹路。它的前腿上长着巨大的爪子，七根匕首一样的利爪都伸了出来。它的头是细长的流线型，几乎是水生生物的样子，上面有两只白色的大眼睛，尖利的獠牙比人的手掌还要长。

某种深植于心的排外本能告诉德利安，这可怕的掠食者绝不是地球上的产物，这更增加了他的恐惧。这是对异类的恐惧。他单膝跪地，极速转动身体，用斧子甩出一道力道十足的曲线。在他两侧，法拉尔和奥雷特摆出弓步的姿势，匕首长矛指向前方。三个人一起行动，就像之前多次在战术游戏中配合过的那样，协调性不输于任何矮人团队。

莫罗克斯想要躲避那三把致命的利刃，但已经太晚了。德利安的斧头击中了它的身侧，划出了一道大口子，深紫色的血液喷涌而出。莫罗克斯怒吼一声跌落在地，几条腿挣扎着想要站起来。

“退后。”德利安叫道，“法拉尔去一号位。”他看到还有两个黑色的阴影在篝火外的黑暗中徘徊，等候时机。

“就位！”法拉尔叫道，“左侧危险！”

德利安和奥雷特转身面对冲向他们的一只莫罗克斯。这一次，奥雷特双膝跪地，德利安立刻就明白了他的意图——匕首长矛在前下方摆出直刺的姿势，迫使莫罗克斯跃起。奥雷特开始动作。果然，那野兽看到与头同高一动不动的利刃，跳了起来——

斧子直接砍在了它那短短的脖子的侧面，嵌得很深，德利安差点都没拔出来。还好野兽尸体跌落的惯性帮了他。

奥雷特后退到裂缝处。德利安快进两步，看到又一只莫罗克斯出现在机舱顶上。没时间了。他猛地一甩，将斧头扔向冲他扑来的莫罗克斯。斧子击中野兽的前肢，然后被弹到一边，掉落在岩石上。奥雷特正站在裂缝处，准备将匕首长矛投掷出去。

野兽砸在了德利安身上，它的前肢扑了上来。德利安感觉到它的利爪划破了自己的左臂，然后它身体猛地一颤，匕首尖从它脖子的后侧露了出来。野兽的重量整个压在他的身上，将他压倒在地。这一下摔得他头晕目眩，只感觉一大团死肉压在身上，一动不动，他在底下动弹不得。周围传来男孩们的叫声。几双手将那尸体从他身上拽开。他看到奥雷特和法拉尔还在前面的空地上，匕首长矛对着黑暗的方向。哈布莱拿回了斧子。赞特、扬茨和柯利安手握火把，疯狂地挥动着。乌雷特扶起他，搀着他穿过缝隙，伊蕾拉半拉半抬地将他放在一个座位上，并立刻和埃莉奇一道用消毒喷雾剂和长条状的医用皮肤处理他的伤口。身后，男孩们也井然有序地撤回到飞行器的机舱内。

“你会没事的。”伊蕾拉大声说。火把的光芒闪动着，照着他的手臂，到处都是血。“这伤口一点都不深。”

奥雷特的脸出现在他面前，笑得很开心。“我们又干掉了一只！还重新收拾了篝火，至少还能再燃烧一个小时。”

“棒极了。”德利安喘了口气，又咧了咧嘴，埃莉奇正在将医用皮肤裹在他的二头肌上。皮肤贴合时带来了一阵刺痛感。

“把这个喝掉。”伊蕾拉命令道。她递给他一个水壶。“你需要补水。”

“这个不是尿，对吧？”

“不是。”伊蕾拉笑了起来，“那个得省到明天早餐的时候。”

* * *

那天后半夜，剩余的莫罗克斯一直在呼唤着彼此。其中一只甚至还游荡到了机舱的裂缝处，不过赞特和柯利安用匕首长矛把它击退了。

德利安大部分时间都昏昏沉沉的，在后半夜陷入了沉睡，只在莫罗克斯的嚎叫声中醒来了一小会儿。他看到柯利安站在缝隙处，手握匕首长矛做好了进攻准备，不过并没有出击，也没有呼叫支援。

等到他再次醒来时，天已经亮了，他的伙伴们都在机舱里，人人都是一脸的倦意。灰暗的光线从小小的舷窗射入，空气里充满了烟尘味。

“该做决定了。”伊蕾拉一边检查他胳膊上的医用皮肤，一边说，“想在日落前到达山脚，我们就不能再浪费时间了。要么现在出发，要么就一直在这儿待着。卫星要是昨晚没看到篝火，那之后应该也不会。如果等到明天再走，那时候我们只会更虚弱。”

“还更容易成为莫罗克斯的食物。”德利安说，“而且也没有机舱的保护了。”

伊蕾拉疑惑地皱起了眉头。“还有个奇怪的地方。它们不应该冒险到离火这么近的地方来。”

“可它们就那么做了。”赞特说，“期望它们做该做的事并不能帮到我们什么。”

伊蕾拉看着赞特，一脸失望的表情，她耸了耸肩。“所以你觉得我们该怎么办？”她问。

“你告诉我。”德利安热切地回答，“我支持你。”

“我不知道啊。遇到这种情况，通常都应该待在出事地点附近等待救援队。可这次不是通常情况，是吧？”

“我们先出去看看吧。”德利安勉强道。

篝火已经熄灭，变成了一堆不比沙地热多少的灰烬。玫瑰金色的艳丽阳光照耀在山丘的顶部，一块块巨石投下了狭长的阴影。

德利安拿着斧头，小心地查看四周。“听不到莫罗克斯的声音了。”

“现在是白天。”赞特说，“晚上它们才会从巢穴里出来。”

德利安看到伊蕾拉摇了摇头，但她什么都没说。他又看了看那三只死掉的莫罗克斯。第一只是他用斧子砍死的，在因为失血过多而死掉之前，它还爬出去了五十多米。另外两只的距离更近一些。

“这个应该可以吃。”埃莉奇说。

“能吃吗？”德利安问，“它们是外星物种。会不会是什么对……对……呃……”

“对映体[1]？不会。如果不得已的话我们也能吃。它们的生化机制不一样，但差别不大，它们的肉里面也有我们需要的营养物质。不过味道的话我不太敢确定。”

“我们暂时先不走。”德利安用尽可能权威的语调说，“我们先弄出一个更大的篝火，或许可以点燃一整棵树，再砍几棵做柴火。就这样。”他点点头，看了看耸立在一百米之外的那棵最大的睡树。“我们点燃那棵树，再砍下其他树堆上去。我们能做到，只要所有人同心协力。我们要让篝火亮到足以撑爆空中要塞的传感器。”

他获得了他们的支持。他很清楚这一点。他们都从他的决心中汲取了勇气与希望。就连伊蕾拉也是。

“那就不下山了。”伊蕾拉轻声说。德利安正忙着将所有人分成三队，每队携带一件武器。

“那样做没有意义，只会把自己暴露在更多未知的风险中。家族里的人肯定已经知道我们在外面孤立无援了一整夜。亚历山大会求圣徒帮忙找到我们的。Ta一定会。我们都知道。”

“也许吧。”伊蕾拉看着距离最近的莫罗克斯的尸体，“有件事我需要确认一下。”说着，她捡起一块有自己脑袋一半大的石头。

“什么事？”德利安问。看到她用石头锋利的那面砸向莫罗克斯的脑袋，德利安畏缩了一下。三下之后，伊蕾拉砸开了莫罗克斯的头盖骨。她用石块的边沿穿过缝隙，把裂缝撬得更大。

“伊蕾拉！”

德利安强忍着恶心，看着伊蕾拉检查莫罗克斯的脑组织。

---

1. 空间上不能重叠，互为镜像关系的立体异构体。

“为什么尸体没有被吃掉呢？”她问。

“啊？”

“它们都饿到不顾篝火也要来干掉我们了。可是面对三具新鲜的同类的尸体，它们却无动于衷，还继续攻击我们。”

“它们会吃自己的同类吗？”德利安尽量不去看伊蕾拉，她正全神贯注地将手指插入莫罗克斯黏兮兮的脑组织内检查。然而，眼前的景象又特别令人着迷。

“我也不知道。我觉得我们不应该按照地球生物的标准来评判它们，虽然大家都会觉得动物的本能行为应该是基本相同的。”

“也许吧。”德利安说，“所以你在找什么呢？”

“那得找到了才能知道。”伊蕾拉冷冷地说。

“好吧。”德利安很熟悉这种语气，不管他说什么伊蕾拉都不会停手的。

那棵最大的睡树旁传来一阵欢呼声。他的同伴们已经将收集来的灌木丛堆在了树干旁，火也已经剧烈燃烧了起来，无烟的火焰射向上方的树枝，树枝也开始烧了起来。

德利安很高兴能有个借口转移一下注意力。尽管凛冽的寒风不断吹过斜坡，但他还是感觉有些迟钝。缺乏睡眠与手臂的疼痛似乎让他的整个身体都变得难以忍受地沉重。这感觉很奇怪，尤其是他还空着肚子。一想到用不了多久他们就要用手压式过滤器，这种抑郁的感觉就越发明显……

法拉尔和乌雷特在轮流用斧子砍另一棵睡树，砍击的声音回荡在清冷的空气中。其他男孩在忙着把树枝拽到越烧越旺的火堆上。德利安抬头看了看令人陶醉的空旷天空和天空上的人造星星

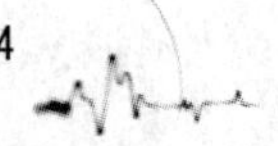

舰队。“为什么空中要塞看不到我们呢？”他咕哝道。

“为什么要在朱洛斯养这么多外星掠食者呢？”伊蕾拉说。她站了起来，擦掉双手上黏兮兮的莫罗克斯血。“说真的！当然，他们可以养一些放在轨道上的外星生物栖息地里，储存它们的基因分子做研究。可为什么要放到野外去呢？这一点都说不通啊。我们的祖先花了一个多世纪的时间，就是为了把这个世界地球化到可以居住的程度，好让人类文明在这里繁荣发展。可现在呢，我们都不敢迈出庄园一步，因为那实在是太危险了。”

“对敌人来说也很危险。”

“说得好像他们会亲自踏足这里似的。他们唯一能送到这儿的，也就是一些世界末日式的小行星吧。”

“那你说是为什么？”

“我不知道啊！”伊蕾拉叫道，语调中透着苦涩。

德利安有些惊讶，看到伊蕾拉这副受伤挫败的样子，他也很不好受。他觉得伊蕾拉都快要哭了。伊蕾拉向来都是很沉着冷静的，但这次的情况非常特殊。德利安想都没想就搂住了伊蕾拉，她的整个身体都紧绷着。“我记得有人告诉过我，答案总会有的，你只需要弄清楚去哪里找就行。”

伊蕾拉点点头，速度很慢，也很勉强。“我知道。”

“你在莫罗克斯的大脑里发现什么了吗？”

“没有。”

“那你是在找什么呢？”

“我也不清楚。某种会让它们如此行事的东西吧。”

“它们的行动都一样。”

“我知道，这让我很担心。我很害怕，德利安。”

“我也是。”德利安轻声说，“不过我们会熬过去的。”德利安紧紧握着伊蕾拉的一只手。他转向睡树的方向，那棵睡树已经变成了一堆巨大的篝火，仿佛火箭尾焰一般。之前点树的男孩们都后退到了很远的地方，因为那篝火实在是太炙热了。“空中要塞经过的时候肯定会以为我们是在拿激光器闪他们，这红外线信号真是太强了。”

“嗯。”伊蕾拉弯腰亲了他一下，“知道我在想什么吗？”

“什么？”

“这个地方就是我们的扎格列欧斯。这又对我们造成了怎样的影响呢？”

“逆水行舟还没有桨？”

“不是！是我和你，看看我们。你这一头红发，简直就是圣徒卡勒姆。”

“对！”他笑道，“那你就是我的萨维了。”

“他们最后成功逃脱了，不是吗？他们都回到了家。”

德利安听得出她声音中的急切，还有那种绝望感。“是的，他们是回去了，还在内比萨过了几十年幸福美满的生活。”

“既然他们可以做到，那我们也可以。”

“卡勒姆一直都是我最喜欢的圣徒。”德利安承认道。

“我最喜欢尤里。”

“哦？我觉得你简直就是坎达拉。”

“哦，不。她用暴力来解决一切问题，虽然没有阿利克那么极端。而尤里会通盘考虑他所面对的问题。还记得那个失踪男友

的故事吗？他就采取了适当的调查措施，并根据事实做出了判断。而且他锲而不舍，直到完全结案。这才是我一直向往的。”

“他也能做得很冷酷无情，在追捕霍拉肖的时候就死了不少人。”

“那又不是他的错。——呃，除了配对人的部分。而且那样的人活该被送去扎格列欧斯。”

“嗯……”听到周围忽然爆发出的叫喊声，德利安皱了皱眉，环顾四周，看到男孩们正在喊着他的名字，还疯狂地比画着。赞特也举起了手里的匕首长矛，指着德利安和伊蕾拉的方向，脸上的表情……德利安缓缓转过身，恐惧让他感觉自己像是掉进了冰里。

一只美洲狮正站在飞行器机舱的顶端，摇晃着脑袋，盯着机舱下的他们。它从嗓子眼里发出一声低沉的吼叫，前腿一弯，摆出了准备突袭的姿势。

“到篝火那边去。”德利安轻声说，嘴唇几乎都没有动。他轻轻挪动身体，挡在了美洲狮与伊蕾拉之间。

“小德——”

“快！”德利安自己也缓缓后退，推着伊蕾拉一起，眼睛还在地面上疯狂扫视，寻找松动的石头，就像伊蕾拉之前用过的那块一样，好拿来对抗这致命的野兽。他知道这没什么用处，但他可不想就这么束手就擒。

美洲狮纵身一跃，那强健的肌肉虬结成一团，它猛地扑向他们。紧接着就是一声爆炸。前一秒它还是完美进化的杀戮机器，后一秒就变成了一团火光与碎肉。腥臭的气味喷了出来。这团烧焦了的烂肉四处飞溅，落在了距离僵住的德利安不到两米的地方。

德利安跪倒在地，干呕了起来。伊蕾拉尖叫着，同伴们也大叫着纷纷跑了过来。

一个阴影落在了他们中间。德利安颤抖着抬起头，一脸不可思议地看着那巨大的飞行器静静地从万里无云的天空中降落。

评估小组

费里顿·凯恩
尼基雅
2204 年 6 月 24 日

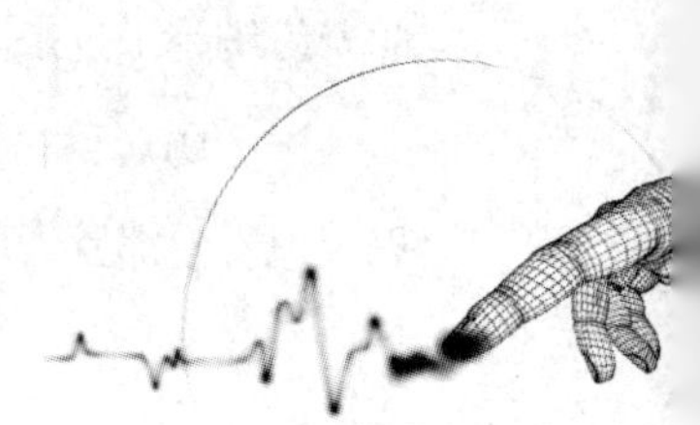

我完全被尤里和卡勒姆他们两个翻旧账的方式惊到了。两个人激烈地争论着那些琐碎的问题，互相指责，认为对方才应该对某事负责任，双方各不相让。等这个未做删减的版本完整地呈现在眼前后，我才发现，我所了解到的情况并没有比联协官方安保文件中所列的内容多出多少。

从我所处的立场来看，卡勒姆一直都是外星间谍的绝佳候选人。整件事都让人怀疑：2092 年，他死于阿尔巴尼亚化工厂爆炸，与他的应急排毒组队员一起获得死亡证明。英国官方出生与死亡登记处在培拉特“事故”一栏中记录了他们所有的人。之后他和萨维又于 2108 年正式出现在孔雀六行星系，他们还带着孩子，就好像什么事故都没有发生过，他的死亡只是官僚机构的一次误判而已。这次他是作为内比萨定居点建设工程的高级技术经理被选中的。

这种档案资料上的不连续性，正是我一直在寻找的那种记录保存中的错误。卧底特工占用新近过世者的身份，一直都是情报界的惯用手法，这种做法甚至可以追溯到 20 世纪。而且卡勒姆的位置也很合适。早在一个世纪前，安斯利就认可了他的决心与能力。自那以后，他在乌托邦就一路高升，最后成了埃米利娅·朱里奇的私人技术顾问，而埃米利娅·朱里奇是乌托邦运动的创始人之一。如果他真是外星间谍的话，他就处在了一个绝佳的位置，可以煽动高级理事会对奥利克斯人日益增长的排外情绪。

自 2144 年（卡勒姆所谓的“死亡”发生五十二年后）生命救赎号抵达太阳系以来，人类政治精英对奥利克斯人的敌意就在稳步增长。对外星种族的怀疑可以说是人类本性的一部分，这是比较容易理解的。而不能用逻辑来解释的，就是埃米利娅·朱里奇和安斯利·赞加里他们在过去的几十年里展示出的高涨的偏执情绪。一定有什么人，在什么地方，一直在用大量的破坏性的废话滋养着这种偏执。

我们所得出的结论是，可能存在着一种非常不同的外星人——可能是奥利克斯人的远古宿敌？这点没人能够确定——也悄无声息地来到了太阳系（具体时间不明），并且一直致力于向身居高位的人类释放他们的影响力。我在联协太阳系外安防处的真正目的就是找出这些间谍。

现在，他那所谓的“死亡”已经被我的老板尤里确认并解释，这样看来就不是卡勒姆了。很明显，在 2092 年后，没有地球上的公司或太阳系的殖民地会雇佣他。不过，新兴的乌托邦确实是一个不错的选择。他们的理想目标是配备相应的技术密集型基础架构，建立起一个纯粹的、公平的后稀缺[1]社会。孔雀六欢迎所有拒绝接受统治地球及其他地球化行星的普世主义文化的人。而这，

1. 后稀缺是商品、服务、信息大量存在，人们可以无偿占有它们的一种现象。

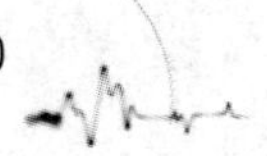

事实上就让乌托邦成了他唯一的选择。

“萨维后来康复了吗？”洛伊问。他与杰西卡和埃德伦同桌，三个人一直都没有说话。

卡勒姆还沉浸在苦涩的回忆中，他那深沉的灰绿色眼睛花了一点时间才将目光聚焦在他宿敌的助理身上。“康复了，谢谢。萨维康复了。我们一起生活了将近三十年，还有了几个孩子。所以，是的，这一切都值得。”

尤里哼了一声，又喝下一杯冰凉刺骨的托瓦里奇伏特加。整个晚上，服务员都在不断地为他提供这种结了霜的小杯酒。我开始觉得我的老板是不是安了某种特别的外设来帮他过滤掉酒精的毒性。因为除了那越来越火暴的脾气之外，他没有显露出来一点喝多了的迹象。

阿利克似乎也有同样的抗性——也可能是同样的外设。他坐在自己的座位上，正喝着他的第三杯波本威士忌，眼睛微闭，但并没有骗过我：他的注意力都集中在眼前的这场冲突上。

相反，坎达拉坐得笔直，从头到尾都全神贯注。“我从来都不知道扎格列欧斯最早是个那么黑暗的流放地。”她说。

“都是历史了。”尤里咕哝了一声，“三年后科内斯托加小行星就作为刑事流放殖民地公之于世了。正如项目发起人的预计。而且作为已注册的独立政府，任何国际法庭都不能像处罚公司那样处罚科内斯托加。”

“政府个屁！”卡勒姆骂道，“科内斯托加就是木星轨道上一块直径一百多米的毫无价值的破石头，上面有个附带宿舍模块的自动化工业基地。总人口只有五十。”我注意到他看了一眼休息室里的三名助理，急切地希望获得他们的理解，让他们站到自己一边。“所有人都是公司律师。”

“科内斯托加为太阳系内的其他政府提供了一个流放不良分子的目的地。”尤里说，“所有人都同意要改善那里的生存环境，结果呢，等着入住的犯罪分子都排到了六个月之后。扎格列欧斯的生活条件确实艰苦，却有效。监控卫星显示那里的文明在稳步扩展。他们现在甚至都发展到了峡谷之外，在地表建立起了加压穹顶。是我们驯服了这帮浑蛋。”

“是吗？”卡勒姆说，“卫星有没有告诉你，在这个过程中到底死了多少人？”

“你要是介意，就给他们一个地球化了的新世界。或者干脆开放一颗你们珍贵的乌托邦行星，给那些被误解了的可怜的公主们。怎么，你不愿意？真让人吃惊啊。”

卡勒姆站了起来。“我们不能把扎格列欧斯当作文明的进步，这他妈是一次可耻的倒退。对于穷人和失去公民权利的人，只有教育和有尊严的生活才是真正的解决方案。乌托邦社会很少出现你们所谓的流放犯罪分子，我们根本不流放他们，只是让他们远离主流人群，并向他们提供舒适的居住环境与支持。这是我们社会的胜利。”他的目光扫向游侠开拓者内的各位，“我不知道你们来自哪个时区，反正我是到睡觉的时间了。”

等他消失在后舱的隔间后，尤里才开口道：“其实，我们的法官并不需要判处多少人流放，因为扎格列欧斯的存在已经足够威慑民众了。”

洛伊点点头，好让他的老板看到他的赞同。

“不，事实上，这真是太卑鄙了。”说着，埃德伦也起身朝后舱隔间走去。我有点好奇 Ta 要怎样睡到睡眠舱里去，那些睡眠舱都是标准尺寸，嗯……这是我们的一个小疏忽。也许晚上 Ta 可以把腿伸到过道里。毫无疑问，我们明天就会听到关于对性转人的偏见与反歧视的抱怨了。

“我想今天也就到此为止了。”坎达拉说。

“主意不错。”尤里附和道。

所有人各回各的睡眠舱。桑杰为我连接上司机，比·贾因向我保证我们的时间充裕，前往外星飞船的行程一切顺利。听到这些，我也放心地睡觉去了。

* * *

我起床时，洛伊、埃德伦和杰西卡都已经起来了，三个人还是坐在一桌吃早餐。看起来他们三个人似乎在弥合尤里和卡勒姆之间深刻的意识形态鸿沟，年轻人嘛。

阿利克走了进来，因为刚冲过澡头发还是湿漉漉的。他坐在我的对面。“居然没有健身房。”他抱怨道。

“是啊，很抱歉。”

阿利克笑了笑，从服务员那里点了咖啡和吐司。“昨晚你老板可真是进行了一场大摊牌。我感觉就好像在最前排座位上见证历史一样。”

“基本事实我也知道，不过，的确，他们昨天透露出的一些细节就是另外一回事了。”

“这趟他们俩都来可真是个奇迹。”

“事关重大。”

“是，我懂。不过选中他俩是不是还有点什么别的原因？”

我扬起一侧的眉毛，仔细观察了一下这张不动声色的英俊的脸。阿利克·蒙代要是打牌的话绝对是把好手，他这人说起话来滴水不漏。不过声音——会传递不少情感。我猜他一定是练过。“联协在这里可没有倾向性，阿利克。”我反驳道，“乌托邦方面强烈要求要在评估小组里有他们的代表。”

“而卡勒姆就是他们最重要的麻烦解决大师。”

“他是二级公民。”

“你要是觉得他是来提供技术评估的，那你就是在自欺欺人。是，他是技术出身，不过现在他也有自己的跟班来做这种事了。”阿利克微微摆手，指了指埃德伦和杰西卡。

“你想说什么？”

“他直接向乌托邦高级理事会报告，甚至还不止。我猜他的意见会直达亚鲁和埃米利娅那里。而那些意见应该全都是政治性的。”

“这我同意。”我告诉他，“安斯利也这么认为。这也是他让我在队伍中囊括所有真正重要的利益相关方代表的一个原因。”

“是吗？”这是个反问句——很老派的讯问技巧了。*说话要前后一致。*

“历史上也出现过类似的情况。”我解释道。

“你说。”

“在20世纪五六十年代，最早的太空时代来临时，一部分意识形态领域的斗争就是围绕着第一次接触的假设展开的。苏联认

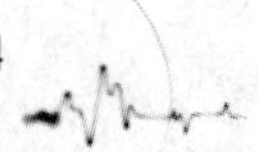

为，一个先进到能够进行星际旅行的文明，在逻辑上必然是社会主义的，因此他们应该只和莫斯科接触。到那时，意识形态领域主导权的斗争将会结束，世界将经历新的启蒙运动，资本主义时代将会终结。”

“外星人都是共产主义者？这太扯了。奥利克斯人都是精明的商人。”

“也许吧。不过今天，没有了苏联，但我们有乌托邦主义——”我看了一眼埃德伦和杰西卡，两个人正跟洛伊相谈甚欢。“他们自己肯定会用冗长乏味的话来解释，说他们后稀缺时代的平等主义不是社会主义，而是一种在技术驱动下平等的人文主义的进化。”

“天哪，所以你是说卡勒姆来这里是要确认星际那些外星人都是——”

“可爱的小乌托邦主义者？是的，小心哦，孩子，资本主义的末日不远了。”

“他是要按照他们的方式来进行接触？”

“乌托邦社会讲究温良恭俭让。他们认为外星人会本能地赞成这些。”

“温良恭俭个锤子。明明是一潭死水。”

“是吧。”

“哦，得了吧，见鬼，你可是为联协工作的。普世主义的市场经济世界和各个定居点多有活力。奥利克斯人跟乌托邦就没有多少生意上的往来。”

“奥利克斯人就是一个单只飞船的殖民群体，只关心继续他们那通往宇宙尽头的路途，想要在时间尽头见到他们的神。其他东西都是次要的，所以他们会从权应对各地的情况。在太阳系，就是要和地球以及其他定居点进行交易，以便获得能量来补充他们的反物质供应，继续航程。所以他们就进行交易。问题是，要是一开始到达的是孔雀六，那他们现在可能就在与阿基沙接触而根据乌托邦主义行动呢。”

“这不会戳破他们那套狗屁泛银河乌托邦理论吗，说什么每个种族都乐意采纳后稀缺时代的仁爱思想？”

“就奥利克斯人而言，是的。所以卡勒姆才会希望这次能有个更好的结果。”

“那尤里又是什么情况？”

我微微靠近了一些，压低声音：“这话你可不是从我这儿听来的。尤里就是个狗娘养的外星排外主义者。奥利克斯人的事就让他很不爽。”

“为什么？”

“很显然，他一点都不喜欢 K 细胞。”

“他疯了吧。那不是个医学奇迹嘛。而且还便宜得很，简直人人受益。”

我耸耸肩。“他就是那种人。”我靠回到椅背上，笑了笑，不知道这颗怀疑的种子最后能不能长出点什么可供我用在任务中的东西来。

* * *

游侠开拓者外面，尼基雅的景色正变得越来越暗。我们走过

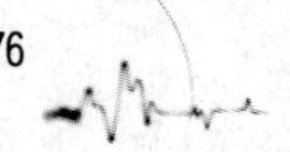

的长长的碎砂石地已经变得如火山灰般漆黑。也许这才是这里的本来面目，不过我也不是地质学家。

卡勒姆在接近中午时才出现，一进来就对着咖啡机一顿操作。他和尤里冷淡地点了下头。他们俩之间的战争还没结束，也许永远也结束不了。不过至少现在是停战时间。

阿利克过去坐在了尤里旁边。一开始，两个人都看着窗外，这时我们正好经过猩红色的频闪信标灯，刺目的红光照在他们的脸上，给两个人都蒙上了一层奇怪的鲜红色，频闪的光芒照在眼皮上，投下的阴影就仿佛戏剧中的眼泪一样。

“那么，如果经过认真分析后，我们认为那艘外星飞船有敌意，接下来会怎么样？”阿利克问，“我们带核弹了吗？”

“我们的安保无人机应付得了高强度的侵略行为。”尤里告诉他，“要是飞船表现出积极交战的姿态，无人机会掩护我们撤退。”

“撤到哪儿？”

尤里皱了皱眉，仿佛怀疑自己听错了。“当然是撤到这里了。”

“天哪，你是说这是辆逃生车吗？”

“那艘飞船已经被完全隔离了。除了附近区域外对任何地方都构不成威胁。要是真出了什么事，我们可以回去带大部队再来。”

“除非它把我们都干掉了。然后派来找我们的人也被干掉，接着是派来找他们的人……临界值是多少？二十队？”

“这里与太阳网没有连接，但有卫星在监视。如果队里的G8图灵机发现任何问题，自然会启动相应的预案。”

“好极了。”阿利克咕哝了一声，“结果我们跑得还是跟走路一样慢。”

“任务开始前你就已经知晓所要面对的风险了。”

“风险，好吧。不如说是你的偏执。”

“我们需要确保的是全人类的安全。这可不是小事。”

“得了吧。我们能穿越星际也不是为了什么帝国的荣耀，根本没那回事。”

“我们的历史经验不能被拿来作为分析外星生命动机的模板。”尤里淡淡地说，“这艘外星飞船执行的可能是某种侦查任务——探测加评估，与我们的评估小组相当。不论是什么，他们都窃取了人类来进行研究。这就已经让他们带上敌对的性质了。”

“我们能确定那些人是被偷来的吗？”阿利克反问道，“见鬼的，也许他们是在逃难或是躲避战祸呢，说不定外星人只是帮了他们一个忙。我们距离地球可是有八十九光年，要是那艘飞船的速度低于光速，那他们离开地球的时间就可能是过去五百年内的任何时间。那时候的破事可不少，可不是我们最美好的时代。”

“逃什么难？”

“首先就是第二次世界大战。想想吧。当你被困在闪电战中的伦敦，有个奇怪的家伙可以带你逃走，给你和其他一些人在新世界开始新生活的机会，唯一的代价就是再也回不来了。你肯定会接受这个提议的。我们现在拥有差不多二十颗地球化的行星，每颗星球的开发代价，无论是在财政还是在政治上，在当时都是史无前例的。要是拿出其中的一半来修理地球，那我们现在就能拥有一个真正的天堂了。可惜，重新开始是我们人类最大的美梦与妄想，甚至能够胜过宗教。”

“善良的外星人从天而降拯救众生？”尤里嗤之以鼻，“怎么，

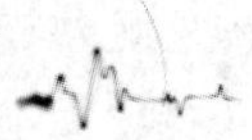

这在你愿望清单上吗？”

阿利克摊开双手。“那飞船上为什么会有人类？”

“我们目前所掌握的信息还不足以做出结论。”

“见鬼的，我就知道。我只是提出各种可能性，仅此而已。广开思路。我们来这儿不就是为了这个吗？一切因素都值得思考。”

“那你觉得应该是什么？”坎达拉反问道，“你讲了不少理由来论证他们是善良的。所以他们是在从残酷的地球上拯救有价值的人，还是说他们是怀有敌意的帝国主义者，在为他们的实验室采集标本，好全天候进行直肠检查？”

阿利克快速向她行了个礼。“我做好了他们怀有敌意的准备，不过理智上而言，我觉得这不大可能。”

“为什么？”尤里厉声问道。

“理由很充分了。你是不会为了侵略而穿越星际的，你只会为了政治或旅行，就像我们一样，还有科学，也和我们一样。不过最重要的驱动力还是艺术，因为你可以。”

“你要真那么想，那你就是个蠢货。你这是把人类的行为特征套在外星人身上——这是最差劲的一种拟人观，而且在理智上也是不诚实的。他们抓了那些人，很有可能是违背了那些人的意愿。不管他们到底是什么样，他们都不是我们的朋友。”

“那你这就是偏见了。”

“我的结论来自我们目前已经获知的信息——虽然信息量还很小。真正让我担心的是那些我们不知道的东西。发生冲突的可能性是非常大的。外星人可能会以各种微妙的方式对我们产生影响。我们与他们的遭遇表明，我们总是易于被改变的。”

“他们？”埃德伦问，“你觉得我们遭遇过多少外星人了？据我所知，目前才是第二次。”

“确实是。”尤里说，“不过看看奥利克斯人对我们造成的影响。”

“他们带来了知识。”

“不，他们没有。只有一些生物技术的小发明，仅此而已。并没有什么真正的知识，也没有什么启示。他们是我们所知的被动进攻的最佳例证。不过你对一帮宗教狂热分子还能有什么期待呢？”

这种话我听过很多次了。这也是我极力推荐我的老板亲自参加这次探险的原因之一。我希望他能对他的同僚敞开心扉，为我们好好讲讲他那排外主义的来由与洞见，他从没有对我讲过。尤里与安斯利的关系就像卡勒姆与埃米利娅一样——至于安斯利，你可能再也找不到比他更偏执的了。

坎达拉一脸惊讶地看了看尤里。“我没有看出来他们有什么侵略性啊。在我看来他们完全就是被动的。”

“那只是表演的一部分而已，他们会适应环境。我不怪他们，这是个成功的生存策略。要想成功旅行到时间尽头你就需要这样的东西。就连奥利克斯人自己也不知道接下来他们会遇到什么，所以他们要做好应对一切的准备。”

“你是说我们所见到的不是他们真正的面貌吗？”

“不，正相反。他们看到我们，就调试自己去适应我们所生存的环境。这就是真正的他们，只不过对我们而言，这就好像是在照镜子一样。”

“你们，太阳系，把他们变成了商人。”卡勒姆说。

“当然了。”尤里说，“他们来到这里，环顾四周，明白了重建他们的反物质供应需要做些什么——于是他们就做了。没有丝毫犹豫，没有丝毫后悔，也不计一切后果。”

“与我们交易K细胞对他们有什么影响吗？”埃德伦惊讶地问，“我没看出来。在普世主义各个世界，K细胞疗法可是拯救了数以百万计的人的生命，那些负担不起干细胞打印和组织克隆的人的生命。这才是你生气的原因。”

“我并不是说K细胞对我们不好。”尤里说，“而是说奥利克斯人的本质，如果他们遇到的是政治方面像我们一样复杂的种族，那这种能力就是有害的。他们缺乏鉴别力，因为他们全部的热忱都在实现他们自己的目标上，实现这个目标的方式对他们来说并不重要。他们需要我们的钱来购买我们的电力，所以就适应我们的方式去获得它。我们的每种方式在他们看来都是机会。其他东西对他们而言大概就是罪恶吧。”

“你讨厌他们是因为他们都变成了资本主义者！”埃德伦叫道。

“不是。”卡勒姆哼了一声，“是因为他们是更出色的资本主义者。”

“你们还不明白。”尤里冷静地说，“他们没有我们的道德准则。对他们而言，如何去获得金钱并不重要，会造成什么后果也不重要，而为生命救赎号提供能量可是要花不少钱，这才是最重要的。所以我们才要保持高度警惕。”

“钱总能扭曲一切。”阿利克说，“这没什么新鲜的。人性的贪婪永不变。要我说，这只是让他们更像人类了而已。”

“你错了。”尤里淡淡地说，“根据你的工作经验，你应该知道当真正牵扯到金钱的时候，人类可以沉沦到什么程度。因为我们的底线会无限降低，所以奥利克斯人也会。我们塑造了他们当前的行为。而我亲眼看见过这种后果，情况并不好。”

我饶有兴趣地看着阿利克，他的面部肌肉终于有了变化，这大概就相当于他怀疑的表情了。“比如？”他问。

尤里与时间的赛跑

伦敦
公元 2167 年

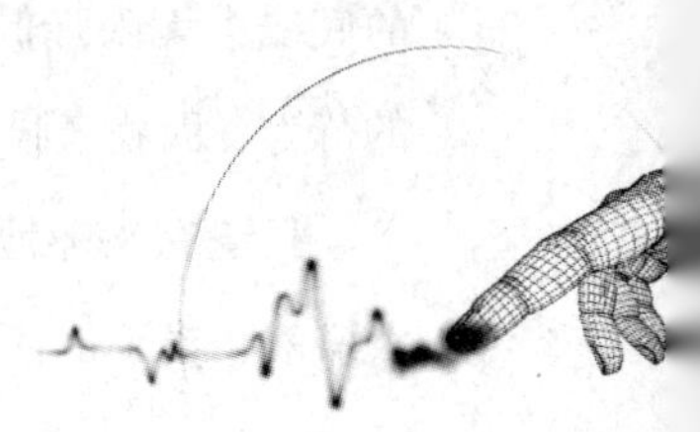

即使以欧洲的新标准来看，2167 年的夏天也是极端炎热的。在尤里的伦敦办公室，与 8 月底的恶劣气温相比，嗡鸣的空调机并没有让室内的温度有所下降。周四早上刚到十点一刻他就想要打开窗子了，只不过这不可能——他的办公室在六十三楼。联协雄伟的欧洲中心大楼坐落在格林尼治半岛，是一座由玻璃和黑色石材建成的新哥特式螺旋形扭曲摩天大楼，足有九十层高，就像是堕落的异教徒大天使所掌管的瞭望塔，守卫着城市，抵御从泰晤士河而来的入侵者。从尤里的办公室可以看到远处地平线上巨大的达特福德大桥的完整图景，景致非常完美。不过也是这扇全景大窗让他从早上开始就享受到了倾泻进来的阳光。

从 2069 年起，地球就用上了太阳能井提供的能源。到 2082 年，最后一批热电站也全部关闭。而整个 20 世纪和 21 世纪所产生的二氧化碳需要八十五年的时间才能被生物圈消化。气候学家一直在说，这段时间足够使大气稳定到工业革命之前的水平，也就是理想化的标准。不幸的是，他们那精密的电脑模拟预测从未与现实相符，所有气候学家都承认，2167 年是温度渐降曲线上的一个高峰。新绿运动将之归结于太阳的异常活动，这个重视意识形态胜过科学的组织认为，这是太阳能井滥用日冕能量的结果。

尤里才不在乎为什么天气热得这么离谱，他只想让这讨厌的热浪赶紧过去。

“行政优先呼叫。”鲍里斯说，“波伊·李找你。”

“见鬼的。”尤里克制住拉紧领带、系上第一颗纽扣的冲动。他想不出有什么事会让波伊·李亲自打电话给他。她十九年前退休，之后立刻成了一名直接向董事会负责的独立安全顾问——这让她的继任者大为沮丧。“把她接进来。”

“尤里。”波伊·李说。

“波伊，好久不见了。”

“有什么有趣的情况要报告吗？”

“也没什么。有什么有趣的理由给我打电话吗？”两年前，他转任联协公司奥利克斯人观察办公室的负责人，这个部门虽小，却都是些精英人物。那时候，尤里还不太确定从他之前任职的太阳系生境安全办公室总监转任这个职位算不算升职。不过这个观察办公室是安斯利亲自建立的。2144 年，奥利克斯人的生命救赎号减速进入太阳系。十年后，安斯利就建立了这个机构，并且给予了尤里近乎无限的权力。除了完全被困在了办公室，这项工作还是很有意思的：研究奥利克斯人对地球和各个定居点的政治经济的影响。这也让他得到了与某些影响力巨大的人物接触的机会。他觉得，这将是他升任联协公司安全主管的重要一环，能够证明他拥有与自身绝佳的行动能力相匹配的管理能力。

“有件事我们希望你能亲自调查一下。”波伊·李说。

“我们？”

“安斯利和我。”

他条件反射地立刻坐直了身子。“明白了。”

“而且这比较急。”

* * *

尤里穿过安保部的传送门进入公司的伦敦总网，从那里可以进入伦敦地下枢纽的内环。沿径向通路进入斯隆广场站，再沿国王路走一小段——那条街上有不少银蓝双色的双人自动出租车在行驶，他就来到了波伊·李所给的地址。那是一栋优雅的摄政风格砖砌建筑，里面是为有钱人准备的装修奢华的临时寓所，它俯瞰着一个有着高大的梧桐树的小广场。他至少认出了五名保安，他们都穿得跟普通人一样，在广场上闲逛。尤里不由得在心里想道，不知道还有多少是自己没认出来的。

鲍里斯给了他进门的密码，那门还扫描了他。然后表面光洁的黑色大门缓缓打开，它看起来是木头的，但其实不是。大厅里站着两名保安，他们的制服看起来非常昂贵。保安打了个手势示意他进去。

尤里不由得对那古旧电梯上的金属栅栏门和手工打制的铜把手发出一声赞叹。电梯发出一阵轰鸣，摇摇晃晃地升上四楼，他是电梯里唯一的乘客。

波伊·李正在门口等他。她看起来简直就和一个世纪前尤里刚开始在联协工作时所见到的一模一样，只不过变得更精致了一些，仿佛端粒疗法蛀空了她的内核，只留下了一个女人的躯壳。

“很高兴你能来。”她边说边带尤里进入顶层公寓。

室内的装修很经典：大理石地面配上高高的天花板，金色的大吊灯映照着古典大师的油画和同样经典的巴洛克风格的现代作品，家具是统一的路易十六风格，都是些沉重的手工制品，看起来坐上去就不舒服。

安斯利·赞加里在休息室。尤里不由得感到一阵钦佩。一百三十六岁，这位有史以来最富有的人花在基因治疗上的费用大概相当于一个中等规模国家的军事预算。他所使用的抗衰老疗法已经远远超越了简单的端粒延长。而单这一项就能花掉尤里几十年来所攒下的丰厚奖金。任何一个不认识他的人都会觉得他只是一名普通的四十岁男子，平时注意饮食与锻炼。就连他的头发也从银灰色变回了更显年轻的棕色，好像毛囊褪色只是季节性的，而如今他又一次回到了春天。

“尤里，很高兴见到你。”他握手的力道很足，凸显出轻松活力。

“长官，波伊说这次的事情很紧急。”

“是的，我来跟你介绍一下。这位是格温德琳。”安斯利示意了一下旁边那个十几岁的姑娘，她坐在古董椅上一副不自在的样子。

“很高兴见到你。”尤里下意识地说。鲍里斯正在运行面部识别程序，不过联协的资料库里没有她的信息。这可不是个好兆头。任何重要人士的资料联协都有。他让鲍里斯查看一下这座顶层公寓归谁所有。鲍里斯回答：它属于一家公司，注册地在阿基米德，那是一个木星轨道外的定居点，以零关税区为主要产业卖点。

“抱歉给你们造成了这么大的麻烦。”格温德琳说，她的语调很高，犹犹豫豫的。尤里停止了分析，仔细打量了一下她。显然，她长得很漂亮，但并不是普通十几岁姑娘的那种漂亮。格温德琳的打扮近乎完美，显得很自然，又不廉价。个人形象设计师和良好的教育创造出了这种油然而生的优雅。尤里觉得她应该十七八岁，清瘦的脸蛋搭配棱角分明的下巴让她的脸颊仿佛玻璃刀一般锋利。小巧的鼻子上长满雀斑，金色的长发有着健康的光泽，可与休息室里闪闪发光的金饰相媲美。她身上的衣服也是一种带有欺骗性的简约风：白色和猩红色相间的棉布质地，方形的领口，刚到膝盖位置的裙摆。尤里一眼就看出这绝不是某个制造商打印出来的，而是来自罗马或者巴黎的时装，绝对价值不菲。格温德琳一看就是个金童尤物。所以问题是：她是个被宠坏的小妞，还是个需要破财的小情人呢?

“请千万不要这么想。”尤里用所能表现出的最真诚的语气说。

“格温德琳是我的孙女。”安斯利说，语气中透着一丝骄傲。

尤里一下子警觉了起来。这个事实并不在联协安保网络的任何档案资料中，这就非常奇怪了。安斯利结过九次婚，官方承认的子女就有三十二个，他们绝大多数都在联协的管理层工作。作为回报，他们为他生育了数不清的孙辈和曾孙辈，整个庞大王朝里，从专心致志的工作狂到头脑空空的公主什么样的人都有，每个人都有专人保护，安保水准堪比当年保护地球上的核武器代码。

“我知道。”安斯利有些懊悔地说，“你找不到有关她的任何记录。她祖母娜塔斯卡娅和我有过一段风流韵事，结果就有了埃维特。娜塔斯卡娅不想让埃维特牵扯到联协里去，也不想他跟家族里的其他人扯上关系。这我都不怪她——谁都知道我们不是一群善于内省的圣徒，所以我尊重她的意愿。出于谨慎考虑，我设立了一个信托基金，有了格温德琳后，基金的规模又扩大了一些。他们三个一直生活在媒体的聚光灯与公司的政治圈之外，自己过得很好。我与他们只维持最低限度的联系，这很让我伤心，但我也只能忍着了，所以大家都过得很满意。”

“我明白了。”尤里说着外交辞令，“所以发生了什么事？”

“霍拉肖·塞莫尔。”格温德琳的眼泪一下子涌了出来。

“他是什么人？”

“我男朋友。他失踪了。”按她的解释，这是一场典型的夏日浪漫事件，是她第一次坠入爱河。她刚开始在伦敦一家财务软件公司实习——完全是靠自己的努力获得的，安斯利自豪地插话来补充说明。霍拉肖是伦敦市哈兹毕恩茨连锁咖啡厅的侍者，格温德琳经常去那家咖啡厅。霍拉肖十九岁，在布里斯托大学学习社会学，所以他在暑假申请了咖啡师学徒的职位，好挣点学费。他想要在工业城镇从事与贫困儿童有关的工作，帮助他们，让他们的生活走上正轨。

尤里强忍着没有翻白眼哼出声。典型这个词已经不足以形容这段关系了，他想。这简直就是《查泰莱夫人的情人》的22世纪翻版嘛。她过着舒适的生活，在自己的阶级中受到很好的保护，成了一个社交名媛；而他贫穷又谦虚，将自己的生活都奉献给了崇高的事业。他们之间的吸引力是核武器级别的。收到格温德琳的分我应用发给鲍里斯的照片后，尤里发现自己很难下结论这两个孩子里谁才是最漂亮的那一个。尽管考虑到这个夏天天气异常炎热，霍拉肖赤裸上身与同伴们一起踢球、在海边玩耍、在公园

休憩的照片也还是太多了些。考虑到社会工作者的戏码，可以说他是个很崇高的人，而且他还拥有强健的体魄，加勒比海血统让他拥有了一身漂亮的肌肉和浓蜜似的肤色，还在他那双棕色的眼睛里点上了充满活力的火花。他的一头长发卷曲而又蓬松，更增加了他的吸引力。

“明白了。”听完这个有史以来最新的、最伟大的爱情故事的复刻版之后，尤里缓缓说道，“所以你刚才说他失踪了，为什么会这么想呢？”他可以想象得到可爱的格温德琳对她的新男友有多忠诚多投入，不过霍拉肖的年龄……这小子简直就是个辣妹与美洲狮的收割机。他现在很可能正在某个女性内衣模特奢华的卧室里彻夜奋战呢。幸运的小浑蛋。尤里尽力将注意力拉回到眼前的女孩身上。

“周二晚上，我是在他公寓和他一起过的。”格温德琳说，“周三早上，我回这里换衣服准备工作，很早就离开了。我们定了那天晚上 SungSolar 乐队在 J-Mac 俱乐部演出的票，结果他没来。”

“所以，是一天半之前？”

“我知道你在想什么。”格温德琳愤愤地说，“可平时我们一天到晚都有联系。我每天还去他上班的哈兹比恩茨咖啡店一两次。从我周三早上回来后，他的分我应用就一直不在线，各种呼叫也都不回，就连电话直连也是。中午我去店里时他也不在，经理说他早上就没来。我的分我应用查看了伦敦的急救中心登记系统，他没有进医院。晚上演出时他没来，我甚至还给他的父母打了电话。他们也不知道他在哪儿，现在连他们也担心起来了。昨晚我又去了他的公寓，但他也没有回去。”

“你一整晚都在？”尤里问，“就你一个人？”

“是。今天早上我接通了伦敦警情网，但他们的图灵机说要等霍拉肖失踪四十八小时后才能提交失踪人口报告。”她低下头，长发扫过脸颊，“你肯定觉得我是蠢极了才会找你求助，爷爷，但我不知道还能怎么办了。霍拉肖是不会一声不响就消失的，我知道他不会。我们互相了解彼此的一切。我们之间没有秘密。”

“他知道你的身份吗？”尤里问。

“他只知道我妈妈和奶奶的家境很好，仅此而已。”

“所以他不清楚你其实是赞加里家的人，不知道你是安斯利的孙女？”

“他不知道。”格温德琳小声说，“求你了，我只想确认他没事。”

安斯利拍了拍孙女的肩膀。“没事的，宝贝，你来找我是对的，我们会帮你找到他的。能让我们单独商量一下吗？”

格温德琳顺从地点点头，离开了休息室。

“我查看了伦敦警情网。”波伊·李说，“霍拉肖昨天早上没有牵涉进任何事件，也没有拘捕记录。他没有被警察关押。”

尤里拉下脸。“他还年轻。这就有很多可能性了，尤其是他没有全心全意的话。”

安斯利哼了一声说：“如果你是个精力过剩的十九岁小青年，能和格温德琳夜夜春宵，你还会出去猎艳吗？”

“众所周知。”尤里尽可能委婉地回答。

“这件事很不寻常。”安斯利说，“我他妈就不喜欢不寻常，尤其是当牵扯到我家人的时候。尤其是可能威胁到我家人的时候。”

“我们得把这几位女性也包括进来。”波伊·李说，“给她们提

供适当的保护。”

“对。”安斯利赞同道，“娜塔斯卡娅会杀了我的。这些都是她强烈抵制的。天知道涅瓦又会是什么反应。”

“涅瓦是谁？”尤里问。

“我的倒数第二任前妻。在我跟她结婚时，娜塔斯卡娅刚有埃维特。涅瓦都不知道。”

“哦。”尤里盯住波伊·李，努力维持面无表情。

“那你觉得呢？”安斯利问。

“好吧。”尤里深吸了一口气，“我们得考虑以下几种情况。第一种是霍拉肖和别的女孩或者男孩好上了，现在他很愧疚，不敢联系格温德琳，告诉她他们俩的关系结束了。第二种是他出了事，医院没有查明他的身份，这在当今这个时代可能性很小，但也不是完全不可能。第三种是他死了。我们得查看一下停尸房，不过同样，他应该已经被验明正身了才对。第四种是他招惹上了不该招惹的人。”

“不是勒索吗？”安斯利问，听起来他有些吃惊。

“我打算接受格温德琳的说辞，她没有告诉他你们之间的关系。如果是勒索，那就意味着有人发现了这点。”

“怎么会？”安斯利叫道。

“也许是法务部门的某个新手把文件搞错了，或者是负责信托基金的公司雇员身上发生了同样的问题，不然就是她的妈妈或者奶奶不小心说漏了嘴。”尤里顿了顿，衡量了一下各种可能性，“不过要说是被职业团伙发现了，那被抓的就应该是格温德琳，而不是他。除非……”

“除非什么？”

尤里看了一眼格温德琳出去时关上的那扇门。“她在骗你。”

“这不可能！”

“她跟你并没有多亲，而且一直以来都被排除在家族之外，享受不到应得的巨大财富、特权与名望。”

“好吧，在她的生活里我很少出现，这我承认。但她很清楚，只要她愿意，联协里随时都有她的位置。是她选择要独立的，她很努力地学习——而且也取得了好成绩。天哪，她才十七岁！在她这种环境中长大的姑娘，是不会想出这么恶毒的犯罪的。想要钱的话，她随时都能拿到，我又没破产，她只要开口就行。”

“好吧，明白了。所以这种情况发生的可能性不大。”

“我们得弄明白霍拉肖到底出了什么事。”波伊·李说，“但不能引起任何人的注意。所以才需要你，这事得低调。”

“波伊·李推荐了你。”安斯利说，“她说这种活就得你来干。我知道这件事很难办，要欠你一个大人情，不过去他的吧，这可是我的家人！”

“这很合情合理。”尤里尽量用公事公办的口气说，尽管他已经高兴到要飞起来了。*安斯利·赞加里的大人情？这简直就是我通向安保主管职位的快速通道。*“我的办公室拥有足够的行政权限，我会好好用的。我可以请求调阅任何必需的文件，开展任何必要的行动，而不引起任何人怀疑。”

“谢谢。”安斯利说，“很感谢你，尤里，我是认真的。”

尤里举起一只手。“这不是那种一个人就能进行的调查，长官。我理解并赞同这件事要小心谨慎，不过我要带我队里的几个人来

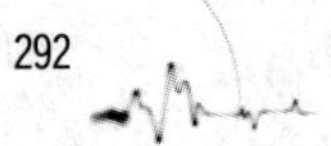

协助。不多，他们都是我能信任的人。”

“当然。”

“如果情况是寻常程度的糟糕，那我应该现在就着手行动了。”

“寻常程度？”安斯利问。

“他遇到了经济问题，或者在线下欠了债——不管是哪种他都不会告诉格温德琳的，不论他们有什么所谓的彼此忠诚。如果他欠那种人钱，那他现在很可能正在某个小黑屋里被揍个半死呢。危险在于，一旦他们让他崩溃——他们一定会的，他就会联系格温德琳，求她给钱。所以，首先我们要在格温德琳的分我应用上做个转接。如果他打过来，线路就直接转到我这里。”

“不管你需要什么，不管要花多少钱都没问题。只要你能搞定这件事就行。”

“明白，长官。”

* * *

在尤里返回入口大厅途中，还在那个摇摇欲坠的古旧电梯上时，他就联系了杰西卡·麦。杰西卡是作为最早被招募的那批职员之一加入观察办公室的。她今年三十四岁，出生在中国香港，后来移民去了阿基沙，并在那里获得了外星生物学的硕士学位。对于为什么回地球这个问题，她回答尤里，阿基沙太安静了，不适合她，而且她需要钱做端粒治疗。尤里对此还有点欣赏，乌托邦致力于实践平等主义，不过就连他们的社会，也负担不起从这么小年龄的人就开始为全体人口提供端粒治疗的费用。阿基沙用民主的方式做出了决定：对三十四岁的人来说，端粒疗法是奢侈品而不是必需品。杰西卡很有吸引力，而且显然她很积极地去保持这种吸引力。尤里很欣赏这种决断力，只要不再符合自己内心的标准，哪怕是过去做出的选择她也能自信地推翻。所以他那时候就给了杰西卡这份工作。

“什么事，头儿？”杰西卡问。

“我们有个新调查。它的等级高到我都没法开放权限给你。”

“听上去很酷啊。什么情况？”

“失踪人口。”

“这是认真的吗？”

杰西卡怀疑的语气让他笑了起来。电梯下到一楼，尤里拉开电梯门。“当然是了。”

“我们怎么揽上失踪人口的活了？”

“因为它很重要。也正因如此我才需要你，我这就把地址发给你，五分钟后我们在那里碰头。”

尤里直奔斯隆广场中转站，沿径向通路进入环线，然后沿环线转到格雷厄姆路尽头的哈克尼中转站。一路上，鲍里斯一直在向奥利克斯人观察办公室的 G7 图灵机发送指令：他需要拿到霍拉肖·塞莫尔过去四天在联协网络内的旅行记录；查询他的银行财务状况；调用哈克尼各个公共摄像头进行面部识别搜索，回溯过去三天内的记录；通过联协大都会警察局联络员办公室调阅关于哈克尼最近的帮派活动的记录。

调查才刚刚开始，这些应该足够了。

埃莉诺路位于伦敦郊野边缘，两侧满是半新不旧的有着石板屋顶的砖排屋，几乎所有排屋都经过改建，给那些还居住在伦敦

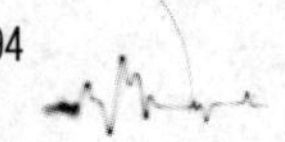

郊区预算紧张的中产阶级增加了一间阁楼。其余的那些建筑要新一些，都是些专门建造的经济型公寓，又窄又高，可以塞下尽可能多的一居室公寓，租金和物业水平对那些在伦敦城从事服务行业来暂时过渡的低薪年轻人也极为适合。霍拉肖正符合这一描述。

快到霍拉肖居住的那栋楼门口时，尤里听到身后传来了杰西卡的高跟鞋踩在人行道上的声音。

“时间把握得不错。”他咧嘴一笑，杰西卡也赶了上来。杰西卡穿着一身时尚的樱桃红色职业套装，内搭一件白衬衫，脚上的细高跟足有五厘米高。她的脸在完美的妆容下微微泛出一丝红色，平常毫无瑕疵的黑发因为在街上快步行走而稍微蓬乱了一些。

“而且融入得非常完美。”

“嘿！”她反驳道，“我可是那种只参加公司聚会喝鸡尾酒的姑娘。”

“行吧。”尤里让鲍里斯开门放他们进去——格温德琳已经给了他密码。

门厅和楼梯都是裸露的混凝土地面，使用一次性成型的打印模具制作，由市政工程机器人施工——造价低廉，充满冰冷的实用主义。霍拉肖的公寓有两个房间，一个带有卫浴套件的狭小卫生间，一个装配有小小的一体式厨房的起居室，还有内嵌式的衣柜和沙发床。在厨房吧台后放着两把高凳，再多一把都没地方放。

“真压抑。”说着，杰西卡还看了看周围。

“没有挣扎的迹象。”尤里说，“所以说他不是从这里被绑走的。”

“那就是外面了。”

“鲍里斯，找到周三早上的什么记录了吗？”

“周二晚间二十一点十七分后，联协的中转网络内就没有霍拉肖·塞莫尔的任何使用记录了。最后一次记录是他离开格雷厄姆路上的哈克尼中转站。在全球范围内都没有发现他的记录，不光是在伦敦。”

“我说过要进行全球搜索了吗？”

“没有，不过 G7 图灵机推理认为可以进行相关操作。”

“屁话。要是它再聪明点我们就都得失业了。好吧，那格温德琳呢？”

“她的记录很完整，一直持续到当前。她于周三早上六点五十八分进入哈克尼中转站，然后直接去了斯隆广场。在伦敦城工作一天后，她使用常用的中转站于晚二十一点四十九分回到哈克尼。今天早上七点五十离开。”

“给我埃莉诺路周三的视频记录，从早上六点三十分开始。咱们看看霍拉肖去了哪儿。”

“收到。”鲍里斯说。

杰西卡打开衣柜门。“里面也没什么东西。”她看了看柜子里的衣服。

“他没什么钱。”

“那我们为什么还这么上心？”

尤里抱歉地耸耸肩。“超级机密：他是安斯利某个孙女的男朋友。”

“啊。”

“没有任何霍拉肖周三早上离开住所的视频记录。”鲍里斯报告道。

尤里和杰西卡对视一眼，然后走到公寓后面的窗户旁，窗外可以看到一排房子和房后的一座小花园，那些房子的前面就是霍顿路，与埃莉诺路平行。窗户是从内侧锁上的。“好吧，帮我看一下霍顿路。要是他跳窗，就得从别的房子穿过去。也许他和哪个邻居关系非常好。”

杰西卡皱了皱眉，转回到狭小的洗手间，看了看装着磨砂玻璃的小淋浴间。“嗯，他不在这儿。”

“你在检查淋浴？”尤里怀疑地说。

“有部老电影，叫《惊魂记》。”

“从周三到今天，未发现他出现在霍顿路的视频信息。”鲍里斯说。

“这到底是怎么回事？大变活人吗？”杰西卡问。

“不是。”尤里回答，他不喜欢自己所想到的那种可能性，“鲍里斯，对格温德琳进行面部识别，周三早上，埃莉诺路。”

“没有相关信息。”

“这怎么可能？”杰西卡咕哝道。

“帮我确认一下，她在周三的六点五十八分进入了哈克尼中转站？”

“我们的文件对此有视频信息确认。”

“好，调用公共监控摄像头文件，倒推她进入中转站之前的路线。”

“信息有出入。视频信息只能追溯到她从埃莉诺路尽头进入威尔顿路。”

“所以说埃莉诺路的监控视频被篡改了？”

“图灵机正在运行诊断程序。”

“你觉得呢？”杰西卡问。

“这是一次精心策划、精密执行的绑架。”尤里说，“和我们打交道的可是专业人士。考虑到霍拉肖是个身形矫健的俊美少年，要我说，我们得考虑最坏的情况了。”

“×。你是说人质劫持吗？为了……什么？赎金吗？”

“大脑移植黑市。目前我们掌握的情况挺符合这个假设的。”

杰西卡闭上眼睛，打了个寒战。“谢了。我宁愿继续相信那只是个都市传说。你有没有什么证据啊，还是说你就是视频游戏看多了？”

“都市传说总得有个源头吧。”尤里说，“而且它是奥利克斯人来了之后才开始流传的。”

“所以是奥利克斯人在幕后指使吗？”杰西卡一副难以置信的表情，“这也太扯了吧。”

“不是幕后指使。不过他们的K细胞技术确实让这一切变得可行了。”杰西卡怀疑的表情让尤里犹豫了一下，“只是一个假设。”他叹了口气，但愿这一切都不是真的。不过大脑移植黑市的存在作为一个谣言，已经在执法部门间流传多年了。每当有大型团伙的犯罪嫌疑人逃脱制裁时，案件负责人就会向他们的上级提出这种完美的解释：那些人已经换上了新身体。

视频游戏制作工作室喜欢这个概念，并将这个概念在他们的主流犯罪系列游戏中发挥到了极致。外星人的K细胞技术更让这一切听起来非常可信。

直到奥利克斯人到来之前，组织克隆或干细胞组织替换都是代价高昂的治疗方法。但奥利克斯人急于进行交易，好购买能源让他们的生命救赎号方舟继续朝圣之旅直到宇宙尽头。他们用他们先进的生物技术制造出了多功能 K 细胞，可以组合成血管、皮肤、骨骼、肌肉，甚至是某些身体器官，就跟被替换下来的血肉一样，它从血液中汲取营养，与身体组织完美共生，而且价格低廉。

K 细胞的多功能性是这个大脑移植传说的根基。按照传言，K 细胞可被用来作为大脑与脊椎之间的神经桥——这一技术远超人类医学的范畴。既然牵扯到 K 细胞，尤里的办公室有一个专门的团队调查分析潜在案例，评估这个说法是否属实。截至目前，他们所得出的结论是：不一定。

“我们先看看事情的走向吧。”尤里镇静了一下心神。一想到这个案例可能证实大脑移植黑市的存在，他就感到一阵莫名的兴奋。“鲍里斯，监控文件查得怎么样了？”

“埃莉诺路的公共摄像头的内存文件被篡改了。”鲍里斯说，“六点到九点间的数据被一段合成影像替代了。”

“这可不是什么新手能干的活。”尤里说，“能做到这一步肯定是老手。所以现在开始，我们的时间就很紧张了。”他闭上眼睛，告诉鲍里斯将附近区域的地图投射到他的睑板镜片上。“我们已经确认威尔顿路的摄像头文件没有问题。鲍里斯，让 G7 图灵机查一下周围，搜索周边一公里范围内的所有道路，和本地交通网的信息进行交叉对比。我要知道周三早上六点到九点间埃莉诺路上每辆车的情况。不行，扩展到五点到九点。”

“你觉得我们还有多少时间？”杰西卡问。

“他们抓住霍拉肖已经有差不多二十四小时，我们剩的时间不多了。”

“在你指定的时间段内，有两辆车经过埃莉诺路。”鲍里斯告诉他，“一辆是市政的自动清洁卡车，它带了六节辅助清扫车，另一辆是建筑商的货车。”

“什么建筑商的货车？”

“塔拉齐大都会建材，位于克罗伊登。”

“进入他们的网络，找到货运地址。”

“没有货运地址。报错。那辆车没有注册在他们名下。”

“呃，那是注册在谁的名下？”

“塔拉齐大都会建材 ADL。公司注册地在新汉堡小行星。公司成立于周二格林尼治标准时间中午十二点，解散于今早格林尼治标准时间五点。”

“聪明。”尤里评价道，“有业主信息吗？”

“持股人只有一个，登记的是霍顿会计所，也是一家新汉堡公司，图灵虚拟企业，目前未在线。”

“霍顿？”尤里看了一眼窗外沿霍顿路整齐排列的建筑物的后墙，“有人在耍我们啊。好吧，那辆车到这儿是什么时候？”

“六点二十二分，它进入埃莉诺路，六点四十八分离开，进入威尔顿路。”

“然后去哪儿了？”

“六点五十七分，它进入了位于阿姆赫斯特路的哈克尼商业及政府服务运输中转站。”

“继续跟踪。我要知道这辆车的目的地。杰西卡，我们得兵分两路了，你叫辆自动出租车跟踪那辆假冒的塔拉齐货车到它的目

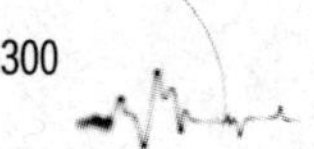

的地，查明发生了什么。我会派给你一个战术小组，他们会跟着你。如果有什么需要正面对抗的情况就让他们上，你只负责调查，明白？我不希望你被任何黑市组织的成员盯上。这么多年来，他们可不是因为宽宏大量才没有被当局抓住的。”

“好的。”杰西卡咧开嘴微微一笑，“那你干什么？”

“我去换个角度跟进。通往黑市的路打开得越多，救回霍拉肖的可能性就越大。”

他们走出前厅大门时一辆自动出租车停在了大楼外，尤里目送杰西卡上了车，然后快步走回哈克尼中转站。

* * *

七分钟后，尤里走出了位于皇家维多利亚码头东侧尽头的中转站，阵阵潮湿的空气从泰晤士河的方向不断袭来。朝南边的河对岸看，联协大厦占据了一大片天际线。而它周围的建筑群是旧工业区和新建住宅的奇怪混合物，这些建筑曾是宾馆、酒店，为沿着码头延伸的巨大的会展中心服务。不过随着联协的出现，地球上的所有地方都变得一步可及，这类过夜用的商务宾馆就被淘汰了。后来，它们就被翻新成了公寓，不过几十年来，有些建筑直接就被荒废了。

这座建筑曾是这片街区最上档次的宾馆，鲍里斯黑进了大堂的门锁，尤里穿过屋顶高悬的大厅，穿过电梯到达楼梯间。观察办公室的 G7 图灵机正在侵入大楼的安保网络——这座大楼的安保网络是顶级的，不过很难与 G7 图灵机相匹敌。他可不想被困在电梯里，还敞开着大门方便了别人。

三楼的走廊横贯了整座大楼，不过走廊里却只有几扇门。两个男人站在走廊的尽头，一脸严肃地盯着穿过走廊向他们走过去的尤里。尤里没有理会他们，一直走到他们所守卫的那扇双开门前几米处才停了下来。他微微把头扭向一侧，用他所能摆出的最居高临下的姿态，看了看他认为隐藏摄像头应该在的地方。

“开门。”他用一种厌倦冷淡的语调说。

“不许——”其中一个守卫开口道。

“没说你。”尤里语气中的倦怠感更强了。

大门嗡地一声滑开了。尤里向守卫默默地致意，然后走了进去。一个世纪前，这里曾是酒店的顶层套房，现在它仍是一套俯瞰码头的豪华公寓。

卡诺·拉森看起来好像是在过去一个世纪的大部分时间都待在这里似的。他身材高大，外表被端粒疗法如惩罚一般固定在了六十多岁，看起来更像是个人偶，而不像是个活人。他身穿一件勃艮第真丝礼服，上面绣着神话中的生物，衣服的前襟几乎都盖不住他那圆滚滚的肚子。他从一直坐着的那把超大号椅子上站了起来，摇晃着向尤里走来，两条粗腿上什么都没穿。

房间的一面墙壁上挂满了屏幕，上面播放着五十年前的各种邪典片。卡诺以其对历史上的垃圾文化百科全书似的了解而深感自豪。他的玻璃橱柜里摆满了过去一百五十年中的各种各样细节精确到令人难以置信的微缩模型和限量版商品。尤里总觉得这些玩意看起来都很廉价，虽然他知道它们都已经是无价之宝了。

“尤里，我的老伙计，真是没想到啊。没想到你也会来我这儿，欢迎欢迎。”

“是吗？”尤里问。屏幕上现在播放的都是些无聊的玩意，不过他觉得，几分钟前上面应该满是财经数据才对。在地下会计师领域，伦敦地下世界的头面人物都喜欢来找卡诺·拉森。

卡诺谦卑地耸了耸肩。“下次先提前招呼一声嘛。”

“真人警卫，很让人刮目相看嘛。”

“人总要做出礼貌的姿态嘛。他们的外设都比他们干的活值钱。”

“想来也是。”

“所以你这次来是有何贵干呢，尤里？你可不擅长做生意，这我知道的。”

“我需要一个名字，而且没时间跟你废话。”

“某种程度上而言，这算得上是恭维了。”

“东伦敦最好的配对人是谁？”

卡诺露出一脸怪笑。“配对人？”

“别跟我装傻。”尤里说。

“尤里，别这样，我也要顾及名声呢。”

“我唯一知道的就是那个成立一次性虚拟公司，使用商业及政府服务中转站的家伙。我们以前也聊过不当行为这个话题，卡诺。而且我们之前也达成了一致，要想继续存在下去，你就得对我有用。我需要一个名字，现在就要。我在很礼貌地问你。”

“尤里，别这样，那类圈子我又不掺和。”

“考虑清楚，卡诺。要么我带着名字离开，要么你被流放到一个让扎格列欧斯看起来都像是度假胜地的地方去。”

“天哪，尤里，没必要这样！”卡诺一激动，全身的赘肉都猥琐地颤动了起来，“我们可是朋友。”

“名字！”

“康拉德·麦格拉森。”

“去哪儿能找到他？”

物理地址是没有的，只有一串接入码。尤里还没走到大堂，G7 图灵机就开始运行追踪程序了。

他一边穿过大门走上酷热的街道，一边呼叫杰西卡：“进展如何？”

“我在阿尔泰亚一个名叫布朗卡的镇子。塔拉齐商务货车进了挖泥船码头。那边没有交通网，所以我还没有弄到最终目的地。”

尤里没让鲍里斯收集阿尔泰亚的数据。那是北河三行星系一颗气态巨行星的卫星，经过了五十年激进的地球化改造，才刚刚能够支撑地球生物的生存。整颗星球距离不需要外部干涉就能保持生物圈稳定的转折点只有咫尺之遥。“好的，联系我们在当地的办公室。”

“已经联系了。战术小组也跟我在一起。”

“很好，那些边疆小镇有时候可不是好惹的。”

“可不。”

“我这里也找到了一条可能的线索。如果情况属实，在半小时之内我就跟你会合。”

“等不及了。”

鲍里斯投射出康拉德·麦格拉森的中转站旅行记录文件。尤里注意到他经常穿行于伦敦各地，正符合他配对人的特征。G7 图灵机还调出了不少附属数据：他住过的公寓，还有明显不全的财

务数据。这更表明康拉德有隐秘账户。

“给我他上次使用中转站的信息。”尤里说。

“十七分钟前，他刚离开伊丽莎白二世南路中转站。”

“很好，那他现在应该正在桥上。那里人流量很大。取消他的中转站接入权限，我要把他困在那儿。”

“完成。”

“派三个鹰眼无人机中队过去找他。大桥两端各部署一个战术小组，保持待命，等我指令，不要暴露。”

“收到。”

* * *

两分钟后，尤里走出伊丽莎白二世南路中转站，抬头看了看那条壮观的水泥坡道，它的终点是达特福德大桥。作为伦敦老M25外环高速的一部分，这座横跨泰晤士河的老高架桥，曾经每日承载十三万辆车通过这个泥泞的潮汐河口。而现在，它只是辉煌过去的一座纪念碑而已。

尤里想象不出来这座桥在全盛时期是什么样子。

因为小轿车和大卡车已不再是主流，各种新贵和地产投机分子开始了对大桥的重新改造。行车道安装上一排排大桶，里面种上了树，让整座大桥变成了一条绿色的通道。轻质的建筑占据了大桥的两侧，玻璃幕墙让酒吧、俱乐部和酒店的客人们能将沿河的美景尽收眼底，不论是城市的一侧还是乡野的一侧。小型街边自动贩卖机与葱郁的树木共享古旧的柏油路面，完成了这座大桥向时髦的小商品交易区的转型。

尤里走上长长的坡道，沿着树荫前进。河面上，湿度达到了一个顶点，令人难以忍受。尤里将他的轻质西装夹克搭在肩膀上，暗自希望自己戴了帽子。头顶上看不到的地方，鹰眼无人机已经分散开来，开始寻找康拉德·麦格拉森的踪迹。

他们在大桥南侧中段发现了他。他坐在一张户外餐桌旁，看着中央林荫道上熙熙攘攘的人群，面前还摆着一杯啤酒。尤里不紧不慢地走过去，目光一直锁定着目标。“鲍里斯，关闭他周围一百米范围内的所有本地网络节点。”

“收到。”

康拉德四十多岁，短短的头发跟他的皮肤一样黑，穿着一件很旧的橙色T恤和一条短裤，整个人显得平淡无奇。唯一不同寻常的就是他没戴太阳镜。那天走在大桥上的每个人都戴着太阳镜，就好像这是一条强制的着装要求一样。看来是眼镜配不上他那双宝贵的眼睛，他打量着经过的人群，仔细研究着他们。

在距离还有二十米时，康拉德就注意到了尤里，整个人立刻紧张了起来。

这人可以啊，尤里在心里承认道。

康拉德环顾四周，查看是否还有其他威胁，确认没有后，他的视线又回到了尤里身上。

“我不会抓你。”走到桌旁时，尤里说。

“很高兴知道这一点。”康拉德回答道，尽量保持冷静，尽管额头上的小汗珠已经泄露了他内心的焦虑。

尤里抽出一把椅子坐了下来。“这项工作我会交给我的团队。他们年轻又矫健，还急于向我显示他们的效能。他们也都全副武装。你尝过电镖的滋味吗？我们那种是很棒的，因为我们可没有蠢到把它限制到法定的最大值。哦，对了，我把你的联协账户也注销了，你得一路跑回家才行。这么热的天，那应该挺累的吧。我的队员们应该已经开始下注，赌你能跑多远了。要我说最多一百五十米，你觉得呢？”

“你想要什么？”

“我想要你跟我谈谈。”

“谈什么？”

“你是个配对人，你要找特定的人，符合要求的那种——当然，是别人给你的各种要求。所以让我看看你到底有多棒吧。”

“这都是胡扯。你没有能扯到我的证据。”

“我有你的名字，别人告诉我你是最棒的。”

“没证据，伙计。”

“不需要。你的工作就是找人——找那些很脆弱却不自知的人。我知道你们的运作方式，我的办公室处理过不少这种案子。”

“你的办公室？”

“对。那些两眼放光的刚毕业的孩子，找了个公司最底层的狗屁工作，以为自己总有一天会成为CEO。你看到了他们的弱点，你了解他们那种人。这是你的能力，非常特殊的能力，康拉德。你能从他们的身上辨认出一种特质，知道只要成为他们新结识的好朋友，在适当情况下提供给他们某种轻度麻醉品，他们就会就范。在桥上，或者在某个酒吧，你找到目标，然后把他的名字卖给擅长信息交易的组织。不出一个月时间，那小子就会严重成瘾，信用值跌入谷底，只要能再来一针，让他干什么他都愿意，包括交出公司的接入码。或者是一个姑娘，美丽而腼腆，容易被引诱堕落。接下来她就会发现自己遇到了一个特别好的男人，他笑容灿烂，带她领略了她梦寐以求的生活，她只会越陷越深。上钩！过不了过久，他就不只是她的男朋友了，还是她的皮条客。又一个孩子毁了。看到那幅画面了吗，伙计？这下知道我有多了解你了吗？好好欣赏一下这其中的讽刺性。”

“你什么都不知道，你这臭狗屎！你就是个瞎子。”

“这可不是私人恩怨，所以别说错了。你得好好表现，别掉以轻心。关于你的情况我没说错吧？现在轮到你了，跟我讲讲我的情况。”

康拉德·麦格拉森盯着尤里。“你不是警察。”

“这是个二选一的猜测。连我都能猜到。继续，赌一下，康拉德。让我刮目相看。”

“你是俄国人，还有口音。你做过不少次端粒治疗，技术很高超的那种。你超过一百岁了，但保养得很好。你很注重——体态和服装。衣服很重要，能显示阶级。你不是守旧的人，喜欢让自己走在时尚的前沿。你很傲慢，充满自信，而且很容易就找到了我，所以你的身后少不了大量金钱支持——钱是公司的，不是个人财富。你当过兵，不过现在身份太重要，不太可能是个战术组长。既然你亲自出马，那就说明我很有价值。我知道这一点是因为现在我们周围的人都变得很恼火，因为他们的网络都断了。你这么做是为了阻止我警告别人你找到了我。而这么干需要相当大的影响力，不论是在技术上还是在政治上。所以你是联协安保部门的高级主管。”说完，他举起啤酒杯，向尤里致意。

“还不赖。”尤里承认道，“是个合格的小夏洛克·福尔摩斯。”

“所以我的价值在哪里呢？你来这里做什么？”

尤里掏出一张卡片，让鲍里斯把霍拉肖的照片投射上去。他把卡片放在桌上的啤酒杯旁，康拉德好奇地看了一眼。

“你盯上过他吗？”尤里问。

“没有。”

“好，我暂时先相信你。不过这个市场很小，你这种人也不多。”

“这是个问题？”

“不，其实，我还挺欣赏你的。一台G5以上级别的图灵机就能做跟你差不多的工作，但那需要接入几千个数据库。可你，只要看一眼就行。我觉得这很神奇。”尤里敲了敲桌上的照片，“你从中看出了什么？”

“他？一个无名小卒。但考虑到你这么着急找他，这又是个悖论。”

“也不算是，他确实是个无名小卒。问题在于他遇上了一个显然最不可能是无名小卒的人。所以告诉我，你看出了什么？当你接到生意时，你要怎么匹配？”

“这是个假设，对吧？”

“我他妈才不在乎你是个什么玩意。你的价值仅取决于你今天所能提供的信息。我可没跟你确定什么交易。所以？你会怎么找？”

康拉德揉了揉太阳穴。“好吧，通常是这样。有个客户，想要某个公司的信息，可能是为了做空，可能是为了公司的什么屁事，然后——”

“不对。”

“什么？”

“我要的可不是什么公司丑闻。我是个连环杀手，一个有钱的浑球，比那些政客还要古怪。警察盯上了我，而我需要跑路。”

“什么？”

“我需要一副新的身体，好把自己的大脑移植进去。”

“哦，不不不不！别这样。你不知道你招惹的都是些什么人。”

尤里探过身子，身体因为兴奋而发热。康拉德的这一反应是表明大脑移植可能真的存在的第一个间接证据。

自然，康拉德也看到了尤里的反应，他畏缩了一下。“走开，伙计。告诉你老板或者你代表的那个人，你弄错了。你要找的那些人可不在乎你是谁。最后你会落得个被毒瘤盯上的下场，或者更糟。”

“我觉得比起她来应该没有什么更糟糕的了。”尤里很了解毒瘤，之所以叫毒瘤就是因为她最后总能搞定自己的目标。毒瘤是一个秘密行动专家，专为极端富裕阶层服务，从事不法活动之类的。只要是她接手的任务，就没有完成不了的，但要是交活的人哪怕有一丝可疑，那她就不会接——据说是为了防止诱捕。和她交易的人都对她又敬又怕，而太阳系内的每个执法机构做梦都想抓住她。

“别这样。”康拉德乞求道。

“你可以把我想象成毒瘤的对立面，如果这么做能帮你缓解焦虑的话。你是我的目标。当你给到我想要的之后——只有到那时候，这一切才算完。”

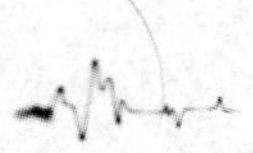

“你这是给我们两个人都判了死刑，你明白吗？”

“完全明白。不过你也应该明白，这些人要是不怕我，那他们就是蠢到家了。”

“去你的！听着，你问的这种买卖，可比独角兽都要罕见，明白吗？”

“什么？劫人做大脑移植吗？”

康拉德畏缩了一下，紧张地环顾四周。“别这么说。我也不知道客户找那些人做什么，OK？这很奇怪，但他们给的钱很多。”

“都是哪些人？”

“不起眼的人，他们的要求就是这样。失踪了也没人会注意到的人。事实上，这种人并没有你想象的那么多。”

“所以你也不能确定他们是不是被劫去做大脑移植了？”

“听着，伙计，我们接活又不像签合同，你懂的吧。”

“好吧，那为什么我一提大脑移植你就这么紧张？你都知道些什么？这种事真的存在吗？”尤里费了好大劲才抑制住声音中的热切。

“这都是我自己推理出来的，你看。”康拉德焦急道，“就那么几个可能性。做交易的时候我自己也得小心，确保不会被反咬一口。所以有些因素我也会仔细考量，慢慢也就锁定目标了，知道吧？”

“好吧，具体到底是怎么一回事？说详细点。告诉我全部的事。”

“好吧。基本上是这样，你犯了重罪，当局绝不会放过的那种——就像你刚说的，连环杀人犯、恋童癖，完全的人渣。对你来说唯一的逃脱方式就是为你的大脑找一副新身体，就像视频游戏里那种。这样，就连 DNA 检查都查不出你的真实身份了。警察取样最多的就是身体组织、唾液和血液——精液也不少，可从来不会取大脑。所以就这样，他们联系上我，要我去匹配需求，外加存在感低这个条件。那这除了大脑移植外还能是什么？”

“好，除了存在感低以外，他们还有什么要求？”

“我的客户会给我一张图，并不是真正的画像、照片或者类似的东西。这张图上就是些描述，是一张数据草图，包括身高、体重、肤色、发色、眼睛的颜色等这些基本参数。”

“我不明白。作为罪犯为什么他们还要跟以前的样子一样？找个完全不一样的不行吗？”

“排异啊。得了吧，这么明显！移植最大的问题不就是这个嘛。所以我猜他们应该是需要找到最合适的配对才行。身体条件是最基本的。我找到符合图片要求的人，然后就开始评估。看看他们是不是基本健康，是不是超重之类的。有时候真能从中发现一些惊人的东西。有些人简直就是行走的信标，在招呼别人找上他们。他们或者是因为事故而害怕某些东西，或者是小心饮食，对某些食物过敏。这些都能观察到，真的。一旦找到潜在目标，就要考虑第二个因素了，这一点也更重要。最大的问题就是：有人会在乎他们消失了吗？这就排除了富人，以及绝大多数中产阶级。所以我会注意他们的穿着，他们的住所，他们会去什么地方，会和什么样的人交往。这些都是表明一个人现实情况的重要因素。接下来我会把候选人数缩小到十人以内，然后接近他们，在他们上线时搞到他们的分我应用码——绝大多数人都是一天到晚在线的。搞定后，我会让我的电子技术专家朋友抓取他们的数字信息进行实测。十次里有九次我都是对的，他们确实是无名小卒。然后我会再深入挖掘一点，看他们有没有什么特别的联系——一份好工作、一大群朋友，那种会让消失变得困难的因素。一般把所有这些都过滤完，剩下的就只有三四个人了。这时候我们再调取他们的医疗记录，确定血型和是否有先天性疾病。通常我们还会调取基因组序列，进行生化相容性的专业算法匹配。确定最佳候选人后我就会把资料转给我的客户，之后就收到一大笔奖金结束工作了。”

“你的客户每次都会要医疗数据吗？”

“是，那当然了。这也是我能推测出他们目的的一个因素。我是说，要那玩意还能有什么用，是吧？再告诉你一点：这种犯罪并不限种族。他们什么样的需求都有。”

“什么样的都有？你之前不是说这种事很罕见吗？”

康拉德畏缩了一下。“是很罕见，跟我做的其他配对生意相比。”

“所以这些罕见的买卖——那些被你选中的目标都被带走杀掉了？”

“反正他们的肉身还在到处转悠。”

“知道你自己是什么吗？”

“知道，知道，我不是东西，是死变态。直接骂我狗娘养的吧。生活不易，伙计。我们只能尽力而为了。”

“不，我要说的不是这个。我才懒得指责你。你不觉得你刚才的描述挺符合你自己的吗，你要是消失了会有人在乎吗？”

“去你的！”

“好，我们差不多要结束了。你的客户是谁？是谁联系你进行匹配的？”

“你开玩笑的吧，啊？”

“你看我像开玩笑的样子吗？给我人名。”

“我做不到。”

“你做得到，也会做的。别让我再问第二遍。”尤里面上带着一丝冷酷，戏谑地看着康拉德脸上天人交战的表情。最终，恐惧占了上风。

“要是我说了——”

“等你说了之后。”尤里纠正道。

“不会把我卖了吧？”

“哦，不会的。就像医患保密关系一样。发誓、签名之类的所有手续我都会做。你快给我个人名，浑球。”

鲍里斯将收到的文件投射到了尤里的睑板镜片上：巴蒂斯特·德瓦罗伊。

尤里起身离开，朝距离大桥最近的中转站走去，没有多说一句废话。

“需要重新激活康拉德的联协账户吗？”鲍里斯问。

“激活吧。可以让他进入中转网络，不过让战术小组去抓捕他。今天之内就把他扔到扎格列欧斯去。”

“收到。”

“给我巴蒂斯特·德瓦罗伊的完整档案资料，并且和阿尔泰亚进行交叉对比。我要弄清楚为什么假的塔拉奇公司货车要去那边。搞定后直接把文档发给杰西卡，让她去确认。哦，再给我准备一个战术小组，随时待命，要秘密小组。一确定德瓦罗伊的位置，就让他们把他带到格拉斯顿伯里的安全屋去。我要在那里跟

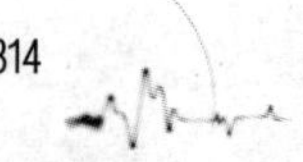

他谈谈。”

“正在安排。”

尤里进入最近的中转站，然后走上环线，来到一个主换乘中心，这里有通往联协内部网络的私人入口。经过五扇内部网络的中转门，他从公司的日内瓦总部走了出来。这次的热浪似乎席卷了整个欧洲，走在日内瓦街头感觉跟伦敦一样湿热。他又走了三分钟才到达位于勃朗峰的奥利克斯欧洲经济贸易交流大使馆。不出二十秒时间，巴蒂斯特·德瓦罗伊的档案资料就被发送到了他的镜片上。有传言说，他牵扯到生物合成毒品的生意，他带领着一队人马，那是一个位于伦敦南部的帮派。又有传言说他在两年前杀了一个敌对帮派的人。

“全都是谣传。”尤里告诉鲍里斯，“你有什么确定的信息吗？”

“正在从伦敦大都会警察局帮派情报专案组档案中调取他的犯罪记录。”鲍里斯回答，“法律上来讲，他们没有证据，不能指控他的犯罪行为。这些信息都是他们从线人那里收集的，并不是法庭认可的证据。”

“去他的律师。”尤里低声咕哝道，“找到他的位置了吗？”

“他在德威村有座公寓。根据他的联协账户记录，昨晚二十三点四十七分，他走出了公寓所在的那条街的中转站，此后再没有使用过中转账户。所以现在他要么还在公寓里，要么就是在步行可到的某个地方。战术小组正在去德威村的路上。他们的G7图灵机已经连上了当地的内务监控摄像头，进入公寓前，他们还会‘戳’一下他的分我应用，在抓捕前再次确认他的位置。”

“好的，随时告诉我最新情况。”

奥利克斯欧洲经济贸易交流大使馆是一座现代化的九层玻璃混凝土建筑。正对着日内瓦港的大喷泉。大使馆门前有两名瑞士外交警察守卫。尤里走过去时，两根安保扫描柱对他进行了扫描。警察挥了挥手，示意他可以进去。

斯特凡纳·马尔桑正在里面等他。斯特凡纳体态优雅，身穿一套得体的西服，这位法国人是外星人在这里的技术联络官。

“谢谢你在这么短的时间里就安排好了这次会面。”进入消毒间时，尤里对他说。

“这是我的荣幸。”斯特凡纳说，他推了推鼻梁上的黑色古董眼镜，“奥利克斯人对滥用他们技术的行为很敏感。”

消毒的过程并没有尤里以为的那么激烈。那是一间两端都安装有大玻璃门的房间，里面雾气弥漫，他需要在里面站两分钟，杀灭粘在衣服上的微生物，就是城里的空气中到处都有的那些。明亮又强烈的紫外线照射在他身上。

房间另一侧的气温比外面低几度。大使馆内有独立的生命维持系统。外星空气不会被释放到日内瓦的大气层中，反之亦然。

电梯带他们来到五楼。大门打开，房间里飘荡着干燥辛辣的空气。尤里好奇地环顾四周。五楼与主要是人类风格办公室的大楼其他部分不同。尤里面前是一片开阔的空间，全息天花板上显示着外星天空的景象。两颗气态巨行星悬浮在他的头顶，其中一颗有着生动的翡翠色云景，另一颗看起来更像土星，只不过没有环。两颗星球都有数不清的卫星，每颗卫星又都是那么不同。有的被冰冷的海洋完全覆盖，有的被散布在陆地上的硫黄火山所喷发出的烟雾笼罩，有的全是荒漠，有的丛林密布。

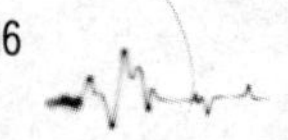

“那个是？”尤里问。

“他们的故乡？”斯特凡纳接过话头，“不是。是吉姆·伯恩斯的增强现实图画，他们买下了版权。这幅画有些地方很吸引他们。”

尤里摇摇头。每当他觉得自己有点抓住奥利克斯人的思路的时候，宇宙都会猛转九十度，告诉他这是假象。

房间里还有几个外星人在晃悠。奥利克斯人的身体主干是一个直径两米的肉嘟嘟的圆盘，表面的皮肤是半透明的，可以看到里面众多的紫色器官。器官之间弯曲的细缝中充满了浓稠的液体，这些液体缓慢地在身体内脉动，让尤里产生一种轻微不适的感觉。圆盘的下端伸出五条粗笨的腿，前面那条几乎有后面四条的两倍那么粗。腿上虬结的肌肉沿着一根深色的中心软骨伸展收缩，每块肌肉都清晰可见。宽大的蹄子缺乏腿部精密的柔韧性和优雅感。出于某种原因，这让尤里想到了踢踏着蹄子的驴。

尤里仔细地盯着一个正在走近的外星人看——是的，他的每一步都很笨重，在大理石地板上发出很大的响声。这倒没有什么特别的，考虑到这些长相奇怪的家伙没有一个体重低于一百五十公斤。外星人的身体上长着椭圆形的大头，肥胖的环状颈部活动能力有限。鼻子从身体的外周伸出，上端表面隆起了一只金黄色的并列型复眼。身体中段前部有一道悬垂着的透明组织组成的松弛下摆，让尤里不太舒服地想到了海蜇头。这种透明的物质形成了类似人手的形状，从一根粗短触手的末端伸向尤里。

尤里咬紧牙关伸出手，强忍住那种他知道自己一定会产生的恶心的感觉。奥利克斯人的肉肢裹住他的手掌，触感就像刚从冰箱里拿出来的油浸天鹅绒。尤里跟他握了握手，保持着面部的微笑。奥利克斯人的方舟飞船刚刚抵达太阳系时，有人向他们解释了地球人的礼节。从那时起，外星人就迅速地将正确的正式礼节纳入了与人类的交往中。私下里，尤里真希望当时的人能使个恶作剧，告诉他们人类的正式礼节就是《星际迷航》中瓦肯人举手礼那种。

鲍里斯报告说奥利克斯人打开了连接。“很高兴见到你，阿尔斯特总监。”奥利克斯人的发声单元用沙哑的女声说。这也是他们讨好人类的一种方式。如果来客是男性，他们就用女声，反之亦然。尤里很奇怪，为什么从来没有人向他们解释政治正确呢？*选一个性别就坚持下去啊，伙计们。*外星人本身在生物学和性别上都无法按照人类的标准来定义。奥利克斯人按照心智来定义自己，他们的心智分布在五边组内：五个不同的身体通过各自大脑神经结构之间的量子纠缠连接在一起。

“叫我尤里就行。”说完，在礼节范围内，尤里就立刻把手抽了回来。

“好的。我的五边组叫海。我个人叫海 –3。”

“谢谢你愿意见我，海 –3。”尤里忍住没有环顾四周，不去猜测室内的其他奥里克斯人中还有哪个属于海的五边组。在每个奥利克斯人的五边组中，总是有至少两个人待在他们的生命救赎号方舟飞船上。

“很高兴能帮得上忙。你的信息表明这件事很紧急。”

尤里看了一眼斯特凡纳。“是的。”

“需要我暂时离开吗？”斯特凡纳问。

“您真是太善解人意了。”

“我们对马尔桑先生十分信任。”海 –3 说。

“好的。我在追踪一个失踪的人，这件事可能牵涉到非法大脑移植。所以我需要确认这种事在理论上是否可行。这种理论背后的关键部分似乎是 K 细胞，在大脑移植过程中，它会被用在神经系统重连上。这种用法可能吗？”

海 –3 松垮的肉身上从左至右缓缓闪过一道涟漪。“真是太不幸了。”他说，“我们也听到过 K 细胞被这样滥用的流言。”

“我们所掌握的情况只有这些：流言跟阴谋论。所以我才来到这里，我需要一劳永逸地确认这些是不是真的。”

“你们有证据来证明这一指控吗？”斯特凡纳淡淡地问。

“没人提出指控。”尤里立刻反驳道，“也不是要查处不法行为。现在，我只是要尽快地找到一个孩子。我要尽快确认这种可能性，所以不能浪费时间，仅此而已。”

“刚一听说这个流言，我们的生长师就着手进行了调查。”海 –3 说，“当然是从纯理论的角度，我们也想看看是否有这种可能。”

“那是自然，所以呢？”

“不进行真实的受体测试，我们也无法给出确定的答案。”

“给我一个最可能的猜测就好了。”

“我们的模拟显示，将人类大脑从一具躯体移植到另一具，根本上是可行的，如果有正确的条件的话。”

“什么样的条件？”

“受体和供体的身体必须具有非常近似的生化特性，远不只是相同的血型那么简单。最理想的情况就是来自同一家庭的两个人。”

尤里差点没有忍住那随之而来的恶心与战栗。不过他确实没有忍住向亲爱的圣母玛利亚说了一声感谢，幸亏他没有孩子。他已经一个多世纪没去过教堂了，不过因为母亲，俄罗斯东正教在他童年时期一直有着持久的影响力。“明白了，如果家庭成员也不合适呢？”

“也是有可能的，只不过这样候选人的数量就会很少，你得非常幸运才能找到一个。”

“或者认识能帮你找到的人。”尤里轻声说，“好吧，假设我已经做好了研究，找到了合适的身体，那我需要从你这里获得怎样的帮助？”

“这种操作需要的远不止可以在人类神经元连接之间传导神经冲动的 K 细胞。”

“那还需要什么？”

“人类的神经修复技术相对而言已经很成功了，只不过代价高昂。你还需要干细胞来使受损的神经再生，这样成功率能达到百分之八十左右。不过重连切断的神经非常困难。而对大脑移植来说，脊髓中的每根神经首先都要被切断。所以在开始移植之前，你需要一台微米级的扫描仪，精确到足以识别并标记每条独立的神经通路。首先扫描提供大脑的那个人的脊髓，然后扫描接受大脑的人，来确认如何进行匹配。”

“嗯。”尤里闭上眼睛，想要具象化这个问题，“我明白了，你需要将正确的通路连接起来。不然最后的结果可能就是你想要动腿，结果却弯了胳膊。”

“很粗略的类比，不过基本上是正确的。”海-3说，“不过需要连接的不光是控制肌肉运动的神经，你还需要正确连接整个身体的感官系统。不然你就会失去知觉，并且无法控制肌肉运动。显然，我们的人类伙伴已经给这种状况起了名字，叫僵尸综合征。”

“听起来这个名字挺合适的。”尤里承认道。

“我不知道哪里生产过这么精密的扫描仪。”海-3说，“而且，就算这种假设的扫描仪真的存在，你还需要纳米级的外科仪器来将切断的神经物理连接到K细胞桥的两端。我们在人类合作伙伴的身上查验了这套程序。”

“你们在人类身上做过实验？”尤里尽量不理会斯特凡纳恼怒的叹息声。

“当然没有。”海-3说，“我们已经形成了一种稳定的发展模式，与多家人类生物基因公司建立了研发销售合作关系。他们提出需求，我们研发并提供具有合适功能的K细胞。我们之前曾有过尝试，用K细胞神经纤维连接猪身上缺失的神经节。有几例成功了，有几例没有。虽然很慢，但还是有进展的。我得提醒你，目前公司研究团队进行的神经束重连实验，最大只做到十一条。而人类脊髓顶部的神经有几百万条，这其中的复杂程度要比目前的成果高几个数量级。如果能造出相应的扫描仪与手术设备，那整个手术程序也需要G7图灵机来控制。考虑到牵扯到的神经数量，手术对象应该需要被全麻，而手术时长大概是几个月的时间。我不太确定支持这样的实验需要多大规模的人类资金投入。”

“好吧。”尤里说，“所以基本上，你的意思就是大脑移植并不存在？”

“目前而言，是的。不过未来应该是可以实现的。另一个需要考虑的问题就是 K 细胞神经自身。就像我刚才告诉你的，这种手术需要几百万个独立的神经纤维，而在过去七年中，我们为研究合作方提供的 K 细胞总数也只有两千五百个。”

海 –3 的保证让尤里有些失望，这种感觉很奇怪。与此同时，这也让他更加想要知道霍拉肖到底发生了什么事。“很高兴知道这些，谢谢。”

“最让我们感到苦恼的是这种罪恶的想法已经在人类文化中扎根。”海 –3 说，“我们为你们提供生物技术可不是为了这样的目的。我们只希望在飞向时间尽头与我们的神相会之前，能够帮到你们。生命实体不应该再遭受死亡的痛苦。我希望你能向你们媒体公司中那些有影响力的人传达这一点——也许在你的案子圆满结束之后？”

“当然可以。很抱歉人类这样扭曲 K 细胞的应用潜力。很不幸的是，我们当中的有些人——幸亏只是极少数，他们的生活准则极为不同，才让这类令人不愉快的故事有了可信度。”

“奥利克斯人明白。你们是新生的智慧物种，行为还会受到自身动物本源的影响。你们会以牺牲别人为代价来提升自己。”

“就像我刚才说过的：只是极少数。”

“之前我们也跟你们一样。我们的生物技术帮助我们修正了自己，去除了自身动物本源的冲动。我们给了自己一个更高的目标。”

尤里一直维持着礼貌的表情。他知道接下来会怎么样，并且

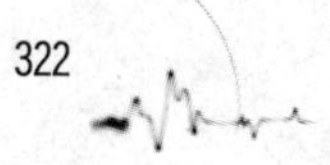

余光看到了斯特凡纳那心照不宣的笑容。奥利克斯人一直在坚持不懈地传播福音。与海 -3 合作是有代价的——那就是尤里得忍受他的布道。“很遗憾。”尤里说，“目前我们还得忍受自己低等的身体，以及它的所有缺陷。”

“确实如此。”海 -3 说，“不过你们可以考虑一下加入我们。这样你今天所面对的这种犯罪就会成为明日黄花。”

“你的提议很有趣，不过作为一个种族，我觉得我们还没有准备好航行到时间的尽头。我们还没有成熟到能够去面对神的程度——不管是你们的神还是其他任何种族的神。”

“你们可以的。这就是我们希望能够在乘坐方舟继续行程前，能够提供给你们的帮助。我们还在继续研究改进我们的 K 细胞，让它能更好地在你们的身体里发挥作用。我们的生长师相信，总有一天我们可以构建出能够模拟你们神经结构的模型簇。到那时候，你们就能跟我们一样永生了。”

“奇点下载，是的。我觉得我们的社会还需要经过很长时间的发展才能够接受。如果身体不是原来的，我们就也不再是我们了。”

“这个身体，那个身体——我们的，你们的——都只不过是承载意识的容器而已。意识才是进化的顶峰。智慧在这个宇宙中极为罕见，必须不计代价去珍视和保护它。”

“很荣幸我们在这一点上意见一致。”

“你考虑跟我们一起走吗，尤里・阿尔斯特？”

“我不知道。我觉得，一切皆有可能。”尤里回答得很外交辞令。

“我会为你祈祷的，尤里·阿尔斯特。”海–3说，“我强烈建议你考虑我们的提议。智慧生命就是这个宇宙的孩子，是宇宙存在的原因。穿越终局，团聚在一起，幸福圆满地最终与神相聚，这就是我们的宿命。”

“明白了。”尤里差点说出了口，他差点开口问：那稳恒态理论呢？人类宇宙学家目前基本上都确信宇宙是永恒的——过去那种从大爆炸到大坍缩持续数万亿年循环的理论已不再占据主流。所以奥利克斯人为什么觉得会有终局呢？但他还有工作要做。“你们为我提供了很多有益的想法，在此我深表感谢。”

海–3的身体中段又闪过一道涟漪。“你真是太客气了。我觉得能在你面对的这个令人不快的案子上帮到你，这能有效增进我们之间的友谊。帮助其他更不幸的人是一种很高尚的行为。”

尤里希望奥利克斯人没有注意到他那一闪而过的愧疚感。“我只是尽己所能而已。”并且让安斯利·赞加里满意。

“你的奉献精神值得称赞。我会为你祈祷，祝你早日找到那个不幸被绑架的男孩。”

尤里平视外星人。“你真是太好心了。你提供的信息帮助我们排除了一个可能性，真是帮了大忙。谢谢。”他绷紧全身，又与海–3握了握手。这次他没有畏缩，愤怒让他控制住了自己的反应。

* * *

“巴蒂斯特·德瓦罗伊不在他的公寓。”尤里一回到日内瓦的街道上，鲍里斯就立刻向他通报了情况。

“×。那他在哪儿？”

“今天早上十点五十七分，他停用了自己的分我应用，离开了公寓。内务监控摄像头显示他上了一辆自动出租车，叫车的人是唐·蒙戈梅利，他的现任女友。战术小组正在追踪。”

“十点五十七分。”尤里想了想，“真是个有趣的巧合，差不多就是我们开始寻找霍拉肖的时间。那时候我在哪儿？”

“埃莉诺路，霍拉肖的公寓。”

“×，他们在监视那里，看有没有人注意到了他的失踪！然后我和杰西卡就出现了，还是两个联协安保部的官员。他们肯定屎都吓出来了。”尤里又呼叫杰西卡：“希望你那边有进展。他们知道我们来了。”

“他们怎么知道的？”杰西卡问。

“最大的可能性是他们在监视霍拉肖的公寓。巴蒂斯特·德瓦罗伊已经跑了，战术小组正在追踪，不过不知道什么时候才能找到。”

“呃，那算你运气好，我这儿倒是有点确定的东西。”

“很好，我十分钟内与你会合。”他在进入联协中转站时呼叫了波伊·李。

“什么情况？”波伊问，“我听说战术小组跟丢了巴蒂斯特·德瓦罗伊。”

“绑架了霍拉肖的人知道我们在找他，这就不妙了。我怕他们狗急跳墙。”

“那你就得尽快找到他了。”

“那当然。”

“他在阿尔泰亚吗？”

“我也这么希望，因为这是我现在仅存的一条线索了。”

“好吧，你放手干吧。”

“已经有个战术小组过去支援杰西卡了，动静可能会很大。”

“阿尔泰亚连定居许可证都还没拿到呢，那是个没有价值的世界。没人在意那里发生了什么。”

“你会为我打掩护吗？”

“这还用问？简直是在侮辱我们的交情。”

尤里咧嘴一笑。“还有一件事。”

“你以为自己是谁啊，可伦坡第二？”

“谁？”

“老电视剧里的侦探。你朋友卡诺·拉森知道。”

“随便了。我跟你说件事，你帮我看看是不是我偏执了。”

“你才发现啊。”

“假设你来自大型犯罪团伙，或是安斯利的死对头之一。”

“联协没有死对头。”

“羡慕嫉妒的小企业之类的。比如巴西太阳能井财团，那种有资源、有耐心、善于从长计议的家伙。你就先迁就一下吧。”

“什么时候没迁就过？”

“你是这么干的：你发现格温德琳是安斯利的孙女，并做了调查。然后你创造了一个完美无瑕的假象：霍拉肖和他的家庭。谁知道呢，说不定有十几个不同的霍拉肖，好增加你成功的机会。然后你让他就位—— 一个你确信格温德琳一定会遇到他的地方。自然格温德琳一下子就坠入了爱河，因为他们是完全针对她进行的设计。霍拉肖在接下来的两年时间与格温德琳谈恋爱，然后两个人结了婚。之后霍拉肖告诉她，也许最终他们还是在联协内找个工作比较好。格温德琳听了他的话，沿着家族的阶梯一步步爬了上来，这条通往联协管理层的路比其他非安斯利家族的人的要短得多。最终，小白脸成功上位。虽然花了十五年的时间，但这下你就有联协最高等级的接入权限了——不论是在财务方面还是战略方面，并且还有了同样量级的影响力。对那种人来说，这样的投资应该很划算吧。”

“好吧，就算是这样。那为什么又把他撤走了？”

尤里犹豫了一下。“我也不确定。”

“因为他还有心，真的陷入了爱河？”

尤里这才发现太阳网连接也能传递这么浓烈的讽刺。“不是。我觉得这里面应该有大问题，我得当面跟你说。”

“尤里，G7 图灵机都很难解码这条通信线路。”

“你就当我是偏执吧。”

“好吧。”波伊·李只微微顿了一下，但这对她来说已经是很少见的情况了。

“与此同时，对霍拉肖进行一次完整的背景审查。不光是 G7 图灵机数据挖掘，如果他是被安排过来的，那他背后的人肯定对这样的数据挖掘采取了预防措施。所以我们得更进一步。比方说派个你信任的人跟他父母面谈一下，取个 DNA 样本与他公寓内的残余物对照一下；跟他学校的朋友谈谈，还有老师，看看他们是否有关于他小时候的记忆。如果他是被安插进来的，那他背后的人肯定不可能面面俱到。我要确定他这个人是不是真的存在，波伊。”

“好的，尤里，交给我吧。”

“谢谢。我要进入阿尔泰亚中转站了。一有新情况我就立刻告诉你。”

* * *

边疆城镇布朗卡只有二十五个联协中转站和一个商用运输枢纽。这是一座位于埃斯特罗斯高原的小城。埃斯特罗斯高原地形平坦，绵延近两千公里，然后与大海相接。正是这一大片完整的地形改变了官方的决定，他们同意将阿尔泰亚地球化。

北河三是一颗 K0 型的橙色巨星，并不是建立人类世界的理想选择。不过它有一颗气态超巨行星，命名为塞斯蒂亚斯，它拥有四十八颗卫星。其中较大的四颗是阿尔泰亚、碧纶、伊菲克勒斯和勒达，它们被锁定在第二拉格朗日点[1]，沿蔷薇花形轨道绕塞斯蒂亚斯旋转，几颗卫星永远悬浮于塞斯蒂亚斯的背阴面。在大多数情况下，被锁定在超级巨行星的阴影中就意味着前景黯淡。不过塞斯蒂亚斯环绕橙色巨星的轨道半径只有一点六个天文单位。被消减过的阳光照射到阿尔泰亚表面时，光照强度相当于地球热带地区的正午。位于第二拉格朗日点的各卫星相合[2]时会穿过彼此的阴影，为卫星带来了有规律的昼夜变化周期。

尤里走出中转站来到镇中心的埃索拉街时，正是碧纶合与勒达合之间（十八小时的光照）的正午。他剧烈地喘息着。跟这里的

---

1. 圆型限制性三体问题中存在的五个秤动点的总称。包括两个等边三角形点和三个共线点。
2. 合指行星与太阳间的距角为 0° 的特定位置。

湿度相比，伦敦简直就是北极。单调的碳纤维玻璃建筑以精确的几何精度沿街道延伸。棕榈树为开裂的混凝土路面提供了一丝阴凉，但也没多少。它们在街道上刮过的阵阵狂风中摇曳，风力出奇地强。在这么闷热的白天，在街上行走的人很少，骑车的更少，只有单人自动出租车和更大一些的自动出租车行驶在柏油路上，还有商务车不时穿行其间。尤里觉得这就像是21世纪中叶的一幕场景。

鲍里斯连接上本地网络，二十秒后，一辆三轮自动出租车停靠在了空旷宽阔的混凝土路面上靠近中转站的这一侧。尤里上了车，坐在狭窄的座位上。谢天谢地，车上的空调器开足了马力吹着冷气。有句老话他一直觉得说得很好：宁可乘坐自动出租车，也不要自己驾驶。

出租车向前驶去，带他快速穿过城镇那千篇一律的建筑群。那些建筑的墙面面板基本都是在郊区的一个工业区大规模制造的。地面上没什么可看的景观，延伸到城镇的码头之外的广阔沼泽也没什么景色。尤里倒是不怎么在乎，阿尔泰亚的景色都在天上呢。

碧纶已经落到了阿尔泰亚的地平线下，而勒达已经升上了天顶——勒达没有大气层，是一个充满火山的世界，凹凸不平的银灰色表面上交织着大量流动的岩浆。大规模的地质活动不断地改变着它的地形地貌，让地图绘制工作变得无关紧要。除此之外，在更远的地方，占据蔚蓝天空顶点的就是塞斯蒂亚斯那巨大的身躯——一个黑暗的圆圈，圆周笼罩着北河三永恒日食所造就的金色光晕。发光的边缘照亮了快速移动着的白色和胭脂红色的云层，云层的旋转运动产生了一种奇异的视错觉，仿佛那云朵在以某种方式从空中的孔洞边缘溢出，然后又流入了黑色的核心。同样的视错觉也让人觉得仿佛阿尔泰亚正在坠入气态超巨行星永恒的黑夜。本地人都管那黑影叫上帝之眼。

尤里打了个寒战，想要摆脱那让人眩晕的景象。自动出租车带他来到夜莺大道的一处商业街区。他走到前台，鲍里斯引导他沿着侧翼进入杰西卡四十分钟前刚刚租下的办公室套间。办公室后面就是一间小仓库，战术小组的农用卡车就停在里面。小组负责人卢修斯·索科的手提箱里有一扇直径三十厘米的传送门，他们用那扇门在仓库进行了连线操作，其他小组成员、设备和特派任务支援专家们都是通过这扇直径两米的传送门进来的。

卢修斯正在大办公室里，站在杰西卡身旁。杰西卡则脱了粉色夹克，坐在一张安装了几个新电子模块的写字台旁。尤里以前没有遇到过这位队长，不过鲍里斯甩在他睑板镜片上的个人档案资料表明，这人很能干。能力不行的人在联协安保部是升不到这个位置的。不过有一点档案资料倒是没给他打好预防针，那就是看到卢修斯正搂着杰西卡的肩膀。

“有什么情况吗？”尤里问。

杰西卡笑着扭过头，卢修斯立刻站得笔直。“我还没在码头找到塔拉齐货车的踪迹。”杰西卡说，“不过，我们也没发现它在运送霍拉肖之后从商用运输枢纽离开的记录。所以车十有八九还在。”

“他们可能已经重新注册过了。”尤里直白地说，“说不定车刚到这里不到十分钟的时候就做了。”

“从那时起到现在，只有七辆同类型的货车离开布朗卡。”杰西卡反驳道，“而且都是合法的。”

“这些人都是专家。”尤里不太放心。

“我觉得存在两种可能性。”卢修斯说，“一种是这伙人很有钱，直接把货车给毁了——把它拆碎，弄到蒸发回收工厂去，或者开到城外扔到沼泽里，诸如此类的。这样的话，我们就永久性地失去了这条线索。”

“另一种可能呢？”尤里问。

“他们也不是每天都绑人。那辆车可能就停在某个隐蔽的地方，直到下次要出活的时候，它才会被重新注册，并改变外观。”

“好想法。”尤里说。

“整个码头都是支持生物反应站的工业区，还有船舶维修企业。”杰西卡说，“有很多大楼。我打算派个微型无人机组过去，扫描整个区域，寻找那辆车。卢修斯已经通过传送门把无人机带了过来。”

尤里点点头。“开始吧。”

“他们都是些什么人？”卢修斯问，“有什么想法吗？”

“我不知道。”尤里告诉他，“一开始我觉得是大脑移植黑市，不过现在对这个想法没什么信心了。剩下的可能性就是老派的绑架勒索。”

“胡扯。”杰西卡说，“安斯利才不会为那穷小子花一分钱。”

尤里耸耸肩。“不管德瓦罗伊的老板是谁，他们都是专业的。”

“你确定他有幕后老板吗？”

“不确定，这个问题现在还无关紧要。我们得先找到霍拉肖，要尽快。”

“我这就发射无人机。”卢修斯说，“我的人都已经准备好了。”

“好。”尤里说，“我这里还有条线索。G7 图灵机发现巴蒂斯特·德瓦罗伊有个表亲在这儿，就在布朗卡，叫华金·贝龙——他有一家做大气传感器之类东西的公司，一人店的那种，与政府气候监测委员会签订了供应和维护合同。”

“这应该不是巧合。”杰西卡若有所思地咧嘴一笑。

“我就不打这个赌了。”

“你有地址吗？”

“有。费德雷斯牧场，十七号大楼。”

杰西卡顿了顿，查看了下鲍里斯发给她的信息。“是个工业园区。制造物品和重新安排运输路线的机会有一大把。”

“你有颗善于怀疑的心。我也这么觉得。”

* * *

理想情况下，他们会慢慢渗透，先派几架无人机去费德雷斯牧场。之后，战术小组的队员抵达临近的商业建筑，卢修斯会带领一个三人拘捕组进入，将华金抓获，并带回到夜莺大道的办公室。如果他不愿意立刻给予配合，那接下来的选择就是用传送门把他送到安保部更隐蔽的机构去。

尤里没那个时间了。每过一分钟，霍拉肖的危险就增加一分。

鲍里斯确认华金·贝龙的分我应用连接在十七号大楼的太阳网节点上，于是尤里决定速战速决。G7 图灵机关闭了费德雷斯牧场的网络。二十五架微型无人机从夜莺大道起飞，在尤里抵达前先行扫描整个区域。五辆灰色的 4×4 大型机动车向费德雷斯牧场开去，那里只是一片荒凉的多功能立方体建筑群，能够容纳各种中小型企业。尤里看了看那片灰黑色的墙壁，墙壁上镶嵌着的镀银玻璃映照出了周围荒凉的景观。任何一个非乌托邦的地球化世界中都有工业园，就连地球上不那么富裕的地区也有。廉价而易于制造的建材似乎剥夺了建筑获得个性的机会。费德雷斯这样的地方可不是企业家开始他们的大公司梦想的地方。这里提供的是达尔文主义式的激励，激发人们的决心，促使他们改进企业，早日离开这个鬼地方。

尤里一面让鲍里斯建立起与波伊·李的安全连接，一面手动驾驶自动汽车高速行驶在路上，不断地急刹车和急转弯。“对霍拉肖的调查进行得怎么样了？”

“目前的调查结果显示，他是如此完美又甜蜜，简直就是个人形宠物——让我想吐。”波伊回答，“我的人已经去见他父母了。希望他们能打破这种假象，因为我不相信真的会有这么高尚的人存在。”

“有没有想过，可能是我们太老、太愤世嫉俗，不适合这个工作了？”

“说的是你自己吧。不过，我越想越觉得奇怪，这里面的动机到底是什么？”

“钱。”尤里立刻回答，“不管什么问题，最后总是会落到钱上。我觉得应该是绑架，没有其他的可能性。有人发现了格温德琳的真实身份。”

“我们还没有收到赎金要求。”

“不会有了。他们已经知道我们在追查他们了。我只希望他们还没有把霍拉肖扔进沼泽里。”

“见鬼的，那样的话格温德琳会伤心死的。安斯利也不会喜欢。”

“那安斯利也只能自己受着。”

“我会代为转达的。”

尤里的笑意忍不住爬上嘴角。“你看，我现在手上有两种可行的方法去找到这小子。两种方法我都会尽力到底的，这你知道。”

“我知道。你有没有怀念过自己错过的那些假期？我可以向安斯利推荐，让你去负责我们在培训中心的新人培训。”

“我的回答里会包含‘我宁愿断条腿’之类的措辞。”

“你什么时候开始跟华金·贝龙谈？”

“再过几分钟。”

“到时候把我也接进去。”

“收到。”

几辆车包围了十七号大楼，车辆驶过大楼周围的花园，车胎碾过了茂密的草坪。十七号大楼的体量比较小，在阿尔泰亚狂暴天气的无情冲击下，建筑物的外镶板都变成了棕褐色。

卢修斯带领五名准军事人员穿过前门，尤里和杰西卡等在车里。周围还有更多的准军事人员在随时待命。尤里看到旁边大楼有人正扒在玻璃幕墙上，惊讶地看着眼前的景象。随着翻滚而来的乌云，外面的天色暗了下来，大滴大滴的雨点砸在汽车的挡风玻璃上。

“我们抓到他了。”卢修斯说道，“室内安全。”

他们下了车冲向入口，杰西卡把她的粉色夹克披在头上。洪水般的降雨夹杂着狂风从各个方向砸向尤里，他的头发紧紧贴在

头皮上。

“所以你跟卢修斯是在一起了？”尤里问，“我都不知道。多长时间了？”

暴雨中的杰西卡一脸迷惑的表情。“什么？”

“看上去他是个挺不错的人。”

“哦，我对你超级侦查能力的信任度急剧下降。”

“我知道我看到了什么……”

“不，你不知道。”

“你得告知人力资源部。”

“什么？”

“我认识一个人，很久以前的事了。基本上他是个好人，不过脾气很倔。他和我的一个探员好上了，但他们没有按公司规矩报备。最后结果不太好。”

“谢谢你告诉我这些，老板。”

“就是以防万一。”

杰西卡无奈地摇了摇头，两个人进入了大楼。

“给波伊·李一个视频信号。”尤里告诉鲍里斯，让分我应用将他脸板镜片接收到的画面中转过去。

华金·贝龙个头很小，比尤里至少矮一头。他的黑发都编成了脏辫，紧贴在头皮上，试图掩饰后退的发际线。脖子上，他的文身散发着微光，图案一直延伸到绿色工作服的衣领之下。尤里让鲍里斯做了个图案识别，但并没有与任何帮派匹配上。

华金·贝龙的工作室位于建筑物的后侧，他正坐在里面的一把椅子上。战术小组完美执行了尤里的指示。他的脚踝被绑在了椅子腿上，双手被捆在身后。两名准军事人员站在他两侧，手里的大型卡宾枪随时待命——没有刻意威胁，但威慑力十足。

杰西卡抖了抖夹克上的水，两个人走过水泥地面，周围的制造单元都在嗡嗡作响，一副很有效率的样子。

“看上去都是合法的产业。”卢修斯说，“需要的话，我可以让专家来查看一下他的网络。”

“不用了。”尤里说。

“你们几个。”华金扯着嗓子，一副虚张声势的模样，“你们完了！我有权力！我的律师不会放过你们的！”

尤里微微一笑，瞥了一眼华金。“怎么会呢？”

“你们没有搜查令！”

“为什么要有搜查令？我又不为政府工作。”

“啥？那你是什么人？”

“我叫尤里，我正在进行一个小实验。”

华金不安地看了看两边雕像似的准军事人员。“什么该死的实验？”

“看看你能有多聪明的实验，华金。”

“这他妈是怎么回事？”

“我要开始说了，希望你听好，明白吗？”

“你个公司臭狗屎！”

尤里指了指华金左侧的准军事人员。“你有刀吗？”

“有，长官。”

“拿出来，捅他一下，就在膝盖上方。不要把大血管弄破了。我可不想他还没说出我们需要的信息就失血而亡了。”

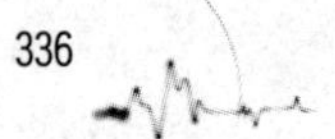

“你他妈说什么？”

“是，长官。”准军事人员从腰带上抽出一把猎刀。

“你他妈不敢！”

“为什么呢，有谁会阻止他呢？”尤里和颜悦色地问。

“没门儿。不要啊。好，好，我听着呢，行了吧？我听你说。不要——”

尤里抬起一根指头示意准军事人员停下。“很好，华金。只要能让你在我们进入正题之前闭嘴，哪怕把你弄残了也无所谓。让你认识到这一点很重要。所以呢，我就在想，要是你把我给惹毛了，我就在工作室里逛逛，看看有没有什么称手的工具。到时候会让你好好享受一下的。我相信你这里有足够的工具，你的生意平时用到的也不少，有大的、小的、尖的、钝的……我没说错吧？现在你好好想象一下，看我会怎么用，用到你身上的哪个部位。”

华金深陷进椅子里，恐惧让他剧烈喘息了起来。

“说到哪儿了？哦，对了。接下来你要听好了，第一个问题，十分题——当成能不能保住左脚脚趾的问题也行。巴蒂斯特·德瓦罗伊是什么人？”

“我能说话了？”

“你可以开口。不过咱们还是言简意赅，OK？”

“他是我表亲。我好久没见他了，真的。”

“但你们还有联系，不是吗？”

“偶尔，非常少。真的。”

“以后再也不会了。从一小时前起，你的表亲巴蒂斯特·德瓦罗伊就再也不会跟你联系了——也不会再和任何人联系。”

“天哪，你们干了什么？”

“我什么都没干。负责他的是我们伦敦分部的人。”

“伦敦分部……你们是什么人啊？”

“只有蠢到家的终极浑蛋才会去招惹的人。”

“老天啊！”

“你话说太多了，华金。”

“对不起，很对不起。”

“你是该‘对不起’。现在需要你做出决定了：你打算保护你表亲跟他的朋友们到什么程度，你又准备失去多大部分的自己。两者权衡一下，明白？”

“明白。”

“好了。你的巴蒂斯特表亲昨天派了人过来，是不是？”

华金赶紧点了点头。

“很好，好孩子。现在还剩两个问题。第一个：为什么派人来？”

“我不知道，真的，我用我亲妈的名义发誓，我真不知道他们去了哪儿。”

尤里一僵。“他们？”

“嗯。巴蒂斯特，每过几个月他就会这样做，他会开车带人到布朗卡，给他们打一堆强效化学药品，让他们陷入沉睡，就跟昏死过去了一样。之后再把他们运出去。”

“为什么？”尽管知道每分每秒都很关键，尤里还是忍不住问，“他这么做是为了什么？他要把他们怎么样？”

“我他妈怎么知道那些人都怎么样了，老兄！我又没蠢到会问出口。我就觉得肯定是某些超级有钱的怪人的不同寻常的怪癖。

我是说，哪有正常人老对不省人事的家伙有兴趣？”

“这是个好问题，华金。”

“我不知道啊，真的！真不知道啊。我只帮他们看管车辆，给他们的货车重新注册，仅此而已！”

“我先信你的话。第二个问题。昨天巴蒂斯特绑走了我的一个朋友，一个名叫霍拉肖·塞莫尔的好孩子。”

华金剧烈挣扎着。“不不不。他们会杀了我的。求你了！”

“我们知道霍拉肖到了布朗卡——”尤里打了个响指，转向杰西卡，问她：“是什么时候来着？”

“货车是三十一个小时前从商用运输枢纽过来的。”杰西卡回答。

“谢谢。三十一小时前。之后货车就去了码头，车停在码头什么地方？”

“求你了。”华金抽噎道。

“啊，截至目前你的进度都还不错啊。”尤里伸出手，准军事人员将猎刀递给他。

“该死。好吧，天哪！”华金疯狂地盯着刀刃，“生物反应器综合体。”他整个人都崩溃了，肩膀完全塌了下来。“好了吧。我就知道这些，求你了，放我走吧。”

尤里用刀向下一刺。华金尖叫了起来。他低下头，一脸惊恐地发现刀子插进了座椅中，距离他的裆部只有一厘米。

“哦，偏了。”尤里说，“我再试试吧，看看能不能瞄得更准些。那个区还挺大的，你他妈应该挺清楚的。”

“七号楼！他们把人带到七号楼去了！”

* * *

布朗卡这个地方存在的意义就在于那些码头。它们坐落在“阿尔泰亚之肺”的边缘——那是一片广阔的高原，现在上面布满沼泽，一直延伸到悬崖。那片地区有很多运河，河里有不少的挖泥船帮助保持河道畅通，使驳船可以在整个地区畅行无阻。每天，驳船都会停泊在沼泽旁的生物反应器那边，装满新鲜生长的藻类，然后顺运河疾驰而下，它们那大功率的水泵喷出长弧形的蓝绿色污泥，以覆盖浸透了水的土地。过去三十八年来，一直是这种转基因藻类在光合作用产生氧气，使阿尔泰亚的大气层变得适合人类呼吸。按照预定计划，这项驳船作业至少要再持续十五年，直到太阳系参议院气候监测委员会授予阿尔泰亚最终许可证书。

布朗卡超过百分之七十的劳动人口都受雇于反应器综合体或者码头，所以整个镇子的二十五个中转站中有八个位于这一区。尤里命令他们关闭了这一区的所有中转站，也关闭了商用运输枢纽，因为那个枢纽也在码头区。

拿到华金给的地址后，卢修斯立刻带领准军事人员回到车上，他们顶着倾盆大雨朝码头驶去。汽车在潮湿的沥青路上频繁打滑，尤里只得抓紧座椅边缘。他就是不习惯地面交通工具，这种移动方式让他感觉很不舒服。

“雨水妨碍了我们的无人机。”卢修斯抱怨道，“尤其是微型机群。”

“也有好的一面，他们不容易发现我们到了。”杰西卡说。

“我们得先确定。”卢修斯说，“万一华金没说真话——”

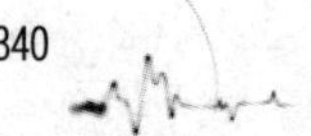

“他不会的。”尤里说道，他回忆起华金最后乞求他们相信时的样子。

“好吧。”战术行动组负责人说，“那我们就出动了。”

杰西卡透过挡风玻璃上来回刷动的雨刮器向外望去。“应该已经接近了。”她说，“我看到机库了。”

尤里看了看那条被水淹没的道路，道路尽头的地平线上坐落着四个巨大的机库。除了维持运藻类驳船的运行，布朗卡码头还负责飞艇的维护。那些飞艇越过高原悬崖进行环海飞行，一趟就需要几个月的时间。每个飞艇的船体底部都有一扇直径十米的传送门，配对的传送门安装在破冰船上，破冰船在雷诺兹的冰冻海洋里勇往直前。雷诺兹是环绕北河三运行的行星中最外侧的一颗，距离北河三四十三个天文单位，它的岩石核心体积与水星差不多，外面覆盖着一层一百公里厚的冰幔。阿尔泰亚的水全部来自那里。巨大的碎冰流从飞艇底部流出，溅落并融化到新形成的海洋中。尤里有些失神地看了看那些灰色的大型建筑，想起了联协第一次在澳洲内陆实验冰瀑时的情景——如今那里已经是一片郁郁葱葱的大草原了。

“不知道阿卡尔对此会有什么看法。”他轻声说。

“什么？”杰西卡问。

“没事。”他们正在快速穿过码头外侧的建筑群。尤里看了一眼鲍里斯甩在他睑板镜片上的地图。生物反应器综合体和飞艇机库分别位于码头的两端。反应器综合体内的一栋建筑上标了一颗紫色的小星星——七号楼，那是一栋附带办公区的三层老旧仓库，注册在一家独立维修公司名下。无人机环绕在大楼四周，保持着五百米的安全距离。透过大雨传来的图像分辨率很低。通常，他们会发射一个微型无人机群——生物机械苍蝇群，让它们进入目标区域，通过安全加密的数码激光束传回详细信息。不过卢修斯没有这样做，这么大的雨，那些苍蝇会被拍得没影的。

“他们会发现情况不对的。”杰西卡说，“我们的图灵机已经将整个综合体的太阳网都下线了。”

“她说得对。”卢修斯说，“我们不能再搞秘密潜入那一套了，直接从前门进入，打开所有警报器。”

“很好。”尤里冷冷地说，“给我一套护甲。”

卢修斯什么都没说，递给他一个袋子。袋子里面装着一件夹克、一条裤子，两样都很厚重，还有一个轻质头盔。“你也是。”卢修斯说完，又递给杰西卡一套。

“我又不进去。”杰西卡愤愤地说。

“当然不。你又没有接受过应对冲突的训练。不过万一我们发生激烈交火，我想你会需要一些防护的。我们不知道巴蒂斯特的人都有什么武器。”

杰西卡怀疑地看了看正忍着笑的尤里，他们驾驶的这辆车的车身都快比得上动力装甲车了。

“谢谢，卢修斯。”她淡淡地说，“你考虑得真周到。”

战术行动组的成员采用与在费德雷斯牧场时相同形式的部署，他们停下车将这栋建筑包围了起来。不过这次准军事人员下车时，还有一组作战支援无人机陪同——厚厚的深色圆盘，边缘处有一排枪口，动作灵活地飞在小队的头顶上方。

尤里跟随卢修斯来到车外。热乎乎的雨水劈头盖脸地砸了下

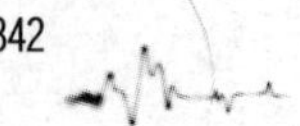

来，立刻浸透了他的护甲边缘。浓厚的乌云延绵不断，遮蔽了整片天空，带着金色光晕的塞斯蒂亚斯也隐遁无形。

“看来上帝是不打算看我们在做什么了。”尤里轻声说。他拉下视觉增强面罩，行动组的战术信息密密麻麻地显示在上面，每个组员的位置都用绿色高亮标出。建筑的内部展现在他们的眼前，整个一楼分为三个大的区域，上面的两层则布满了如迷宫般的小房间。

“你联网了吗？”尤里一边跟着八名准军事人员走近前门，一边问鲍里斯。

“G7 图灵机给了我有限的访问权。”画面上出现了一些紫色的星星，大部分集中在二楼。“这些是数据处理量大的点。”画面上又出现了一些黄色的圆圈。“这些是能量消耗点。”

“这些点有三处重叠。”尤里说，“好，卢修斯，那三个点就是我们的首要目标。先搞定他们，把他们控制住。我授权你使用适当武力。”

“你们都听到他说的了。”卢修斯说。他向几个四人小组分别下达了命令，给他们分配了目标。

战斗无人机向前飞去。尤里看到其中一架无人机的摄像头传来的图像，有人正飞奔出入口大厅，逃向建筑深处。

“破门。”卢修斯命令道。

一架无人机向玻璃门开火，玻璃碎片立时飞溅整个大厅。十二架无人机蜂拥而入，准军事人员紧随其后。

“尤里。”波伊·李轻声说，“注意安全。”

“注意着呢。”

尤里决定先去查看那个能量消耗最大的点。不管巴蒂斯特绑人来是要对他们做什么，那都需要能量。尤里取出半自动手枪，跟在卢修斯后面上了楼梯。他的面罩上同时也显示了其他组冲入大楼内的画面。无人机穿过走廊，寻找着帮派成员的踪迹。

枪声响起时尤里刚到二楼。装备冲锋手枪的帮派成员从各个房间冲了出来，火力全开扫射整个走廊，子弹打完后，他们重装弹夹又继续开火。他们用的武器不知道是怎么造的，开火的频率实在是惊人，墙壁、地板和天花板碎片四溅，场面一片混乱不堪。无人机开火还击，投掷出大量的雷暴手榴弹。手榴弹爆炸时发出刺目的白光，冲击波震碎了窗户，也将房门从门框中轰了出来。无人机继续前进，电磁步枪猛烈地射向传感器在各个方向监测到的目标。帮派成员趺趺撞撞地寻找掩护。准军事人员引导着无人机的火力乘胜追击，有时他们自己也开枪射击。

刚一开始交火尤里就趴倒在地。还算及时。他身后的半面墙都在帮派成员的扫射下化作了一团碎片和尘土组成的旋涡。尤里的两架护卫无人机快速前进，开火反击。

“我 ×。”尤里叫道。他抬起头，卢修斯就趴在他的前面，也在急切环顾四周。

“看来他们发现我们进来了。”卢修斯叫道。

“这他妈还用说！”

第一轮交火后，帮派成员们不是被打死就是撤到了建筑的更深处。尤里爬了起来，急速穿过已经成为一片废墟的主走廊。“这里有多少帮派成员？”

“死亡四人。”鲍里斯说，“监测到本层还有七名活动的帮派

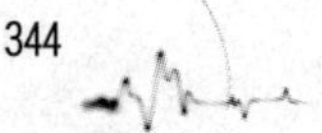

成员。”

尤里来到那间耗能巨大的房间。房门已经不见了，只留下一道细长的锯齿状边缘还挂在铰链上。四架无人机赶在他前面进入了房间。有人向无人机开火，无人机迅速反应。尤里十分确定自己听到了超高速子弹射在家具上所发出的声音，紧接着就是一个男人的尖叫声——一声痛苦惊恐的哀号。

“停止射击，隔离敌对分子。”他向无人机命令道。面罩上的图像显示，无人机飞入了房间深处。一个准军事人员走在了他的前面。“小心，长官，地板裂开了。”

“知道了。”尤里说。他花了点时间才分辨清楚眼前混乱的景象。房间的大部分已经被手榴弹和子弹所破坏，五个医用自动轮床沿房间一侧排成一排，大部分都已经东倒西歪。医疗设备都被打碎了，液体从破损的外壳里涌了出来。其中两个轮床上还躺着两具不省人事的躯体，因为惊恐尤里的心一下子提到了嗓子眼，过了一会儿他才意识到，那两个人都是女性。其中一人大腿中弹，血流不止。

“×！”他环顾四周，想要找急救箱，却怎么也找不到。

建筑物另一头的某处又传来了交火声。他畏缩了一下，趴倒在地，子弹射穿了薄薄的复合墙板。“杰西卡？”

“在。老板你没事吧？”

“没事。我这里需要一个战地急救箱，尽快！”

“你受伤了？”

“不是我。刚找到了第一批受害者。”

“我这就来。”

“不，别下车，我让人过去拿。”他转向身旁的准军事人员。“你去。”

准军事人员离开后，尤里从翻倒的轮床上拿起一张被单按在女人枪伤的伤口上，用从医疗设备上拽下来的管子捆紧。然后，他走向那个受伤的帮派成员——两架无人机正盯着的那人，两个激光瞄准红点印在他的额头上。那人中了三枪，两枪在胳膊上，一枪在胸部。他脸色灰白，呼吸微弱而急促，血流得满地都是。“救救我。”他恳求道。

“当然。”尤里蹲下来，拉起面罩，“我的人去拿急救箱了，你会没事的。”

“是吗？”

“当然。更重的伤我也见过。”

“天哪，好疼。”

“我需要知道，你们带过来的其他人在哪儿？”

“求你了，我不知道。我就是个开车的，真的。”

“没事。”尤里拿出印有霍拉肖照片的卡片，“你见过这孩子吗？他还在这儿吗？”

那人已经不太能集中注意力了。“老天，好疼。疼，里面疼得厉害，真的。那是子弹吗？”

“别慌，救护人员马上就要到了。在他们给你打止痛针之前，先告诉我，你见过这孩子吗？”

尤里听到又一阵枪声从正下方的仓库传来，然后是手榴弹爆炸的声音。整个房间都震动了几秒。

“你见过他吗？”尤里追问道。

“见过，之前在，昨天晚上。”

“现在呢？”

“他们带他下楼了。”

“楼下哪里？”

“准备——”

“准备什么？”

那人抽搐了起来。

“离开。”他抬起一只手，手指扭曲着想要抓住尤里，仿佛身体接触能让他再多活一会儿，“准备离开这里。”

尤里站了起来，没有理会那只手。“我们的首要目标可能还在楼里，在一楼。一定要格外小心。”他再次拉下面罩，研究了一下战术显示图，然后大步走出房间，跑下了楼梯。他身边的无人机一架飞到前方开路，两架在身后护卫。

大厅前台后面有一扇门。门已经被炸飞，只留下黑漆漆的入口。前面的无人机先飞了进去，尤里紧随其后，进入了一间狭长的无窗储藏室，天花板上的灯都碎了。面罩的视觉增强功能启动，用蓝白单色画面取代了眼前的黑暗。房间里到处都是东倒西歪撞在一起的储物柜，就好像摆放失败的多米诺骨牌一样。无人机穿过房间，进入另一扇门，来到一楼的第一间仓库。尤里进入那间大房间，里面从地面直抵天花板的货架大部分都是空的。手榴弹的冲击波将几百个空塑料箱从架子上轰了下来，箱子散落在地上。古旧的自动行李车停靠在装卸货区的五扇大门前。仓库巨大的内部空间让这几台机器看起来就像是没人要的玩具一样。战术小组的无人机被击落了两架，机器漆黑的装甲外壳挤压成一团。尤里不愿意去想是什么武器造成了这种伤害。仓库远端又有枪声传来，从尤里的位置看不大清楚，他蹲下身子，跑到一个看起来还算结实的工作台后寻求掩护。

一架无人机飞到了货架后，用传感器扫描四周。他看到第二装卸货区的一个货架后有三台轮床，上面还绑着三具躯体。两台倒在一边，一台翻了个底朝天。无人机的摄像头拉近，那个倒置的轮床下流出了一大摊血。

“×。”尤里叫道，另外那两具不省人事的躯体中的一具就是霍拉肖。

“杰西卡，卢修斯，我找到他了！”

三楼又传来一声巨响。整个仓库的天花板起伏晃动，像汹涌的风暴云一样。天花板开始出现裂缝，并沿着仓库的长度方向越裂越大，也开始掉落碎块。另一头，帮派成员的火力也更猛了。

“×。”尤里叫道，“开始火力压制。”他命令无人机。无人机迅速发射了一批手榴弹。

巨大的空间里一时间充满了刺目的光芒，尤里趁机冲了过去，中间两次因为冲击波而摔倒在地，在肮脏的地板上滑了出去。头顶上方，无人机打开了电磁枪，强大的火力穿过金属货架射了出去。

“卢修斯，提供支援！”他一边叫道，一边站起来。一颗子弹射中他的胸甲，他一个趔趄再次栽倒在地。无人机识别出子弹的源头，又用更强大的火力打了回去。

疼痛感如火球般灼烧着尤里的胸膛。他强忍疼痛爬了起来，伏着身子朝霍拉肖的轮床走去。他的半自动手枪已经不知道被丢在了什么地方。远端的墙壁前火焰在熊熊燃烧，是之前手榴弹爆炸造成的。无人机盘旋在他的头顶，不断寻找着帮派成员的活动迹象。

“卢修斯，我们得把他弄出去。”

“卢修斯失去联系了。”鲍里斯说。

“什么？他受伤了吗？”

“情况未知。他的分我应用停止传输了。”

尤里心里一惊，联协战术小组成员都装备了多通道连接，体内植入的与盔甲内嵌的都有——这是安保部吸取萨维·赫伯恩那次沉痛教训的结果。如今已经很难让他们的人失联了。尤里不敢想象是什么样的武器伤害到了卢修斯，造成了这样的后果——他应该没有生还的可能了。

他试图将注意力集中到战术显示图上，有五名准军事人员的图标变成了琥珀色和红色，表明他们受了伤，正在撤离。上面没有卢修斯的图标。“×！”

到达轮床旁时，尤里差不多是直接跌坐下去的。霍拉肖不省人事，脸上沾满了尘土，不过那确实是他。男孩那安详的表情让尤里没来由地怒火中烧。他解开轮床上的扣带。建筑物内的某处又传来一阵交火声。

“这帮该死的家伙到底有多少弹药？”尤里怒吼道，“好了，所有人撤离！我已经找到目标了，这里需要人帮忙。”

在头顶某处传来一阵轰隆声。尤里一愣，抬起头来。天花板鼓了起来，裂纹在成倍地增加，瓦砾开始从天花板的裂缝中掉落，在前方卷起了一片厚厚的尘土，它疯狂翻卷着，仿佛是从地狱中涌出的黑烟。

“我 ×。”尤里不由得担心起了身体护甲的质量。内心仅存的一点理智在疯狂地寻找逃跑路线。哪条路线都不短。

装卸货区的大门突然碎裂，战术小组的一辆 4×4 机动车冲了进来。车轮打死锁定，车尾漂移了过来，伴随着一声刺耳的摩擦音，车子在水泥地上留下一道 U 形擦痕。前车门打开，杰西卡双手紧握着手动方向盘。“你呼叫支援了？”

几发子弹在挡风玻璃上打出一排深坑，无人机用手榴弹和超高速子弹进行回击。头顶上，天花板上的裂缝如黑色闪电般成倍增加。

尤里架起霍拉肖的身子，把他拽上 4×4 机动车。车门还没有关闭，杰西卡就已经开始加速离开了。

“撤撤撤！”尤里叫道。战术显示图上，他和各位准军事人员都在快速撤离。

他们撤到了外面，穿过宽阔的停车场，雨水打在车身上。一条细长的尾流穿过暴风雨，速度非常之快，尤里疑惑地看着那道痕迹，还没弄明白是怎么一回事，那东西就从距离 4×4 机动车顶不到五米的地方擦了过去。

导弹射入正在崩溃的建筑，并引起了爆炸，将整栋建筑都变成了一团如阳光般明媚的等离子云雾。爆炸的冲击波强力冲击着 4×4 机动车，机动车在沥青路面上翻滚了起来，每次撞击都像一记重锤。

尤里慢慢恢复了意识，4×4 机动车的车厢已经被正在缓缓放气的气囊填满。面前柔软的白色织物上很大一部分已经沾满了鲜血。车顶被压在他的身体下面，车窗的玻璃上密密麻麻全都是裂缝，不过车身还很完整，真是个奇迹。

霍拉肖·塞莫尔趴在车顶板上，就在他的旁边。尤里看了一会儿，确认那男孩还有呼吸，紧接着就听到了杰西卡的呻吟声。他环顾四周，杰西卡被安全带倒挂在前座上，鲜血从她的鼻子里流了出来，一直流下前额。

“你怎么样？”尤里问。

“好得很，谢谢。”杰西卡擦了擦鼻子，一副龇牙咧嘴的模样，“刚才什么情况？”

“我也不知道。”

未来

SALVATION

[英]彼得·F.汉密尔顿（Peter F. Hamilton） 著
王小亮 译

救赎

下

CNS PUBLISHING & MEDIA
湖南文艺出版社
HUNAN LITERATURE AND ART PUBLISHING HOUSE
博集天卷
CS-BOOKY

朱洛斯

AA
587 年

矮人通常没有名字。倒不是说禁止给他们起名字，只不过家族里的成年人不鼓励。按照他们的解释，矮人应该是一个整体，不能有所偏私。语言也是沟通的障碍，矮人应该不用语言指示命令就知道他们主人的所思所想才对，依靠本能识别出主人的各种需求跟部署要快得多。这也意味着，男孩们需要学习如何在潜意识层面向矮人们传达指令。这个过程是双向的。

伊蕾拉在五六岁的时候就在心里给她的两个矮人分配了乌诺和多斯这两个名字。那时候他们正在学习古地球的语言，而她很喜欢古典西班牙语那种柔和的声调。等到七岁时，乌诺就变成了乌玛[1]，因为就算是伊蕾拉也很喜欢想象有个女神陪在自己身边，而多斯也变成了杜尼——没有别的原因，就是听起来很好玩。到她八岁时，这两个名字已经与他们根深蒂固地联系在了一起，就连亚历山大也放弃了不让她用名字来称呼矮人的念头。

1. 乌玛，即雪山神女。

此刻，伊蕾拉靠在墙上，透过巨大的窗户看向治疗室内，乌玛和杜尼正抱着她的两条腿，一副亲昵的模样。她用双手抚摸他们的脑袋，让他们放心，让他们相信她很好，并且仍然关心着他们，爱护着他们，尽管她和他们已经分别了十一天。救援飞行器降落在伊默勒庄园时，所有人的矮人都从宿舍里冲了出来欢迎他们，结果立刻陷入了一波情绪冲击——经历过磨难之后，同学们全都散发着解脱与压力的气息。那些期盼着欢乐重聚的可怜矮人对此反应剧烈，他们紧紧地抱住自己的主人不放手，要求亲密的互动。结果花了很长时间事情才平息下来。矮人技师乌兰蒂被叫来处理德利安陷入半歇斯底里状态的矮人，他们抱着受伤的主人不放，让医生都无法进行医治。

伊蕾拉饶有兴致地看着技师将喷雾喷在每个矮人身上。她能确定那不是镇静剂，因为矮人们并没有变得昏昏欲睡。相反，药剂似乎只是消除了他们的情绪。此时，她注意到亚历山大正在审视她。有生以来头一回，她没有低下头，也没有错开视线，而是直视对方的眼睛。

“我们通过了吗？”她挑衅似的问。

出人意料的是，亚历山大看上去非常难过，转身离开了。之后，伊蕾拉跟着医疗队一路护送德利安进入医护中心。现在，医疗队已经做完了必要的处理，德利安正躺在一张宽大的病床上，伤口上贴着长长的外科手术级医用皮肤，粘在胳膊上的蓝色泡泡里伸出各种各样的管道。他的矮人们都依偎在他的身旁，从与他的身体接触中汲取温度与安慰——让人想起小狗依偎在母狗身边的画面。在度假岛上扮演过一段时间的高不可攀的冰霜女王后，她非常羡慕他们，眼前的景象让她深深地叹了口气。

乌玛和杜尼感受到她的思绪飘到了其他地方，抱着她双腿的手臂立刻收得更紧了。他们的身高只到她的臀部，所以他们看不到窗户内的景象。她又摸了摸他们，顺着脖颈一直往下抚摸——他们最喜欢这样，然后又轻声咕哝着安慰他们，并用肢体语言进一步加强这种感觉：*我没事，我也为我的朋友感到欣慰，一切都会好的*。

主治医师从治疗室出来走向她。“你可以进去了，如果你想的话。”Ta 说，“不过得快点，镇静剂已经让他有点犯困了。”

“谢谢。”伊蕾拉犹豫了一下，又摇了摇头，觉得自己这么犹豫很可笑。一起经历了这么多，她却还需要鼓起勇气才能面对德利安，真是太扯了。

她轻轻抬了下手指，示意乌玛和杜尼在外面等候。两个矮人撇着嘴垂下头，但并没有在她进去时表示抗议。

德里安抬头看到了走进来的人，他笑了笑，认出了伊蕾拉，“嘿，是你啊。”在药物的作用下他显得很沉静。

“嘿。感觉怎么样？”

“感觉还好吧。”

“你胳膊都那样了。”

“还成。”

“但愿医用皮肤能保留你的雀斑，我还挺喜欢你的雀斑的。”

“我们俩一起，在卧室，就我们俩……”

伊蕾拉笑了起来。“确实啊，萨维和卡勒姆，又在一起了。”

“你亲了我。”

“什么？”

“在那边，我们俩被困在山顶上的时候，你亲了我。”

伊蕾拉握住他的手，让他的指节轻轻触碰她的嘴唇。“我亲了，不是吗？”

“还会再亲吗？”

“也许会。如果你表现得好，按照医生说的去做的话。”

“医生都说什么了？”

“莫罗克斯造成的伤口不深。”伊蕾拉挑起了眉毛，“这得有多幸运啊，事实上，这简直让人难以置信。看来我猜对了。”

“所以我要进行强化了吗？”

“什么？”

“我就要进行强化了，是吧？就要给我植入各种超级战斗插件了？”

“哦，他们都给你吃什么药了？我也该吃点。我们的强化升级得下周之后才开始呢，好让我们有时间从测试中恢复。”

德利安长长地叹了口气，全身的肌肉都放松了下来，脑袋也在枕头里陷得更深了。“你是在测验我吗？”

“不，我们的测验从来都没有结束，你知道的，训练从未停止过。那个度假岛，我们在那里所感受到的快乐，都只不过是另一场战术游戏开始之前的中场休息，仅此而已。这一切永远都不会结束的，德利安，永远都不会。对我们来说就是如此。”

“好吧。”德利安咕哝了一声，闭上了眼睛。

伊蕾拉低头看着这个陷入睡梦中的男孩，一脸宠溺地吻了一下他的额头。“快点好起来。我需要你。”

* * *

詹纳校长的办公室位于家族庄园最高建筑的顶层。虽然没有峡谷对面阿弗拉塔家族的摩天大楼那么雄伟，但透过弯曲的透明墙壁所看到的景色仍然令人印象深刻。整个峡谷一直延伸到迷茫的远方，那景象甚至让刚从传送门走出来的伊蕾拉都为之一振。

亚历山大一直在等她，看到她进来，立刻给了她一个拥抱。这时她才意识到，自己已经比亚历山大高了几厘米。

“感觉怎么样，亲爱的？”亚历山大边问边示意她坐在旁边的沙发上。

“好极了。”伊蕾拉冷冷地回答。她看了一眼坐在写字台后的詹纳校长。校长正处在男性周期，身上穿着一身西装，乌木色的面料泛着光，细长的白色衣领搭配猩红色的绲边，使他看起来很有气势，远不止教育机构负责人的样子。

“反正也从来都没有什么真正的危险，是吧？”

詹纳和亚历山大对视一眼。

“是。”亚历山大回答得十分勉强，“请允许我问一句，你是什么时候发现的？”

“为什么要问呢？好让你避免在下一个年级犯同样的错误吗？”

“其实并没有你想的那么恶劣。”詹纳说，“这对我们所有人来说都是一次学习的过程。我们只是想知道，下次是不是该把我们的流程先告诉姑娘们。”

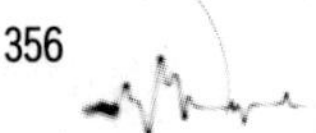

“但不告诉男孩们？”

“是的。”

“为什么？”

“他们是行动队。你知道的。他们需要学习如何作为一个整体来行动。”

“我觉得男孩们应该已经都学会了。”伊蕾拉吼道，“你们十八年的灌输已经把这点传达得很彻底了。”

“我们没有灌输。”詹纳立刻回答，“这是个训练机构，仅此而已。”

“训练我们为你们而战。”

“人类是一个被猎杀的物种，伊蕾拉。总有一天，在银河的某处，我们会不再逃跑，进行反击。你们得知道，去面对敌人就是你们的命运，从一开始就是。这一点我们从来都没有向你们隐瞒过。之后的一切，我们所教给你们和训练你们的一切，都是为了让你们拥有最大的成功机会。”

伊蕾拉抬了抬眉毛。“也包括那只美洲狮？”

“不。”亚历山大有些懊丧，“美洲狮的出现是个失误。我们不知道那片地区有一只。”

“那些莫罗克斯并不是真的，对吧？它们都是由管事机器人遥控的。”

“这个物种曾经存在过。”亚历山大说，“几千年前，在一个很多光年外的星系。一艘旅行者世代飞船发现了一颗行星，行星上的本土生命与地球上的进化并无二致，这种情况一般都很罕见，是个奇妙的惊喜。他们在那颗星球停留了一个世纪，研究那里的外星生物。我们使用分子诱发器复制了莫罗克斯的基本外形，为你们制造了一个可信的威胁。”

“它差点撕掉了德利安的胳膊！”

“不，它并没有那样做。只是几道很深的划痕，仅此而已。他流了很多血，但并没有造成真正的伤害。”

“为了激励我们，你们就要把我们给吓个半死？你们这帮浑蛋！”

亚历山大坐到她的身旁，伸出手想要搂住她的肩膀，伊蕾拉愤怒地甩开 Ta 的手臂。“别碰我。尤其是你。你应该是我们信任的人，是最接近我们父母的人。你背叛了我们。”她擦了擦眼睛，强忍住泪水。

“我就是死也不会背叛你们。”亚历山大说，“我虽然不是你们的生物学父母，但我对你们的爱同样强烈。”

伊蕾拉摇摇头。“没有父母会这么做，不论哪种父母。”

“这里的所有人都是心甘情愿留在后方的，而我们的家人因为安全原因都乘坐世代飞船离开了。我们知道这会很痛苦，而为了养育你们，我们就必须面对这种痛苦。”詹纳静静地说，“这不仅仅是因为我们爱你们，更是因为我们相信你们。你们注定会成为我们的救赎。”

“我们才不是你们的救赎。我们是你们的奴隶兵。”伊蕾拉吼道，“为什么要把我们生出来？直接用管事机器人的遥控机不行吗？”

“因为是你们，伊蕾拉。”亚历山大柔声道，“你们就是原因。”

“你什么意思？”

“管事机器人很聪明，反应很快，但终究还是有局限，不论是在想象力上，还是在直觉上。但你们不会。你们是人类。”

“这真是……太愚蠢了。我没有管事机器人那么聪明。这跟我的大脑有多大体积没关系。我永远都赶不上他们。”

“是的，在绝对处理能力上你们确实赶不上。不过和其他所有技术一样，图灵机的性能已经停滞不前了。对他们来说没有‘下一层次’，没有第十一代。”

“我可不是什么进化的下一层次。”伊蕾拉叫道，“正相反，我是返祖者，一个单性别的人。你们需要我们——需要男孩们——是因为我们的攻击性，因为我们原始的一面。”

“是的，我们需要男孩们是因为他们的攻击性。我们性转人的睾酮激素水平没有那么高，因而也没有那么好斗——至少不可能一直那样，因为我们的性别是周期性的。但持续处于男性的状态……这给了他们作为人类在战斗环境中所能拥有的最大优势。我们必须要赢，伊蕾拉。敌人永远都不会止步，我们都知道这一点。几千年来他们从未停手。只有派出我们的顶尖队伍才能与他们对抗。”

“那你们又需要我的什么，我哪方面都不是最好的。”

“在内心深处，我觉得你完全清楚原因。我知道，承认自己的本质是很难的。但你就是你，伊蕾拉——聪明的伊蕾拉。你真觉得一个管事机器人会想明白那次坠毁是怎么一回事吗？管事机器人不会怀疑。简单地提出问题与拥有好奇心不是一回事。好奇是人类的天性，由我们的情感所派生。管事机器人能分析它所处的环境和情势，但要让它在不知情的情况下得出结论，相信自己经历的一切都是虚假的，那是不可能的。只有你可以。你想出来了，而这并不只是因为你聪明，更是因为你有感情，去做出你要做出的那种决定……这又是一个管事机器人无法弥补的缺陷。你看，一旦置身于群星之中，与敌人面对面，你们就需要面对一个终极问题，那个人类特有的问题——信任。如果你要命令德利安和其他同学采取行动，他们会相信你，因为他们知道，你绝不会让他们失望，不论你最后拿出的是怎样的进攻方案，那都是你能想到的最佳方案。管事机器人的方案可能也同样优秀——甚至更好，但执行计划的人总会有一丝怀疑。在这种情况下，犹疑可能就意味着死亡。信任是人性的核心，这是我们最大的诅咒，也是最大的祝福之一。”

“你们以为自己处于成熟度和人类文化的巅峰，但你们不是。你们就是些怪物。”伊蕾拉冷冷地说，“你们繁育我们这些可怜的退行性动物只有一个目的。而我们别无选择，因为你们已经夺走了我们的选择。我们的生活被预先规定好了，完全被你们控制。我们什么都不是。你们夺走了我们的灵魂。”

“你们是人类的救赎。那可不是什么都不是。”

“我不想成为什么救赎！”伊蕾拉叫道，“我想要人生！我的人生。我想生活在一种人类相互尊重的文化中，我们可以自由选择自己的目标，去自由追逐。我想要自由！”

“我们都想要。”詹纳厉声说，“但当敌人发现我们时，那种自由就已经被夺走了。现在，人类只剩下逃命的自由了。人类不断穿梭于群星之间，找到一个避难所，待上几百年的时间，喘口气，度过一段短暂的美好时光，然后继续逃命。我也想过一个没有恐惧的人生，我也想要一个可以回去的家。但在这个该死的星系里哪一样都没有，对人类来说就是这样。我们所有人都失去了选择。所以现在，我们要加入五圣徒的行列，反击回去。必须如此。在这个过程中我的角色是微不足道的，是如此的渺小，甚至不会被后人知道。可你，你和那些男孩——你们会和其他与你们一样的人团结在一起，最终取得胜利。你们会解放这个星系。人类将再次拥有家园。”

* * *

从坠毁现场获救三天后，家族的高年级学员终于搬出了位于校园中心的圆顶宿舍。在家族庄园新开辟的一片区域内，管事机器人的建筑遥控机为他们建造了一排新月形排列的独栋别墅。所有建筑都具有相同的基本布局——五个房间，一个有着弯曲屋顶的矮人房，宽大的玻璃门通向被棕榈树和藤蔓遮蔽的露台。新月的中心是一座礼堂，室内室外都有游泳池和健身房，还有一个大餐厅，如果他们想集体用餐的话可以使用，还有几个演讲厅、设计工作室和全身战斗模拟蛋。礼堂里有几扇传送门，通往各个实战演习场所，还通向一座空中要塞，以便进行更进一步的零重力训练。

搬迁日的早上，吃过早餐后，矮人们和遥控货车带着每个人的行李物品离开了高年级圆顶宿舍，穿过校区前往他们的新家。身后，新一届高年级已经冲进了空出的宿舍，就谁该睡哪张床的问题开始了激烈的争吵。

德利安本来什么都不想带。毕竟，货车上的那些箱子里装的都只是童年的旧物而已。他觉得自己的童年已经终结了，被度假岛和随后在荒山上的磨难给抹杀了。但那里面有矮人们喜爱的毯子，有仍然可以拨动他心弦的旧书旧画。于是他带上了那一切，并告诉自己，他可以把绝大多数东西都塞进新家的弃物处理槽。不知何故，他怀疑自己的同班同学也都会这么做。

房门在他面前打开，德利安跨过门槛。*一切都是这么空荡荡*，他沮丧地想。当然，墙壁的色调很高雅，有灰色、红色和金色。每个房间的木地板都是抛过光的深色实木。室内的家具是简约型的。整个屋子空荡荡的，等待他来改变，把这一切打造成他想要的样子。

他完全不知道自己想要的是什么。只知道……不是现在这样。

他轻轻抬起身体两侧的手臂，弯动手指，给予矮人们自由。矮人们立刻快乐地跳了起来，冲进别墅进行探索。他们发现了自己的小屋，发出一阵欢乐的叫声。那个房间就在他的卧室旁边，小屋里还摆着架子床。他们很喜欢。

德利安看了看他们扔在地上的那些箱子，小货车还在耐心等待他的指示。他困惑地挠了挠头。*接下来呢？*

“嘿！”

他转过身，看到伊蕾拉正站在打开着的门口，脑袋只比门框低一点。“嘿，是你啊，进来。欢迎来到我家。圣徒啊，这么说感觉可真奇怪！”

“我明白。”伊蕾拉走了进来，环顾四周，脸上的表情是与他一样的困惑。“很不错。”她逗弄道，“你打算怎么收拾？”

“完全没想法。”

“我可以帮你找一些关于装修的老文档，如果你想要的话。我们的祖先似乎比我们更有想象力，尤其是在艺术方面。也许能给你点启发。”

“听起来不错。你是不是已经做了？我是说，启发过了？”

“嗯。每栋别墅里都有一台不错的制造机，你想要的效果它都能做到，遥控机可以帮你安装。我已经进行过一点小实验了。”

德利安这才想起，他刚才并没有在搬迁的队伍中看到伊蕾拉。“你来这儿多久了？”

“几天吧。我的别墅就在隔壁。”

“是吗？真是太好了。”

“这可不是随机的。”

“是吗？那是谁安排的？”

“我。”

“你还能安排这？”

“我们是这个团队的大脑，我们这些女孩，忘了？”

“我以为这是个平等的社会？”

“不，德利安，这不是。它离平等远着呢。”

忽然间变得一脸严肃的伊蕾拉让德利安不敢再开玩笑。“抱歉。”

“不用。这也不是我们选的，又不是我们的错。”

“你没事吧？”

“当然没事了。你呢？医生怎么说？”

“哦，那个啊？医用皮肤已经剥落了，所以我很好。”

“德利安，你被野兽袭击了，不可能很好的。”

德利安咧嘴一笑。“可我打败它了呀。我们赢了。这才是重点。”

“也许吧。”伊蕾拉走到他的面前，德利安头一次感到有些愤愤不平：为什么她那么高。他可不想还要抬起头才能欣赏她那迷人的宽阔脸庞。

伊蕾拉伸手抚摸着德利安的衣袖上莫罗克斯划破他手臂的地方。“衣服脱掉。”她轻声说，“让我看看。”

德利安解开纽扣，脱下衬衫。不知道为什么，当他站在她的面前，上身赤裸，他感觉自己出奇地脆弱。他的矮人们在小屋的门前探出头。他摆摆手，手心向外，让他们都回去了。

伊蕾拉的指尖滑过他胳膊上之前贴着医用皮肤的苍白皮肤，“雀斑没有了。”她哀伤地说。

“会回来的。”德利安顿了顿，不太确定地说，“你之前说……”

“是的，我喜欢你的雀斑。”

“我都不太确定那件事有没有发生过了。我们刚回来时，他们给我的那种镇静剂可真带劲。”

“是真实发生过的。”伊蕾拉说，“这是第二真实的事情。”

“第二？那最真实的是什么？”

伊蕾拉笑了笑，轻轻侧过头，两个人的鼻尖碰在了一起，她蓬乱的头发擦过了德利安的脸颊。“美洲狮。”

“哦，对了。圣徒啊，真是吓死我了！”

“你挡在了我的前面。”伊蕾拉沙哑地说，“保护我。”

她的指尖滑过他的胸膛。德利安真不敢相信，如此轻柔的触碰，却能像火焰一样点燃他的肌肤。“必须的。”他承认道，“不能让它伤害你，不能是你。”

“这已经是你第二次这么做了。”

德利安的嘴角微微一翘，露出一个可爱的笑容。“与安萨鲁队

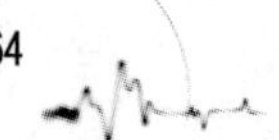

比赛的那次。是了！我记得。那时候我们十三岁。”

“十二岁。”

“圣徒啊，我们都老了，不是吗？”

伊蕾拉吻了吻他。“卧室在哪边？”

* * *

“终于啊。”这是其他同学最普遍的一句评价。

他们并不算是同居，与奥雷特和马洛特不同，也不同于其他几对最终结合在一起的男孩。不过他们确实每晚都一起度过。有时候与他们的朋友们一起，在餐厅共进晚餐——一生中他们所有人都生活在一起，没有人想被孤立。但早餐时间和某些时候的晚餐时间，他们俩都一起待在别墅里。

随着强化程序的实施，战斗训练被压缩到了最低限度。扬茨第一个自告奋勇参加，没有人对此感到惊讶。

“我不喜欢。”在一起的第三个晚上，伊蕾拉说。他们刚刚结束晚餐，来到外面，坐在露台上看夕阳西下。别墅里播放着几千年前的地球上的音乐。伊蕾拉喜欢有音乐作为背景。他们还在住宿舍的时候，这种音乐并不是特别受欢迎，尤其是她喜欢的那些更安静、更具旋律性的曲子。

“不喜欢什么？”德利安讶异地问。

“强化。他们要改变我们。而我们对此完全无法掌控。”

“我们有啊。亚历山大说了，我们并不是必须要这么做。”他把最后一点啤酒倒进两人的杯中。

“那要是不呢？要是不出去打仗，那我们还能做什么？留在朱洛斯？这种选项是不存在的吧，对不对？”

“并不是所有人都要参战的。”

“嗯，我可以跟遥控机一起到我们的战舰上擦甲板。”

德利安伸手握住伊蕾拉的手。“看到你这么不开心，我也很难受。”

“我可不是不开心，而是愤怒。”

“好吧。愤怒也挺吓人的。”

伊蕾拉勉强笑了一下，啜了一口杯中的啤酒。“我们不能掌控自己的生活，不能真正地掌控，我就是讨厌这样。我知道我们可以不参战，可是，得了吧，不参战我们在这里干什么？等到最年轻的年级也完成训练并获得强化，朱洛斯上所有的人就都要离开了。我不知道你怎么样，但我是不会留在后方等待敌人的。你也知道，敌人总会到来。他们就像瘟疫一样侵袭我们定居的每个星系，毁灭一切。”

“我知道。”德利安看着花园尽头的那片深色树木，五颜六色的鸟晚上都在那里栖息，“你会和我们一起的吧？男孩们需要你，我需要你。”

“我当然会和你们一起。我又不是烈士，要在丛林里孤身一人，等待敌人最终找到朱洛斯——如果他们真能找到的话。而且我也不会辜负你，还记得吗？不过我们已经不仅仅是一个年级团体了，不是吗？不再只是一支与其他家族比赛的队伍。你们将成为一支真正的军事行动队。”

“暂时如此。等到战争结束，我们就能想干什么就干什么了。”

“如果我们赢了的话。”

德利安一脸诧异地看着伊蕾拉，不过伊蕾拉的表情似乎很认真。“我们会赢的。圣徒都站在我们这边。”

有一瞬间，伊蕾拉好像还想要争辩，但最后她只是举起了杯子。“我们会的。”

* * *

第二天早上，他们去医务区看望扬茨。扬茨的矮人被安置在特制的小屋里，长长的窗户可以让他们随时看到自己的主人，帮助他们安定心神。不过他们不能进复健活动房。

德利安和伊蕾拉进去时，扬茨正躺在宽大的床铺上，四肢裹着厚厚的绿色医用皮肤，脑袋上有一条宽大的带子，从头顶一直延伸到脖子，就像完全被压扁了的莫西干发型。弹力膜上生出了许多光导纤维，连接在医务管事机器人上，它时刻监控调节着强化植入物。

雷洛坐在床边，握着扬茨的手，两个人都咧嘴笑着，好像刚刚搞完恶作剧跑出来。

“嗯，你看上去还不错嘛。”德利安兴高采烈地说。

“感觉也不错。”扬茨说，“我觉得那些分泌快乐水的腺体应该已经开始起作用了。”

伊蕾拉知道那不可能，但她什么都没说。

“时机最重要。”雷洛说，“我们刚还在说，这种控制能力该有多爽。要是你能在做爱的时候触发某个腺体分泌，一定会收获双倍快乐。”

“那得好好练习一下才行吧。”德利安附和道。

“嗯，是啊。”

伊蕾拉叹了口气。“你们脑子里就只有这些吗？”

“当然不是了！”三个人齐声回答。

“我不知道这些腺体是否有安非他命，应该不会起到血清素激动剂的作用。”

“非得说出来嘛。”雷洛抱怨道。

“谁知道这些词都什么意思。”扬茨笑道。

伊蕾拉自己也忍不住笑了起来。“他们还给你什么了？”

“除了腺体之外，还有主动脉瓣。”

“当你的胳膊和腿被撕下来的时候会很有用的。”德利安假装热切地说。

伊蕾拉知道他的幽默有些刻意。这次强化升级让他们所面对的一切更加现实了起来。他们真的要登上战舰被传送到银河深处去了，都不知道最终能有多少人幸存下来，如果有的话。

“如果真有断胳膊断腿的情况发生，那也是我去断别人的。”扬茨说，“他们也给我植入了第一批神经诱导鞘，为了更大的肌肉块。”

“还有六批。”雷洛说，“到时候你就完全爆发了。”

扬茨抬起一只手放在面前，一根一根地弯曲手指，仿佛是在测试。“我都不知道我现在能对那些小家伙做多少种下意识的指示了。现在这样做就很自然，你知道吗？”

伊蕾拉看了看对面窗户，扬茨的矮人们正在那边看着他们。“经过这套程序，以后他们就是我们身体的一部分了，就像可遥控的额外肢体，对你会很有用的。”伊蕾拉严肃地说。

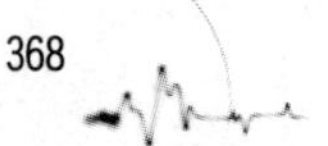

“他们什么时候开始改造你的矮人？”德利安热切地问道。

“明天。”扬茨说。

“你不觉得伤心吗？”伊蕾拉问。

男孩们一脸不理解地看着她，伊蕾拉感觉自己仿佛能听到他们之间的那道鸿沟裂开的声音。结束了，她意识到，他们不再是她的兄弟了。现在他们之间的分歧已经超过了爱。此刻她唯一能做的就是不要在他们面前流下眼泪。

“不会啊。”扬茨小心翼翼地掩藏不爽的语气，“改造后他们还是跟我联系在一起。不光是有联系，更是成为我的一部分。关系变了而已。我们成长了，伊蕾拉。我也不再需要一群可爱的宠物围在身边了。”他抬起头，对着雷洛咧嘴一笑，雷洛深情地握了握他的手作为回应。

“成长。”伊蕾拉淡淡地说，“是啊，成长。”

德利安搂住她的肩膀，感觉到情况非常不对。“也不会改变太多。”他安慰伊蕾拉。

* * *

伊蕾拉一直觉得矮人中心是个让人感到放松的地方。如果乌玛或杜尼出了什么问题，她就会来找乌兰蒂，因为她知道，不管矮人们有什么样的擦伤瘀伤，在乌兰蒂这里都能得到很好的照料。就算矮人们一时犯傻吃了什么不好的东西，他们也能在病房得到救治，药到病除。而这一次，她走进纵贯圆顶中轴线的宽阔门厅，曾经的那种舒适感却已荡然无存。卫生的白色瓷砖地面和浅灰色的墙壁在现在的她看来功能性太强，太过强调矮人的本质：人造的、命运早已注定的……

乌兰蒂在诊所深处的一间治疗室，正在治疗家族一个五年级男孩的矮人。Ta对伊蕾拉笑了笑，招手示意伊蕾拉先坐在旁边的座位上，然后Ta用黑色的医用皮肤帮那个矮人把伤处包扎好。男孩和矮人手拉着手，兴高采烈地离开了，身后的乌兰蒂还在高声嘱咐他们，在接下来的二十四小时内不要过度劳累。

“竞技场？”伊蕾拉问。

乌兰蒂脱下手上的无菌手套。“曲棍球。真不知道是哪个天才想出来的好主意，把球棍给矮人，让他们在那么多人的球场上挥着玩。”Ta叹了口气，摇了摇头，“这整个信任关系的建立程序就是个大型可塑性实验。”Ta环顾四周。“你的矮人呢？”

“在家。”

“是吗？他们不介意跟你分开吗？”

“一点点吧，我猜。我跟他们之间的联系不像男孩们跟他们的矮人那样。我可能更矜持一些，乌玛和杜尼也就不会那么黏人。”

乌兰蒂对她微微一笑。“然而，你们年级的其他人都没有给他们的矮人起名字。”

“他们不容许我们起名字。”

“哎呀，我从你的语气中听出的是一丝叛逆吗？”

“我只是实事求是而已——并且讲求礼节。虽然现在这么做应该也没什么意义了。”

“为什么呢？”

“那个修正措施——这种词一般都是老地球上的政客才会用——考虑到你要对我们可怜的矮人所做的。”

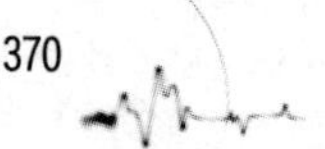

“明白了。这就是你来这里的原因吗？”

“是的。”

“你想知道什么？”

“我想看看。”

“看什么？”

“看你改装他们建成的战斗核心。我看过照片，也研究过图纸，但没见过实物。”

“我理解，地图不是土地[1]。”

伊蕾拉皱了皱眉。“差不多的意思吧，对。”

乌兰蒂领她回到中心走廊，进入一间六边形的房间。Ta选了一扇传送门，通往建筑内一个伊蕾拉从未来过的区域。他们进入了一条架设在干净的装配车间上的观察走廊，有一百五十米长，里面是珍珠白色的无缝墙壁、地板和天花板，走廊两侧都是带玻璃幕墙的小房间。伊蕾拉一身T恤短裤，脚上还穿着拖鞋，整个人感到格格不入。她看到少数几个人穿行在工业规模的制造机之间，他们都穿着医院的那种长袍。

“那些都是尼亚纳型的分子诱发机。”乌兰蒂说，Ta示意下方地面上的那一排大立方体，语气中透着骄傲，“反正我们觉得是。坐插入舰来的元人一直都不确定他们已经掌握了所有原理。我们自己的生物遗传学进展远远落后于这种技术能力。”

“矮人就是从这儿造出来的？”伊蕾拉的语调里毫无感情。

---

1. 原句为“The map is not the territory.”。1931年，由美国哲学家Alfred Korzybski提出。大致含义为不要把对事物的解释、描述与其本身混为一谈。

“是的，矮人是生物制造的。但我可以很骄傲地说，这个设计完全是由人类独立完成的。我们从来没有获得过尼亚纳插入舰所拥有的创造程序的访问权。”

“那战斗核心呢，它又是什么？”

“它是生物制造技术与人类武器的融合。这边走。”

他们沿走廊走到可以俯瞰整个建造区的地方。一组战斗核心正躺在他们的摇篮里，管事机器人的遥控机械臂在他们四周移动着，集成组件的最后一层。这些活机器都是亚光灰色的圆柱体，有三米长、两米宽，三分之一处有一道蜂腰似的收缩，柱体两端弯曲形成尖锥形。他们的表皮上有银色的钉环和插口，随时可以插入外接武器和传感器，甚至还能外接推进系统，方便他们在太空或气态巨行星的大气层中运作。

“很神奇，不是吗？”乌兰蒂说，Ta盯着其中一个战斗核心，眼神中全是赞赏，“矮人的大脑从身体中移出后将被安置到中心区的生命维持核中。推进系统是由奇异物质重力操控的。所有能量来自三重航空电子融合室。通过量子纠缠与他们的主人连接。”

“经由肌鞘。”伊蕾拉说。

“是的。矮人可以读取男孩们的每个身体动作信号。他们可以理解所有信号并做出反应，不论大小，还有那些简单的口头命令。这是我们所能达到的最接近心灵感应的成果了。在战斗中，这将是一个巨大的优势，不会有一点时间浪费在发布和解释命令上。矮人立刻就能明白主人的所思所想，并据此做出反应。你们已经花了十六年的时间来巩固这种精神纽带，战斗反应将在一瞬间完成。你和另外两名女孩负责指挥，你们将成为战略

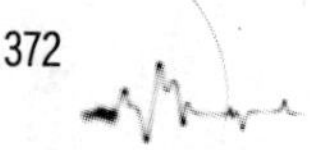

大师。”

“你肯定骄傲极了吧。”伊蕾拉恶狠狠地说。

乌兰蒂看了看伊蕾拉，眼神中带着一丝疑问。“是的，我是很骄傲。”

“不知道那些矮人是不是也这么想。”

“你在把他们拟人化，伊蕾拉。这么做是不对的。矮人只是生物体，仅此而已。他们是外星机器。”

“胡扯。他们是活的。他们的神经活动是基于人脑建模的。他们也有记忆，也有情绪反应。他们的细胞生化反应是有一点不同，但这并不意味着他们就是机器。他们是有知觉的。所以他们才自愿……这么做。”她伸出手臂，指着那些战斗核心，“他们愿意，是因为男孩们想要这样。”

“他们当然愿意。所以我们才都在这儿。这就是我们的目的。”

“发动战争不是目的，是对威胁的反应。我们应该想想怎么摆脱这一切才对。”

“我们努力过，但怎么也逃不出他们的手掌心，敌人的分布范围比我们要广得多。圣徒们一开始就知道根本不存在避难所，所以那个我们以前曾有一艘世代飞船要去找到避难所的传说，就只是个传说。我们不能呼叫尼亚纳寻求帮助，就算他们现在还在也不行，因为那样就会将我们的位置暴露给敌人。我们孤立无援，而敌人很残暴。我们唯一的希望就是将世代飞船广泛散播出去，期盼有一天能够反击。你自己看看吧，那些文件已经向你开放了，所有文件。詹纳校长授权了。我们甚至不知道为了达到这一崇高的目标已经有多少人献出了生命。我们现在唯一剩下的就是保卫人类种族的圣战。我们要消灭那残暴的敌人，有他们在，整个银河系都不安全。”

“你又不能确定我们会赢。”

“当然不能了。但我们在尽力打造我们的科技所能达到的最强大的军队。这就是我的工作。为了达到这种程度的成功，我们付出了卓绝的努力。如果这次失败了，那也不会是因为我们的弱点。”

“祝贺你了。我的强化什么时候开始？”

“只要你准备好了，随时都可以。”

“你对我们与矮人的精神纽带很自信啊，是不是？”

“是的。不过，你与矮人之间的神经连接与男孩们的稍有不同。他们会成为你的过滤器。”

“是的，但那也是在你们挖出他们的大脑，把它们连到管事机器人上成为外设之后。”

“也不是必须要那样。”

“什么？”

“物理层面上……严格来说并不是必须的。他们学到的东西才是最重要的。他们现在使用的思维通路才是你们十六年来交融形成的无价之宝。想想吧。等到你终于要面对敌人的时候，在最大规模的冲突中，你会同时接收到来自各个中队的几百条信号。就算以你的心智也无法同时理解那么多信息，不管你的神经升级到了什么程度。你需要过滤，确定优先级。这时候就要靠矮人们了，由他们来提供初步分析，进行分级，方便你处理。管事机器人将利用这种诠释能力为你做出正确的评估。”

“既然管事机器人这么厉害，那还要我们干什么。”

“你知道我们为什么需要你们。这点詹纳校长解释过。在决策层中必须要有个人类——不仅仅是出于信任，也是因为人类的直觉。我们都为你在坠毁现场的表现感到非常骄傲，你质疑你们处境的那种方式，我们所有人都没有料到。”

“我可真厉害。”

“听我说，如果你特别心疼乌玛和杜尼，不愿意看到他们这样，我可以在管事机器人里建立一个模拟矮人神经通路，将他们的思维模式下载进去运行。他们的大脑里有这个功能。”Ta 笑了笑，寻求伊蕾拉的认可，“你觉得这样可以吗？”

伊蕾拉肩膀一塌。“你可真是什么都考虑到了。”

“我尽力了。我知道自己没有你那么强。”

“好吧，我会告诉你我的决定的。”

* * *

黎明时分，伊蕾拉在小鸟们传进庄园的鸣唱声中醒来。她又在床上躺了一会儿，让自己的眼睛适应透过苇叶百叶窗照射进来的柔和光线，这百叶窗是她专门为卧室的窗户选的。德利安在她的身旁半趴着身子，还在睡梦之中。他的身体在这宽大的床垫上显得是这么的幼小，伊蕾拉看着他那白皙的身体，想要压抑住自己的情绪。今天是德利安去医务室接受第一轮强化的日子。

伊蕾拉就要在今天失去德利安了。她知道德利安还会一如既往地宠爱她，她对他也是如此，但他也将发生改变。尽管这种改变与他们每天努力训练，探索新的战术游戏，或者在课堂上学习另一种武器相比，也没有什么本质上的不同。每一天他们都在改变，她已经做了足够的心理建设。但这次的改变将更坚定他的立场，一切将无可挽回。

他肯定会去参战。这是他一直以来的愿望，是这种特殊时期人类可以从事的最崇高的事业。他的整个人生都将奉献给这个救赎他们所有人的事业。这是他的梦想，这是他生活的目标。伊蕾拉无论如何都不会阻止他的。

但这并不会减轻他的这个决定带给她的痛苦。

在昨夜的缠绵中，她的热情让他有些惊讶，也同样点燃了他的爱火。他甚至还问她是不是出了什么事。他们俩在床上相拥，伊蕾拉把他抱得更紧了。“这样绝对不会有什么问题。”她满怀欲念地安慰道。

德利安从没见过这么充满激情活力的伊蕾拉。伊蕾拉满足他的每一次渴望并不仅仅是为了他，她与她那原装的、美丽的德利安的最后时光值得用这样亲密的行为来纪念，留下最美好的记忆，未来的日子里她会很需要的。最后，等到他的精力耗尽，她才在他安睡后无声哭泣。

今天清晨，她决定了，她将不再有眼泪。这是她的改变，她的选择。

从前，她最喜欢的圣徒是尤里·阿尔斯特，因为尤里有逻辑、有毅力。不过现在，她变得更喜欢阿利克·蒙代了，因为阿利克向她展示了，人有时候必须变得多么残酷，自信又如何让人变得坚强。

伊蕾拉静静地起身，小心不吵到德利安。她裹上一条长袍，溜进隔壁的小屋，乌玛和杜尼也已经醒了过来。她笑着看着他们，不由得赞叹乌兰蒂说得对。他们跟她一起醒了过来，尽管中间还隔着一堵墙。也许他们之间的联系不是心灵感应，但它有一种不可思议的属性，给她的人生带来了独一无二的体验。

她温和的情绪、轻柔的动作，让他们没有像以前那样发出巨大的响声来迎接她。她笑着欢迎他们——笑得很假，真是太假了，但还是骗过了他们，她抚摸他们那柔软的皮毛，安慰他们。他们满怀期待地看着她，她歪了歪头，做出一个有趣的姿势。他们三个一起溜出了别墅，来到清晨温暖的户外。

湖面距离舒适的月牙形别墅区不到半公里，周围全是高大茂密的树木。天鹅在平静的水面上静静滑行，当伊蕾拉穿过灌木丛出现时，扭过头好奇地看着她。

伊蕾拉毫不犹豫地走进湖水，那冰冷的温度让她微微颤抖了一下。她握着乌玛和杜尼的手，催促他们跟她一起下水。她的动作很明确，很简单，他们急切地跟着她进入了水中，加入她正在进行的这场冒险，不管前方等待他们的是什么。

双脚踏入泥中，水漫到了她的腰部。小树林宁静而可爱，很适合临别前最后一瞥。

她搂住矮人们的肩膀。“这就是我的选择。”她无情地告诉他们，让他们知道这么做是正确的，这就是她想要的。她弯下膝盖，让膝盖完全陷入厚厚的泥中。乌玛和杜尼也在她身旁顺从地跪下。她的头距离水面还很远，但他们的脑袋已经完全没入了水中。

乌玛挣扎了一下，如她所预料的一样。杜尼则一直很顺从。伊蕾拉就这么将他们按在水中。她的小伙伴们就这样在她的紧拥下慢慢死去，她脸上没有一丝表情，也没有流下一滴眼泪。

当亚历山大他们终于冲过树丛来到湖边时，看到的就是这幅可怕的景象，他们来晚了，太晚，太晚。

评估小组

费里顿·凯恩
尼基雅
2204 年 6 月 25 日

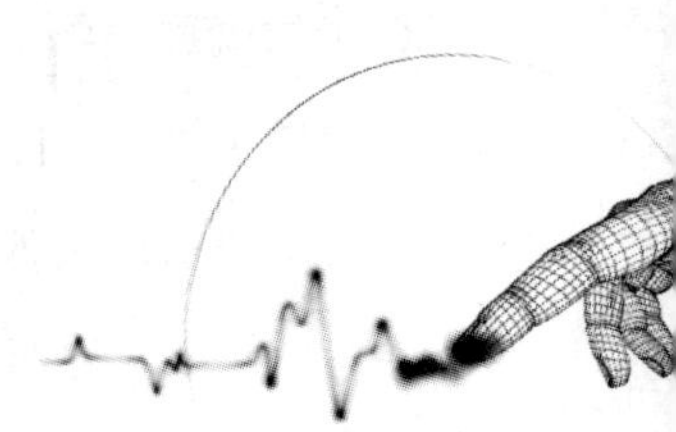

当尤里讲完他找到霍拉肖的故事时，我们的游侠开拓者距离坠毁地还有五个小时的路程。透过长长的车窗，我看得出尼基雅的景观又发生了变化，我们来到了尘土飞扬、覆盖着红灰色表土的平原上。地上散落着古怪的光滑岩石，延伸到陡峭地平线的信标柱几乎有其两倍高。前方，早前车辆的车轮印纵贯粗糙的地面，如激光般笔直的线条在这个自恐龙出现在地球以来就没有过人迹的世界上留下了一幅巨大的涂鸦。

“那阿尔泰亚到底发生了什么？”阿利克问。

“我们一直都不太确定。”杰西卡说，“结束后，我在任务分析上花了一年的时间。地狱炸弹这招太狠了。七号楼的绝大部分都被蒸发掉了。所以可供法医实验室分析的物理证据少之又少。我的发现都不是最终结论。”

她真是太谦虚了。我看过她的那份报告。那些安保文件里有不少有趣的东西。安斯利·赞加里肯定也是这么认为的。首先，尤里的犒赏就是这么得来的——联协安保部长。老板总会奖励忠诚的人。

“不过那孩子还是安全了，是吧？”坎达拉问。

不过我觉得她的语气里有一丝戏谑，就好像刚才尤里讲的是一个传统的童话故事。

“是的，我父亲恢复得很好。”洛伊说，“谢谢你的关心。”

如同游侠开拓者上的其他人一样——除了尤里，我一脸震惊地看向洛伊。我只知道他是安斯利·赞加里家族的第三代，不过从没费心查过他的档案资料，看他的父母到底是谁。我得承认，这个巧合让人有些不安。

“你？”杰西卡问，她的脸上露出了惊喜的笑容，“你是格温德琳和霍拉肖的儿子？”

“是的。”

“这个‘我父母是怎么认识的’故事可不一般。”埃德伦赞叹地说。

洛伊顿了顿，喝了一口他的浓缩咖啡。“这得看你的视角了。不过，也许吧，我猜。”

“大团圆结局不错。”阿利克嘲讽道，“但我还是很好奇。”他指了指杰西卡，问：“你到底发现了什么，竟然糟糕到足以让你再次改换门庭？”

杰西卡不情愿地点点头，甚至感觉有些尴尬。“这种犯罪行为——夺取那些无助的低存在感的人的生命来谋取利益——在乌托邦社会根本不会发生。而且我还是适合坐办公室。所以我就回去了，享受宁静的生活。是不是挺傻的？”

尤里哼了一声，似乎有些不屑，不过并不是出于对她的挑衅。“这个事件正好证实了安斯利对奥利克斯人的怀疑。”

“怎么会？”阿利克问，“他们都帮你了。”

“他们是帮了，我要的信息他们都给了，包括如何使用 K 细胞进行大脑移植，以及这一切为什么还只停留在理论层面。非常合作，也非常官方。不过海 –3 也说了：男孩。”

“我没听明白。”埃德伦说。

“他对我说的原话是：我会为你祈祷，祝你早日找到那个不幸被绑架的男孩。”

“你没跟他说过你要找的是什么人。”阿利克打了个响指，“男人，女人还是性转人。”

“是的。”尤里回答，“安斯利从来都不相信奥利克斯人能有多圣洁。而这正好就是个证明。他们将我们贪婪的一面表现得淋漓尽致，因为他们将之视为人类的正常特征，不加查证，这种态度很不好。而且他们确实没有查证，因为他们并不真的理解我们，他们只是模仿我们。没有道德过滤器，还记得吗？他们就是没有。所以现在我们才要对他们保持特别关注。”

他看了我一眼，我点头同意，让所有人都看到。不过现在我明白他的偏见来自何处了，考虑到那种环境，他的这种反应也是很合理的。尤里不是负责处理外星人谣传的专业人士，而海 –3 犯蠢了。海 –3 在大使馆所犯的错误加深了尤里的偏执，进而，他去说服安斯利 · 赞加里，怀疑奥利克斯人为了追求金钱使出了无限的阴谋。结果呢，从不遵守交通规则到政治操纵，太阳系内的每一桩罪行都被安斯利怪罪到了奥利克斯人头上。

好吧，排除了尤里的嫌疑也算是一个进展，但是我仍然不明白整个 K 细胞大脑移植传说的起源。因为这个故事已经深深地嵌入了流行文化之中，永远不会消失。我本来还希望能从尤里的故事里找到一点线索，但显然，对此他跟我一样困惑。

“你认为是奥利克斯人向你们发射了地狱炸弹？”阿利克问。

“并不直接是。”杰西卡说，“动手的是毒瘤。”

阿利克的反应很有意思，他一下子坐得笔直。“你开玩笑的吧？”

“没有。”

“天哪。你有证据吗？”

“能上法庭的没有。不过我们的G7图灵机跑了不少数据。我们重建了我和尤里到达前三天内布朗卡的虚拟数字环境，并且向后延长了两天。我们还在审讯华金·贝伦的时候，毒瘤就和两个助手一起在那儿出现了。我们通过中转站追寻她的踪迹，一直到东京，在那之前的动向就不清楚了。日方的犯罪情报局根本不清楚她就在他们国家。”

“那地狱炸弹呢？别跟我说她是带着炸弹经过你们的中转站的。”

“不可能。”尤里说，“我们的每个星际中转站上都有深度探测器，不可能有人携带武器进行星际穿梭。”

“根本没那个必要。”杰西卡说，“追查地狱炸弹时我们运气更好些。它是在阿尔泰亚的首都亚拉定制加工的。一个名叫科里·周的家伙用自动出租车通过布朗卡商用运输枢纽带进来的，就在尤里关闭中转站前四分钟。那辆自动出租车被注册为公共交通工具，不过识别标志是假的，车子属于周，他用它转移过不少非法制造物。”

“你的追踪工作干得不错啊。”阿利克说。

“那场爆炸让我们失去了七名战术小组成员。”尤里的语气中透着一丝可怕的气息，“天知道巴蒂斯特对可怜的卢修斯都做了什么。那之后安斯利给了我们所需要的一切资源。”

“地狱炸弹的部分不难。”杰西卡说，“我们在十个小时后找到了科里·周和他的自动出租车，车就停在距离码头区不到两公里的一个停车场内，毒瘤割开了他的喉咙。”

“嗯，她从不留后患。”阿利克说。

“鉴证人员把周的整个住所翻了个底朝天。我们将全套房间运回到了我们的犯罪实验室进行分析。法务会计追踪了他的账户，不过所有账户都关联在位于独立小行星定居点的各种一次性金融机构。其中绝大多数上面连定居人口都没有，就是些 G5 和 G6 图灵机岩石屋而已。”

“那你们不知道是谁付钱给他的？”

“不知道。”

“但你们觉得是奥利克斯人？”

“不是直接的，但他们的行为，他们对所谓的我们的正常状态的接受程度，最终引发了这一切。”尤里说，“我说过，他们一直以来所做的一切是有后果的。我们知道，我和杰西卡一出现在霍拉肖的公寓，巴蒂斯特·德瓦罗伊就逃走了。所以他在那里肯定有某种监视系统。而且当我出现在日内瓦大使馆的时候，海-3 提前就知道了我要找的是什么人。所以不管那些人被抓走是要干什么，奥利克斯人对此至少都是知情的。”

“可是为什么呢？”坎达拉问，“他们的动机是什么？”

“我们认为最可能的理由应该是非法医学实验。”尤里说，“全太阳系百分之二十一的医疗总支出都与 K 细胞疗法有关。那可是真金白银，面对现实吧，我们人类就是贪生怕死。”

“但新应用的研发过程十分漫长。”我解释道，“人类的监管机构对此有着相当严格的限制和规程。简单易用的 K 细胞应用，比如一颗新心脏，它是最早获得许可的，而且现在仍然在他们的销售中占比最大。但更复杂的器官和腺体就要花费更长的时间了。奥利克斯人的人类研究合作伙伴必须小心谨慎，而且钱是他们投的。我们认为他们应该是想加快研究进程。况且如果他们提出进行地下研究，奥利克斯人应该也会接受。毕竟，研究的是人类。”

“×！”坎达拉一脸惊讶，“你是说他们在做人类活体实验吗？”

“不是奥利克斯人自己在做。”我说，“应该是那些进行 K 细胞功能研究的公司，他们设立了一些地下实验室来加快研究进度。虽然他们只获得 K 细胞销售额的一小部分，但这一切都是相关的。新的 K 细胞疗法投入市场后将带来更多的合法收入。这才是奥利克斯人的目的。他们是同谋，一定是这样。正如尤里所言，这里面牵扯到的钱是巨量的。购买足够供给方舟飞船穿越星际使用的能源可不便宜。”

“他们还在这么做吗？”坎达拉问，“还有人失踪吗？”

尤里微微一笑，说是笑，其实更像是在绝望地呻吟。“总会有人失踪的。绝大多数案例都只是可疑，只不过我们不能确定这种非法实验是否还在继续而已。”他耸耸肩，“在过去三十七年间，有不少成功的 K 细胞移植产品投入市场：脾脏、淋巴结、胃壁组织，更别提各种化妆品了。”

“有人被劫持的话，普世主义当局应该会有所了解吧。”埃德

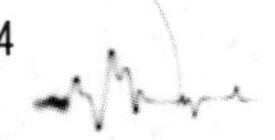

伦说，“每年有多少人的失踪是可疑的呢？”

“包括全部的十五个星系和一千多个定居点，谁知道呢。”尤里说，“仅在地球上，这个数字每年应该在几千万。大多数都是各机构归类为普通失踪人员的——心情不好，离家出走的人；或者是逃轻罪和逃债的人；或者是被人贩子培养贩卖的男孩女孩。有些人会再次出现，但大部分不会。根本没办法知道其中哪些是被巴蒂斯特这种浑蛋给绑走的。”

“这么多吗？”埃德伦惊叫道，“不可能吧。”

“就是这么多。”我告诉Ta，“一直都是如此。跟21世纪的数量相比下降了一些，因为我们的经济状况好多了，社会上的不满情绪也就减少了很多。不过这个数字还是很惊人的。更糟糕的是，即使是对我们的G7图灵机和网络来说，这个数字也太大了，没办法处理。人们总是说我们现在生活在一个过度管制的国家，政府机构监控着每个人生活的方方面面。但事实上，政府机构——至少是普世主义的这方——并不是真的那么关心个体。”

“除非你哪天偷税漏税了。”卡勒姆轻声说。

“漂亮。”我承认道。

“乌托邦的政府机构更关注公民福利。”杰西卡说，“这是我们宪法的基础。”

“你们干得不错。”坎达拉说，“不过总有漏网之鱼吧。”

“比例很小。”

“我们来这里是为了调查外星飞船的。”我提醒大家，“不是为了嘲讽对方的政治体制。”

阿利克哼了一声。“所以不管是谁在让巴蒂斯特劫持人口，那个人雇用了毒瘤来消灭所有证据？”他问。

“我们得出的结论就是这样。”杰西卡说，“一家医药研发公司，有钱，没有伦理底线，还有地下资源。”

车厢另一端，埃德伦放下手中的杯子，说：“那个杀手毒瘤，或者说地下佣兵，不管她是什么——你们找到她了吗？现在还在找吗？”

“我们一直都在找。”尤里说，“人人都在找。”

“这婊子很厉害啊。”阿利克咕哝了一声，“连局里都没有她的线索。”

“这么说你也知道她了。”卡勒姆直奔主题。

“她牵扯到了我的一个案子里，所以我知道。”

“你们抓到过她吗？”

我注意到面部表情向来僵硬的阿利克皱起了眉头。“没有，不过那案子很怪。”

“怎么个怪法？”卡勒姆问。

“严格意义上说那不是局里该管的事。我纯粹是被叫去帮忙——私人情谊那种，某人认识某人，某人又和某个全球政治行动委员会有联系。”

阿利克帮忙的案子

美国
公元 2172 年

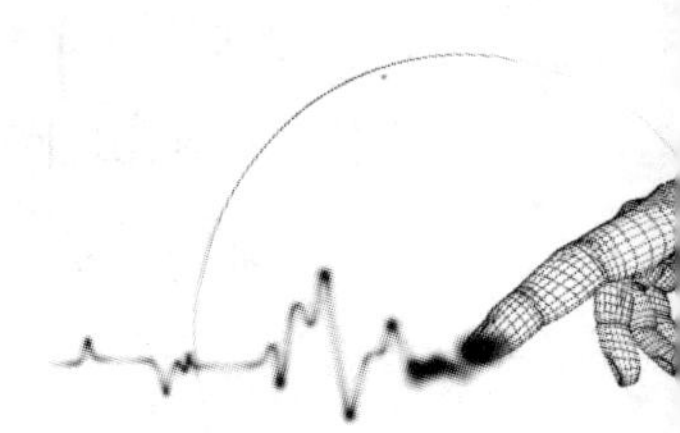

1 月 14 日，将近午夜时分，大雪横扫整个纽约市，就像魔鬼打开房门，造访城市开启狂欢夜一样。而阿利克觉得，那个黑暗王子是真的狂欢了一整夜。他看了看地上的尸体，犯罪现场的一个警察拉开了盖在上面的裹尸布。眼前的景象破坏了他那顿被打断的晚餐，也进一步影响了他对接下来的早餐的兴趣。

那女孩是天生的金发，这他看得出来。露馅的总是发根。那个剥了她头皮的变态还留了点发根。至少，她的头还在脖子上，不过四肢倒不剩什么了。阿利克看了看她身后的那面墙，整面墙上飞溅了厚厚的一层血，炸坑里还嵌着肉块。有人在受害人站着的时候用一把强化霰弹枪放倒了她。根据经验他推测，他们先轰掉了她的手臂，然后是小腿，最后剥头皮。在整个过程中她应该还活着，不过失血与应激反应应该已经让她失去了意识。谢天谢地。

“我 ×。”阿利克对萨洛维茨探员说。

探员一脸死鱼相，不过阿利克宁愿看他的脸也不想看那个金发女受害人。

“我提醒过你的。”萨洛维茨说，“其他几个也跟她差不多。”

“这里只有她一个，是吧？”阿利克是在纽约市警察局的人闯进公寓三十分钟后到达的。引来警察的是各种警报——因为监测到了枪声，邻近公寓的家庭安全传感器全部警铃大作。那些他都不关心，他被叫来是为了查看一个源自那所公寓的特定数字问题。不过，这里发生的多起凶杀案给了他一个合法的理由在现场观察，协助纽约市警察局。明面上他是来提供跨辖区的管辖权限，没什么人有胆子质疑这一点，鉴于这座公寓的房屋性质，这个幌子还是高度可信的。

“嗯。”萨洛维茨同意道，“其他几个到处都是。”

阿利克打量了一下这个房间。它的空间很大，有着一流的装饰艺术布局，走进来就感觉仿佛是回到了 20 世纪 20 年代。里面的家具风格浮华，都是真正的古董，它们摆放的方式就是为了让你看向同一个方向。这一点很好理解，这是一间典型的中央公园西街区公寓，位于十七楼，其中一面墙是落地大玻璃窗，从这里可以俯瞰整个公园，公园覆盖着厚厚的积雪，犹如质地蓬松的毯子，这幅景象配得上亿万富翁的身价。他走过去查看了一下。那玻璃是程序控制的，可以向外打开，通向外面狭窄的阳台。

他看了看阳台，地面的积雪上有脚印。“过来看一下。”他对萨洛维茨叫道。

萨洛维茨把脸贴到玻璃上，在鼻孔下的冰冷的玻璃表面上留下一团雾迹。“所以呢？”

“脚印啊。三四组，大概。”

“嗯，没人跳下去啊，如果你想说的是这个的话。不然我们进来前就在街上发现尸体了。”

阿利克忍着没叹出那口气。他喜欢萨洛维茨，真的喜欢。这位探员对生活的阴暗面有足够的了解，知道事情是怎么运作的，了解这座城市地下那些能够让各项事务顺利进行的肮脏政治交易。阿利克每次出现在案发现场，不管理由多么牵强，萨洛维茨都不会多问一句。但有时候阿利克也会想，萨洛维茨肯定是因为某些为终极蠢货准备的平权政策才获得的警徽。“你再看看，告诉我脚印的方向。”

萨洛维茨又看了一眼，然后说：“我 ×！”

阿利克让他看的脚印起始于阳台的石头围栏，朝向玻璃幕墙的方向。只有一个方向。

“他们是从隔壁进来的。”阿利克说，“用了某种杂技演员的把戏从隔壁阳台荡了过来。”

“好。”萨洛维茨说，“我这就让管区的 G7 图灵机查验隔壁的门禁和户主信息。”

“很好。让法证人员优先处理一下阳台。那些脚印里也有雪，天知道这痕迹还能保持多久。”

“好的。”

萨洛维茨出去找他的搭档比兹克探员。阿利克去找法证组的尼古拉·克里斯蒂安松，他正忙着指挥一队类似蜗牛的微型无人机。其中有十几个正在地毯上沿着尸体向周围慢慢爬动，它们的分子传感器在记录遇到的各种微粒。

阿利克让他的分我应用香格用一条安全链接连上克里斯蒂安松。“分析过爆炸物了吗？”

克里斯蒂安松眼神躲闪的样子让他想起了古早年代高中的运动员与书呆子对峙的情景——克里斯蒂安松应该很吃密探谍报那一套。“还没。他们让我收集残余物，看看之前都有谁在这儿。”

“我不是这方面的专家，不过难道不是个有霰弹枪的家伙吗？把设备拿回实验室去，给我出一份报告。”

“这可不容易——”

“照我说的做。”即使从他这个角度，阿利克也能看到克里斯蒂安松皱起了眉头。克里斯蒂安松任职于曼哈顿司法鉴定所，不过在朋友的华盛顿朋友的顾问名单上也有阿利克，所以他也被分到了这个案子上。正是那些人非常明确地告诉阿利克，数字部分的不当行为极其重要。对他们来说，多重谋杀无关紧要。看着躺在地上的金发女郎——已经又盖上了裹尸布，阿利克本人倒是不那么确信了。

这座公寓自带传送门，房主是克拉维斯·洛伦佐，安纳卡、德维尔、莫尔塔洛与洛伦佐律师事务所的具名合伙人（律所名字上的那位洛伦佐是克拉维斯的父亲）。这是一家非常高端的纽约律所，高端到能够代理五角大楼最高级别的合同。正是这一点引起了华盛顿方面的注意。那晚早些时候，有人试图通过公寓传送门的安全链接进入律所办公室，并企图盗取国防部的绝密文件。

阿利克离开这个房间，穿过一扇普通房门进入中转厅。那是一条橡木镶板的长回廊，里面有九扇传送门，就在这座中央公园西街区公寓里。公寓里那些普通房门通向旧有的房间，比如厨房、游戏室、服务机器人储藏间之类的，以及公寓在纽约的入口。洛伦佐家族的其他住宅遍布各地——在整个太阳系范围内。

另一队法证人员正在与一个重型传感器无人机中队以及三名普通警察一起在中转厅工作。萨洛维茨在和他的搭档比兹克说话。说完，他转向阿利克：“OK，管区的 G7 图灵机接入了市政厅的数据。隔壁的业主是辰涛·博雷戈。我们已经跟他联络过了，他正在萨斯喀彻温省的一间诊所接受端粒治疗。他在那儿已经待了十天了，还要十四天。我们还在联络诊所确认，不过看起来应该没什么问题。”

“所以他的住所没人在？”阿利克问。

“嗯。我们的一队人马刚进去。”

“好。接下来呢？”

探员指了指其中一扇传送门。“去月球。”

每次直接进入一个低重力区，阿利克都感觉怪怪的。他的身体会紧张起来，就像他经历一场漫长的聚会后，搞砸了和某个宝贝的约会一样。这么做不对，但那种不自觉的条件反射让他在黑色镶木地板上踩得更加用力，而向前的惯性让他在屋子里滑得更远了。

洛伦佐在月球上的房间是一个直径十五米的穹顶，位于阿方索斯火山口。他的身侧是一个大型豪华按摩浴缸，在低重力下，浴缸里的气泡消失得十分缓慢。希腊风格的陶壶里种着各种榕属植物，它们富有光泽的叶子都膨胀了起来，也拉长了，看着有些怪。

阿利克抬起头，新月形的地球就悬在头顶，闪耀着蓝白色的光彩。那感觉令人着迷，也很疯狂，距离三十八万四千公里远，却只有一步之遥。他一直认为，人脑中的一小部分抗拒量子空间纠缠。人类需要在生活中保持距离，二十万年的进化本能是不可能一夜之间消失的。

阿利克终于放低视线，他看到火山口内的地面上散落着数十个相同的圆顶建筑，彼此相隔的距离足够远，没有放大镜无法看清内部的情况。据说，月球上一半的度假设施都是性爱场所。自从联协开放整个太阳系后，人们很快就发现，那些浪漫主义的未来派作家曾经大肆吹捧的所谓零重力性爱就是个神话。他们将早期航天员用于自由落体训练的飞机称为呕吐彗星可不是没有原因的。不过呢，低重力就是另外一回事了。

自然，洛伦佐也在他的穹顶内安装了一些非常宽的沙发。其中一个沙发周围已经围上了激光警告胶带，闪着明亮的红光。在月球执行任务的警察向阿利克点头致意，说："长官，距离尸体至少两米远比较安全。危险处置小组二十分钟内就到。"

阿利克对那尸体的第一印象是，他应该是一名意大利裔美国人，或者至少具有某种地中海家族血统。他的脸还算完好，腿和臀部也完好无损，胸部则被一团稀薄的灰色薄雾笼罩。躯干再靠下的地方，就只剩下一堆类似红浆的东西。沙发及周围有一大摊血，已经完全凝结。他的手臂很有意思。拔丝枪的子弹将他的两条手臂完整地从肩膀上轰了下来。一只胳膊在沙发上，手里握着一把定制的强化自动上膛霰弹枪，从八厘米的枪管直径来看，阿利克认为这应该就是干掉中央公园西街区公寓里那名女子的那把枪。这是一个合理的假设，因为被害人的另一只胳膊在地板上，手里还抓着一块头皮，血污中金色的头发清晰可见。

"拔丝枪。"阿利克说。枪本身没什么特别，就是一根电磁枪管，能让弹丸平稳加速。不过它发射的拔丝弹不太稳定。子弹

由缠绕得极其紧密的单分子长丝制成，在撞击时会向外扩展，如刀片般扩散到各个方向，造成用一万个刀片将目标切成薄片的效果。

受害者胸口上隐约的那团雾气就是由单分子细丝组成的。阿利克知道，如果他把手伸进去，他的肉就会像美味的汉堡肉一样被切碎。他不禁紧张地环顾四周。如果有任何脱落的碎片飘在空中，一旦吸入，那就意味着缓慢而令人难以忍受，却又无法阻挡的死亡。

他让香格通过他的睑板镜片捕捉图像，并快速后退了几步，抬头仔细看了看穹顶，香格刚刚调出穹顶的图纸甩给他。这座透明的穹顶本身由很多层组成。最里面的两层是人造蓝宝石；然后是一米厚的碳纤维玻璃，用来吸收辐射；接着是另一层蓝宝石；再然后是较小的一层防辐射层，两层光子过滤层，确保在月球为期两周的白天里阳光不会太过强烈；还有一个保温层，确保在同样长度的夜里热量不会流失。最后是蓝宝石的外部磨损层，它吸收来自沙粒大小的微陨石的所有撞击。如果遇到更大的撞击（比如卵石大小的微陨石），那么内层会吸收相应的动能。众所周知，这样会留下令人讨厌的痕迹，需要修理，但是穹顶内的任何人都可以安坐在按摩浴缸中。事实上，阿利克看到的统计数字表明，白天站在地球的热带海滩上你死亡的概率更大：中暑、慢性黑色素瘤、海啸、卫星落在你头上……

“只开了一枪。”萨洛维茨说，“所以凶手要么就是非常冷静，要么就是手法非常娴熟。我们的受害者还开了两枪。”

阿利克看了看尸体面向的地方。蓝宝石外壳上有两个黄色的标志在闪光，标示出一大片蛛网状的冲击裂纹。“天哪，连强化霰弹枪都打不穿这个穹顶吗？”

“打不穿，毕竟开发商要确保客户的安全。”

阿利克又观察了一会儿受害者。“拿拔丝枪的家伙应该事先计划好了。”他边思考边说，“所以这位霰弹枪先生干掉了那个纽约大妞，炸飞了她的四肢，然后跑到这儿——”

“被拔丝枪先生追上。”萨洛维茨总结道，“看起来就是如此。”

“好，那接下来呢？”

“接下来就有意思了。”

接下来是在火星上，奥林匹斯火山口西侧边缘，大约在高出低地平原二十二公里的地方，地质运动在过去的一亿年间静静地侵蚀着那个世界，让它慢慢陷入荒芜。那个房间在一栋五十层的大楼里，楼内有一百多个一模一样的房间。房间的玻璃幕墙面向北方。西侧是这座太阳系内最大的火山的无尽的缓坡，一直延伸到如水晶般平整的地平线上，仿佛一片没有尽头的平原。事实上，你根本不可能看到火星的平原，实在是太遥远了，远在那平淡苍白的天空之后。但阿利克知道，那种地位的人在这里拥有一个房间可不是为了这些。他们只是想要这座高峰而已。

倒不是说其他方向的景色不好。两百米外，火山口壁巨大无比的悬崖让整个火山口看起来壮丽无比——不过现在，这幅景象已经被遮挡了一部分，金刚石分子强化玻璃上破了个大洞，上面喷洒了大片已经凝固的金属泡沫。两个机器人就像机械蜘蛛和章鱼的杂合体一样，紧贴在穹顶表面，随时准备应付任何地方进一步的裂纹爆发。

裂口被密封前，绝大多数家具都被吸了出去，已经消失不见。只剩下窗户底部堆着的一排碎片。

阿利克警惕地看了一眼金属泡沫，然后走到窗户边向下望去。五十米之下的地方，远古战神[1]姜黄色的沙土上有一堆碎片残留的痕迹，那些曾是洛伦佐家典雅的中国古董装饰品。底下还有一具尸体。

阿利克尽量活动着僵硬的身体，并在心里过了一遍已经发生的事。这与地球上的高坠很不一样。要是你在标准重力下从五十米高的阳台上扔下一具尸体，那验尸官的工作就只剩下擦洗地上的污迹了。那种冲击力会击碎每一根骨头，撕裂皮肤，只在人行道上留下一摊黏糊糊的肉泥和粪便。而在火星上，重力只有地球的三分之一，那冲击力就不一样了。那个人从窗户掉下去时应该还没死。要从痛觉水平上说，落在地上的感觉应该和周末晚上被流氓揍了一顿差不多，他应该还活着，只不过会很痛苦而已。而在峰顶上，气压为七十帕，对人体来说和零没有什么区别。这样，他肺里的空气会立即被挤出来，毛细血管随即破裂，吐出的沸腾的粉红色血沫也会被吸走，以慢动作成弧形喷洒在他脸部前方的地面上，与他身体其余部分一起在零下五十五摄氏度的冰冷环境中冻结。

这种死法也太惨了，阿利克心想。毫无疑问，那个在窗户上炸了个洞的人，不管是谁，对躺在下面的被害人真是一点好感都没有。

他不得不称赞一下纽约市警察局，已经有人穿上航天服下去

---

1. 英文名为“the ancient god of war”，指火星。在西方，人们以罗马神话中的战神马尔斯（Mars）命名它。

记录现场了。他们还带了一辆自动行李车下去。阿利克只希望他们在装尸体的时候别失手，不然尸体会像啤酒杯一样碎掉的。

“弄死你的从来都不是摔下来的那一下。”阿利克轻声说。

“而是落地的那一下。”萨洛维茨帮他说完了下半句。

阿利克用手指碰了碰金属泡沫，暗自祈祷没有泄露出自己心里的不安。“所以是什么把这个打破的？又一支拔丝枪？”

“穿甲弹。可能有两三发。这种宝石加固玻璃很难搞。为你的传送门住宅买这么一个房子可得花不少钱，而且还得有防弹装备，确保万无一失。法证人员检测到了化学残留物，很微弱，大部分都跟那位老兄一起被吸出去了，不过痕检结果是阳性的。”

“是个男的？”

“是。这两位老兄先在另一个房间里发生了交火，然后又跑到这儿。有穿甲弹的那位肯定是后退到了门廊外，然后直接朝窗户开了枪。这种不需要准头。”

“他在哪个房间？”

“餐厅。在木卫三。”

木卫三上的房间配置与月球上的那间类似。直径十五米的穹顶，完备的辐射防护，中间是一张下沉式的石桌，周围围着二十把黑色皮革椅，椅背向后倾斜，坐在上面不论从哪个角度都能看到头顶上一百万公里外的那颗众神之王[1]。

阿利克站在桌边，抬头看了看木星。说木星占据了整个天空

1. 英文名为“the king of the gods”，指木星。在西方，人们以罗马神话中的众神之王朱庇特（Jupiter）命名它。

并不准确，它就是天空。虽然周围也有其他恒星和卫星，但它们完全不在一个等级上。

他下意识地亲吻了一下指节，随即又生起了自己的气。*你可以毫不费力地去掉一个人身上的巴黎味、肯塔基味，但你去不掉他的南方浸信会信仰。*

萨洛维茨指了指粘在椅子和桌子上的黄色标签。“普通的九毫米子弹。弹痕显示这是我们火星上的那位伙计站在门廊里射进来的。”他转身指了指穹顶壁低处闪着红光的标签。那个标签粘在一块椭圆形的金属泡沫上。带有爆炸尖端的子弹并未击穿穹顶的所有层次，不过紧急救援系统显然并没有掉以轻心。穹顶一侧停着三个机器人，随时做好准备，以防裂纹扩大。

“第一轮交火后那位老兄在这个房间小心多了。他没再开枪。”萨洛维茨说。

“所以，在这里发射穿甲弹后，那位冷血火星哥害怕了。”阿利克边捋边说，“然后就去了火星。”

“差不多就是这样。”

“太蠢了。这里没有内部安保传感器吗？”

“没有。洛伦佐那种人不喜欢让人看到他在家里干什么。万一被人黑进去，或者被纽约市警察局拿到授权——只要有传感器就总有办法能搞到他们的隐私数据。中央公园西街区公寓入口的安保措施很严密，通往中转厅的前门也差不多。不在业主名单上的人是挺难进来的，不过一旦进来，就没人知道你要干什么了。”

“好吧。”阿利克来回移动着身体重心，金属泡沫块让他感觉有些焦躁，“下一站？”

主卧室在旧金山普雷西迪奥高地的某处，远远地俯瞰整座金门大桥。旧金山与纽约有三个小时的时差。因此，这座美丽城市的路灯刚刚在黑夜中亮起，市民们正在前往滨海区和教会区开始狂欢。阿利克看了看那张床，有些赞同克拉维斯·洛伦佐的隐私准则了。那是一张宽阔的大圆床，黑色皮革底座，明胶泡沫床垫，上面盖着皇家紫色丝绸。四根立柱上也裹着皮革，上面装着几个昆虫复眼摄像机，看起来就像从填料中喷出来的晶体肿瘤一样。天花板上有一块圆形屏幕，大小和床垫一样——确切地说，是它在被霰弹枪打成一片玫瑰花状的碎玻璃，水晶碎屑散落在床单上之前。床头板（同样也是黑色皮革的）后面的墙壁上也有一块宽大的屏幕。

两位当值警察打开床头柜抽屉，对着洛伦佐夫妇为他们的婚床所准备的药物助剂和电子助剂傻笑。阿利克和萨洛维茨走进来，两人赶紧起身站得笔直，刻意忽略那些助兴的宝贝。

萨洛维茨示意验尸官拉开裹尸布，第四具尸体也是男性，非洲裔，是被砍死的。死因是嘴部下方水平的一道砍痕，他的下巴只有一小片皮肤还连在头上。从伤口的大小和深度来看，阿利克推断，比起弯刀，凶器是斧子的可能性更大，就是维京人劫掠时用的那种。他的身旁也有一把大型霰弹枪，与月球上的那把一模一样。

“所以这位断头男与前面的霰弹枪先生是一伙的。”阿利克说，“他们团伙的标志就是强化霰弹枪。纽约有类似这样的团伙吗？”在他开口问的同时，香格就已经开始在FBI的数据库中搜索符合相应条件的团伙了。很多团伙都在用这种枪，不过并没有什么标

准，基本上就是个象征，证明你已经不是底层的大头兵了。你爬得越高，你的枪就越大。

“没有。”萨洛维茨说。

“可你得有合适的制造机才能生产这种东西吧。”阿利克继续道，“首先，枪管要用的至少就是4150军械钢。”

“我知道你的意思。”萨洛维茨说，“你就不要深究了。除了有毒或有害物质外，在纽约市你要制造什么都不需要许可证。”

阿利克哀叹了一声：“二十八号修正案？”

“是的，就快要出台了。我们已经做好了准备，我们都是真正的进步主义者。”

如同每一个FBI探员一般，阿利克很讨厌二十八号修正案：每个美国公民都有权自行制造自己想要的任何东西，除非它危害到他人的生命或自由，或被用在推翻政府的图谋上。法案还没有通过，不过那只是时间问题。在他看来，在加强华盛顿的武装这个议题上，AFA（美国制造联盟）让NRA（美国全国步枪协会）看起来就像一群幼儿园的小屁孩。二十八号修正案的后果就是，任何正直的公民都可以购买和使用武器级的材料，只要他们不使用上述材料制造武器即可。因此，联盟成员可以自由出售任意数量、任意质量的原材料，只要他们想。各州已经开始将二十八号修正案纳入他们的立法计划。结果就是，在纽约，基本上，除了铀或神经毒气之外，制造任何东西几乎都不需要许可证。这就让执法部门的工作变得更加艰巨。在阿利克看来，这会在不久的将来带来巨大的麻烦。就因为那些平庸的政客执着于金钱，不放过贿赂给他们的每一分钱。

他看了看天花板上的霰弹枪弹孔。从冲击面来看，应该是垂直从床上射入的。断头男那时候应该躺在床上，正被维京狂战士攻击。这是最后绝望的反击，还是条件反射呢？看起来他们在主卧室绕了几圈，维京狂战士跟着断头男来到了这里，而其他人在其他传送门房间争斗。

阿利克将裹尸布盖回到断头男剩下的半张脸上。“所以杀手逃走了？”

“从卧室？是吗？”

“还有多少房间？”

“我们才走了一半。”

“真他妈带劲。”

儿童房在北京。阿利克在传送门前犹豫了半天。克拉维斯·洛伦佐与罗丝·洛伦佐有两个孩子：九岁的贝丽与十二岁的苏西。经过前面的那些之后，阿利克不太确定自己能够面对孩子的尸体。

“里面没有尸体。”萨洛维茨猜到了他犹豫的原因。

透过窗户可以看到北京气势磅礴的景色。无论你朝哪个方向看，能看多远——你都能看到摩天大楼，各种形状、各种风格的都有，而且每栋大楼都在发光。有些是艺术造型，有些是一百五十层楼高的霓虹灯和激光广告。尽管在特拉皮斯 -1 号星系有四颗由中国主导地球化的外行星，还有巨量的对外移民，但北京的人口仍然超过了两千五百万。

北京并不是阿利克想让孩子们每天早上醒来看到的那种景象。不过在他对外甥为数不多的几次探望中，他的妹妹经常告诉他，

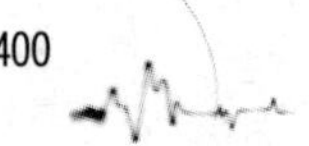

他这个舅舅当得实在差劲，所以他这个判断参考价值不大。

“床都收拾过。”看过两间儿童房后，他说。羽绒被都是新铺好的，压得很平。“孩子们不在这里。”

“我们正在接入克拉维斯和罗丝的日记。”萨洛维茨说，“比我们想象的要费时间。日记储存在一台独立岩屋 G7 图灵机上，那机器不太配合。”

“你也开始吧。”阿利克对香格命令道。

相比之下，位于南极的房间是阿利克那晚看过的最没有特色的一间。外面正值黑夜，雪花缓缓地飘过曲线形的窗户。两名法证人员正蹲在玻璃前。感应无人机像从翻倒的巢穴中爬出的白蚁一样在地板上横行。

“有什么发现？”他问领头的技术人员。

“这里有水，长官。”她回答。

“水？”

她用戴着手套的手指敲了敲玻璃。“这里曾经打开过。温度控制系统记录到，房间里的温度在五十三分钟前剧烈下降过。”

“有人进来了吗？还是出去了？”

她指了指地上的一簇红色标签。“这里有血滴。初检发现与旧金山房间内的被害人相符。”

“干得不错。”阿利克称赞道，“那个维京狂战士身上肯定沾满了被害人的血，所以他离开旧金山，从这儿逃了出去，滴下的血滴标示出了他的踪迹。”

“逃？”萨洛维茨反驳道，“外面什么也没有，这可是南极。”

“你觉得他在这儿又留下了一具尸体？”

“为什么要把尸体藏起来？之前的几具尸体被我们找到也没人在意。”

“说得不错。而且血迹也证明不了维京狂战士确实是从这儿跑了出去，只能证明他来过这里。”

“他是在追赶什么人吗？”

阿利克看了看窗外夜色中的雪景。“幸存者吗？也许是洛伦佐家的人从这儿跑了出去？”

“到外面去？”萨洛维茨嗤之以鼻。

“至少比在火星上生还的可能性大，也比在木卫三上大。他们只需要抵达另一座传送门住宅就行。附近肯定还有其他公寓，建筑商都是成批建造的。”

“×，好吧。”

“你的人有厚衣服不是吗？”阿利克挑衅道，“派他们出去，我们必须要知道是谁去了外面。”

“我们有能应付纽约天气的衣服，在南极怎么可能！”

“好吧。”阿利克转向领头的技术人员。“派一组无人机出去，看看能发现什么。附近肯定还有其他传送门住宅。”

她有些怀疑地看了看外面冰雪覆盖的场景。“条件不是太好，长官。”

“你觉得我在乎吗？我只需要有相机把周围都拍下来，哪怕是你亲自背着相机去。我会让我的办公室尽快送一些寒冷天气适用的装备过来。东西一到我们就能跟进。与此同时，我们先去看看最后一具尸体吧。”

巴黎，塞纳河的清晨，圣母院在冷色调的玫瑰金色地平线上

映出一道剪影，那景象非常浪漫，正适合客房。只可惜床尾地板上躺着的那个人再也不能欣赏这番美景了。霰弹枪轰掉了他的大半个脑袋，脑浆和颅骨碎片在厚厚的奶油色地毯上淌得到处都是，就像一条凝固的熔岩小溪。

“所以说不是霰弹枪先生就是断头男干的。”阿利克说。

“是啊。”

“这是最后一具尸体吗？”

“这是我们找到的最后一具。我可不敢对你保证什么。”

“也就是说使用斧子和拔丝枪的人我们还没找到。”阿利克深吸了一口气，理了理头绪，“这是一个人还是两个人？”

“等法证人员完成DNA残基的映射，我们应该就能了解得更清楚一些了。”

“好吧，我们再看看最后几间屋子。”

阿利克本以为还会看到另一颗气态巨星的卫星，或者是彗星上的空间站，某种异星景象之类的。结果，传送门只通向了约蒙·塞莱斯特号上的一间舱室。这艘巨大的远洋客轮是地球上最著名的一艘——这并不难，因为它是仅剩的一艘了。它现在的工作就是沿最安全的航线在海洋中航行，从不靠岸，只观赏大陆海岸线的风景。

他走到舱外，站上属于洛伦佐舱室的私人甲板，迎面袭来的热带湿气立刻让他后悔了起来。“×。”海水是深灰绿色的，海面在甲板下方大约十二米处，大浪尖上泛着细小的白色浪花。为了应对纽约的冬季，阿利克穿着一身质量不错的纯羊毛西装。调查局还没有放弃J·埃德加[1]的那套着装规范，而他乐意这么穿也是因为西服面料中可以隐秘地加入各种外围设备。不过这些设备中并不包括冷循环系统。他全身的每一寸肌肤都立刻浸泡进了汗水中。“我们这是在哪儿？”他问香格。

“正在从东部接近开普敦。”香格说，“按照当地时间，今天晚上就能看到海岸线了。”

萨洛维茨拿手当扇子对着脸扇风，他看了看涌动的海浪，一脸的不爽。他们俩都感受不到任何动静，约蒙·塞莱斯特号实在是太大了，海浪根本无法撼动。

“我要是抛尸就用这个房间，比南极洲强多了。”萨洛维茨说。

“有道理。还有什么？”

该死的热带小岛。一股湿热向他扑来，阿利克不由得翻了个白眼。刚一穿过传送门，他就脱掉了西装外套，这违反局里的规章，而且也让他失去了外设的保护，这种西装面料具有很好的防弹性能。现在他就像待宰的羔羊一样脆弱，不过他还是决定冒这个险。

这个小岛就是曾经的马尔代夫——印度洋上一片美丽的珊瑚群岛，它唯一的产业就是旅游业。马尔代夫漂亮是因为海拔低，最多只高出水面几米，拥有广阔的原始海滩和僻静的潟湖。在21世纪末，海平面开始上升时，对土著居民来说，并不是件好事。世界其他地区都建立了海上防御系统和潮汐屏障，以保护濒临崩

1. 指J·埃德加·胡佛，美国联邦调查局第一任局长，任职长达四十八年，被誉为FBI的缔造者，也是美国历史上最具权势的人物之一。

溃的海岸线和被淹没的沿海城市。马尔代夫没有那么多钱，即使是家用制造商和打印商带来微制造革命之后也不行，尽管这场革命让许多人摆脱了绝对贫困。

被称为亚特兰蒂斯王冠的马尔代夫群岛缓缓沉入海中，这真是个悲剧。

然后就来了大批精明的开发商，他们乘坐的大型飞艇下方都固定有传送门。来自沙漠中的沙子从天上倾泻而下，里面还掺着改良过基因的珊瑚种子。一座新的岛屿从海中诞生了，并稳定了下来。

接下来就是一场旷日持久的诉讼。前马尔代夫居民声称，人工岛压在了他们祖先的海床上，应该归他们所有。但是世界法院对此表示反对。

现在的群岛没有原版那么大。新岛主将群岛像一块大蛋糕一样进行了切分，每片海滩后面都有十间左右的高脚木屋。

时尚的仿古露台门在阿利克面前滑开，他走上一个高高的露台，台阶都沉在热烘烘的沙子中。三十米外的地方，印度洋清澈的小波浪拍打着精致的珊瑚礁，礁群一直延伸到更深的水域。

“汉普顿完败。”阿利克喃喃自语道，算是勉强认可。他穿过航海主题的简约主义设计风格休息室，一名法证技术人员正在检查露台门。

“这扇门是被强行打开的。”这名技术人员告诉萨洛维茨，“警报被破坏了，门锁被物理手段破坏掉了。”

“从外面？”阿利克问。

“是的，长官。”

“里面有血迹吗？”萨洛维茨问。

“初步扫描没有什么发现。”

“一队人马用疯狂的体操技巧在夜间降雪时从十七楼进入，另一队从这儿穿过海滩。”阿利克说，“有脑子的团队走这边。”

他和萨洛维茨沿台阶走向沙滩，然后他不情愿地穿上了外套，引来了几束好奇的目光。不过他认为，如果这是一条进入路线，可能会有一组人待命，随时准备提供掩护。要是他们一直焦急地等待同伴返回，结果第一拨从别墅走出来的人却是一群警察，而且直奔他们而来……

三名纽约市警察局的精锐正在穿过沙滩，他们都脱掉了冬常服，厚厚的衬衫上浸满了汗水。

“找到入侵者来岛上的路线了。”警官告诉萨洛维茨，“是二号棚屋，它的露台门是开着的。我们进去看了一圈。中转大厅里有具尸体。”

“中转大厅在哪里？”阿利克问。

警官推了推帽子，怜悯地看了他一眼。“我的分我应用说，是在柏林。”

“啊，×。”萨洛维茨咕哝了一声，抬头看了看晴朗无云的天空，“真是越来越精彩了啊。我他妈真讨厌传送门住宅。”

“我会通过调查局正式通知柏林警方。”阿利克安慰道，“城里也有我认识的人。可以让他们的法证人员过去，出结果我会告诉你的。”

“好吧。”萨洛维茨说，“在棚屋外设置警戒线，外人禁止进入。”

“收到，探长。”警官说。

南极洲的法证团队通过警用场景链接打了过来。“我们这儿有新发现，探长。在洛伦佐的房产附近还有一座传送门住宅，那个房间的窗户被打破了。我发射了无人机进去，但被人干掉了。”

阿利克和萨洛维茨对视一眼，从海滩快步走回。进入棚屋时，香格已经联络上了阿利克的办公室。南极专用装备正在路上，预计三分钟后到达中央公园西街区公寓。

“赶紧。”阿利克命令道。

南极洲房间的一个技术人员正站在窗边，闭着眼睛，用分我应用控制着无人机。她脚边的雪已经化了不少。

“情况如何？”萨洛维茨问。

“我派了五架无人机。”她说，“下雪天不利于无人机飞行，成像效果也差。我主要依靠毫米波雷达。不过无人机在一百五十米外发现了另一座传送门住宅。窗户是程序控制的，但没打开。上面有个洞，大概一米宽。我已经派两架无人机过去了，但都被打掉了，就好像炸了一样，成了碎片。但没有检测到热量，也没有能量爆发。”

“是拔丝枪。”阿利克说，“洞口可能还挂着纤维丝。”

“在窗户上打个不能穿过去的洞是什么意思？”萨洛维茨问。

“使用拔丝枪的人都会穿着合适的护甲。”阿利克告诉他，“在发射后向正确的方向扩展这一点上，那些纤维丝并不是特别可靠。”

“所以说枪手能从洞口过去？”

“很有可能。”

工作人员送来了他们的南极专用装备——五套服装背后都印

着亮黄色的“FBI”三个大写字母。服装是一体式的，从靴子到头套，还有密封护目镜，内部自供热。基本上和航天服差不多。阿利克和萨洛维茨穿上装备，和他们一起的还有那名法证技术人员与两名警察。

“尽量不要开枪。”阿利克对他们说，“低温会影响手枪的性能。”

几个人不太确定地看了看他，最后都同意除非受到攻击，否则不会先开枪。

阿利克从腋下的枪套中取出电手枪，把它别在南极套装的腰带上。低温也会影响电手枪，但他觉得组件应该还能工作，也许吧。

香格检查了套装的完整性，下令打开玻璃窗。雪一下子涌了进来。

阿利克朝对面的传送门住宅走去，他的靴子在蓬松的雪地上至少陷进去了十厘米。他将无人机传感器的画面分辨率调到最高，投射在自己的脸板镜片上，将毫米波雷达明亮的猩红色网格与眼前的景象重合在一起。刚一走到外面，镜片的低光放大功能就自动启动了。他向来不喜欢程序提供的双色调图像上闪动的亮绿色阴影。而且在南极这个功能也没什么用。

至少套装的功能还正常，他感觉很暖和。

几个人面向那所房子站成一排。房子的大部分结构上都覆盖着一层积雪，看起来就好像一座未来主义的圆顶雪屋，全景玻璃窗向前弯曲，黑黑的，显得有些不协调。剩下的三架碟形无人机正盘旋在窗外，像喝醉了的麻雀一样上下扑腾，努力在刺骨的寒风中稳住姿势。

阿利克小心地查看洞口，不过就算他用脸板镜片增强视觉，也看不出上面是否挂着纤维丝。

“如果有人穿着防护服从这儿进去，会不会把纤维丝都带走？”萨洛维茨问。

“大部分会吧。”阿利克赞同道，“不过还是会留下很多。得来个危险品处置队把这片区域都清理干净，然后才符合人类安全标准。拔丝枪弹射入的环境越恶劣，扩散的范围就越大。我们先清理出一片能让无人机穿过去的区域吧。”

“用你的电手枪吗？”

“试试就知道了。”他跪在雪地上，电手枪的枪口向上对准洞口。从这个角度，波束能够击中天花板以外的地方。香格选了高功率散焦光束。阿利克连开十枪。

电子流中的雪花立刻蒸发，在一阵咝咝声中点燃了圣埃尔摩火[1]。洞口本身也闪烁起明亮的细长火花，是细丝被能量束烧毁了。

“这回再派无人机看看。”连微小的火花都熄灭后，阿利克说。一架无人机向前飞去，穿过洞口时完全没有受到伤害。进入气流稳定的室内，无人机的拍摄效果立刻好了起来。可以看到地上躺着两具尸体，一男一女，比较年长，都是头部中弹。传感器没有检测到任何能量活动，包括后墙上的那扇传送门。

“他们是从这儿逃走的。”萨洛维茨说。

“嗯。现在我们只需要弄清楚拔丝枪男和维京狂战士是不是同

1. 雷暴附近地物尖端出现的电晕现象。

一个人。如果他们俩从这儿跑了出去，我们还要确认这间屋子对应的中转大厅在哪儿。”

“DNA 检测结果一小时内就能出来，到时候我们就能有更确切的时间线了。”

“好，那我们先回分局去吧。”

* * *

纽约市第二十分局坐落于西八十二街，距离中央公园西街区公寓只有两站，即使是下着雪，走过去也用不了三分钟。

阿利克和萨洛维茨回去时是半夜一点。分局负责人布兰迪·邓肯（绰号“黑执事”）正在二楼她自己的办公室。她对阿利克很客气。不过阿利克非常清楚，他在这里的受欢迎程度就跟脱衣舞娘在天主教堂一样。

萨洛维茨向她简要汇报了案件情况——七具尸体，洛伦佐的家人行踪不明无法联络，分我应用也都下线了。

“这帮人为什么盯上了洛伦佐？他惹上了什么事？”黑执事盯着阿利克问。她不到六十岁，街头起家，在市政厅也有足够的影响力，在二十分局的这个职位上连待了八年。办公桌内外长年累月的争斗在她的脸上留下了痕迹——也正是这些让她获得了今天的地位。阿利克很尊重这一点，她确实是个不错的警察。

“我在这儿只是因为管辖权方面的问题。”阿利克说。

“扯淡。”黑执事哼了一声，“安纳卡、德维尔、莫尔塔洛与洛伦佐律师事务所。”

“怎么了？”

“他们有政治影响力，跟很多大人物都有联系。”

“我是来帮忙的，能在很多方面帮你省掉不少事。柏林那边我已经打过招呼了。如果这是一起绑架案，那时间就非常紧迫了。你想让媒体向全世界展示这家人死在你的辖区吗？”

黑执事看了看萨洛维茨。“是绑架吗？”

“不可能。那该死的角斗场里只跑出去了一个人，一个真正的战斧杀手。”

她审视的目光又回到了阿利克身上。

“他们在哪儿？”阿利克问，“我们必须弄清楚这一点。”

“我接受你的帮助。”黑执事不太情愿地说，“但这是二十分局的案子。别乱说话，尤其是对你那些媒体朋友。”

“我在媒体那边可没什么朋友。而且我已经正式要求不要将我的名字与参与过程记录在案。如果真是绑架，我们也不希望在这一阶段就让外界知道调查局也参与了进来，那样会打草惊蛇。”

“好，这我接受。如果不是绑架，那会是什么？”

“曾有人试图黑进洛伦佐公司的安保网络。”萨洛维茨说。

“他们在找什么？”

“我还不知道。法证人员已经把系统弄回了他们的数字实验室。你也知道要从那些书呆子那里套出几句能听懂的话有多难。”

“所以一队侵入网络劫持数字信息。另一队在现实中整出个烂摊子。”黑执事说，“第二队有没有可能是事务所的人意识到发生了什么后雇用的地下组织？”

“这就想得有点远了吧，老大。”萨洛维茨说。

黑执事的目光转向阿利克，就像一年级老师的激光笔在标示重点一样。“不过也有可能，对不对，蒙代探长？”

“目前局里还没有得出任何结论。我们想要尽快逮捕幸存的杀手，不过呢——”

“又来。”黑执事厌恶地自语道。

“如果说第一组人负责数据侵入，第二组人要尽快赶到那里去牵制，那也不是没可能，就是太不寻常了。而且他们看起来并没有那么专业。穿的衣服都不一样，武器也只有两样是相同的。”

“所以你怎么看？”

“因为某种原因，洛伦佐家的人不在。有人事先知道了这一点，结果两个高端入室团队就侵入了那座传送门住宅。里面有不少财富。显然，其中一队里有信息专家，数据就跟珠宝一样珍贵，甚至价值更高，尤其是拿到合适的文件的话。”

“巧合吗？你认真的？”

“看起来不像是其中一队在保护洛伦佐家的样子。如果他们家的人只出去一晚，那一下子出现两队人马应该也不算是什么巧合。”

阿利克看得出来黑执事有多想出言反驳。不过最后，她只是勉强点头认可。“好吧。优先事项一：找到并确保洛伦佐家人的安全。联系洛伦佐的同事，还有他夫人的朋友，总会有人知道他们去哪儿了。”

“是，长官。”萨洛维茨说。

“要是有人不配合尽管跟我说。”她的目光再次转向阿利克。

下楼梯去一楼的路上，萨洛维茨咧嘴笑着，说：“你居然还活着，不错啊。”

“是啊。”阿利克哼了一声，“她暗地里对我有意思，看得出来。”

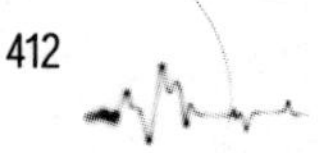

“你真觉得是巧合吗？”

“这是个可行的理论，说得通。为了确认这点，我们得先弄清楚洛伦佐家的人都在哪里，之后才能理清这到底都发生了什么。”

“是啊。”

黑执事分给办案组的办公室在建筑后部，带磨砂玻璃窗，里面有十张写字台，房间一头是半球形的虚拟演示台，直径三米。

阿利克进去时比兹克已经到了，还有他在传送门住宅见过的几个人。辖区高级法证技术人员罗恩·艾尔阿洛萨米占着一张桌子，正在处理法证团队部署的传感器发回的数据。

阿利克还没进门，演示台就亮了起来，展示出了传送门住宅的 3D 布局模型。模型并没有按照真实比例显示，不然中转大厅外的很多房间都会重叠在一起。尸体也被显示在了上面。

“洛伦佐一家有什么消息吗？”萨洛维茨问。

“还没有。”比兹克回答，“我正在联络联协安保部，他们会把地下中转站的数据日志传过来。与此同时，我一直在向他们的分我应用发送全球询问信号。截至目前还没有收到回应，他们没有上线。”

“DNA 结果也送过来了。”罗恩说，“有几个与通用医疗数据库的数据匹配上了，还有三个就在司法部嫌疑人名单上。”

“甩过来。”阿利克对她说。

几个标签出现在了尸体上。香格连接上了演示台，在他的脸板镜片放大了数据。

被剥了头皮的纽约大妞叫丽莎·汗。根据调查局的记录，她是纽约一个团伙内的一名中级兵，团伙的头目名叫贾维德·李·波什堡。波什堡的势力范围从南布鲁克林一直延伸到羊头湾。他的财富主要来自麻醉品的制造和分销，还有六七家俱乐部的收入以及相当丰厚的保护费。他从南北美洲各地贩运女孩，丽莎·汗负责看管那些女孩，不让她们乱跑。

月球上的霰弹枪先生——奥托·萨缪尔，是雷纳·格罗根手下的一名副官。雷纳·格罗根与全市的各个技术联盟关系密切，在俱乐部和土地开发企业中也有一定的话语权。他的势力就像一块肿瘤，威胁着西皇后区居民的生命安全。根据纽约警察局反黑行动组的数据显示，他手下还有几个侵入小队，在业主不在时像蝗虫群一样入侵高端公寓。阿利克点了点头，这与他们在洛伦佐的传送门住宅中的发现高度吻合。

火星上的是杜安·诺顿，是贾维德·李的另一位副手。

断头男叫派瑞吉恩·莱克西，是贾维德·李手下的高级副官。

巴黎黎明时分发现的那个是柯西克·弗拉维，在雷纳·格罗根的薪资名册上有他的名字。奥托·萨缪尔的密友。据知他俩经常合作。

“总算是有点进展了。”阿利克说，“格罗根对波什堡。除非……奥托·萨缪尔和派瑞吉恩·莱克西分属两个阵营，可他们用的定制霰弹枪为什么是同一个型号？”

“我们并不确定莱克西尸体旁边的那把霰弹枪就是他本人的。”萨洛维茨说，“也许是从格罗根的人手里抢来的呢？”

“嗯——”阿利克不太信服。

他的睑板镜片开始接收法证档案。柯西克·弗拉维和奥

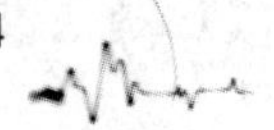

托·萨缪尔的鞋子上都有沙子，与马尔代夫沙滩的沙子相符。同样，丽莎·汗和杜安·诺顿以及派瑞吉恩·莱克西的鞋底都有水痕，说明他们应该是从中央公园西街区公寓的阳台侵入传送门住宅的。

萨洛维茨双手放在屁股上，看着演示台上的数据。随着罗恩提供的档案源源不断地输入，演示台上的数据点也越来越多。所有死亡彼此的间隔都在五分钟内，夜晚十一点前后。“至少有一个雷纳的人逃脱了。”萨洛维茨哼了一声，转向比兹克。“我们需要这两队人马的完整人员名单。”

尼古拉·克里斯蒂安松将一份安全文件甩到了阿利克的镜片上，阿利克清除了涉密的内容，将文件甩到演示台上。

“柯西克实施了对安全网络的侵入。”比兹克看着新显示的数据说，“我们从中央公园西街区公寓杂物间取出的节点上全是他的残留物。”

萨洛维茨转向阿利克。“你觉得这是他被霰弹枪轰掉脑袋的原因吗？”

“这里面应该没有一丝警告意味，而是直截了当的杀戮。他们都知道，除非踩着另一组人马的尸体，没有其他出路。”

“去查一下贾维德·李和雷纳之间有没有什么恩怨。”萨洛维茨告诉比兹克，“如果记录里没有，就把反黑行动组的人都从床上给我叫起来，看看有没有什么坊间传言。我需要线索。”

香格报告说接入了洛伦佐家的日记。“我这儿有点材料给你。”说完，阿利克将文件通过警用办案链接传送了过去。克拉维斯和罗丝的日记在前一天都有相同的记录：棕榈滩，与尼尔·卡诺托和贝尔维娜·卡诺托一起乘游艇。

香格呼叫了尼尔·卡诺托。

过了一段时间才有回应。尼尔的分我应用设置了禁止打扰，阿利克用局里的权限覆盖了该设置。最后，尼尔终于应答，不过只有音频。

“你好？”办公室的公共扬声器中传来一个困惑的声音。

“尼尔·卡诺托？”

“你是哪位？”

“高级特工蒙代，FBI。请接入你的分我应用通话数据证书进行身份验证。”

“哦哦，好的。FBI 啊。你有什么事？不知道现在几点吗？”

“我在找克拉维斯·洛伦佐和他的家人。他们跟你在一起吗？”

“怎么了？他有麻烦了吗？”

“请先回答我的问题。克拉维斯·洛伦佐在你那儿吗？”

“他应该在家吧，我猜。”

“他们预定今天要去你那儿的。”

“是啊，伙计。我们本来打算一起过周末的，两家人一起。不过我们已经不得不取消了，你不知道吗？”

“我不知道，先生。为什么要取消？”

“那破游艇。海星三号。我的码头服务公司今天下午给我打了电话。我每次驾驶游艇出去前，他们都会给我把游艇收拾好：准备食物，加好燃料，进行维护。反正就是那些事。这次，发动机诊断显示有故障，他们只能把它从水里弄出来修理。所以我们就取消了。真是太可恶了。贝尔和罗丝已经计划了几个月，我们本

来打算乘坐海星三号去礁岛群的。”

“那你下午和克拉维斯通过话了？”

“当然了，他很失望，我们的孩子都挺激动的，你懂的吧？这可是大型家庭活动。”

“你们是直接通话的吗？还是用分我应用发了信息？”

“通话啊，他就在办公室，在他的写字台前。”

“他有说他们打算去其他什么地方吗？”

“没有。到底是什么事？克拉维斯怎么了？”

“我们找不到他。他没提过周末会不会去其他什么地方吗？”

“没有。他之前还有点不爽，因为只能在家过周末了，你懂的吧？我也是。怎么了，到底出了什么事？”

“我们也不知道出了什么事。”

“天哪，他没事吧？”

对于这个愚蠢的问题，阿利克不想回答。“我需要那家码头服务公司的名字，请发到我的分我应用上。另外要是洛伦佐家的人联系了你，请立刻通知我。明白吗？”

“好的。不过你就透露一点吧，伙计，他们到底怎么了？”

“我们也不知道。”阿利克终断了通话，告诉香格加载对尼尔·卡诺托接入节点的监控程序，对他的直系亲属也是同样。如果克拉维斯试图联系他的这位游艇伙伴，辖区的 G7 图灵机会比卡诺托更早知道。

“确认了。”比兹克说，“联协的日志显示，洛伦佐一家于晚上九点十七分进入地下中转环线西村站，三分钟后走出他们公寓附近的中央公园西站。这是他们最后的使用记录。”

墙壁大屏上显示出了中央公园西站的监控录像日志。办公室的每个人都盯着屏幕，看着洛伦佐家的人走出环线传送门。那画面真是再平常不过了。阿利克觉得这简直就是个理想的家庭广告。母亲年轻美丽，面带微笑；父亲老成持重，气度不凡；两个孩子咧嘴笑着，互相嬉笑打闹。

香格接入国家公民档案局，进行了人像识别，确实是他们。

比兹克将画面从中央公园西站切换到大街上的公共监控摄像头影像日志。洛伦佐一家走出地下中转站后沿人行道走了大概二十五米，然后转入了他们公寓楼的入口。元数据时间戳：九点二十一分。

“让分局的图灵机扫描一遍这个视频文件，查看那晚剩下的时间。”萨洛维茨说，“我要确认他们之后有没有再出来，还有什么人进了公寓楼。”

“收到。”比兹克说。

处理视频的同时，阿利克联系了调查局在棕榈滩的办公室，香格则用分局的 G7 图灵机接入了卡诺托所用的那家码头服务公司的网络，调出了海星三号的文件资料。在他这种外行看来，海星三号就是个缩小版的约蒙·塞莱斯特号而已。

当天早上，服务公司的一名工程师在船上，对游艇进行最后的适航性检查，这时，游艇的诊断程序显示引擎故障。系统提示，引擎的齿轮系统中存在某种污染物颗粒。如果引擎启动，整个传动系统发生故障的风险会很高。服务公司给尼尔·卡诺托打了电话，通知他整个引擎系统需要拆除清洗。

那名工程师叫阿里·伦齐。对他分我应用的侵入式应答测试

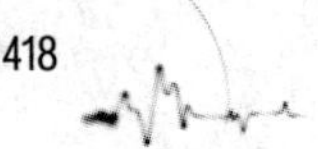

表明，他目前在迈阿密中部。迈阿密中心办公室的三名探员被派往他所在的地方。

“中央公园西街区公寓的安保监控日志被计算机处理过了。”比兹克说，“有人进行了复杂的全空间编辑，切掉了几块人形大小的区域，用循环播放的背景替换上了。我猜被覆盖的应该是贾维德·李的人进入公寓的画面。”

“你能追踪到入侵者吗？”萨洛维茨问。

“我们部门不行。”比兹克看了阿利克一眼，“需要我联系那几家大的数字审核机构吗？”

“去吧。”萨洛维茨说。

“公寓楼的内部安全监控如何？”阿利克问。

“被关掉了。他们侵入系统关闭了监控，没有触发任何警报。不论他们的信息专家是谁，那人都很懂行。”

“好吧。”阿利克说，“咱们退一步来看。他们不会从最近的中转站进来，那样的话就太容易泄露信息给调查组了。不过……他们也没想到这会变成一场连环凶杀案调查。所以，让你们的图灵机检查公寓周围所有的摄像头，看能不能通过他们的修改编辑倒推贾维德·李那帮人的路线。看他们是从哪儿进来的。他们这一路总会在什么地方留下点图像的。”

比兹克对探长点了下头，开始给自己的分我应用下命令。

“联协那边没有洛伦佐一家离开中央公园西站后的任何中转记录。”萨洛维茨说，“所以他们去哪儿了？”

阿利克看了看演示台上的全息影像，在心里计算着从那座传送门住宅离开的路线。“我们想得太复杂了。”他得出了结论，“不要再依靠图灵机和法证组了。我们回到基础。”

“什么基础？”萨洛维茨一脸狐疑。

“我们一直在寻找技术层面的解决方案，我不太确定事实是不是这样。这样想吧：六七个全副武装的浑蛋冲进了你家，你可没工夫想那些聪明招数，你得逃出去，带着你的孩子们一起，还得抓紧时间。所以呢，这座公寓楼有，呃，二十层高？每层三到四套公寓？我们亲自检查过了吗？”

“还没。”萨洛维茨承认道，“只查了十七楼。”

“你得派人查一下。”

“我再找人增援。”萨洛维茨回答得有点勉强。

阿利克走到一张桌前坐了下来。有人给他拿来了咖啡，是从自动贩卖机买的，他并没有说什么，因为他需要这些警察站到他这边。香格又将一大批数据甩到了他的镜片上。他开始查看每具尸体的家人和已知的同事关系。

他很确信，查看这个名单的肯定不止他一个。警察去了公寓的消息很快就会传开。从南极逃走的那个幸存者会联系雷纳。贾维德·李也会想要弄清楚为什么他的人没有回来，很可能还会派人去中央公园西街区实地查看，他们肯定会看到警察在犯罪现场拉的警戒线。他知道时间不多了。虽然现在地下帮派不一定还在用缄默法则，但就算是最蠢的街头眼线也知道，见着警察可得把嘴闭紧了——见着联邦探员得闭得更紧。

不过阿利克深信，每一根链条的强度都取决于其最薄弱的环节。他只需要选出最弱的那一环就行。

二十分钟后，迈阿密办公室的两名探员护送阿里·伦齐来到了第二十分局。为了取悦黑执事，阿利克提议由萨洛维茨来主持问讯，他和比兹克在演示台观看，开放一条链接面向案件相关的警探，以防他们有什么额外的问题要问。

演示台全息画面的分辨率很高。从画面看，伦齐是一个冷酷的家伙，他的姿态经过了精心调整，向所有人展示他是一个多么无辜的人，这件事肯定是一个误会。这可是个大败招，阿利克想，半夜两点被叫到警察局办公室问讯，真正无辜的人肯定会紧张坏了。

阿里·伦齐一身迈阿密泡吧装束，短袖衬衫，上面绣着奇异的外星狮子图案，搭配一条紧身黑色裤子。在1月份深夜的纽约快步走了一路，站在审讯室的空调下，他浑身发抖，想要暖和起来可不容易。

比兹克给了香格全身扫描的权限。伦齐的心率很快，血液毒素含量也很高。神经活动显示他的大脑处在高度兴奋状态。这些紧张的信号让阿利克差点笑了出来。

萨洛维茨走了进去。“请坐。”

伦齐看了一眼空调出风口，不情愿地坐在桌子另一侧，萨洛维茨的对面。

“需要律师在场吗？你要是没有，我们可以为你指定公设辩护律师。如果你的保险范围内不包括这个，那他们的花销就得由你来承担。”

“我被捕了吗？没人向我宣读权利。”

“没有，这不是逮捕。目前，你只是个重要证人。”

“什么的证人？”

“跟我说说海星三号吧。”

“那艘游艇挺不错的。我在上面工作过几次。”他咧嘴一笑，一副拉美做派。

“阿里。”萨洛维茨念出他的名字，就好像在叫一个五年级学生一样。

“怎么了？”

“给你点免费的建议吧。你没有犯罪记录，而且我看你基本上还算是个好人，所以别把我给惹毛了，懂吗？”

“怎么了，伙计？我在上面工作过，我都跟你说了。”

“我们费了那么大劲才追踪到你，半夜两点把你从迈阿密一路带过来，现在问你昨天刚刚服务过的游艇，你就告诉我，你在上面工作过几次？拜托你动下脑子。这件事可不是一般的严重。”

“你刚说什么？”

“我说放聪明点，阿里。海星三号怎么了？”

“传动装置故障，伙计。诊断程序报警了。整艘船被拖去干船坞了，公司正修着呢。”

“×，你还没听懂啊，伙计？那好吧，咱们这么办。你告诉我我想要知道的一切，分局就在结束之后给你提供早餐，送你回去。我们不但不会提起任何指控，还会感谢你协助我们破获这起多重凶杀案。”

“多重——什么？”

“闭嘴！”萨洛维茨一拳打在桌面上，“先听我说。你要是不合作，我就会把你也牵扯到案子里，你将面临从犯的指控——甚至是同谋。因为这个案子——目前已经找到了七具尸体——你会被直

接送到扎格列欧斯去，绝不会让你过得舒服。”

“不可能！老兄，我谁都没杀。”

“在法律上，只要参与了都算同谋。”

“我什么都没干！”

“很好。现在我问你一个问题，你要想清楚了，因为这个问题很简单。我现在还没查你的账户，因为目前，你还被当作愿意提供协助的热心市民，不过要是查了，我会不会在里面发现一大笔最近存入的来源不明的钱？好好想想，不着急。你的下半辈子就取决于你的回答了。”

伦齐似乎是克服了冬季的寒冷，额头上开始出现汗珠，脸色也迅速变得苍白。阿利克不由得想，他是不是有变色龙基因。“有。”伦齐不敢看萨洛维茨的眼睛，“我朋友的一个熟人，他帮了我。现在的世道你也知道，经济不景气。”

萨洛维茨将手中的卡片放在了桌上，就像拉斯维加斯赌场即将横扫牌桌的庄家一样。“看看这些脸，阿里。里面有你那个朋友的朋友吗？”

伦齐低下头。“天哪！”他伸手遮住嘴，差点吐了出来。

“继续看。”萨洛维茨命令道。

卡片上是现场的那些尸体。派瑞吉恩·莱克西和柯西克·弗拉维的用的则是档案中的照片，方便确认身份。

“那个。”说完，伦齐就把头扭到了一边。

“柯西克·弗拉维？”

“他说他叫狄伦。”

“你帮他干什么了？”

“篡改诊断结果。他想要确保这周末没人能乘坐海星三号去任何地方。把船从水里拖出来最容易。”

“你什么时候见的他？”

“那天早上他去了我的公寓。他知道我是谁，知道我的工作。伙计，那种人没人敢拒绝！而且又不会伤害到任何人。”

萨洛维茨用手指在卡片上随意地画着圈。“不会伤害到任何人，嗯？”

“你知道我的意思，老兄！我什么都没干，这跟我没关系。”

“也许吧。不过现在，先告诉我这个自称狄伦的家伙还说了什么？”

“其他什么都没说，他就说把游艇弄坏。我发誓，老兄！”

“他说了为什么不想让游艇下水吗？”

“没有，什么都没说。”

“那么你以前也帮过别人这种忙吗？”

“没有，伙计，完全没有。”

“你还有什么要问的吗？”萨洛维茨通过分局的链接问阿利克。

“没有了。我会让调查局对他做一个完整的背景审查。如果他是清白的，你就可以在早餐之后送他回去了。”

* * *

萨洛维茨在审讯室善后，阿利克则打电话给潭山——他在国会山的联络人。他们俩二十年前见过，并建立了互惠互利的关系。他们俩之间小恩小惠不少，自那之后，阿利克在局里就过得顺风顺水，权限几乎与局长等同。而他知道的很多事情，局长连沾都不想沾。

“这是一次组织严密的行动。”阿利克告诉潭山，“至少一开始是。不过我很奇怪，为什么这种档次的纽约黑帮想要染指五角大楼的绝密文件。”

“估计你得亲自问他们才能知道。”

“那就麻烦了。我估计他们现在应该都紧张得要死呢，考虑到他们那些全副武装的兄弟都被屠杀殆尽，还有一些其他因素。”

“需要增援吗？要是需要雇点专家的话，我这里还有点地下基金。”

“我得先看看调查会有什么结果。这是个很有意思的巧合，两队人马同时出现在一个地方。而且，要想弄到五角大楼的绝密文件，一般人也不会雇一帮纽约混混。这帮浑蛋就这水平。我得弄清楚从南极洲逃走的是什么人。他们可能知道这些问题的答案。”

“很好。有情况随时告诉我。我要知道想要这些文件的是什么人，以及有什么理由。”

* * *

阿利克又查看了一遍所有丧生的帮派成员的资料，最后得出结论，阿德里亚·哈顿——派瑞吉恩·莱克西的情人——就是那最薄弱的一环。很多委身于这种帮派成员的姑娘比她们的男人更强悍，而这位呢？阿利克有预感，她是另一种类型：脆弱而需要依靠。派瑞吉恩从阴沟里把她捞了出来，他就是她的全部，没有他她什么都不是。要是能和萨洛维茨赶在贾维德·李的人之前找到她……

阿利克和萨洛维茨沿南向径向线路来到曼哈顿，然后沿 32 号环线到曼哈顿海滩公园站。他们差点叫了辆两人座自动出租车，不过到那边时雪已经停了，所以两个人就直接沿着东方大道向西走去。

“你觉得这本来是一场绑架？”萨洛维茨问，“雷纳费了那么大劲搞砸洛伦佐家的周末。他们希望洛伦佐一家待在传送门住宅里。”

“而贾维德·李的人以为他们会乘游艇外出，公寓里没人。所以他们才会在中央公园西街区相遇。不过我觉得应该不是绑架。”

“不然是什么？”

“安纳卡、德维尔、莫尔塔洛与洛伦佐律师事务所的门禁需要生物数据。如果克拉维斯在场，对丽莎·汗来说肯定要方便得多。她的设备上有生物读取器。而且，要是拿他的家人当人质，也有不少先手优势。”

“所以这一切都是为了拿到文件？”

“有可能，雷纳那边应该是。不过这还是不能帮我们确定洛伦佐一家现在在哪里。”

刚过凌晨三点，他们就来到了多佛街。街上一个会动的东西都没有，连自动清扫机都没有。阿利克脚下的雪很厚，靴子踩下去咯吱咯吱的。

这是一片高档街区，每座房屋都配有整洁的院落，有几所房子外还停着船。这条路走了一半，他们就到了派瑞吉恩家，唯一亮着灯的一家。

萨洛维茨走上小门廊，按下门铃。房屋网询问来客身份，两个人的分我应用分别做出了应答。

阿德里亚·哈顿打开门，紧张地探出头。她应该是刚刚哭过。“有什么事？”她的声音很轻，仿佛是卡在了喉咙中一般。

“我们是纽约市警察局的，夫人。”萨洛维茨说，“可以进去吗？”

阿德里亚什么都没说，只是后退了两步，让开路。阿利克和萨洛维茨跟了进去。他们向前看了一眼，又对视一眼，小心不露出任何表情，然后向前看去。阿德里亚的居家服很宽松，蕾丝面料，内衬蓬松的紫色羽毛——这是一件薛定谔的杰作，效果就在脱与未脱之间。派瑞吉恩是在贾维德·李的一家俱乐部里遇到她的。而且看起来，阿德里亚也非常感激他帮自己脱了身，因为她还保持着他刚遇到她时的样子。见到阿德里亚后，阿利克就确定自己没选错。周围那种不安的气息简直跟她的香水气味一样浓烈。

“我这儿有个坏消息，夫人。”来到起居室后，萨洛维茨说。这地方跟阿利克预计的一样俗气。给人的感觉就是，房主的品位直接来自游戏虚拟实景，当他有了足够的钱财与能力后，建立起的自己的梦中家园。房间内所有的一切都不协调——颜色、家具、装饰品、挂画。他数了数，整个房间至少有四个不同时代的风格。

阿德里亚点点头，确切地说，就是脖子猛地弯了一下。她其实早就知道了。“什么事，警官？”

“你的伴侣，派瑞吉恩·莱克西，恐怕我们的探员已经确认了他的死亡。请节哀。”

阿德里亚瘫坐在堆满靠垫的沙发上，伸手去够旁边大理石桌上的玻璃杯，里面已经倒上了廉价的波本威士忌。“太可怕了。”她说。

“那种死法，确实。”阿利克附和道，“挺可怕的。”

阿德里亚怯怯地看了阿利克一眼。“他是怎么……”

“他在错误的时间出现在了错误的地点，遇到了错误的人。不过这些你应该都不知道吧，是不是？”

“我不知道他今晚去了哪儿。他说他去酒吧见几个朋友。”

“他是做什么的？”

“他是恒星城市管理公司的经理。”

阿利克看了看香格甩过来的文件。“城市清洁公司，嗯？跟格雷夫森德和羊头湾都有合同的那家恒星公司？”

“对。就是那家。”她又喝了一大口波本，手抖得更厉害了。

“奇怪，我们在上城区一间公寓里找到了他。他在那里打劫呢。”

“关于那些我什么都不知道。”

“跟他在一起的其中一个人，我们觉得应该是杜安·诺顿。可以帮我们确认一下身份吗？”说完，阿利克将卡片递了过去。

“可以。”阿德里亚看了一眼杜安冻结的毫无血色的脸，她尖叫起来，跑了出去。阿利克和萨洛维茨听着远去的干呕声，又意味深长地对视了一眼。

几分钟后，阿德里亚出现在门口，双手抓着居家服将其紧紧地裹在身上，这身衣服真不适合这种穿法。“狗娘养的！”

“是，夫人。当天有两队人马闯入了那间公寓，就像掉进酸液里的鲨鱼一样把彼此撕了个粉碎。你的派瑞吉恩运气还算好，一击毙命。杜安就没那么幸运了。”

阿德里亚伸手捂住嘴巴，眼泪一下子流了下来。

“他们还干掉了对方的两个人。”阿利克冷酷无情地继续，“不过有一个逃走了。你知道这种活雷纳都喜欢找谁干吗？”

“我什么都不知道。”

“你觉得贾维德·李是你朋友？你觉得他会好好待你吗？他现在连自己的屁股都擦不干净呢。所以告诉我，你觉得要是我们把你带到第二十分局待几天会怎么样？这我完全做得到，你会作为证人被羁押，这样就不会有正式指控。你也没有米兰达权利，二十四小时内都不会有律师陪同。”

“我什么都没做。”阿德里亚深陷进沙发中，抗议道。

“这点我们可能得先确认一下。不过无所谓，因为贾维德·李肯定会想要弄清楚在我们让他的律师见你之前你都说了什么。他肯定会非常想知道。如果你一直告诉他：什么都没说，你觉得他会相信你吗？”

阿德里亚真的哭了起来，她盯着阿利克，眼中的仇恨比整个三K党还要浓烈。“浑蛋！我希望你的蛋蛋得癌症，一直扩散到脊椎！”

“随便啦，宝贝。不过另一方面呢，我们来这里是为了通知你派瑞吉恩的死讯，这是市里的要求。我们待几分钟就要走了，因为你显然连座都不肯给我们让一个。你觉得这样会不会更好？”

“你想要怎样？”

“我想要知道这他妈到底是怎么一回事。”

“派瑞吉恩透露的不多。我只在火灾后听到过一点。”

“什么火灾？”

“在蓝移星光酒吧。那是贾维德·李的地盘。”

“你在那儿工作过？”萨洛维茨问。

“我现在已经不干了。”阿德里亚勉强道，“而且我从没在那里干过。那是一条下坡路，你明白吧？不过我认识几个沦落到那里的姑娘。”

“什么时候的事？”

“几天前。火是从厨房烧起来的。本来应该是个意外，但所有人都觉得那是扯淡。派瑞说贾维德·李知道是雷纳命令的，还有干掉里克的事也是。就是那时候，贾维德·李告诉派瑞去搞一下法伦家，好跟雷纳之间扯平，你懂的吧？他不能示弱，尤其是在被两连击后。你不动手，别人就会觉得你软弱，然后你就会一下子消失了。他得有所表示，明确地表示。”

“等一下。”阿利克说，“先倒回去一下。里克又是谁？”

“是个小喽啰，在贾维德·李的组织里属于最底层。不过派瑞说他前些天刚为贾维德·李敲了一笔。紧接着他就从码头那边被捞了上来——就在蓝移着火那天。”

“里克干什么了？他敲诈了什么人？”

“我不知道——只知道是雷纳那边的人。不论是谁，总归是激起了雷纳对里克的不满。这倒不难猜。”

“那法伦家呢？他们又是什么人？”

“就是派瑞准备去对付的人，好帮贾维德·李扳回一局。”

“所以说贾维德·李和雷纳在对着干？持续多久了？”

阿德里亚耸耸肩。“就这周。派瑞回来得很晚，而且脾气暴得很。男人得尊重，你得表现出尊重来。不然，要是你过了线，那就是下了战书。一直都是这样。”

* * *

多佛街的空气非常寒冷，充满了几百米外的大西洋那强烈的气味。阿利克深吸了一口气，希望这空气能像净化剂一样。“这些婊子养的，还活在中世纪呢。”

萨洛维茨咯咯一乐。“从特区过来，瞧不起乡下了？”

“没有。”阿利克承认道，“那边也好不了多少。流血事件可能少一点，但痛苦多出一倍。”

“上帝保佑，我的朋友。接下来呢？”

“还是不怎么说得通。”阿利克抱怨道。两个人开始沿街走回去。香格将纽约市警察局关于里克·帕特森的案情报告给了他。里克是两天前从恺撒湾码头被捞上来的。他不会游泳。阿利克不得不承认，不管是谁，腿上绑着五十公斤的金属链条，想游泳应该都挺难的。就在同一天，分局的消防组接到了蓝移星光酒吧厨房的火警。“好吧。”阿利克在脑海里梳理思路，“不管里克做了什么，他都惹到了雷纳。雷纳连续发动两次袭击作为报复。作为反击，贾维德·李派出派瑞吉恩去对付法伦家，谁他妈知道法伦家的又是什么人。接着，派瑞吉恩出现在了洛伦佐的传送门住宅，在雷纳的人手上送了命。与此同时，雷纳的人还在那里干着窃取文件的勾当。”

“还觉得是巧合？”

“完全没有头绪。”

“不用说了。你还需要更多信息。”

“难道你不需要吗？”阿利克反驳道。紧接着，香格就甩出了当晚最诡异的一份文件。“见了鬼了！”

“什么？”

阿利克给他分享那份文件，说：“德尔菲娜·法伦是洛伦佐家的管家。”

“你开玩笑的吧？”萨洛维茨叫道。

“你自己看文件。”

“那你接下来想先见谁？”

“稍等。”香格呼叫了德尔菲娜·法伦的通信码。没有回应。她的分我应用不在线。“啊哦。立刻派一队制服警察去他们家。”

“天哪，这就去办。”

“这就是我们在洛伦佐家找到派瑞吉恩的原因吗？”阿利克大声地说出了自己的想法，“为了搞定法伦家的女人？”他接着阅读香格搜集的关于德尔菲娜·法伦的资料。“哦，真是越来越有意思了。看这个：德尔菲娜是雷纳的表妹。”

“不会吧。”萨洛维茨说，“要是派瑞吉恩在传送门住宅干掉了法伦家的女人，那我们应该已经找到尸体了才对。”

“要是他们在南极洲走了走那就不一样了。”阿利克说，“我们都没怎么搜索旁边的那个传送门房间。”

“派瑞吉恩和他的人又没穿极地服。”

“嗯。”阿利克不得不承认道，“你说得对。通知分局调取德尔菲娜·法伦的联协交通日志。我要知道她现在在哪儿。”

他们来到曼哈顿海滩公园中转站时，阿利克刚刚看完里克·帕特森的文件。“计划有变。”他说道，“我们去西布鲁克林。”

“为什么？”

“向帕特森家的寡妇致哀。”

* * *

从地理位置上看，斯蒂尔韦尔大街距离多佛街并不远，但从身份阶层的角度，这个落差让阿利克感觉有些晕。他们很容易就找到了里克·帕特森租了房子的那片小住宅区，里面接近半数的建筑都已废弃。剩下的房客在他们两个人跨过门槛时就像耗子一样迅速消失在了地缝中。阿利克知道这些人不会蠢到去招惹城里最好的探长与联邦探员。不过你永远都不会知道，他们那用了二十多年的合成器能挤出什么怪异的神经化学成分，也不知道这些成分会如何影响他们。

科琳娜·帕特森还没睡。通常阿利克会把这当作有罪的表现——凌晨三点半正是那帮坏坯子出来作祟的时候。不过她怀中襁褓里两个月大的婴儿说明，情况正好相反。看起来她好像已经半年没有睡，而且大部分时间都用来哭了。她身心俱疲。那所小公寓就像一个垃圾场，满是过期食物和用过的尿片的味道。

“又怎么了？”她哀号道，甚至都没有费心去查看他们的证件。

“你知道派瑞吉恩·莱克西和他的人今晚遇袭了吗？”阿利克问。

科琳娜跌坐在杂乱的起居室内的一张大椅子里，抽泣了起来。

而这又刺激到了婴儿，那孩子像个小报丧女妖一样号了起来。阿利克没说话。果然，不一会儿隔壁邻居就砸起了墙。

“我需要你的帮助。”在她的痛苦达到顶峰后，阿利克说。

“我什么都不知道！我他妈还要跟你们这些人说多少遍？”

“我不是纽约市局的。我来自联邦调查局。”

“还不都一样。”

“并不完全一样，我的权限可比这位萨洛维茨探长大多了。”

萨洛维茨笑嘻嘻地对着他竖了个中指。

“我什么都不知道。”她又重复了一遍，仿佛这是她刚学会的新咒语，单靠这句话就能解决生活中的所有问题。阿利克看得出来，她正把自己缩得越来越紧，好像再也不会放松下来了一样，怀中的小婴儿都快承受不住了。

“我一直在看里克的档案。”阿利克说，“他有保险。虽然不多，但足以改善你和孩子的生活。”

“他们不肯赔。公司的法务部已经说了。那帮浑蛋，说这不是意外。”

“可以是。只要我跟验尸官说一声就行，他们可以在官方记录中记录成意外。我之前说过，我的权限很大。”

科琳娜抬起头看了看阿利克，一脸阴郁犹疑的表情。“你想要怎样？”

“我就要一个名字。我们知道，雷纳的人干掉里克，是因为里克之前做过的事。这是一次报复。”

“是。又有什么分别？”

“告诉我他为贾维德·李做了什么就行。我知道你知道。”

“保险公司的事，你说的是真的吗？你真的能那么做吗？”

“我真能那么做，但前提是你得告诉我一切。”

“某个婊子。所以他才接了这活。并不是所有人都愿意接这种活的。但我们需要钱。贾维德·李会奖励身边忠诚的人，他在这方面做得很好。”

“那是自然。那姑娘是谁？”

“萨曼莎·莱希托。贾维德·李想给她捎个信。”

“为什么？她干了什么？”

“我不知道。真的，我真的不知道。里克从来没问。这种事他不会问的。他是贾维德·李的忠诚战士，就按照别人告诉他的那样，把信送到了，把那个骚货送进了医院。”

“这么说人还活着？”

“我不知道。里克走时她还活着。她的分我应用叫了救护车。”

“好吧。”香格已经将莱希托的文件甩到了阿利克的镜片上。她正在范威克格林威路上的牙买加医院接受三级信用治疗。这也证实了雷纳确实很照顾自己人——从他那边看也是笼络人心的好法子。不过现在阿利克更好奇的是，萨曼莎·莱希托到底做了什么，才让贾维德·李派里克去教训她。

“保险呢？”科琳娜绝望地说，“保险怎么办？我已经告诉你你想知道的一切了。”

感受到母亲的绝望，婴儿又哭了起来。阿利克对这种女人毫不在意，不过孩子是无辜的。都是他那从来都无法摆脱的所谓南方浸信会良知在作祟。他告诉科琳娜：“验尸官早上会来处理的。”

女人又哭了起来。

阿利克皱起眉头。就算他是守护天使，也不用非得面对这种烂摊子。

* * *

“法伦家没人。”两人穿过几乎空无一人的中转站时，萨洛维茨说。

“然后呢？”

“德尔菲娜有个小孩，是个男孩，叫阿方斯。分局的警官问过周围的邻居，说他们应该就在附近，不过有一会儿没看到他们了。”

“把他们加到搜索名单上。”

“早加上了。”

牙买加医院的员工早就习惯了纽约市警察局的人在各种时间段出现在医院。萨洛维茨询问了前台，前台让他们直接上九楼。医院这座有着五十年历史的原始碳纤维玻璃结构建筑中的层级分布，反映了人类社会的阶层状态。建筑师可能从未想过这一点，如果他想过，那就是他的讽刺感太烂。

科霍克病房看起来还行，比位于正下方的五层医保病房足足高出几个社会等级。不过话说回来，比起阿利克愿意接受的那种治疗，它又低了几个等级。不过这种事阿利克是绝不会承认的。

萨曼莎·莱希托在主病房外的一角。那里有两张病床，但只有她一个病人。病床周围布满了各种设备，一大堆管子连在她身上。她的脸和四肢上都包裹着一层蓝膜，阿利克一看就明白，这是在用K细胞来取代身体缺失的血肉，专业的说法是浅表皮层。

里克真的在她脸上刻了一个数字。看到萨曼莎，阿利克立刻就后悔刚才帮科琳娜处理了保险的事。

有个女人正在床边的椅子上打盹儿。那女人个子很矮，三十来岁，黑色的头发剪了精灵头发型，脸上因为焦虑而起了褶子。阿利克和萨洛维茨进来时，她一下子惊醒了过来。脸上的迷惑迅速被不悦所取代。香格进行了面部识别：卡洛琳·卡林，她和萨曼莎有结婚证，是四年前由市政厅签发的。她的雇佣记录非常零碎，不过当前记录显示，她在一家名叫卡玛能量的本地商店工作。香格并没有发现这家店与雷纳名下的任何一家企业有关。

“你要干吗？”她问话的声音听起来跟科琳娜一样疲惫。

阿利克忍住了一声叹息，这反应真是再寻常不过了，几年前他就已经停止了纠结。不过这是人之常情：被抢劫的人都欢迎警察，就好像彩票中奖的人欢迎彩票交付委员会一样。但在其他时候，人们对这些蓝衣守护者就避之不及了。

“我想跟萨曼莎谈谈。”阿利克对她说。

“她现在很累。他那么对她……”卡洛琳伸手抚摸着她的脸，“她正在修复。这非常耗费体力，不要打扰她了。”

“你知道里克·帕特森死了吧？”

“我知道，而且我有不在场证明，我就在这儿，一直在照看她。在病房外还有个警察，非常好的证人，不是吗？”

“我知道你没碰过里克，是雷纳干的对吧？”

卡洛琳耸耸肩，伸手捋了捋头发。“你说是就是吧。”

“也就是说，贾维德·李会想办法报复。”

“不可能，这事已经完了。”

“雷纳和贾维德·李？不会的。除非其中一个人永远退出。”

“那谁能让他们退出？你吗？我不这么认为。对那种浑蛋来说是不可能的。没人会逮捕他们，让他们上法庭。他们也不需要蹲监狱。他们尊贵的脸也不需要修复。这种事只会落到可怜的小萨头上。”

“确实。”

“面容修整很疼的，这你也知道。让K细胞直接附着在真正的血肉上。K细胞要发挥作用，在新宿主身上进行调整，这个过程非常非常疼，即使用了药也是。需要几个月的时间才能让小萨的脸恢复原貌。很多人都忍受不了这种痛苦，但我的小萨可以，她非常坚强。等这一切都结束，我就带她回家，远离这一切，远离雷纳那帮神经病。”

“说得好。”阿利克说，“你知道这种话我听过多少遍吗？”

“我是不会让她回去的，绝不。”

“好，这我可以帮你。告诉我她做了什么？为什么贾维德·李要派里克对她做这种事？贾维德·李这是要警告雷纳什么？等我弄明白这一切，我就能搞定这帮家伙。今天一晚上我们就发现了七具尸体，还不包括里克。调查局是绝不会放过这个案子的。”

“小萨是不会说的。”

“确实不会，她已经深陷他们的世界，没那么容易离开。你的爱与祈求，你们之间的所有争吵，那些想要在某个地方重新开始的美梦，都只不过在逼她选择而已——选你还是选他们。你就那么确定她会选你吗？”阿利克这么说是为了说服她，直接击碎她的信心。而他觉得，自己已经在她的表情中看到了动摇的痕迹。

“她是我妻子！她会离开的，为我离开。”

“为了确保这一点，告诉我她都干了什么，剩下的交给我就行。雷纳和贾维德·李都会消失的。”

“不会的。只不过是再换个人而已，总会有别的浑蛋接管他们的地盘。”

“但势力交替总是有间隙的，一段没有人管事的时间，那就是你的机会——把她弄出去的机会。”

“小萨不会喜欢的，就连我们谈论这件事本身她都不喜欢。”她有些动摇了。

“这就是问题所在。她现在的这种生活就跟毒品一样，是没办法靠她自己的力量摆脱的。但你可以帮她。”

卡洛琳深深地叹了口气，握住萨曼莎无力的手。“雷纳想要发出一个信号，一个清晰的信号。”

这话不用解释阿利克也明白，他对这种文化非常了解。信号。威胁。只不过就是那些下作的字眼换了个说法而已。他们真正所代表的，就是贾维德·李和雷纳这样的人能施加在其他人身上的那种权力——不论是通过金钱还是恐惧。没有人会退缩，因为他们那愚蠢的面子太值钱了。在帮派中，丢了脸面就意味着失去了一切。

“什么信号？”萨洛维茨问。

“让她滚蛋。”她回答，“仅此而已。这个女人跟雷纳的一个亲戚有点纠纷。于是小萨就去确认了她做SPA的地点和时间，那地方还挺高档的，她每隔几天就去一次，每次都做全套——头发、脸，还有全身肌肤清洁。而且她还要做按摩，特别高档的那种，有暖石之类的玩意。重点在于，即使是最简单的按摩，你差不多也是全光着的。你懂的吧，只要没了衣服，人就会觉得自己特别脆弱，更别提旁边还站着个人，你还发现她不是你等着的那个。”

“小萨给她做了按摩。”阿利克说。

“完全正确。她一点都没有伤害那个女人，不像里克那个禽兽。她就是把那女人给吓了个半死而已。这正是雷纳想要的效果。”

尽管已经知道了答案，但阿利克还是问出了这个问题：“她警告的那个女人叫什么名字？”

“罗丝·洛伦佐。”

* * *

阿利克刚一走出医院，比兹克就打了过来。在他面前，一排排松树和橡树沿范威克路延伸开来，形成一片美丽的绿地，穿过人口日渐稀少的城市荒野。改造旧城区的主要道路，背后的进步理念是柔化环境，并通过这种方式，使市民的生活变得更加积极愉快。目的高尚，值得钦佩。

不过阿利克清楚，从本质上讲，这一切都是扯淡。自从城市建立的那一刻起，就存在贾维德·李与雷纳那样的帮派分子，而且很可能会一直存在下去。贫穷会吸引暴力——没有良知的暴力，而有贫穷的地方就有它邪恶的孪生兄弟——剥削。所有的钱都在上城区的金库里，整座城市还保有一种非常古老的公平分配观念。无论怎样的绿地都改变不了任何一个纽约人的态度。只有永恒的建筑和机构将他们囚禁在相同的旧经济循环中，就像蹲监狱一样。在那些廉价公寓中成长的人们，打破旧的生活方式的唯一方法就是离开这里，融入小行星栖息地或地球化的新世界中，不论是普世的还是乌托邦的。不过阿利克看过统计数据——那些总是附在数不清的城市犯罪报告中，被参议员拿来呼吁采取“行动”的统计数据。令人沮丧的是，无论狡猾的政府政策广告如何许诺，很少有孩子会离开他们已知的世界。这倒不奇怪，在那些闪亮洁净的栖息地，没有人想要哪个纽约混混来搞砸他们辛苦打造的完美合意的新生活。2134 年，新华盛顿地球化成功，并向美国定居者开放其无尽的翠绿草原。在那之后，纽约的人口只减少了不到百分之十。而随着人们，特别是富裕的年轻人，拥向那个神话般的“新起点”，大多数美国城市的人口数量都比 21 世纪高峰时下降了百分之十五到百分之二十。

阿利克站在刺骨的冷风中，听着比兹克的话，目光一路扫过范威克路上的树丛。那些树上结满了冰花，好像要用冰刺来保护自己过冬一样。眼前的景象就像一面镜子，映射着穿行其间的市民。同样都扎根于过去，同样都充满敌意。

“真不敢相信啊。”比兹克说。

阿利克和萨洛维茨意味深长地对视了一眼。

“怎么？”阿利克说。

“联协发来了德尔菲娜·法伦的交通日志。在洛伦佐一家到家五十二分钟前，她和她儿子阿方斯走出了中央公园西站。公共监控摄像头的画面显示，他们进入了那座公寓楼。”

“你他妈是在开玩笑吧。”萨洛维茨叫道，“他们都在那座传送门住宅？人都去哪儿了？”

“比兹克。”阿利克说，“我需要你去联系建筑商，确认一下他们是否为这座传送门住宅建了安全屋。”

“这就去办。”

“走吧。”他说。

“去哪儿？”萨洛维茨问。

“洛伦佐家。还能是哪儿？”

* * *

传送门住宅那边还有几个警察，他们都是一副穷极无聊的模样，看着法证团队做收尾工作，等着自己这趟轮班结束。阿利克径直穿过中转大厅，进入约蒙·塞莱斯特号上的舱室。

“你觉得这里有安全屋？”萨洛维茨问。

“没有。”阿利克脱掉外套，走上私人甲板，准备迎接扑面而来的热气。自然，在他们离开的这几个小时里，温度和湿度都又上升了。阿利克在栏杆处向外张望，顺滑的水流不断地滑过船体两侧。他知道那都是表面现象。这么大的船，在海洋中以那么快的速度航行，会产生强烈的涌流。船后的尾流更讨厌，长长的漩涡呈现为断续涌动的细浪，除非你自己掉了进去，不然只有疯子才会跳下去，或者完全绝望的人。

“在看什么呢？”萨洛维茨问。

“不见了的东西。不见了的东西总是更难找。”

甲板的两端是固定在墙上的红色的和白色的大圆柱，里面装有救生筏。阿利克按下其中一个圆柱的开关，将其打开，里面有一大包橙色织物，还有五个浮力夹克。另一个圆柱是空的。

“这怎么可能！”萨洛维茨叫道。

“他们走投无路了。”阿利克缓缓地说，“当两队全副武装的人冲进你家，你差不多就会这样。”

“我 ×。”

“确认这艘船在东部标准时间昨晚十一时的坐标。”他告诉香格，“然后通知南非海岸警卫队。让他们派艘船过去，或者派架飞机，如果他们还在用的话。”

* * *

他们回到第二十分局等候结果。阿利克和萨洛维茨坐在案情分析室，喝着自动售货机贩卖的咖啡，其间阿利克还接了个局里打来的电话。调查局的法证部门在那个南极洲房间旁边那所传送门住宅上取得了一些进展。那座房子属于门多萨夫妇，他们是一对居住在马尼拉的老年夫妻，完全没有任何犯罪记录。进入房屋的人摧毁了整个安保系统，清除了全部记录。不过，这是幸运女神第一次辜负他们。阿利克和萨洛维茨在案情分析室的演示台上查看了从马尼拉传回来的公共摄像头画面。

一位金发女子走出门多萨家，出现在了阿亚拉公园对面的马凯特大街上，然后上了一辆自动出租车。不到三十秒的时间，这辆车就消失在了马尼拉的交通日志中。在阿利克看过的监控录像中，这画面的画质并不是最好的。不过图像已经清楚地显示出，他们的嫌疑人身高中等，体格健壮——只有持续健身才能达到的那种程度。她穿了一件宽松的派克大衣来遮掩身上的护甲——这身装备在南极洲应该很有用。不过在马尼拉，她应该很快就会被烤熟。图像强化程序纠正了她脸部的失焦，分局的 G7 图灵机对其进行面部识别。

“没有匹配。”萨洛维茨厌恶地说。

“也许——”阿利克说，“她不是雷纳组织里的人，这一点应该能够确定。”

“你认识她？”

“不认识。”阿利克撒谎了。诚然，这不全是谎言，但他还是为自己摆脱了深深的不安而感到高兴。这个特殊的嫌疑人根本无法用常规特征来识别，因为她每次工作后都会改变自己的特征。随着几年前新型 K 细胞化妆品的上市，现在要做到这一点很容易。不过，她的身高和体形是稳定的，浮动范围不超过百分之五，还有——非常诡异——她的发色也是，不论什么发型，颜色总是沙金色。还有她在身后所留下的血泊。她的特征不在外形上，多重凶杀就是她的标志，就像赞加里与金钱的关系一样。*毒瘤*。阿利克在心里默默地说。

他离开萨洛维茨，向全球各个机构发出通常的警报与合作的请求，向他们提供最新的照片，并呼叫了潭山。

“是毒瘤。”

“×！”潭山叫道，“你确定？”

“传送门住宅的大屠杀很符合她的行为模式。那个婊子会确保没有人活下来告诉我们到底发生了什么。尤其是柯西克·弗拉维，那个做数据侵入的家伙。我在想，两支队伍的相互残杀应该不会像现场呈现的那么顺利。这个假设并不重要，我刚才在监控上看到了一个符合她特征的女人。不过她在几个小时前消失在了马尼拉。”

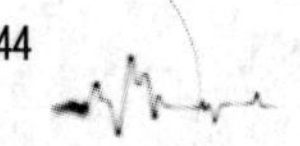

“这可不是开玩笑。那些文件一定不能有闪失。”

“我敢说那些被她干掉的人也同意你的意见。”

“他们是很可怜，我真的这么觉得。不过我代表的人们还有其他事要关心。”

“还有钱。”

“这次其实并不关钱什么事。这是政治性的。”

“嗯。我看过尼古拉·克里斯蒂安松的初步报告了。她试图侵入的那些文件与纽约护盾有关。”

“所以才会吸引国会山那么多注意。”

“尼古拉说他认为他们并没有真的破解了那些文件。”

“这次是没有。但有人想要侵入的这个事实就已经够让他们焦心的了。想要获取那些文件的原因只有一个，那就是计划抹掉整个纽约。”

“我不明白。太阳系里那么多‘怪咖’，只要他们愿意，完全能够自己造出核武器来。之后他们只需要每次带一块组件穿过中转站，然后在目的地组装起来就行。护盾系统早就过时了。”

“并不完全是。”潭山说，“想想马尼帕岛。”

阿利克瑟缩了一下。马尼帕岛曾是印度尼西亚属下的一座岛屿。2073 年，一块相当体积的太空岩石击中了它上方的大气层。自恐龙灭绝以来，地球的大气层为抵御外太空撞击提供了良好的天然防护，其安全记录仅有几处小瑕疵，例如西伯利亚的通古斯和亚利桑那州的陨石坑。这层大气也防御住了 2073 年的那块石头，基本上，就是将马尼帕岛面对的单次撞击转换成了来自‘宇宙霰弹枪’的爆炸冲击。天体物理学家和武器技术人员仍在争论哪种打击的后果更为严重：爆炸冲击还是固体撞击。不过你是没办法询问马尼帕岛民的意见了。因为多重物理打击、重叠的冲击波和风暴性大火，岛上没留下一个活人。

在那次灾难发生之前，各个国家对建立护盾基本都不怎么积极。护盾项目在各类军事支出中排名末位，没有人上心。当时仍有不少政治和宗教狂热分子，时不时地对政府和整个社会发动叛乱，但他们正在被缓慢而低调地扔到扎格列欧斯去。而民族战争与装备核弹头的常备军时代早就过去了。

护盾是一种人工力场，能够增强原子键——这种技术派生自分子制造。即使在海平面上，空气也只是一种稀薄的物质，但只要在足够厚的区域内增强原子键，就能够制造出力场。增强二十米厚的空气壁，就能抵御猛烈的爆炸。只要在几公里的空中应用同样的增强技术，就可以让来袭的核弹在城外提前引爆，城内的居民只会看到一场宏伟的灯光秀。

要是马尼帕岛上也有护盾，那块石头根本就不可能穿过去。于是，政府将护盾建造合同转给了民政部门，而那些旧军备公司则从公共资金这块肥肉上又咬下了最后一口。地球上大多数大都会区都配备了功能完备的防核武器护盾。当然，在如今这个时代，没有哪颗小行星能够随便飞到地球周边一千万公里范围内。各个航天工程公司在那片区域拥有巨量的人员和超精良硬件，任何一颗接近的小行星都会在进入月球轨道之前被开采到只剩一堆砾石。但是，没有哪个政客愿意为削减预算负责，因为那意味着降低他们选民的安全感。于是，城市护盾一直保持着警戒状态，仍然完好无损。距离马尼帕岛的灾难已经过去了九十九年，如今护盾主

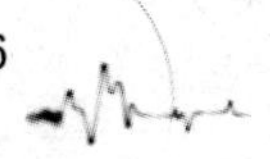

要用来抵御飓风。

“可现在哪儿还会有石头砸在我们头上。”阿利克坚持道，“我们又不像恐龙那么蠢。幸存下来的是我们，适者生存。”

“那毒瘤为什么想要获取那些文件？”

阿利克挠了挠头，甚至他那经过无数奇幻戏剧游戏激发过的想象力都没能给他一个可行的建议。“关于这次多重凶杀案，我们很快就会得到答案，这会为我指明正确的方向。”他告诉潭山，“不过为了结案，我可能需要点地下基金。”

* * *

事实证明，南非海岸警卫队还是有飞机的。他们有几个波音TV88中队，不是无人机，不过可以部署大量配备各种高级传感器的空中和水下无人机群。他们的驾驶舱里甚至还有真正的人类飞行员来告诉G6图灵机飞行员该干什么。其中两架已经前往了纽约时间十一点时约蒙·塞莱斯特号所在的水域。他们很快就找到了救生艇，不过艇上的信标并没有启动。这更向阿利克表明了洛伦佐家和法伦家的人是有多害怕。

TV88飞机配备了机载传送门，所以两家人一被救上来就被送到了第二十分局——此时距离他们正式请求南非海岸警卫队的帮助仅仅过去了七十分钟。这个效率让阿利克印象深刻。

这两家人抵达时就像来自某个灾区的难民一样。他们的头发和衣服被海水浸透了，肩上裹着银色的毯子，手里紧紧地抓着水瓶和能量棒，每个人都缩成一团。只不过带这六个人进来的并不是兴高采烈的救援人员，而是三个气冲冲的警察。

萨洛维茨并没有带他们去审讯室，那得留到他们说错话的时候用。几个人就坐在案情分析室后方的一排椅子上。他们看上去并不像是亲密无间的好伙伴——刚刚遭受生命威胁，然后又在大海中的同一条救生艇上度过了几个小时，这种表现是正常的。

德尔菲娜·法伦搂着阿方斯的肩膀。那孩子刚刚十岁，不过一点都不缺青春期少年的叛逆感。他皱着眉头，瞪着萨洛维茨，撇着嘴，就好像一个秀场模特被人发现在暴饮暴食。

洛伦佐家的人也只稍稍文明了一点点而已。阿利克尽量不让自己的目光在罗丝身上停留太长时间：她一看就是个货真价实的花瓶。香格甩过来的文件告诉阿利克，十多年前，罗丝曾是各大时装和高档内衣品牌的御用模特。现在，她完美地扮演着企业家配偶的角色。端粒疗法让她保持了二十出头时的容貌，而代孕技术让她的体形不受怀孕的影响，这一切都使她那优雅迷人的形象几近完美。即使因为海上的漂流而衣冠不整，但她依然风韵不减。阿利克觉得她应该也是个“虎妈”——她正一手抱着一个孩子，让他们坐在她的两侧。克拉维斯·洛伦佐则完美诠释了这个模式化家族的另一面。常春藤名校毕业，几乎和罗丝一样精致的外表，傲慢而挑衅的坐姿，整个人的姿态仿佛都在说：我负责刑诉的同事一键即达。

“这一晚上可真了不得。”萨洛维茨说，“一下子死了五个人。”

德尔菲娜·法伦倒吸了一口凉气，但她泄露的情绪也仅此而已。罗丝·洛伦佐只是把孩子们抱得更紧了。

“咱们丑话说在前头。”萨洛维茨继续道，“要小聪明、撒谎，结局就是拘留所。市社工局会承接孩子们的监护权。你们也知道大家都怎么说：社工局与罗威纳犬的区别就在于，罗威纳犬总有松口的时候。”

“少威胁我们。”克拉维斯·洛伦佐叫道，“上帝啊。我们已经受够了！”

“死了不止五个人，是吧？”阿利克说，“我们还得加上里克，几天前从码头那边捞上来的。还有萨曼莎——虽然还没死，不过正躺在医院里，那张脸被划的，大猩猩看了都会想吐。”

“你说的都是些什么人？”克拉维斯问。

“回答错误。”萨洛维茨说，“你先去拘留所吧。我们会对你提起指控，并开始正式审讯。”他站了起来，招了招手。

“等一下！”克拉维斯说，“你想要什么？”

“要你少在这儿废话。”萨洛维茨顶了回去，“你们这帮人都去了哪儿，干了什么？在我的管区内刚爆发了一场帮派冲突，而你们就是问题的关键。为什么？”

“你们都搞错了。”罗丝说，“我们也不想这一切发生的。真的。”

“萨曼莎警告你什么了？”阿利克问，“先别急着说你不记得了。她就是那个给你做了加料按摩的人。我今晚刚跟她谈过，就在她的病床边。”

罗丝一脸焦虑地看了德尔菲娜一眼。而这位女管家只是低下头盯着自己的脚指头。

“倒计时。”阿利克说。

“那女人骚扰我夫人。”克拉维斯急切地说，“性骚扰。”

“我数到三。”萨洛维茨说，“要是我还得不到答案——”

“她让我离德尔菲娜远点。”罗丝疲惫地说。

“我从没叫她对你做什么。”德尔菲娜立刻说，“我都不认识她。”

“为什么要离她远点？”萨洛维茨问。

“我只说过让她把贝利的游戏矩阵还回来而已，而且我也没跟家政公司正式提过这事。”罗丝说。

“你是说我儿子偷了你们家的东西吗？”德尔菲娜愤怒地说，“贱人撒谎精！阿方斯是个好孩子，是不是，宝贝？”她安慰似的紧紧地抱了一下阿方斯，那孩子低下了头。

“丢东西那天他就跟你在一起。”罗丝反驳道，“不然还能是谁拿的？而且你都没经过我的同意就带他来我家。”

“那可是圣诞假期！你要我把他放哪儿去？”

“让他爸爸照看一下。”罗丝哼了一声。阿利克忽然明白为什么克拉维斯要娶她了。不光是为了跟整条街上最漂亮的女人夜夜笙箫。跟他一样，她也完完全全属于上流社会。

“× 你个臭婊子！”德尔菲娜叫骂起来。

“冷静一下，你们两个。”萨洛维茨说。“所以——”他看了一眼德尔菲娜，“罗丝指控你家小孩偷东西，你就跑去找雷纳？故事就是从这儿开始的？”

“我没有。你觉得我傻吗？不就是个该死的游戏矩阵，几百块钱而已。而且那臭小子足有几十个。说不定只是他放错地方了。”

“你是在怪贝利吗？”罗丝叫了起来。

“你刚才还说我们家阿方斯是贼！”

“老天。”萨洛维茨咕哝了一声。

“阿方斯。”阿利克柔声说。男孩并没有抬头。“你跟你雷纳叔叔说什么了？”

男孩只是摇了摇头。

德尔菲娜看儿子的目光中突然闪过一丝怀疑。“喂！你去见雷纳了？”

“我不知道。”阿方斯抽噎道，“也许。”

“你这个蠢……”

有那么一瞬间，阿利克以为德尔菲娜会在那孩子头上狠狠地来一下。

“是你拿的矩阵吗？”她质问道，“回答我！现在跟我说实话。是不是你拿的？”

男孩的肩膀颤抖了起来，大颗的眼泪滴到了地上。“我本来打算还回去的。”他呜咽道，“真的。下次我们再过去的时候就还，不骗你。那可是《星际复仇者12》，新出的。我就想看看是什么样子。就是这样。”

罗丝脸上那副心满意足的表情非常残忍，让阿利克都想把阿方斯该挨的那一下打在她头上。

“你妈因为矩阵的事一直缠着你不放。”阿利克对阿方斯说，“是不是这样？于是你就去找了雷纳叔叔，坦率地向他提出请求，让罗丝离你妈远点。这样你好伺机把矩阵还回去。”

“也许吧。”阿方斯咕哝道。

“他笑了吗？他是不是说：是吗？是不是说：干得漂亮？我就知道你也是我们的一员，小子。他是不是这么说的？”

阿方斯抽噎得更响了。

阿利克转向克拉维斯。“还有你。”

“我怎么了？”

“萨曼莎给你妻子做了加料按摩后，为什么会被里克打成那样？”

“我怎么知道。”

“是吗？我这里正好有一份你们律所的客户名单。我的分我应用进行了交叉对比。长园开发这个名字你有印象吗？”

“没有。我跟这家公司没有关系。”

“哈哈，真像律师会说的话。那家公司碰巧就是贾维德·李的。事实上，那是他名下十五家完全合法的公司中的一家。而所有这些公司都在向你们律所支付佣金。”

克拉维斯静静地看着阿利克，一言不发。

“你去找他了，是不是——就在那次按摩之后？”阿利克继续道，“毕竟，那可是你夫人。对萨曼莎的所作所为，你并不想要公正的裁决，你只想要报复。”

“你什么都证明不了。”

“可别那么自信。你去找他，是因为你相信事后可以摆脱自己的干系。这你就错了。显然他是绝不会放过你的，你跟他交往得太深了。他抓住了你的把柄，我敢说现在还没有什么人知道。你和魔鬼做了交易，克拉维斯，他已经抓住了你的灵魂。现在，只要足够用心，找对人，找到那些小人物，我们就会找到足够的人证。你会作为这场多重凶杀案的从犯被流放。像你这样锦衣玉食的家伙能在扎格列欧斯生存多久？你觉得呢？那些人吃人的谣言可不是空穴来风。”

“贾维德·李只是个客户。”克拉维斯的声音颤抖了起来，“我会和他商讨各种合法的业务细节。我只能说这么多。”

“有一点我还是不明白。”阿利克说，“德尔菲娜，昨天晚上你为什么去洛伦佐家？”

“柯西克联系了我。”德尔菲娜不情愿地说，“我们很早以前就认识。他说，贾维德·李正在伺机报复雷纳，因为雷纳用燃烧弹袭击了他的一家酒吧。还说情势有点失去控制，也就是说我有可能成为目标。他说我们应该先出去躲一段时间，直到一切都安定下来。我很害怕，我知道雷纳过的是什么样的生活。我们的关系并不亲密，但对那些人来说，我们都是一家人，都是一丘之貉。所以我知道洛伦佐一家这周末要出去度假，跟他们的好朋友一起乘船出海。想要找到我们，那里是最不可能的地方了。”

“那个女人是谁？”阿利克问。

“什么女人？”

“那天晚上贾维德·李派了两个人与派瑞吉恩·莱克西一起，一个是杜安·诺顿，一个是丽莎·汗。而雷纳派了柯西克·弗拉维和奥托·萨缪尔——他们俩都没能活下来——一起的还有一个人，一个女人。她倒是从大屠杀中活了下来。那女人是谁？”

“我不知道。真的，我不知道。我跟你说过，家族事务中的那一部分我从不参与。”

阿利克看了萨洛维茨一眼。“我问完了。”

“死了六个人。”萨洛维茨轻声说，“还有一个在医院。由你们挑起的帮派争斗还在继续，就因为一个孩子偷了个破虚拟游戏。一个游戏。你们不知道……老天！”

“我不知道——”克拉维斯开口道。

“你丫的闭嘴！”萨洛维茨吼道，“轮不到你说话，就因为你干的那些破事！”

“接下来呢？”罗丝问。她的两个孩子都紧紧地靠在她身上，脑袋仿佛都要埋到她的肋骨里了。

“适者生存。”阿利克对他们说。

萨洛维茨看着他们，一脸恶狠狠的表情。

“我不明白那是什么意思。”罗丝说。

“过去，能不能活下来取决于你有多快、多强，狩猎本领有多棒。”阿利克对她说，“那还是在我们都居住在洞穴里，打个雷就被吓个半死的时代。如今，则取决于你有多聪明。”

“你就告诉我们吧。”德尔菲娜说，“告诉我们怎么做才算聪明。”

“选项 A：我们指控你们所有人刑事共谋。考虑到今晚发生的事，对你、罗丝，还有克拉维斯来说，这张去扎格列欧斯的单程票应该很好买。你们的孩子会被送去市社工局，或者交给你们其他的家人。”

“另一个选项呢？”克拉维斯问。

阿利克强忍着没笑出来。他早该知道的。毕竟，克拉维斯是华尔街出身，即使隔着一条街也认得出摆在交易桌上的是什么。

“我在给上级的报告里写明，当两队相互敌对的人闯入传送门住宅意图行窃时，你们都在。自然，你们的第一反应就是逃出来，拯救自己的家人。非常有戏剧性，这样你们就不参与任何犯罪活动。但这样的话，你们就欠了我一个大人情。正如我们今晚所学到的，这种人情的代价可都不低。”

“你想要钱？”罗丝疑惑地问。

“不。我要你们俩帮我一个忙作为回报。帮我联系个人。仅此

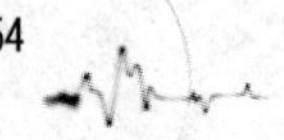

而已。”

* * *

警车先盯上了贾维德·李。他正独自坐在百老汇的科斯塔多餐厅，他的三个打手待在吧台，随时注意着进店的顾客，警惕任何可能是雷纳派来的人。双方的争斗仍然火热。他一个人坐在餐厅，因为克拉维斯·洛伦佐还没有露面。

五名身穿FBI夹克的探员进入餐厅。打手们站了起来，手都放在了枪上。他们看着自己的老板，不知道该怎么办。

贾维德·李微微摇了摇头。探员包围了他的桌子，限制了他的分我应用登录太阳网的功能，将他孤立起来。领头的警探马利·加德纳礼貌而坚定地请他随他们前往市中心的调查局大楼。贾维德·李同意了。本着互惠的精神，加德纳同意在他到达调查局大楼后，进入正式程序之前，可以先联系自己的律师。

谨慎起见，他们给他铐上了手铐，把他带上警车。比起穿过公共交通网的一个个地下中转站，纽约市警察局和联邦调查局还是更倾向于使用警车——试图在中转站里逃跑的人实在是太多了。按照规程，警车会经过商业与政府服务网络，嫌疑人则被安全地关押在里面。这类枢纽中距离最近的一个位于哈林区中央公园的东北角。警车朝反方向开去，八分钟后到达了乔里亚诺比萨店。

雷纳正独自坐在一个卡座，七名打手分散在吧台与他附近的一张桌子之间，注意着进来的客人，警惕任何可能是贾维德·李派来的人。他也是一个人，因为德尔菲娜·法伦还没来。

跟刚才一样，警车上下来五名身着FBI夹克的探员，径直走进比萨店。打手们站了起来，手都放在了枪上。他们看着自己的老板，不知道该怎么办。

雷纳抬起一只手——用非常微小的手势阻止他们采取任何不明智的行动。探员包围了他的卡座，限制了他的分我应用登录太阳网的功能，将他孤立起来。他邀请领头的警探马利·加德纳与他共餐，当然是被拒绝了。警探反向邀请他随他们前往市中心的调查局大楼。雷纳同意了。本着互惠的精神，加德纳同意在他到达调查局大楼后，进入正式程序之前，可以先联系自己的律师。

谨慎起见，他们给他铐上了手铐，把他带上警车。警车内部被分成六个囚笼。看到唯一一个有人的囚笼中，坐在狭窄的长凳上的那个人，他愣了一下，不过最后还是进到了对面的囚笼里。马利·加德纳下了车，阿利克走了进去。

“这是什么意思？”车厢后门关闭上锁后，贾维德·李问。

“流放。”警车启动后，阿利克说。

“×，浑球！”贾维德·李叫道，“你不能那么做。”

“是吗？你打算向谁投诉呢？司法部？嘿，向我 FBI 的老板投诉怎么样？哦，等一下，扎格列欧斯没有太阳网。”

“我要让你眼看着我折磨你的妓女老妈，然后再干掉你！我发誓！”

“你从扎格列欧斯打算如何下手呢？”阿利克轻声问，“你看，昨晚我就在洛伦佐家的传送门住宅。不得不说，确实让人印象深刻。死了那么多人，就因为一个狗屁游戏矩阵？×，你们俩可把蠢蛋打架上升到了一个全新的高度。所以，作为感谢，我和我的老板决定就不把纳税人的钱浪费在审判上了。”

“你想要什么？”雷纳冷静地问。

“什么都不要。”

“不对，你要。如果要直接流放，你就不会跟我们在这儿了。”

“适者生存，嗯？”

雷纳笑得很大度。“伙计，我可是在笼子里呢。什么代价都行。”

“毒瘤。”阿利克说。

“该死。”

“为什么挑上了她？”

“我没挑。”

“愿闻其详。”

雷纳伸手一指他的对手。“这个浑球就是不肯承认失败。”

“×！”贾维德·李大叫道。

“我派柯西克去送的消息已经够明显了，再蠢的人都能看出来。”

“你打算敲打一下洛伦佐家。”阿利克的语气中充满理解。

“我就是这么打算的，敲打一下他们全家。这样就该结束了。干净利落。再不会有蠢货反击。”

“说的好像真他妈会这样似的。”贾维德·李哼了一声，“只要我愿意，随时都能干掉你。”

雷纳嘲讽地打了个手势。“你说能就能。”

“说正题。”阿利克的声音里充满了疲惫。

“好。刚才说到柯西克和他的人准备搞定洛伦佐家。接着，毒瘤就来找我了。我不知道她是怎么知道的。柯西克向来是个大嘴巴，也许他在俱乐部之类的地方泄露了消息。”

“然后呢？”

“嘿，我怎么可能拒绝她的提议。那可是毒瘤！她会确保整个宇宙里都没有一个洛伦佐家的人。柯西克，人不错，够忠诚。不过他有孩子……那对毒瘤来说都不算什么。她的名声可不是白来的，这你都知道。她弄起人来可真有一套：取消游艇旅行，让洛伦佐家的人就待在我们想让他们待的地方。×，柯西克这辈子都整不出这么精彩的桥段！”

“她有说为什么要接这活吗？”

“就说很合适，对我们双方都有好处。她跟我说，她想要克拉维斯放在公司的几份文件。我就想，管他呢，你懂的吧？那可是毒瘤，她愿意为我干活。能有那种人帮忙总没有坏处。”

“她为什么想要那些文件？”

“你认真的吗，老兄？真觉得我会问她这种问题？我只跟奥托和柯西克说，她会跟他们一起，照她说的做。”他瞪着贾维德·李，透过栏杆指着对方，“结果这个浑蛋伏击了他们。”

“我们又不知道他们也在。”贾维德·李叫道，“你那个臭婊子表亲德尔菲娜，明明你已经警告过了，她还要去。派瑞吉恩正要去对付她家小子。怎么？你干掉了里克，炸了我的酒吧，你以为我会当什么都没发生过吗？是你把事情弄到这一步的，你个浑球，就因为你不尊重我。你那个该死的外甥——就是那个小浑蛋挑起的这一切——他的命是我的，这你知道。你知道这就是你要付出的代价。只不过你个胆小鬼，不敢像个男人一样站出来。你们一家子都跟娘娘腔一样，只会东躲西藏。你们都是些该死的娘娘腔。”

雷纳发疯似的怒吼起来，隔着网格向贾维德·李吐口水。

“够了。”阿利克说。他伸手指着贾维德·李，问：“你要干掉阿方斯？”

“我们当然要。派瑞吉恩很棒，他一路跟踪那小子和德尔菲娜到洛伦佐家。之后就是一团糟。”贾维德·李瞪着雷纳，“那都是你的错，因为你就是个懦夫。看看现在你把我们给搞到哪儿了。”

“只有你！”雷纳骂了回去，“是把你，伙计！我会配合警探的。我要离开这儿。”

“去你的！”

“好了。”阿利克说，“看来我已经得到了我需要的一切。”香格替他打开了后门。

“喂。”雷纳说，“喂，等一下！我怎么办？”

阿利克停下脚步。“我个人对你的配合表示感谢。”

“不！不，之前说好的不是这样。你给我回来，把这个破笼子给我打开！回来！”

门关上了，阿利克下了车，踏上纽约州北部刘易斯县环境处理厂的泥泞土地——这是一块占地六平方公里的乡间土地，上面盖着一座大气净化工厂，体量颇为壮观。五根巨大的双曲面混凝土空气管道排成一条直线，每根管道上都装有一圈分子提取过滤器。其中三根负责从空气中抽取一氧化碳，其余两根负责收集二氧化碳。两种气体均存储在大型高压罐中，等候处理。

尽管持续不断地努力减排，但单凭刘易斯县的处理厂并不会对全球温室气体总量产生太大的影响。经过一百多年的努力，依靠生物圈的自然碳汇能力清除地球大气中的过量二氧化碳，全球温室气体含量仍然高到令人不快的地步。不过目前全球遍布着五百多个类似的处理厂，合在一起确实能发挥一些作用。专家们声称，再过一百年，大气中的二氧化碳含量就能下降到20世纪前的水平。

阿利克还能听到贾维德·李和雷纳在警车里互相咒骂的声音。那辆警车正与其他六辆同样古老的相同型号的车辆停在一条直线上。

马利·加德纳和他的队伍等候在一侧的一辆4×4大型机动车内。阿利克上了车。

“干得不错，谢谢了。”他对马利他们说。在偶尔需要干点见不得光的事情时，阿利克喜欢和马利共事。马利的团队很有效率，而且不该问的问题从来不问。“你的钱明早前就能存入指定账户。”

“合作愉快。”马利说。他的分我应用向4×4机动车发送了指令，机动车朝中转站驶去。

在他们身后，排成一排的警车正对着一个巨大的金属圆柱体，足有五十米长，十五米高。透过后视镜，阿利克看到圆柱体末端的圆形大门缓缓打开。第一辆警车的自动驾驶装置小心翼翼地将警车开了进去，接着是第二辆……

刘易斯县环境处理厂自身就具备排放功能，现代经济学使之成为可能。能源就是太阳系的货币，一切都以瓦特币计价。由于太阳能井提供的大量超廉价的能源，大多数服务和材料的价格都非常便宜。

在一百年前，地球上的人会精心回收上一代留下的垃圾，将

物质分解成其组成原子，将残渣和污秽精炼成有用的化合物，为制造业提供原料。而现在，有那么多的原始小行星提供矿产，成本又是如此之低，能源密集型的回收处理行业已经无利可图。

这样的财务状况意味着，那些过时的东西——例如局里那些已经超过十五年车龄的警车——就只能以尽可能经济的方式处置了。

就在阿利克乘坐的4×4机动车驶入中转站前，最后一辆警车开进了巨大的圆柱形气闸，闸门关上，重型轮辋密封圈绞合。大型抽取塔中的一氧化碳和二氧化碳一下子涌了进去。

气闸中的氧气和氮气都被排空后，金属大圆柱另一端的门打开，露出后面的传送门，这扇门的配对在妊神星站。加过压的有毒气体就像霰弹枪药一样，将警车炸进了海王星外的广袤空间。

朱洛斯

AA
591 年

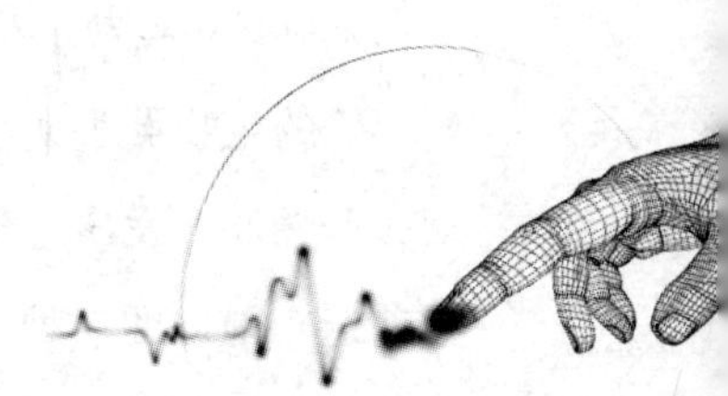

破旧的大广场上，十五名男孩和五名女孩正聚集在一栋七十层高的残破摩天大楼所投射的阴影下，这些孩子正是伊默勒家族这一届的高年级组成员。作为训练的一部分，他们已经花了六天时间来探索这座古老的废弃城市，调查分析周边陌生的环境。按照时间安排，这次行程本该在十九个小时前结束。

飞行器还没到，他们的个人数伴在整个探险过程中一直很不稳定，现在干脆都掉出了行星网络。他们孤立无援，距离家族庄园几百公里，供给不足，没有武器，完全无依无靠。

他们本打算讨论一下该怎么办，但这场会议引发的更多是紧张不安和恐慌的爆发。各种建议突然被驳回或认可。一个计划逐渐形成：他们要在一个能提供更好掩护的地方建立营地，就地取材制作武器，点火发出信号。

眼前的景象让德利安笑了起来。他回想起在他的年级被放逐到干旱的山坡上时，自己坚持要点火发出信号的情景。从他所在的制高点来看——他正藏在附近一座摩天大楼的侧面一百多米的高处，可以分辨出几张脸上焦躁犹疑的表情，还有几个男孩开始

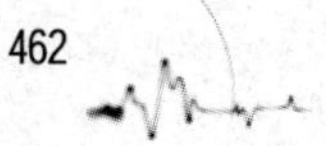

显露出更加坚定的姿态。

是时候该搅动下局势了。

他的生物翼手龙松开了爪子，下落了三十米，速度飞快，然后张开翅膀，发出急促的皮革摩擦般的声音。这种巨兽以几百万年前遍布地球的一种原始掠食者为基础设计而成，经过了一些艺术化的修改，专业设计师在美学上强化了它更加危险的那一面。德利安觉得他们可能玩得有点太过了。这大家伙几乎就是一条龙。

他在高空中稳速前进，穿梭在那些空荡荡的建筑物之间。位置的选择是根据猎人的本能进行的，让太阳始终留在后方，刺目的阳光会使他的猎物看不到他。天然的鸟群飞了起来，在巨大的掠食者飞过时发出一阵惊叫，它们在晴朗的天空中组合成一大块五彩斑斓的超几何图形。

在下面古老的广场上，同学们纷纷在阳光下眯起眼睛，抬头看着空中突然爆发的一阵骚动。一时间警报声惊叫声四起。德利安发出一声气势逼人的长啸，俯冲而下。家族成员四散奔逃，寻找掩护。他那巨大的影子笼罩着他们，德利安费了好大劲才没让自己那不祥的啸叫声变成笑声。

他向左倾斜，转动巨大的身躯，向一座金字塔形建筑的角落俯冲了下去，他那可怕的外形反射在玻璃幕墙上，随着他的移动滑过一千多块银白色的窗户。广场被他抛在了身后，他再次向后倾斜，缓慢地扇动翅膀以提升高度，随着高度的爬升惊飞了更多的鸟。原始的翼手龙比老鹰更能滑翔，但是现在，它的肌肉经过了增强，可以挥动像帆一样的巨大翅膀，从而在它那原本已经很强大的能力基础上增加射程和速度。

终于，他绕着城市南部边缘的贝迪亚尔塔盘旋了一圈，来到一个平坦的屋顶上，避开细长的空调热泵面板，找了一个安稳的着陆点平稳降落。

德利安懒洋洋地摇晃着翅膀，数伴为他提供了城市感应器的视觉图像，向他展示了广场地面上的人员分布。那些男孩并没有聚在一起，而是分成了三个大组，还有几个人落单。女孩们都集中在一块，并和其中一组男孩待在一起。在战术上是有利的，但他认为这是无心的随机分布。他们格斗游戏训练的成果还没有发挥作用。

“伟大的圣徒啊，真是太可悲了。”赞特发送道。

“是啊。他们还没有适应环境，所有人还没打起精神来。”

“我们得帮他们提升一下。”

赞特声音中的急切让德利安不由得笑了起来。“我们会的，不过得慢慢来。如果突然来一顿狂风暴雨似的威胁，他们肯定会怀疑，为什么这次训练任务一开始时，这些掠食者一个都没出来。”

“好吧。在我们当初被困时，就是这种线索启发了伊蕾拉，是吧？”

德利安一下子幽默不起来了。“嗯。差不多吧。”

“那我们怎么办？”

“先给他们几个小时，看看他们知道了这地方没他们以为的那么安全之后会怎么做。然后再骚扰他们一下，我们俩一起。”

“好。”

德利安放松了对翼手龙的控制，他把注意力都集中到了数伴的显示上，好确保翼手龙平稳地进入休眠。众所周知，半智能生

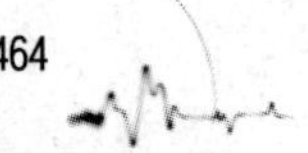

物刚从人类控制下释放出来时都会有点不稳定。

他睁开眼睛，在长沙发上伸了个懒腰。随着增强护套脱离生物体的翅膀神经，那种感觉让他四肢发麻。驾驭了翼手龙神经三个小时，他产生了一丝不满，为什么自己的人类身体就不能在天空中翱翔呢。他的潜意识正忙着说服自己，说他是铅做的。

训练任务控制室是一个宽阔的圆形房间，围绕中央的全息演示台分为两层。沙发位于上面一层，供操作人员指挥各种人造生物使用。很快，这些人造生物就会去缠住那些可怜而无辜的家族学员——这是一种威胁场景，旨在激发他们一直以来训练的团队合作本能。

距离德利安在海岛度假后的那场坠毁“事故”已经过去了四年。四年来，学员们的毕业活动得到了相当大的改进。引入阶段更为循序渐进，以减少怀疑。训练的时间延长了，从而可以激发和培养各种天赋。并且事先就对要使用的区域进行严格的审查，消除不可预见的问题，比如突然冒出来并破坏了一切的美洲狮。

德利安坐了起来，看了看躺在旁边沙发上的赞特。他的朋友仍在驾驭自己的翼手龙，双眼紧闭，四肢的肌肉不时抽搐。目前，这二十张沙发大部分都是空着的。要等到傍晚，当空无一人的城市笼罩在黑暗之中时，威胁才会加强。

下面一层，训练师正忙着监控各位学生，边听边看。毫无疑问，德利安的俯冲搅动了局势，激发了他们一直以来所缺乏的紧迫感。他看了看下方的观察员。蒂利安娜现在也是部门负责人了，不过绝大多数教官仍是家族的导师。他们负责评估自己的学生，而今年的高年级组导师法里亚纳则负责指导整体设置。在德利安毕业后的这些年里，经过增强的男孩逐步接管了动物骑士的职责。这是他的第三次毕业训练，让他能够将从战斗训练中学到的东西付诸实践。

有些奇怪。他感觉自己仿佛正在回望过去，看到亚历山大站在法里亚纳的位置，他和他的同年们则在演示台上表演，而训练师们正看着那些不幸受难者的滑稽动作，相互交流着，发表嘲讽和逗趣的评论。现在，他也是操纵者的一员了。他能感觉到他的伴当们所感受到的那种不知所措，主要是因为他自己也并不完全确定在这一开发过程中应该有怎样的情绪。

“休息一下。”德利安对法里亚纳说，法里亚纳微微点了下头表示许可。他离开控制室，穿过一扇传送门，进入伊斯特玛的滨河公园。

基于大家的默认，这座城市现在是朱洛斯的首都——它是这颗星球上最后一座有人类居住的城市。它位于伊默勒庄园以北四千公里处，气候温暖宜人，在热带地区长大的德利安很喜欢这里的天气。住在这儿能让他一窥这个世界旧时代的生活——那个旅行者世代飞船带着人们穿过传送门离开这里之前的时代。他对此没有什么怨言，每天穿过繁忙的街道时他都这么告诉自己。

他边走边拉上外套的拉链。秋天了，阵阵凉风吹过宽阔的河面。周围公园的树木上都包裹着一片金红，很是壮观。冬天就快到了。

他沿着石头长廊慢慢地走着，放松身心，体会公园缓慢的生活节奏。下方漆黑的水面上，几只天鹅展示着傲慢的身姿，缓缓

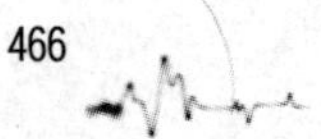

游过。到了一年中的这个时候，几乎所有天鹅都失去了灰色的羽毛，变成了纯净的白色，除了更下游的几只黑天鹅。目光所及之处只有那么几只。他对那几只孤零零的黑天鹅自嘲地一笑。这个比例与家族中男孩女孩的比例相当。

前方，一个穿着蓝色长外套的人正倚在栏杆上，给那些大鸟投掷面包。德利安决定，如果他也有面包的话，那他会因为同情而先扔给黑天鹅。这时，他忽然意识到那个喂天鹅的人其实是亚历山大，机库里的伴当也表达出了开心的情绪。他知道这不是巧合。

自从搬到伊斯特玛，德利安就很少再见到他们以前的导师了。倒不是故意避而不见，而是他们都忙着为自己的星际航行做准备。还有派对，他有些愧疚地承认，那可是城市生活中非常重要的一部分。

“你看起来不错呀。”两个人互相拥抱时，亚历山大说。

德利安保持着热情的微笑，因为对方那双灰白的眼睛正在对他进行等级评估。内心深处，导师的外表让他有些震惊。Ta 目前正处于男性的周期，就像过去七年一样。保持同一性别这么长时间，通常是很不寻常的，也是一个令人不安的年龄指标，表明 Ta 正在衰老。随着年龄的增长，不仅性别周期会延长，过渡阶段也会延长。这并没有什么害处，仅仅是因为衰老身体的反应越来越慢的迹象。

自从德利安出生，亚历山大就在那里支持着他，这让他不愿意承认 Ta 正在慢慢变老。但现在，在近距离观察之后，他看到 Ta 的那头暗金色头发正变得越来越稀疏，并由于白色发丝的出现，整体的颜色变得越来越浅了。他不敢去想要是有一天亚历山大不能再为他提供依靠该怎么办。对他而言，死亡是只有在极少数情况下才会遇到的东西，比如在那个不幸的早晨，可怜的乌玛和杜尼……

“你也是啊。”他回答。

亚历山大笑得更深情了。“你向来不擅长撒谎，所以总是被留堂。”

“也没比别人差多少吧！”

“我知道。你们年级——我们还能活着走出庄园真是个奇迹。”

“可我们确实都走出来了。”

“是啊，走出来了。毕业训练进行得怎么样了？”

“还不错。他们错过了几条有用的隐藏线索，不过我刚刚吓唬了他们一下，应该能让他们开始重新评估那一切。要是还不行的话，一会儿我跟赞特就再来一次。总有办法让他们上道。”

“啊，翼手龙啊。我还记得我们关于是否要引进翼手龙的争论。有些人觉得这有点太过分了。”

“确实挺壮观的。”

“嗯，你肯定会那么想。”亚历山大宠溺地捏了捏他的肩膀。

“这个年级组似乎比我们那时候更谨慎一些，或者说控制力更强吧。修改训练程序确实有帮助。”

“不过呢，我觉得他们应该比不上你们年级。”

“是你造就了我们。”

“是的，我们做到了。”

“想想真有意思，居然只剩下最后三个年级组，然后一切就都

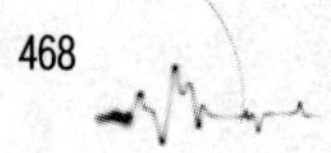

要结束了。我们所有人都会成为真正的战士，开始战斗。”

“是开始探索。”Ta柔声更正道，“谁知道呢。也许你们永远都看不到终极对决的时刻，也有可能已经开始了呢。”

“不会的，我们会看到的，这我知道。我会见到五圣徒，不会让他们失望的。”

“啊，年轻人的乐观。赞特呢？”

“他很好，谢谢。”

“你们俩搬到一起住了吗？”

“不算是吧。这样也很好。我们喜欢彼此，在某些方面很相似，而不同的地方也很有趣。我们过得很开心。”

“只要没坏，就不费心修补？[1]”

“差不多吧。”德利安放弃了解释，“她怎么样？”

“还挺好的，其实。她很聪明，知道必须理解自己。这是一个艰难的过程。她是很固执，但进步得也非常快。我已经很满足了。”

“她恢复了？”

“伊蕾拉从来就没有病，德利安。只是跟我们所预期的不同而已。”

“不同？她杀了乌玛和杜尼！”有时候德利安还会一身大汗地从这个噩梦中醒来。她居然这样对自己的矮人。

“她释放了自己。”亚历山大说，“用她自己唯一可行的方式。我们的傲慢让她别无选择。我们所做的一切，我们所给予她的生

1. 原句为If it’s not broke, don’t try and fix it。大致理解为当你认识到某事处于令人满意的状态，就没有理由试图改变它。

活、训练，还有家族的环境，就是不适合她。错的是我们，不是她。而等我们意识到这一点时已经太迟了。现在我们需要给她空间，让她能够变成自己希望的样子。”

“那是什么样子？”

“我也不知道。只要她快乐我就心满意足了。”

“那她快乐吗？”

“我相信以她现在所处的状态，这一切都是可能的。她有那么多东西需要忘却，那么多事物需要原谅。不过对生活中的某些方面，她已经可以适应了。”

这个问题非常难以启齿，但他就是忍不住要问：“她有没有……”

“问起过你？”

德利安轻轻地点了点头。

“当然有了。你在她心里有过重大的意义。”

有过，他想，不是有。“我能见她吗？”

“现在还不行。不过快了，我希望如此。她还是不太能将你和我们要把你跟你的同学们升级成的样子区分开来。在确定她能区分你的本质与你将在群星中所取得的成就之前，我不想冒险引发进一步的冲突。”Ta 微微抬起头，静静地看着清冷寂静的天空，“你曾在她的人生中引发过共鸣。也许是最强的共鸣。”

“我想帮她。”

“我知道，而且她也知道。不过我这么问你吧：你愿意放弃这么多年来你为之努力的一切去跟她在一起吗？”

“我……我们能干什么？我们又不能待在这里，在星球边缘生活。”

“不光是战舰要被传送走，还会有最后一艘旅行者世代飞船，搭载我们这些老家伙。”

“你又不老。”

Ta 抬了抬眉毛，责备似的说：“我之前是怎么评价你说谎的能力的？”

“我不想让你遭遇危险，你应该去一颗新的星球，过上安稳的生活。”

“而你也应该抓住机会。”

“你们造就我们就是为了这个。”

“这话听起来就有点像是她说的了。”

“那不好吗？”

“并不。我总说，把你们都培养得傲慢自大是不可行的，那会导致过度的自信。还是有所怀疑更好，这样你们才会时常质疑你们所看到的一切。”

“就像她那样。我更喜欢简单的生活。给我一把枪，我把它指向敌人就好。”

“你也不用对我客气。我不喜欢那样。”

德利安看着水中的天鹅。没有了面包屑，它们都失去了兴趣，渐游渐远。“你会告诉她我问起过她吗？告诉她我会一直等她，直到她准备好。我还关心着她，一直都会。”

“当然。”

“好。”

他们又拥抱了一下。德利安推开亚历山大，笑着说：“现在我又要去吓唬那帮臭小子了。”

“这才是我的学生。”

* * *

亚历山大一脸怅惘的表情，看着德利安越走越远。过了一会儿，Ta 的目光转向旁边高大的枫树丛。树下的草地上盖满了落叶。伊蕾拉从最粗的一棵树后走了出来。她抱住亚历山大，微微弯下腰，把头枕在了 Ta 的肩膀上。

“谢谢。”她说。

亚历山大拍了拍她的后背。“我还是不觉得这是个好主意。”

“我需要确定他对我的影响，能亲眼看到他最好。我很高兴他有了赞特。他需要人陪伴。”

“我太容易让步了，下次得对你更强硬一些才行。”

“这叫正直、善解人意。没有你，我就只能待在某个舒适的病房里，血管里输满快乐水。”

“所以结果如何？”

“看着他，我确定自己只是在怀念某种理想化的东西。十八年来，我们一直是朋友，然后是恋人，虽然时间短暂。我的人生中没有比这更重要的东西了。人生中那些不好的时刻已经被自我编辑掉了。”

“这十八年我一直都在。没有什么不好的时刻。”

河边的微风吹乱了她的头发，伊蕾拉拨开遮住眼睛的发丝。“你可真贴心。”

“他真的很关心你，你也知道的。”

“我听到了。”

“好。我不太确定是不是该在你的病房旁边给他开一间，给他也输满快乐水。”

“没有它我也已经够快乐了，这一切都多亏了你。”

“我可不想让你燃起什么虚假的希望。”

“他现在也会质疑了，不是吗？我想可能是我影响了他。”

“这也不是坏事。我们不需要管事机器人，需要的是人类。”

“你们是在预测自己都无法预知的未来。”

“正像他会说的那样：所以我们才要制造出你们这些出色的单性人。”

伊蕾拉脸上露出了悲哀的笑容。“他就是他，我们就是我们，都只是适应当时生存环境的人类而已。我想，是时候接受这一点长大了。我并不想要成为那样，但千百年来形成的现实就是如此。想象一下，要是没有这持续的威胁，不用一直逃跑，我们会取得怎样的成就。我们之前差点就成功了。我们曾经短暂地看到过，如果不必因为恐惧而躲在黑暗中，我们可以攀登到多高。所以我才喜欢圣殿之星的故事，尽管在内心深处我知道，那很可能只是个故事。每颗像朱洛斯这样的行星都有潜力，不仅仅作为一个中转站，一个长途旅行中短暂停泊的港口。然后，等到时机到来，我们只能再一次逃离。想象一下，如果我们获得了真正的自由，拥有充裕的时间，我们的知识和工具将会创造出什么。我想我愿意出力把这个机会带回到银河。我愿意去那里加入圣徒们的战斗。”

“很高兴能听到你这么说，亲爱的。”

“虽然在战斗中我出不了什么力，但总有其他地方能用得上我。”

“确实有。”亚历山大说，“但那应该是你发自内心愿意献身的工作。而不是出于愧疚。”

伊蕾拉回头看向海滨长廊，希望能最后看一眼德利安的身影，但德利安已经穿过了传送门。“我说这些不是因为愧疚，是因为理解。我的毕业训练终于结束了。”

“你通过了吗？”

“通过了。我相信是这样。”

评估小组

费里顿·凯恩
尼基雅
2204 年 6 月 25 日

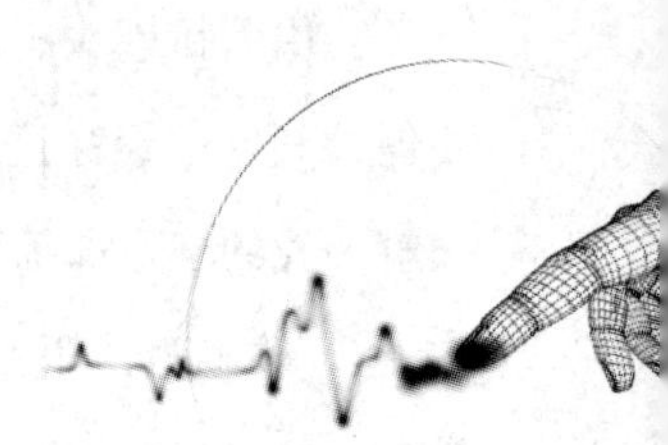

“你把他们俩都杀了？”卡勒姆一脸震惊地问，“贾维德·李和雷纳？老天哪，为什么？”

不得不承认，我对此也有点震惊。我可以理解流放，甚至可以说是赞成的。但是这么轻易就把人给杀了，着实令人不安。如果是坎达拉那种人格受损的人，这么干我还可以理解，但我一直以为如果是阿利克·蒙代，坦率地说，他的人格应该更健全才对。

阿利克耸耸肩，对此毫不介意。“你们就把雷纳和贾维德·李当作需要排放的污染物吧。对那些婊子养的来说，这是个恰当的比喻。不必感谢我，我只是个完成本职工作的公务员而已。”

“你把他们处决了。不！这是谋杀。确定无疑。”

“那我还能怎么办？”

“流放啊。”卡勒姆激动地说。

“哦，是哦。”尤里的语气里充满了恶毒的快感，“这会儿流放又可以接受了？”

卡勒姆瞪了他一眼作为回应。

“虽然这么说有点奇怪，不过我本人并没有直接下令进行流放的权限。”阿利克解释道，“只能走国家安全程序，还得有三名听话的法官签字同意。当然，弄到雷纳和贾维德·李的批准文书应该还是可以的，不过这个过程中牵扯的人太多了。而华盛顿那边想尽快把这整个烂摊子处理掉。我们让媒体发了消息，说这是帮派冲突。而牵扯进来的那两家浑蛋都闭上了嘴，什么都不敢说。事实上，这是最佳的解决方式了。对我来说。”

“该死的！”卡勒姆把头埋在了双手中。

休息室里一片沉默，因为每个人都在努力消化刚刚获知的事情。看到阿利克被别人审视的目光所激怒的样子，我觉得很有趣。他这人真的非常自大。许多高级政府官员都是这么一种态度，不接受对他们所做的任何事情的质疑或挑战。这就解释了很多事情。他参与这个案子没有其他任何理由，就是上层让他去的。这就是政治，简单而纯粹。他就是典型的华盛顿的产物，接受命令，向管理层和暗中的全球政治行动委员会报告执行结果。他所报告的内容无疑服务于政策制定，但他并不是决策者。他不是我要找的人，但在不久的将来，我会很有兴趣与那个潭山谈谈的。

“那纽约护盾呢？”杰西卡问，“在毒瘤之后还有人试图侵入那些文件吗？”

“那就不是我这个层级所能了解的事了，朋友。”阿利克摊开双手说。

这话根本没人信。

“不过我确实听说在那之后整个国家护盾项目进行了相当大的安全升级。”他承认道。

“城市护盾在二十二年前就被重新收归军事管辖了。”洛伊说，

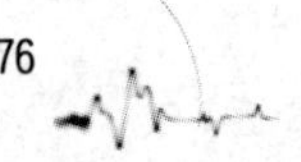

“至少在美国是这样。所以一定有人很重视那次事件。”

“在过去的十五年中，地球上那些还有军队的国家，超过一半都把他们的城市护盾交给了军方管理。”坎达拉说。

“毒瘤为什么想要护盾相关的文件？”杰西卡问。

“我们也不知道。”

“你问错问题了。”卡勒姆说，“应该是毒瘤的雇主想要那些文件干什么？”

“等我确定了她的雇主是谁，我会让你们知道答案的。”阿利克说。

“肯定是为了钱。”埃德伦用一种了然的语气说，“你们普世世界的人都是这样。”

我觉得我好像看到卡勒姆对他的助手露出了不悦的表情。我对埃德伦的印象是，Ta 是个虔诚的乌托邦主义者——比绝大多数性转人都要虔诚。他从未离开过舒适的孔雀六行星系，根本无法抗拒显示其文化优越性的机会。我想这就是为什么近年来向阿基沙移民的趋势趋于平稳的原因。太阳系有句老话：乌托邦是理想的生活场所，唯一的问题就是里面的乌托邦主义者太多了。而埃德伦就是个完美的例子，展现了他们那些人拥有的那种无意识的优越感。

“为什么是为了钱？”尤里问。

“几十年来，护盾一直在保护城市免受极端天气的影响。”埃德伦的语气表明，Ta 认为自己正在向大家解释一件非常显而易见的事情，“人都很容易自满，他们渐渐认为这种保护是理所当然的。所以，如果护盾在一次风暴中失效，那就会造成很大的损失。这将对人们的支出模式和保险赔付产生重大影响。如果你能事先知道，就能在市场上大赚一笔。”

“哦。”洛伊说，“我衷心希望你不要走上犯罪的道路。你真是太可怕了。”

埃德伦对他会心一笑。“想要那些文件的人既然雇得起毒瘤，那就说明这一定是一宗大交易，对不对？只有华尔街那帮人才玩得起。”

尤里抿了抿嘴，仿佛是在表示赞同。“有道理。”

你得像我一样了解我的老板，才能看得出他是怎样在嘲笑这个小浑蛋。这种手段我见他在会谈中使用过十几次，基本上每次都以对方被炒鱿鱼告终，有时候结局更惨。

“科琳娜家的小孩后来怎么样了？”坎达拉问，“是你吗？”她用食指指了指埃德伦。

“不是！”

洛伊大笑了起来。其他人也都咧开了嘴。

“谁在乎那小子后来怎么样了。”阿利克哼了一声。

“你那么高尚地帮她处理了保险事宜，之后就没再去查看过吗？”尤里也加入了进来，他故意模仿出一副失望的神情，“太可耻了。”

“我长得像仙女教母吗？”

“不止。”卡勒姆添油加醋道。

“去你的！”

“那毒瘤呢？”洛伊问，“你还在找她吗？”

“当然了。”阿利克说，“马尼拉警方跟丢了她那辆自动出租车。调查局本部派出了秘密行动组，不过就连他们也没有获得什么线索。那臭婊子跟以前一样又消失了。总有一天我们会抓住她的。到时候，在把她扔到扎格列欧斯之前，我一定得跟她长篇大论一番。”

“不，你没机会了。”坎达拉说。

对方的反驳让他有点不爽。“是吗？你怎么知道？”

“因为她已经死了。”

“×，不可能。如果她死了我一定会听到风声的。”

“只是你没听到而已。”

阿利克一脸狐疑地看了她一眼。“你又是怎么知道的？”

“因为是我看着她死的，就在十年前。”

毒瘤之死

里约
公元 2194 年

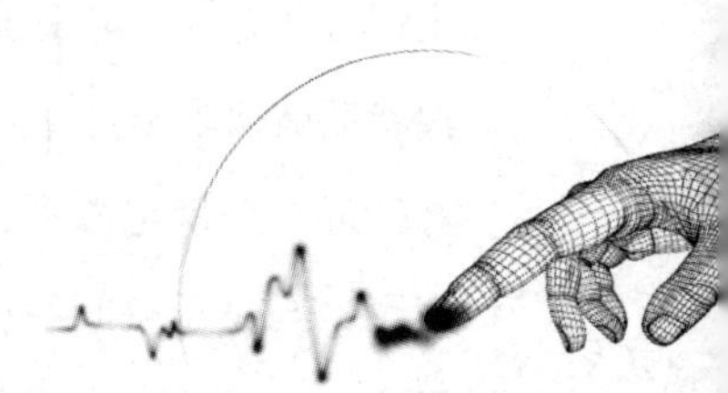

清晨的科帕卡巴纳海滩，金色皮肤的众神还没有开始展示他们闪闪发光的身形，让游客和失恋者倾慕不已。太阳刚刚升上地平线，在水面上洒下耀眼的金斑，就连坎达拉的四级太阳镜也无法提供足够的防眩光保护。坎达拉赤脚踩着沙子，小心地避开长长的轮胎沟。每天，市政的自动重型沙耙机都会在拂晓前一小时出现，将科帕卡巴纳收拾得干净如一，为迎接当天蜂拥而至的人群做好充足的准备。这样一来，车轮经常会留下明显的印痕，在新的潮汐来临，或者成千上万只闲不住的脚将它们再次踩平之前，很容易绊倒粗心的游人。

坎达拉没有到最南端就转身跑了回去。她的分我应用扎帕塔监测着她的心律和耗氧量，并将数据甩在她的睑板镜片上。自从二十四年前离开英勇军事学院，她就一直忠实地遵循这套有氧运动程序，用这种方式来保持自己的节奏。合理的饮食，一些简单的端粒治疗，再加上有规律的锻炼，让她的身体保持了她二十一岁上学时的体力和速度。

十一分钟后她就接近了海滩的另一端。涌入沙滩的游人也越来越多。沿着长廊一字排开的摊位都开张了，历史悠久的排球网也都挂了起来。坎达拉放慢脚步，走过大西洋大道，脚掌踩上波浪状的破旧马赛克路面，朝她的公寓走去。

近一个世纪以来，科帕卡巴纳海岸边的各个高层酒店已经关闭了，与量子空间纠缠时代之后的所有酒店一样，在经济上迎来了终结。其中绝大多数酒店早已被重新开发成了豪华公寓区，沿街的一层都是俱乐部和餐厅之类的。坎达拉七年前买下了自己那个相对简单的公寓。公寓位于二十层建筑的第三层，不过还是有一个可以俯瞰海滩的阳台。

当她打开前门时，她那只优雅的缅因猫贾斯珀国王正在走廊上，像往常一样大声地抗议着。在得到这只猫之前，她从没有听到过哪只猫叫这么大声。就因为这炼狱般的噪声，她的邻居帕克·道森先生已经不跟她说话了，他还向居民委员会提出了几项投诉。

“好吧。”她对贾斯帕国王说，“冷静点，我这就给你拿早餐。”

作为回应，国王陛下叫得更响了。

“闭嘴。就好了。”

又是一声响彻云霄的猫叫。

“闭嘴！”她赤脚踢了一下猫咪那丝滑的毛皮。没使多大劲，但足以让它明白自己的意思。猫咪摆出了一副生闷气的表情。

“你这个小——”她的嘴里发出愤怒的嘶嘶声。费了好大劲，坎达拉才冷静了下来。*圣母啊，这就是只猫。要理智。*“来吧。”她蹲下来，一把抱起了猫，手指挠着猫咪的下巴，来到厨房的小小杂物间，她单手装满盛猫粮的碗，猫咪发出了满足的咕噜声。

然后，她放下猫，伸长的猫爪子钩住了她的莱卡跑步上衣。“×！”

坎达拉瞪着猫咪从紧身的黑色织物上扯出来的线头。此刻的她更为自己刚刚升起的怒气而感到恼火。整件事就像个反馈循环。太荒谬了！“更新一下我的神经化学和颅骨外周数据。”她告诉扎帕塔。

坎达拉站在长长的客厅中间，那里有高大的室内植物和墨西哥地毯墙饰。她的手放在臀部，不耐烦地等待着扫描结果。奔跑时产生的汗水挂在她的双腿和躯干上，在开始透过宽大的阳台窗户射入的阳光照耀下闪着金光。

“神经化学水平稳定。”扎帕塔报告道，“腺体功能百分百。”

她哼了一声。要怪小腺体很容易。这是一种复杂而精致的医学生物制品，能分泌出精心调节过剂量的多巴胺拮抗剂，帮助她将精神分裂症压制在思想深处的黑暗中，就像锁住一头沉睡的野兽。这样，她就不能将自己的烦恼归咎于精神分裂了。也许是因为跑步让她太激动了，也有可能是因为缺少工作——都两个多月了。打电话给她的各位联络人也没用，向来都是工作来找她，而不是相反。

她走过短走廊，打开了古斯塔沃的房门。古斯塔沃在公寓中的地位与贾斯珀国王相同，当然也同样依赖她——他是她的房客，她的慈善事业，她正在进行的工作，也是她的释放口。七个星期前，她在一家夜总会后面的小巷里发现了他，当时他被一个愤怒的丈夫的保安队打了个半死。他十九岁，长得跟男模一样帅。据他解释，这也是他一开始满怀激情与希望来到里约热内卢的原因。只不过，尽管被三个当地事务所登记在册，但他从没接到过男模的工作，相反，事务所登记人建议他作为上了年纪的时尚人士的男伴参加派对，*这样你才能被人看见，亲爱的，让合适的人知道你的名字*——成为一件价值远低于那些时尚人士身上闪闪发光的珠宝和本周时装的人形装饰物。而那些时尚达人比街头上的皮条客更冷酷、更狡猾，他们把他介绍给富有的客户，让他和他们一起参加派对，对他们愚蠢的笑话露出微笑，然后像个血气方刚的少年那样 × 他们大半个晚上。当这种耐力开始因过度使用而变得不足后，他就服用相应的毒品，不顾一切地继续进行下去。

古斯塔沃正躺在床上，轻轻地打着鼾。她让他参加了一个节目，而他也再没有沾毒品。他甚至还作为男模参加了几场运动装备展，还有一次作为音乐秀中的垫场。不过作为进行中的慈善事业，坎达拉完全清楚自己在做什么，这当中也没有多少利他主义。就是趁手，仅此而已。

她用脚后跟把门关上。这声音把他吵醒了，他抬起头，眨了眨眼睛，想要摆脱刚睡醒时的混乱。她低下头，对他笑了笑，从头顶扯下穿坏的莱卡上衣。

“圣母啊，几点了？”他呻吟道。

“早上了。”

“你又没睡啊，是不是？”

“睡了几个小时。”

“你睡得太少了。”

她扭扭身子，脱掉短裤。“有的是时间睡的，等——”

“等你死了之后。是，你老这么说。”

“对呀。”坎达拉掀开床单，爬到了他的身旁。

这是个他可能会反抗的时刻。但相反，他只是叹了口气。于是很快，她的手就在那精瘦的身体上熟练地移动了起来，清除了他最后一点睡意。经过这几个星期，她已经确切地知道该如何唤醒他，如何在贪婪地骑上他时让他保持坚挺。她练习性体操，肌肉进行过基因增强，这使她能在床上挥洒自如，绝不会迷失于这种肉体上的亲密关系。他们是炮友，不是恋人。她想要的只是他的身体。

医生警告过她要控制自己的脾气。他们点着头一脸睿智地表示，使用腺体影响她的中脑边缘通路并不能真正治愈。神经化学疗法只能治疗其症状，而且这么做可能还会产生副作用。

现在，她甚至都不记得在父母被杀之前她的思维方式是怎样的了。现在的行为特征是新的、人造的、心理学的、生物神经学的、神圣的……她的恶魔三重奏——精神病、性欲亢进和失眠，已经得到了控制。现在，她用铁腕手段来支配它们，并根据需要使用它们，为自己赋予适合自己工作的完美人格。一个复仇的天使，清除这个世界上的无尽罪恶。

完事之后，古斯塔沃很快又睡了过去，坎达拉怀着无限的柔情看着他，然后才溜出去洗澡。早餐是她自己调制的冰沙，混合了六种不同的浆果和酸奶（都是天然有机食品。只要情况允许，她就尽量不用打印的食品），用她自己的搅拌机制作。她喝着冰沙，坐在敞开的阳台门边，穿着长袍，头发上包裹着毛巾。

古斯塔沃过来时，她刚喝完一半。古斯塔沃赤身裸体，俊美的身形与海滩的美景争夺着她的注意力。“天哪，你就不能吃点真正的食物吗？”他咕哝道。

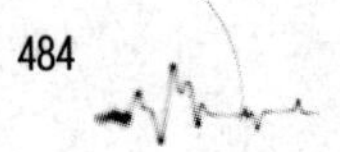

“比如？”

“橙汁。吐司。”

“嗯，外边的路边摊上肯定有卖的。”

“行了，行了，我知道你的意思了。”

“我可以拿蜂蜜和酸奶给你调一杯。”

“哇，谢了。”他坐在了厨房小酒吧的凳子上。

坎达拉在厨房忙碌了起来：混合所有有机食材，精心制作，加热至理想温度。所用厨具是她为自己的一体式厨房精心购买的，价格昂贵。在整个过程中，她的脸上都带着微笑。

“你管这叫酸奶？”古斯塔沃问。他看着她将浓稠的奶油状液体从搅拌机倒入量壶，脸上露出困惑的表情。

“我要给你做华夫饼，作为今早的谢礼。”

他的笑容完胜今晨的太阳。

“你今天还有什么事吗？”吞下第三块华夫饼时，他问。

“有几个会面。”她说。这并不全是真话。她在射击场预订了几个小时，以保持自己的水准。之后，她要去见一个地下供应商，查验一些来自俄罗斯北部的新型致命外设。那些东西她很可能一个都不会植入，不过了解一下性能总是不会错的。

“我能一起去吗？我不会碍事的，我可以当你的助手。”

“我不这么认为。今天不行。”

他露出一副闷闷不乐的表情。“好。当然了。我懂。你觉得我蠢。”

“不是。”她很自豪自己没有因为怒气而叹气。自从他搬进来后，她就告诉他，她是藻类反应堆诱发机的特约设计精炼师，这种诱发机在地球化改造的初期阶段被广泛使用。这是一个很不错的谎言。不过她没想到这次休息会持续这么长时间。“干我们这行你得先考到基本的职业资格证书。”

“是，说得好像我能考上似的。”

“能考上啊，只要你上过大学。”

“当然，妈妈。”

她给了他一个狡猾而色眯眯的笑，站了起来。他那副犹疑的神情很能引起她的欲望。她的手紧贴在有机麦卢卡蜂蜜的罐子上。“你妈会这么做吗？”她喃喃道，说完就要敞开长袍，将那一大罐金色的黏稠液体都倒在胸口。

“你有呼叫接入。”扎帕塔提示道。她的欧洲代理人的图标闪现在她的睑板镜片上，她停了下来。

“你先去洗个澡。”她告诉古斯塔沃。这个戏剧性的转折让她大笑了起来。古斯塔沃跺着脚，回卧室了。

“接通。”她对扎帕塔说。

“早上好，我最棒的客户。”代理人说，“今天过得怎么样？”

“焦躁不安。”她承认道，“我还以为你死了，或者进监狱了。”

“说得好像只有我一个人在孜孜不倦地为你寻找有价值的工作。你还有十几个这样的代理人呢。”

“也许吧。如果我有，那他们就会比你更加孜孜不倦。”

“我好伤心。”

“我深表同情。来吧，看看你为我搞到什么了？”

“最大的活。传奇般的工作，可遇不可求。亲爱的，这将是你的巅峰之作。这活干完之后你就可以退休了，然后在酒吧里整夜

讲你封圣的传说，让所有人都听得耳朵起茧。”

“去你的吧。巴哈那次你就这么说。”

“这次可是真的。哦，是的，这次绝对是。”

“我需要换个更好的代理人。”

“不，你不需要。其他代理人可没法帮你拿到阿基沙的合约。”

一阵兴奋的战栗爬上坎达拉的脊椎。“我 ×！那可是乌托邦的核心世界。他们从不跟外人合作！”

“非常时期嘛，我亲爱的。我能回复他们说你很感兴趣吗？”

“不是骗人的吧？”

“我保证不是。我还见了他们的代表，面对面。之前可从没有过这种，不过为了你……”

“什么活？”

“哦，说得好像他们会告诉我似的。”

“圣母玛利亚。好吧，他们要什么时候见我？”

“就现在。”

“真的？”

“无意冒犯，不过他们都肯找你了，那肯定是十万火急。”

“给我一小时。”她看了一眼还握在手中的那罐蜂蜜，“两小时吧。”

* * *

最大的问题是贾斯珀国王。坎达拉对此并不完全感到惊讶。古斯塔沃则很简单。她直接告诉他必须要离开了，她做得很体面，在圣特雷莎山山顶附近的高档社区为他租了一套公寓，并付了两周的房租。

愤怒。尖叫。威胁。恳求。不过最后，他还是收拾行装，冲了出去，用令人印象深刻的下流诅咒好好问候了她的祖先和后代。

简单。接下来，她尝试在里约为她的纯系缅甸猫预订一家不错的猫舍，半小时后就要能入住。这次花的钱比圣特雷莎山的公寓更多。然后，她又请了个律师，确认如果她没有在一个月内回来，就为贾斯珀国王寻找合适的新主人。最重要的规则：一定要把每一项任务都当作你的最后一项任务。而且这次她没有抱任何幻想。既然乌托邦的人都要找她了，那情况一定非常严重。

* * *

坎达拉通过里约的地下中转交通网进入国际中转站，然后又穿过三个中转站来到曼谷。从这儿开始事情就变得更有意思了。她不得不乘坐一辆民用车来到乌托邦大使馆所在的巴威，带着跟在身后的自动行李车步履蹒跚地穿过无休止的传送门。扎帕塔检查了她的神经化学平衡情况，数据显示非常完美。她调整呼吸，进入禅定状态，做好准备。

一分钟后，她走上大使馆宽阔的台阶，经过两侧正在喷洒的喷泉。一个名叫克鲁泽的乌托邦人正站在台阶顶部拱形入口的正前方等着她。那人看上去大约三十岁，一头栗色的头发，其间隐约可见彩虹色的珠宝。Ta 穿着非常正式的驼色粗花呢西装和过膝的裙子。当他们握手时坎达拉不得不抬起头——克鲁泽比她高至少四十厘米。不过这个性转人的笑容看起来似乎还挺真诚的。

“马丁内斯调查员，很高兴见到你。”Ta 说。

“彼此彼此，叫我坎达拉就行。”被人称作调查员有点出乎她的意料。不过如果他们就打算这么跟她打交道的话，那就尽管放马过来吧。

“好的，请这边走，坎达拉。”

克鲁泽领她穿过入口旁边的一扇小门。里面是一间低矮的小厅，有一扇传送门。坎达拉穿过传送门，立刻意识到他们进入了一个太空栖息地。她的内耳可以感受到旋转引起的重力的细微差别。扎帕塔也确认了变化，并连接到本地网络查询元数据。

“这里是扎伯克。”扎帕塔告诉她。

这个答案与坎达拉预计的一样。扎伯克是乌托邦的第一个大型自给自足的栖息地，由乌托邦运动的创始人之一埃米利娅·朱里奇主持建造，目前仍是他们在太阳系的一个重要中心。舱内还有几扇传送门正对着她刚刚穿过的那一扇。

一直一本正经的克鲁泽向其中一扇门打了个手势：“请走这边。”

“内比萨。”穿过那扇门后，扎帕塔告诉她。详细数据被甩在她的镜片上。内比萨栖息地在十万公里高的轨道上环绕阿基沙运行，而阿基沙是一颗经过地球化改造的行星，它环绕孔雀六运行。

她的内耳又检测到了另一种变化——平衡不稳定性的减缓。这也可以理解。内比萨比扎伯克要大得多，旋转起来也就更慢。

他们走过灯火通明的长廊，来到一个铺着地砖的宽阔广场。坎达拉抬起头，微笑着走进栖息地的内部。巨大的圆柱体总是能引起人们的惊叹与敬畏。大多数人都认为，地球化改造是人类已经实现的最大技术奇迹。大自然花了数十亿年的时间才在地球上创造出多细胞生命。而现在，人类可以在不到一个世纪的时间里在一颗贫瘠的星球上复制这一过程。不过坎达拉觉得这就是作弊。在贫瘠的岩石和平原上散布微生物和种子，只不过是高举着大自然的旗帜快步前进而已。但是，栖息地……将小行星撕开，把它们原始的金属和岩石压制成地球上一些古老国家大小的圆柱体，将新鲜的空气和水引入这些太空岛的内部。这才是真正的工程，结合科学史上的所有知识，去战胜最恶劣的环境——空荡荡的宇宙本身。

“真是气势磅礴啊。”坎达拉轻声说，这里潮湿的空气呼吸起来比南大西洋风横扫过科帕卡巴纳的任何气流都要干净。

“谢谢。”克鲁泽的语气非常真挚。

内比萨的内部长六十公里，直径十二公里。仿佛是被捕获一般的阳光碎片沿着轴向刺入，使内部沐浴在热带的眩光中。内部表面遍布长条形的湖泊，其中岛屿密布，湖泊周围满是覆盖着茂密雨林的土地。这里甚至还有一些山脉，细长的瀑布从岩石山坡上倾泻而下。云朵卷出奇特的曲线，在空中慢慢扭曲变形。

他们来到了微微弯曲的圆柱体一端的底部。那里是一圈错落有致的黑色玻璃阳台，在他们站着的路面上方延伸出去了两百米。这是一座垂直的城市，她的视线沿着边缘一路扫了过去，一直扫到头顶上方的小乌木丛，她感觉自己有些头晕。

“这里住了多少人？”她试着不依靠扎帕塔进行数字运算。即使每个人都拥有比她的公寓大十倍的房子，这里的人口也是以百万计的。

“目前刚过十万。”克鲁泽说，“地球化高峰期时的人口数是现在的两倍多。不过自从阿基沙变得适宜居住，大部分人就都搬过去了。现在住在这里的基本只有资深工人和管理人员。”

“噢。”

“听起来你似乎有不同的意见。”

“我不太了解乌托邦的等级体系，仅此而已。我以为这里主张人人平等。”

克鲁泽微微一笑。“机会均等，人就不一定了。在我们的社会里，你可以尽情发展，只要你的天赋和热情足够。”

“哪里不都一样嘛。”

“并不完全一样。在这里，无论你的实际贡献有多少，每个人都能在社会生产中公平地得到属于自己的份额。如果你选择这一生不做任何事情，你也仍然能吃饱、穿暖、有地方住，并且可以不受偏见地获得医疗和教育。但实际上，很少有人选择一辈子完全享受什么都不干的生活。想要从事某种程度的活动是人类的天性。不同之处就在于，我们不要求旧的共产主义和资本主义理论所理解的那种经济价值。随着图灵机和制造机的引入，人类的技术水平已经发展到可以为我们提供自我维持的工业基础了，可以以几乎为零的成本提供消费产品。任何人都不应被视为‘寄生虫’或‘吸血鬼’，而你们的媒体就是这么谴责并羞辱你们的下层阶级的。在这里，如果你希望一生致力于研究晦涩难懂的哲学，或者主流之外的艺术，你也会受到鼓励和欢迎，与那些致力于发明新技术或研究纯理论科学的人一样，不会受到什么区别对待。”

“有些人比另一些人更平等？”

“你们普世主义的富裕阶层就喜欢这么歪曲乌托邦精神，是的。挺幼稚的，你不觉得吗？”Ta 骄傲地指了指圆柱体内部恢宏壮丽的景象，“一个有缺陷的社会能够产生并维持这样的盛景吗？”

“我猜应该不会。”

“总有一天，人人都会过上这种生活的，摆脱一切束缚。”

“确实。”看着眼前这位高大的乌托邦主义者，坎达拉唯一能想到的就是统治了她整个童年的那位当地牧师。他的经文，他的精神，永远都不会错。他在回应那些大胆的年轻人所能想到的每个可能挑战全知全能的上帝的无知问题时，所露出的就是这种耐心的微笑。“接下来呢？”

“在你开始工作前，有个人想要见你。”

“听起来很有趣。”

* * *

这是一场远足，这点坎达拉倒是没想到。她跟着克鲁泽进入树丛。他们刚走了几百米，头顶的树荫就连成了一整片华丽的翡翠色屋顶。细长的光束穿过叶间的缝隙，地面上树影斑驳。树干彼此靠得更近，灌木丛也变得很矮。他们几次穿过溪流上狭窄的拱形木桥。鸟在高高的树枝上高声鸣叫，不过从地面上并不能看见它们。没过多久，坎达拉就脱下了她的亚麻外套，静止的空气是如此温暖，就连她标志性的黑色背心也显得多余。

最后，他们来到了一小片空地，一条溪流从一侧流过。空地中间有一顶白布帐篷，镶着猩红色的边，有着古铜色的固定用绳

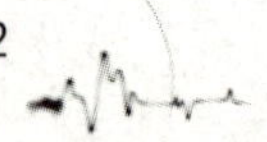

索。要是帐篷顶上再加上一面飘荡的皇家三角旗，就是完整的中世纪排场了。整个场景跟这个绕着系外行星运行的太空定居点非常不协调。

坎达拉一脸怀疑地看了克鲁泽一眼。“开玩笑吗？”

这是克鲁泽那副彬彬有礼的表情第一次产生动摇。Ta 将帐篷的门帘掀到一边。“亚鲁在等你。”Ta 犹豫了一下，“请注意，很多乌托邦主义者都很重视 Ta，不过当然，Ta 不会接受他们的任何奉献。”

克鲁泽的虔诚再一次让坎达拉感到不安。“当然。”说完，她走进帐篷。

帐篷里的温度明显比外面低。在缺乏来自外面明显光源的情况下，帐篷的织物似乎自身就具有相当的亮度。不过帐篷的内饰并没有令坎达拉感到惊讶。靠垫、小喷泉和一把硬背木椅，所有一切仿佛在高唱：这是一位谦逊而神秘的大师。

亚鲁·尼荣坐在椅子上，披着海蓝色的僧袍。看起来比坎达拉见过的任何人都要老，这让他显得异常威严。这也太戏剧性了吧，她想。不过，在端粒疗法首次投入使用时，Ta 应该就已经很老了吧。年老，而且富有。

亚鲁是一个泰国富裕家庭里唯一的孩子。随着泰国的繁荣发展，他的父亲在房地产开发上赚了大钱。在老尼荣因应力性冠状动脉栓塞于六十一岁过世时，他们的关系就已经很疏远了。老先生与这个他所珍爱的后代一直无法融洽相处，就因为亚鲁变了性。大多数人都认为亚鲁的性格更柔弱，会让公司的规模缩水，但这个家族的创业基因显然非常强劲。亚鲁继承遗产时正是凯兰·林德斯特伦演示量子空间纠缠的时候。凭借直觉，亚鲁立即就认定这种技术能提高公司收入，还能保护环境，并提供这个世界所急需的廉价住房。这种直觉在 Ta 今后的生活中时常有所表现。

泰国成为第一个建设丝带城镇的国家。亚鲁以低廉的价格购买了该国数百公里的高速公路和城市快速路网，同样被他买下的还有整整四千公里的国家铁路网——联协传送门中转站在全球各地的发展势如破竹，所有这些都变得多余。

亚鲁开始沿废弃的铁轨建造房屋。大型车辆破开道路上的沥青和混凝土，露出了新鲜的土层，为建造地基做准备。Ta 意识到，安斯利·赞加里的口号是正确的——一切真的都是一步可及。在这个即时交通的新时代，居住地再也不需要有市政意义上的中心。无论你身在何处，都可以使用学校、医院、剧院等所有设施，只要附近有传送门就行。

这种模式迅速被世界其他地方复制。各国政府纷纷向开发商出售过时的公路和铁路，以获得现金，并同时解决全球住房危机，由此产生的建筑热潮拯救（至少是挽救）了不少饱受传统运输业崩溃之苦的经济体。

数十亿的财富让亚鲁可以将自己的商业利益扩展到新兴的太空工业中，在太阳系内的小行星上建造新的定居点。之后，在 2078 年，九个üBER 公司定居点宣布自己为低税收商业开放国家，并在 Ta 的发起下召开了第一次进步主义秘密会议。会议上，还有另外十五名定居太空的具有理想主义思想的亿万富翁承诺，将建立人类社会第一个真正的后稀缺文明。他们每个人都会将自己的定居点投入到基于图灵机管理的自我复制型工业基地经济中。这是整个乌托邦运动的开始。

坎达拉不需要任何提示就立刻低头微微鞠了一躬。“能见到您是我的荣幸。”

“你人真好。”亚鲁的声音有如音乐一般，“不过恐怕以我现在的年龄，已经不怎么好看了。”

“年龄代表智慧。”

Ta 低声笑了笑。“年龄是可以代表智慧，不过这取决于你在那些岁月里干了什么。”

“确实。”坎达拉注意到克鲁泽在她身后也进入了帐篷，并深深地鞠了一躬。

“你在追求智慧吗？”亚鲁问。

“我有自己的人生目标。这你也知道。所以我才来到这里。”

“当然。所以我才要求在我们采取行动前先见见你。”

“好让你先评价一下我？”

“是的。”

“你想问我什么都行。但是请注意，以前客户的情况我完全不能透露。”

“我也不想知道那些商业交易的阴暗细节。我只对你感兴趣。”

“我不是一个有着完美掩护的连环杀手。我也不是虐待狂。如果我的客户希望某人受尽煎熬再死，那我会拒绝这份工作。我了结别人的性命，就这么简单。”

“如果那人并非罪无可恕呢？”

“如果那人并非罪无可恕，你就不需要我了。”

“所以你也在评价我们？”

“人人都在互相评价。我也不认为自己绝对正确。我希望，也相信，截至目前，我还没有犯过什么错误。我被请去处理的每个人，发生在他们身上的一切都是罪有应得，至少在我看来是如此。”

“当然，如果可以逮捕那些罪犯，暗中将其流放到扎格列欧斯，那样更好。”

“同样，如果你可以用那种方式处理那些人，那也就不需要找我了。我处理的是那些不可能这么轻易了结的人，还有那些走得太远以至于想要一场生死之战来终结一切的人——不论是有意还是无意。”

“这么说，是复仇了？”

“我不想让任何一个孩子经历我所经历的一切。如果你觉得这是复仇，那就是吧。”

“你晚上能睡得安稳吗？”

坎达拉眯起眼睛，打量着这张布满皱纹的脸，想要寻找到一丝讽刺的迹象，不知道乌托邦是否侵入了她的医疗档案。“我的良心没有一丝不安。”

“我希望我也能说出同样的话。”

“如果你不想，我随时都可以走。我无意冒犯，也不会有遗憾。”

“我们已经过了那个阶段了。”亚鲁的声音有些悲哀，“高级理事会在评估了我们所面临的极端主义的强度后做出了这个决定。我对此没有异议。如果那些伤害我们的人不向当局投降，那我们就必须采取措施。我只是想看看你是什么样的人。”

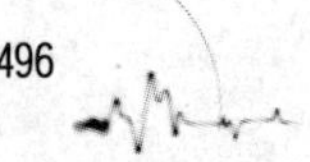

“很抱歉，我亵渎了你的伊甸园。”

“我从不自欺欺人，不会认为在我们实现一个真正自由平等的社会的过程中不会遭遇任何阻碍。”

“我是人们不得已的选择。我的大多数客户都后悔当时联系了我，但他们没有其他的选择。”

“就是这样。人们对我们抱有如此深的敌意，我无法表达我有多失望。”

“他们害怕你们。”坎达拉说，“因为你们在变化。人们总是害怕变化，尤其是那些在变化过程中损失最大的人。”

“你赞同我们吗？”Ta惊讶地问。

“赞同。正是你们想要取代的那种经济最终导致我的父母被杀。我怎么会不赞同你们呢？”

“但你不来我们这里定居。”

“我所掌握的技能在你们的文化中没有用武之地。等到人类能够接受乌托邦精神，甚至是拥护它时，我就会到你们这里定居——如果你们愿意接受我的话。在那之前，我还有很多工作要做。”

“那你可能还需要等很长时间。我们是个小国，愿意加入我们的人数令人失望地少。”

坎达拉瞥了一眼克鲁泽，不确定当他们不变的信条被质疑时这位助理会如何回应。“介意我说说我的看法吗？”

“接受真理是我们思想的基础。要确定真理，首先就必须听取各种意见。”

“是。你们走得太远太快了。”

“图灵机不是新鲜东西，我们的制造业所使用的制造机技术的复杂程度也不高。小行星为我们提供无限的资源。太阳能井则提供了永恒的能源。如此多样化的发展，协同作用不可避免。”

“是，但那都是经济因素。你们还更进了一步。”

“啊。”亚鲁轻轻一笑，“性转人。”

“是的。你们要求得太多，人们一下子接受不了。你们向皈依乌托邦精神的人提供他们想要的所有物质产品，基本可以说是免费的，但首先，他们必须接受性别转化。”

“我们更喜欢用性别扩展这个词。”

“随便了。谁能获得后稀缺时代的物质利益，不应该完全取决于如何摆弄后代的DNA。”

“可是，亲爱的孩子，乌托邦社会的基础从来都不仅仅是物质奖励。在这方面，普世主义社会已经为他们的公民做得够多了——至少是为其中的相当一部分。如今，相对贫困人口数量已经达到了有史以来的最低水平。”

“那为什么还要坚持只接受性转人的条款呢？”

“因为我对人的要求更高。我追求普遍平等。而最基本的不平等就源于二元性别对立。它助长了所谓普世主义文化中所存在的一切差异与偏见，让我们在地球上的历史中不断地重复相同的错误。如果不改造基因，这些错误就无法根除。我很确定。年轻的时候，我以一种你们应该庆幸自己永远都不会遇到的方式确认了这一点。任何宗教、资本主义、共产主义、部落民族主义的古老仇恨所能带来的痛苦在它面前都相形见绌。所有这些都可以通过教育和爱及时治愈，但是除非我们采取行动，否则性别对立将永

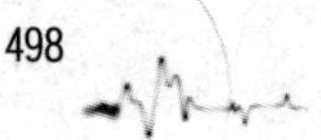

远存在。”他伸出手，掌心向外，指向克鲁泽，“好了……现在就连这个问题也解决了。而且解决得很漂亮。”

克鲁泽虔诚地笑着说：“谢谢。”

“理论不错。”坎达拉说，“不过你们所做的一切只是建立了一个公认有价值的社会而已，它与主流社会并行存在。你们什么都没有改变。”

“普世主义社会的矛盾不可调和。”克鲁泽阴沉地说，“随着我们的崛起，他们终将衰落。”

“结果没有像你们希望的那样衰落。”坎达拉接过话头，“所以才把我叫来了，嗯？”

“他们的敌意无休无止。”亚鲁深深地叹了一口气，“最近，他们已经将这种仇恨上升到了我们无法坐视不理的高度。他们试图对我们造成人身伤害。我不是甘地，尽管我有那个愿望。父亲的实用主义仍然在深深地影响着我。”

“说说需要我做什么吧。”坎达拉说。

“一群普世主义活动人士一直在破坏我们的设计部门。一些最有前景的研究被盗了，我们的成果也被破坏了。他们正在严重地伤害我们，坎达拉——尽管我们不会公开承认。我们不知道他们来自哪里，是谁派来的。他们避开了我们。请你找到他们，阻止他们。”

坎达拉郑重地点了点头：“我就是干这个的。”

* * *

“我们已经为你组建了一个团队。”两个人穿过树丛往回走时，克鲁泽说。

“哦，是吗？什么样的团队？‘我们’具体指谁？”

“我们的国土安全局。我们也召集了一批人马，有各种专家和顾问。他们的任务就是追踪袭击源头的物理位置。”

“很好，这很不错。”坎达拉本打算用几个自己熟悉的专家，不过给克鲁泽的人一个机会也不是不行。

定居点末端的一扇传送门将他们带到了阿基沙的一个中转站。经过七个中转站之后，他们来到了奈马的中央中转站。奈马是一座拥有七十万居民的城市，位于一座大型岛屿的南侧。从那里经过环线上的十个中转站，他们就来到了克鲁泽所说的团队所在的街道。

坎达拉走出中转站后立即擦了擦脑门，汗水已经从她的额头上冒了出来。奈马所在的群岛位于赤道地区，比起内比萨，这里更炎热、更潮湿。他们来到一片广场，广场上铺着白色的石头，高出平静的靛蓝色海面几百米。奈马到处都是崎岖不平的山坡，城里由石头和玻璃组成的建筑端庄朴素，坎达拉感觉很熟悉，她想起了童年时曾去过的托斯卡纳村庄。当时，她的父母在意大利待了几周，参加雇主公司总部的管理课程。一切都是那么漂亮而平和，如果不说是平淡的话。

他们沿着一条宽阔的道路走着，道路中央栽种着一排高大的棕榈树。她的行李车跟在她的身后，在一点都不平坦的鹅卵石路面上嘎嘎作响。一分钟后，他们到达了别墅。它坐落在一座小悬崖的顶部，在别墅内部，透过起居室的玻璃幕墙，可以俯瞰城市下方宽广曲折的海湾的壮丽景色。远处，一片柱状的岩石小岛高耸在阳光闪烁的水面上。敞开的门外，是一座铺了石头地面的庭院，一直延伸到一片无边的泳池。走过去时，坎达拉才意识到，泳池应该是用柱子撑着的。只有房屋本身坐落在梯田状的悬崖上。

“好吧，真会搞。”坎达拉承认道。

“团队的人都在厨房。”克鲁泽告诉她。

奈马虽然是座意大利风格的城市，但是它的厨房显然更遵循北欧的传统——极简主义的黑色和猩红色大理石，有十几个工作台面凹槽，各种烹饪设备可以根据需要从中滑出，看起来更像是雕塑而不是实用的机械。坎达拉尽量不表现出任何嫉妒的神色，但相比之下，她的小厨房显得太寒酸了。

浅色橡木地板中间的水晶长桌旁坐着三个人，他们正在用高脚杯喝葡萄酒。

一阵驳斥声在坎达拉脑海中响起。这太荒谬了。这些人表现得就像在享受愉快的周末假期一样，根本不像在进行某种会以爆炸、废墟和尸体结尾的秘密行动。

他们中有两个人显然是乌托邦的性转人——仅凭身高就可以看得出来——第三个矮一些的是名女性。坎达拉认为她不是正处于女性周期的性转人，倒不是说她可以解释清楚自己为什么会这么认为，只能说，这是她作为侦探的直觉。

三个人都站了起来，热情地欢迎她。

“这位是泰尔。”克鲁泽将个子最高的那位介绍给了她。泰尔有一头沙色的头发，细长的深色胡须尖端修剪得整整齐齐。“Ta是我们的网络分析师。”

“很荣幸能与你共事。”泰尔说。Ta的声音高亢，充满热情。

坎达拉觉得，Ta 看起来真的很年轻，可能还不到三十岁。不过随后，她又觉得 Ta 那棱角分明的面部轮廓太像古斯塔沃，这让她感觉有些不安，好像被缠上了似的。

“奥伊斯塔，防御程序运营师。”

奥伊斯塔跟克鲁泽差不多高，一头浓密的蜜金色头发搭在肩膀上。Ta 穿着一件飘逸的蓝色夏季连衣裙，这一点让坎达拉确定无疑，Ta 正处于完全的女性周期中。和往常一样，如今这个时代很难看得出一个人的年龄，不过坎达拉觉得，Ta 那含蓄的态度让 Ta 看起来像是半个世纪以前的人。

“还有杰西卡·麦，战略分析师。”

坎达拉谨慎地与她握了握手，问：“那是什么意思？”

“意思就是，我会审视各种犯罪活动，研究犯罪如何实施，确定背后的犯罪动机，并设法分析接下来会发生什么。”她耸了耸肩，“我曾经为联协安保部工作过，所以有一些经验。”

“你也是他们招募来的？”坎达拉惊讶地问。

“不是，我早就在这儿了。总之，我觉得自己还是更喜欢乌托邦的生活。说来话长，不过我以前就是乌托邦人——失去了信仰，后来又重新找回来了。”

“好吧。”坎达拉坐在桌子的一端，明确地拒绝了泰尔递给她的红酒杯。“我工作的时候不喝酒。”

泰尔立刻不好意思地收起了酒杯。

“先跟我说说情况吧。”坎达拉对他们说。

据他们介绍，阿基沙的研究机构多年来一直遭受攻击。太阳系内各种贪得无厌的公司都派队伍来阿基沙，窃取他们认为具有商业价值的任何文件，将偷来的数据供给公司的设计部门，改善作为普世主义世界经济基石的各种消费产品。

“公然地盗窃。”泰尔说，“这太疯狂了。那些数据我们之后都会公布的，这才是乌托邦的方式，我们希望每个人都能受益。”

“也没有多疯狂。”杰西卡说，“就是相当基本的市场力量。如果能在竞争对手之前将产品投入生产，那么你就可以建立更好的销售渠道。而且，偷窃比起自己养个花费巨大的大型研究团队可便宜多了。”

“就是价值分配那一套。”克鲁泽轻蔑地说，“如果人们想要得到的或者生活必需的某样东西是有限的，那它就会变得稀缺，获得所谓的价值。这是旧时代经济学的基础。赋予事物价值是平等与分享的终点。所谓的普世文化就是这样维持现状的，利用金钱的力量，由未经选举的精英阶层控制。利用从我们这里窃取的想法来增加他们的财富，这是对我们的双重侵犯。”

“当然，我明白。”坎达拉谨慎地保持着中立，“不过我们现在要处理的事情听起来像是标准的工业间谍活动。这种事的存在与工业本身一样久远。”

“数据盗窃只是大坝上的第一条裂缝而已。”泰尔说，“虽然几十年来这种事一直很烦人，但对普世文化的那些企业我们能指望些什么呢？因此，我们并没有尽全力阻止这种情况发生。自由与限制之间总有平衡，这对任何社会来说都是至关重要的。没有法律，就是无政府状态。但是，法律太多，执行太严格，就会造成压迫。当然，在阿基沙，我们赞成尽可能少的限制——这一点被那些公司无情地利用了。这是我们的错误。”

“这就是所谓的后见之明。”坎达拉对 Ta 说。

“也就是说，我们的网络安全并没有达到应有的程度，特别容易被黑。当然，我们正在努力改进这一点，不过升级整个行星的网络可不是个小工程。”

“而且普世主义特工的活动也发生了变化。”克鲁泽说，“他们不再只为自己的利益而盗窃我们的产品。最近，他们开始发起破坏行动了。”

“破坏什么？”坎达拉问。

“工业设施。”奥伊斯塔说，“情况比较微妙。炼油厂的生产效率下降了。由于管理程序错误，制造设备的组件故障增加，降低了生产率。这些攻击的频率在逐渐上升。我们正在升级电子对抗能力，但在安全开发方面还很落后，就连我们的 G8 图灵机在防御更复杂的入侵时也遇到了麻烦。”

“你们的 G8 图灵机那么脆弱吗？”坎达拉惊讶地问。G8 图灵机才上市六个月，基本符合罗布森升级定律，即每代产品的研发速度比上一代增加一倍。尽管 G8 图灵机花费的时间比预期的要长一些，但在安全性上应该是没问题的。

“当然，G8 图灵机还是无法被攻破的。但是防御耗费的处理性能比我们预期的要多得多。在这方面，商业公司生产的 G8 图灵机性能更好。”

“所以你们请我来，”坎达拉怀疑地问，“是因为有些东西供不应求了？”

“不是的。”杰西卡坚定地说，“有一个转折点。三周前，奈马的公共生物生命中心遭到了大规模的数字攻击。生产设施全部

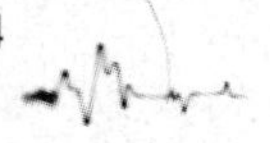

下线。他们用黑路由打开了一条畅通的网络通道，深入管理程序，甚至超越了安全限制。这些机器因过载而遭受了实际的物理损坏。所有东西都必须维修。他们还留下了潜伏木马。我们不得不清理整个网络结构并进行重启。就算这样也不能保证能消除所有木马，它们具有高度适应性。”

“生物生命中心到底生产什么？”坎达拉清楚地注意到团队里的其他人在听到这个问题后互相交换了下眼神。一时间，她不禁想到那里是不是在进行某种武器研究——乌托邦社会核心的一个肮脏而美妙的小秘密。他们一定得有某种物理上的威慑力，不是吗？一种保卫自己的方式。

“这颗行星上百分之九十的端粒治疗载体都是在奈马生产的。”奥伊斯塔有些懊丧地说。

“我们不得不实行定量配给。”克鲁泽说，“很多治疗也被推迟了。现在，我们得从普世主义公司购买载体，但他们的也不够。他们用的是需求匹配供应系统，如今没人大量储备任何东西了，这在经济上不可行。我们又是一个意想不到的新市场。”

“九大制药公司是很高兴。”杰西卡说，“但他们也很沮丧。等他们的生产设施扩展到足以满足我们的需求时，我们在奈马生物生命中心的设施也要重新上线了。”

“总之，发生的事情就是，普世主义世界的载体价格上涨了，这进一步限制了能获得治疗的人数。供求关系。”克鲁泽说这四个字时的语气就好像在说脏话一样。

坎达拉怀疑，在某种程度上，Ta 确实是把这四个字当脏话来说的。“这确实不好。”她附和道。

“谢谢你的同情。”克鲁泽抢白道。

“你们要是想找个治疗师，那可是找错人了。”

“他们知道自己在做什么。”杰西卡说，“他们知道破坏端粒疗法载体的后果。这是对我们社会基本原则的攻击。在任何一个体面的文明社会，医疗保健都是一种权利，而不是特权。即使是他们自己的普世主义社会，也受到了这一行为的负面影响。”

“我知道你们为什么找我来了。”坎达拉说，“预期寿命很宝贵。从这个星球的每个人身上拿走一天，你就拿走了数百年的人命。这很微妙，也很现实。”

“我就知道你能理解。”克鲁泽说。

杰西卡看了看坎达拉，脸上闪过一丝狡黠的微笑，仿佛阴谋得逞了一般。她一口喝干了杯中的酒。“总之，我们之前一直在想办法追溯黑路由的源头。”

“所以呢？”坎达拉问。

“完全没有概念。他们的程序比我们的要好。什么线索都没留下。”

坎达拉环顾四周，这才注意到所有人都是一脸忧郁。“你们不打算继续找源头了，是吧？先不找了？”

“如果不能在一天之内追溯到装载点，那就再没可能了。”泰尔说。

“那需要什么才能找到装载点呢？”她问，“更好的程序吗？我认识几个可供招募的专家，都非常棒。”

“我也不差。而且局里的G8图灵机也给我们用了。”

“那我们要怎样才能抓住他们，给我个最乐观的假设。”

“地下程序在侵入目标网络时最容易被侦测到。如果我们能在他们入侵时监控到，那就能快速追溯到源头。”

“所以你们需要升级安全监控程序。”

“这个我们正在做，不过阿基沙有成千上万个独立网络。我跟你说过，这需要时间。”

“好吧。”坎达拉说，“那我们就需要缩小范围。杰西卡，你是负责分析犯罪模式的吧，动手的是一个团队还是好几个？”

“我们认为，目前在阿基沙有十五个左右的工业间谍团体在运作，不过其中大多数都只参与盗窃。从这类主动破坏活动的发生频率来看，大概是每六周一次，表明这很可能是一支单独的队伍。他们很小心，并很好地隐藏了自己的踪迹。”

“好。你们有没有对孔雀六行星系的所有非乌托邦公民进行监控？”

“当然没有。”克鲁泽说。

“是吗？联协公司就能找到任何一个使用他们中转站的人——任何时间，任何地点。”

“那是因为安斯利·赞加里的公司是普世主义社会富豪统治阶级的压迫工具。我们的传送网络是公共的。我们不会监视我们的公民。”

“是，你们的公民自由最重要。我知道。那我换个问法：在紧急状态下，可不可以用公共网络来关注某个人？”

“理论上，可以。”泰尔说。克鲁泽射向Ta的恼怒目光让Ta不由得咧嘴一笑。“每个传送门上都有一个传感器。即使是在我们这里，基本的警方工作程序也还是要的。”

“得有高等法院的许可才行。”克鲁泽说。

“你们还没去弄一份吗？”

“我们以为能通过这些罪犯的电子签名找到他们。”

“好吧。去跟管这事的人聊聊，弄一份许可证来。”

“针对孔雀六行星系里每一个非乌托邦人的吗？我不太确定能不能弄得到。”

“我们的团队最终找到犯罪团队的可能位置后，在每个区域都可以用的一份许可证。”坎达拉说，“这是我们的最低要求了。没有这个，一切都是在浪费时间。”

克鲁泽点点头。“我去联系局领导。”说完，Ta 就走了出去，进到庭院，靠在栏杆上，凝视着远处高耸的岛屿和下方的海洋。

坎达拉看了看其他人。“说真的，整整三周时间，你们就一点成果都没有吗？”

“我知道。”泰尔苦涩地说，“结果是不怎么样。我们对这种规模的东西还是不太习惯。”

“不光是这个。”杰西卡说，“还有我们要对付的人的脾性。他们非常专业，经验丰富。我一直跟局里说，我们应该跟太阳系的相关机构开展交流合作，这样我们的特工才能获得经验，增进理解。可是……”

“太自满了，嗯？”坎达拉猜测道。

所有人的目光都齐刷刷地指向了庭院尽头的那个身影。

“固执。”奥伊斯塔说，“自以为是。不必要的自力更生。能用的词还多着呢。”

坎达拉看了看桌边的每个人。“你们之前合作过吗？”

“咱们的团队还是崭新崭新的呢。”杰西卡边说边又给自己倒了一杯，“当局把我们召集到一起，是因为我们都是各自领域的顶尖人才。所以我们应该会合作愉快的，对吧？”

“我们确实在互相帮助。”奥伊斯塔说。

“只是某些人。”泰尔看了一眼外面的克鲁泽，“我们需要有人来指明方向。”

“就是所谓的领导力。”奥伊斯塔畏缩了一下，“在这个靠共识存在的世界里，那玩意可不多。我不是想要批评什么。我爱阿基沙，爱我们在这里所建立的一切。问题在于，我们在这种程度的问题的处理上毫无经验。”

“嗯，我也看出来了。”说完，坎达拉站了起来，“我得先想想。”

“你不会是打算要退出吧，嗯？”泰尔焦虑地问。

“别担心，我这人从来都不会毁约的。这是职业素养。你们已经甩不掉我了。”

* * *

坎达拉的房间里有两扇宽阔的玻璃门通向悬挑露台。她打开行李车的服装区，让房间服务机器人将里面所有的衣物放进衣柜，只留下她的海豚皮泳装。穿泳装时，她的思绪已经飞到了一边，将那个所谓的团队中的成员告诉她的每一件事在脑子里又过了一遍。情况不太妙。过去，她合作的都是顶级公司的安保部门，或者拥有无限黑金账户随时能撇清关系的间谍。

那个无边泳池其实也没多长，她只划五下就不得不转身。水很暖，比她在里约的健身房游的那个暖多了。

都是些头一次遇到的问题。

二十分钟后，她趴在泳池边休息了一下，那个位置正好能俯瞰整个奈马。随着太阳沉入地平线下，一排排街灯亮了起来，在这个沿海城镇上空制造出一片蓝色的雾霭。远处的海边，出海的船舶纷纷停靠回港湾，一派平和别致的景象。

“这一点都说不通。”她对扎帕塔说。

“怎么讲？”

“关闭工厂是会造成一些不便，但这并不能扼杀乌托邦社会。事实上，这么做只会让他们意识到他们的电子防御系统有多烂。再过六个月，阿基沙对这种破坏就会完全免疫了。”

“这种程度的破坏，如果数字攻击被挫败，罪犯可能会升级到物理攻击。”

“当然。所以，既然你打算攻击对方的端粒载体生产线，为什么不直接发动物理攻击呢？说到这里，又有什么人会真心打算把一整个行星上的人口都打回到石器时代呢？”

“即使在现今，这个世界上还是有很多极端意识形态的狂热分子。”

“即使在现今。我讨厌这种说法。它是在假设我们一直都在进步。”

“人类社会不是一直都在进步吗？”

“反正我没看出来。就像我跟亚鲁说过的那样，这个乌托邦社会并不是问题的答案。要求下一代必须是性转人，这就是条死胡同。这些措施只会造就一个独立的文明——附带提一句，这样的文明永远不会停止强调它的优越性。这从来都不会有什么好

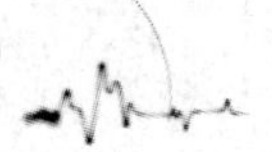

结果。”

“那么，这样一种文明成为意识形态对手的攻击对象也不足为奇。”

坎达拉抬起头。“我不信他们说的那一套。这次攻击很奇怪，肯定还有其他什么情况。”

“什么情况？”

“圣母啊！”她大叫道，“我不知道。他们雇我来又不是为了干这个。我只负责最后的那一下。”

“你在自言自语吗？”

坎达拉转过身，看到杰西卡就站在泳池的另一端，她手里拿着两个红酒杯，脸上还带着一抹微笑。

“抱歉。”坎达拉咕哝一声，上了岸，“我在试着把事情弄清楚。真不知道我这是在操什么心。分我应用又不是G8图灵机。”

杰西卡递给她一个酒杯。“你觉得这个打击犯罪小组有什么问题吗？你这么想我很失望。”

坎达拉咧嘴一笑。“这真太业余了。如果他们就是这么对付极端分子的，那整个乌托邦主义肯定要完蛋了。你应该赶紧打包行李，趁早跑路。”

“是啊，自从来到这儿我肠子都悔青了。”

“你没跟克鲁泽说我们需要专业人士来处理这种事吗？”

“其实，奥伊斯塔和泰尔的业务能力都很强。而且你跟我，我们也是专业人士。”

“圣母保佑他们。”坎达拉举杯祝酒，然后喝了一小口。比她预期的要甜，而且冰得正好。口感不赖。

杰西卡看了眼厨房，克鲁泽已经回到了桌边，与另外两个人热烈地讨论着什么。“我们缺的是领导力。克鲁泽他们局里似乎认为，只要有你带领我、泰尔和奥伊斯塔，再加上一台性能不错的G8图灵机，我们就能轻而易举地追踪到疑犯。然后我们只要闪到一边，让你把他们干掉就行了。”

“嗯。不过整个蓄意破坏事件里有个地方一直让我很在意。”

“我知道。他们看不出来，不过这个效益成本比完全不对劲。”

“你说什么？”

“像克鲁泽这种人，他们完全不理解旧式的经济金融学。他们太现代了。在这里他们想做什么事，就能做成什么事。顺风顺水！拥有后稀缺时代的资源，没人会考虑任何事物的成本，除非是地球化改造这种超大型项目。但这些都是通过民主方式做出的政治决定，制造成本也被纳入了社会总预算。如果某个东西的成本确实很高，你也不用借钱来支付，你会理性地采取行动，把成本分摊出去，按照自己能承受的程度分期支付。既然人人都能活几百年，那时间也就不是什么特别重要的因素了。一切都很美好，很理性。”

“量入为出。”

“正是如此。所以他们看不出问题所在。对商业公司来说，打造这样一支工业间谍队伍耗资巨大。他们中的大多数人会伪装成移民，假装皈依乌托邦主义，寻求更好的生活，拥抱伟大的未来新文化。移民到这里很容易，我已经是第二次移民来这儿了。唯一真正的硬性条件就是，你要同意对自己来这儿后所生的孩子进行基因编辑。”

“让他们都变成性转人。是，糟透了的意识形态。”

“对你来说，是的。而且这客观上确实加深了我们和他们之间的鸿沟。”

“其实，我挺喜欢亚鲁的平等理论的。×，我在军队的时候可受够那帮厌女的浑蛋了。我就是觉得……本来应该有不同的解决方案的。唉，你就当我是个死反动派吧。”坎达拉做了个鬼脸，觉得自己说得有点多了，于是又喝了一口红酒。

“总之，正常的工业间谍应该是这样的。”杰西卡说，“你是一个职业地下技术人员，被雇来窃取数据。你到一个新的城镇定居，和邻居们一起去烧烤，参加地方体育联赛——总之就是打入他们内部。但是到了晚上，你就摇身一变，成为一个隐秘的超级恶棍，花时间在网上用黑路由恶意软件侵入医学研究文件。最后，你成功了，你的公司雇主从革命性的新头痛治疗载体中赚了十亿瓦特币。就像我之前说的，这比付钱成立研究团队要便宜得多，具有成本优势。但我们面对的这个……除了使你的意识形态敌人做好抵抗进一步破坏的准备之外，你没得到任何好处。谁愿意白花这个钱？”

“现在还是有很多极端狂热分子的，相信我，对他们来说成本从来都不是问题。”

“好，那这个搞阴谋破坏的团体是从哪里弄来的资金呢？他们的电子技能非常高超。泰尔相信他们的程序是用G8图灵机做的，这种级别的机器在用的可不多。到目前为止，只有政府部门和大型企业有。”

“我不知道。”坎达拉说，“也许我们忽略了最明显的答案？”

“普世主义政府真的觉得乌托邦是个威胁？本世纪版的冷战？”

“表面上看，这个假设也说得过去。不过我觉得，这样的话，他们会只派出一个团队吗？即使是最偏执的政府，也不该采用这种行事方式。他们会有后备队，有后路，有在训的学徒，为了让意识形态上的敌人垮台，他们会倾各部门之力。”

“好吧。那就是某个狂热派富豪，或者某个全球政治行动委员会。他们才不在乎，也不会按逻辑行事。或者还有什么其他行动正在进行。”

“唉。”坎达拉忧虑地说，“我也是这么想的。只是我不知道这到底是怎么一回事。”

杰西卡看了一眼克鲁泽。克鲁泽正一脸闷闷不乐地盯着餐桌。“逻辑上，这么低的回报率，那这种破坏行动就应该是个饵。”

“为了掩饰什么呢？”

“这正是我们要考虑的问题。我上次提出来时，就被人否决了。”

坎达拉抬起头，看着天空，仿佛是在审视统治着阿基沙的诸神。“哦，好极了，你们就想让我当你们的玩物。”

“那是特洛伊木马吧。不过我觉得信使应该更确切些。Ta 应该会听你的。毕竟，你可是专家。”

“我他妈恨死办公室政治了！”

“我也是。”杰西卡一口喝光了杯中的红酒，转身朝别墅走去。坎达拉看着她的背影，打心底里明白，她说得没错。

* * *

“你是说这些袭击只是在声东击西？”克鲁泽一脸难以置信地

说。此时已经是半个小时后，坎达拉换上了汗衫短裤，重新回到了厨房，和其他人待在一起。

“我不知道。不过我们得考虑所有可能性，尤其是这一个，因为它很可能会为我们提供一条追踪到发动袭击的团队的路径。这种可能性不能忽视。”

“可……我们到底要注意什么？”

坎达拉很高兴刚才自己忍住了，没有瞟向杰西卡。“我建议你们重新检查一遍受到攻击的网络。”

“我们已经检查过了。”泰尔说，“没有发现有其他涉密文件被攻破。”

“就算你们能完全保证这一点，我也不相信你们能做到这种程度。而且那不是我想要你们查看的地方。”

“那你要我们查看什么？”

“某种模式。每次袭击的共性。先从查看有哪些科研项目使用了同样的网络开始。”

泰尔看了一眼克鲁泽，一脸疑问的表情。“查看一下也无妨。反正我们现在什么线索都没有。”

“好吧。”克鲁泽说，“开始做吧。”

* * *

肯定是床铺的缘故，或者是不同行星之间存在的时差，坎达拉只睡了三个小时，就在当地时间凌晨四点醒了过来。此时的城镇还沉浸在宁静的夜色中。

她平躺在床上，大睁着眼睛，不过并不是在看天花板，而是在看扎帕塔甩在她脸板镜片上的密密麻麻的数据。团队里的另外四个人一晚上都在重新检查受到攻击影响的网络。每个网络都有几百个研发项目在使用。局里的G8图灵机对所有项目进行了分类，试图进行匹配。但截至目前，并没有发现什么模式——至少从牵扯到的项目的类型上看不出什么。即使是项目分配到的资源量也与攻击发生的位置无关。看着那一列列的表格，坎达拉不由得笑了一下，成本分析这一项应该是杰西卡坚持要他们做的。但结果还是一无所获。这就是模式分析的问题所在：你得正确定义参数才会得到有意义的结果。*要是容易的话岂不是人人都能做了。*

想到这儿，她开始自己调整参数，将各栏数据重新分类组合。

* * *

早上五点，坎达拉大步走过别墅的主走廊，挨个敲响了其他人的卧室门。队员们一个个不情愿地出现在门口，揉着惺忪的睡眼，穿着乱糟糟的睡衣睡袍走进厨房。他们在厨房找到了正在摆弄咖啡机的坎达拉，她已经泡上了一壶英式早茶，正在用小火慢烧。

“怎么了？”克鲁泽问。

“我发现模式了。”坎达拉对Ta说。

“是什么？”杰西卡立刻问。

坎达拉咧嘴一笑：“是武器。”

“我们这里没有任何武器研发项目。”奥伊斯塔反驳道。

“所以你们才没找出模式。”

克鲁泽坐在玻璃大桌旁，喝了一口咖啡。“好吧，让我们看看

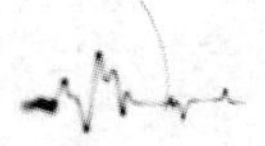

你有多聪明。”

“我不聪明，只是多疑而已。”

“啊。”泰尔叫道，“是具有武器开发潜力的项目。”

“完全正确。”

“所以是……”克鲁泽问。

坎达拉举起一只手，开始用手指打勾。“生产管道钻井遥控机的工厂在九周前遭到袭击，你们的自来水公司就在用他们生产的机器。共享同一个网络的还有三个研究联机机器人的团队。几十年来，人们一直有一个目标，就是机器人可以相互组合，增加整体的物理尺寸和强度，并同时联网共享处理能力。我们有联机机器人，但是研发已经陷入停滞。网络连接协议很难建立，还特别容易出故障。你们的人正在研究各种大小的机器人。蚂蚁大小的那种就特别有意思，当它们联机时，将近五十万个机器单位聚集在一起，就会形成所谓的干流效应。想象一下，一支行军蚁部队，行动完美同步，还有智能——并且有明确的目的性。我都不敢想像它们能对一具人体造成多大的伤害，要是大型的联机机器人集群，那摧毁整个城市街区都不在话下。”

“好吧，我同意，这个确实可能应用到武器上。”克鲁泽说，“还有呢？”

“分子键制造机。这个可以应用到护盾研究上。很明显。”坎达拉喝了一口茶，在脑中将她的想法组织成最有说服力的形式，“接下来就是上个月受到攻击的为行星电网装配继电器组件的装配核心。那个网络上还有一家大学实验室，他们研究磁约束系统——也是电力系统使用的，主要用于太阳能井的磁流体室。”她看了看周围这几位脸上迷茫的表情，很享受眼前的这一刻。“不明白？这玩意就相当于缩小版的约束舱，带有单极磁场发生器——极为强力。非常适合给太空船上的等离子火箭用，用在导弹上也行。”

“啊，这都是什么啊！”奥伊斯塔抗议道。

“还有微医疗用相干 X 射线束发射管。把它放大，就会得到伽马射线和 X 射线武器。”

泰尔和克鲁泽对视了一眼。

“×。”杰西卡咕哝了一声。

“你说过。”坎达拉说，“那些数据攻击很烦人。而这相应地，就将情势上升到一个完全不同的水平了。”

“可这是为什么呢？”克鲁泽问，脸上迷惑的神情非常真挚。

“一个一个来。”坎达拉对 Ta 说，“咱们先来确定是不是真有这个模式。泰尔，能不能先帮我看一下刚刚提到的几个项目，检查一下他们的文件有没有被侵入，或者被复制？”

“没问题。”

“如果你有什么发现，那么我们就可以开始研究动机了。”

* * *

自动服务机器人为他们拿来了早餐，放在院子里。太阳已经升了起来，在下方的港湾洒下一片金斑。坎达拉吃了火腿蛋松饼，喝了鲜榨橙汁，然后是牛角面包配野生蓝莓果酱。工作期间她对自己的饮食要求就没那么严格了。谁知道会不会用上摄入卡路里获得的额外能量呢。

杰西卡跟她在一起，其他人则在跟局里的 G8 图灵机核对他们的检查结果。“干得不错。”杰西卡对坎达拉说。

“这种事我熟。”

“不知道我们要对付的是什么人。”

“最明显的可能是某个军火公司。”

“也没那么明显。为什么要发动攻击？那就太政治了，涉及意识形态。要偷数据，不应该做得低调稳妥才对吗？”

“声东击西。”坎达拉沉思道。

“可他们知道我们肯定会做出反应的。不可能没有反应。”

“等我们收集到更多信息，比如作案的是什么人，那动机就显露出来了。”

“可问题就在这儿。这能有什么动机？他们在伤害我们，伤害整个阿基沙。谁会这么做？”

“极端主义分子。”坎达拉下意识地回答，“不论他们做什么，给别人造成怎样的痛苦，我都不会惊讶的。意识形态是病态的灵魂迷因，它侵蚀基本的行为准则，直到你能为最极端的行为自辩，将其视为必须采取的行动——为了实现更远大的目标。任何目标。”

杰西卡有些惊讶地看了坎达拉一眼，满满一勺水果沙拉也停在了嘴边。“没想到你是这么喜欢哲学思考的类型。”

“这可不是什么哲学思考，我只是告诉你我的所见而已。”

“啊，我还以为我在联协安保部工作时所见的已经够阴暗了。”

坎达拉同情地笑了笑，又拿了一块牛角面包。这时别墅门打开了，克鲁泽走了出来，身后还跟着泰尔和奥伊斯塔。

“他们侵入那些文件了，是不是？”坎达拉说。这个问题几乎都不需要问。

“我一直挖到了管理程序深处。”泰尔承认道，“尽管如此，我们也只是找到了一些蛛丝马迹。他们安置的程序非常复杂，难以检测。局里很紧张。我们以前从没遇到过这种情况。”

“所以，操纵间谍小组的应该是一家军火公司。”杰西卡说。

“我想实际情况应该更糟。”克鲁泽说，“我们只有一个小时的时间，不过我还是让那几个研究团队检查了一下自己的文件，其中有些似乎被人修改了。”

“怎么修改了？”坎达拉问。

“非常细微的地方。研究人员将在用的文件与深层缓存副本进行了比对。二者存在一些差异。不多。而且也不是他们检查过的所有文件都有。不过有些数据被篡改了。”Ta 似乎很担忧，“好几个项目都遭到了破坏。”

“如果以那些文件为基础进行硬件建设，是不会成功的。”奥伊斯塔说，“这样的破坏会毁掉我们经年累月的研究成果。所有分配给制造机的工业资源都会打水漂。”

“那就不是声东击西了。”坎达拉若有所思地说，“不完全是。这一切都是为了摧毁你们的工业基础。”

“这会让我们瘫痪。”克鲁泽语调呆滞地说，“我们还不知道受影响的范围有多大。在重新审查完所有研发数据之前，我们没办法开展任何工作。这真是……简直就是宣战！”

“非常有趣的分析。”坎达拉说，“考虑到他们盯上的似乎都是用于武器应用研发的系统。”

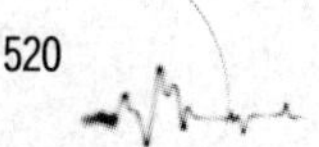

“你想说什么？”泰尔问。

“你们制造武器来保护自己抵抗物理侵袭的能力正在被破坏。”

“没人会入侵我们！”奥伊斯塔说，“这真是太疯狂了。”

“珍珠港。”坎达拉轻声说。

“不会的。”克鲁泽坚决反驳道，“几个团队，装备了G8图灵机编写的最先进程序，受到仇恨的驱使发动攻击——这我还能接受。可你说是物理攻击？由谁发动？现在的国家都没有常备军。你得集中成千上万的人，对他们进行军事训练，到时候所有人都知道了。这背后一定还有其他的目的，一定是这样。”

“很高兴听到你这么说。”坎达拉说，“你们的情报机构在严密监视扎格列欧斯，对不对？”

克鲁泽一脸恼怒地瞪了她一眼。“我不讨论假设性问题。”

“我是在和你说假设性问题吗？我们到达的行星系已经超过了一百个。其中有二十三个星系中的系外行星正在或已经被地球化。这其中一半的星球上正在发生什么，你根本一无所知。你知道有个乌克兰犯罪团伙声称他们有一扇通往扎格列欧斯的独立传送门吗？如果你真的足够有钱，并且在进去之后还能保住这些钱，那你就可以在被流放后买一条路回来。”

“真的吗？”泰尔一脸惊奇地问。

“我说过了：声称。不过我们对人类正在定居的一些星系上发生的事情确实一无所知，对这一点我是很认真的。再说也不一定非得是人组成的军队。无人机部队更便宜，而且打造起来也更容易。”

“我很欣赏你的见解和反馈意见。”克鲁泽说，“可这对现在的局势不会有任何实质性帮助。”

“我理解你所处的立场。不过，我们在这里的发现能帮我们确定敌方队伍下一步可能攻击的项目。泰尔可以将 Ta 的监控器上载到相应的网络中。”

“对，这个我们可以做。我需要告知局里。”克鲁泽挤出一丝感谢的微笑，然后就进了屋。

“对一个以个体自由为傲的社会来说，Ta 跟老板的交流可真是多啊。”坎达拉评论道。

* * *

那天剩下的时间里，整个团队都忙得不可开交。他们回顾最初的发现，并试图找出更多被破坏的文件。下午的大部分时间都花在了交叉对比当前的普世主义游客与新进移民上。最后，局里让他们缩小未来潜在的目标的范围。

这让坎达拉有了自己的时间，她花时间在往返海滩的慢跑上，然后又去别墅设备齐全的健身房里练了一个小时。之后，她在自己的武器外围设备上运行测试程序，使用甩到睑板镜片上的图像进行虚拟射击练习。她更喜欢实弹练习，但她觉得奈马应该没有这个条件。至少他们是不会承认有的。她觉得克鲁泽那个神秘兮兮的局里肯定有特工训练设施。

那天晚些时候，坎达拉打算再去游一场。就在这时，克鲁泽过来找她。

“你得打包你的行李车了。”Ta 说，“我们要转移到奥尼斯科去。”

“什么地方？”就在她问的同时，扎帕塔将信息甩到了她的睑板镜片上。那是布雷布勒小行星上建造的主要宿舍定居点。“算了。为什么要去那儿？”

“那里被确定为高风险目标。事实上，它是最有可能被攻击的目标。”

* * *

奥尼斯科只有四十八公里长，并没有内比萨那么大。这里的生物圈是温带的，小组走出传送门时奥尼斯科正值深秋。他们一出来，坎达拉就转身抬头看了看端盖。她以为这里的底部也会有一座环形城市，和内比萨一样。但在这里，平坦的圆环大部分是光滑的灰色人造石，只有几处壮观的瀑布在科里奥利力的作用下从侧面急剧弯折。边沿区有几处，就像他们出来的地方一样，是城区，也有层层堆叠的阳台。

扎帕塔将这个定居点的人口数甩了过来。“七千人？”坎达拉惊讶地问道，“你确定吗？”她看了看离她最近的那些落叶树木，估计树龄应该有五六十年。经过了这么长的时间，整个定居点的人口应该更多才对。太阳系中一些较大定居点的人口数都接近二十五万了。

“这是奥尼斯科 G8 图灵机提供的数据，是最新的。”

“奇怪。”

他们被分配到格罗斯公寓大楼居住，这是一座嵌在封盖上的十层锯齿形建筑。他们的公寓在三楼，比奈马的别墅要大，家具都是冷淡的极简主义风格，让坎达拉怀疑这是某种微妙的乌托邦调节疗法，能够强化中产阶级的顺从感，而她觉得这种顺从感在孔雀六行星系有点太过普遍了，好像这里的每个人都不愿意暴露个性存在的迹象。

* * *

泰尔接她去开会，两人沿迷宫般的走廊走着，一路穿过封盖。等他们到达时，杰西卡和奥伊斯塔已经在会议室里等着了。坎达拉抬起嘴角，微微一笑，她很喜欢他们现在所在的位置。会议室的一面墙是一扇凸出的窗户，从定居点的外壳向外弯曲。她以前从来没有见过这样的设计，定居点的外壳通常有一百米厚。一想到宇宙辐射如暴风雪般打在窗户上，她就觉得很紧张，因为这种透明的物质看起来并不是特别厚。尽管如此，她还是坐在了房间正中央的石板桌旁，毫无畏惧地环顾四周。这景色使她不禁想知道，为什么内比萨就没有这种会给她留下深刻印象的地方。

窗户正对着布雷布勒小行星，从坎达拉的角度来看，小行星正随着奥尼斯科费力地旋转，在星空中画过一道紧密的弧线。她可以看到城镇大小的机器杂乱无章地挂在它灰褐色的表面，孔雀六行星系刺眼的光芒在起皱的金箔纸上不断闪动，让整个小行星闪烁起具有催眠作用的光。

扎帕塔甩出一个视相图层，用标识符标记了图像上的地标。大多数的机械集群都是工业站场，它们把根状的卷须深深地钻入岩层中，提炼出矿物，供炼油厂处理，然后再依次分配给结构上层的建筑单位。在布雷布勒复杂的矿层中无法获得的矿物元素都是通过传送门从其他小行星和孔雀六行星系唯一的气态巨行星拉尼维的各个卫星上输入的。

扎帕塔说，超过一半的站场都在进行自我复制。神魂颠倒的坎达拉注视着闪闪发光的金属外壳，它们就好像是机械细菌一样，在异常光滑的表层上慢慢扩散。这需要数年的时间，但最终，整个表面都会被覆盖，这颗小行星会变成一个巨大的由技术设备装饰的球体。

标签在自由飞行的巨大工厂模块上忽隐忽现，那些模块组成一片松散的云层，飘浮在布雷布勒上空，其中大多数正在建造新的定居点。这些模块的布局以简洁优雅为要旨：一个直径八公里的起重龙门架，简单的几何支柱与它们所承载的一系列神秘黑暗的设备相比十分粗糙。它们承载的是大量的键合场发生器，是制造城市护盾发生器的一种变体。随着精炼厂源源不断地输入蒸汽化的物质流，键合场将原子再次压缩成固体。

巨大的圆柱体从工厂圆环中挤出，光滑的外壳如同黑曜石一般。坎达拉凝视着外壳上闪耀着的充满活力的星光，不禁发出一声赞叹。正如布雷布勒的工业站场一样，这一过程对有机生命有着不可否认的亲和力。

在工厂模块集合体外，新建成的定居点像一等星一样闪闪发光。这是一个正在孔雀六行星系中慢慢消散的集群，它们将沿轨迹行进长达十多年的时间，最终到达属于它们自己的小行星上。在那里，采矿、精炼和制造的过程将重新开始。这使她把布雷布勒想象成了蒲公英，它撒下不断膨胀的种子云，一次又一次地在星际中传播，克服行星间充满敌意的距离。

都是有机生命等价物。

“冯·诺依曼[1]主义乌托邦。”泰尔坐在她的身旁兴高采烈地说，对眼前的景象满意地笑了笑，“机器制造机器，完全没有人类的干预。如今奥尼斯科也有了 G8 图灵机，它们现在能做的就更多了。”

坎达拉噘起嘴唇，给布雷布勒做了一个更为彻底的评估。它比灶神星要小。灶神星是太阳系内领先的太空工业小行星。但她觉得，她在这里看到的系统更复杂。她意识到，它们已不再受传统经济的约束。“这是指数型的？”

“现在还不是，再过二十年吧。到时候，这些工业站场将吞没布雷布勒，它们不会再费心复制自己了，只会吃掉剩下的岩石来建造定居点。再过五十年，就什么都不剩了，它们会飞到新的小行星上重新开始。”

“这听起来挺……危险的。”

“一点也不。这是一场胜利。我们致力于建立一种真正的后稀缺经济。”奥伊斯塔认真地说，“我们在这里开发的系统最终将使这一切成为可能。目前，一切都是宏观的，相互之间的依存度太高。这些工业站场拥有众多独立的专业制造商，所有制造商合力才实现了整个自我复制的过程。”

“生物体内的细胞。”坎达拉轻声说。

“对。埃米利娅希望将我们带入下一个终极阶段，并将我们目前的机械复杂程度降低一个数量级。最终发展到只用一个单元就可以无限自我复制，然后再继续生产专业的制造系统，比如那边建造定居点的那些系统。G8 图灵机最终会让这一切成为现实的。

---

1. 美籍匈牙利物理学家、数学家和电脑的发明家，被称为“现代计算机之父”。

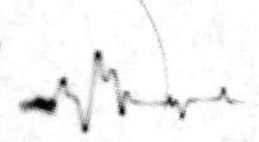

一旦成功，那就是普世主义文化的经济体系崩溃的时候了。”

“然后由你们平稳替代，进入一个新的启蒙时代？”

“差不多是这样。”泰尔略带嘲讽地说。

“也就是说，如果有人因为意识形态上的原因破坏你们的工业生产能力和高科技先进技术研究……”

“正是如此。”奥伊斯塔指了指窗户，“你在那里看到的才是乌托邦主义真正的核心。”

泰尔咯咯地笑了起来。“可别让克鲁泽听到你这么说。”

“怎么？”坎达拉感兴趣地问，“为什么这么说？”

“乌托邦社会认为，成功要具备两方面的要素。”杰西卡解释道，“一方面是物质层面。就是这里正在开发的技术，通过提供无限丰富的物质材料来实现真正的后稀缺经济。另一方面是哲学层面。让人们能够在物质如此丰富的环境中过上富有意义的生活。对这一点人类还不习惯。”

“我明白。”坎达拉说，“为什么克鲁泽对此感到烦恼呢？”

“烦恼这个词用错了。”奥伊斯塔说，“你看，亚鲁代表了哲学的一面。Ta 的信条就是人的平等与尊严高于一切，甚至高于我们文化的物质层面。”

“很合理。”坎达拉笑道。

“克鲁泽是亚鲁的忠实拥护者。”

“等一下。你是说乌托邦理念内部也有矛盾吗？”

“矛盾这个词就重了。只是对孰先孰后和资源分配有不同看法而已。你看，克鲁泽和 Ta 的同类认为性转人只是人类转型的第一步。如果我们真正达到了满足身体需求的供应过剩状态，那么普通的人类人格将无法应付，我们将在几代的时间内堕落荒废。”

“所谓的天堂很无聊那套理论。”坎达拉大胆猜测道。

“是的。我们更激进的同事认为，只有对人类基础神经系统进行基因强化，才能解决这个问题。”

“是吗？所以如果人类不能适应完美的新世界，那就解决人类？听起来很法西斯啊。”

奥伊斯塔苦笑着点了点头。“尽管如此，如果没有亚鲁一开始关于如何实现平等的理念，就不会有我。而我对现在的自己很满意。”

“所以你也支持更加人为的进化了？”

Ta 耸了耸肩，又瞥了泰尔一眼寻求支持。“我们必须得先解决技术性难题，并让物质丰富的状态成为现实。否则，整个理念就会变成一场对一根针头上能有多少天使跳舞的辩论。尽管冯·诺依曼团队在奥尼斯科上取得了这些进展，但我们还没有达到能够单个单元进行自我复制的水平。人类还有问题要解决。不是拿个螺丝刀就出去——”Ta 指了指正在建造中的定居点，“而是要发展和改善我们已经拥有的东西。我们当中的一些人担心，即使有 G8 图灵机参与其中，系统的发展也会进入停滞期。”

“所有人类技术都在逐步进入平稳期。”坎达拉说，“不过我们现在是一个星际物种了。这也是意料之中的。”

“但我们还有很大的进步空间。只要能建成合格的冯·诺依曼单元，我们的许多问题就会迎刃而解。”

“开始时都是出于好心。”坎达拉说，“不过最后总是以长筒靴和黑制服结尾。”

“我们绝不会把我们对未来生活方式的愿景强加到别人身上。我们的文化根本不是那样的。”

Ta 热切的语气让坎达拉不由得咧嘴一笑。透过眼角的余光，她看到杰西卡也在饶有兴趣地观察着眼前的一切。

“什么愿景？”刚刚走进会议室的克鲁泽问。Ta 的身后还跟着两个人。

“我们在讨论哲学问题。”坎达拉说，“这是你们的强项。”她看了看克鲁泽身后的那个女人。扎帕塔忽然甩过来的关于那人的大量数据让她很难看清那个人真实的形象。“埃米利娅·朱里奇。”她惊讶地脱口而出。

坎达拉觉得，对一个一百六十岁的人来说，埃米利娅保养得非常不错——肯定比亚鲁要好得多。她的头发又黑又密，在头顶上精心盘成一个巢形。高耸的颧骨上包裹着只有二十五岁的年轻人才会熟视无睹的皮肤，健康、嫩滑，毫无皱纹。她那浅灰色的眼睛快速扫过整个房间，坎达拉感觉自己也受到了审视，而且结果不太好。那个女人浑身散发着华贵的气质，轻松驾驭身上那条正式的黑红相间的印度丝绸高领连衣裙。

坎达拉略带恶意地猜测，她接受的端粒治疗可能来自一家地球上的专业诊所，而不是标准的乌托邦医疗机构。再说，她可是最高等级，有权获得阿基沙所能提供的最优质的服务。就她而言，这很公平。

埃米利娅·朱里奇的父母于 2027 年从克罗地亚移民到伦敦。他们的女儿尽职尽责地在伦敦大都会大学学习了 3D 打印机编程，并于 2063 年到食品打印公司的分销部门工作，当时联协在纽约与洛杉矶之间建立了第一扇传送门。接下来她所做的事就成了后来整个太阳系及系外世界各个商学院的经典研究案例。

当然，那时联协已经为其迅速发展的中转网络开发了一个地图应用程序，但是埃米利娅看得出那个应用非常基础——随着用户和传送门的不断增加，情况只会变得更糟。因此，她在那年 12 月成立了自己的公司“中转导航”，并将所有空闲时间都花在了分我应用的应用程序开发上，为人们在联协迅速扩展的中转网络中穿行提供指引。当她刚开始编写代码时，整个太阳系中共有三百二十二扇公共量子纠缠传送门，而联协宣布了其雄心勃勃的计划：整个美国大陆的传送门数量将增加到五万扇。她之所以要开发这个应用，是因为她在伦敦长大，很欣赏哈里・贝克经典的伦敦地铁地图那种优雅谦逊的风格。它阐明了一个简单的事实：车站所在的位置和隧道之间的曲折都无关紧要。因为贝克本能地意识到，你真正需要知道的就是站与站之间的相对位置。她之所以开发这个应用，是因为她知道人们基本上是愚蠢而懒惰的，而且他们所在的世界的复杂程度即将上升一个数量级。

在研究迅速扩展的中转网络时，埃米利娅看到了一系列相互连接的蛛网正在全球扩散。如果你想从英格兰中部的奥克姆到佐治亚州的亚特兰大旅行，在理论上这条路线是很简单的。你先经过奥克姆中转环线进入县中转网络，由县中转网络连接到国家中转网络，并带你到达伦敦，那里的国际中转网络会带你到北达科他州的美国入境港。（在华盛顿的协调下，得克萨斯州与北达科他州的参议员达成了一项幕后协议。北达科他州迅速得以从量子纠缠基础设施政府公平交易项目中分一杯羹，而得克萨斯州则获得了休斯敦国家商业商品进口站的项目作为回报。）从那里你就能进入州际中转网络，到达佐治亚州中转网络，最后到达亚特兰大地下中转网络，从那里步入这个阳光明媚、天气闷热的城市。最多八扇传送门。很简单。只不过因为众多传送门又连接到其他不同的目的地，每个中央中转枢纽都成了地狱迷宫般的存在，特别是在当地的高峰时段。

埃米利娅是对的。人类都很蠢。经过数十年来卫星导航和自动驾驶汽车的调教，他们就只想被手把手指导着，轻松无忧地出行。他们希望能有一个应用程序来告诉他们，某个中央中转站已经挤满了沮丧的人群，或者某扇传送门已被关闭进行维护，因此他们可能需要经过另一条更长（但更快）的路线，穿越另外三个中转站绕过去。朝哪儿走，从中转传送门出来后应该向哪儿转弯，距离下一扇门还要走几步，都要指示得清清楚楚，走到正确的传送门前时，还会有绿色的分我应用光环图标闪烁，好告诉你没有走错。

到 2078 年，太阳系内已经有一百二十亿人口。除了婴幼儿以外，人人都有一个埃米利娅·朱里奇的中转导航应用程序副本，这引发了反垄断立法者的怒火。当然，到那时，这个应用提供给用户的服务已经包括目的地的天气情况、政治局势、廉价商品、顶级餐厅、最洁净的海滩、最热门的俱乐部、最时尚的艺术品、最火爆的音乐活动等各种信息摘要。整整一条长长的广告清单，每一条都能带来收入。埃米利娅并不像安斯利·赞加里那样富有，但是她的财富足以让她给自己弄到几个定居点。德沃和扎伯克，由古老的梦想驱动，完全独立于地球，一切重新开始。她的财富和慈善也足以让她参加第一届进步会议。

埃米利娅与亚鲁·尼荣一道赞助了乌托邦运动。

坎达拉猜想，埃米利娅应该是乌托邦技术那一面的领头人。她是一个务实的人，要让技术服从于目的，与亚鲁的哲学梦想互为映照。“见到您很荣幸。”坎达拉说。

埃米利娅对她微微笑了笑，坐在石板桌的一头。陪在她身旁的那个面色苍白的红发男人坐在了她的左边。

“卡勒姆·赫伯恩。”埃米利娅正式介绍道，“我们冯·诺依曼项目的技术战略分析师。”

“意思就是她的排雷手。”卡勒姆友善地说。

“有雷了吗？”坎达拉问。

“没有对奈马端粒载体生产的影响大。”卡勒姆说，“不过布雷布勒各个站点的故障都比平常多。当然，‘平常’这个概念在这里也不好定义。我们所有的工业系统都在向着冯·诺依曼单元的理想持续发展。有几个月一切进展顺利，其他时候就会因各种问题而疲于奔命。当前批次可能正常，也可能不正常。我们需要对我们的文件和规程进行一次彻底的审核。”

“我需要获得在奥尼斯科的网络中安装监控程序的许可，还有布雷布勒的工业站场。”泰尔说。

“如果需要的话。”埃米利娅说，“那就干吧。”

“如果发现了数据被篡改的证据，你们会怎么办？”卡勒姆问。

“这取决于事情发生的时间。如果是很早以前的，我们会转给你们。希望你们会确认并弥补已经造成的损害。如果是当前的——”泰尔看了一眼坎达拉，“那我想我们应该能追踪到接入点。”

“剩下的就由我来处理。”坎达拉说。

卡勒姆略带不安地看了她一眼。“我觉得流放到扎格列欧斯就足够了。”

“我们已经在高级理事会上讨论过这个问题了，卡勒姆。”埃米利娅淡淡地说，“讨论的结果就是雇用马丁内斯调查员。既然我们目前已经了解了针对我们的这场破坏行动造成的损害程度，我想请她来应该是更恰当的。如果要攻击乌托邦社会，那这就是他们下手的地方，其他那些攻击可能都是诱饵。”

“反正昧的是你的良心，又不是我的。”

“谢谢。”埃米利娅冷冷地说，“调查员？”

“在。”

“如果有可能逮捕那个团队中的一人或多人，我授权你这样做。”

“明白。”

“不过不要拿自己冒险。”

“我是不会让自己暴露在不必要的危险中的，那会破坏我的任务。”

“很好。不过我很好奇幕后主使的身份。这种策划水平和他们破坏我们整个文化的决心让我深感不安。我担心，仅仅消除当前的威胁并不能真正解决问题。”

“我想你的看法是对的。”坎达拉说，“你对幕后黑手的身份有没有什么想法？”

“全球政治行动委员会或者星际公司的可能性很低。虽然我们之前和他们在意识形态上存在分歧，现在也还有，不过这种事……不。他们肯定都清楚，一旦揭露了他们的罪行，我们就肯定会反击。”

“而且，引起物理冲突也不是全球政治行动委员会的目标。”卡勒姆说，“正相反。流放到扎格列欧斯一开始就是他们的主意。”他做了个鬼脸。“这我非常清楚。他们强力镇压使用暴力，尤其是政治暴力的人。而这次的事件就是政治暴力。”

“设置你们的程序需要多长时间？”埃米利娅问泰尔。

“一天之内应该就能完成。”Ta 回答，“有好几个网络需要处理，尤其是在布雷布勒。不过局里给了我们额外几台 G8 图灵机的使用权。”

“很好。”埃米利娅说，“有什么新情况及时告诉我。”

* * *

团队在格罗斯公寓楼九楼的一间办公室里安顿了下来，这间办公室沿着径向向下俯瞰着整个定居点。他们的办公桌上有一整套网络接入节点和投射装置，角落里有一台饮料机，它产出的热巧克力非常好喝。虽然还是缺乏坎达拉早就习惯了的那种专业精神，但她不得不承认，比起坐在餐桌旁开工，这已经是一种进步了。他们还从奥尼斯科小型的警察部队那里获得了额外的帮助——五名专门从事网络安全工作的警官。

泰尔负责审查奥尼斯科的项目，检查网络文件中是否存在他们之前发现的那种篡改痕迹。这项工作花了十五个小时。

“我有发现了。”Ta 告诉坎达拉，“在这边有几家天文工程办公室，其中一家有个材料科学研究团队，他们正在进行航天服的开发项目，研究能偏转宇宙辐射的活性磁性聚合物——跟我们现在

使用的碳纤维金属隔层相比，使用这种材料能极大地减轻航天服的重量。”

“嗯，我觉得它是有点武器研发方面的潜力。”坎达拉说。

“看起来他们的一些关键文件被篡改了。我们正在与深层缓存副本进行比对，查看篡改的程度。不过这个很符合我们要找的那套特征。”

“接入点呢？”坎达拉问。

泰尔自信地笑道：“这个我已经想到了。痕迹很少，不过这边的 G8 图灵机也不是吃素的。看起来项目网络是直接被物理接入的——这与我们之前已知的非法文件的侵入都不一样。那些通常都是远程的。信息专家会从尽可能远的地方通过多重随机路由进入，这样追踪和破解就会花费很多时间。可是在这里，远程接入会很危险。G8 图灵机能够监控到所有从阿基沙来的链接。所有定居点的数字通信只经过五扇传送门传送。”

“他们是直接从研究所实验室内部下手的吗？”坎达拉说，“怎么进去的？”

“没进去。”泰尔笑得更开心了。办公室里的所有人都停下了手头的工作，透过笼罩在 Ta 四周的亮闪闪的全息图标中看着 Ta。“我们这里的安保系统虽然不怎么完备，但关键区域都有当局维护的受限系统。有人清理了实验室周围的常规保险措施，但他们不知道还有另外的系统。”Ta 指了指自己桌前的一幅投射图。

那是一个标准的数字服务地下室，里面堆满了一排又一排的设备堆，全都用深色玻璃包裹起来，闪闪发光，仿佛电子产品组成的几何星系，犹如没有仪式的祭坛。里面有个人正行走在狭窄的过道上，蓝色的漫射光照亮了他那冷峻的面容，一件银白色的绝缘工作服为他提供了一点额外的防护，抵御那冰冷的空气。

所有人都看着他打开了一块玻璃面板，露出里面摆放得密密麻麻的架子。那人把手伸进去，闭上眼睛，好像在和系统交流。坎达拉意识到，在某种程度上，他确实在跟系统交流。他的手指里肯定装备了某种扫描外设，可以分析那些机架。他停下来，把其中一个架子滑了出来，露出了侧面成捆的缆线，然后将看起来像是条形码标签的东西贴在线路的顶部，将机架推回原位。他在那里站了一分钟，看着甩在睑板镜片上的不知道是什么的图像，然后关上了玻璃板。

坎达拉噘起嘴唇。“物理侵入。”她的语气近乎钦佩，“真是老派。这种事得很有胆才行。”

“我们都有啊。”奥伊斯塔对泰尔咧嘴一笑，泰尔哼了一声。

“奥尼斯科面对这种操作简直毫无防备。”杰西卡说，“这招很聪明。”

“他们分析了你们的系统，找出了弱点。”坎达拉说，“这个团队很专业。我觉得应该不是什么狂热分子，他们感兴趣的是钱。”

“找到了。”杰西卡说。一幅全息投影图出现在她的桌面上，是那个男人的头像，不过图像上他带着一丝慵懒的微笑。“贝利斯·阿恩森，来自凤凰城大学的植物学家，进行一个为期两年的研究交流项目。他的专业是沙漠植物的合成生物学研究。我们这里有两个正在建设的定居点计划使用干旱气候生物圈。”

“把那些受限安全文件再过一遍。”克鲁泽命令道，“弄清楚他还对我们的网络系统做了什么。”

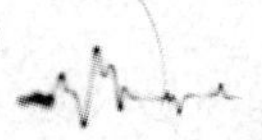

“局里的 G8 图灵机正在做。”泰尔说。

等待了十分钟后，又一份传感器记录出现在了投影上。另一个人，在另一个数据服务地下室。那个人的身份也被识别了出来：长门法山，十七个月前移民至阿基沙，乌托邦精神的狂热皈依者。接着又确认了一名女性——尼奥米・马滕森。根据记录，她拥有慕尼黑大学物理学博士学位，并申请利用这些知识来制造合成器，创造有机硅生命。她是从北非一家开源研究机构借调过来的。

杰西卡看了一眼她那瘦削的脸颊和书呆子似的白发。“狗娘养的！”

“怎么了？”克鲁泽问。

“这是毒瘤！”

坎达拉盯着尼奥米・马滕森那平淡无奇的外形，努力忽略自己那种皮肤温度突然下降了几度的感觉。“你确定？”

“绝对确定。我在联协的时候花了一年的时间做一个案子，就是为了抓到她。她改了发型，眼睛的颜色也不同了，但我知道那就是她。”

“所有人，立刻停止手头的工作。”坎达拉忽然说，“所有人都不要向图灵机发送任何跟尼奥米・马滕森有关的请求。任何文件都不要碰，明白吗？毒瘤肯定在网络里上载了监控器，监控任何提到她的内容。”坎达拉环顾四周，不希望发现有人正在发送警报。

“那接下来呢？”奥伊斯塔小心翼翼地问。

坎达拉转向克鲁泽：“首先，关闭奥尼斯科所有的传送门。”

“所有？”

“所有。不光是连接阿基沙以及其他定居点的步行中转站，货运传送门也要关闭。所有一切都要。我们得把她困在这儿。”

“我……这就申请。”

“不。这还不够。直接跟高层谈——亚鲁，或者埃米利娅。×，如果有必要的话就两个都找，不管你用什么方法，一定要拿到授权，而且不能闹出太大动静。不能上委员会，不要走什么常规程序。”

克鲁泽下定决心，点了点头。“明白了。这就去办。”

坎达拉转向泰尔和奥伊斯塔：“等到奥尼斯科断绝了与外界的一切联系，必须等到那儿之后，我需要你们来确定他们的位置。”

“可以用局里的G8图灵机进行视相搜索。”奥伊斯塔说，“我们马上就能找到他们。”

坎达拉一脸严肃地查看泰尔桌面上的投影。“传送门一关闭，他们就会发觉自己暴露了，知道我们正在追捕他们。”

“我会尽快找到他们的。”奥伊斯塔坚持道，“他们的分我应用肯定会联网。我能进行交互检查，伪装成维护呼入。”

“或者我们也可以用老办法。”杰西卡说，“联系他们的同事，那些人应该在跟他们共事。实地确认谁在什么地方。”

“好。”坎达拉说，“集思广益。所有方法都用上，共同确定他们的位置。”

* * *

克鲁泽花了七分钟的时间来获得授权，将奥尼斯科与孔雀六行星系的其他地方隔离。用的是紧急生物危害检疫程序，由埃米利娅授权。坎达拉用这段时间召唤来了她的行李车，并在办公室的洗手间内更换了装备。她的盔甲是紧身的连体装，有五层独立的保护层。最里面的是热量调节层，能够让她的体温保持恒定。然后是用于生物或有毒武器防护的自封压力膜，这一层让她可以在真空或水下环境中工作。然后是隔热层，用以抵抗高温或零度以下的暴露。在那上面是辐射反射层，用来阻挡能量束和电磁脉冲。最后是最外层——四厘米厚的动能防护装甲，足够灵活，不会影响行动，但被子弹或弹片撞击时会变硬，对单分子丝也有抵抗力。头盔是鲨鱼式的，没有什么突出特征，装配有主动和被动传感器，可与扎帕塔相连，并通过脸板镜片提供增强视野。她那纤巧的分段式背包负责提供生命支持，并为光束武器和弹丸武器提供动力，里面还有野战医疗包。微型无人机像一群黑色的甲虫一样紧贴在基座上。她手腕上的手镯装有伽马射线激光发射器和微型手榴弹发射器，左前臂上还有一个用于小型磁力步枪的臂甲支架，背包中装有相应的子弹。

她穿着全套装备回到办公室，重量超过八十公斤。

“我 ×。”杰西卡叫道，“你看上去可真像个不好惹的堕天使。你这一身带有光剑吗？”

“今天没带。不过下次可以考虑，谢谢。”

“我即将下令关闭。”克鲁泽说。

“等我先到格罗斯中转站。”坎达拉告诉 Ta，“然后等我信号。确定他们的位置后，就关闭奥尼斯科的内部中转网，不过给我留一条通路，到距离他们最近的地方。”

“我跟你一起去。”克鲁泽说。

“不用。”

“可我们还要部署当地警察。他们需要实地封锁你的作业区。我有责任将损害与伤亡控制到最低程度。”

“好吧。你可以安排警察进行封锁，阻止任何平民靠近，但一定要明确告诉那些警察，要是阿恩森、法山或者毒瘤离开那一区域，谁也不能出手阻止。我会亲自拿下他们。”

“同意。”

坎达拉叹了口气，不过因为头盔的阻隔没人听到。“其他人密切注意事态发展。我需要实时获知行动情报。”

“收到。”杰西卡说，“这种规程下的信息过滤我很熟。”

坎达拉离开办公室，下了两层楼，来到了格罗斯中转站。

“警方战术小组准备就绪。”克鲁泽说。

坎达拉不禁想到，不知道毒瘤的监控器是否也正在将同样的信息传送给毒瘤。“杰西卡，等我们就位后，你能不能切断各区的网络？”

“没问题。”

中转站已经清空。坎达拉站在入口处，最后查看了一次自己的体征数据。她深吸一口气，打开武器系统。“好了，克鲁泽——行动。”

扎帕塔的显示器显示，传送门的能量在下降，配对链接下降到了空值纠缠的状态。只有前方的三扇传送门还保持着完好的工作状态。“泰尔？”

“呼叫应答确认。”

“去搞定他们。”杰西卡叫道。

扎帕塔将数据甩到了她的睑板镜片上。阿恩森和法山都在奥

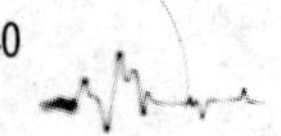

尼斯科另一端封盖的埃因研究区内的一间实验室里。毒瘤在布雷布勒的一座硅精炼厂里。

通往埃因的路线闪现在她的睑板镜片上。她快步穿过第一扇传送门，在下一个中转站向左急转，又穿过一扇传送门。传送门开始一扇扇关闭，周围的人们困惑不已。只有一扇门仍然开放。“干得漂亮。”坎达拉一边飞奔一边喃喃道。她再次左转，飞奔四步，进入埃因的椭圆形中庭，两旁宽阔的坡道从黑白相间的大理石地板上盘旋而上，环绕着八层高的实验室和办公室。

“埃因的网络关闭。”杰西卡报告道，“所有传送中转站关闭。”

“能封闭实验室的门吗？”坎达拉一边冲上坡道一边低吼道。阿恩森和法山在二楼的五号实验室。

“应该可以。”

她可以看到坡道上有几个人正斜倚在白色的栏杆上，皱着眉头东张西望，不知道中转站出了什么问题。几扇门开着，更多的人走了出来。“快点。外面的人太多了。”

“警察正在路上。”克鲁泽说，“他们会帮忙清场的。”

“早就过了那个阶段了。”坎达拉说。她的传感器发现了克鲁泽，扎帕塔的人像识别程序确认了 Ta 的身份。克鲁泽正从下面黑白相间的地面上走过来。

“你来干什么？”坎达拉怒吼道。Ta 肯定是跟着她来到格罗斯的。

“这次行动由我负责。”克鲁泽冷静地回答，“我会指挥警察疏散平民。”

“去你的！别给我挡路。”

前面的坡道上出现了两个人，他们惊讶地注视着这个伏着身子、全身盔甲的人，惊恐的表情以近乎滑稽的慢动作出现在他们的脸上。接着坎达拉就穿了过去，她距离五号实验室只剩下半圈坡道。

她的头盔传感器探测到一架无人机，它正迅速下降到中庭中心。无人机是标准的手镯形，直径二十厘米，内部带有对旋式风扇。她本能地意识到情况不对。“我以为你已经断掉了埃因的网络？”

“是断掉了。”杰西卡说，“唯一留着的就是这个安全通信频道了。”

“那为什么这里还会有遥控无人机？”

“什么无人机？”

坎达拉来到二层，距离实验室的大门只有十七米，无人机也飞到了同等的高度。她抬起右臂，目标图标对上那个小机器，将一束伽马射线射入了无人机。

爆炸让她的装甲层完全硬化，她猛地撞在墙上。大块的栏杆和坡道消失在了爆炸中，燃烧着的碎块掉落在两层楼下的地砖上。之前待在螺旋坡道上的人们被猛烈的冲击波击中，身体撞击在路面上，筋骨碎裂，浑身烧了起来。事情刚发生的几秒钟内，中庭里一片静寂，紧接着尖叫声就响了起来。

“那是什么玩意？”杰西卡叫道，“怎么回事？”

“军用无人机。”坎达拉低沉道。扎帕塔将盔甲的即时状态甩了过来。外部损伤很小，所有系统功能正常。她从墙壁边退开，朝五号实验室奔去。实验室的金属大门已经在爆炸中扭曲变形。

坎达拉发射了一枚小型手雷进去。

手雷爆炸时，她的盔甲再次变硬，金属碎片向各个方向炸裂开来。她小心翼翼地绕过坡道陷落的部分，并通过炸开的空洞向五号实验室发射了三架微型无人机。

无人机向前飞去，实时传回的影像被甩到了她的脸板镜片上。这个实验室有着很标准的布局：沿墙排成一排的大型生物反应器柜；由机器人手臂照管的，装有玻璃器皿的长条桌；被各种复杂全息数据图表环绕的工作站。一个高大的圆柱形鱼缸立在角落。微型手榴弹把房间搞得一片混乱：橱柜变形破裂，玻璃器皿破碎成粘有大量化学物质的碎片。阿恩森和法山跪在一张长桌后，鲜血从耳中滴落，裸露的皮肤被飞溅的碎玻璃划伤。法山拿着一条黑色的小管子，无人机的传感器将其标示为光束武器，而阿恩森似乎已经头晕目眩，迷失了方向。

无人机完成了对室内的扫描，实验室内没有其他人。

坎达拉站直身子，靠在破门一侧的墙上，她伸手穿过门上的空隙，又朝五号实验室发射了三枚微型手雷。手雷被设定为在后墙附近起爆，这样长桌对犯人就起不到遮挡作用了。

无人机传感器传来相互交叠的爆炸声。她看到鱼缸终于碎成了碎片，水洒得到处都是，鱼也在其中拍打翻滚。有几条鱼滑到了阿恩森周围，阿恩森趴在地上，衣服因为爆炸而成了碎片，后背裸露着的皮肤烧伤严重，甚至可以看到他的几根肋骨。

法山似乎比较走运，伤得不怎么重。他正爬向破碎的落地窗。坎达拉为磁控步枪选择了一种子弹，然后飞身翻入扭曲的门框。她和法山之间隔着三张长桌。目标图标锁定在法山的头上——坐标由微型无人机提供。步枪开火，子弹穿过长桌，就好像那些桌子都是全息图一样。他的脑袋被炸成了一片由碎骨和弹药组成的云朵。

坎达拉向前走去，一根细长的白杆从阿恩森青肿的前臂中伸了出来。“×！”她向阿恩森发射两枚手雷。他的身体被炸碎了，整个实验室到处都是皮肤和器官形成的小液滴。

阿恩森的两个外设飞到空中向坎达拉开火——一个之前埋在他的手腕中，另一个根植在他长长的肱骨中，就像根警棍一样旋转着。她的盔甲外层硬化，抵消了冲击力。即使这样，那力道也大到将她推到了那扇破门处。头盔传感器显示，阿恩森的外设在手雷的爆炸中幸存了下来，正像一团金色的火焰一样在实验室里到处乱射。坎达拉挥动手臂，摆出空手道的姿势，仿佛要斩向一个看不见的敌人，在那两个小外设再次击中她之前，她用伽马射线激光干掉了它们。

外设碎成一堆冒着烟的碎渣，她走到法山没有头的尸体前，开始精确打击他的外设。

“坎达拉，你那边的情况如何？”杰西卡问。

“活着呢。你可以重启埃因的网络了。阿恩森和法山已经被清除。告诉你们的清理队要提高警惕。我干掉了他们的外设，不过要小心，他们可能还有其他敌对系统。”

“明白。坎达拉，我们有点担心克鲁泽。他的分我应用下线了。”

坎达拉走出实验室。“不意外。Ta 刚才完全暴露在无人机的爆炸中。”她扫描了一下旁边的坡道，盔甲传感器接收到了痛苦的呻吟声，“还有幸存者。你让急救人员进来吧。”

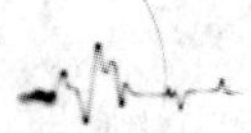

“正在开启埃因的传送门。”奥伊斯塔说，“你发现克鲁泽了吗？”

“我正在往下走。不要打开通往布雷布勒的传送门。毒瘤必须要被隔离起来。”

“我们明白。克鲁泽呢？”

坎达拉的视线越过栏杆，看到身穿深色盔甲的警察正以战术编队队形进入中庭。坡道掉落的碎块高高地堆在黑白相间的地砖上，空气中仍然弥漫着灰尘。

“克鲁泽死了。我看到Ta了，Ta被碎块砸中了。我的传感器没有发现脉搏。”

“我×！”杰西卡叫道，“不可能！”

“你确定吗？”泰尔问。

“非常确定。搞清楚军用无人机是怎么操控的了吗？”

“什么？”

“埃因的这个军用无人机。你把本地网络都关了，但无人机还是被人操纵着飞起来了，怎么做到的？”

“克鲁泽死了？”

坎达拉在头盔里咒骂了一声，这时她已经走到了坡道底部。这就是不专业的团队会面临的情况。“是。”她咬牙切齿地说，“但行动还没结束。现在，我该怎么去布雷布勒？还有，为什么毒瘤还能接入网络？”

警察们警惕地注视着她，她匆匆经过他们身旁返回中转站。第一批护理人员从她面前经过，每个医护人员身后都紧跟着一辆满载物资的医用行李车。

“我这里有三条通往布雷布勒的备选路线给你。”杰西卡说，

“这就发过去。”

坎达拉研究了下甩在她睑板镜片上的地图。三扇不同的传送门，一扇在硅精炼厂的小型加压控制中心，两扇在主体区外。“最后已知位置的信息有多可靠？”根据情报，毒瘤正在一个材料加工核心的附近，几乎位于精炼厂的中心。

“三分钟前她还在那里。”杰西卡确认道。

“好。我就进中转站了。”坎达拉没有说她要用哪个出口。也许是出于她所受到的基础训练，也许是出于多疑，但是她觉得毒瘤应该已经侵入了奥尼斯科的数据网络，甚至可能正在监听安全频道。

“我觉得她应该是用了之前进入我们的网络时的那一套黑路由。”奥伊斯塔说，“局里的 G8 图灵机正在审查数据包寻找加密木马。我看看能不能分离出来。”

“好。”坎达拉说，“与此同时，把你能从精炼厂里得到的所有实时信息都下载给我。我还需要你跟 G8 图灵机接入这一区域内的所有传感器。如果她到了外面我要立刻知道。”

“明白。”泰尔说。

坎达拉穿过第一扇传送门后径直右转。她能感觉到自己的心跳在加速。在过去的这些年里，有那么多的执法队和安保小组与毒瘤对抗，但幸存下来的人并不多。毒瘤在每一次战斗时都仿佛无敌，而且凶残得就好像是一个一无所有的人。

而现在，她要和毒瘤面对面了，而且没有后援。唯一的办法就是硬碰硬。

四个中转站——二十三步——坎达拉来到了一个可供十人使用

的长管形气闸。舱门在她身后突然关闭，她触发了紧急排气。空气在她周围发出尖啸声，变成了白色蒸汽。即使透过头盔的绝缘层，她也能听到尖啸声。声音只持续了几秒，正在消失的空气如山顶上的狂风般猛烈地拍打着她。十五秒后，她进入了真空状态。她面前的圆形舱门解除锁闭，门打开了，露出了悬挂在布雷布勒巨大的工业站场金色表面上的一片星空。

“前方低重力环境。”扎帕塔提示道。

坎达拉举起左臂，以低速连射出一大片智能传感器子弹。子弹将图片甩上她的睑板镜片，不同的工业模块如城市街区一般排列，中间的金属网格如峡谷般深邃。气闸室位于一个储存区的顶部，那个储存区由十五个大型球罐以及相应的管道和加热装置组成。它们的顶部是一个宽阔的圆形平台，用作小型工程舱的着陆停靠点。目前上面正停着五艘小艇，系统连接在矮胖的中央的柱子上。

“杰西卡，关闭那些工程舱。”

“早就做了。三个已经关闭，还有两个由我通过安全链接远程控制，如果你要用的话。”

“谢了。”

半数智能子弹击中了精炼厂组件的外壁，粘在薄薄的箔片表面。它们扫视着深谷对岸，寻找尼奥米·马滕森航天服的特征信息。

“看起来没问题。”坎达拉说，“出舱。”

“你……”杰西卡犹豫道。

“怎么了？”

“小心。”泰尔说。

“一直小心着呢。”坎达拉退到气闸室末端，跑向敞开的舱口——然后跳了起来。气闸室本身仍在奥尼斯科，而它的舱门开在一扇位于布雷布勒储罐顶部的传送门内。一跨过门槛，坎达拉就立刻受到了小行星微重力场的影响。她狂笑着，看着自己像超级英雄一样飞越平台上方，穿过储罐和精炼厂之间的深谷。越过边缘时，她衣服躯干上的小型推进器将她的方向正了过来，并稍微下压她的航线。她从左手手环里放出了两枚迷你手雷。

精炼厂组件是围绕着一组长圆柱形材料处理器核心及其辅助设备建造的，所有这些部件都包裹在一层薄薄的镀金金属碳纤维外壳中。已经暴露在真空二十多年，这些金属碳纤维外壳已经没那么光亮了。整个组件差不多五十米高，七十米宽，坐落在一个同样尺寸的矮胖的提取器上。支柱和奇怪的机械突起伸入环绕四周的黑暗深谷，那深谷被微弱的灯光照亮，亮光一直延伸到小行星表面深处的一个黑色消失点。

迷你手雷无声地爆炸，紫光爆发成两个相交的半球，炸开了脆弱的外壳。一团碎片伴随着嗞嗞声喷薄而出。眩光逐渐消失，坎达拉的盔甲传感器检测到组件侧面被炸出了一些不规则的孔洞。她再次打开推进器，调整航向，飞过狭窄的缝隙，在穿过仍然发着光的裂纹边缘时还畏缩了一下。

除了从手雷炸开的缝隙中透进来的微弱的光线以外，里面没有其他光源。她的传感器切换为红外模式，显示出了机械、电缆和管道组成的黑绿两色的三维矩阵图。在她的正前方是一条狭窄的弯曲网格，正在快速接近。她抓住一个横档，猛地停了下来，

绷紧了三角肌。精炼厂的机器在不断振动，她可以通过手套感受到。传感器检测到了高压电缆上的磁场，并将其标示为日落橙色的光芒。

“我进来了。”

“我们收到来自十七层传感器的故障信息。”杰西卡报告道，“就在她所在的控制中心下面两层。”

“好。这就下去。”

扎帕塔甩出一张精炼厂的示意图。坎达拉开始拉着电缆和支撑大梁前行，尽己所能。有时设备空隙太小，她几乎无法穿过，有时周围的空间忽然又变得比她的公寓都要大。最终，她找到了一条通道——由复合网格制成的管子，方便机器人和人类轻松通过。数十条管道在精炼厂内部缠绕，就好像是流氓兔给自己挖的兔子洞一样。看着眼前的这些管道，她感觉自己就像是一只迷失在施工现场的田鼠。

“精炼厂内所有的传感器都失效了。”泰尔说，Ta 的声音里充满了恐慌，“我正在努力修复。”

“这么说她还在这儿了。”坎达拉边说，边将自己拽进一条通道。她很清楚，这么大的精炼厂，毒瘤在这里会有很大的发挥空间。没有传感器，光是在这里面来回转悠，她们想要找到彼此都得花上一周时间——那还是在假设毒瘤愿意跟她正面硬碰的前提下。“她肯定会跑的。”坎达拉说，“要是下到下面的提取器那儿，她会不会更容易跑出去？”

“也不尽然。”杰西卡说，“你们所在的提取器和精炼厂与其他组件之间有物理隔离。她得先跨过去才行。”

“我们把你周围的传感器都启动起来了。”奥伊斯塔说，“要是她企图穿过去，我们会知道的。”

“要是她又把传感器关了呢？”

“我正在加固网络。”泰尔说，“不过就算她关了几个，至少也提示了我们她可能的位置。”

三分钟后，坎达拉到达了十七层。如果不是有扎帕塔的示意图，她甚至都不知道哪个方向是下，布雷布勒的引力实在是太小了。她抓住通道的一根支架停了下来。头盔传感器以最大放大倍数扫描四周。什么都没有。

“G8 图灵机能控制精炼厂的工程机器人吗？”她问。

“不能，我在限制网络时把它们都踢下线了。要那么做的话得多开不少带宽。”奥伊斯塔说，“那样的话毒瘤就更容易找到对外呼叫的路由渠道了。”

“她能呼叫谁？”坎达拉轻声说，“好吧，咱们这么办。重新打开你所需要的网络带宽，将精炼厂现存的所有工程机器人都移到十五层和十九层。我要确保每个通道都处于物理封锁的状态，没有人可以穿过这几层。机器人的数量够不够做到这一点？”

“够。”奥伊斯塔说。

“好。都弄好后，就开始让它们沿通道移到这一层。我们把绞索套在她周围，慢慢收缩。”

团队开始遥控机器人，坎达拉则沿着通道继续前进。每到达一个十字路口，她都会放下一架无人机，然后继续前进。她绕开了控制中心，因为担心毒瘤可能会在那里设下陷阱。事实上，令她感到惊讶的是，通道里竟然一处隐藏的智能地雷都没有。

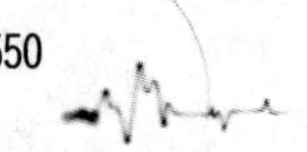

也许有，只不过我碰巧还没踏入触发范围。

这个念头忽然让她紧张起来，沿着黑暗蜿蜒的通道内部前行无疑是种非常讨厌的经历。她通常不会受到幽闭恐惧症的困扰，但这次体验让她接近了那种感觉。

“坎达拉，我们好像遇到了点问题。”杰西卡说。

坎达拉身子一僵。她被笼罩在朦胧的绿色热成像图景中，周围的电线组成了一张不规则的发光网——所有一切仿佛不是真实的。精炼厂的振动仍在通过手中握住的支架源源不断地传来。没有人体热量特征存在的迹象。“什么情况？”

“有东西堵住了提取器的一个供冰舱。就在你下面八层的地方。”

“你说提取器的进料口吗？”

“对。”

“你之前不是说底下没办法出去吗？”

“我 ×。有进料口。那边是进冰的。”

“冰？”

“对。精炼程序需要大量的水。”

“那冰是从哪里进——我 ×！我说过要关闭所有传送门。”

“威尔比的一台收割机出故障了。”奥伊斯塔说，“冰进料口宕机。传感器掉线。我看不到损伤情况。”

“她就是那个损伤，是她在经过。”坎达拉明白了过来，“威尔比是个什么鬼地方？”

“拉尼维的一颗卫星。”扎帕塔提示道，“表面为广阔的冰洋覆盖。水中矿物质含量很低，因此是供给工业系统和定居点生物圈应用的绝佳资源。”

“圣母玛利亚。杰西卡，给我一条通往供冰舱的路线，快！”

“马上就好。”

坎达拉跟随甩在她脸板镜片上的紫色提示线路拽着自己滑过通道。“威尔比有人吗？”

“没有。只有 G7 图灵机在负责冰块收割工作。一切都是全自动的。”

“很好。你知道规程。关闭所有传送门。每一扇都要关闭。”

“坎达拉。”奥伊斯塔说，“切断冰块供应会影响布雷布勒超过一半的工业系统。更别提还有需要水源的定居点了。”

“你还得等她再杀掉多少人才肯听我的话？”坎达拉吼道，“把供冰舱关掉！”

“正在断电。”杰西卡说，“听着，她进入的那个收割机里有三个供冰舱通向提取器。我已经关掉了另外两个。”

坎达拉不由得微微一笑。聪明的姑娘，她想。其他两个供冰舱的位置突然甩到了她的脸板镜片上。她改变方向，选择了其中一个没有被毒瘤用来前往威尔比的供冰舱。那个恶毒的女人很可能就在另一边等着呢，或者更糟——有一架无人机正在监视，等坎达拉走到中途时，她就会切断电路。

除非她在虚张声势。坎达拉摇摇头，对自己有些不满。想太多了吧。

供冰舱是一个宽阔的圆柱体，上面分出了五个分支，然后又进一步分支，深入到提取器深处，就像一棵树枝早已被机器束缚的古树。当坎达拉走近时，基部的一个入舱口滑开到一边，她钻

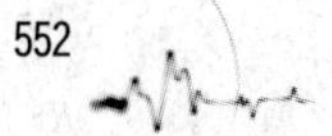

了进去。

杰西卡关闭冰流后，提取器将已经在供冰舱内的冰块吞了下去。几分钟前还充满源源不断的碎冰流的圆柱体现在已经空了，只有一小撮闪烁着光芒的碎粒。坎达拉谨慎地推动自己进入舱内，并向前方发射了几枚智能子弹。子弹没有发现什么情况，只有曲度更大的金属墙，这是提取器末端的镜像。收割机通过十几根较小的管道提供冰块。但她的传感器没有检测到有其他正在监视她的传感器。

不用再计算风险。不用再怀疑。

出发！

她用力一推，穿过传送门。威尔比的五分之一标准重力突然把她拖了下来。她以肩膀滚动着地，又迅速弹起，从地板上站了起来。与此同时，她伸出左臂，滑过一条平滑的曲线，一边前进一边发射出一串穿甲弹。子弹从两侧和上方穿过舱壁，在收割机内爆炸。步枪的冲击力将她的双脚压了下来。收割机停止了工作，她都能从鞋底感受到那种颤动。

“你知道这玩意有多贵吗？”泰尔干巴巴地问。

“我还以为你们这些高人都不屑于谈钱呢。”

“我们说的是耗费的资源，还有更换设备所需的时间。”

“你们团队是不是还缺个财务？应该雇一个。”被破坏的供冰舱开始破裂。她站在逐渐扩大的缝隙正下方，跳了起来。在低重力状态下，她那基因增强过的肌肉让她轻松地跳到了五米高，并不太稳地降落在机器后部上方弯曲而破碎的部分上。“现在关闭威尔比的最后一扇传送门。除了数据链接外都关掉，直径超过十厘米的也直接切断。”

“已经做好了。”杰西卡说，“没人能逃出这颗卫星了。”她顿了顿。“你也不行。”

“你听到了吗？”坎达拉提高音量问，尽管这么做显得有点蠢。

没有人回答。本来她就没指望会有人回答。她开始沿着扭曲的机身向前走，破碎的收割机晃动着，沉重地停了下来。

收割机非常大。前部的铲子宽三十米，当它向前滚动时，可以在冰冻的海洋中切割出一条五米深的通道。下边缘处的动力刃能刺穿遇到的花岗岩——倒不是说这颗卫星上真的有那么硬的石头。收割机队在过去二十年中已经挖出了一片小海洋那么大的坑，整个机队就在坑底作业。她可以看到远处三公里高的垂直悬崖。

她抬起头，看到拉尼维巨大的新月形身影占据了天空的三分之一。淡粉色的云带沸腾翻滚，其间夹杂着白色条纹，偶尔有一些钴蓝色的细纹从未知的深处喷射出来。无数的气旋肆无忌惮地穿梭其间，尽管没有吞噬世界的木星大红斑那么大。逐渐衰弱的气态巨行星散发出柔和的光，仿佛给闪闪发亮的冰层盖上了一层柔软的锦缎。

坎达拉爬上收割机扭曲的金属车身，到达最高点，环顾四周。“要么她有着有史以来最伟大的隐形技术，要么她就不在这里。”

“有没有发现离开的脚印？”泰尔问，“用什么手段都掩盖不住那种痕迹。”

她靠近表面仔细研究了一下，泰尔的建议让她刮目相看。五公里外，另一台收割机正在慢慢刹车，铲刃的两侧缓缓升起高高的扇形冰堆尾翼。收割机持续地工作，在坑的表面上覆盖了一层

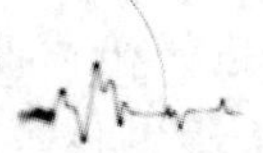

几厘米厚的冰粒，像禅宗花园一样整齐统一。“我看不到任何痕迹。”她回答道，“杰西卡，能给我找一些今天毒瘤从布雷布勒出来时的照片吗？特别是她穿的航天服的样式。”

“我大概明白你想要找什么了，稍等。”

坎达拉沿着收割机向下走了几米。站在顶端的话她这个目标就太明显了。可直到现在都没人向我开枪。为什么？

整个状况让她紧张不安，动摇了她的决心。毒瘤是不会隐而不发的。是不是我第一轮射进收割机里的子弹就打中了她？我有那么幸运吗？

“给我一张收割机的结构图。”她告诉扎帕塔，“她肯定就在里面的什么地方。”

半透明的图像甩上她的睑板镜片，收割机的内部通道和小型维修间都标了高亮。内部百分之九十的空间都是坚固的机器。当然，之前的炸弹已经打开了一些足够容纳一个人进出的裂口，不过不是很多。

坎达拉放出了十几架微型无人机，看着它们匆匆穿过裂缝。它们应该能很快找到她那难以捉摸的目标。

“你想得没错。”杰西卡说，“我正在看她今早前往布雷布勒时的视频。她穿的是标准版航天服。”

“是她从太阳系带来的，还是你们的？”

“是我们的。”

“给它的信标发定位信号。”

坎达拉屏住呼吸，但应答器没有回应。

“抱歉。”杰西卡说，“她把标准程序清除掉了。”

也可能是我的子弹击中了她。“试试总无妨。至少她穿的不是盔甲。”

“坎达拉。”泰尔说，“你又朝收割机开火了吗？”

“没有，怎么了？”

“我正在查看遥测数据——残迹吧算是。收割机主电网的系统掉线了。看起来像是被物理摧毁了。”

“让我看看。”坎达拉命令道。

甩过来的示意图显示出了收割机的电源系统。一扇很小的传送门通过阿基沙的太阳能井电网为车辆供电，不过这台大机器里也分散地安装了几个量子电池作为备用电源，以防发生电源故障，机器内的关键设备关闭。如果收割机冷却到了三十摄氏度以下，维护团队恢复起来就很难了。

她看到所有的故障都集中在同一片区域，围绕着一个为后部履带供电的量子电池。

“被击中的都是什么系统？”她边问边派出三架微型无人机前往那一区域，“有什么规律吗？”

扎帕塔绘制出一条通往那一区域的路线。她需要从左手边的一扇舱门回到收割机内。不过……里面是她最不想去的地方。“给我找一条磁轨可以穿透的目标线。”她对扎帕塔说。从示意图上她可以看到，这一部分几乎完全被密集的机器包围着。

“呃，坎达拉。”泰尔说，“被干掉的是保险系统。刚刚又掉线了两个。”

一架微型无人机钻进了这个为量子电池及其电缆提供接入口的小隔间。坎达拉感到呼吸困难。毒瘤就在那里，正用工具在一个高压柜里工作。她转过身来，将右手放在微型无人机上，动作平稳流畅。连接中断了。不过在此之前，它的辐射传感器接收到的信号达到了峰值。

是微波激射器，坎达拉意识到。毒瘤刚才用外设透过航天服发射了波束。窄波束会破坏它穿过的织物中的任何活动系统，但不会刺穿织物本身。坎达拉连接上一个公共广播频道。

“毒瘤，你已经无路可逃了。你很清楚。所有传送门都关闭了。”

没有回答。

“我获得了授权来跟你做一笔交易。告诉我们是谁雇了你，我们可以把你流放到扎格列欧斯。不然，等待你的就只有死亡。”

“她又干掉了一个调压器。”泰尔说，“限制量子电池输出的调压器只剩两个了。”

坎达拉低头看了看脚下。她所站立着的破碎车身是复合材料的——不导电。但下面的框架是硼纤维增强过的铝架。*她是想要电我吗？但是她在里面，她自己受到的电击会更强。*

这说不通啊，不过坎达拉还是蹲下身子跳了下去。她的肌肉很强壮，足以让她跃出一条长长的弧线，到达收割机的侧面。她重重地落在糊状的冰粒中，但在靴子滑动时设法保持了直立。下面的冰碴都堆到了她脚踝的高度。

圣母玛利亚！“泰尔，如果她将电池完全放电，那冰会把电荷传导到多远？”坎达拉抬头看了看破碎的收割机，准备跳回去。通常，她的盔甲可以抵抗电击，但那枚量子电池的存电量可是很大的。

“没多远。要知道下面的硬地面也是冰的。电流会直接传下去的。她得放……哦，坎达拉，要是她把量子电池短路，电池会爆炸的——这会引起连锁反应。”

坎达拉看着收割机，眼神中的惊恐越来越浓。“多大的爆炸？”

“呃——快跑！坎达拉，她又干掉了一个调压器。就剩最后一个了！快跑！赶紧离开那儿。快！”

坎达拉举起手臂，开始发射穿甲弹。电磁步枪的子弹密集射出。一连串的爆炸使耀眼的黄色蒸汽从车体的裂痕中冒了出来。巨大的收割机颤动着，轮廓也发生了变形。

她转身跃起，飞跃那片闪耀着光泽的地面似乎花费了无限的时间。降落、摇晃。她再次跃起，这次是一条较低的轨迹，跃出的距离更远。

“最后一个调压器！”泰尔叫道。

降落——

量子电池爆炸了。

坎达拉猛地扑倒在地——这个动作并没有完成。扎帕塔立即硬化了盔甲的外层，将她的四肢锁定在跳跃的动作中。在她身后，收割机爆发出半个完整的蓝白色光球。闪光从她的身体上越过，实体上是模糊的，但能量充沛。紧跟在白炽光波阵后面几毫秒的就是弹片组成的云团。

电子设备故障不断，镜头显示屏中的画面也变得残缺不全，她的外盔甲像撞钟一样发出剧烈的响声。她被迅速袭来的崩解的碎片击中，翻滚着摔了下来。在她身体下方，冰面因为能量的冲击而迅速蒸发，形成了次生冲击波。她撞到了沸腾的地面上，滚

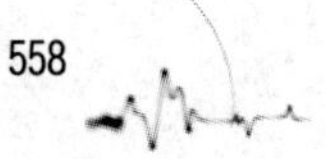

过热气腾腾的融雪。

红色的危险警示符在她的眼前闪动着。刺目的光芒逐渐消散，她混乱地翻滚着，肘部和腿部不断撞击着地面。终于，整个宇宙都安稳了下来。一团闪烁的碎片云形成了一个由珊瑚粉色余烬组成的壮观而又短暂的星系，它微妙地向地面弯曲，使挂在天空上的气态巨行星黯然失色。

坎达拉痛苦地呻吟着。图标在她的睑板镜片上稳定了下来。五个炽热的碎片刺穿了她坚硬的盔甲，灼伤了她的肉体。扎帕塔报告说，没有大血管或器官被刺破。盔甲的自密封层已经关闭，阻断了空气和血液向太空的流动。背包内，急救包将凝血剂注入了她的体内，帮助阻止伤口处的血液流动。

她想要坐起来，但又畏缩了一下。她的身体没被割伤的地方似乎是瘀青了。收割机之前所在的地方现在是一个被蒸汽掩盖的环形山口，深入冰海将近二十米。朦胧的极光像邪恶的小精灵般散布其上。她惊讶地看着沸腾的间歇泉在锯齿状的环形山边缘旋转，翻滚的泡沫在到达地面之前就冻结了。仅仅几秒的时间，这一切就消失了，极光似的磷光光晕也消失了。

更大块的残骸开始从晴朗的天空中滚落。它们散布在方圆几公里远的地方，在红外视线下闪闪发光，在掉落进冰粒中时激起层层冰雾。

又过了一会儿，扎帕塔收到了一个信号。

“坎达拉，你收到了吗？能听到我说话吗？你还好吗？”

“我在。”她回答。

通信频道中传来一阵欢呼声。

“一台收割机正在过去的路上。”泰尔说，“是我派过去给你的。速度不快，但我们正通过一扇供冰传送门派救援队过去，十分钟之内就能到你那儿。你还坚持得住吗？伤得重不重？”

“十分钟没问题。”

“到底发生什么事了？”杰西卡问。

“短路量子电池那一点你说对了。她不想说出她的雇主是谁，于是就自杀了。”

“这也太古怪了。你提供给她出路了啊。”

“我猜她是不喜欢那个条件。有很多有权势的人想对她进行中世纪式的报复。不管埃米利娅的提议有多真诚，她可能都没法活着去扎格列欧斯。”

“所以我们还是不知道是谁给了她钱，派她来做这些？”

“不知道。只能等下次了，希望你们的追捕行动干得比我好。”

朱洛斯

AA
593 年

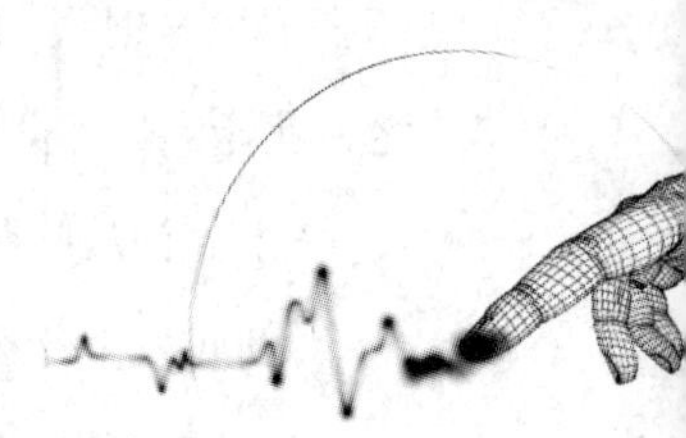

通道是圆形的，直径四米，青绿色的墙壁由类似荧光棉花糖的材料制成。德利安飘浮在空旷的中心，他的装甲推进器几乎是在持续不断地喷火以保持航向稳定。他的四个战斗伴当在前方开路。因为处于零重力状态，他们将附加组件围绕核心排列，形成一个分段的椭圆形，包裹在有着三段式的机械臂的“能量和动力”（E&K）装甲中，他们用爪刀在走廊发光的有机纤维材料上撕出一道道长缝。剩下的两个伴当负责殿后，警惕任何敌方士兵突然靠近。

液体从伴当们的爪子所造成的伤口中喷出，在通道中弥漫起一片闪光的云雾，德利安觉得那应该是营养液。雾滴融合成更大的液滴后，光芒就慢慢消失了。他拍打了几下，扫开液滴。盔甲中的传感器对其进行了成分分析，不是生物武器。

“还有五十米，然后走第三个岔口，坐标 7–B–9。”蒂利安娜告诉他。

“收到。”

“有没有发现敌人？”

“没有。”

“这个小行星肯定得有什么防御装置吧。”

“正在找。”这差不多也是实话。他在依靠他的伴当们来扫描整个通道。有点太自满了。他的眼睛改变了焦点，以便于更专注地查看传感器数据。而他的伴当们通过他的这种改变接收到了他那轻度焦虑的情绪。殿后的两名伴当立即释放了一大批虫型无人机。它们穿过稀薄的氮气大气，就像它们所模仿的陆行黄蜂一样迅捷，躲开了振荡的液滴。它们的传感器扫描着奇怪的有机墙壁，寻找任何可疑的变化。

“后方光度在下降。”他的盔甲报告道，“降低了百分之三。”

德利安检查了他的小队显示，查看人员分布。这些毛茸茸的小路以古怪的方式穿过了这座小行星城市的这片区域，所有人保持队形，沿着小路曲折前行。他们的目标是一座大型中央舱室，是早前无人机扫描发现的，里面有一个负能量回路。指挥部已将渗透任务指派给了这个小队进行，以便确认回路的性质并实施摧毁。蒂利安娜和埃莉奇将小队进行了拆分，好提高实现这一目标的可能性。

“扬茨，喂，扬茨。”德利安呼叫道，“你那边光度怎么样？我这边下降了。”

“这就看。”

德利安感到有些高兴，是他先发现了光度的下降。比其他人更精明。现在，在毛茸茸的发光通道中，两个殿后的伴当身后部分的光度已经下降了百分之五。意识到他的兴趣后，伴当们又发射了一批提克无人机落在通道的软壁上。它们的大小和形状都跟

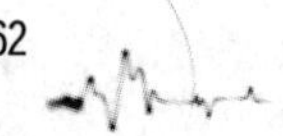

蛆虫一样，细小的身体，带着人造钻石碎粒的獠牙，深深地扎入细密的材质中。新的示意图甩进了他的视野，详述了外星有机物的化学成分。细胞以非常松散的方式编织排列，并由传导电化学脉冲的纤维连接。

是神经！

“嗯，我这边也变暗了。”扬茨回答。

“我这里也是。”乌雷特回答。

柯利安说：“这边也一样。”

“它在干什么呢？”德利安大声问道。为了回应他的疑虑，伴当们停止了移动并开始四处扫视。即使是在他的肉眼观察下，光度水平也明显降低了。他的数伴报告说，现在已经下降了百分之四十。

德利安开动盔甲的推进器，让自己靠近伴当们。全部六个伴当开始在他周围围成防护阵形。之后，提克无人机开始报告，外星细胞的结构正在发生变化，纤维束在不断收缩，密度越来越大。通过头盔传感器，德利安看到变暗的墙壁正在收缩，产生道道起伏，慢慢向他袭来，就好像巨大的食道要不可避免地进行吞咽。

伴当们迅速包围了德利安，用他们的肢体组成一个坚固的笼子，将他置于中央，并将能量束发射到那片毛茸茸的外星细胞中。最外层的细胞立即被炸干，枯萎蒸发。但是更多的波纹正像慢速海啸一样，推动着死掉的细胞和活着的组织上凝结的液体向着他们推进。即使是相干 X 射线束也只能穿透前方的死物质。从烧焦的纤维束上渗出的黏性流体正在吸收能量，在活物质表面形成一层热屏障。不到一分钟的时间，空腔就被完全填满了，吞没了他和他的伴当们。压力迅速升高，温度也开始升高。事实证明，伴当的能量弹幕在这种情况下根本发射不出去。

德利安握紧双手，伴当们关掉了光束武器。传感器定位到穿过沸腾的液体向伴当们蠕动而来的纤细卷须。动力刃向那边划去，毫不费力地切断了卷须。但是液体变得越来越黏稠，阻碍了行动。卷须仍在不断靠近，像迅速繁衍的根系一样越来越多。

连接他和小队其余队员的战术链接被切断了。“信号中断”几个大字被甩在他的睑板镜片上。×！不应该是这样的。他们用的可是量子纠缠通信。他没有浪费时间去运行诊断程序。

他尝试做出游泳的动作，装甲的执行器承受着移动四肢的压力。关节密封低级警报甩进了他的视野。他打开装甲推进器，但推进器只是将稀薄的磷光气泡射入了黑暗中。

伴当们立刻开始移动，使用他们的重力驱动器拖着他，朝着通道两旁的石墙前进。要动起来很难。新的卷须变得更加危险，几乎像固体波般冲击着他们。德利安放弃了移动四肢的尝试。现在他开始担心压力密封了，这些装备从来都不是为这种环境而设计的。自己被如此固定住的场景也开始在他的脑海中如黑色的幻影般浮现。奇怪的是，尽管盔甲受到了那么大的压力，但他仍然处于零重力环境，这在某种程度上更加剧了他的孤立感。

随着卷须变得越来越厚，他们的进展急剧放缓。前面的伴当开始发射 X 射线激光来驱散卷须。卷须已经变得太厚，动力刃都

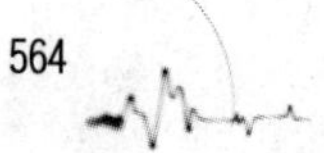

无法切开。医疗监控器显示德利安的心率在增加。幽闭恐惧症正在逼近他。他的计划是在石墙上引爆手榴弹。那里是供应细胞营养的动脉最厚的地方。如果他能切开那里，也许还能够让更多的通道失去作用，并从这片凝块中开出一条路来。

其中一个伴当停止了移动，每条肢体都被卷须吞没，但卷须还在不断增多，将他越来越深地包裹在外星细胞中。接着卷须又盯上了第二个伴当。

德利安颈部深处的一个新腺体向他的血液中注入了温和的镇静剂。真奇怪。他知道他应该感到恐慌，却并没有那种感觉。相反，他命令伴当发射了一枚手雷。手雷刚从发射管喷嘴飞出不到十厘米的距离就被卷须缠绕住了。

德利安引爆了手雷。他的装甲足够坚固，可以承受爆炸的冲击，但冲击波还是震得他头晕目眩。“圣徒啊。”他呻吟道。装甲上的几个密封警告已经变成了琥珀色。他的腺体又释放了一次激素。这次似乎并没有什么效果。爆炸结束了，但他的四肢仍在颤抖，体温上升了，不过他的皮肤感觉就像冰块一样。

“冷静！”他命令自己，“×，给我冷静！”他的声音听起来微弱而惊恐。*伊蕾拉会怎么做呢？*这个问题让他无法抑制地狂笑了起来。*首先就不要陷入这种麻烦里。*

情况看起来很糟。伴当们都停了下来，他们的重力驱动器的功率不足以推动他们在纠结的卷须中继续前进。

手雷也不能再用了。

能量武器的能量会被液体作为热量吸收。

动力刃也切不过去。

加油啊，快想！

装甲的传感器显示，卷须开始缠上了他的双腿。几分钟之内他就会被包裹在茧中，可能连几分钟都用不了。他没有能量去撕碎那些纤维束。

能量！

他大叫了一声过去在年级组游戏中的口号。声音在头盔里真是惊人地大，将他的幽闭恐惧症也延缓了几分。而现在的情况是，一旦装甲密封被破坏，他就会被溺死在外星人的黏液中。他花了三十秒的时间向伴当们发出指令。重新布置他们航空电子融合室的电力输出，将保险系统下线，把输出调至红线。

“发射。”他命令道。

二十七台发电机的总能量通过伴当的外壳发射了出去。一切都变黑了。德利安的显示器一片漆黑，装甲的所有功能掉线。他甚至无法感觉到自己伴当的存在，这更激起了他的恐惧。

对黑暗的恐惧击中了他。他开始挣扎。装甲紧紧地包裹着他。他尖叫了起来。

“稍等。”蒂利安娜冷静的声音穿透了那令人不安的黑暗，“我们这就弄你出来。”

执行器发出的高亢的鸣叫声刺穿了德利安的狂热。他强迫自己停止挣扎，颤抖着做了几个深呼吸。前方出现一道亮光，头盔的铰链松开了。快啊！伟大的圣徒们，停止这一切吧。然后，装甲内部的海绵触垫松开，释放了他汗湿的身体。头盔完全打开了，他看到一束金属触须拉着实景模拟蛋的上半部分离开了他的身体，缩回到实景模拟室中央的服务球，这让他在实景模拟蛋下半部分

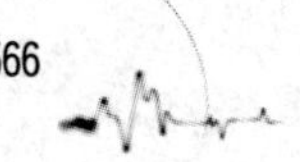

的基座上方飘移了几厘米。他伸出手，从脖子和大腿上剥下医用贴片，然后扯下阴茎上的引尿管套。

伴当们的意识退回到了他的脑海深处，他们一点都没有感到沮丧。对他们而言，这只是又一次训练而已。

“你没事吧？”蒂利安娜问。

“没事，当然没事了。”此时此刻，德利安完全不想回忆刚刚所发生的一切，自己之前的反应有多糟。压力感已经消退，取而代之的是难以忍受的尴尬。他都不敢抬头环视这间球形舱室。

其他几个实景模拟蛋也打开了，他的队友们也在基座上方飘浮着。他们当中的大多数甚至没有力气自己去撤掉贴片和管套。

真是太差了。他想——尽管他的内心深处有个小小的声音在怀疑，不知道这是不是他们应得的结果。在过去的十八个月里，他们一直在进行各种实景模拟，都是战略工程师们所能想到的最严苛的那种——那帮人可是很能想的。百分之八十三的成功率，这让他的小队在所有队伍中遥遥领先。不过这次，这可完全是另一个层次的问题了。

他可以猜得出他们为什么会创建这样的实景。那些资深人士认为，偶尔让团队的自信心受一受打击也没什么坏处。他甚至可能会同意这个理论。但实际经历一下——那种被吞噬的恐惧，孤身一人，甚至连伴当都没有，被活埋在邪恶外星人的体内——这让他感到担心，担心这会对他们产生多大的负面影响。

不过他是团队的领导，凝聚人心是他的工作。*我可不能让他们被打倒*。他从座位上滑起，飘向赞特。“真××，是不是？”

赞特虚弱地笑了笑。很显然，就连做这个动作也消耗了他不少的能量。

“喂。”德利安叫了一声，他环顾四周，“有人活着冲出来了吗？”

有几个人摇了摇头，其他人甚至都不愿意抬头看他。球形舱室里的气氛甚至比多年前他们被困在那场虚假的事故中时还要低落。这次模拟又把他们一下子变回了遇险的小孩。他不喜欢这样，一丝愤怒的火花在满室愁云中升起。“蒂利安娜。”他叫道，“刚才那样在我的浑蛋量表上可能拿十一分了。乌雷特，今晚不许和她做爱。这是命令，明白？”

乌雷特嘴角微微上扬。“明白。”

舱室内闪过几个半心半意的笑容。

舱室门在距离德利安飘浮的地方五米处打开。蒂利安娜飘了进来，她抓住雷洛的实景模拟蛋基座，让自己停了下来。

德利安本以为她的脸上会带着一丝狡黠的笑容，随时准备说几句调笑的话，嘲笑他们有多没用。随着这几句打趣，友情就会恢复。然而，她却是一脸不安的表情，这使德利安对刚才所发生的一切再次产生了怀疑。

埃莉奇飘进舱室内，也是一脸沮丧的表情，同时浮现在她脸上的还有一份恼怒。她向来缺乏蒂利安娜的那种耐心。

“好吧。”德利安对她俩说，“告诉我们，那不是一次自杀性任务。”

“当然不是了。”埃莉奇说，“你们连小行星的百分之十五都没走完。”

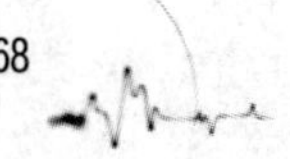

“你们？”赞特的声音中带着一丝挑衅，“为什么不是我们？你们算什么？你们俩应该是我们的守护天使。我们太笨，搞不清楚外面正在发生什么，忘了？我们需要依靠你们。”

“放松。”德利安用尽可能轻松随意的语气说。

“我感觉就像是一场自杀式袭击。”法拉尔哼了一声。他扯下脖子上的医用贴片，情绪低落。

“所以我们要怎么样才能穿过小行星？”马洛特问。

“别这样。”蒂利安娜说，“他们又没给我们作弊清单。今后的实景任务只会越来越难。你们最好早点适应。”

“谢了。”赞特说，“打击士气——应对真实敌人的最好方式。”

德利安瞪了他一眼以示警告。“够了。我们是一个团队，要共同面对。”

“我正要警告你们通道上的有机物的事。”蒂利安娜说，“我动作慢了。抱歉。”

“所以你确实知道该怎么出去？”乌雷特轻声问。

“反正她今晚别想从你身上得到什么。”雷洛责备道。

至少有几个人笑了。德利安想。

“没有。”蒂利安娜慢慢地说，“不过既然生物发光的光度下降，那就说明生物体在将能量转移到其他功能上。事实证明确实如此。”

“后见之明。”柯利安遗憾道，“总是最明确的。”

“好吧。”德利安尽力将话题引回正轨，“明天回去之前，我们先全面回顾总结一下。大家都好好洗个澡，今天就先这样了。圣徒们也知道，我们今天需要好好休息一下。也许还得喝点。”

所有人都表示赞同，情绪也稍稍好了些。所有人都将贴片取了下来。小队里的各位队员朝出口处飘了过去。乌雷特飘到蒂利安娜身旁，轻轻吻了一下她，两个人一同穿过舱门，并对其他人起哄的嘲笑声报以微笑。

德利安刚要走，赞特一把抓住了他的脚踝。

“我们不是一个团队。”赞特说。

“什么意思？”德利安问。他现在并没有心情讨论这些。他已经安排好了之后的休闲活动，他知道这会缓解他的沮丧情绪。等到明天回到高轨道空间站时，他们就会做好准备，狠狠干掉那该死的小行星袭击模拟实景。

“埃莉奇和蒂利安娜只是团队的三分之二。”赞特说。

“圣徒啊，省省吧！这都已经多少年了。”

“她不会回来了。我懂。可我们需要人来替代她。伊蕾拉是不会让我们被人揍成那样的。去他的圣徒。刚才那会儿我还以为自己要死了呢！”

“那就是个模拟任务。”

“是，说得好像你在那儿多闲情逸致似的。我们所有人都抖得跟筛子一样，所有人。”

“过度投入了。”德利安轻声说，“他们警告过我们的。这些实景太真实了，你在投入其中时会不再怀疑。”

“嗯，你最好让他们训练到能够克服这一点，或者疗法，或者其他什么玩意。”他摇摇头，“我一想到明天还要进去就感到紧张。真是太可笑了。”

“我知道。”

* * *

洗完澡，换了衣服，德利安穿过通往卡布朗斯基空间站的传送门。这座空间站在朱洛斯上空八万公里的轨道上运行，是旧时空中要塞编队的核心，一个长方形的方格，长二十公里，武器系统整齐地排列在外侧，所有武器都接通了电源，警惕着敌人的到来。在面向朱洛斯一侧的中间位置，有一座向下延伸了五十公里的重力锚塔，用来校准整个结构。塔架的尽头是一颗金属小行星，上面有一个两公里长的环形空间，里面驻扎着战列舰的军事人员和负责建造战列舰的工程人员。那些战列舰被安置在飘浮在方格阴影下的工业站场集群中，还有其他一些更专业的队伍也驻扎在这片环形空间内。

伊蕾拉正在花园区等候着德利安，那是一条三百米长的超环面，拥有厚厚的透明六边形的测地线屋顶。花园里种植着热带植物，尽管园艺遥控机已经尽了最大努力去修剪，但是经过两百年的时间，草木还是生长得过于茂盛了。

伊蕾拉一如既往地躬下身子用一个柏拉图式的吻来欢迎他。经过这道欢迎程序，她停下来，打量了一下德利安的脸，说：“怎么了？”

“圣徒啊！这么明显吗？”

伊蕾拉脸上的笑容带上了嘲讽的意味。“啊，那个有生化墙隧道的小行星基地。”

“你也知道？”

“实景小组准备了好几个星期。他们就跟九岁的孩子一样咯咯咯地笑个不停，还拿屎尿屁的段子来描述你们可能的反应。”

“这一点都不好笑，小伊。”

“我知道。”她挽住德利安的手臂，两个人一同沿小径走着，“那个会收缩的玩意可吓死人了。”

“你也进去了？”德利安惊讶地问，不知道自己是应该愤怒还是刮目相看。

“对呀。他们需要志愿者进行试运行测试。我也提了几个改进的建议。那个装甲密封失效警报和在高压下溺死的威胁场景就是我提的。”她自豪地说。

“你帮他们把那个弄得更可怕了。”

伊蕾拉恶作剧般地笑道：“我最了解你们这些男孩了。实景小组很在意我的意见。”

“活见鬼了！”

“敌人是不会轻易放过我们的。”

“这我知道，可……你居然！”他假装困惑地摇着头，“赤裸裸地背叛。”

“嘿！”伊蕾拉调笑般地打了他一巴掌。

正是他们之间的轻松时刻使他对未来充满了希望。在过去的一年中，他们重新获得了很多过去曾经拥有的东西。在两个人都有空时，他们见面、交谈，有时还一起看电视剧。他们还一起去过几次音乐会。不太像以前那样了。他们并没有再次成为恋人。暂时还没有。但是这种关系，无论是什么，对赞特来说都太过分了。“我无法与之抗衡。”这么告诉德利安后，赞特就搬出了他们共同的住所。

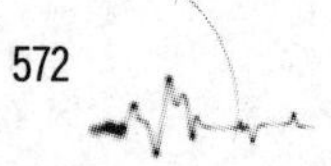

“抗衡什么啊？”受挫的德利安质问道。

赞特微笑着耸耸肩。“希望。你会与她重归于好。你们俩会在最终之战之后共同飞往圣殿，从此幸福地生活在一起。反正就是那种玩意。你其实从来都不在这儿。”

“我在啊！”

“心不在，脑子不在。你无时无刻不在想她。”

“我试过放电。”德利安跟面前的伊蕾拉解释道，“但我慌了，电量用得太大，把所有设备都烧毁了。”

“好吧，呃，这主意听起来还算靠谱。”

“是吗？所以……”

“不，我不会帮你作弊的。”

德利安失神地笑了笑，用手臂搂住她。“反正是有解的？我们确实可以进入舱内，拿到里面的负能量回路？”

“有可能。”伊蕾拉笑道。

他们漫步到他们最喜欢的一处树林。在那边，老树的树干沿着环形旋转引力的弧度以相同的浅曲率向上生长，好像在以同样的角度弯腰一样。德利安总是觉得走在那些树下面让他有些不安。兰花和蔓生苔藓淹没了上面的树枝，羽毛色彩艳丽的鸟类穿梭其间。树林的边缘有一个小瀑布，瀑布的水流进一个池塘，池塘里到处都是古老的黑色锦鲤和金色锦鲤。池塘旁边是一个圆顶凉亭，顶上铺满了甜美的茉莉花瓣，亭子里摆放着一张大理石桌。

两个人坐定后，遥控机器人从包裹中取出他们的饭食，为他们摆好。德利安喝了一小口遥控机器人倒的酒，透过茂密的植被遥望着那一小片星空。朱洛斯一直都在测地线边缘的正上方，各种自由飞行的辅助空间站在视野里进进出出，形成一道道短短的弧形尾迹。

“那个是摩根号吗？”他问。一座战列舰组装空间站刚刚出现在他的视野中。

伊蕾拉都没从遥控机器人放在她面前的那盘烤扇贝前抬起头看一眼。“不是，那是麦考利号。从这儿你是看不到摩根号的。”

“它快建好了。”

“我知道。”

德利安吃起了自己盘子里的扇贝，并暗自希望盘子里的远不止三只。战舰组装终于在上周完成，德利安即将和他的小队乘坐摩根号飞向银河系。他急切地想要知道伊蕾拉是否会一同前往，但是他太害怕了，根本不敢问。如果她不去，那就这样了。一切就此结束。相对论的时间膨胀理论将使他们就此分别。也许在几千年后的某一天，当人类最终重聚时，他们俩中的一个可能会在历史档案中看到另一个人后来的情况。

他张嘴想问，却听到自己说：“诱饵准备得怎么样了？”

伊蕾拉的笑容灿烂而真实。“非常好。只要他们开始发射无线电广播信号，敌人就无法抵抗调查这个文明的诱惑。我们称他们为瓦扬人。他们将会是四足动物，拥有两段式的身体，就像两个甜甜圈摞在一起一样，腿在下半部分，而胳膊和嘴巴在上半部分，然后在他们的顶部会有一个有弹性的传感器颈部，可以向任何方向转动而不必转身。”

德利安想象着那幅画面，不由得皱了皱眉。“是吗？我以为动

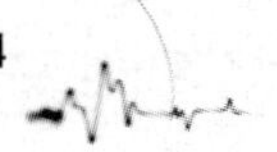

物会进化到指向一个方向，总会有前后的区别。”

“不会啊。”伊蕾拉说，“那也不是绝对的。威兰特有一个动物属就是五重方向性的。”

“威兰特在哪儿？”

“那是一颗冰冻行星，距我们七千光年远。一艘旅行者世代飞船很久以前就发现了它。他们在那里停留了五十年，研究土著物种。其中有一些很有趣的生物化学现象。”

“冰冻行星？”

“对呀。”

“我以为冰冻星球上的一切活动都很慢。”

“他们的能量代谢水平是低一些，所以一般来说，那里生命活动的速度没有标准世界这么快。但是，威兰特上的物种都有某种化学储备，因此如果受到威胁，他们也可以更快地移动。有点像我们肾上腺素飙升的时候。”

“好吧。那他们——呃，有五个头吗？”

“没有啦。他们使用声波来探测周围的环境，可以同时处理来自各个方向的返波。他们的神经系统很特别，给了他们那种能力。”

“那么他们都是掠食者，像莫罗克斯那样？”

伊蕾拉有些好笑地摇了摇头，喝了一小口红酒。“不是那样的。他们更像是海星。他们在甲烷海洋中穿行，里面有大量的碳氢化合物淤塞，声呐也就能派上用场了。”

“开玩笑的吧？你们基于瞎眼海星构想了一种外星智慧生物？”

“这是一种推想练习。威兰特的神经生理学给了我们一条合乎逻辑的发展线，能让瓦扬人显得更真实。我们已经在分子引发剂中制造出了全尺寸的瓦扬生物体。他们还需要改进，但是是成功的。德利安，这项工作很有趣，也很有挑战性。我很喜欢。”

德利安顿了顿，等遥控机器人撤掉了前菜的餐盘，说：“所以这就是你的工作？制造真正的外星人？”

“生物化学非常有趣，不过这并不是我的工作。我在世界建造组工作。我们基于我们创造出的生理特征来为他们建立整个文化，还有历史、语言、艺术。决定他们有多守旧，有多激进，以及这些特征出现的缘由。”

“那他们激进吗？”

“哦，挺激进的。没有太空时代之前的我们那么激进，不过也足以让他们拥有令人信服的高速科技发展了。这样我们才能尽快提高无线电发射能力，并在找到合适的星球后进行广播。”

“整整一个物种的历史。”德利安咂了咂嘴，“真不得了。”

“没什么，真的。我们的工作就是设计参数并绘制总体时间表。就连管事机器人也没有这种程度的想象力，所以还是要依靠古老人脑的优秀创造力。一旦设置好框架，管事机器人就能填补细节，比如人名地名、微观政治、流言蜚语、社会名流之类的。”

德利安举起手中的酒杯。“所以总体而言，你已经成为女神了，在创造一个新世界。”

伊蕾拉举起自己的酒杯与他轻轻一碰。“是啊。所以小心点，不然我会用雷劈你。”

“这我相信。”德利安不假思索地从桌子一端探过身亲吻了伊蕾拉，“跟我们一起坐摩根号走吧，求你了，伊蕾拉。没有你我忍受不了这个任务。不，别管什么任务了，我只是不想没有你。”

伊蕾拉脸上的表情把他吓到了。这种表情他之前也见到过一次。那么绝望，那么孤独，就在可怜的乌玛和杜尼出事前的那晚。

她的手臂越过桌子伸向他。他看到她的手指在发抖，于是本能地一把抓住了她的手。

“你是认真的吗？”伊蕾拉问，“真的吗？在经过那一切之后？”

“我是认真的。”德利安说，“我从没有对哪件事这么确信过。”

“我不太确信自己能配得上你。”

“恰恰相反。”

“我会跟你走，去摩根号。一个月前我就跟他们申请了。”

德利安忍不住笑了起来。“你可真是比我聪明多了，不是吗？”

“不。我只是想事情想得更快而已。”

“如果这还不算聪明，我就不知道什么是聪明了。”

伊蕾拉起身过来坐在他的大腿上，微笑着搂住他的脖子。“我不想骗你。”

“我也是。”

“德利安，我说真的。我们不能保证有一个长久的未来。试图告诉自己一切会长长久久，那样不对。你和我不是旅行者世代飞船上的人类，我们存在的目的就是为了打仗——事实上，这个事实还在困扰着我，可能会一直困扰下去。我们可能会赢，也可能会输，或者死在迎接胜利的中途。这其中唯一确定的一点就是，摩根号会战斗下去。尽管胜率不大。”

“我知道。可不管我们还有多少时间，我们都要一起度过。我只需要确保这一点。”

她用鼻尖轻轻触碰着他的鼻子。“我的德利安，你真高尚。”

德利安倾身吻了上去，那感觉的每一丝每一毫都与他记忆中的一样美妙。

评估小组

费里顿·凯恩
尼基雅
2204 年 6 月 25 日

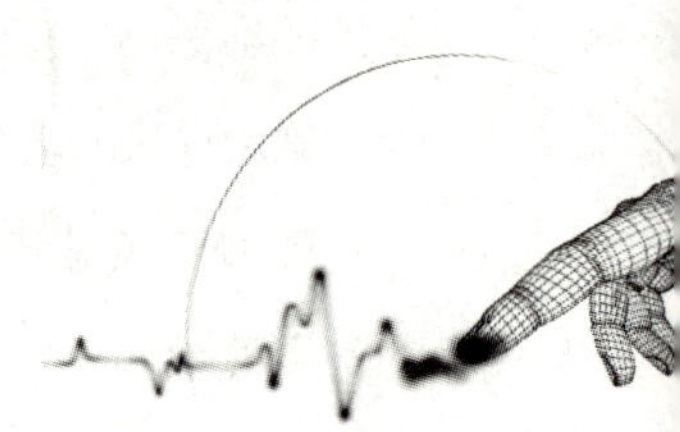

我之前并不知道杰西卡也是那个乌托邦组织用来对付毒瘤的团队中的一员。她坐在舱室的另一端，洛伊的旁边。自从游侠开拓者离开尼基雅基地后，他们俩基本上就一直腻在一起。而他们俩都有我所不知道的过去。虽然没有掩盖，但也需要大量挖掘工作才能弄清楚他们俩完整的时间线。

当然，同样的话也可以用在尤里、卡勒姆和阿利克身上。考虑到他们的相关记录有多少层安全防护，情况就更是如此了。但他们是我进入真正决策圈的直接途径，能够接触到那些真正具有影响力的人物。从逻辑上讲，那些人可能就是人类对奥利克斯人的妄想的源头，也正是因为他们，各个派系才在监视奥利克斯人身上浪费了惊人的资源。我一直坚信，他们当中有人在为一个看不见的邪恶敌人工作，他反对奥利克斯人为太阳系带来的一切好处。坎达拉也是个外部的不确定因素。对乌托邦高级理事会来说，邀请她来参加消除破坏活动的行动，本身就是一个奇怪的决定。我原以为是因为卡勒姆，但现在看来他根本不赞成她的观点。尽管如此，这种巧合还是不寻常的。也许是神在试图告诉我点什么吧……

坎达拉的故事讲完后，阿利克闷闷不乐地点了点头。“所以这就是毒瘤身上发生的事情。我一直都想知道。”

“我来猜猜。”尤里说，“你们宝贵的调查局一直都没有搞清楚是谁雇用了毒瘤来破坏布雷布勒的工业站场和奥尼斯科的研究团队。”

“我们查了。”卡勒姆说，“查了好几年。可她就是个不可救药的臭婊子。毒瘤很厉害，留下的线索很少，不论是在虚拟领域还是在现实领域。”

“她可不是后继无人。”阿利克低吼道，“现在与国家安全机构和公司安保部门争斗的地下行动组织还是多如牛毛。她的死什么都没有改变。”

“没有什么立竿见影的大改变。”我说，“不过至少现在没人去黑纽约护盾的文件了。布雷布勒和奥尼斯科呢？”

“很安全。”卡勒姆确认道，“毒瘤事件让我们意识到了自己的安保有多脆弱。我们现在用 G8 图灵机来管理和过滤我们的关键网络。高级理事会让安全局低下了头，与太阳系内的一些机构共享活动人士和狂热分子的信息。我们也建立了自己的安保程序。”

“所以真是人人有收获。”阿利克哼了一声，“只除了在你们抓到她之前，就被她夺走生命的那些人。”

“她再也杀不了任何人了。”坎达拉说，“这对我来说就是个好结果。”

“雇用她的人还会继续活动。”阿利克说，“杀了她只会暂时阻碍他们的计划，解决不了任何问题。”

坎达拉冷冷地看了他一眼。“人又不是我杀的。她是自杀的。”

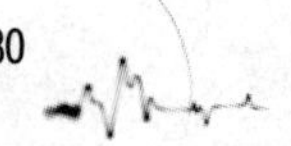

“你应该跟她做笔交易的。”

“我提条件了。”

“显然条件提得不够好。真正的执法在于平衡。尽管名声在外，但毒瘤只是条小鱼。基本上，就是你的镜像而已。”

“去你的！”

整个车厢里鸦雀无声。时间似乎也被拉长——

“我们就快到了。”我说。游侠开拓者正面传感器发出的图像甩到了我的睑板镜片上。我最不想看到的一件事就是在这里爆发争斗，那会使气氛变得无法修复。我的嫌疑人们仍然对彼此开诚布公，而我需要继续保持这种氛围。偏执妄想主导了分割普世主义与乌托邦主义的鸿沟两侧，而在其中的某个地方，一定藏有偏执起源的线索。他们这些人仍然是我找到本源、找到那个外星人的希望。

听到旅程即将结束，所有人振作起来，并开始接入游侠开拓者的传感器。

坠落点的基地刚刚出现在地平线上——那是六个银白色的圆顶组成的集群，用粗短的压力管锁定在一起。虽然它们很大，但比起覆盖在外星飞船上的充气机库仍然相形见绌。红绿相间的矩形硅胶织物大得足以覆盖整个足球场，看上去它紧紧地包裹着结构性安全网，仿佛随时都有可能破裂。

这几个圆顶都没有车库：那会是对造价高昂的居住空间的极大浪费。驾驶室中，萨顿·卡斯特罗和比·贾因小心翼翼地将游侠开拓者开进从圆顶侧面伸出的气闸管中。

密封圈嗞嗞作响，所有人等待着。随后，“压力正常”的图标甩进了大家的视野。

* * *

基地指挥官兰金·沃里尔就在管道另一端等着我们。他是联协最棒的麻烦终结者，一脸充满活力的微笑仿佛让空气都灵动了起来。他说话的语气中充满了权威感，毫无疑问，他就是这里的负责人，无论我们每个人本来是何种头衔。

“我想你们应该都想直接去看飞船？”他问。

“当然了。”尤里说。

兰金指了指管子伸出去的方向。就像波江座的第一座基地一样，这个基地给人的印象是既坚固又先进，而且造价不菲。经过实验室和宿舍时，我们瞥见的所有设施装备都是最高级的，但所处的环境都是最简陋的。我觉得这勉强还算令人安心。

洁净室分为三个部分，这里是公司技术专家传播流言蜚语的地方。先是外星环境服（AES）出舱室（更衣室）。然后是地表生物消毒区（在前往飞船之前先清除 AES 表面携带的地球上的虫子）。最后是异星生物净化套间，类似于乡村俱乐部更衣室中的一排小隔间，在离开飞船后你要在这里淋浴和照射，以确保外星病原体不会被带进基地。

我的 AES 并不像我穿过的某些航天服那样臃肿。它不需要有防辐射层，也不需要粒子撞击装甲，热减速层也很薄。基本上，它就像是带头盔的连体服一样。我通过脊椎处的开口套好 AES，桑杰也连接上了 AES，密封了开口，然后将头盔底部的项圈收紧，在我的脖子上形成一个不透气的密封圈。又用了一分多钟的时间，其余的淡蓝色织物在我的身体周围收紧，将多余的空气排出。随着 AES 套装形成厚厚的第二层皮肤，我的活动自由度明显增加。甩过来的遥测图告诉我，一切都很稳定。如果我没看错显示的话，那么量子电池中的电源应该足以驱动空气循环模块运行一个月。

头盔减少了闲聊，反光涂层遮住了视线，不过我仅凭身体姿态就看得出来，大家都急着想要继续前进。他们应该也会从我的体态中读出同样的信号。

我们进入了灭菌区，三层压力门在我们身后关闭。灰蓝色的气体从天花板上喷出，然后又被地板上的格栅吸走。整个程序持续了五分钟，然后兰金·沃里尔带领我们进入了最后的气闸室。

他们一到达基地，工程团队和其他远程控制人员就着手挖开了飞船周围的碎石，露出了下面的基岩。清理完毕后，他们就将机库的框架直接熔接到了基岩上，然后向织物内泵入纯氮气，环境温度缓缓升至十摄氏度，以方便科学团队作业。

我们沿着坡道进入了机库，机库的织物上嵌着灯，光线非常明亮。灯光照射下的飞船带着植物的那种深红色，就像一朵曾经充满活力的鲜花正在凋零。飞船约有六十米长，三十米宽。最高处距离地面大约有二十五米。但这只是整体尺寸。机身本身可能要小百分之十五，基本上是被截短了的圆锥形，机腹平坦。额外的尺寸是由一些突起物组成的（就称之为小翼吧），将近有三百个，从飞船的各个部分伸出，不少都已经弯曲或被折断，表明飞船在硬着陆时遭到了不小的破坏。从我这边的角度来看，它应该是先左舷着地，然后才以腹部着地的姿态停了下来。

附近有一个舱口开着，三个矮胖的小翼扭曲形成一条直线，清理出了一条通往舱口的道路。舱口本身使用机电执行器，与人类技术没有太大区别。

“飞船内部的空气已经泄漏光了。”兰金说，“所以技术人员就把氮气灌了进去。这是种很好的中性气体，不会产生化学反应。截至目前我们还没有监测到飞船结构中有任何不良反应。”

“你们知道原来的大气是什么成分吗？”洛伊问。

“对生命维持系统的初步检查表明，应该是氧气与氮气的混合。两者的百分比似乎与地球不同，但差别不大，氧气含量略高。”

“那些翅膀似的东西都是什么？”卡勒姆问，“有什么功能吗？”

“那些东西的核心材料类似于我们的活性分子材料。物理小组认为它们应该是负能量导体。”

“负能量？你是说奇异物质？虫洞那种？”

“对。”

“所以用的是超光速引擎？”埃德伦兴奋地问。

“有可能。”

“有可能？”

“那些翅状物只是导体而已。”兰金说，“我们认为它们应该是导流负能量用的。目前我们还没在飞船上发现任何能够产生负能量的装置。”

“那它是怎么飞的呢？”

“最大的可能性是沿虫洞穿行，就像火车沿铁轨行驶一样。”

“不过中间出了点问题。”尤里忽然说，“它脱轨了。”

“很有可能。所以飞船因为某种未知的原因脱离虫洞，进入了正常时空，很有可能没办法再回去了。飞船尾部有一些聚变舱，估计起的是火箭和发动机的作用。”

“所以说……飞船脱离了虫洞，进入星际空间，然后依靠核聚变发动机飞到了这儿？”

“很有可能就是这样，是的。”

“我 ×！”

“你之前说飞船上有人类。”洛伊说，“也就是说，外星人的虫洞在某个人类星系里有开口。”

“是的。”兰金说，“应该就是这样。”

“制造虫洞所需的能量极大。”洛伊继续道，好像他是在靠自言自语来整理思路，“即使是把太阳系内所有太阳能井的能量合并到一起可能也不够。这得需要卡尔达舍夫指数上的Ⅱ型文明[1]才能制造出那种规模的能源。”

“同样，你说得对。”

“哦，老天哪。”阿利克轻声说，“你是说一直以来的疯狂阴谋论都是对的吗？我们正在被小绿人监视吗？从 20 世纪 50 年代就开始了？而且他们确实在绑架我们，拿我们做实验？”

“哦，不是的。”兰金的语气中充满了阴暗的戏谑，“他们做的可比那糟糕得多。”

“那到底——”

---

1. 卡尔达舍夫指数，指基于驾驭能量总量划分的文明等级体系。Ⅱ型文明，即行星系文明，能够利用其所在行星系中所有可用的能量。

“咱们进去吧，好吗？”

我们跟着他走了进去。舱口通向一个很简单的气闸舱。工程师拆掉了内门，十几根电源电缆和数据电缆蜿蜒穿过，进入船内，在每个交叉路口都有分支。

桑杰甩出了飞船的示意图，飞船内百分之九十的部分都已被绘制了出来，缺失的部分主要是大块的机械，例如聚变管和各种储罐。走廊是宽阔的管道，上面穿着一串被塔克凝胶点固定住的灯，用来照亮。如果是人类的飞船，那肯定会有一条沿飞船径向的主通道，然后各个分支通道与主通道呈直角分布。而这艘飞船上的通道都是重叠的圆环，其中一些倾斜的角度还很大，圆柱形的舱室也是成簇排列的。

兰金带我们来到中央舱，这间舱室与飞船等高，里面被步道网格划分为三层，但步道上没有任何扶手。所有舱壁都是光滑的亚光金属，看起来好像是一体成型的，上面没有一块显示器或者控制面板，唯一的开口就是放救生装备的小格子。

几位技术人员正在内部工作，他们的仪器卡在舱壁上，光缆形成了一张乱糟糟的蜘蛛网，连接着他们的设备与三台G8图灵机。那些图灵机都装在黑色金属保护箱中，上面还安装有散热片。

兰金顺着一架绳梯爬上中层步道。

“我们管这里叫舰桥。”他说，“因为看起来这里应该就是负责指挥的地方。”

舱室中央悬挂着一个直径两米的球体，由十个手掌一样宽的径向支架支撑。所有人都围到了球体周围，脚靠到了步道的边缘。球体和飞船的其他结构一样空洞，什么信息也看不出来。只不过现在上面贴了二十多个传感器垫，还有一些大型 3D 屏幕不太稳固地挂在支架上。上面显示的图像就像是在对一个大鸡蛋进行深层扫描。

“好吧。”尤里疲惫地说，“这是什么？”

“有机神经处理单元。”兰金说，“或者说这就是飞船的大脑。机载网络不是光学的，甚至也不是数字的，而是神经的。”他拍了拍支撑杆。“这些既是神经导管又是营养饲管，类似于脊柱。神经纤维连接着每一台机器，其中很多都是生物力学的。”

“它还活着吗？”坎达拉警惕地问。

“没有。不过，小聚变管里有两个仍在起作用，所以应该还有动力。据我们所知，支持大脑的营养器官系统在冰冻之前没有受到破坏。理论上讲，我们认为在跌出虫洞落到尼基雅的路上，大脑都还是活着的，在着陆一段时间后它才死去。死因未知，但我们认为第一批失效的系统中应该有生命维持和供暖系统。”

“这么大个的脑子都没想出来该怎么修好供暖线路？”卡勒姆怀疑地说，“太扯了吧。”

“这取决于着陆时还损坏了哪些部分。而我们的外星生物学就是从这里开始变得有趣的。当然，我们给脑细胞取了样，它的遗传分子功能与 K 细胞类似。”

“×。这是艘奥利克斯飞船？”

“我说的是类似。我的团队告诉我，它的生物遗传学特征比奥利克斯人的要复杂得多。这个外星分子中所包含的所有信息似乎都是有效的，没有相当于人类 DNA 中垃圾染色体的东西，这就有效地赋予了每个细胞成为设计者所需的任何类型的细胞的能力。

就像一个超级干细胞，可以通过正确的化学激活代码开启任何功能。只要获得有效的模式，你就可以随心所欲地构建自己想要的一切。在这种情况下，他们选择构建了一个大脑。”

“全能的上帝啊！”

“还有更厉害的。船上的几个储罐里装的都是中性态的这种细胞。当然，已经都死了。”

“够了。”阿利克开口道，“那些该死的船员在哪儿？尸体呢？”

“一具都没有。”兰金说，“至少我们没找到。”

“见鬼的，这说不通啊。”卡勒姆说，“好吧，我知道我们是不会这样设计太空船的，而且没有冗余备份我也看不惯。不过要是那个大脑不需要船员，那它造这么多舱室干什么？”

“我们目前的理论认为，大脑会根据需求用储罐中的细胞造出船员来，类似于生物图灵机遥控机器人。我们目前在飞船上的调查工作主要集中在与储罐连接的设备上，我们觉得那应该是某种生化子宫。飞船坠毁后，相应的机制失效了，所以大脑无法自行构建修复系统所需的任何东西。”

“不对。”阿利克直截了当地说，“这肯定不对。你说你们上来的时候舱门是开着的，对吗？”

“对。”

“这表示飞船坠毁后有东西出去了。大脑肯定没有打开舱门的其他理由。飞船上肯定还有某种可以移动的生物。你们搜索过周围的区域吗？”

“外面有一千五百架无人机在寻找地面上可能存在的任何活动痕迹。截至目前，它们已经覆盖了一千多平方公里的范围。什么

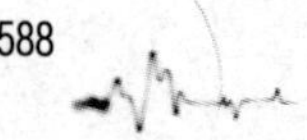

都没有发现，没有疑似脚印的凹痕，也没有蹄印、爪痕或者触手留下的痕迹，没有疑似轮毂留下的线条，也没有疑似火箭推进器造成的爆炸坑。什么都没有！如果真的有外星人离开了这艘飞船，那它肯定是一路不触地飞出去的。”

“如果是被救走的，那遇险信标不应该还开着。”卡勒姆说。

“我们在讨论的是外星心理学。”埃德伦说，“不能拿人类的想法去推论。”

“如果他们获救了，为什么要留下货物？”兰金反驳道。

“说到这个。”尤里说，“接下来我想去看那几个人。”

“当然可以。”

货舱是尾舱中最大的舱室，也是圆柱形的。这个舱分为四层。因为容纳着休眠舱，步道比之前的要狭窄得多。几名医疗技术人员正在忙着检查外星设备和那些探测他们秘密的传感器。

“没有空气。”兰金说，“不过动力系统还在给休眠系统供能。”

“算他们命好。”坎达拉说。

“看你怎么看了。”兰金轻声说。

我们沿走廊来到舱室的第二层。我瞥了一眼休眠舱，它们的外观看起来很笨重，就像石棺一样，表面是曲面的，光滑又透明，里面黑暗、寒冷，空着没人。

“看起来像是人类的设计。”洛伊说。

“设计出来给人类用的。”兰金对他说，“这会造成人对外观的视觉偏差。不过我可以向你保证，这些都是外星制造的。不管建造飞船和制造这些东西的是谁。原因你们在下一层就会知道。”

我们跟着他从连接不同步道的绳梯鱼贯而入。

“我们假设存在的那些船员是如何上下的呢？”埃德伦在摇晃着的绳梯上轻声问。

“这些舱室的方向与假定的飞行方向是垂直的。”兰金说，“因此，我们的结论是，它在沿着虫洞内部飞行时没有加速度，所以两端的存货处都处于自由落体状态。”

我是最后一个爬上绳梯的。直到快到三层的时候，我才发现每个人都沉默了。踏上步道网格后，我看到评估团队里的所有人都沐浴在休眠单元散发出的蓝白色的光线中，他们都瞪着眼睛，我能听到大家试图忍住呕吐反应时的尴尬声音。

休眠单元里确实有人——只不过不是完整的人。他们的四肢都被切除了，只剩下几乎完好无损的躯干和头部，被蓝色的薄膜固定在休眠舱的后部，就好像真空包装的产品一样。膜是半透明的，看得出表层原始的皮肤也已被去除。失去四肢的身体就像医学解剖模型一样，所有的筋、骨、血管和器官都清晰可见。他们的眼窝是空的，耳朵被去除了，同样被去除的还有生殖器。四个类似脐带的外星器官附着在空荡荡的臀部下方和肩窝上，静脉和动脉随着血液循环进出而缓慢地跳动着，相连的外部器官就像松软的肉垫一样垂在每个冬眠单元的侧面。

“这怎么可能。”阿利克叫道。

我目不转睛地看着眼前的景象，被那些医疗遥控机器人给迷住了。它们通过一根钻入玻璃外壳的无菌小气闸管侵入石棺。昆虫机器人爬过绷紧的约束膜，用像晶须一样的触角探究其结构，精度可以达到细胞水平。更大群的机器人正聚集在脐带与身体之间的交会处，研究着那些融合点。

临时架设的碳支撑框架上安装有屏幕，上面显示着他们的生命体征——这整套符号体系我都无法理解。

“他们是真正的人类，还是飞船大脑用外星细胞制造的某种复制品？”尤里问。

“是人类。”兰金说，“或者说曾经是。医疗队已经采集了大量样本。他们的大脑以及一些原始器官完好无损。但是，他们身体的其余部分已经被 K 细胞所取代。基本上，躯干里的人类器官只局限于维持大脑生命的那些，而这些器官又由休眠舱内的人造器官提供的营养物质来维持。那些人造器官由电力驱动，因此只要核聚变发电机还在工作，这些人就能活着。”

“他们还有意识吗？”洛伊的询问声中充满了惊恐。

“没有。他们的脑波活动模式符合昏迷的情况。血液化学分析表明里面存在一些复杂的巴比妥类药物，我们认为是这些药物让他们维持了昏迷状态。”

尤里向前探出身子，头盔几乎都要碰上石棺的外壳了。“为什么要切除四肢？”

“我们只能推测，应该是不需要吧。当然了，维持肌肉和骨骼结构对那些休眠支持器官也是很大的消耗。顺便说一句，这些外部器官完全是由 K 细胞构成的。”

“那这是一艘奥利克斯飞船了？”

“这是让我们怀疑其中有奥利克斯人参与的唯一迹象。我们不明白他们为什么不使用船上储罐中的细胞来制造休眠舱的装置，那些细胞要复杂得多。大概是因为事实已经证明 K 细胞可以参与人类生化反应过程吧。鉴于这一装置让他们从三十年前飞船坠毁一直存活到了现在，这个解释应该是说得过去的。”

“他们绑架了十七个人。”卡勒姆说，“然后用这套东西维持他们的生命。为什么？我是说，他们的目的何在？”

“这一切可逆吗？”埃德伦问，“他们可以重新找回自己的身体吗？”

“我们可以克隆人体的各个部分，或者用干细胞打印，或者用K细胞复制。”杰西卡说，“技术已经有了。但是真的造一个科学怪人并将所有这些部分缝合到一起几乎是不可能的。我要说的是，在这种情况下，唯一的方法就是克隆原来的身体，同时以某种方式阻止大脑的发育。这个——”她叹了口气。“这需要大量的研究。即使成功了，怎样把旧大脑移植到新身体里也是个问题。”

“啊！”尤里怒吼一声，“又是这样。”

“我记得海-3告诉过你，这在理论上是可行的吧？”埃德伦反问道。

“从理论上讲，是的。但那就是另一个大型研究项目了。即使阿尔法防御部批准，也要花上几十年的时间，花费数十亿瓦特币，才能让他们再次用上像样的身体。”

埃德伦抬手指了指石棺。“我想他们应该会觉得这一切都是值得的。”

“可是风险……”卡勒姆说。

“你想知道他们愿不愿意？那直接问他们啊。”坎达拉说，“从这些可怜的浑蛋中挑一个，把他放进合适的人类生命维持系统中，将那些什么巴比妥类的东西都从大脑中冲掉，然后他可能就会醒来了。”

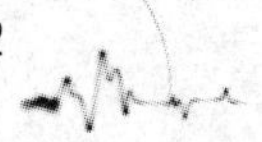

“也可能醒不过来呢。”埃德伦惊讶地回答。

“然后，你就能从失败中吸取经验教训，好改进下一代技术。”坎达拉说，“继续研究，直到完善为止。因为我们都知道，到了某个时间点我们将不得不下手。我们不可能让他们一直保持这个样子。”

“光是心理创伤就够大了吧。”洛伊不安地说。

“小不了。听好了：要是你们哪天发现我变成了这个样子，要么把我弄醒，要么把我杀掉。反正不能这个样子。”

“我不会——”

“应该还是有办法的。”兰金忽然打断道，“医疗团队认为他们有办法先让‘怪咖’恢复过来。”

“‘怪咖’？”坎达拉询问道，“那又是什么玩意？”

“啊，抱歉。我的队员都有点技术宅，想象力有限。他们管他叫‘怪咖’，因为他跟其他人都不太一样。”

“怎么个不一样法？”我突然问。

“你自己看一下就知道了。”他说，“就在上面一层。”

我跟在阿利克身后上了绳梯。那里的三个休眠舱里也放着我们之前见过的那种用薄膜包裹的躯干。第四个……他很完整，没有约束膜。一根脐带与他的肚脐连接在一起，悬挂在三个外部器官上，那三个器官比腔室中的其他器官都大。眼前的景象把我吓了一大跳。

“这不可能。”尤里也被吓得不轻。

“什么意思？”卡勒姆问。

“他怎么在这儿？怎么会是他！”

“等一下！你认识他？”

“认识。卢修斯·索科，我们在阿尔泰亚营救霍拉肖·塞莫尔的时候失踪了的那个。”

* * *

他们在晚饭后做出了决定。乘坐游侠开拓者过来的所有人都在基地的休息室安顿了下来，好好讨论了一番。倒不是说要有多民主。卡勒姆显然有所保留，但最后他也承认，复苏索科是必要的。我没有发表意见，作为特派团谦逊的行政人员，发表意见是不合时宜的。不过杰西卡同意了，正如我所料。坎达拉并没有说太多，在飞船上她已经清楚地表明了自己的观点。洛伊和埃德伦更谨慎一些——我们应该进行更深入的研究，引入更多的设备和专家，进行详细的风险评估。典型的企业文化养大的孩子，他们没有承担责任的概念，因为这意味着要承担后果——法务部向来讨厌后果。他们的观点并不重要。反正一切最终都要由尤里、卡勒姆和阿利克三人决定，而他们的观点是一致的。

兰金和我们一起待在休息室里，大家在讨论时，他保持沉默。当他们得出结论后，他冷淡地回应：“那好吧。”然后就离开这里，去组织这次行动。准备过程没有多久，显然在遇到“怪咖”之后，他的团队就一直在为这件事情做准备。

他们花了六个小时。遥控机器人将索科的休眠舱从飞船的货舱中整体切割了出来，并小心地通过圆形的通道运进研究基地。外星环境实验室已经先期改造成了重症监护室。

旁边有一间小观察室，宽大的窗户正对着重症监护室。我们

都挤进观察室，围观休眠舱被送进来。运送休眠舱的自动拖车边围满了身着蓝色防护服的医生和技术人员，那破玩意被挡得几乎都看不见了。

“那里面的空气是什么样的？”尤里问。

“标准地球大气。”兰金告诉他，“所有休眠舱都一样。没有发现任何外星病原体的存在。”他用指节敲了敲窗户。“不过我们没有掉以轻心。这间实验室的墙有四层，每个生命维持回路上都有正压腔。一只虫子都不可能从里面逃进我的基地。”

复苏小组沿着休眠舱透明盖的边缘慢慢切割，用遥控机械臂将盖板提起。透过眼角的余光，我看到埃德伦一副紧张激动的样子，不过索科的身体仍然没有活动的迹象。

医务人员围了上去，将监视器贴片贴在了索科的皮肤上，好更详尽地监控他的生理状况。他们还在他的股动脉和颈动脉上方放置了肉体融合血包，准备在需要时为他提供人造血液或药物。他没有呼吸。外部的K细胞器官中产生的血液已被完全充氧，并通过脐带进入他的体内。他们将人造唾液喷洒进他的嘴里，然后给他做了气管插管。完成前期准备工作后，他们将他移出休眠舱放到了床上。

一个急救组就在旁边随时待命，以防执行小组夹住脐带并剪断时发生什么意外。

所有警报都没有响，他的心跳也还在继续，没有受到任何干扰。脑电波的波形仍然是一条直线。

插管开始以缓慢的节奏将富氧空气泵入他的肺部。

我看着他的胸口鼓起，降下，再鼓起。索科战栗了一下，然后一阵更剧烈的战栗传遍全身。医疗队紧张起来，心肺复苏装备立刻准备就绪。索科的战栗持续了一段时间，然后再次恢复平静状态。

“他有自主呼吸了。”负责的医师宣布道，声音中还带着一丝惊讶。

玻璃的另一侧，医疗技术人员们击掌相庆。其中有两名医生正准备操作他们的手术遥控机器人去除索科肚脐上的脐带残余部分。

“接下来呢？”尤里问。

“等待。”兰金说，“确保他的状态稳定，给他的身体排出巴比妥药物的时间。如果他自然苏醒，那最好。不行的话，他们就会尝试其他刺激手段。”

* * *

我们所有人都回到了休息室。休息室的地面上铺着复合木地板，里面的椅子坐着十分舒适。洛伊和埃德伦走到冰柜旁，开始在餐包中搜寻早餐。阿利克从饮料机里给自己弄了杯比利时热巧克力，然后也坐在了椅子上。

“没那么简单吧。”坎达拉边说边在我身旁坐下，“就不会肌萎缩吗？看在老天的分上，他可是躺了三十多年呢！”

“肯定有什么东西起到了预防作用。”洛伊边说边走了过来，手里还拿着一盘食物，有炒蛋、香肠和刚从微波炉里取出来的土豆饼，“血液中他们还没发现的某种成分。可别忘了，那可都是K细胞器官，它们的功能我们还没研究透呢。”

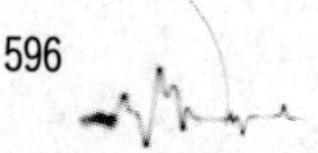

“你说的那是魔法药水，不是真正的生物化学。”卡勒姆不屑一顾道，“没有哪种化学疗法能让一具不活动的身体三十多年来一直着保持健康的体形。”

“那你说是什么？”

埃德伦坐在他旁边，吹了吹粥上的热气。“也许索科是成功的实验品？其他人都被外星细胞重建了，但他是更先进的成果？”

“不对。”尤里说，“他的休眠舱里的 K 细胞器官不太一样。他们给他提供了富含氧气和营养的血液——这才是真正的休眠，跟其他人不一样。”

我小心谨慎地观察着周围人的表情，说：“他可能并没有一直在休眠。”

尤里看了我一眼，示意我说下去。他是我的老板，他尊重我的意见，这一点一如既往。卡勒姆一脸期待的表情，想要知道更多可能的选项，急切地盼望着答案。阿利克坐在那儿，捧着手中的热巧克力杯，一副耐心等待的样子，就像一个优秀的审问者在等待嫌犯言多必失一样，他的面部肌肉就像一潭死水，毫无波澜。

“是锻炼吧。”坎达拉热切地说，她对我咧嘴一笑，“你是这个意思吗？”

我对她耸了耸肩，表示赞赏。“最简单的答案总是最有可能的。要维持肌肉质量，最好的方法还是锻炼。”

“所以索科每周醒来一次。”她说，“或者每个月。总之就是那个意思。锻炼一下，然后再继续休眠。他有一个时间表。”

“不可能。”洛伊说。

坎达拉挑衅似的看了他一眼。“为什么？”

“他要在哪儿锻炼？这艘飞船已经真空超过三十年了。没有航天服，他连休眠舱都出不去。”

“那他的身材为什么还保持得这么好？”

“基因修饰？”洛伊不太确定地说。

“医疗组扫描了所有人的基因。”兰金说，“索科没有做过任何修饰，他身上就连端粒疗法的载体都没有。”

“等他醒过来之后，我们就能明白了。”阿利克说，“直接问他不就行了嘛。与此同时，还是把注意力放在我们要做的事情上吧。我们来这里是为了评估这艘飞船是否显示出某种明确而现实的威胁。”

“肯定是。”尤里说，“拥有比我们先进得多的技术的外星人建立了一个秘密滩头堡，不管是在太阳系还是在其他有人类定居的星系。他们出于未知目的绑架人类，这就已经够可怕的了。”

“那也不一定就是威胁。”卡勒姆说。

“你在开玩笑吧？”

“得了吧，伙计，面对现实吧：我们自己就够可怕的了。我们能进行星际航行，但是富有侵略性，非理性，我们的行事方式差劲，拥有的武器几个大陆都堆不完。×，要是遇到我们这种人，我也想停下来再观察观察呢。”

阿利克挥了挥手示意道：“你没看到他们是怎么对待那些可怜的人的吗？他们把人给分解了！他们把人扔到什么外星酸，或者什么类似的玩意里，给分解了！剩下的部分拿回家进行酷刑似的实验。这他妈还不是威胁？那你就是睁眼说瞎话的蠢货！你也有孩子，对不对？假如你发现他们当中的一个在这艘飞船上——没胳膊没腿，眼珠子都被挖了——这还只是个开始，鬼知道飞船要是没有跌出虫洞他们还会遭遇什么。在这里的人可能就是你，就是你的家人，你这个浑球！”

难得的一次，阿利克脖子和下巴上的肌肉扭曲了起来。洛伊和埃德伦盯着他，一脸担忧。

“他们的道德准则可能跟我们的不同。”卡勒姆说，“毕竟，他们可是外星人。而且他们也没有公然挑衅。这么做肯定有什么目的。”

阿利克轻蔑地哼了一声，然后转向尤里：“我要跟我的人谈谈。”

我和尤里略为心虚地对视了一眼。“这里跟太阳网没有直接通信。”我说，“这是阿尔法防御部隔离规程的首要要求。”

“哦，得了吧。”阿利克的声音一下子降低了一个八度，老练地提示道，“你们总有一条应急联络线路吧？”

“没有。”我告诉他，“真的没有。”

“老天哪。你们太扯了！”

“所谓的人工智能防御。”卡勒姆说，“没错吧？”

“对。”我承认道。

“什么？”阿利克怒吼道。

“我们发现的这艘飞船来自一个外星文明，即使没有明显的敌意，也显然对人类毫无同情心。”尤里说，“要是那个冷冻大脑舰长还活着并且在运行某些程序，或者要是其中也包含某种跟我们的图灵机类似的人工智能呢？要是我们有连接到太阳网的线路，它就有可能把自己上传到我们的网络里，每秒钟复制几千次。那种潜在的破坏力是无法估量的。”

“老天。”阿利克哼了一声，“你们这帮神经病真是妄想到家了。”

“并非如此。”尤里淡淡地说，“这是一种非常合理的推测。尤其是在见到我们所面对的这一切之后。”

“可是建造这艘飞船的外星人已经来到太阳系了，或者是人类居住的其他星系。”阿利克反驳道，“几十年前他们就在了，而且聪明到隐藏了一个虫洞端口，我们还一直都没发现。要是想侵入太阳网，他们早就办成了。”

“这是我们现在才掌握到的情况。”我说，“刚建立研究基地开始调查时，我们并不知道这些。是否允许直连太阳网也是你们这次评估需要做出的决定之一。而且我们面对的还有其他问题，比如是谁或什么东西打开了飞船的气闸室。”

“是，好吧。”阿利克勉强道。

“不过我可以让游侠开拓者送你回传送门那边。”

阿利克看了看我，又看了看尤里，显然他这个人并不习惯被人拒绝。“我要再看看。”他说，“看索科能不能醒过来。不过在那之后，无论如何我都要提交报告。”

“我会让萨顿和比做好准备，随时送你回去。”我向他保证道。

“这就又回到了我们之前的老问题：这一切到底是怎么一回事？”卡勒姆说，“这些外星人在观察我们，拿我们做实验，为什么？”

“显然是某种情报收集工作。”坎达拉说，“他们在研究我们的弱点。这只能有一种结果。”

“不可能。”我说，“星际战争那种事是不可能的。根本没有什么可信的理由。一个种族离开母世界后所能获得的资源基本上就是无限的，没有什么是稀缺的。全面战争只存在于历史上那些只能在轨道附近活动的文明中。”

“他们是外星人。”杰西卡说，“谁知道他们能有什么动机，正如卡勒姆所说，对一个和平进步的文明而言，我们可能挺可怕的。”

“把人拆碎了。”阿利克大声道，热巧克力在他杯子的边缘危险地晃动着，“我可不觉得这是什么进步，女士！”

“希特勒也不缺资源。”洛伊说，“至少一开始不缺。第二次世界大战的本质还是意识形态之战，是一场将纳粹帝国主义强加于世界上其他地区的十字军东征。之后的冷战也是同样，是资本主义与共产主义的对抗。”

埃德伦一脸嘲讽地对他笑了笑。“谢天谢地他们谁都没赢。”

洛伊竖起中指作为回应。

“你觉得是建造飞船的外星人主使的吗？”卡勒姆问。他直视着尤里。

“看起来有点像了。”

“主使的什么？”杰西卡问。

“我们都经历过类似的事。”尤里说，“所以才被选中来见证这一切。尽管我不得不承认，索科的出现的确吓了我一大跳。我完全没有料到。”

“类似的经历？”阿利克打了个响指，“啊，是了。我们都经历过一些不太能说得通的事，不知为何。”

“是的。”尤里说，“而我们的那些个人经历只是冰山一角。我们研究分析类似的案例已经有一段时间了，特别是那些涉及关键国防事项的。”

坎达拉敏锐地看了我一眼。“我以为我能来这儿是因为我的专业知识呢。”

“那是额外的收获。”我告诉她，“你和卡勒姆都遭遇过毒瘤。而她接下的那项破坏任务很可能会严重削弱整个孔雀六行星系的基础太空制造能力。”

“那跟现在的情况又有什么关系？”

“国防。”尤里淡淡地说，“如果太阳系与其他人类定居星系遭受攻击，在建造战舰、太空要塞以及其他用来保护我们免受入侵的一切装备时，布雷布勒就成了关键。”

“纽约护盾。”阿利克轻声说，“她盯上了那个。”

“而且她也在布朗卡清除了巴蒂斯特绑架不起眼的人的证据——通常情况下我们根本不可能发现那些证据。”尤里说，“那跟我们在这边所遇到的情况有着更为密切的联系，尤其是现在我们知道索科也直接从那儿被运上了这艘飞船。”

“阿基沙那边的人都搞不明白毒瘤那次行动的动机。”坎达拉若有所思道，“我们都以为是什么政治狂热分子雇用她来蓄意破坏那边的工业体系，可是现在这个情况……外星人侦察监视人类……虽然我很不想承认，但这某种程度上的确说得通。”

“他们都是些什么玩意？”阿利克叫道，“监视我们多久了？”

“去问奥利克斯人呗。”洛伊说，“显然他们脱不了干系，说不定就是他们。”

我叹了一口气，有些恼火地说：“又来了。”

卡勒姆目光严厉地瞪了我一眼。“在霍拉肖·塞莫尔的事情上他们就对尤里说谎了。他们知道他被绑了。”他说，“那件事他们也有份。还有什么好说的！”

这是一个有趣的爆发点。肯定是某些人——某些团体促使安斯利和那帮小学生似的乌托邦人去相信奥利克斯人另有所谋，助长了那帮掌权的老家伙的不安全感和偏执，让他们不可避免地将变革视为危险。唯一有理由这么做的人就是另外的外星人，他们试图转移人类对自己的注意力。在乌托邦主义和普世主义双方的统治阶级中，他们都有颇具影响力的代理人。

“这是有点奇怪。”我同意道，“也许他们雇用了企业情报收集公司来密切关注我们，而我们并没有意识到。我不知道。不过，面对现实吧，安斯利·赞加里的私生孙女惊慌失措地打电话给他，这肯定会有人注意到的。可能是海–3 为了让赞加里家庭幸福而表现得太乐于助人，太合作了。毕竟他可是世上最富有、最有权势的人，让他顺心在政治上是有好处的。而且我确信我们找到的这艘飞船不可能是他们的。生命救赎号是一艘亚光速飞船，而且奥利克斯人也没有虫洞。洛伊，你说虫洞需要的能量水平远超我们在太阳系中所能产生的？”

“是的。”洛伊勉强承认道，“确实如此。”

“那就不是他们。”我说。

“你这么肯定啊。”坎达拉说。

我飞快地扫了尤里一眼，他轻轻点了点头，同意我继续，并没有刻意掩饰自己的动作。“是这样的。”我说，“早在霍拉肖被绑架之前，安斯利对奥利克斯人就有所怀疑。他一直都不太相信他们就是他们自称的那种和平主义宗教狂热分子。”

“这可真是宇宙间最大的矛盾修辞了。”阿利克嘲讽道。

“不论如何，他们并没有主动表现出对人类的敌意。”我说。

“这个论断不能随便下。”埃德伦说，“对他们不利的证据可太多了。”

“都不是直接证据。”我回答，“有可能都是假消息呢。你看，在霍拉肖的事情之后，安斯利就决定查清楚这到底是怎么一回事。所以从那之后，我们就一直在暗中严密地监视生命救赎号。”

“然后呢？”坎达拉催促道。

“他们对我们并非完全诚实。关于他们自己，他们有秘密没告诉我们。但这并不牵扯到什么阴谋。”

“这你怎么能断言，怎么能确定？”

“我能确定。”

“凭什么？”

“就凭我在五年前曾接受秘密任务潜入了生命救赎号。”

费里顿·凯恩的秘密任务

生命救赎号
公元 2199 年

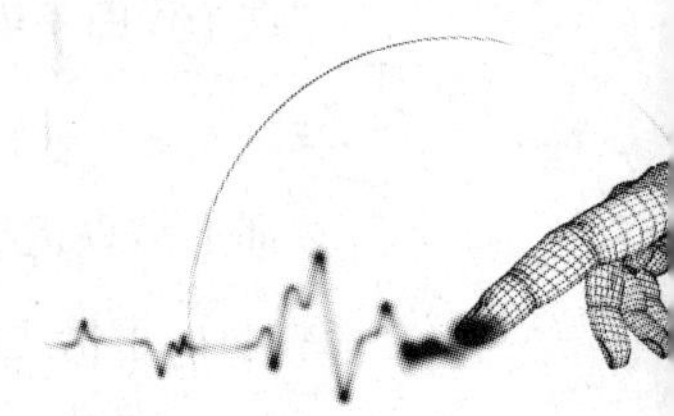

我在宾夕法尼亚州的兰开斯特市已经住了一年多，好坐实我的掩护身份。大数据支持的背景故事很容易嵌入太阳网。如今这个时代，基本上，只要你有足够的金钱和专业知识，你就可以成为任何你想成为的人。而这两样联协安保部都不缺。即使是 G8 图灵机的搜索也只会显示我所提供的背景资料。不过呢，就算梵蒂冈或者大阿亚图拉[1]真派人去兰开斯特，他们也能现场证实我是一位多么伟大的公民，以及我在本地公谊会的出席率是如何达到最高水平的。倒不是说办公室的人真的认为会有枢机主教或者伊玛目[2]亲自来现场进行深入核查。只不过考虑到我要去的地方，他们还是把我的背景故事做得尽可能真实。这样，就算某个地下行动代理人亲自来查证，他也会很快厌倦与邻居、同事和朋友们的冗长交谈，因为所有人都会告诉他，我是一个多么棒的人（尽管稍

1. 阿拉伯语 Ayatullah 的音译，意为“安拉的迹象”或“安拉的征兆”。伊斯兰教什叶派高级宗教学术职衔。
2. 阿拉伯语 Imam 的音译，亦译“伊玛姆”，原意为“站在前列者”“表率”“领袖”等。伊斯兰教名词。

微有点迟钝），而这一切都能与我真真正正住在这里所产生的实际的个人经历相印证。

安斯利·赞加里非常清楚如何才能正确完成任务。他那个奥利克斯人监控办公室所消耗的资金已经超过了每年七点五亿瓦特币。这笔钱的一部分花在了 G8 图灵机监控上，用来在太阳网内搜索像毒瘤这样的特工侵蚀破坏公司和机构——重点是国防部门——的证据。这种交易很容易通过太阳网匿名建立，所以每当我们遇到这种牵涉国防的行动，几乎都没有办法溯源。

除此之外，奥利克斯人监控办公室还有两个主要部门。第一个部门专门负责监视奥利克斯使团，主要通过将我们自己的特工渗透进大使馆的人类员工中来完成。老实说，我不认为有哪一个奥利克斯大使馆雇员没有向人类情报机构提供情报。我们对他们正式的商务贸易和财务状况了如指掌。

第二个部门，也是任务最为复杂的部门，就是我最后为之工作的那个部门。我们正在尝试确认奥利克斯人是否在他们的飞船与地球之间私开了传送门，这样他们就无须通过太阳系参议院所建立的官方渠道，即可与他们的 K 细胞开发合作伙伴进行协作。这也可以解释他们是如何知道霍拉肖被绑架的事。这项任务很艰巨。奥利克斯人要是随意在地球上走动，一定会引起广泛的关注，所以他们只能用人类代理人来完成一些不那么友好的活动。

可惜无论我们威胁要流放多少人，进行多少次合法询问，都没有用。没有任何线索能够直接追溯到奥利克斯人。我从来都搞不明白为什么会有人背叛自己的物种。但是多年从事执法和公司安全工作的经验告诉我，那些肯这么干的浑蛋都是只管拿钱，从

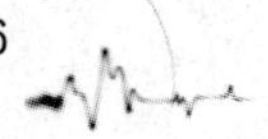

不考虑这些问题。他们不会知道，也不想知道自己在为谁工作。

我们所面临的另一个问题是，为什么奥利克斯人要费这个心思。他们停留在太阳系的唯一目的是购买能量来制造反物质，好继续他们的朝圣之旅。最初的想法是，他们希望通过引入新的治疗方法来增加 K 细胞交易的收入，并且不在乎他们的人类合作伙伴为开发这些疗法而进行非法实验。但是随后，我们开始注意到，针对太阳系国防领域的敌对事件在不断增加，例如侵入纽约护盾档案文件的企图。没有人能弄清楚到底发生了什么事。然后，我们听说了毒瘤在孔雀六行星系的所作所为，安斯利的偏执立刻飙升到了一个全新的高度。如果外星人要为入侵做准备，那么对布雷布勒的袭击绝对是有意义的一步棋。

我的部门将重点重新放在了技术上，致力于实地确认生命救赎号与地球之间量子空间纠缠的定位。如果我们能找到一扇通向地球或其他定居点的传送门，那就能最终坐实奥利克斯人确实怀有敌意。不过，虽然传送门的量子特征是可以被检测到的，但这种检测的有效距离非常短，而且设备体积大且价格昂贵。奥利克斯人监控办公室一半以上的预算都用在了改进传感器技术上。首先，他们必须进一步扩大设备的有效距离。然后，他们必须将设备缩小——缩到很小。最后，具有讽刺意味的是，他们还得让设备不容易被别人检测到。

这些都完成之后，把设备偷带上生命救赎号就不是什么难事了。这也就是我所接手的地方。

2199 年，宗教联合代表团在梵蒂冈城集会，我也有幸成为其中的一员。每年都有四个这样的代表团。从某种程度上来说，这是不可避免的，因为奥利克斯人热衷于邀请人类的宗教使团到生命救赎号上去参加活动。同样可以理解的是，我们的牧师、拉比和伊玛目也渴望了解外星宗教。不得不说，就这方面而言，奥利克斯人的极端虔诚确实是天赐良机。

我们十七个人正站在圣彼得广场上，对着太阳网的新闻订阅源微笑，大教堂就是我们的宏大背景。绝大多数宗教信仰在团内都有代表，因此也没有人会质疑为什么里面有个公谊会信徒。一些代表穿着的长袍令人印象深刻，我觉得它们看起来是全新的，而且很显然还是专门定制的。

这项任务中最痛苦的部分就是在兰开斯特度过的漫长的一年。我在那里学习了我的新宗教信仰。与其他宗教信仰相比，这一派似乎是最不分等级，最没有偏见的了。要想弄清楚他们的教义和（松散的）组织结构需要耗费大量的精力，但我最终还是做到了。任何对公谊会的历史和仪轨感到好奇的人，在面对我事无巨细的引述时，都会立刻因为无聊而退缩的。

有趣的是，最爱与我交谈的是纳韦尔——一个和尚。他向我讲述了他在寺里受戒学习的各种故事。作为回报，他会礼貌地倾听关于我是如何皈依我的信仰的那些背景故事。我们穿过梵蒂冈的中转站，进入罗马的地下中转网络，一路上都在友好地聊天。从罗马的国际枢纽出发，只需几步就能到达位于布宜诺斯艾利斯的奥利克斯主换乘中转门。

我直接踏入旋转重力场。这个环很小，旋转速度也比我所习惯的要快——我的内耳很快就告诉了我这一点。我看到纳韦尔停顿了一下，他本能地伸出双臂，摆出像冲浪新手一样的姿势，想

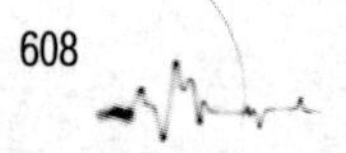

要恢复平衡。

“你以前去过太空定居点吗？”我问。

他摇摇头，在快速旋转的力场中做这种动作是个错误。由于几个异向动作对耳道的共同作用，他痛苦得连嘴唇都扭曲了起来。

“没事的。”我安慰道，“最糟也就是这样了。生命救赎号的转速要慢得多，到时候你根本不会感觉到它在转。”

“谢谢。”他那敷衍的语气要是让他的僧友们听到了一定都会皱起眉头。

“在此之前……”我拿出一副防晕眩护耳。

“不用了。我希望能自己静心。”

“好的。”

正式地说，我们所在的这座空间站名叫方舟传输缓冲机构。这是一座人类建造的空间站，距离生命救赎号的前端始终保持着十公里的距离，因此大家都把它叫作前厅。

之所以会有这样的设计，是因为奥利克斯人非常明确地表示，他们不希望在他们的方舟飞船内安装哪怕一扇传送门，尤其是不能直通地球。他们担心地球上的瘟疫会摧毁他们的生物圈。这也算合理，就连我们地球人自己也没有完全弄清楚地球上所有的微生物、细菌和病毒，更别提研究它们对奥利克斯人的生物学影响了。

早在2144年，生命救赎号刚刚减速进入太阳系后没多久，谈判就已经通过无线通信开始了。太阳系参议院第一次接触委员会在开始交换信息后提出的第一个议题是：*绝对不能把那玩意飞到靠近地球的任何地方*。原因很简单：这艘长四十五公里，重达数十亿吨的方舟是由反物质驱动的。奥利克斯人在飞船上储存的反物质足够将它加速到光速的百分之二十。这就意味着，如果他们真的不怀好意，那来袭的外星人携带的破坏性能量足够将地球和太阳系内的每一个小行星定居点都摧毁，剩下的能量也足以干掉火星和金星（倒不是说我们从没动过心思对它们进行地球化改造）。所以达成的第一项协议就是生命救赎号要停泊在地球的第三拉格朗日点，地球与太阳连线的另一边。即便如此，一些官员和老将军也还是感到紧张不已。

生命救赎号刚一到达指定轨道，物理接触就开始了。前厅在几个月内就组装完毕——那是一个直径一公里的圆环体，围绕六边形的太空泊港中心旋转，那座泊港能为数十艘短程货船和客轮提供服务。那些小型飞船每天从早到晚所做的，就是在前厅和生命救赎号的零重力泊港中心之间穿梭。

宗教联合代表团被带进了净化室——名字很好听，不过基本上就是一次消毒淋浴。整个过程必须做足八分钟，确保人体上的每一个毛囊和肉褶都被充分洗刷。相比之下，我觉得监狱囚犯用水管子冲洗反而还更有尊严些。不过这个过程确实给了联络人员足够的时间来照射我们的衣服、鞋子和行李。

我们在一间小小的等候室里重新集合，每个人都尽量不让别人看出这次清洁经历有多令人难堪。我的头发闻起来有一股厕所空气清新剂的味道，真不知道它能不能从这场化学物质的侵袭中恢复过来。

“奥利克斯人前往地球时是不是也要经历相同的过程？”纳韦尔问。他坐在一张普通的塑料椅子上，手里拿着凉鞋，一副不

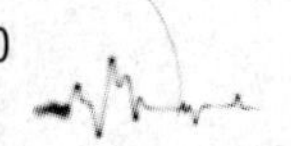

以为然的样子。我敢肯定他的长袍也被漂得比之前的颜色更浅了一点。

“不知道。”我告诉他——这不是真话，但我必须扮演好我的新身份，一个来自兰开斯特的公谊会会计师，对太阳系参议院谈判条约中关于防止生物迁移的条款一无所知。事实上，奥利克斯人在前往地球的途中确实会经历一次较为温和的净化，但在那之后他们就再也不会离开大使馆了，那里有过滤过的大气。不过在回来时，他们也要接受和人类一样的卫生处理，才能返回到生命救赎号。

我们的代表团乘电梯沿环面轴线自由落体了下去。到路途一半的时候，我又拿出一副护耳递给纳韦尔。这次他一句话也没说就收下了。

几个服务员帮助我们沿中心的零重力走廊走了过去。中央的换向舱是一个宽大的圆柱体，环形末端有四个舱口，泊港端还有四个舱口，两端之间是密封组件，使圆柱体的两部分在旋转的同时不会泄漏任何空气。很多人在两端之间穿梭，随意地进出舱口。这一切对我来说似乎有点太原始了，毕竟我可是成长在一个联协的口号所描述的世界中——世界距离你一步可及。

我们沿着走廊蜿蜒前行，相互之间不时撞到，一行人终于来到了 17B 气闸室，我们的客艇就停泊在那儿。客艇的机舱是一个小型圆柱体，墙壁上有薄薄的垫子，还有几排共二十四个简单的金属座椅。最前方单独的一个座椅是给我们的飞行员的，但除了监控实际操纵飞行的 G7 图灵机外，他其实什么也不用做。显然，这种设置可以追溯到自动驾驶开始逐步接管各项飞行功能的时代，因为人们仍然希望控制回路中能有人类在。就我个人而言，不论什么时候我都相信 G7 图灵机更胜过人类飞行员。

我沿着机舱拽动自己，在其中一扇小舷窗旁边坐了下来。港区网格一直延伸到繁星深处，上面布满了覆盖着银白色隔热毯的水箱和电缆。与太空中所有的一切相同，它要么暴露在直射的阳光下，要么隐藏在完全黑暗的阴影中。各部分之间的对比十分强烈而直接，没有过渡。

飞艇的小型火箭推进器在短时间内快速喷发，巨大的轰鸣声在机舱内回荡，我们以轻柔缓慢的动作离开了泊港，没过多久它就远远落在了我们后面。整个航程预计需要十二分钟。三分钟后，反应控制火箭再次开始喷射，调整飞艇的方向。

生命救赎号滑入我的视野。这艘飞船的照片和示意图我已经看得够多了，但即便如此，眼前真实的景象仍然让人惊叹不已。我凝视着飞船，就像喷气式飞机飞行员凝视着飞艇一样，眼神中夹杂着嫉妒和虚假的怀旧感，仿佛在望向一段仍然存在的架空历史，在那里，那些巨大而宁静的飞艇仍是世界之王。驾驶人造小行星穿行星际简直是太棒了。

奥利克斯人一开始用的是一颗在其母星周围某个遥远轨道上飘浮的小行星。如果是人类，肯定会利用分子键合技术开采小行星上的矿石和矿物质，提炼出有用的元素，建造一艘定居点大小的方舟飞船。但是奥利克斯人用了一种更为粗糙的方法，他们切除小行星坑坑洼洼的岩石外层，只剩下一个长四十五公里，直径十二公里的光滑圆柱体。然后再进一步挖出三个主生物舱和一个巨大蜂窝状隔舱，构成了位于飞船尾部的工程与推进系统区。

在星际间航行了几千年后，方舟的外部状况仍然惊人地良好，在阳光的照射下，有如抛光过的煤矿石一样，闪烁着耀眼的光芒。毫无疑问，这种光泽度全都归功于防撞护盾。当穿越星际时，生命救赎号会在前方产生一片巨大的等离子云，消融并吸收以百分之二十的光速迎面袭来的任何颗粒。方舟飞船的前区散布着类似金色藤壶的发动机，可以产生磁场将稀薄的离子化气体锁定在适当的位置。

客艇转弯到一半时，我们侧向了方舟飞船反向旋转轴的泊港，正好可以将全部景象尽收眼底。泊港是圆盘形的，仅比我们刚刚离开的前厅圆环稍宽一点。不过在生命救赎号围绕轴心旋转时，它的反向旋转可以使它保持相对静止。奇怪的是，那一部分是方舟飞船上看起来最像人类造物的。不过也难怪，大多数工程问题的解决方案都是通用的，无论提出这些方案的神经元来自何种生物。除了拥有众多气闸室外，泊港还被用于连接电力设施。各种可自由飞行的人造站点，包含小型传送门，形状就像十多米宽的几何足球，飘浮在距离泊港几米远的地方。离子推进器在它们的赤道部分闪耀着绿松石色的微光，将它们保持在相对固定的位置。在球体与泊港之间连接着粗大的超导电缆，以极慢的速度弯曲穿过两者之间的间隙。

这就是奥利克斯人与太阳系参议院之间达成贸易协议的全部原因。太阳系只是奥利克斯人通往宇宙尽头的惊人旅程上的又一站。他们已经造访过几百颗恒星，将来还会造访成千上万颗恒星，直到在时间的尽头与他们的神会面。他们所遇到的每个行星系都是两次飞行之间的补给站。在那里，他们会使用（或交易）当地资源来翻新生命救赎号，并生产足够多的反物质来让他们再次加速前进。

加速如此巨大的东西很耗能量。非常多的能量。人类物理学家曾经提出过的那些制造反物质的方法都极其低效，输入的能量可能只有百分之一到百分之二能转化为真正的反物质。而正如奥利克斯人公开承认的那样，他们的方法也并没有高明多少。

然而，他们需要足够的反物质来将生命救赎号加速到光速的五分之一，然后当他们接近下一颗恒星时再减速。奥利克斯人的到来是太阳系内各能源公司有史以来所迎来的最伟大的福音。外星人出售 K 细胞技术所赚取的每一瓦特币都用在了从人类公司购买电力上。截至目前，投入到太阳中的太阳能井有五分之一都被用来为生命救赎号提供能量。能量被输送到其深处的工程区，驱动外星机器制造出一个一个的反氢原子。

客艇掉转方向，我们后退着驶向生命救赎号的轴心泊港。伴随着沉闷的金属声，客艇在泊港停下。气闸打开，我解开安全带，干燥的、微微有些香气的空气沿着机舱飘散开来。舱外的温度比舱内低几度，不能算是令人不快，但绝对不同寻常。

轴心泊港内部的机械结构与前厅的布局类似，不过里面有活的树枝缠绕着圆形导管，上面还长着蜡质的紫色叶子。长着五只鳍状翅膀的卵圆形小鸟在宽阔的走廊上飞翔，在我们艰难地通过旋转的密封舱时，轻松地绕了过去。另一侧的接待舱是一个从岩石上切出来的大半球，表面崎岖不平，铺满了暗淡的黄色苔藓。轮辋周围有十扇宽大的电梯门，看起来像是由光滑的蜂蜜色木材制成的。一个奥利克斯人正站在其中一扇门外等着我们，他的脚

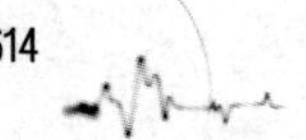

粘在苔藓上，就好像那是魔术贴一样。

我的分我应用桑杰告诉我，他正在打开一条普通通话频道。“欢迎。”那个奥利克斯人说，“我的五边组名字是易，这个身体是易 –2。请随我一起到我们的第一生物舱。那里的重力更大，我想你们会喜欢的。”

我们中的大多数人都轻声说了一声“谢谢”。代表团进入电梯的场面不太庄重。电梯内弯曲的墙面用的是和门一样的木材，一路嘎吱作响，向下的行驶速度也比人类的电梯要慢得多。而那座生物舱直径四公里，呈卵圆形，因此这趟下行之旅就好像永无尽头一般——特别是在这一路上，易 –2 还坚持要闲聊一下缓解气氛。随着我们的下降，空气中的香气也变得越来越刺鼻，这对局势没有丝毫帮助。

电梯门终于打开，我们来到一条长长的岩石隧道，里面同样覆盖着苔藓，并被齐腰高的绿色灯带所照亮。这里的重力大约是地球标准重力的三分之二，纳韦尔为此长出了一口气。

奥利克斯人做出了相当大的努力，好让他们的人类访客感到宾至如归。我们的宿舍在第一生物舱的露台上，从外面看，就像是漂亮的蒙古包。奥利克斯人并没有在框架结构外包裹沉重的织物，而是将他们无处不在的木材制成薄片，然后像给屋顶铺瓦一样放置在框架上。家具也全都是实心木的，其光滑的轮廓仿佛超现实主义的雕塑作品。兰花一样的植物沿着天花板的支柱盘绕出橡胶状的根，在我们头顶上绽放出一簇簇深色的外星花朵。至少花的香气比生命救赎号的空气中那股浓郁的香料味要好闻。

易 –2 完美地扮演了主人的角色，让我们先休整一下，然后再带我们四处看看。我打开洗漱包，进了盥洗室挂着浴帘的区域。我的一个外设进行了快速扫描，确认里面没有电子监控。我本来就不觉得会有。奥利克斯人更偏爱生物技术类的解决方案。

蒙古包的家具应该也是奥利克斯木材的，但是淋浴用花洒、浴缸、马桶和脸盆都是从地球进口的，这很让人欣慰。我脱下衬衣，洗了洗身子，然后猛喷了一阵古龙水。不知怎的，我漫不经心地喷着，好多下都没喷到自己身上。然后，我又花了几分钟时间来整理我的洗漱用品，给两个玻璃杯倒上冷水。这给了古龙水中的化学物质足够的时间来麻痹浴室天花板上那些开花植物的神经纤维。

之前的特工已经对蒙古包的环境取样进行了研究，为我的任务做准备。我们的实验室在植物根部和叶子的小切口中发现了具有导电特性的纤维。不对整株植物在显微镜下进行解剖，我们无法断言这些纤维起到了什么样的作用，附着在什么样的受体上，不过我们可以推断，访客们应该是处于某种普遍的监视之下。安斯利对这一发现很满意。这又是一个证据，证明奥利克斯人并不像他们所表现出的那样值得信任。我之所以参加代表团，就是要弄清楚这样的欺骗性手段纯粹是出于保护其生物遗产不受人类剥削的自然本能，还是因为他们确实不怀好意。

有了一定程度的隐私保护之后，我蹲下来，排出了我所带来的生物包。在地球上人类历史的大部分时期，人类的肛肠一直是走私犯的最爱。能把这一优良传统带入星际飞行时代我感觉非常自豪。真的，不骗人。

这种生物包类似于微缩蛙卵，这是个不错的类比。我把它一分为二，然后把它们分别扔进我事先准备好的玻璃杯里。我从我

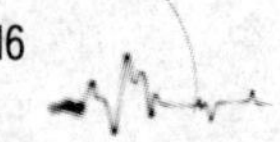

的小药箱里拿出六片治消化不良的药片，在每个杯子里放了三片。药片的表面泛起泡沫，迅速溶解。

这些药片也可以拿来吃，不过对治疗消化不良不会有任何作用。药片把水变成了一种完美的营养液，还释放出一种激素，可以促进受精卵生长。

这一阶段需要六个小时的时间。我把玻璃杯放到脸盆下面的柜子里，设置古龙香水瓶每十五分钟释放一次喷雾，持续麻醉植物纤维。然后我穿上一件新衬衫，浑身散发着贝莱尔舞男的气息，出门与代表团里的其他人一起去参观。

* * *

生命救赎号上所有的生物舱都是卵圆形的，长轴长八公里，短轴长四公里。第一生物舱，也就是我们住的地方，正中央悬挂着一个光球，在整个空间内散发着温暖的、略带橙色的光芒。人类的太空定居点往往喜欢将景观分布在圆柱体的地面，不在端壁上做什么花样。而奥利克斯人的生物圈则完全被植被所覆盖。有着紫色叶子的树木不会长到地球上的森林中树木的那般大小，而且看起来树种也不多。在我看来，它们就像巨型盆景——这个比喻很蠢，但足够真实。它们的树枝巧妙地缠结在一起，上面容纳了几十种较小的植物，比如我蒙古包里的兰花，还有藤蔓和挂在巨大窗帘上的那一串串参差不齐的蔓生苔藓。壤土上覆盖着黄色的苔藓，上面布满了深浅不一的斑点，使地面看起来像是一块样式复杂的彩色马赛克地毯。小溪蜿蜒而过，从轴心流下山坡，流入赤道周围芦苇丛生的池塘。

如果是人类，肯定会安排大队的遥控机器人来修剪和维护这些植物。而奥利克斯人，按照他们生物导向的解决方案，允许植物按照其本性自由生长。根据易 –2 的说法，各个生物舱在数千年前就达到了平衡。在持续的光、热和水的供应下，他们只需要时不时地进行最低程度的干预就行。像长得过大的蜻蜓一样的生物嗡嗡叫着；和蜗牛一样的巨型生物在地上缓缓滑行，吃掉每一片落叶，并在身后留下一层厚厚的覆盖物。大片的枯枝枯干在复合真菌的作用下迅速变成粉质的壤土。

我们的代表团对这里所展现出的缓慢、平静的生活印象深刻。考虑到他们的航行要花费的时间，我想这一切都是有道理的。

易 –2 带我们坐上一辆车，来到第二生物舱。那辆车应该是以量子空间纠缠之前时代的人类车辆为模型制造的。车辆自动驾驶，穿过一条宽阔的隧道，每隔几百米就有一个岔口，弯弯曲曲的分岔很快就消失在了视线之外。尽管自从方舟飞船停靠在这里后，人们就不断地进行着大量谨慎而细致的记录，但人类从未完全绘制出那些迷宫般的通道和洞穴的地图，而这样的通道和洞穴布满了生命救赎号的内部。

第二生物舱的形状与第一生物舱完全相同。不同之处在于这里的气候更温和，里面的植物种属不同。第三生物舱是三个生物舱中最暖和的，里面非常干燥，几乎就是沙漠环境。当然，这里的植物也缺乏前两个舱内那种混杂的密度。

“我们的三个生物舱里包含了我们母星生物群中最具活力和代表性的部分。”当我们走在第三生物舱短小的红色苔藓上时，易 –2 向我们解释道。他用礼貌的声音讲解着从一簇灰绿色叶子中冒出来的这一朵枯黄的小花与之前的那朵有哪些不同。“那边是工程区，不对代表团开放。”

我看了看周围的其他团员，所有人都是一副毫不掩饰的松了一口气的表情。每个人都感觉非常无聊。他们现在最不想做的事就是再穿过一系列堆满让人难以理解的机器的大厅，听一个单调的声音没完没了地讲解动力联轴器和密封舱完整性。

我控制住了自己心里的阴暗戏谑。生命救赎号上的工程与推进系统区实际的大小比这个奥利克斯人所声称的要小得多。因为易-2，就像所有的奥利克斯人一样，对我们撒了谎。生命救赎号上其实还有第四生物舱。

* * *

早在2189年，安斯利·赞加里的奥利克斯人监控办公室就在距离生命救赎号两百万公里的地方放置了五颗排列成玫瑰花结形的隐形卫星。那些卫星上装有小型传送门，可通往木星尾部拉格朗日点上的小行星透克洛斯。就太阳系的其他部分而言，透克洛斯只是诸多独立避税天堂中的一个。但实际上，这颗小行星上还包含一个隐形站点，用来管理我们所有的被动传感器飞行。日复一日，豌豆大小的探针从卫星上的传送门中射出，沿生命救赎号的近轨飞过。其中一些会散开细小的磁敏感游丝，绘制出飞船的通量场图。另一些会扫描奇异中微子，分析推进系统——推进系统会因为反物质反应而具有很高的放射性，而反物质反应本身就会放射出大量中微子。绝大多数探针都是带有微型发射器的固体质量检测器。它们会沿着超精确的轨迹滑行，在环绕生命救赎号航行时测量其因重力场（随密度变化）的微小变化而产生的轨迹变化。正是这些证据给了我们第一条线索，确认奥利克斯人并非完全诚实。飞船后方四分之一的密度变化无法用奥利克斯人所谓的工程和推进系统区来解释。

那片空间并不像人类可以参观的三个生物舱那么大，但是位置就在第三生物舱——也就是最干旱的那个生物舱——后面，它长约五公里，是一片中空的空间。我们认为，那里必定是他们秘密活动的中心。也就是我的目标。

* * *

代表团在第一生物舱靠近赤道池塘处一个高大的紫花藤蔓凉棚下举行了会议。桌子上摆着茶点，舒适的椅子摆成松散的半圆形，一切都很令人愉悦。易 -2 将他那沉重的身躯安置在宽大的凳子上，凳子自动弯曲，包裹住他的小腹。

“希望你们会觉得这次参观还算有信息量。”他通过普通通话频道说。

我们小口喝着杯中的茶或咖啡，点头表示同意。我点了一杯意式浓缩咖啡，但是不知何故，咖啡的香气在无穷无尽的外星香料气味衬托下似乎没那么明显了。

“你们有三个不同的生物舱。”枢机主教说，“那你们本身是不是也会因为原始文化的不同而分为不同的族群呢？”

“我理解您对不同文化派别的兴趣。”易 -2 说，“不过，经过这么长时间的航行，我们已经融合成了一个单一的文化整体。”

“所以说在你们母星上是有不同文化存在的？”

我看到一圈涟漪在易 –2 中段的肉褶上泛起。毕生都在研究奥利克斯人的外星心理学家认为，这种反应要么就是因为恼火，要么就是因为好笑。

“我们已经不知道母星现在是什么情况了。”易 –2 说，“因为我们关注的是未来，而不是过去。对我们来说，随着成熟期的到来，智慧生命终将完善出一套单一的生命哲学，并以此来解决各种问题，这一点显而易见。你们之所以多样化，是因为你们在地理上分布广泛，并且可以沉迷于各种实验原理和思想之中。因为你们还年轻，这样的探索对你们有益。尽管目前你们追求这种物理和政治上的扩张，但我们相信，你们最终都将会重新聚集起来，并生活在统一的单一文化之下。你们的各种文化中最优越、最开放、最热情的部分将传播开来，适应各种环境，并最终吸收融合所有其他文化。你们的社会中正在发生的不同法律体系之间的合并与具有约束力的跨政府条约的签订就是证据，至少就我们而言是这样。”

“你们相信我们的宗教会融合？”枢机主教的问题引来了一片笑声。

“当所有的智慧、所有的思想都在时空的大崩塌中凝聚在一起时，末世之神就会显灵。在作为宇宙过去和未来历史的熵的增长过程中，神有多重外在形式。人类已经很幸运地见证了最终融合的片段，这些片段构成了你们所有宗教信仰的基础，并被你们以多种方式解释。我们理解这一点，因为当我们初具智慧时，我们也经历了这一阶段。但最终，只会有一个神，等到那时，他就会向所有成功朝圣的人显露真实形态。如果幸运的话，如果你们仍然像现在看上去的这样，对神性保持开放的态度，那你们可能就会再次听到神的讯息。我相信，你们应该早就预料到了这一点。第二次降临。世界末日。启示。教会被提[1]。轮回。这只是几个例子。神已经在你们的思想里注入了诸多概念，它们将你们的许多不同的文化联系在一起，使之蓬勃发展，形成一个网络，让你们可以在此基础上建立起最终的团结。"

纳韦尔微微向我侧过头，轻声说："在奥利克斯人面前讲稳恒态理论在政治上会不会是不正确的？"

我强忍着没有大笑出来。

"我有一个问题。"代表团里的一名伊玛目问。他是一位老者，留着雪白的长须，一身黑袍一尘不染。在我看来，他那严厉的语调表明他并不赞同奥利克斯人对先知理想如何实现的自由化解释。"你声称要朝圣到时间尽头。如果是这样，你们欢迎那些希望加入你们的人类吗？"

"当然欢迎。"易 -2 立刻回答，"自然，有一些现实的问题必须要考虑。我们需要对你们进行生物学方面的改造，好让你们在事实上获得永生。我们的 K 细胞是实现这一远大理想的良好开端。但还有大量的工作要做。"

那个伊玛目看着易 -2，目光中充满了不信任。"你是说奥利克斯人已经获得了永生吗？"

"五边组的身体只是盛放心灵的容器，携带意识穿越时间。生理上，我们继续进行繁殖，因为所有生物机体都会随着时间的流

---

1. 指神将所有信徒从地上搬走，为了在灾难期间完成他公义的审判。

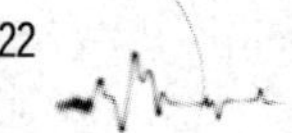

逝而衰败，即使是我们的机体也不例外。但是，我们的身份不会改变。”

“所以说，没有新的奥利克斯人？”纳韦尔问。

“没有。不论是在生理上还是心理上，我们已经尽可能成熟了。正如你们所言，我们已经到达了进化的尽头。正因如此我们才会踏上伟大征程。这个宇宙中已经没有什么值得我们留恋的了。”

“我觉得这很难让人信服。”枢机主教说，“上帝的宇宙是丰盈无限的。”

“关于这次创世，该知道的我们已经都知道了。因此，我们在等待下次。”

“下次？”

“时间尽头的末世之神会回顾整个宇宙的生命，并利用他所发现的东西，在这所有的一切坍塌后的虚空中创造出一个新的更好的宇宙。”

“这种对永生的许诺在我听来非常可疑，就像是一种贿赂。”伊玛目说。

“不是的。”易 -2 回答，“永生，延续今生直到下世，只有成熟的头脑才能接受这种观念。如果你们不配获得，那么你们将不会以这种形式生存下去。记住，我们分享的这条发展路线没有回头路。你必须非常确定自己会接受这样令人生畏的提议才行。我们不认为这是贿赂。放弃自己的一切——信念、人生——这样的决定只能由自己做出。”

“那你们告诉我，为什么生命救赎号上只有你们。”伊玛目说，

“你们航行了数千年，造访过成千上万的行星系。为什么没有别的物种加入你们？”

“这也是我们的航程中最令人难过的部分，因为我们发现这个星系中的生命是如此稀有，智慧生命就更稀有了。我们无数次收到文明兴衰的微弱的广播信号。很少有人能成功地达到你们所达到的阶段。通常，我们只会发现空荡荡的废墟，随着恒星变冷，其上的生命也再次沉没在没有思想的深渊之中。这就是我们为什么这么珍惜和喜爱你们的原因。你们是所有生命中最宝贵的。而且，能在同一个星系，在如此广阔的时空中共存，真正与你们面对面，向你们提供指导，这确实是一个奇迹。从现在起直到我们的航程结束，这种情况可能只会发生十几次。”

“看来，统计数据有时候真是胡扯。”枢机主教淡淡地说。

我注意到伊玛目的嘴唇微微抽动了一下，似乎是在抑制满意的表情。

“你们对遇到的那些失落的文明是否进行了记录？”纳韦尔问，“要是能让我看一下就太棒了。”

“我会提出申请的。”易 -2 说，“不过相关记录不会太多，因为我们并不看重这样的遭遇。我们关注的是未来，是在前方等待着我们的荣耀。”

* * *

“你是怎么想的呢？”那天晚上吃晚饭时，纳韦尔问我。值得庆幸的是，晚餐交由我们自理。易 -2 向我们展示了蒙古包旁边的一片公共区域，里面的冷冻柜装满了预包装的人类食品，旁边摆着一排微波炉，还有一些小瓶子。离开之前，易 –2 告诉了我们明天的日程安排，其中大部分是关于朝圣的更详细的讲解，以及相当于他们的哲学家的人所做的思考，主要是对神就接下来将要创造怎样的宇宙所做出的构想，以及他们为实现这一目标可以做出怎样的贡献。他们还给我们安排了专门的时间向他们推介我们自己的信仰，但对我来说，这似乎只是出于礼貌的事后补救。

“我觉得我们需要找个天体物理学家来问一些有关量子宇宙学的难题。”我告诉纳韦尔。

“我认为自接触以来，这些问题应该已经被问过无数遍了。他们断言宇宙本质上是不断循环的，并且每个循环只能存在有限的时间，但这在天文学上并没有任何有力的证据可以证明。在这方面，就开空头支票而言，他们可以说是轻松超越我们那些浅薄的民粹主义政客。”

“我发现最困难的就是这个。”我承认道，“他们所达到的技术水平使他们能够建造生命救赎号，天知道他们还有多少方舟飞船。他们将毕生精力投入到飞向宇宙尽头的航程中——面对现实吧，这在物理上很可能是不可行的——尽管如此，他们却无法提供量化的科学证据来证明宇宙确实遵循循环理论。”

枢机主教转身面向我，说：“我们有足够的宇宙背景辐射证据来证明大爆炸理论，而大爆炸本身跟稳恒态就是矛盾的。”

“至少大爆炸在理论上容许出现终极热寂状态。”纳韦尔说，“倒不是说宇宙的终极热寂必然导致那个什么末世之神的诞生。我甚至都不确定终极热寂是不是可以被称为时间的终结。”

“一个新兴的神将不得不逆转最大熵状态。”枢机主教沉思道，

“那不是创世，只是重新生成已经存在的东西。”

“我们太纠结于语义了。”纳韦尔反驳道。

“四十二。”

“你说什么？”我问。

“一个老哏而已。”枢机主教说，“可以在同一个针尖上跳舞的天使的数量。”

“看到了吗？”我对他俩说，“所以我们才需要个天体物理学家。”

“你说得对，朋友。”纳韦尔继续道，“他们所做的一切都是基于循环理论，但他们没有提供任何证据来证明其可能性。甚至可以说，他们拒绝提供证据。然而，自相矛盾的是，他们的信念是如此强烈，如此内化于他们自身，所以肯定会有证据才对。没有证据，谁会这样一直航行下去。”

“啊。”枢机主教举起威士忌酒杯，满意地对我们笑了笑，“这就是我们来这里的原因，不是吗？只有我们才明白：最重要的是，你得有信仰。干杯。”他一饮而尽。

* * *

回到蒙古包后，我小心地闻了闻。确定无疑，这里有香料、花香和古龙水混合的味道。我走进盥洗区，小心地打开橱柜门。受精卵已经孵化，五百只苍蝇正缓慢地在架子上爬行。玻璃杯中的大部分营养液已被消耗殆尽。

我让桑杰打开我的发射器外设。嵌入我左眼的小透镜开始向沸腾的蝇群照射紫外线。这些苍蝇具有合成的八个字母的 DNA，因此它们的发育阶段进行了加速，大脑也被替换成了神经处理器。我的紫外线脉冲触发了启动程序，这大概花了一秒钟。作为回应，它们都激活了自己的发射器。程序将它们连接成一个贯通的群体，整个柜子都浸没在了紫外线中。

数据甩上我的睑板镜片。孵化成功率超过了百分之九十。畸形率低于百分之二。连接已经生成。我拥有了一个富有行动力的族群，每个单体都是一个生物传感器，能够检测量子空间纠缠，这都要归功于它们那八个字母的DNA。单个来看，每个探测器的有效探测范围极小，只有几米。但集合起来，探测范围就扩大了两个数量级。

现在我要做的就只有一件事了——将这个蝇群带到我们怀疑可能安装了传送门的区域：第四生物舱。

我的行李车有几个区域分解成了一系列无害的棍子和圆环，但是，按正确的顺序组装到一起，就能变成常用的工具——扳手、螺丝刀、钳子……我将面板从浴缸的侧面卸下，着手打开下面的舱口盖。像盥洗室的其他部分一样，那也是人类制造的，每个角落的锁紧螺母都随着时间的流逝而逐渐锈死。经过大量的努力，我终于拧下了所有的螺母，撬开了舱盖。无论从哪个角度看，那个开口都不大，从里面爬过去应该会很挤，也很痛苦。不过其他特工在侦察行动中都成功爬了过去，所以……

我脱掉衣服，从行李车中取出跑步包。像每个优秀的健身达人一样，我穿了好几层衣服，从最里面的紧身衣到更宽松的外衣，再到能应付任何恶劣天气的防水衣。不过我只对紧身衣感兴趣，那玩意和潜水服一样紧绷。顶部甚至还有一顶兜帽，再配上太阳镜，就能覆盖住我的每一寸皮肤。桑杰与紧身衣进行交互，把织物表面变成完美的黑色。这样，不仅在视觉上不会有任何反光，而且还能吸收很大一部分电磁频谱，即使你用雷达或激光扫描也发现不了它。那还只是外层，紧身衣的手臂、腿、脊柱、脖子和颅骨相应部分编织有长条状的热电池带，其中的热传导纤维网能吸收身体散发的所有热量，使我在热感应上与环境保持一致。电池带在需要排出之前，可以储存十小时的热量。衣服上的鱼鳃面具能遮蔽我的呼吸，吸收外泄的热量与各种生化泄漏。穿上这层紧身衣，我就像宇宙中的一个人形空洞。

桑杰连接上蝇群，让它们沿舱口飞了下去。我也跟着它们挤了进去。

每座蒙古包下面都有一个狭窄的杂物间，里面装有人工消毒设备，对上面的浴室、淋浴间和厕所所产生的废水进行消毒。化学成分和固体废物被分离出来并储存在储罐中，最终被排入太空，而净化过的水则被释放到生命救赎号的主环境循环中。我要找的就是那条出口管。

房间的地板是用如花岗岩般坚硬的厚碳板制成的。我们之前派出的特工已对出口管穿过的木板进行了切割，切成易于处理的矩形，并带有倾斜的切面好固定在适当位置。把碎木板弄起来的活真不是人干的，它们就像石头一样重，而且我是蜷缩着的，这个姿势也不适合发力。最终，我把碎木板都清理了，从洞里掉进了一条在裸露的岩层中凿出的隧道。

隧道里有管道和电缆，但并不像人类隧道里的那样都固定到位，而是像常春藤一样缠绕在隧道的墙壁上，它们甚至看上去好像还活着，或者至少曾经活过。我觉得应该是一种像陆地上生长的竹子那样的枝干中空的植物，它沿着隧道生长，死亡后变硬，形成天然管道。考虑到奥利克斯人喜欢将生物系统与机械系统混合在一起，这么想应该没错。

桑杰将增强过的图像甩在我的脸板镜片上。这套衣服的热传感器向我显示，其中几根弯曲的管子是温暖的，里面装有某种热流体。磁扫描也给电力电缆标记上了金色的光。我的惯性导航系统做好了定位，然后我就沿着隧道出发了。

当我爬过蜿蜒的管道时，百分之二十的苍蝇飞在我的身后，负责殿后，以防奥利克斯人出现进行检查或维护工作。其余的苍蝇在前方嗡嗡作响，负责探路。就像我们之前穿过的那条隧道一样，这里也有不少岔口和裂口。一些径直向上，另一些则分岔一路向前，深度未知。有时候，隧道的倾斜度非常之大，我只能跪下来手脚并用，好不让自己滑下去。

果然，这条通道并不直通方舟飞船尾部。每当蝇群找到另一个岔口时，我都必须查看惯性导航，确定前进的方向。我算错了五次，不得不退回去再来，因为我选择的隧道开始向别的方向弯曲了。不过还好有些隧道里几乎没有电缆和管道，能让我慢跑一段时间。不然，我根本没办法在清晨前回来。

惯性导航确认我已穿过第三生物舱的末端，我开始寻找进入第四生物舱的路线。岔口有许多分支拐向更大的运输隧道，里面有车辆在行驶。我在岔路口将蝇群拆散，分派往各个方向进行探索。最终，在距离我们认为第四生物舱应该存在的位置还有四百米时，我发现了一条似乎是朝着正确方向前进的运输隧道。

蝇群向前飞去，附近没有车辆。我现在的问题是光线。运输隧道是被墙壁中间位置的灯带照亮的。如果蝇群看到任何东西靠近，我就不得不以百米冲刺的速度躲进一个岔口。而这里的岔口数量很有限。

四百米。大多数奥林匹克运动员可以在四十五秒之内跑完这段距离。我很健康，还接受了一些基因增强治疗，但还达不到这种水平。而且，我处于三分之二的重力场中，也不利于加速。所以我估计怎么也得花一分多钟。

蝇群在空中排成一条长线，然后开始扩散开。我和第四生物舱的前端之间有三个岔口。如果有任何意外情况出现，它们就是我寻找掩护的绝佳位置。

我深吸一口气，向前冲刺。

一分十七秒，如果你有兴趣知道的话。我并没有使出全力，因为到达那里之后，我应该还要继续前进——说不定还要急速撤退。

第四生物舱的气候与第一生物舱类似。里面的植被似乎更加荒芜，好像没有人进行过维护修剪。隧道入口附近没有奥利克斯人。

我冲进茂盛的树丛下，让蝇群以环形的队形飞了出去，寻找生命的迹象。一百米的感知范围内显示有几十只鸟，百种昆虫，但没有大型外星生命在周围移动。我的外设扫描了整个电磁频谱，里面什么都没有。

树木在地上投下厚重的阴影，很适合掩护。我待在树下，等蝇群排成一排，开始进行周向扫掠——这是即将进行的许多次扫描中的第一次。桑杰已经规划出了一条有规律的螺旋形扫描路线，可以覆盖整个内部空间。我抬起头，透过树叶的缝隙，看到赤道线附近有一片明显的空地。在一片正圆形的区域，树木让位给了芥末黄色的苔藓。圆形区域的中央是一座五面金字塔结构的建筑，它的高度绝对超过了一百米，但整个底座只有二十米宽。在其他三个生物舱中，我从未见过任何形式的建筑物。我移动位置以获得更好的视野，并在赤道线上发现了另一处空地。我来到树木之间的一片空当，看到那样的空地一共有五处，样子完全相同，每处空地的中央都有一座高大的建筑。我将蝇群派往距离最近的一座建筑物，让它们将高分辨率扫描图传回给我。

评估小组

费里顿·凯恩
尼基雅
2204 年 6 月 26 日

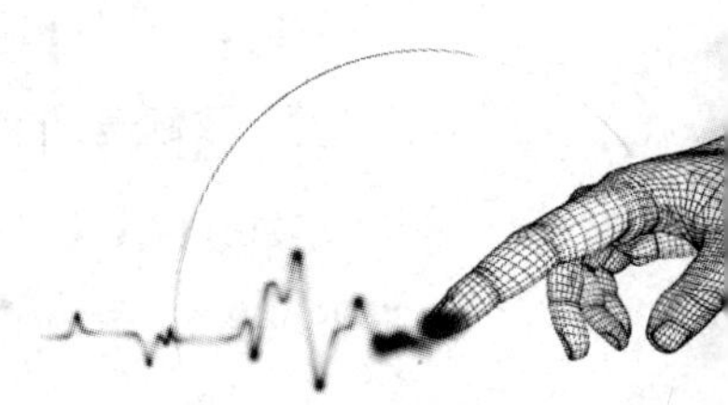

“然后呢？”卡勒姆听得全神贯注。

“空地上的那些建筑类似于细长版的阿兹特克神庙，或者方尖碑。”我对那些着迷的听众说，“个人而言，我更喜欢第二个选项。那上面似乎没有任何入口，在地面上没有，更高的地方也没有。但关键在于象形文字，上面的每个面都布满了象形文字。”

“你们翻译出来了吗？”埃德伦急切地问。

“没有。”我表现出一丝挫败，“那跟密码不一样，也不像人类的哪种古代语言。没有什么罗塞塔石碑来供我们参考。那些符号都很简单，就是些线条和图形，但它们完全是外星的，根本没办法破译。要想知道上面写了什么，只能去问奥利克斯人。可惜我们又不能真的那么干。”

“我不明白。”洛伊有些愤愤地说，“为什么他们要对那种东西保密？”

“蝇群帮我确定了一件事，就是那些石碑的材质。”我说。

“是什么？”

“沉积岩。里面有颗粒状结构，上面没有任何锐利的地方，而

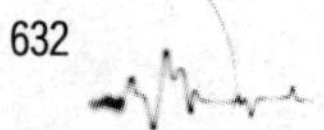

且很多符号都已经磨损了，在那种稳定的环境中这很值得注意。”

“为什么？”坎达拉追问道。

“生命救赎号是颗小行星。”阿利克用一种敷衍的语气向她解释道，“只有行星上才有沉积岩。也就是说，方尖碑是从哪里被带上飞船的呢？”他抬了抬眉毛。“奥利克斯人的母星吗？”

“我们是这么认为的。”我说，“那些方尖碑非常古老，很有可能是奥利克斯人拥有的最神圣的遗物，显然具有深厚的宗教意义。那些符号甚至可能包含了他们对循环宇宙的证明——鉴于他们的宗教信仰，这些东西是永远都不能被挑战的，更不用说是被像我们这样的暴发户挑战了。”

“所以就完全保密了。”坎达拉点了点头，深表理解。

卡勒姆在椅子上探出身子，想要了解更多细节：“蝇群呢？有探测到量子空间纠缠吗？”

“没有。”我耸耸肩，“当然，生命救赎号内还有很多空间我们没有探测过，但第四生物舱是其中最大的一个，也是隐藏最深的一个，不过从战略角度来说，也是最无关紧要的一个。他们只是不想让我们这些不信教的外星异端污染他们的信仰。”

从卡勒姆皱起的眉头我可以看出，他正准备提出另一个问题。就是在这个时候，事情开始变得奇怪了。我看到阿利克正准备从他那珍贵的古董酒瓶中再给自己倒一杯波本威士忌，他的注意力忽然转移到了我的身上，眼睛一下子睁大了，完全一副受到了惊吓的样子，紧接着他的手指张开，酒瓶掉落下来。我的注意力转到了坐在他旁边椅子上的坎达拉身上，她正从盘子里抓起一把烤开心果。忽然，她那强健的肌肉僵硬了起来，典型的危机反应。

我甚至看到了她埋藏在前臂中的外设启动时前臂肌肉的波动。怀疑和警觉触发了我内心强烈的危机感，我确定我的椅子后面正在发生什么非常出人意料的大事。当我听到卡勒姆惊慌失措的叫喊声时，我的头也开始向后转动，结果只瞥到一道模糊的影子。杰西卡站在我的身后，面部因为全神贯注而扭曲，她的手中紧握着一根长长的红杆，正在向我挥过来。我试图躲避，本能也迫使我抬起手臂保护自己，但根本没有用，她的动作太快了。然后，我看到消防斧邪恶的尖刃进入我的视野，成了我的整个宇宙。我甚至短暂地听到我的头骨碎裂时发出的刺耳的声音，利刃穿透了我的大脑——

朱洛斯

AA
593 年

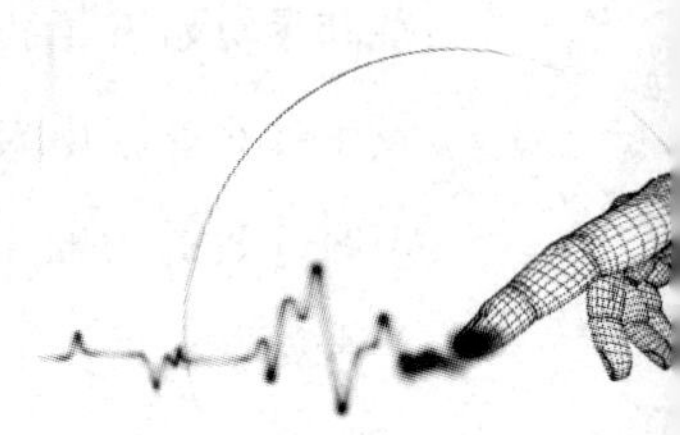

在他们离开之前，在朱洛斯行星系中的每项人类技术都被还原为其组成原子之前，他们又回到了卡布朗斯基空间站的花园，最后怀念地看一眼。小瀑布旁的大理石桌子还在那里，优雅的锦鲤也还在水中游曳，一如既往。

“我觉得我们应该带它们一起走。”德利安说。他看着锦鲤穿过池塘，消失在缓缓流动的瀑布中，几秒钟后又再次出现。

伊蕾拉搂着他的肩膀。“你可不能这么想，以后可不行了。”

“我知道。”

两个人一起抬起头，视线穿过拱形的玻璃屋顶，半月形的朱洛斯正悬浮在空间站上方，明暗交界线穿过整个海洋。

“真美。”伊蕾拉若有所思道。

“我们会回来的，等一切都结束之后。”

“那样最好。不过我觉得，到时候应该不会剩下太多人了。”

“是吗？我敢打赌大多数战队都会回来的。见鬼，说不定整个摩根号都会回来呢。不然还能去哪儿？这里是我们的家。”

伊蕾拉轻轻地吻了他一下。“这是我们出生的地方，是我们接受训练的地方。可是家？我觉得我们没有家。那需要我们自己来建造，在一切都结束之后。啊，谁知道呢？说不定事实最后会证明圣殿之星的传说是真的呢，我们可以在那里幸福地生活下去。”

德利安凝视着那蓝白色的新月，夜色中的大陆海岸线充满了他的思绪。“你知道吗？他们说当年在地球上，整个大陆都会被城市夜晚的灯光照亮，就像一个个微型星系。你能想象得到吗？在同一个世界上有那么多人。”

“再看看他们都发生了什么。人类世界再也承受不了那么多的人口了，除非我们赢得战争的胜利。在紧急情况下，我们得拥有足够多的旅行者世代飞船才能及时将所有人从一颗定居行星上迁移走。一个人都不能落下，绝不。”

“可要是我们还能待在这儿……我们本能建造一个多么美好的世界啊。”

伊蕾拉将脸颊枕在德利安的头顶。“你打心底里可真是个老派的浪漫主义者，嗯？”

“我只是对我们还怀有希望，仅此而已。我是说，你看！”德利安夸张地比画了一下眼前的行星，“这都是我们创造的！当我们的祖先到达时，它只是块破石头而已。地球化花了五十年。五十年——我们用这么短的时间就能赋予一整颗行星生命！真是太棒了。”

“真是个悲剧。”

“等这一切都结束后，这里也依然会存在。我们很小心，没有泄露什么信号。他们不知道这里有人类，永远也不会知道。”

“希望你是对的。这个行星系里的所有星球上现在都有地球生物了——彗星上有细菌，小行星上有地衣，卡塔尔的卫星上有异蛙。”那些回忆让她不由得扬起了嘴角。

“真对。即使他们粉碎了朱洛斯，也不可能将我们从这个行星系中完全清除。地球上的 DNA 仍会保存下来。我们会变异，会适应。我们会一直进化。不出十亿年，这里又会被我们的生命所占据。因为我们最棒。”他仰起头，亲吻了她。

身旁，瀑布的水流逐渐缩小，直到只剩从边缘滴落的水滴。整个花园区响起了一阵浑厚的钟声。

“该走了。”伊蕾拉轻声说。

两个人再次抬起头，深情地注视着朱洛斯，最后转身向出口走去。

* * *

摩根号由七个主要部分组成，所有这些结构都包含在直径为一千五百米的球形网格中，银色的刺状热熔体像金属豪猪刺一样从支杆连接处升起，将多余的热量散发向太空。后球体内装有重力驱动器，能够将战舰加速至零点九倍光速。接下来就是主航空电子聚变器及其附属设备，以及硼 11 和氢燃料罐。在那些设施的前面是第三个球体，基本上就是一个装有小行星采矿设备、精炼厂和单级冯·诺依曼复制机的仓库。每艘人类旅行者世代飞船都携带有相同的有效载荷，使他们能够在到达任何一个行星系后重启整个高级文明。只要有可用的固体物质——以行星、小行星或彗星的形式——人类社会就可以建立定居点，再次蓬勃发展。第四个球体是主生命维持区，里面装有一对反向旋转的圆环，为摩根号上的五千多名船员提供如公园般怡人的环境和舒适的公寓。在这个球体的前面是武器层，装备有能给人留下恐怖印象的长长的武器弹药库，里面的装备能摧毁整个星系，更不用说敌舰了。然后是机库，有五十架由管事机器人控制的攻击巡洋舰，加速度超过一百 G，还有十五架既能在深空又能在大气层中飞行的运兵机。最后，前球体内容纳了主传送门护盾，它能够像雨伞一样在飞船周围打开，以令人难以置信的速度吞噬摩根号所遇到的星际尘埃和气体，并通过尾随在飞船后侧一光秒处的配对传送门将其无害分流。

德利安和伊蕾拉是最后登船的一批人，扬茨对他们眨了眨眼，一副看破不说破的表情，全队的其他成员对他们报以微笑。摩根号的船员在主礼堂集合。德利安还没有习惯圆环体相对较快的旋转离心力，因此，他不得不一路握住座椅靠背走向小队。他坐下时，凯内尔姆舰长刚刚走上讲台。舰长身材高大，虽然比起伊蕾拉还是差了一点。Ta 身穿精巧合身的灰蓝色制服，肩章上有一颗星星。德利安有些好奇地看了看这身制服，与此同时，他的大脑给这制服贴上了一个标签——可悲的历史倒退。倒不是说船员们以前不穿制服，但是看到舰长本人就站在那里，准备发表出发前的演说，确实是一个残酷的现实刺激。德利安的一生都在按照等级制度行事，但是眼前的景象——乘坐军舰飞向银河深处——使这一切突然变得更现实了起来。他们要去战斗，而且很有可能真的会死。

他伸手握住伊蕾拉的手。就连伊蕾拉也不再像几分钟前在花园里时那样忧郁了。他知道，她也和他一样紧张。

讲台后侧屏幕上的数据源正在现场直播一艘战舰从空中要塞泊位中缓慢加速的画面。德利安的数伴将其标示为阿舍尔号，伴飞的还有三艘高级种子飞船。

“真希望亚历山大也在这儿。”伊蕾拉轻声说，“我想 Ta。”

“我也想。不过 Ta 在乘坐旅行者世代飞船出发前，已经看到你回到我们中间了。我想 Ta 在离开时应该是很开心的。”

伊蕾拉点点头，眼中泛起一丝湿润。“我真希望 Ta 能跟我们一起走。”

“不能的，Ta 太老了。Ta 从一开始就知道，从抛下自己的家庭开始养育我们时就知道。”

“我知道，我只是在犯傻。”

德利安握紧她的手。“我也是。”

屏幕上，阿舍尔号及其僚机正紧紧环绕在一簇不到一百米宽的卷曲的叶状体周围，那是一扇星际传送门。那些环开始散发出深蓝色的光，然后像花朵一样绽放开来，向外扩张，好像一圈地球午夜蓝色的天空在太空中扩展。蔚蓝色的光晕变成了黑色，传送门内的区域隐没在了朱洛斯上空的星空中，看不出一丝区别。阿舍尔号最先穿过洞口，种子飞船紧随其后。它们刚一穿过，传送门就在它们身后关闭了，组成传送门的叶片开始回缩，重新变成一片翻涌的虚体能量折叠。

礼堂里响起一片掌声，德利安仍在注视着屏幕。他认识阿舍尔号上的人，但现在他们都走了，对他而言在时空中永远地消失了。配对的另一扇传送门正在以零点九八倍光速驶离朱洛斯，并且已经航行了五百多年，自从旅行者世代飞船抵达这里时就开始了。当时，他们沿着随机路线发射了成千上万扇相同的传送门，好为人类提供后路，以便在敌人发现朱洛斯上有人类文明存在时逃跑。

这时，另一扇传送门也扩展开来，在星空中散发出地狱般的橙红色，同时，它的配对传送门也正在卡塔尔的大气层深处打开。因为受到了异常强大的引力的吸引，空中要塞开始扭曲变形。大块的碎片脱离要塞，旋转着落入烈焰，从空中要塞前流过，而要塞本身正在以越来越快的速度落入阴燃的深渊。

这次没有掌声，众人只是理智而清醒地看着空中要塞坠入气态巨行星的心脏，那里的超高速风暴和可怕的重力梯度会将碎片不断扯碎，直到变成一片滑过行星金属氢核心上方的原子团。朱洛斯轨道上的所有防御设施都将按照这个模式处理。最后，传送门本身也将崩溃裂解。朱洛斯行星系将再次赤裸裸地面对群星，只留下无数地球生命，以及证明人类曾在这里生活过的破败废墟。

“我希望大家能静默片刻。”凯内尔姆舰长用平静的语调说，“我们应该感谢这颗恒星及其行星，对我们的诸位祖先而言，这里就是无与伦比的天堂。人类曾在这里过着美好的生活。现在，轮到我们兑现并偿还这个礼物了。我们将冒险进入银河系，加入圣徒们的行列。在宇宙中的某个地方，他们就在那里等着我们。只要他们召唤——他们会的——我们就会加入他们，无论在时间和空间上有多遥远。请明白这一点，圣徒们。我们不会让你们失望的。”

“我们不会让你们失望的。”德利安附和道。同声附和的还有其他听众。这句话他这辈子已经说过成千上万次，但这次，它终于有了某种更为实际的意义。我们要出发了！

凯内尔姆用手掌做了个手势，所有人都站了起来。Ta说：“摩根号即将起航。”在Ta的身后，屏幕上显示着摩根号正面的景象。在前方，一团灰色的结正盘旋在群星之间。

“我们感谢您，圣尤里·阿尔斯特，感谢您的坚毅。”凯内尔姆恭敬地说。

“感谢您，圣尤里。”听众们附和道。

传送门变成了最深的蓝色，并开始膨胀，其物理成分以极快的节奏波动着。

“我们感谢您，圣卡勒姆·赫伯恩，感谢您的同情。”

“感谢您，圣卡勒姆。”

星际空间中的洞口稳定了下来，摩根号开始加速。

“我们感谢您，圣坎达拉·马丁内斯，感谢您的力量。”

“感谢您，圣坎达拉。”

无数美丽的新星在传送门中央的黑暗中绽放出光芒。

“我们感谢您，圣阿利克·蒙代，感谢您的决心。”

“感谢您，圣阿利克。”

德利安微笑着屏住呼吸，他们已在一息之间穿越了五百光年。

“最后，我们要感谢您，圣杰西卡·麦，感谢您穿越黑暗指引我们。”

“感谢您，圣杰西卡。”

未知的星座在摩根号及其伴飞的种子飞船周围熠熠生辉。传送门在身后关闭，纠缠结束，传送机制终结。

德利安凝视着外面那片奇妙而全新的星空。奥利克斯人就在外面的某个地方。”他大声说，这是对他刚刚冒险进入的这片宇宙出于原始本能的挑战，“就像我们以前一样躲藏着。但我们不会再躲藏了。我们要找你们算账了，狗娘养的！”

评估小组

尼基雅
2204 年 6 月 26 日

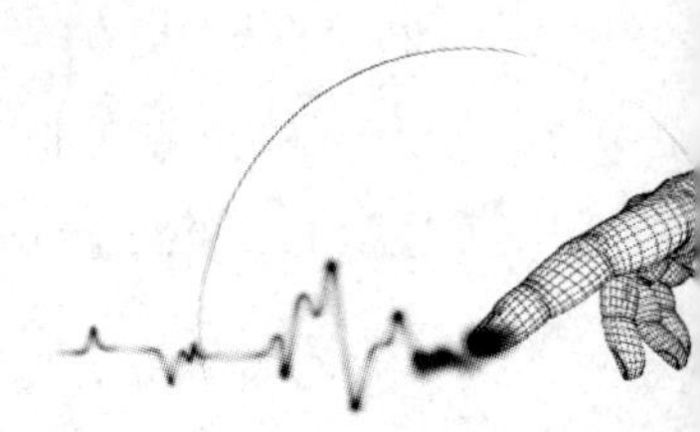

休息室内的所有人都定在了原地。三束瞄准激光的小红点射在杰西卡的脑门上。唯一的声音就是鲜血从费里顿那被砍碎的头骨上滴落时的滴答滴答声。

杰西卡手握消防斧，目光横扫室内的各位，从阿利克到坎达拉，再到卡勒姆，最后到尤里。她用一种令人惊讶的平静语气说："你们看看那脑子。"

"什么鬼？"卡勒姆叫道。

埃德伦发出一声痛苦高亢的哀号，用手捂住了嘴。洛伊把头扭到一边吐了起来。

"什么？"尤里质问道，"你说什么？"

"我说，你们看看那脑子。"

"那……"

"我可以把斧子放下了吧？"

"你跟移动冰川一样，动作太快了。"阿利克吼道，"放下斧子，双手举过头顶，五指张开，后退一步。听明白没？"

"明白。别紧张。"杰西卡小心翼翼地松开手中的斧子。斧头下坠时带动刃口在颅骨内旋转，撕裂了更多脑组织。费里顿的尸体向前一软，不过还在椅子上。

坎达拉一脸极度厌恶的表情。“圣母玛利亚！”

杰西卡高举双手，五指张开，后退一步。“你们看看那脑子。”

阿利克和坎达拉对视一眼。

“你看着她。”阿利克说。

坎达拉利落地点了点头，眼睛一直盯着杰西卡。“明白。”她平伸左臂，前臂张开的肉缝中露出一根小小的银色圆筒，一直锁定着杰西卡的脑门，“你去看看她说的是什么。”

阿利克关闭手腕上方发出的瞄准激光，小心翼翼地上前一步。即使是他，凝视尸体时也忍不住皱起了眉头。他屏住呼吸，不情愿地拔出斧头。刀片脱出时发出了可怕的嘎吱声。阿利克微微探出身子。所有人都听到了他倒吸一口凉气的声音。他疑惑地看了看杰西卡：“什么鬼？”

“怎么了？”尤里问。

“我……”阿利克畏缩了一下，“我不知道。”

尤里不耐烦地上前一步，查看了一下费里顿头骨上的裂口。“×。”他一脸震惊地看了杰西卡一眼。

“那脑壳到底怎么了？”卡勒姆质问道。

“是奥利克斯人那种大脑。”杰西卡告诉他。

“胡扯！”

“你自己看。”她说，“那可不是人类的脑灰质。奥利克斯人挖出了费里顿的大脑，换上了五边组中的一个。这个程序听起来是不是挺熟悉的？”

尤里瞪着她，怒目圆睁。

卡勒姆走了过去，眼前的狼藉让他不由得撇起了嘴，他强迫自己看向那血糊糊的黏液。他知道人类的大脑是什么样子，而无论费里顿头骨内部的那团东西是什么，显然都不是人类的脑组织。那结构完全不对，不是通常那种核桃状的一团，而是一根根整齐排列的长条，在黏稠的血糊之下，其表面上泛着鱼肚白的光泽。

“这怎么可能！”

“这是一个五边组单位的大脑。”杰西卡说，“也就是说，五边组中的另外四个单体已经看到和听到了费里顿之前经历的一切——包括他们那艘受损的飞船。他们还了解你们奥利克斯人监控办公室的各个方面。”

“×！”尤里沮丧地咕哝道。

“你什么意思，什么叫他们那艘受损的飞船？”坎达拉问。

“外面那艘。那是艘奥利克斯中型运输舰，是在回他们的飞地时被我的同伴从虫洞里轰出来的。”

“奥利克斯人有虫洞？”卡勒姆已经被刺激得有些麻木了，“可……”他转向尤里。“这些你都知道？”

尤里摇了摇头，他的视线一直在杰西卡身上，一刻都没有离开。

“我就是那时候才知道费里顿是奥利克斯五边组的一员的。”杰西卡说，“生命救赎号上的第四生物舱里可不光有珍贵的文物，里面还有一个虫洞终端，通往他们的飞地。向来如此。”

“向来？”卡勒姆追问道。

“奥利克斯人每次都是乘坐生命救赎号这样的飞船抵达。这是他们的掩护，可以让他们在决定提升新发现的物种之前好好观察一下。”

“提升？”埃德伦弱弱地问。

“跟随他们一起参加末日朝圣之旅。要知道，那种加入可不是自愿的。他们抓获了他们发现的每一个智慧种族，在他们的飞地上已经囚禁了数千种生命了，可能更多。”

“这些屁话我一个字都不信。”阿利克脱口而出，“我是说，你是怎么知道这些的？”

杰西卡的脸上闪过一丝沧桑的表情。“因为我是尼亚纳人。”

“那又是什么？”

“外星人，但不是奥利克斯人。我们很不一样。”

“我的老天哪！”

“你们还记得费米悖论吗？”杰西卡说，“费米问：他们在哪儿？你们一直认为银河系中的生命是稀有的，因为星系巨大的体积，你们将永远不会遇到与另一种生命共存的机会。但这并不全对。当智慧产生，并开始通过无线电发射而被外部世界所知时，奥利克斯人就会带着他们虚假的友谊和宗教的贪婪前来。因此，事实上，费米那个问题的答案是：我们一直在躲藏。现在，请你们一定要加入我们，进入寂静黑暗的星空中，只有那样你们才安全。”

“索科就是你的同伴，对不对？”尤里问。

“对。在阿尔泰亚那场交火中，他故意让自己被巴蒂斯特·德瓦罗伊的人抓住。自从来到地球，我们就一直在寻找奥利克斯人绑架行动的证据。霍拉肖·塞莫尔那件事简直就跟中彩了一样。

德瓦罗伊那样的奥利克斯代理人收到的指示就是绑架那些没有存在感的人，如果不是因为格温德琳，霍拉肖就是那种人。她是一个意外因素，即使是最天才的配对人也会有疏漏。”

“该死。”脸色铁青的洛伊咕哝道，看起来他好像又要吐了。

“所以是索科将这艘飞船轰出虫洞的。”尤里说，“他把飞船飞到了这里，打开了信标，然后才去冬眠。”

“正确。我们的身体有抵抗奥利克斯生物技术污染的能力。他们没办法提升他，只不过一开始他们没看出来。这就给了他渗透进他们操作系统的时间。自从仓库那场交火以来，我就一直在等待一艘失控奥利克斯飞船被发现的消息。”

“狗娘养的。”阿利克叫道，“所以飞船上的其他人，他们都……被提升了？”

“奥利克斯人真心相信末世之神的存在。他们认为随着宇宙的崩溃，末世之神会将剩下的每个物种的思想都融合在一起。由于生命是如此稀有，而且很多文明注定远在末世到来之前就会衰落，所以奥利克斯人认为，将每个智慧物种带到进化的顶点就是他们的责任。但是神只需要你的思想，你的个性，不需要你的身体。从一开始，奥利克斯人就一直在窃取人类。是我们放出了 K 细胞能让脑移植成为可能的谣言，因为我们知道他们就是那么干的——让被换了脑的身体在你们中间神不知鬼不觉地开展活动。但他们的主要关注点，也是他们绑架这么多人的原因，是研究使人脑能参加朝圣的最佳方法。他们的技术比他们向你们透露的要先进得多。”

“这真是太疯狂了！”卡勒姆反驳道，“就算宇宙是周期循环的，而且终将崩溃，那也会是几十亿年后的事。我才不在乎他们的技术有多好——大脑不可能活那么久。”

“奥利克斯人的旅程不会持续几十亿年。”杰西卡疲倦地说，“他们的飞地经过极为复杂的时空操纵。山中方一日，世上已千年。所以他们才这么难对付。”

“这也是你来这里的原因？”坎达拉问，“要我们加入你们的什么银河战争？反十字军东征？”

“不，你们只能依靠自己。我不知道尼亚纳的确切所在，甚至不知道他们是否还存在。为了躲避奥利克斯人，我的同胞在很久以前就都逃走了，没办法知道他们已经走了多远。我知道他们中的一部分仍留在银河系内，因为我就是从那里来的。但为了防止泄露位置，我们未被告知有关他们的任何信息。我和我的同伴就这个问题已经讨论过很多次了。我们认为，对尼亚纳来说，最合理的做法就是完全离开这个星系。他们很可能只留下了一些自动基站，注意新出现的种族，好派出像我这样的向导。”

坎达拉看了看尤里：“你相信她吗？”

尤里瞥了一眼费里顿头骨里苍白的外星肉块。“我觉得他们应该是在费里顿执行间谍任务时抓住了他。也就是说，安斯利一直都是对的。我不知道他们会做什么，是像杰西卡说的那样提升我们，还是用核弹把我们炸回到石器时代。但我同意，奥利克斯人不是我们的朋友。”

坎达拉点点头。“我也同意——除非再看到什么更可靠的新证据。”她关掉瞄准激光，放下手臂，枪管也重新沉入体内。“我会盯着你的。”她告诉杰西卡。

就算这话让杰西卡有些不舒服，她也没有表现出来。“如果你

们当中有人接受过 K 细胞移植，我还是建议你们尽快去做手术移除移植物。”她说，“它们变异增殖的速度可比癌细胞要快多了。所以他们才会提供给你们这项技术。现在，生命救赎号也获得了真实可靠的信息，证明人类收到了尼亚纳的警告。很抱歉，这种形势可不怎么好。他们会着手提升你们的。”

“是吗？怎么提升？”阿利克质问道，“我倒要看看他们会怎么弄。生命救赎号是艘大飞船，这我不否认。可它只有一艘，孤立无援。阿尔法防御部可是有数不清的恶魔级武器。”

“我说过的。”杰西卡说，“生命救赎号上有通往奥利克斯飞地的虫洞入口。他们会派一支拯救级战舰组成的舰队来提升你们。简单来说，就是一支行星入侵部队。”

“该死的！”阿利克吼了一声。他转向尤里道：“我们得马上走。就现在！我们必须立刻回传送门那里，去警告阿尔法防御部。”

“这是当然。”尤里说。

“你怎么能这么冷静？”

尤里笑着从口袋里取出一个直径十厘米的暗盘放在地上。“开始连线吧。”他大声说。

卡勒姆注视着圆盘奇异的黑色表面，笑着说：“没白教你。”

尤里对他竖起中指，与此同时，一个细长的方形传送门从圆盘内伸了出来。

“你个狗娘养的。”阿利克咕哝了一声。

一个更宽的矩形穿了出来。卡勒姆和洛伊安好了后侧短小的支架，做好准备让全尺寸的传送门从中穿出。“美好的旧时光啊。”卡勒姆说。

“已经结束了。”杰西卡对他说，“旧时光已经结束了。永远地结束了。”

“安斯利和埃米利娅会很想跟你聊聊的。”卡勒姆对她说。

“很好，我也有很多话要对他们说。”

约 - 费里顿五边组

生命救赎号
2204 年 6 月 26 日

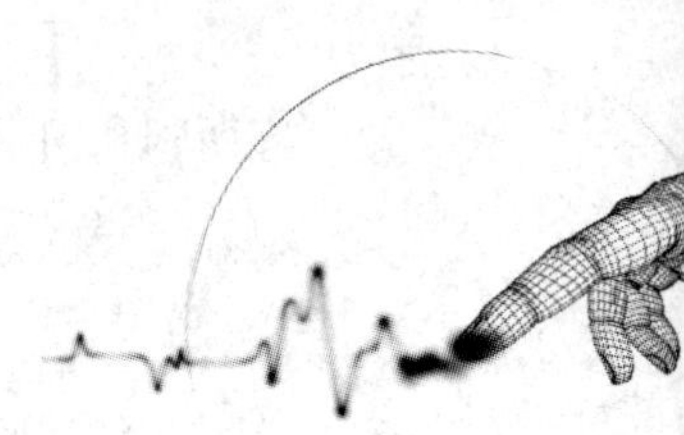

奥利克斯人没有痛觉。开始我们通往宇宙尽头的朝圣之旅时，我们就从新身体中消除了这一点。

但我们的人类身体——约 - 费里顿——在女外星人的斧头砍进我们的头颅时经历了剧烈的疼痛。我们已经适应了人类的思维模式，让我们的行为反应可以模仿原始的费里顿 · 凯恩而不会引起怀疑。

斧刃切入我们所不熟悉的约 - 费里顿的肉体和骨头时所产生的神经信号得到了正确的解释。是痛苦。

我们剩下的四具奥利克斯躯体都短暂地丧失了对自身肢体功能的控制。我们想要哭，但我们没有泪腺。我们想要叫，但我们没有声带。我们想要——我们渴望——渴望这痛苦尽快结束。这一点倒是很快就实现了。

那具约 - 费里顿躯体死了。他的心智功能也从我们纠缠的精神体中消失了。以前，在更换五边组中的旧躯体时，我们经历过数百次单个心智功能的丧失，但没有一次像现在这样。我们其余的身体几乎都因为那剧烈的刺激而瘫痪。我们没有应对这种经验的机制，没有内啡肽的替代品。而约－费里顿离去的后遗症急需这两样非常人类的东西来应对。

慢慢地，我们重新恢复了平衡。我们首先想到的是替换约－费里顿单体，再次成为完整的五边组。伴随这一决定的还有对我们刚刚所遭受的损失的遗憾。遗憾是种陌生的情感。因此我们了解到，吸收外星心智来进行伪装是很危险的，这损害了我们的纯正性。我们将不再开展这样的行动。

没有这个必要。

生命救赎号的单一心智向我们发出了询问，它那安详的精神体很好奇我们为什么会那么奇怪地爆发出一阵思维混乱。“解释一下发生的事情。”它问。

“我们的约字五边组只剩四个了，约－费里顿的躯体被杀了。”

“怎么回事？”

“多疑的人类，杰西卡·麦，用一把斧头插进了约－费里顿的脑袋，即刻造成了致命的损伤。”

“为什么？”

“肯定是我们说过的什么话暴露了费里顿奥利克斯人的身份。我们认为应该是关于第四生物舱只用来存放圣物的陈述。如果杰西卡·麦知道那陈述不正确，那么她就能确定费里顿·凯恩已经叛变。而要知道陈述不正确，她只可能是尼亚纳人。”

“他们来了。”生命救赎号不满地说，“这么说索科也是尼亚纳人。”

“是的。他摧毁了运输舰的单一心智，将飞船轰出了虫洞。”

“现在人类知道我们的目的了。”

“他们知道了。”

“我们不能坐视尼亚纳煽动人类。人类充满活力，富有魅力。末世之神会喜欢的。他会因为我们带去了人类而赞赏我们。”

“会的。”我们同意道。

生命救赎号的单一心智向船上所有的奥利克斯人敞开心扉：“我们现在就开始对人类的提升。”

《未来救赎》完

我们的故事将在《未来救赎》系列第二部

《迷失救赎》中继续

《未来救赎》时间线

1901 年 古列尔莫·马可尼横跨大西洋传送了一条无线电信息。

1945 年 第一次（官方的）核爆炸。

1963 年 《部分禁止核试验条约》签署，禁止在大气层中进行核弹试验。

2002 年 天鹰座 31 号附近的尼亚纳居留群探测到地球上原子弹爆炸所发出的电磁脉冲。

2005 年 尼亚纳向地球发射亚光速飞船。

2041 年 第一座商用激光聚变工厂在得克萨斯州投入使用。

2045 年 第一台商业食品打印机面世。

2047 年 美国国防部高级研究计划局成功研制人工原子键合发生器，即所谓的力场发生器。

2049 年 美国国会通过法案建立国土安全护盾部，负责在各个城市周围建立力场。

2050 年 沙特王国建立大规模食品打印工厂。王国原油余量的 20% 被用于食品打印。

2050 年 俄罗斯成立国家人民国防军，并从莫斯科开始建设其护盾发生器项目。

2052 年 欧洲联邦创建城市防卫局，在欧洲主要城市建立力场。

2062 年 11 月，凯兰·林德斯特伦在欧洲核子研究中心证明了量子空间纠缠（QSE）。

2063 年 1 月，安斯利·巴尔杜尼奥·赞加里创立联协。

2063 年 4 月，联协公司在洛杉矶和纽约之间的配对传送门开通，单程收费 10 美元。

2063 年 全球股市崩盘，汽车公司市值损失高达 90%。航运、铁路及航空股大幅下跌。随着各航天企业争相宣布其雄心勃勃的小行星开发计划，航空航天股价格飞涨。

2063 年 11 月，太空探索技术公司将搭载在猎鹰 10 号上的 QSE 传送门送入地球低空轨道，提供了开放的轨道接口。大规模太空商业开发就此展开。

2066 年 Astro-X 公司前往灶神星开展任务。建立灶神星殖民地。

2066—2073 年 对小行星进行的国家或商业殖民 / 开发考察项目达到 39 个（因为涉及众多美国科技公司 CEO，这次浪潮被称为“第二次加利福尼亚淘金热”）。发展中国家和左翼组织针对营利性公司掠夺性开发地外资源向世界法院提起大量诉讼，申请禁止令。

2066 年 联协公司与新兴的欧洲、日本和澳大利亚传送门公共交通网络公司合并，组建企业集团。全球主要城市均已实现传送门网络互联。非商业车辆的使用量急速下降。

2067 年 在全球范围内，共有 30 座城市受到护盾的保护，另有 200 座城市的护盾正在建设中。常规军事力量开始衰落。大多数国家的政府都在联合国签署了《分阶段削减海空军条约》。军队改组为反叛乱性质的准军事团体，人数大幅减少。

2068 年 7 家公司在灶神星成立。Astro-X 的自由城殖民定居点建设完毕，可容纳 3000 人。

2069 年 中国国家太阳能电力公司将第一座太阳能发电井传送门投入太阳。5 公里长的磁流体动力室在灶神星建造完毕，并被安置于海王星轨道外的大型小行星上。

2070 年 阿姆斯特朗度假穹顶在月球组装完毕。类似度假地的建设正在火星、木卫三和土卫六上全面展开。

2071 年 除朝鲜外，全球所有主要城市均通过联协中转站相互连接。

2071 年 联合国条约禁止不公平的地外资源开发。商业公司在任何小行星或行星上开采的矿物必须在地球上所有国家之间平均分配。

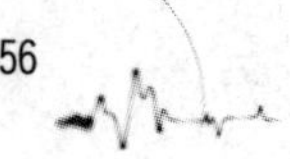

欧洲联邦表示对条约“原则同意”，并开始制定自己关于非法开采的有关法规，要求将小行星开发公司的“超额利润”转交至联邦对外援助机构。商业小行星开发公司在非签署国须重新注册。

2075 年 在小行星带内建立了 17 座自足型定居点。长 50 公里，直径 15 公里的纽霍尔姆从灶神星开始建设（由自由城主导）。建设工期预计 3 年，另需 2 年时间完成生物圈的构造。

2075 年 地球消耗能源的 55% 来自太阳能发电井。核电站开始退役，放射性物质通过传送门被排放到跨海王星空间。

2076 年 越来越多的小行星定居点发展达到自足状态，并开始排斥地球的影响。定居点独立运动开始。

2077 年 Interstellar-X 公司发射第一艘星际飞船“猎户座号”，由量子空间纠缠传送门太阳能等离子火箭推动。目的地是半人马座 α 星。最高速度达到 0.72 倍光速。

2078 年 3 月，各国政府签订全球税收协定，废除避税天堂。

2078 年 8 月，9 个太空定居点宣布自己为低税收商业开放国家。

2078 年 11 月，第一次进步会议在努兹马定居点秘密召开。15 名亿万富翁签署了《乌托邦条约》，提出要将后稀缺文明引入人类社会。每位富翁均参与了以基于 AI 管理的自我复制型工业基地为经济基础的小行星殖民地开发。

2081 年 地球上所有能源消耗均由太阳能发电井提供。联协成为其最大客户。

2082 年 主要国家货币均以千瓦时能源为本位。全球实际通行货币为瓦特币。

2082 年 由 Interstellar-X 公司主导的“星际飞行通用协定”在所有（有能力建造星际飞船的）星际组织与政府之间签署，确保开放新恒星开发权限，并且不对同一恒星重复开展任务。

2082 年—2100 年 25 架传送门火箭推进飞船从太阳系飞往附近恒星。

2083 年 猎户座号抵达南门二。在距离恒星 2.8 天文单位处发现适居太阳系外行星，命名为扎格列欧斯。代价太高，难以对其实行地球化。11 个政府飞行任务团与 8 个独立的小行星公司一同转移至半人马座星系，并建立小行星制造基地，开始在半人马座星系建造多传送门星际飞船。

2084 年—2085 年 23 艘星际飞船从半人马座发射。

2084 年 地球上（位于中国）的最后一家汽车制造厂关闭。联协中转网络服务覆盖 92% 的人类总人口，包括太空定居点。

2085 年 乌托邦主义者发射极乐世界号星际飞船。

2086 年 半人马座的各小行星制造站场被废弃。小型合资太阳能火箭等离子体监测站仍在恒星周围轨道上运转，为飞船提供驱动等离子体。

2096 年 中国星际飞船质变号抵达鲸鱼座 τ，发现系外行星。

2099 年 中国人开始对鲸鱼座 τ 的系外行星进行地球化改造。

2107 年 美国发现号星际飞船抵达仙后座 η。发现系外行星。

2110 年 美国开始对仙后座 η 的系外行星进行地球化改造。

2111 年 欧洲联邦同意对波江座 82 的系外行星进行地球化改造，并将其命名为自由星。

2112 年 极乐世界号抵达孔雀六行星系，发现具有地球化改造潜力的行星，将其命名为阿基沙。开始内比萨定居点及各类轨道工业设施的建设。对阿基沙的地球化改造开始。

2127 年 中国开始对特拉比斯特 -1 号星的两颗系外行星 T-1e 和 T-1f 进行地球化改造，并将其分别命名为天津星和杭州星。

2134 年 新华盛顿星地球化改造第二阶段完成，仅向美国移民开放。

2144 年 奥利克斯方舟飞船生命救赎号在其反物质驱动器开启减速时，被地球方面在距离 1 光年处检测到。双方开始通信交流。在减速四年后，飞船抵达地球 - 太阳连线对侧的第三拉格朗日点。

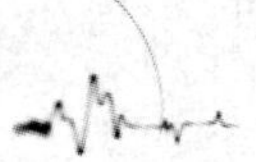

2150 年 地球人口达到 230 亿。太空定居点的数量接近 7500 个，人口达到 1 亿。

2150 年 奥利克斯人开始与人类进行生物技术贸易，以换取电力，生产反物质，使他们能够继续航行到宇宙的尽头。

2153 年 天仓五系外行星达到可居住标准。从中国引入农业定居者，开始地球化改造第二阶段——种植树木、花草和农作物，将鱼类引入海洋。

2162 年 尼亚纳飞船抵达地球。

2200 年 处于地球化改造第二阶段的系外行星达到 11 颗。开始从地球进行大规模人口迁移。另有 27 颗系外行星处于地球化改造第一阶段。新行星开发暂停。53 颗系外行星被标记为具有地球化改造潜力。传送门飞船任务仍在继续，但数量有所减少。

2204 年 传送门星际飞船卡夫利号抵达玉井三行星系，距离地球 89 光年。检测到来自外星飞船的信标信号。

著作权合同登记号：图字 18-2020-204

图书在版编目（CIP）数据

未来救赎：全 2 册 /（英）彼得 · F. 汉密尔顿（Peter F. Hamilton）著；王小亮译 . -- 长沙：湖南文艺出版社，2022.6
书名原文 : Salvation
ISBN 978-7-5726-0662-5

Ⅰ . ①未… Ⅱ . ①彼… ②王… Ⅲ . ①幻想小说一英国一现代 Ⅳ . ① I561.45

中国版本图书馆 CIP 数据核字（2022）第 068090 号

上架建议：科幻小说

WEILAI JIUSHU：QUAN 2 CE
未来救赎：全 2 册

著　　者：［英］彼得 · F. 汉密尔顿（Peter F. Hamilton）
译　　者：王小亮
出 版 人：曾赛丰
责任编辑：丁丽丹
监　　制：毛闽峰
版权支持：张雪珂
策划编辑：陈　鹏
特约编辑：赵志华
营销编辑：刘　珣
封面设计：介末设计
版式设计：李　洁
出　　版：湖南文艺出版社
（长沙市雨花区东二环一段 508 号　邮编：410014）
网　　址：www.hnwy.net
印　　刷：三河市兴博印务有限公司
经　　销：新华书店
开　　本：640mm × 955mm　1/16
字　　数：468 千字
印　　张：41.75
版　　次：2022 年 6 月第 1 版
印　　次：2022 年 6 月第 1 次印刷
书　　号：ISBN 978-7-5726-0662-5
定　　价：90.00 元（全 2 册）

若有质量问题，请致电质量监督电话：010-59096394
团购电话：010-59320018